源氏物語の表現と人物造型

森　一郎　著

和泉書院

目次

付編

はじめに

一字一句をゆるがせにしないこと、それが読みということであろう。それは国語学的とか文法的とかいうことではなくて、文学作品を文学作品たらしめている世界を読みとる当然の道である。事柄として受けとって議論してしまうと、いわば話を要約して並べてこちらの議論でまとめてしまうことになりかねない。話の内容というのは比較的分かりやすい。若菜上巻から女三の宮の六条院降嫁の話が丹念に展開していて、藤裏葉巻までの光源氏の生涯を軸とした恋と栄華の物語から、朱雀院最愛の女三の宮の結婚問題とその紫上への重大な波紋の持つ意味の深化へと主題論的に転換の様相を示すと、論者は藤裏葉巻以前で紫上に同様な悩みを与えた朝顔の姫君への源氏の恋慕をプレ若菜的に位置づける。事柄としては確かに類似してはいるが、表現のあり方から見ると、若菜上下巻の方は清水好子氏「源氏物語の主題と方法―若菜上・下巻について―」（『源氏物語研究と資料　古代文学論叢第一輯』武蔵野書院、昭和44年6月。のち『源氏物語の文体と方法』東大出版会所収）が丹念に説かれたように第一部の世界の内面を照射するものであり、過去の内面的意味を知る光源氏や紫上の心の内部が掘り下げられる。朝顔の姫君のときと事柄的には似ていても表現のあり方から見ると主題的にも違ってくるのである。また、女三の宮降嫁までの話が求婚譚であるからというので玉鬘をめぐる話を構想論的に前駆として位置づけたりするのは構想論的弊におちているといわねばなるまい。求婚譚という話の様相が似ているだけにすぎない。若菜巻の方は藤壺との密通事件との連関から構想されているのであり、玉鬘をめぐる話が直前にあるからといって、プレ若菜的に言うのは安易というべきだろう。

事柄的に扱うのではなく表現の深みに入って考えねば真に文学の地平はひらかれない。人物造型論を敬語法を視座としたり地の文の表現機構との連関において考えたり、「源氏物語の表現と人物造型」を研究テーマとして追ってきたのもそのゆえである。

第一編　表現論

一　源氏物語の語りの表現構造

——敬語法を視座として——

一

桐壺巻のはじめのあたりの叙述で、「上達部《かむだちめ》上人《うへびと》なども、あいなく目を側《そば》めつつ、いとまばゆき人の御おぼえなり」とある。「上達部」に敬語がつけられていない。知られるように「上達部」は「親王《みこ》たち上達部」（桐壺巻）、「上達部、親王《みこ》たち」（紅葉賀巻）というように「親王たち」と並べられ、臣下として別格的にあがめられて尊敬語が用いられるのが普通である。したがって敬語が用いられていない例には注目せざるを得ない。

なぜ「あいなく目を側めつつ」と無敬語なのであろうか。語り手が「上達部、上人」に敬意を払わない理由を考えてみる必要はありそうである。語り手は帝の振舞に批判的な「上達部、上人」に好意を持たないからであろうか。語り手の主観に左右された待遇意識によると考える時、私たちは鈴木日出男氏の『源氏物語の文章表現』（至文堂、平成9年5月）の第1章語りの文体の五で語りの批評性を述べられたところで、この箇所を例として掲げられ「上達部、上人などもあいなく目を側めつつ」の「あいなく」が「関係がないのに、筋違いなことに、ぐらいの意」で「上達部、上人など」が「目を側め」ることに対して語り手が彼らに関係のないことなのに、おせっかいにも、と評していることになる、と論述されているのを思い合わすことになる。「彼らに関係のないことなのに、おせっかいにも、と評している」心情的視座からの必然としての無敬語であり、語り手の批評性にちなむものということになる。鈴木氏はなお続けて「男子官僚たちが引きあいに出している史実、すなわち楊貴妃への愛欲に溺れたために内乱をもひき起こしたという玄宗皇帝の話など、この更衣を偏愛する桐壺帝の現実にとって、説得力がないわけではない。律令的な思想を標榜する行政官僚たちにとっては、中国の史実は依拠すべき規範でさえあった。それに対して、ここでの語り手が『あいなく』と発する声は、行政や故実などとは無縁で当然な女たちの、ただひたすら帝や更衣をみびいきする女たちの言葉といってよいだろう。」と述べていられる。桐壺帝と桐壺更衣の愛恋に共感する、すなわちその子光源氏側の古御達の語りの批評性ということになろう。その批評性は鈴木氏によれば「この女たちの政治的に無知な言葉が、かえって事の真相を見つめさせてもくれる」。「中国のような征服国家とは異なり皇統の継承しつづける日本の王朝では、帝が一介の更衣を溺愛したからとて、内乱の起りようはずもない。この『あいなく』の批評の言葉から、官僚たちの『楊貴妃の例も……』の発言は、史実をいかにも権門の権勢拡充を合理化するために用いる、策略的な言辞のようにもみえてくる。」と鈴木氏は鋭くその批評性をかぎとっていられる。氏は「語り手の意識とはまったくといってよいほど次元の異なる言葉である。ここでも語り手の言葉が、作品の批評性を導き出す契機を担っていることになる。」と結んでいられる。「あいなく」の批評の言葉に「上達部、上人」の政治的策略性をあぶり出す批評性があり、それが無敬語につながっていると考えられるのである。語り手の意識、心情的視座は、「ただひたすら帝や更衣をみびいきする女たちの」それであるが、それがかえって「上達部、上人など」の政治的策略性をあぶり出す批評性を生み出しているわけである。

葵巻の賀茂の祭の行列で源氏の晴れ姿に圧倒される上達部に敬語がつかない。

　ほどほどにつけて、装束、人のありさま、いみじくととのへたりと見ゆるなかにも、上達部はいと異《こと》なるを、一所《ひとところ》の御光にはおし消《け》たれためり。

「上達部はいと異なるを」と人々の中で別格視されながら、源氏一人の立派さには圧倒されてしまったようだと叙述する箇所に無敬語なのは、まさに源氏の「御光」にはおし消され影を薄くしているようだ。源氏とひき比べられたがゆえの無敬語といえよう。源氏を礼賛する語り手の心情的視座からさすがの上達部も影うすき存在となりそれが無敬語となっているゆえんである。

賢木巻の、桐壺院崩御の折の「上達部、殿上人みな思ひなげく」の無敬語はどう考えるか。

大后も参りたまはむとするを、中宮のかく添ひおはするに御心置かれて、おぼしやすらふほどに、おどろおどろしきさまにもおはしまさで、かくれさせたまひぬ。足を空に思ひまどふ人多かり。御位を去らせたまふといふばかりにこそあれ、世のまつりごとをしづめさせたまへることも、わが御世の同じことにておはしまいつるを、帝はいと若うおはします、祖父大臣、いと急にさがなくおはして、その御ままになりなむ世を、いかならむと、上達部、殿上人みな思ひなげく。

「御位を去らせたまふといふばかりにこそあれ」以下の桐壺院のありようを回想する叙述は、思うに「上達部、殿上人みな」の回想に重なる語り手の叙述であり、語り手は「上達部、殿上人みな」に一体化して叙述しているとおぼしい。「思ひなげく」の無敬語はそれによると考えられる。この無敬語は「思ひなげく」心情の切迫感を表わしてもいよう。上達部、殿上人たちの「思ひなげく」心情の言葉は「いかならむ」だけでなく、「御位を去らせたまふといふばかりにこそあれ」以下の桐壺院のありようの回想からその心事はたどられており、その地の文とも心内語ともつかぬ叙述の果てが「いかならむ」である。語り手は上達部、殿上人たちが桐壺院や朱雀帝に対しては勿論のこと、右大臣（上位者として）にも敬意を表わす心意に即して語るのである。上達部、殿上人たちに無敬語であることは、語り手が彼等の心識に密着し、彼等の心情的視座から語っていることの証左であり、地の文でありながら、彼等の肉声をつたえるのである。それが「上達部、殿上人みな」であるところに右大臣批判が先の桐壺巻の「上達部、上人など」の策略的派閥性（桐壺帝と桐壺更衣批判の）と違って、「上達部、殿上人みな」に一体化する語りの批評性が全的に顕現していることを知る。ここには「あいなく」（おせっかいにも）などという語り手の批判語はない。語り手は「上達部、殿上人みな」と一体化し、同一の立場であるからである。桐壺巻の「上達部、上人など」への無敬語が、語り手の第三者的叙述の批判性によるのに対し、ここは一人称的叙述ゆえの無敬語であり、語り手は「上達部、殿上人みな」と同じ心情的視座から語り、彼等の内なる声を代弁するのである。彼等の嘆きはそれによってじかに読者につたわり、しかも「上達部、殿上人みな」であることによって、光源氏側に属する語り手の偏った批判ではないことを示し得たのである。敵も味方も右大臣批判なのであることを読者は切実に知らされる。かような上級行政官僚たちの切実な批判が待ち受けている右大臣政権の前途を作者はかように語りの批評性で浮き彫りしているのである。源氏物語はその内容をかように表現構造、文体によってきっちりと十全たらしめているのだ。

上達部には敬語がつくのが当然なのであるが、敬語がついている用例も単に上達部だから敬語がついているとするのではなく、その場面の心意心情のあり方、内実を思いみる必要がありそうである。たとえば次の文例を見てみよう。紅葉賀巻で朱雀院の行幸の盛儀に源氏が青海波を舞ったその夜、算賀の儀に功労のあった人々の位階が進められる。

その夜、源氏の中将、正三位したまふ。頭の中将、正下の加階したまふ。上達部、皆さるべき限りよろこびしたまふも、この君にひかれたまへるなれば、人の目をもおどろかし、心をもよろこばせたまふ、昔の世ゆかしげなり。

基本的に上達部に敬語がつくこと異とするに当たらないが、ここは源氏の昇進につれて、すなわち源氏のおかげで昇進した彼等の栄光が二回重ねて敬意を払われているさまを見る。彼等への基本的な敬意の上に源氏の光がさしているのである。「皆さるべき限り」とある。しかるべき人という限定は源氏の恩恵に浴すべき評価の対象であり「皆」はそれらの上達部は残らず全部ということである。源氏の恩恵に浴し得ない上達部の存在がくっきりと反措定的に感じられもする。するとこの敬意には上達部一般へのそれの上に源氏側に立つ語りの視点、まなざしを感じる。単に上達部だから敬うというのではない、源氏党の彼等への心意心情のこめられた敬意なのである。

上達部というのは特別視される上流貴族で、たとえば、真木柱巻で髭黒の北の方を宮家に迎え取る際「兵衛の督は上達部におはすればことごとしとて」迎えに来ない。兵衛の督は従四位下相当ゆえ、それだけでは上達部でないが、参議を兼ねているか位が従三位かであろう。他の兄弟たちは迎えに来る。上達部は重々しい存在なのである。若菜上巻で、夕霧や柏木が階段に坐っているのを見て源氏は「上達部の座、いと軽々しや。こなたにこそ」と声をかける。これも上達部の存在が重んぜられている証左であろう。しかし葵巻で賀茂の祭の日に紫上と同車して見物に出かけた際、物見車がぎっしりと立っているのを見て源氏が「上達部の車ども多くて、もの騒がしげなるわたりかな」と言っているのには上達部に対する敬意は感じられない。源氏は桐壺院最愛の皇子で上達部より身分が上であるから必ずしも一定的に敬意を払う必要はないのであろう。すなわち上達部といえども敬意の発信者のその時その折の感情やその場の情況によって敬意の払われ方に濃淡があることが分かる。

浮舟巻の次の文例の上達部への無敬語はどう考えるべきか。

宮（明石中宮）、例ならずなやましげにおはすとて、宮たちも皆参りたまへり。上達部など多く参りつどひて、さわがしけれど、ことなることもおはしまさず。

「参りつどひて」と謙譲語のみである。私は、明石中宮の御病の場面ゆえ、語り手は明石中宮の位置に身を置いてものを言っているがゆえの無敬語だと考える。「参りつどひ」は、さような高みからの物言いであるまいか。「さわがしけれど」には伺候し集まった多くの上達部などの出入りをやや冷たくつき放すひびきがある。だから「さわがしけれど」と逆接で、「ことなることもおはしまさず」と、彼等の参集とはうらはらの叙述へ続くのである。「宮、例ならずなやましげにおはすとて」と「宮たちも皆参りたまへり」との順接的整合との相違が見られよう。なお、この本文は明融本であるが、明石中宮への敬語として「おはす」と「おはしまさ」の両様があるのは、前者は「宮たち」の視点からの、つまり「宮たち」からの中宮への敬意に即したものであり、後者は「上達部」の位置からの叙述ゆえであろうか。全体としては語り手の客観的叙述の枠組みに収斂するが、叙述の個々では語り手は作中人物の視座からの物言いになるのだと考えられる。浮舟巻は大島本が欠けているので大成底本は池田本で「なやましげにおはします」となっている。中宮への敬意として「おはします」と重くなるべきと考えたのであろうが、あとの「ことなることもおはしまさず」と揃えたとも思われる。前者は「とて」があって「宮たち」の「参りたまへり」の動機であるから、語り手の説明的叙述であっても「宮たち」の視座を思うべきところ。「おはす」の方がふさわしいと思われる。近しい関係だからあまり重々しくない方がよいのである。定家自筆本を忠実に臨写したといわれる明融本は、作中人物の視点による相違が見られ、「例ならずなやましげにおはすとて」は「宮たち」の「参りたまへり」の因由であることが生動的につたわってくる。

この少しあとの叙述の「宮（匂宮）、台盤所におはしまして、」の「おはしまし」は、浮舟の返書を届けた大内記の視点からの匂宮への敬意に密着した敬語だと考えられる。別本の麦生本が「おはして」とするのは匂宮への敬意表現として妥当と考えたのであろうが、大内記の視点を介在させると重々しい「おはしまして」で納得がいくのである。そしてその方が、この場面の人物のまなざしが生動してくる。源氏物語の語りはこのように場面を生動させる叙述であり、語り手は作中人物の視点、まなざしに即して、その対する人物を描くのである。敬語はその重要な徴表となる。

上達部ではなくとも、語り手の客観的叙述では上流の貴公子たちには敬語がつくのが通例であろう。前述の式部卿の宮の子息たちで長男は上達部で別格的に重んぜられたが、その弟たちは上達部ではなくても語り手は敬語をつけている。

御兄《せうと》の君達、兵衛督は、上達部におはすれば、ことごとしとて、中将、侍従、民部の大輔《たいふ》など、御車三つばかりしておはしたり。さこそはあべかめれと、かねて思ひつることなれど、さしあたりて今日を限りと思へば、さぶらふ人々も、ほろほろと泣きあへり。（真木柱巻）

私は「さこそはあべかめれと、かねて思ひつる」「さぶらふ人々（女房たち）」のまなざし、したがって彼女らからの敬意に重なる地の文と見るのであるが、語り手からの直接的な敬意と見てもよいであろう。語り手からの直接的な敬意として貴公子たちは敬意を受ける存在であり、ここをそのような客観的叙述と見ることはむしろ妥当であろうが、「さぶらふ人々」の視点を介在させた語りの叙述と私は見るのである。そう見ることによってこの場面が生動してくると思う。

私は源氏物語の客観的叙述すなわち作中人物の視点を介在させない叙述には語り手の光源氏側による心情的視座による敬意の有無を見るのであるが、一見客観的叙述と見られる文章にも作中人物の視点を介在させた語りの叙述を見ることが、場面を生動させる語りの表現構造の必然として肝要なのだということを強調したい。

私は桐壺巻の開巻第一頁の誰しも語り手の客観的叙述と見るであろう文章にも、作中人物の視点に重なる語り手の表現構造を見るものである。語り手は作中人物（視点者）に乗りうつりその心情的視座から語る。「朝夕の宮仕へにつけても、人の心をのみ動かし、恨みを負ふ積りにやありけむ、いとあつしくなりゆき、もの心細げに里がちなるを」という桐壺更衣への無敬語は、帝の視点、まなざしに密着する語りの叙述ゆえである。「いよいよあかずあはれなるものに思ほして」が、更衣の病がちになりゆく「もの心細げ」なさまを見つめてこられた帝の心情を述べるものにほかならない。帝の更衣を見つめるまなざしの証左である。更衣の死後、「もの思ひ知りたまふ（女御、更衣たち）」からの視点に即しては桐壺更衣に無敬語「さま、かたちなどのめでたかりしこと、心ばせのなだらかにめやすく、憎みがたかりしことなど」とあり、帝づきの女房などの視点に即しては「人がらのあはれに情ありし

御心を」と敬語がつけられているのである。(1)

空蟬巻の軒端荻に一箇所巻末近くに「西の君ももの恥づかしき心地して渡りたまひにけり」と敬語がつけられていることについては諸注釈書は多く不審とするのであるが、私は作中人物小君の視点、目と心に即した叙述と見れば明快に解けると考えている。「西の君」という呼称も小君からの親愛の情をこめた敬意に即している。(2) 小君は軒端荻のいる西の対の方へも時々やってきていることは「小君の渡りありくにつけても」とあり、彼のまなざしは十分考えられよう。なお、空蟬に敬語がついているのも小君の視点からの叙述である。小君と対座しているときの空蟬には敬語がついている。

小君、かしこに行《い》きたれば、姉君待ちつけていみじくのたまふ。

「姉君」という呼称も小君からのものにほかならず、彼の目と心に即した叙述による。物語の作中場面の「当事者的表現」(3) で、『かげろふ日記』の「古代なる人」が作者から見て、古めかしく思える人、母親のことを呼称しているように、「姉君」には小君の空蟬への親愛の情がこもっていると見るべきである。「姉君」とは小君以外からのものではない。

このように客観的叙述としてならば敬語のつかないはずの人物に敬語がつくのは、語り手が作中場面の人物の視点に即してその対象の人物への敬意を表わすからである。逆に客観的な叙述で語り手自身の立場からの待遇表現では敬語がつくはずの人に無敬語であったり軽すぎるのは、これまた語り手が作中人物の視点に即してその対象の人物への待遇表現をなすからと考えねばなるまい。かねて私が頭中将への無敬語ないしは軽すぎる待遇表現の理由として対座する光源氏の視点からの表現であることを説いているゆえんである。(4) 語り手は光源氏の視点に即したり頭中将の視点に即したり作中場面を黒衣《くろこ》のように往き来して、人物の心情的視座からの叙述、語りを行うのである。思うにそれが語りの表現構造なのである。語り手の感情移入、作中人物の心情そのものを地の文で表現する。物語の場の当事者（作中人物）のその場面での主体的な心情とまなざしに即して内在的に語ってゆくところに、場面の人物の心情がこもる文体、叙法が生成され、内在的心情の文学としての源氏物語が創造されてゆく。

源氏物語の地の文の叙述が単一に語り手の第三者的視点に固定せず、作中人物の意識に即した一人称的叙述でその内心をじかに読者につたえる切実さを表わす内在的叙述をはじめとして、相互に対者へのまなざしに即して心情のこもる叙述であることが、いかにこの物語を内発的な心情の文学たらしめているかを私たちは知らねばならない。方法としての語りの表現構造、文体こそが、それまでの外在的叙述の物語一般から源氏物語を飛躍せしめたのである。

二

思えばかような研究の地平を拓いた先駆は島津久基博士の「主観直叙法」(5)の御説であったのである。客観的叙述としてならば敬語がつくべきなのに、一人称的叙述の無敬語表現となっている文例は、まさにその人物があたかも語り手であるかのように日記的文体に似て、語り手はその人物に一体化して述べてゆく。その人物に無敬語たるゆえんである。私見では一人称的叙述の無敬語、特に受手尊敬の謙譲語のみの場合はその動作の為手の受手に対する切実な心情がこもる。「いとわりなくて見たてまつる程さへ、うつつとはおぼえぬぞわびしきや」（若紫巻）の、源氏の藤壺宮への切ない心情の叙述などはその典型的文例である。「見たてまつる」と謙譲語のみであり、「わびしきや」と源氏の主観で直叙され、読者は源氏が直接語りかけてくるような思いになる。語り手は源氏の心を心として源氏の内なる心の声をつたえるのであろう。作中人物の意識に即した一人称的叙述でその内心をじかに読者につたえる叙述は語りの表現構造の極北に位置すべく最も注目されよう。

若紫巻は、藤壺への切ない源氏の心情が一人称的無敬語表現によって直接的に読者にうったえかけてくる切実感がこもる。

さるは、限りなう心を尽くしきこゆる人に、いとよう似たてまつれるが、まもらるるなりけり、と思ふにも涙ぞ落つる。

心内語で「きこゆる」「たてまつれ」の謙譲語を用いて藤壺を敬うことはそれとして、「思ふにも涙ぞ落つる」と地の文が一人称的無敬語で源氏の内なる心の声をじかに聞く思いがする。

さても、いとうつくしかりつる児《ちご》かな、何人ならむ、かの人の御かはりに、明け暮れのなぐさめにも見ばやと思ふ心、深うつきぬ。

源氏の告白を聞く思いがするのは無敬語の一人称的叙述のゆえである。あたかも源氏が語っているようであり、語り手は源氏に一体化して源氏の心情それ自身を語るのだ。地の文から源氏の情念がふきあげてくる。紅葉賀巻の次の文も源氏に無敬語の一人称的叙述で源氏が語りかけてくるような語りで、切迫した源氏の心情の告白にも似た地の文である。

中将の君、面《おもて》の色かはるここちして、恐ろしうも、かたじけなくも、うれしくも、あはれにも、かたがたうつろふここちして、涙おちぬべし。

「恐ろしうも、かたじけなくも」と父帝に対する恐懼が先立つが、続いて「うれしくも、あはれにも」とわが子へのいつわらざる心情が、さまざまに胸の中を去来する思いを「かたがたうつろふここちして」と一人称的無敬語で表わしており、源氏自らの告白を聞く思いがする。最後に、涙が落ちそうだ、と源氏の主観が直叙される。ここは全文が源氏の心情をそのまま地の文としており、源氏と藤壺との密通の御子をお抱きになる父帝への切実な心情とわが子への心情とを、源氏が吐露するに似た切迫感のこもる地の文であり、一人称的無敬語と主観直叙の表現効果がよく表われている。

夕顔巻の冒頭部分、源氏が大弐《だいに》の乳母《めのと》を見舞った折、乳母の家の隣の様子を見る源氏に敬語のつかない部分は、源氏の心情がじかに表白される地の文なのである。

たちさまよふらむ下《しも》つかた思ひやるに、あながちにたけ高きここちぞする。

「思ひや」っているのは源氏であり「ここちぞする」のも源氏であって無敬語表現である。読者は源氏の心情に直接に接する思いがする。一人称的叙述であることによって、源氏自身が語りかけてくるような表白的心情の叙述となる。夕顔が某院で急死した夜の情景は客観的叙述とも見られるが、源氏の心情的視座からの、源氏の耳目のとらえた情景であり、だからこそ読者は源氏の心細さに近く接し源氏の心情に共鳴するであろう。

夜中も過ぎにけむかし、風のやや荒々しう吹きたるは。まして松のひびき木深《こぶか》く聞こえて、けしきある鳥のから声に鳴きたるも、梟《ふくろふ》はこれにやとおぼゆ。うち思ひめぐらすに、こなたかなた、けどほくうとましきに、人声はせず、などて、かくはかなきやどりは取りつるぞと、くやしさもやらむかたなし。

「夜中も過ぎにけむかし」は客観的叙述と見てもよいが、私は源氏の思いに即した叙述と見る。「風のやや荒々しう吹きたるは」を根拠にして、次第に強まってきた風に時間の経過と不安を感じている源氏の心情的視座に即しての叙述である。「松のひびき木深《こぶか》く聞こえて、けしきある鳥のから声に鳴きたるも」も客観的情景描写と見うるけれども、源氏の耳による感覚表現と思う。「梟はこれにやとおぼゆ」と無敬語の一人称的表現がそれを証するであろう。「うち思ひめぐらすに」と源氏に無敬語なのも源氏が語りかけてくるような一人称的表現である。「けどほくうとましきに」も源氏の感覚の直叙であり、「人声はせず」は源氏の心細い思いのこもる表現で、決して単なる客観的事実を述べるものではない。「などて、かくはかなきやどりは取りつるぞ」のみが源氏の心内語ではなく、「こなたかなた、……人声はせず」も心内語かと思う。「くやしさもやらむかたなし」は源氏の主観直叙である。後悔の念につつまれた源氏の心情が直叙されることによって、夕顔を急死させてしまった源氏の青春の悔恨が切実につたわる。この場面の不気味さ、不安感と相まって夕顔怪死事件の源氏の心情がつたえられることこそ源氏物語の眼目でなければならない。事実そのものをつたえることを眼目とはせず、作中人物、ここでは源氏の心情をつたえるところに眼目があり、主観直叙の文はその眼目を果すことにおいて深く機能すると言えよう。

三

源氏物語の初期の巻々の光源氏をめぐる女君たちの形象化は、光源氏の視点からなされ、女君たち自身の心は直接には語られないことについては既に知られている。しかし、この敬語のつくべき人物の一人称的無敬語表現に接するときは女君の心に直接触れる思いがするのである。葵巻の賀茂の祭の御禊《ごけい》の日、行列に供奉する源氏の姿を一目見たいと、人目を隠すべく姿をやつして出かけてきた六条御息所の内なる心の切なさは一人称的無敬語の主観直叙の文でかたどられる。いわゆる車争いの場面である。

> つひに御車ども立て続けつれば、ひとだまひの奥におしやられて、ものも見えず。心やましきをばさるものにて、かかるやつれをそれと知られぬるが、いみじうねたきこと限りなし。（中略）またなう人わろく、くやしう、何に来つらむと思ふにかひなし。ものも見で帰らむとしたまへど、通り出でむ隙《ひま》もなきに、「事なりぬ」と言へば、さすがに、つらき人の御前わたりの待たるるも、心弱しや。笹の隈《くま》にだにあらねばにや、つれなく過ぎたまふにつけても、なかなか御心づくしなり。

客観的描写ならば「おしやられたまひて」というふうに敬語がつくはずなのに、「おしやられて」と無敬語なのは、御息所の立場からの叙述ゆえである。「ものも見えず」と相まって、ほとんど悲鳴に近い御息所の悲痛な心情がじかにつたわってくる。「心やましきをばさるものにて、かかるやつれをそれと知られぬるが」の無敬語表現は、御息所の独白を叙するにも似た一人称的叙述で「いみじうねたきこと限りなし」は御息所の主観直叙である。しゃくなことこの上もない、という御息所の不快、屈辱の思いが、のちの物の怪《け》出現の契機となるのである。己の微行の姿をそれと知られた恥ずかしさ、源氏への未練の女心を白日のもとにさらしたかと、貴婦人のプライドは深く傷つけられている、その内なる心の切なさがじかにつたわってくる表現である。語り手は御息所の心情をそのまま地の文として直叙しており、あたかも御息所が読者にうったえかけてくるかのごとく語り手は御息所に一体化している。これが三人称的叙述ならば、御息所の悲しさを事柄として受け止めるにとどまるのに対し、御息所の切実な心情がじかに読者につたわり、御息所の〝告白〟を聞く思いがするのである。非常に胸打たれ御息所の内なる心の像に深い同情を寄せるであろう。「またなう人わろく、くやしう、何に来つらむと思ふにかひなし」の「思ふ」の無敬語の一人称的叙述と相まって、「かひなし」は御息所の嘆きの心情の主観直叙である。「さすがに、つらき人の御前わたりの待たるるも、心弱しや」は己が行為（「待たるる」。「るる」は自発。）に「心弱」き自己を見つめる御息所の自意識を感じないであろうか。「心弱しや」は草子地の批評語などではなく、御息所の自己批評の語でなければならない。もし「待たれたまふも」のように三人称的叙述のあとの「心弱しや」ならば、それは語り手からの批評たる草子地であるが。「ものも見で帰らむとしたまへど」と客観的叙述で枠取り、また「なかなか御心づくしなり」と御息所へ敬意を表わし、枠組みとしては第三者的な語り手の視点に収斂するのであるが、その枠組みの中で、御息所の一人称的叙述が切実にその内なる心を表白するのである。主観直叙の地の文の表現構造に方法としての語りの文体的特質を見るであろう。

たとえば同じ葵巻の朝顔の姫君の心情を語る第三者的叙述を見るならば、その心情は語られてはいるけれどもいかにも静かな斉一さを感じ、うったえかけてくる切実さを感じないであろう。

かかることを聞きたまふにも、朝顔の姫君は、いかで人に似じと深うおぼせば、はかなきさまなりし御返りなども、をさをさなし。さりとて、人憎く、はしたなくはもてなしたまはぬ御けしきを、君も、なほことなりとおぼしわたる。

客観的事実として朝顔の姫君の心情や態度が説明され、当然敬語もつけられており、主観直叙の叙述はない。六条御息所の哀切な屈辱の思いがひとすじに読者に迫ってきたのが無敬語の一人称的叙述・主観直叙の文であったことを私たちは対比的に想起し思い合わすであろう。

語りの客観的枠組みの中で、作中人物の一人称的・主観直叙の文は、その人物の内なる心情をじかに読者にうったえかけてくるものとして、とりわけ注目する必要があるだろう。

四

ところで島津久基博士が主観直叙の文例としてあげられた文型で一文すべてが無敬語の用例は少ないだけに際立つのであるが、上に「たまふ」などの敬語があって、無敬語の叙法に転じ主観直叙される文型は割合多い。博士のあげられた用例の同型三つを見よう。

君は……御文なども通はむ事のいとわりなきを思すに、いと胸痛し。（帚木巻）

まめ人（薫）はのどかに（浮舟カラノ返事ヲ）見給ひつゝ、あはれ如何にながむらむと思ひやりて、いと恋し。（浮舟巻）

斯うあながちなりける契の程を思すにも、浅からずあはれなり。（明石巻）

これらは語り手が作中人物を第三者的に語っているのに、思わず知らずとでもいうふうに、その作中人物に一体化してしまう、語りの表現構造である。それほどに語り手は作中人物に一体化して感情移入し作中人物の心を語るのが語りの本質なのである。主観直叙は方法としての語りの必然的叙法なのである。

無敬語の主観直叙の文はその人物の内なる心を直截につたえる文体効果をもたらす。客観的叙述の中でふいと一人称的無敬語表現に出くわすと、その人物の思いが目の前にあるような気がする。空蟬巻の冒頭部分の「手さぐりの細く小さきほど、髪のいと長からざりしけはひの、さまかよひたるも、思ひなしにや、あはれなり」の主観直叙「思ひなしにや、あはれなり」は、暗い寝所で小君を愛撫しつつ、先夜の空蟬のことを思い出している源氏のなまなましい思い、息づかいがつたわってくるようだ。これも無敬語の主観直叙の文体効果であろう。はじめ第三者的に客観的に様態を枠取りつつ、作中人物がじかに読者に語りかける主観直叙にこそ人物の心情をこめる。叙述の視点が変わり三人称的叙述から一人称的叙述へと転移する。およそ三人称的叙述は事柄の伝達機能を果すのであって、それがその人物の心情を説明するものではあっても、その人物がそういう心情を持っているという事柄の伝達にほかならず、直接的な感動を読者に与え得ない。一種距離を置いてその心情を受け止めるのみである。人物の行為に即した一人称的無敬語表現からこそ、その人物の内的様態がつたわってくるのである。

夕顔巻の某院の怪奇的な場面で、不安な源氏の心がつたわるのも、第三者的叙述から転移した一人称的無敬語表現の文体効果である。

火はほのかにまたたきて、母屋《もや》の際に立てたる屛風の上《かみ》、ここかしこの隈々《くまぐま》しくおぼえたまふに、ものの足音ひしひしと踏み鳴らしつつ、後ろより寄り来るここちす。

「おぼえたまふ」と敬語があって「お感じなさる」と第三者的に源氏を語り手は敬うのであるが、直ちに一転して源氏の立場から、つまり一人称的に叙述し「ここちす」と無敬語である。源氏が「ここちす」と語りかけてくるようで源氏の心情がじかに読者につたわってくる。この場面の源氏の生々しい怖れの心情が読者を引き込むような切迫感をただよわせる。読者に対して直接的に心情をつたえる文体なのである。第三者的客観叙述だと間接的で、たとえ源氏の心情を語るものであっても説明となり、切迫感を与え得ないであろう。

はじめ敬語があって第三者的叙述をしていたのに一人称的叙述へ転移する主観直叙の文型及び第三者的叙述のあ

と直ちに主観直叙の感懐が表白される文型は割合多く、たとえば若紫巻で、紫上の祖母尼君が紫上を心配して泣くのを見る源氏に敬語をつけるが、そのあと源氏の感懐が直叙される。

……とて、いみじく泣くを見たまふも、すずろに悲し。

「すずろに悲し」は源氏の気持である。また葵巻の六条御息所の生霊出現の場面

いとあやしとおぼしめぐらすに、ただかの御息所なりけり。

「おぼしめぐらすに」と源氏に敬語をつけたあとの「ただかの御息所なりけり」も語り手の第三者的説明ではなく、源氏のみが覚知する御息所の姿でなければならない。その意味で「ただかの御息所なりけり」も源氏の主観直叙と言えよう。「けり」は御息所であることに気づいた源氏の気持、おどろきの情念がこもっている。「かの」は源氏の想念に呼び起こされた源氏と六条御息所の逢瀬における御息所の映像を指すもので源氏のみの知る御息所の姿、顔かたちなのだ。「かの」が読者とのコミュニケーションをはかる指示語として読者との共通理解を目指すべく機能するには、読者もこの異様な生霊の姿に通じる御息所の姿が既知のものでなければならぬからだ。この場面は他者の介在しえない源氏と御息所の密室空間と言ってよい。葵上は物の怪にのりうつられて既に意識を失っている。物の怪にとりつかれた葵上はこの時既に死に体で存在を失っている。まさに源氏と御息所の二人だけの密室で「ただかの御息所なりけり」と源氏のつぶやきが空しくひびく。そのような主観直叙の地の文なのだ。地の文から源氏のうめきの声が聞こえてくる。語り手は源氏の心を心としてうめきにも似た源氏の痛切な思いを語り上げるであろう。「ただかの御息所なりけり」――万事を知ったという思いが、源氏と六条御息所の愛恋の終末を告げるような重く暗いひびきがある。主観直叙の文が源氏物語の内的世界、心情の闇までも表白している例ではあるまいか。同じ葵巻で、紫上が藤壺に酷似してゆく姿を見る源氏は敬語がつき客観的叙述だが、直後に源氏の心情が直叙され、その思いが直接的に読者につたわる表現構造となっている。

姫君、いとうつくしうひきつくろひておはす。「久しかりつるほどに、いとこよなうこそ大人びたまひにけれ」とて、小さき御几帳ひきあげて見たてまつりたまへば、うちそばみてはぢらひたまへる御さま、飽かぬところなし。火影《ほかげ》の御かたはらめ、頭《かしら》つきなど、ただかの心尽くしきこゆる人に違《たが》ふところなくもなりゆくかなと見たまふに、いとうれし。

「飽かぬところなし」、「いとうれし」は源氏の主観直叙である。共に源氏への敬語がある第三者的客観的叙述のあとの主観直叙の文型である。語り手は源氏を客観的に叙述しているのに、源氏の心の中に分け入りその心情を直叙する一人称的主観直叙に転じ、読者に源氏の心情が直接的につたわる叙法、表現構造となるのであるが、語りの表現構造の必然である。ちなみに「見たてまつりたまへば」、「見たまふに」とあることで証されるように、紫上の描写は源氏の視点からのものである。あたかも源氏が叙述者であるかのごとく源氏のとらえた紫上が描かれ、「飽かぬところなし」の批評に帰結する源氏の心事がたどられる、心内語にも似た地の文と言えよう。「火影の」から「なりゆくかな」までは心内語で、「かの」は源氏の心内にかたどられる藤壺を源氏のみが想起する語である。地の文ではあるが源氏の心情を直叙して読者に迫る「いとうれし」は源氏の心内語に等しくて、藤壺に酷似してゆく紫上を見る源氏の嬉しさが、その心内の想念とともにつたわる表現効果がある。この場面の紫上の姿が源氏によってかたどられる表現構造と主観直叙とが一体のものとして文章形成されていると言えよう。

五

作中人物の視点に即して対する人物が描写される。つまり作中世界の視点者の心情的視座に即した語りの叙述は、私見では源氏物語の語りの表現構造の基本だと思うのである。語り手の立場からの客観的叙述にも語りの批評性があるが、それにもまして作中人物の視点によって語るところに作中人物の心情をじかにつたえる語りの表現性が、すぐれてこの物語の内在性つまり文学的価値を生成している。

花宴巻の文例を見よう。

上達部おのおのあかれ、后、春宮帰らせたまひぬれば、のどやかになりぬるに、月いと明《あか》うさしいでてをかしきを、源氏の君、酔《ゑ》ひごこちに、見過ぐしがたくおぼえたまひければ、上《うへ》の人々もうち休みて、かやうに思ひかけぬほどに、もしさりぬべき隙《ひま》もやあると、藤壺わたりを、わりなう忍びてうかがひありけど、かたらふべき戸口も鎖《さ》してければ、うち嘆きて、なほあらじに、弘徽殿の細殿に立ち寄りたまへれば、三の口あきたり。女御は上《うへ》の御局にやがてまうのぼりたまひにければ、人少ななるけはひなり。奥の枢戸《くるるど》もあきて、人音もせず。かやうにて、世の中のあやまちはするぞかし、と思ひて、やをらのぼりてのぞきたまふ。人は皆寝たるべし。いと若うをかしげなる声の、なべての人とは聞こえぬ、「朧月夜に似るものぞなき」と、うち誦《ず》じて、こなたざまには来るものか。いとうれしくて、ふと袖をとらへたまふ。女、恐ろしと思へるけしきにて、「あな、むくつけ。こは誰《た》そ」とのたまへど、「何かうとましき」とて、

深き夜のあはれを知るも入る月のおぼろけならぬ契《ちぎ》りとぞ思ふ

とて、やをら抱《いだ》きおろして、戸は押し立てつ。あさましきにあきれたるさま、いとなつかしうをかしげなり。わななくわななく「ここに、人」と、のたまへど、「まろは、皆人にゆるされたれば、召し寄せたりとも、なんでふことかあらむ。ただ忍びてこそ」とのたまふ声に、この君なりけりと聞き定めて、いささかなぐさめけり。わびしと思へるものから、なさけなくこはごはしうは見えじ、と思へり。酔《ゑ》ひごこちや例ならざりけむ、ゆるさむことはくちをしきに、女も若うたをやぎて、強き心も知らぬなるべし。らうたしと見たまふに、ほどなく明けゆけば、心あわたたし。女はまして、さまざまに思ひ乱れたるけしきなり。「なほ名のりしたまへ。いかでか聞こゆべき。かうてやみなむとは、さりともおぼされじ」とのたまへば、

うき身世にやがて消えなば尋ねても草の原をば問はじとや思ふ
と言ふさま、艶になまめきたり。（下略）

源氏に敬語がつく枠組みはあるが、つかないところもある。朧月夜にも敬語がついたりつかなかったりする。河内本は「うかがひありき給へど」とする。しかし「袖をとらへつ女おもひかけすうとましとおもひてあなおそろし」というように逆に「給ふ」がない。朧月夜については「きくにすこしなくさみけん」と河内本の高松宮家本にある。河内本が語り手の客観的叙述であるのを対比的に参照すると、青表紙本の表現構造が見えてくる。「うかがひありけど」は一人称的表現で、源氏に密着した語り口である。河内本の「袖をとらへつ」は無敬語ゆえ一人称的叙述と思うところでもあるが「女おもひかけすうとましとおもひて」と第三者的説明の語り口がつづくと、やはりそうではなくて、緊迫した表現としての無敬語のようだ。「女、恐ろしと思へるけしきにて」とある様態の描写だと、朧月夜を見る源氏のまなざしを感じる。源氏の視点からの叙述であることが、河内本の説明的語り口と対比してよく分かる。

源氏に敬語がつく客観的叙述の枠組みはあるが、語り手は源氏の視点に密着する叙述に移行するようである。しかし語り手の判断なのか源氏のそれなのか区分しがたい叙述は、語り手は源氏の視点に密着しつつも語り手自身の全知視的視点をまじえるからであろう。「上の人々もうち休みて」は源氏の心内語なのか、源氏の心事を説明するための情況を語り手が述べているのか分明でない。源氏の視点とはいいながら語り手が顔を出すと言えよう。「うかがひありけど」と源氏に無敬語なのはあたかも源氏が叙述主体であるかのように語り手は源氏に一体化し密着している。「かたらふべき戸口も鎖《さ》してければ」は源氏の発見、気づきそのままの叙述である。だから「うち嘆きて」と源氏のため息の聞こえてくるような叙述、一人称的無敬語表現に直接するのである。「なほあらじに」は源氏の心内語にひとしい心事の叙述である。ここで語り手は「……立ち寄りたまへれば」と第三者的叙述に立ちもどるが

「三の口あきたり」は客観的叙述というより源氏の発見そのものを叙述しているのであって、源氏の心内語といってもかまわないという意味で主観直叙の文型にあてはまる。「三の口あきたり」は客観的事実であって心情ではないから文字通りの主観直叙ではないが「三の口あきたり‼」とでもいうべく源氏の発見の感慨がこめられていよう。「女御は上の御局にやがてまうのぼりたまひにければ」は源氏の知るところでもあろうから、敬語も源氏からのそれをそのまま叙述したものであり、「人少ななるけはひなり」は源氏の知覚そのままを叙しているのであって、知覚する源氏の思い、期待がこもっている。単なる客観描写ではないのだ。「奥の枢戸もあきて、人音もせず」も源氏の発見であり知覚である。語り手は源氏の耳目に寄り添って語ってゆく。源氏の知覚だからこそ「かやうにて、世の中のあやまちはするぞかし、と思ひて」に直接する。「かやうにて」は「奥の枢戸もあきて、人音もせず」を受けているのだから「奥の枢戸云々」も源氏の心内語に入れてもよいわけで、このあたり客観描写と源氏の心内語との区分しがたい混交現象であることに注意したい。すなわち客観描写と見える表現に源氏の感懐が入り込んでいる心情表現であるということである。「三の口あきたり」と同様「奥の枢戸もあきて、人音もせず」も源氏の発見そのものを叙述しているのであり、語り手は源氏に密着して語っている。

「人は皆寝たるべし」の推量も源氏のそれに密着した叙述というべきである。「いと若うをかしげなる声の、……こなたざまには来るものか」は源氏の知覚と胸のときめきそのままを叙していて、語り手は完全に源氏に一体化している。「こなたざまには来るものか」の感動は源氏以外の誰のものでもない。朧月夜への敬語及び無敬語についてはかつて述べているように[6]、これも源氏の視点からのもので「なべての人」とは知覚しない心情的視座からの敬語であり、無敬語は「恐ろしと思」う「女」としての不安な情動の緊迫感を表わす。それにも源氏のまなざしはそそがれている。「聞き定めて、いささかなぐさめけり」は朧月夜の立場からの、つまり一人称的無敬語表現で、朧月夜のいつわらざる心情がつたわってくる文体である。「きくにすこしなくさみけん」（河内本の高松宮家本）のような語り手の推量の入った間接的表現と対比するとこの文体、表現構造の直接的心情の流露がよく分かる。朧月夜の内なる心の声が聞こえてくるようだ。河内本の尾州家本、平瀬本、大島本は「きくにすこしなくさみける」と客観的叙述である。いずれの本文も敬語がないのは朧月夜の緊迫した心情の表現ゆえであろうか。「わびしと思へるものから、なさけなくこはごはしうは見えじ、と思へり」と一人称的無敬語表現なのは、朧月夜の源氏に対する気持をじかに読者につたえる表現効果をもたらしていると思う。

「酔ひごこちや例ならざりけむ、ゆるさむことはくちをしきに」は源氏自らの自問自答の気持そのままを叙した地の文である。「女も若うたをやぎて、強き心も知らぬなるべし」は源氏の推量である。朧月夜の若い「女」の情動を感じ取り、自分をはねつけることも知らないなよやかな〝お嬢さん〟を可愛く感じた。そのことを語り手は「らうたしと見たまふに」と説明するが、すぐに「ほどなく明けゆけば、心あわたたし」と源氏の主観を直叙する。「女はまして、さまざまに思ひ乱れたるけしきなり」は客観的叙述というものではなくて源氏の視点に即した叙述と思う。自分は「心あわたたし」、「女はまして……」と思いやっている源氏の心情的視座に即した語りの叙述である。「思ひ乱れたるけしき」と無敬語なのは「女」の心の裸形をまのあたりに感じ取って、そのなまの心を表現しているからである。会話で敬語を用いるのは当然である。会話には社会性がともなう。「……と言ふさま、艶になまめきたり」は源氏のとらえた朧月夜の有様で、「言ふ」の無敬語は源氏の朧月夜に対する親愛感を表わす。

このように見てくると、源氏物語の地の文は作中人物の心情に満ち満ちていることが分かる。特に一人称的無敬語の叙述はその人物の主体的な言動の叙述で、敬語のないぶんその人物が生地のままで行為する姿となる。若紫巻で紫上の幼時、源氏が廂の間と母屋の境の御簾《みす》の下から手をさし入れて探るところをあげておこう。

> 手をさし入れて探りたまへれば、なよよかなる御衣《ぞ》に、髪はつやつやとかかりて、末のふさやかに探りつけられたるほど、いとうつくしう思ひやらる。

「なよよかなる御衣に、……末のふさやかに」は「探りつけた」源氏の感触そのままを叙しており、「思ひやる」の「る」は自発で、ほんとにみごとな髪だろうと想像が自《おのずか》らにされてくる源氏の胸ときめく情動がつたわってくるのも無敬語の一人称的叙述の表現効果であり源氏の生地の姿が迫ってくるのである。以上で本稿をとじることとしたい。

注

（1）拙稿「源氏物語の敬語法と叙述の視点」（「学大国文」第38号、平成7年2月）。
（2）拙稿「源氏物語の創造―源氏物語の内在的言語・内在的世界―」（『源氏物語講座』第一巻、勉誠社、平成3年10月。拙著『源氏物語の主題と表現世界』勉誠社、平成6年7月刊所収）。
（3）渡辺実博士『平安朝文章史』第二章「平安文章の成熟　源語の章」の蜻蛉日記―当事者的表現　参照。
（4）拙稿「源氏物語の表現構造としての敬語法（続）」「学大国文」昭和61年3月。拙稿「源氏物語敬語体現論」稲賀敬二氏編著『源氏物語の内と外』風間書房、昭和62年11月。共に拙著『源氏物語の主題と表現世界』所収。
（5）島津久基博士『日本文学考論』の「敬語要記」の三　主観直叙。
（6）拙著『源氏物語生成論』（世界思想社）一五四頁～一五六頁。

二　源氏物語の敬語法と叙述の視点

一

もの思ひ知りたまふは、さま、容貌《かたち》などのめでたかりしこと、心ばせのなだらかにめやすく、憎みがたかりしことなど、今ぞおぼしいづる。さまあしき御もてなしゆゑこそ、すげなうそねみたまひしか、人がらのあはれに情《なさけ》ありし御心を、上《うへ》の女房なども恋ひしのびあへり。「なくてぞ」とは、かかるをりにやと見えたり。

（桐壺巻）

右は青表紙本（大島本）の本文であるが、河内本、別本とも異文はあるが、敬語に関してはおおむね異同はなく、一箇所、別本の国冬本が、「なさけありし御心を」を「なさけつきてありしことを」とするのみである。「さま、容貌などの」以下「憎みがたかりしことなど」までの桐壺更衣への無敬語、「人がらのあはれに情ありし御心を」の桐壺更衣への敬語、この相違は何に由来するであろうか。

そう隔たってはいない叙述での、この相違は、前者を「もの思ひ知りたまふ」女御、更衣の心内語と解すれば話は別様になるが、「憎みがたかりしことなど」と総括した言い方は直接話法的に「今ぞおぼしいづる」に続かないから、語り手の叙述つまり地の文と認めざるをえまい。とすれば、ともに地の文でありながら一方は無敬語、他方は敬語となっているのは何故なのかが問われねばなるまい。

私見によれば、語り、叙述の視点が、前者は「もの思ひ知りたまふ」女御、更衣、つまり桐壺更衣より上位の妃たちの視点、目と心に密着した叙述だから、桐壺更衣に対して無敬語なのである。心内語とも解せそうな叙述は、

「もの思ひ知りたまふ」女御、更衣の思念、桐壺更衣への心情に全く密着した地の文であることを表わしていよう。それに対し「人がらのあはれに情《なさけ》ありし御心」という叙述は、「上の女房など」の視点、彼女らの目と心によってとらえられた、彼女らの心情のこもった桐壺更衣の映像を叙述するものである。桐壺更衣に敬語が付けられているゆえんである。国冬本（別本）が「なさけつきてありしことを」と無敬語にしたのは前者と無原則に統一をはかったものというべく、誤った処置というべきであろう。ここは国冬本（別本）を取り立てて考察の対象とするものではないが、少し後の叙述で「人の御おぼえ」を「人のおぼえ」とするなど誤っているのが気になる。

次の叙述で桐壺更衣に無敬語なのも、桐壺帝の視点・目と心に即した叙述であるからであろう。

かうやうのをりは、御遊びなどせさせたまひしに、心ことなるものの音《ね》をかき鳴らし、はかなく聞こえいづる言《こと》の葉《は》も、人よりはことなりしけはひ容貌《かたち》の、おもかげにつと添ひておぼさるるにも、闇のうつつにはなほ劣りけり。

敬語については諸本異同はない。「聞こえいづる」のように謙譲語だけというのも、帝との関係が強く意識されるところで、それは語り手の意識ともいえようが、「心ことなる」以下「つと添ひて」までまさに桐壺帝の回想の思念にぴったり沿った叙述にほかならぬではないか。さればこの「聞こえ」も帝なればこその自らへの桐壺更衣からの敬意をお受け止めになる意識に沿っての語り手の叙述であり、帝の心内語に近いほどの帝の回想に沿った、これも地の文なのである。「闇のうつつにはなほ劣りけり」は語り手の叙述、地の文であるが、帝の嘆息の聞こえてくるような主観直叙でないのか。

やもめずみなれど、人ひとりの御かしづきに、とかくつくろひたてて、めやすきほどにて過ぐしたまひつる、闇にくれてふし沈みたまへるほどに、……

右の敬語は、靫負《ゆげひ》の命婦からの、桐壺更衣の母君への敬意に密着した叙述で、この少し前の「命婦、かしこにま

（う）で着きて」も、桐壺更衣及びその母君を命婦が尊重、敬う気持ちに密着した表現で、以下の母君への敬意に連っていくものである。思うにこの命婦は、帝に対してはもちろんだが、桐壺更衣の悲劇的な死と母君の悲しみに深く同情する、「上の女房」なのであり、「人がらのあはれに情《なさけ》ありし御心を」と「恋ひしの」ぶ心の厚い女房なのだ。桐壺更衣やその母君への敬意はその心情とシノニムなものである。青表紙本の横山本、肖柏本、三条西家本が「まかで着きて」とするのは、宮中から退出して到着するのだから理の有ることではあるが、この時の命婦の心持、主観に即せば「まうで着きて」なのではあるまいか。「まかで着きて」は客観的とはいえないか。ここは河内本、別本とも「まうで」すなわち〝参上〟の意の本文である。命婦は宮中を出る時から桐壺更衣の実家へ参上する心意であったのであり、「門《かど》引き入るるより」その目に映るのは、彼女の同情と敬意に満ちたまなざしによってとらえられる桐壺更衣の実家の有様であった。

私は、母君への敬語は、命婦からの敬意に密着したものと考える。母君への尊敬語、そして「仰せ言《ごと》伝へきこゆ」の「きこゆ」（謙譲語）は、命婦の、母君への敬意に密着する語り口であって、語り手が第三者的に語っているものではない。何故なら、命婦は勅使として弔問しているのである。第三者的に語って母君と命婦の、身分上下の関係をとらえるならば、「伝へきこゆ」ではありえない。ここは命婦の立場から語っているから「伝へきこゆ」となるのである。源氏物語の地の文は、このように作中人物の立場に即した〝主観的〟な叙述であり、地の文でありながら、作中人物の心の声が聞こえてくるのである。この「伝へきこゆ」の「きこゆ」には命婦の切実な心の声がこもるであろう。母君への深い敬意が感じられるのである。この「つたへきこゆ」が国冬本（別本）に無いが、いかなる所存によるのであろうか。推測にほかならないが、この「きこゆ」（謙譲語）だけというのを疑問に思っての削除の行為とも考えられる。ならば「きこえたまふ」ともなしえようが、それも抵抗を感じたのかもしれない。命婦に敬語をつけることに抵抗を感じ、さりとて「きこゆ」だけでは母君を過大に遇することになる、と処置にあぐねて、削除という挙に出たのであるまいか。「仰せ言《ごと》『しばしは……』」と続けられはするが、言葉足らずというか、目で見て分かることは分かるが、『仰せ言《ごと》』イコール『しばしは……』であって、いかにも文章として成り立つだけのことである。「仰せ言《ごと》」をどうするのかという、受ける部分があるのが自然であろう。「うけたまはり果てぬやうにてなむ、まかではべりぬる」が受けるのでは話にならぬ。諸本多く「つたへきこゆ」を欠くものはないのに国冬本のみが無いのは、前述の推測のごとく、「きこゆ」なる謙譲語にかかずらって処置に窮し、削除しても、「仰せ言《ごと》」の下に（すなわち）の意をこめて「仰せ言」の内容に入ればよいとしたのであろう。国冬本は、地の文を第三者的叙述と決めこんでいるから、こういうことになったのであろう。作中人物の立場からの語りの叙述という本質をつかむことが、できなかったのだ。他の諸本がすべてその本質をつかめていたとも思えないが（ただ「つたへきこゆ」とある通り書写しただけの本がむしろ多いであろうか）、国冬本が削除の挙に出た経緯を前述のように推測することによって、かえって源氏物語の地の文の特質が、国冬本と対位的に浮かび上がってくるように思われるのである。国冬本のこの処置はあくまで誤りであるが。

　少し後の「御文たてまつる」は諸本異同がないので、国冬本が「つたへきこゆ」を削除した理由は、前述の私の推測では謙譲語「きこゆ」にかかずらったものとしたが、単純に「仰せ言《ごと》」の下に（すなわち）の意をこめて「仰せ言《ごと》」の内容に入ればよいとして削除したものと考える方が実状に合っていそうである。しかし諸本が「つたへきこゆ」が有ることからして、国冬本独りのさかしらにほかならないであろう。詳しくは見ていないが国冬本は削除や異文が多く、かなり手を入れた姿勢が目立つ。

「見たまふ」、「え見たまひ果てず」は、命婦の視点に即した母君への敬語であり、「こまやかに書かせたまへり」は、母君の視点に即した帝への敬語であると私は考える。そのように読むことによって、臨場感あふれる語りの場面に参入することになるのである。単一に語り手（作者）からの敬語と考えるのでは、この場面の臨場感に読者は参入できないであろう。

母君への敬語は命婦の視点に即した叙述と私は考える。命婦の動作に敬語が無いのは命婦の視点に立つ叙述だからである。語り手が第三者的、客観的に身分上下の関係を考えて敬語を付けたり付けなかったりしているのではない。母君が命婦に向かって話す会話文中には「いとつらう思うたまへ知らるるに」（下二段活用の自己卑下の「たまふ」）「はづかしう思うたまへはべれば」（自己卑下と丁寧語）、「百敷に行きかひはべらむことは」（丁寧語）、「自らはえなむ思うたまへ立つまじき」（自己卑下）、「見たてまつりはべる」（丁寧語）「思うたまへるさま」（自己卑下）、「奏したまへ」（命婦への尊敬語）、「ゆゆしき身にはべれば」（丁寧語）等、自己卑下の謙譲語や聞手（命婦）を敬う丁寧語が多用されている。勅使としての命婦を母君は大変尊重しているのである。「南面におろし」たのも勅使への処遇であった。この場面は、命婦は勅使として存在しているのである。母君はそれを認識して敬意を重くしているのである。語り手（作者）がそれを認識せぬはずはあるまい。しかるに地の文において命婦に無敬語であり、謙譲語のみの箇所もある。これは第三者的、客観的に語り手（作者）が叙述したものとしては考えられないところである。やはりこれは命婦の視点、立場からの叙述と考えるほかないのである。

「宮は大殿籠りにけり」を地の文ととるか命婦のことばとするか微妙なのも、命婦の視点に立って、命婦の立場から叙述されていると見るとき納得できることなのである。「宮は大殿籠りにけり」を命婦のことばとするならば、命婦は若宮が寝たことを見たか知っていなければならない。地の文としても命婦の視点に立つ叙述と見るならば、命婦は若宮の寝たことを見たか知ってのこととなるのである。どちらにも解せるのはどちらも命婦の目、認識にもとづくのでまぎらわしいことから生じるのである。「宮は大殿籠りにけり」を単一に語り手（作者）の叙述ととるならば、命婦は若宮が寝たことを必ずしも知っているとはいえない。となると「見たてまつりて」以下の命婦のことばとの整合性がとぼしくなろう。すなわち、命婦が必ずしも若宮の寝てしまっていることを知っていないのならば、起きているとも思うのであれば「見たてまつりて、くはしう御ありさまを奏」することを期すべきである。命婦の使命は何よりそのことでなければならぬからである。そもそも帝が命婦を母君のところに遣わされたのは何より若宮が恋しく、若宮を早く宮中にお召しになりたい御気持からである。命婦はそのことをよく知っているはずである。「一の宮を見たてまつらせたまふにも、若宮の御恋しさのみ思ほしいでつつ、親しき女房、御乳母《めのと》などをつかはしつつ、ありさまをきこしめす」とあるように帝は何より若宮が恋しく若宮のことが知りたい御気持である。「親しき女房」の中にこの命婦は入るであろう。既に弔問した典侍など帝側近の女房たちの弔問が既にあったことも分かる（典侍のことは命婦から母君へのことばの中に出ている）が、命婦も含めて、帝の思し召しは、若宮の「ありさまをきこしめす」ところに「親しき女房、御乳母などをつかは」されるゆえんがあったのである。されば命婦は何よりこの帝の思し召しに沿うべく若宮のありさまを「見たてまつ」らなければならない。が、「宮は大殿籠りにけり」。この「けり」には命婦が若宮の御寝に気づいた残念な気持がこもっていよう。若宮の目覚めるのを待つには「（帝が）待ちおはしますらむに、夜ふけはべりぬべし」であるから、若宮の目覚めるのを待つわけにもいかない。残念ではあるが帰りを急がねばならないので「急ぐ」のだ。

二

絵にかける楊貴妃の容貌《かたち》は、いみじき絵師といへども、筆限りありければ、いとにほひ少なし。太液《たいえき》の芙蓉《ふよう》、未央《びやう》の柳も、げに通ひたりし容貌を、唐めいたるよそひはうるはしうこそありけめ、なつかしうらうたげなりしをおぼしいづるに、花鳥《はなとり》の色にも音《ね》にもよそふべきかたぞなき。

敬語法とは関連しないが、右の文章は桐壺帝の視点にもとづくものである。帝は「このころ、明け暮れ御覧ずる長恨歌の御絵」の楊貴妃の肖像を想起されている。「絵にかける」以下帝の想起の思念のままにかたどられている。

帝の独白にも似た心の声が直接つたわってくる。語り手は帝の心情に即して、帝の心のことばをそのままに語りあげる。「いとにほひ少なし」は帝の主観直叙の文である。「げに」は長恨歌の詩句、「太液ノ芙蓉未央ノ柳、芙蓉ハ如クレ面ノ柳ハ如シレ眉ノ」を帝が思い浮かべられ、なるほどその通りと思われたのである。「通ひたりし」は、帝が長恨歌の絵の楊貴妃の肖像を想起されて、なるほど似通っていたと思っていられるわけで、問題とされている「き」は直接体験の語ということとも問題なく合致する。「唐めいたるよそひはうるはしうこそありけめ」の「けめ」は帝が直接見ていない楊貴妃の生きた姿（絵の肖像ではなく）を推量されているのであり、「なつかしうらうたげなりし」桐壺更衣と対比されているのは「うるはしうこそありけめ」の楊貴妃である。そして「太液の芙蓉、未央の柳もげに通ひたりし容貌」の楊貴妃に対比されているのは「花鳥の色にも音《ね》にもよそふべきかたぞなき」桐壺更衣である。河内本は更衣を女郎花、撫子にたとえているが、それでいて「花鳥の色にも音《ね》にもよそふべきかたぞなき」としていて混乱している。陽明文庫本（別本）は「尾花の風になびきたるよりもなよびなでしこのつゆにぬれたるよりもなつかしかりしかたちけはひ」と更衣を尾花、撫子にたとえながら「花鳥の色にも音《ね》にもよそふべきかたぞなき」とあって河内本同様混乱している。しかも陽明文庫本は「太液の芙蓉、未央の柳も」以下「うるはしうこそありけめ」までが無く、楊貴妃をたとえるものがなく、更衣の「なつかし」と対比されるべき楊貴妃の「うるはし」の形容語がないのはどうしたことであろうか。楊貴妃のことは帝に想起されえないと考えたのであろうか。絵をご覧になっていたことに思い及ばず、現身の楊貴妃は、帝は御じないから削除すべしと考えたのであろうか。麦生本（別本）は、「太液芙蓉未央の柳にもげにかよひたりけんかたちを」とあり、「し」が「けん」となっていて、直接見たのではない楊貴妃のことを言うのに適合していると、細江逸記氏の説を重んじると、そう思われるのであるが、絵の肖像を帝が想起されていると考えれば「し」でよいこと前述した通りである。麦生本は絵とは思わず現身の楊貴妃と考えたのであろうか。とすれば陽明文庫本などと同様であるが、しかし麦生本は陽明文庫本のような削除は行わず、青表紙本に近い。陽明文庫本は河内本に似て、(女郎花が尾花となっているが) 撫子にたとえる文がある。御物本(別本)、国冬本(別本)も河内本に近いが、陽明文庫本のような削除は行っていない。

帝は楊貴妃の絵の肖像を思い浮かべられ「げに通ひたりし」とされ、「唐めいたるよそひはうるはしうこそありけめ」と現身の楊貴妃を推量されたのであった。「なつかしうらうたげなりし」桐壺更衣と対比されるべきは現身の楊貴妃でなければならないのであった。「絵にかける楊貴妃の容貌は、いみじき絵師といへども、筆限りありければ、いとにほひ少なし」と否定ししりぞけられており、なるほど太液の芙蓉、未央の柳に似通っていたけれど、というのは「いとにほひ少なし」と大きく否定したのをフォローしたのにすぎず、「唐めいたるよそひはうるはしうこそありけめ」が楊貴妃についての主文である。「絵にかける」以下「通ひたりし容貌を」までは絵の楊貴妃の肖像についての御感想にすぎず、「いとにほひ少な」きそれは桐壺更衣の映像と比較にならぬ。比較になるのは想像・推量の楊貴妃の「うるはしき」中国的美であった。その「うるはし」の美に対して、桐壺更衣の「なつかしうらうたげなりし」美を、比較を絶してまされるものとされる帝の御心が流露する。「花鳥の色にも音《ね》にもよそふべきかたぞなき」は「太液の芙蓉、未央の柳もげに通ひたりし容貌」に対比されてもいるが、楊貴妃の「うるはし」美に対する桐壺更衣の「なつかしうらうたげなりし」美の対比を絶したものとする御心のこもる絶賛のことばであると考える。何物にもたとえられない、絶対的美を、「花」(女の容貌をたとえるべき) にも、「鳥」(美しい女の声をたとえるべき) にもたとえられない懸絶の美として絶賛される帝の御心を思うべきである。地の文でありながら、作中人物の心のこもる、ほとんど帝の言葉といってよい地の文なのである。源氏物語の叙述の本質がこのように見えてくるとき、叙述の随所に作中人物の心がこもり、敬語法もその表われにほかならず、語り手は作中人物の心、敬意の視点に重なり、密着して敬意を発する語りの文体となることも必然であることが自明となろう。

三

既に「源氏物語論―源氏物語の表現構造・その内在的形象性―」（石川徹氏編『平安時代の作家と作品』武蔵野書院、平成4年1月。拙著『源氏物語の主題と表現世界』勉誠社所収）に書いたことであるが、帚木巻の次の場面で空蟬に敬語が付いたり付かなかったりしている。

かかることこそはと、ほの心得るも、思ひのほかなれど、幼ごこちに深くしもたどらず、御文《ふみ》を持て来たれば、女、あさましきに涙も出《い》で来《き》ぬ。この子の思ふらむこともはしたなくて、さすがに、御文を面隠《おもがく》しにひろげたり。いと多くて、

「見し夢をあふ夜ありやと嘆くまに目さへあはでぞころも経《へ》にける。

寝《ぬ》る夜なければ」など、目も及ばぬ御書きざまも、霧《き》りふたがりて、心得ぬ宿世《すくせ》うち添へりける身を思ひ続けて臥《ふ》したまへり。またの日、小君召したれば、参るとて御返り乞ふ。「かかる御文見るべき人もなしと聞こえよ」とのたまへば、うち笑みて、「違《たが》ふべくものたまはざりしものを、いかがさは申さむ」と言ふに、心やましく、残りなくのたまはせ知らせてけると思ふに、つらきこと限りなし。（新潮『集成』九五・六頁）

同じ空蟬であるのにこの場面で波線部は無敬語、傍線（直線）部は敬語が付けられている。これも作中人物（ここでは空蟬の弟小君）の視点に密着した語りの叙述ゆえ、小君から空蟬への敬意に密着した敬語なのである。無敬語の箇所は、空蟬の心情の視点に即して叙述されているからである。「のたまへば」を河内本や国冬本（別本）が「いへば」としているのは、空蟬への敬語を必要なしと考えたからであろうが、「臥したまへり」はそのままなのはどうしてだろうか。

国冬本は「御文はつねにあり」（『集成』九七頁）の「あり」を河内本が「たまはすれど」とするのと同じくして

いるように、客観的な角度から敬語を付けるべきは付け、付ける必要のないものは付けないという態度のようである。しかし青表紙本系統の本では、作中人物の視点からの叙述で、その作中人物からの角度で敬語が付いたり付かなかったりしているようである。それは内在的叙述というべく、地の文でありながら作中人物の心のこもる内的叙述となる。

敬語が付くときも無敬語のときも、作中人物の視点からの心意、心情をはからねばならない。それは対する二人の関係を考量する上で重要な徴表であるからである。

かのしるしの扇は（中略）ゆゑなつかしうもてならしたり。「草の原をば」と言ひしさまのみ、心にかかりたまへば　（花宴巻）

花宴巻で右大臣家の姫と逢った源氏が、取りかえた女君の扇を見ているところで、女君に敬語がないのは、逢った女君への源氏の親愛感にもとづく叙述であろう。逢ったときも「……と言ふさま、艶になまめきたり」と、源氏の視点からの叙述での無敬語には源氏の親愛の情がこもっていた。「艶になまめきたり」はこの女君の本質的魅力を直観した源氏の主観直叙であった。「草の原」の歌を詠んだときの女君の艶情にこぼれるばかりの魅力が、源氏の「心にかか」るのだ。

次の文に見られるように源氏の心内語に於てもこの女君に無敬語なのは注意されてよいであろう。源氏は真実この女君に親愛の情念を抱いたのだ。

をかしかりつる人のさまかな、女御の御おとうとたちにこそはあらめ、まだ世に馴れぬは、五、六の君ならむかし、帥《そち》の宮の北の方、頭《とう》の中将のすさめぬ四の君などこそ、よしと聞きしか、なかなかそれならましかば、今すこしをかしからまし、六は春宮にたてまつらむとこころざしたまへるを、いとほしうもあるべいかな、わづらはしう、尋ねむほどもまぎらはし、さて絶えなむとは思はぬけしきなりつるを、いかなれば、言《こと》通はすべ

きさまを教へずなりぬらむ、などよろづに思ふも、心のとまるなるべし。（花宴巻）

「よろづに思ふも、」と源氏に無敬語なのは源氏の視座からの叙述だからで、「心のとまるなるべし」は無敬語からしても源氏自らの推量を叙したものであり、いわゆる草子地ではない。この女君に心ひかれているからだろうと自らの心をのぞいている趣である。

ただ、この女君への親愛の情なるものは、「かうやうなるにつけても、まづかのわたりのありさまの、こよなう奥まりたるはやと、ありがたう思ひくらべられたまふ」とあるように藤壺の奥深い慎み深さと「思いくらべられ」る性質と裏腹のもので、この女君に魅かれる源氏の心情には遊戯的なものがある。「五、六の君ならむかし」と推定しているところはさすがに色好みであり、おおよそまとを射ている。「帥《そち》の宮の北の方、頭《とう》の中将のすさめぬ四の君などこそ、よしと聞きしか、なかなかそれならましかば、今すこしをかしからまし」などと、人妻の方だったらもっとおもしろかっただろうに、と反実仮想とはいえ考えている思念の中に位置づけると、いっそう遊戯的心情がうかがえるのである。「六は春宮に……」と事の面倒さ、女君が気の毒と承知しながら、相手の女君の艶情への認識とも相まって恋愛遊戯に走ろうとする心のひかれ方を源氏自らも分かっている。「心のとまるなるべし」と自己分析しているのだから、割合覚《さ》めているのである。それが証拠に藤壺の奥深さ慎み深さとすぐに「思ひくらべ」ている。

したがって、この無敬語は親愛感の表われであるにはちがいないが、親愛感の底に覚《さ》めた批判をともなう軽んずる心があるといわねばならないであろう。源氏と朧月夜の恋愛にはその出発からずっとこの感情が続いていたとおぼしい。

女の御さまも、げにぞめでたき御さかりなる。重りかなるかたはいかがあらむ、をかしうなまめき若びたるここちして、見まほしき御けはひなり。（賢木巻）

右は、朧月夜が尚侍となり、「やむごとなくもてなして、人がらもいとよくおはすれば、あまた参り集りたまふなかにも、すぐれて時めきたまふ」とあるように朱雀帝の御寵愛は女御更衣たちに抜きん出て厚かった時に於て「例の御癖なれば、今しも御心ざしまさるべかめり」という源氏の情念が、「例の、夢のやうに聞こえたまふ」密会の場面の、朧月夜の様子であるが、全文、源氏の視点に立って源氏の目と心によってかたどられたものである。女盛りの美しさに見ほれる源氏の視線、息づかいが感じられるが、同時に「重なりかなるかたはいかがあらむ」の批判の心を源氏は忘れていない。その源氏の心に密着して叙述されているのだ。しかし源氏の目はすぐにも「をかしうなまめき若びたるここちして」とあるように朧月夜の美しくあでやかで若々しい感じにひきこまれていく。その源氏の心が、「見まほしき御けはひなり」と魅力礼賛のことばとなりそれがそのまま地の文となっているのである。右の文の、朧月夜への敬語もすべて源氏からの敬意に密着したものである。

さて、ここでは源氏から朧月夜へ敬意が見られるのは何故か。親愛の情（無敬語が表わす）からの転換は何に由来するのか。「重りかなるかたはいかがあらむ」の批判は変わらぬものの、それが軽侮につらならず、尊重の心と共存するゆえんは何か。尚侍として帝寵を受ける今の朧月夜に「今しも御心ざしまさる」ところに尊重の心の胚胎があるのだ。朧月夜への敬語はそのような源氏の情念にもとづくものなのである。

「例の、夢のやうに聞こえたまふ」とあるように切実な思い入れの深さが「聞こえ」に表わされている。源氏は、帝寵を受ける朧月夜に強く愛情をつのらせるのだ。困難があるほど燃える「例の御癖」である。その愛情の強さが敬意、尊重となって敬語表現となっているわけである。後朝の別れでも「女君、心からかたがた袖をぬらすかなあくとをしふる声につけても　とのたまふさま、はかなだちて、いとをかし」と敬語である。始めて逢った時の別れは、「……と言ふさま、艶になまめきたり」であった。艶情の美への親愛感である。ここは「はかなだちて、いとをかし」。女君の心細げな美しさは源氏の情愛をそそるはずだ。この敬語はその情愛の深さとシノニムなものであるはずである。尚侍として帝の寵愛を受ける朧月夜への敬意と重なってはいるが決して単に身分的位置への敬意ではなく、帝の寵愛を受ける、実質的な「帝の御妻」に挑む情意とシノニムな内的モチーフを見たいと思うのである。「今しも御心ざしまさる」愛情にもとづく敬意、尊重の心をである。無理、困難をともなう恋に燃える「例の御癖」に発する好色者としての源氏の情念、執着であり、批判的に見れば、真の愛情とは言いがたいであろうが、源氏の性情にもとづく情念であるだけに本質的なものであることはうたがいない。

四

話は変わるが、柏木は、女三の宮との密通のことが源氏の知るところとなったことに畏怖して病臥、長い間源氏のもとに姿を見せなかったが、朱雀院の五十の賀を女三の宮が行うについて、その試楽に源氏が柏木を招く。柏木はつらい心で六条院に参上する。その源氏と柏木の会見の場面が次のように描かれている。

> まだ上達部などもつどひ[A]たまはぬほどなりけり。例の気近き御簾《みす》のうちに入れ[B]たまひて、母屋《もや》の御簾おろして[C]おはします。げにいといたく痩《や》せ痩せに青みて、例も誇りかにはなやぎたるかたは弟の君たちにはもて消《け》たれて、いと用意あり顔にしづめたるさまぞことなるを、いとどしづめてさぶらひたまふさま、などかは皇女《みこ》たちの御かたはらにさし並べたらむに、さらに咎《とが》あるまじきを、ただことのさまの、誰も誰もいと思ひやりなきこそ、いと罪許しがたけれ、など御目とまれど、さりげなく、いとなつかしく、……
>
> （若菜下巻）

右のA、B、Cの敬語は、柏木の視点に密着した語り手の叙述と思う。柏木が六条院に参上すると「まだ上達部などもつどひたまはぬほど」なのだった、柏木の思いそのままに語る叙述である。右の「上達部」は柏木から見ての上位者「右の大臣」（鬚黒）などが柏木の意識にあるのである。柏木は少し早目に参上して、他の上達部などが参上しない間に、源氏に挨拶をすませておこうと思ったのであろうか、そのような柏木の息づかいが感じられる。

長い間六条院に御無沙汰している心のとがめが、上達部たちの目を意識させるのである。ほっとする柏木の息づかいがつたわってくる。そのような柏木の心情のこもる叙述である。「例の気近き御簾のうちに入れたまひて」の「たまひ」は柏木の源氏への敬意に密着した敬語であり、いつもと同じく、御座所近いお部屋うちにお呼び寄せになる源氏を、柏木はどのような思いで感じていただろうか。外面的にはいつもと変わらぬ源氏の扱いが、いつもの親愛と受け止められるであろうか。否である。「母屋の御簾おろしておはします」の源氏への最高敬語は、柏木の源氏への畏怖を内在する敬語だと思う。柏木は源氏を恐れ仰ぐ。「御簾おろして」顔見せぬ源氏が、この時の柏木にはどんなにか畏怖に満ちた存在であったことであろう。おののく心で仰ぎ見る、顔見せぬ源氏は威厳に満ちた存在でなければならない。「おはします」の最高敬語はむろん准太上天皇の尊貴への敬意であるが、単に身分的位置への敬意ではなく、畏怖する柏木の心の内在を見なくてはならないと考える。その後の会話の後、

……など、いとなつかしくのたまひつくるを、うれしきものから、苦しくつつましくて、言《こと》少なにて、この御前《まへ》をとく立ちなむと思へば、例のやうにこまやかにもあらで、やうやうすべり出でぬ。

とあるように柏木の心情は明らかであろう。柏木は、苦しく身のちぢむ思いであったのであり、早々にさがりたい畏怖の心で、やっとの思いで源氏の御前を「すべり出」たのである。

ところで対話中の源氏には最高敬語は用いられず「のたまふ御けしき」、「労ありとおぼす」、「いとなつかしくのたまひつくる」等であるのは、「さりげなく、いとなつかしく」、「いとなつかしくのたまひつくる」とある、源氏の「いとなつかしく」語る態度によるのであろう。畏怖を内心感じている柏木の目にも、大変やさしく映る源氏の態度であったのだ。最高敬語の重々しさでないのは、この源氏の態度のやさしさの体現であり、同時にそのようにやさしい態度の源氏にふさわしい柏木の敬意表現に密着する叙述なのである。

一方、柏木の動作に多く無敬語なのは、柏木に密着して、柏木の心の角度、視点からの叙述だからである。「苦

しと思ふ思ふ参りぬ」、「御いらへもとみに聞こえず」、「やうやうすべり出でぬ」等、柏木の立場からの叙述であり、それゆえ柏木の心情がじかにつたわってくる文体なのである。「この御前をとく立ちなむと思へば、……やうやうすべり出でぬ」からは柏木のことばと言ってよいほどの、柏木の心の声が、聞こえてくる。「御前」の敬語はむろん柏木から源氏への敬意に即したものである。

「申したまへば」というのが一例あるが、源氏に対して、長い御無沙汰を陳弁する心のかしこまりが「申し」によく表われていよう。「申す」は「聞こゆ」よりかしこまりが強いといわれている（亀田定樹氏『中古中世の敬語の研究』参照）。ここに「たまへば」の敬語があるのは、私見によれば、源氏が「労ありとおぼ」した柏木への敬意に沿ったものである。会見のはじめにも「さぶらひたまふさま」とあった。この「たまふ」も柏木の風姿の「いと用意あり顔にしづめたるさまぞことなるを、いとどしづめて」に対する源氏の敬意に即したものである。柏木の「申し」、「さぶらひ」の謙譲の態度は源氏の目に映ることとなり、そのような謙譲へのバランスからも尊敬語が併用されたとおぼしい。前述の「労ありとおぼ」した敬意や沈静な柏木の風姿への敬意のうえにである。「御いらへもとみに聞こえず」は謙譲語のみであるが、前述のごとく柏木の視点による叙述ゆえであるが、源氏のまなざしはそのような柏木にそそがれているはずで、すぐに申し上げない柏木の心情を見透かしていると思う。源氏からの敬意、尊重はここではありえない。同様「やうやうすべり出でぬ」柏木に対しても源氏はその柏木の心情を見透かすであろう。源氏から敬意、尊重はあるべくもない。

このように対話、対座での地の文の敬語は、相互の敬意の有無の心に即してその視点で叙述されている、まことに臨場的なものであり、作中人物相互の心情を映すものなのである。会話文や心内語はいうまでもないが、地の文にも作中人物の心と目による叙述がなされるので、地の文の敬語にも作中人物の心情、心の息づかいが表わされるのが、源氏物語の敬語なのである。作中人物の視点に沿った敬語であることに留意しなくてはならない。

対話、対座ではない場面では、誰の視点に即した叙述かを判別しなければならない。

東の御殿にて、大将のつくろひ出だしたまふ楽人《がくにん》、舞人の装束のことなど、またまた行ひ加へたまふ。あるべき限りいみじく尽くしたまへるに、いとどくはしき心しらひ添ふも、げにこの道は、いと深き人にぞものしたまふめる。

柏木に尊敬語が夕霧と互角に付けられている。准太上天皇の源氏に対するのとは格段に相違するのは当然であるが、ここは単に身分的な対位だけではなく、柏木が音楽に於いて夕霧以上である優位性が語られている場面である。夕霧からの柏木への敬意に沿ったものというべきであろう。夕霧への敬語は柏木からのものと見たい。相互の視線に沿った語り手の叙述、語りの敬意表現と見るとき、夕霧、柏木相互の敬意が地の文から浮かび上がってくる。ここは語り手の客観的な叙述と見るべきところかもしれない。それで十分理解できる。が、私はあえて右のように読んでみようと思う。客観的な叙述であれば、柏木の音楽における優位性をただ客観的事実として受けとるだけのことであるが、右のように読めば、夕霧、柏木相互の心情のあやも浮かび出ると思う。敬語も語り手（作者）が柏木を夕霧と互角に遇している、語り手（作者）の敬意とのみ見るよりも、柏木に対する夕霧の敬意が夕霧に対する柏木の敬意と互角、同等なのだと受けとる方が、夕霧のこの場面での心情がうかがえることともなり、場面の意味も深くなろうというもの。身分的には夕霧が上なのである。なぜか、柏木は「などかは皇女《みこ》たちの御かたはらにさし並べたらむに、さらに咎《とが》あるまじきものを」と源氏に認められたり、音楽において夕霧にまさるとされたり、急に持ち上げられてきている。ここではそのことには立ち入らない。

以上、源氏物語の地の文について敬語法を中心に作中人物相互の視線による叙述と見ることによって、臨場的に生き生きとつたわってくる作中人物の心情を読む、読例をつらねてきた。一定の紙幅となったので今回はこのあたりで擱筆し、機会を改めてまた他の文例を読もうと思う。

三　源氏物語の表現現象

――「語り」の文章――

大井に明石の君を訪れ、二夜を過ごしてこまやかな契りを交わした源氏が大井を去ろうとする別れの朝の場面である。

なかなかもの思ひ乱れて臥《ふ》したれば、とみにしも動かれず。あまり上衆《じやうず》めかしと思したり。人々もかたはらいたがれば、しぶしぶにゐざり出でて、几帳《きちやう》にはた隠れたるかたはら目、いみじうなまめいてよしあり、たをやぎたるけはひ、皇女《みこ》たちと言はむにも足りぬべし。

（『新編日本古典文学全集　源氏物語②』松風巻四一六頁。以下ことわりなき限り頁数は『新全集』による。）

「皇女たちと言はむにも足りぬべし」に注して『新編日本古典文学全集』では「源氏が『あまり上衆めかし』と思ったのに対して、語り手が明石の君を最高にほめた」とする。『(旧)全集』も同じである。しかし、これは、「几帳《きちやう》にはた隠れたるかたはら目、いみじうなまめいてよしあり、たをやぎたるけはひ」をとらえた源氏の視点に重なる語り手の叙述であって、源氏が「皇女《みこ》たちと言はむにも足りぬべし」と認定したことこそ重要で、かつ語り手が地の文としてその源氏の心と一体化したことによって源氏の認定は客観化されたのである。明石巻二五〇頁の「手のさま書きたるさまなど、やむごとなき人にいたう劣るまじう上衆めきたり」、同二五一頁の「なかなかやむごとなき際《きは》の人よりもいたう思ひあがりて」、同二五七頁の「ほのかなるけはひ、伊勢の御息所《みやすどころ》にいとようおぼえたり」というのも源氏の認定に重なる語り手の叙述であった。「心にくくよしある聞こえありて、昔より名高くものしたまへば、……」（葵巻五三頁）とあった六条御息所に「いとようおぼえたり」、まことによく似ているというのであったから、その気品の高さは「皇女《みこ》たちと言はむにも足りぬべし」と認定されるのも自然なことといわねばならない。「あまり上衆めかしと」批判的に思った源氏も明石の君の横顔の優美さ、気品の高さによって納得もし高い評価を与える仕儀となったのである。

とばかりかへり見たまへるに、さこそしづめつれ、見送りきこゆ。言はむ方《かた》なき盛りの御容貌《かたち》なり。いたうそびやぎたまへりしが、すこしなりあふほどになりたまひにける御姿など、かくてこそものものしかりけれと、御指貫《さしぬき》の裾《すそ》までなまめかしう愛敬《あいぎやう》のこぼれおつるぞ、あながちなる見なしなるべき。（松風巻四一六・七頁）

明石の君の視点に変わり、明石の君のまなざしが源氏にそそがれる。源氏を「言はむ方《かた》なき盛りの御容貌なり」と見たのはまずは明石の君である。その明石の君の視点に重なっての語り手の叙述である。「いたうそびやぎたまへりしが」の過去の助動詞「し」が示すように明石で見た源氏の姿を回想しているのは明石の君である。直接見た者の感慨がこもる。その感慨に即して語り手は語るのである。「すこしなりあふほどになりたまひにける御姿など、かくてこそものものしかりけれと」の「ける」「けれ」はそのことに今気づき感動する明石の君の息づかいをそのまま伝える地の文である。「……なまめかしう愛敬《あいぎやう》のこぼれおつるぞ」は明石の君の感動そのものであって、源氏のこぼれるような魅力に感動している明石の君の心を表わしている。「……こぼれおつる」のは源氏の姿態であるが、それは明石の君の強い感情移入がある表現である。だからこそ、そのような源氏の姿態の表現のあとに、その表現について、それは明石の君のひいき目なのであろうと草子地がなされうるのである。

作中人物の目と心によってとらえられた、いわば感情移入の強い表現が、地の文であることによって客観的定位を得、見られた対象の人物の造型が、見る者の目と心に即したものでありながら、客観的造型にまで見なされる説得的機能を果たすこととなる。源氏物語の地の文のかような機能性こそ登場人物相互の心の投影をはらみこんだ人物造型を作中世界に定位させていくのである。

作中人物の目と心に即した叙述が、地の文であることによって、客観的定位を得る表現構造は、源氏物語の語り手の叙述する客観的世界とおぼしき内実は、実はある視点人物の見聞による事実であるということを知らせるものである。

大将の君は、この姫宮の御ことを、思ひ及ばぬにしもあらざりしかば、目に近くおはしますを、いとただにもおぼえず、おほかたの御かしづきにつけて、こなたにはさりぬべきをりをりに参り馴れ、おのづから御けはひ、ありさまも見聞きたまふに、いと若くおほどきたまへる一筋にて、上《うへ》の儀式はいかめしく、世の例《ためし》にしつばかりもてかしづきたてまつりたまへれど、をさをさけざやかにもの深くは見えず、女房なども、おとなおとなしきは少なく、若やかなる容貌人《かたちびと》の、ひたぶるにうちはなやぎ、さればめるはいと多く、数知らぬまでつどひさぶらひつつ、もの思ひなげなる御あたりとはいひながら、何ごとものどやかに心しづめたるは、心のうちのあらはにしも見えぬわざなれば、身に人知れぬ思ひ添ひたらむも、またまことにここちゆきげに、とどこほりなかるべきにしうちまじれば、かたへの人にひかれつつ、同じけはひもてなしになだらかなるを、ただ明け暮れは、いはけたる遊びたはぶれに心入れたる童女《わらはべ》のありさまなど、院は、いと目につかず見たまふことどもあれど、ひとつさまに世の中をおぼしのたまはぬ御本性《ほんじやう》なれば、かかるかたをもまかせて、さこそはあらまほしからめ、と御覧じゆるしつつ、いましめととのへさせたまはず、正身《さうじみ》の御ありさまばかりをば、いとよく教へきこえたまふに、すこしもてつけたまへり。

（『新潮日本古典集成　源氏物語』若菜上巻一二〇・一頁）

「見聞きたまふに」とあるので「いと若くおほどきたまへる一筋にて」以下は、夕霧の見聞した女三の宮の有様と源氏の扱い、女三の宮方の女房の様子であり、夕霧の女三の宮批判が込められている。夕霧の観察というものによってとらえられた内容である。「姫宮の御ことを、思ひ及ばぬにしもあらざりしかば」関心も深いのだ。しかも父の六条院へは実直な夕霧のことゆえ精勤に参上し、女三の宮が「目に近くおはしますを、いとただにもおぼえず、」ということとなり、普通のご用にかこつけて女三の宮の御殿には何か事ある折ごとにいつも参上したから「おのづから御けはひ、ありさまも見聞きたまふに」となった。ところでしかし「いと若くおほどきたまへる一筋にて」以下の叙述は、夕霧の観察であり批判でありながら心内語でなくまして会話文でなく地の文である。夕霧の観察であることが明らかでありながら作者は語り手の説明（地の文）として引き取るていである。夕霧の観察にしてはあまりに深く洞察的な内容に踏み込んでいる。視点者夕霧の視界を超える部分にまで及んでいる。「正身の御ありさまばかりをば、いとよく教へきこえたまふに、すこしもてつけたまへり」とは源氏と女三の宮夫妻の奥深くまで立ち入った観察であって、相対的な限界性を有する作中人物の視界を超えるものであるまいか。このような表現構造はどう説明すればよいのであろうか。作中人物の視点に密着した語り手の地の文とも単純には言い難いのである。夕霧の視点を導入とし、拡大した地の文と言うべく、地の文としての自主性が強い。夕霧の視点を導入としながら語り手はすっかり自らの地の文として主体化してしまっている。その結果、女三の宮の有様と源氏の扱い、女三の宮方の女房の様子は客観的事実となり、夕霧の女三の宮批判の内容までが相対化されず、客観的事実となりおおせるのである。しかしそれはあくまで客観的世界とおぼしきものであって、実は夕霧の観察による判断内容であることを忘れさせるものではない。いわばさような二重性を有する表現構造なのである。と言っては説明があいまいになるかもしれない。叙述的視点の微妙な移り行きと説明するべきであろうか。そしてそれは、「語り」の文体なるがゆえの表現現象にほかならないのであろう。夕霧の視点に重なる叙述が、いつしか語り手の主体性の強い叙述へと転化する文体は、夕霧の視点の残像をはらみこみつつ客観的事実の定位へと軟着陸する。

会話文も地の文も心の文もすべて「語り手」が語っていくのであるから「語り手」の主体性というか、「聞き手」（読者）に対する「語り」の文章に帰していくのは自然の成り行きというべきなのであろう。しかし次の文章の心中表現とは区別されなければならないであろう。

かやうのことを、大将の君も、（以上は地の文である）げにこそありがたき世なりけれ、紫の御用意、けしきの、ここらの年経ぬれど、ともかくも漏《も》り出で見え聞こえたるところなく、しづやかなるをもととして、さすがに心うつくしう、人をも消《け》たず、身をもやむごとなく、心にくくもてなし添へたまへることと、見し面影《おもかげ》も忘れがたくのみなむ思ひ出でられける。わが御北の方も、あはれとおぼすかたこそ深けれ、いふかひあり、すぐれたるらうらうじさなど、ものしたまはぬ人なり。おだしきものに、今はと目馴《めな》るるに、心ゆるびて、なほかくさまざまにつどひたまへるありさまどもの、とりどりにをかしきを、心ひとつに思ひ離れがたきを、ましてこの宮は、人の御ほどを思ふにも、限りなく心ことなる御ほどに、取り分きたる御けしきにしもあらず、人目の飾りばかりにこそ、と見たてまつり知るに、わざとおほけなき心にしもあらねど、見たてまつるをりありなむやと、ゆかしく思ひきこえたまひけり。

（『集成』若菜上巻一二一・二頁）

「げにこそ」から「もてなし添へたまへること」まで夕霧の心中表現である。「と……思ひ出でられける」とある。「思ひ出でられける」という無敬語表現は、夕霧の主体に即した叙述でそれとてもほとんど心中表現にひとしい地の文である。語り手は夕霧の主体に重なり一体化している。ところでしかし夕霧の心中表現なるものには語り手が介入し入り込んでいる。「紫の」という呼び方を夕霧がするであろうか。語り手からの呼び方と見られよう。「御用意」「もてなし添へたまへる」の尊敬語は夕霧から紫の上への敬意であり、心中表現としてしかるべきだが、「紫の」というのはいかがであろうか。私は語り手からの呼び方だと見る。つまり、心中表現といえども「語り手」の「聞き手」（読者）に対する「語り」の表現が混入して文字通りの心中表現となっていない。心中表現も「語り手」が語っていくので「語り手」が顔を出すというか、「語り手」の対「聞き手」（読者）意識からの表現が混じるのであろうか。しかしやはり前の文章とは相違し心中表現と見るべきであろう。「……と……思ひ出でられける」は、中に「見し面影も忘れがたくのみなむ」があり、「思ひ出でられ」たのは「見し面影」であって、「……と、思ふ」ではないから、必ずしも心中表現と言いがたい面もあるが、「げにこそ」という言い方からはじまる文章だから心中表現で、夕霧の感慨である。次の「わが御北の方も」以下も夕霧の心中表現であるが、「御北の方」の「御」は多分に語り手からの敬意表現であろう。「ものしたまはぬ人なり」の「たまは」は夕霧から夫人の雲居雁への敬語と見てさしつかえはないが、「御北の方」の述語であるため「語り手」の客観叙述に近づいた感がある。ゆえに心中表現にはちがいないが、「語り手」の「語り」の叙述意識を感じる。「思ひ離れがたきを」と無敬語なのは夕霧心中の告白と見てよく心中表現であり、「……と見たてまつり知る」、「見たてまつるをりありなむやと」の「と」が心中表現を証左している。そして最後は「ゆかしく思ひきこえたまひけり」と「語り手」の立場の叙述で結んでいる。「人目の飾りばかりにこそ」という心中表現は、「上の儀式はいかめしく、…」という夕霧の視点に即した「語り手」の地の文と同義異文で、夕顔巻の、源氏の視点に即してきた叙述とほとんど同文の心中表現がなされる表現構造に近い。夕顔の巻では地の文で「いとけうとげになりにける所かな」とあって、すぐそのあとに「けうとくもなりにける所かな」という源氏の心中表現がある。「語り手」が源氏や夕霧の目と心に即して語るので、地の文も心中表現も源氏や夕霧の目と心でとらえた観察の文として似てくるのである。「語り」の文なるがゆえの表現現象なのである。

　作中人物が「語り」の「語り手」であるかのような、作中人物に一体化した「語り」の文章は、地の文でありながら、作中人物の心事が読む（聞く）者にじかにつたわってくる文体である。それは心中表現よりも切実に作中人物の心中をうったえてくる。それは心中表現を含む文章が大枠として「語り手」により客観的に定位されてしまうのに対し、あくまで作中人物の主体に即して心事をたどるからである。次の文の柏木の主体に即した、柏木の立場からの地の文はそのようなものである。

衛門の督《かむ》の君も、院に常に参り、親しくさぶらひ馴れたまひし人なれば、この宮を父帝《ちちみかど》のかしづきあがめたてまつりたまひし御心おきてなど、くはしく見たてまつりおきて、さまざまの御定めありしころほひより聞こえ寄り、院にもめざましとはおぼしのたまはせずと聞きしを、かく異《こと》ざまになりたまへるは、いとくちをしく胸いたきここちすれば、なほえ思ひ離れず。そのをりよりかたらひつきにける女房のたよりに、御ありさまなども聞き伝ふるをなぐさめに思ふぞ、はかなかりける。「対《たい》の上《うへ》の御けはひには、なほおされたまひてなむ」と、世人《よひと》もまねび伝ふるを聞きては、かたじけなくとも、さるものは思はせたてまつらざらまし、げにたぐひなき御身にこそあたらざらめと、常にこの小侍従《こじじゅう》といふ御乳主《ちぬし》をも言ひはげまして、世の中定めなきを、大殿《おとど》の君、もとより本意ありておぼしおきてたるかたにおもむきたまはばと、たゆみなく思ひありきけり。

(『集成』若菜上巻一二二・三頁)

「世の中定めなきを」から「おもむきたまはばと」まで柏木の心中表現であるが、「たゆみなく思ひありきけり」と無敬語表現で結ばれることによって、その心中表現も柏木自らの告白として読者にじかにうったえてくるものとなる。柏木が自らの心事を語りかけてくるがごとく「語り手」は消えるかのごとく完全に柏木に一体化する文体である。その点が、夕霧の心中表現「……見たてまつるをりありなむやと」を「ゆかしく思ひきこえたまひけり」と「語り手」の立場で結んだ文体と異なるのである。心中表現そのものを柏木が読者に語りかけてくる印象がある。傍線部のすべてが柏木に無敬語であるこの文体は、柏木の切実な女三の宮への思いを柏木の主体的な心情としてつたえる効果を持つ。客観的な「語り」の枠組みを持つ夕霧の心中表現より切実さを強くひびかせるのである。これには作者の意図があろう。文体の差違によって柏木と夕霧の心情の差違をつたえているのだと思う。二重傍線「はかなかりける」は、柏木の嘆きの心事をつたえる地の文であって、「語り手」の批評(草子地)ではあるまい。よしんば草子地としても柏木の心事に密着しており距離はない。(よって私は草子地とは見ないのである。)

夕霧の心事に即した地の文を導入として客観性の強い地の文へと転移した文体は、夕霧の女三の宮批評が、いつしか「語り手」の女三の宮批評となりおおせることによって、ただに作中人物夕霧の批判という相対的限界を超えて客観的事実になりおおせたのであった。これには作者の意図があろう。女三の宮及びその女房たちの欠陥的事実を夕霧の視点からより拡大し、客観的事実として読者に印象づけたのである。

若菜上巻の三つの連続する文例の文体的差違を検討することによって作者の意図を考えてみたのであるが、女三の宮方の欠陥的状況と源氏の扱いの様子の読者への呈示、その状況は夕霧さえもが関心を寄せるゆえんであることの客観的描写、ついで最後に柏木の主体的な告白にも似た文体へと段階的に高めていき、柏木の執着の必然性と切実さをつたえていく手法は見事というほかないが、そこに「語り」の文章の構造を見なければならないであろう。語り手の主体的な、叙述視点の移行を見るからである。

四　源氏物語の叙述の方法

源氏物語は、語り手が作中人物の目と心、すなわち作中人物の視点に即して語っていく叙述の方法をとる。語り手の単一な視点とおぼしき叙述ですら、作中人物の目と心に重なっていると見られるのだ。語り手は作中世界にわが身を置いて、時には作中人物と一体化して作中人物の心の声をあげる。

桐壺巻の冒頭の文章は、語り手の単一な視点による叙述、いわば草子地に近い叙述と見られるものだが、「すぐれて時めきたまふありけり」の「たまふ」は、帝寵を受ける桐壺更衣の重い存在性を意識する他の妃たちから桐壺更衣にそそがれる視線に即した語りによる敬語表現と見たいのである。(1)「人の心をのみ動かし、恨みを負ふ積りにやありけむ、いとあつしくなりゆき、もの心細げに里がちなるを」という桐壺更衣への無敬語は、帝の視点に密着する叙述ゆえである。「いよいよあかずあはれなるものに思ほして」という叙述が証している。(2)

桐壺更衣という同じ人物なのに一方に敬語、他方に無敬語という叙述は、作者からの直接的な敬意の有無とは考えられない。叙述視点が作中人物の誰かに重なっていると見て理解できることであろう。「すぐれて時めきたまふおはしけり」とする陽明文庫本（別本）からは、他の妃たちが重圧にも似た敬意尊重を払わねばならぬ桐壺更衣の重い存在性と、それを意識する妃たちの、桐壺更衣への敬意尊重と表裏する重圧感、ストレス、そしてそれによる敵意を重く感じとらねばならないことになるが、そこまで重く造型されていると見るのがふさわしいのかどうか。陽明文庫本は、語り手からの単一の直接的な敬意の叙述の立場から桐壺更衣を敬っているとおぼしい。叙述が客観的であるから。陽明文庫本桐壺巻（別本）でも、「人の心をうごかしなげきおゝふつもりにやいとあつしうなりゆきてものこゝろぼそげに思ひさとがちなるを」と無敬語であることは青表紙本、河内本と同様である。だから、常に語り手と桐壺更衣との直接的関係による客観的叙述であるというわけではない。「すぐれて時めきたまふおはしけり」という重い尊重の敬語に語り手からの重んじ方を感じとる方が陽明文庫本筆写者の意図、情意に近いのではないかと思うのであるにすぎない。

　帝と桐壺更衣の永別の場面で、陽明文庫本は「女もいみじと見たてまつり給て」と更衣に対し敬語をつけているのも同断である。国冬本（別本）は「女いみじと見たてまつり給て」と敬語をつけている点陽明文庫本と同じである。青表紙本、河内本ともに「女もいといみじと見たてまつりて」である。語り手が「女」（桐壺更衣）と一体化して「女」（桐壺更衣）の立場から帝を拝していることを叙述しており、桐壺更衣と語り手の間に距離がない文章である。陽明文庫本、国冬本は、語り手からの客観的描写の叙述といえよう。語り手からの桐壺更衣への敬意は、それはそれとして理解はできるが、ひたすらに切実に帝を拝する桐壺更衣の切ない気息は、無敬語の主体的な姿勢と一体化する「語り」の叙述にこそ感得されよう。桐壺更衣の立場に寄り添う「語り」の叙述である。敬語が付けば、敬語のあるぶん語り手の側に寄った叙述といえよう。青表紙本等に見られる無敬語は、作中人物の切実な息づかいが感じられ、源氏物語の「語り」の文章の秀逸さを表わすものであろう。そしてまたここの「女」（桐壺更衣）の無敬語の様態には帝の視線がそそがれていよう。以下に「息も絶えつつ、聞こえまほしげなることはありげなれど、いと苦しげにたゆげなれば」と「げ」の連続する叙述は、帝の視線をうかがわせる。「かくながら、ともかくもならむを御覧じ果てむとおぼしめすに」がそれを証する。「息も絶えつつ」「ありげなれど」等無敬語であるばかりか「聞こえまほしげ」の謙譲語は「見たてまつりて」と同様、帝の視線なればこそ理解できよう。「聞こえまほしげ」の接尾語「げ」は、桐壺更衣の様態を表わしているが、外部から見る視線は帝でなければならない。帝なればこそ帝自身に向かう受手尊敬の様態をそのままに受け止め得るのだ。

『今日始むべき祈りども、さるべき人々うけたまはれる、今宵《こよひ》より』と聞こえ急がせば」の「聞こえ」も語り手の客観的認定による謙譲語と解して通るところだが、帝の視線に即して語っていると見たいのである。「わりなく思ほしながら、まかでさせたまふ」帝の思惟と行為に直結するところから、語り手が帝の視線の赴くところにつき従っているのを見るのである。「御胸つとふたがりて、つゆまどろまれず、明かしかねさせたまふ」は、帝の側近の女房の視線に重なるであろう。その心情に密着する語りである。「御胸つとふたがりて、つゆまどろまれず」のくだりは帝の心情と行為に密着している趣がある。帝の心情と行為に分け入る女房の目と心に密着する語りなのである。「つゆまどろまれず」は帝の心のうめきを感じる表現というべきであろうと思う。

草子地は、右のような作中人物の心情のこもる地の文の中にあって、語り手の感慨が介入してくる。そしてそのことによって局面の情趣を総括する。一種まとめの文である。区切りの叙法といえようか。「よろしきことにだに、かかる別れの悲しからぬはなきわざなるを、ましてあはれにいふかひなし」はまさしくさような草子地である。この草子地は、作中場面から離れず、作中場面の中にあって、場面の人々の心情、様態の中に語り手がいる。臨場的草子地というべく、語り手も作中人物たちの涙にもらい泣きをし、ほとんど「さぶらふ人々の泣きまど」う心情とともにあり、かろうじてこの場の論理に言及する作者の目を立ちはたらかせているていである。草子地も乾いていない。人々の涙とともに濡れている。草子地といえども作中場面から離脱せず、作中場面の人々のるつぼの中にあって、感慨をさしはさむのである。読者を作中場面にひきこむ術法として機能させていることを知るべきである。読者の同感を求める草子地であり、そこに作者の顔がのぞいている。

「限りあれば、例の作法にをさめたてまつるを」は、桐壺更衣の母君に密着した語りの叙述であり、遺骸をいつまでもとどめておきたいが、しきたりのため（新潮古典集成頭注参照）やむなくという母君の切なく悲しい心事をたどる叙述である。「をさめたてまつる」の「たてまつる」は母君からの桐壺更衣への敬意に密着した謙譲語で、語り手は母君に密着し一体化して語っているので母君に敬語が付かないのである。「母北の方、同じ煙にのぼりなむと、泣きこがれたまひて、御送りの女房の車にしたひ乗りたまひて、」と連続する尊敬語表現は、語り手の単一な敬意表現とも見られようが、母北の方に近侍する女房たちの視線に重なる敬意表現と見るべきである。尊敬語の重出、多用にそれを感じるのである。「おはし着きたるここち、いかばかりかはありけむ」の「いかばかりかはありけむ」は、ほとんど近侍する女房たちの思い入れに重なる草子地である。

『「むなしき御骸《から》を見る見る、なほおはするものと思ふが、いとかひなければ、……』と、さかしうのたまひつれど、車よりも落ちぬべうまろびたまへば」の尊敬語は、母北の方の口説を聞き、車から落ちそうに泣きもだえる母君の姿を見る女房たちからの敬意に密着するものであろう。「さは思ひつかし」という女房たちの心内語に直結するところ、「人々〈女房たち〉もてわづらひきこゆ」という女房たちの主体的行為、謙譲表現に即した語りの叙述に、その証左を見るのである。謙譲表現については、身分格差を認識する客観的表現と解されてきたし、それでも理解できるが、私は源氏物語の地の文の特色として作中人物に密着する語りの叙法を見るので、ここでも作中人物たる女房たちに密着する地の文としてこの謙譲表現を、女房たちから母君への敬意に密着する叙述と解するのである。「もてわづらひきこゆ」女房たちの気息がじかにつたわってくるであろう。「内裏《うち》より御使あり。三位《みつ》の位贈りたまふよし、勅使来て、その宣命読むなむ、悲しきことなりける」の「悲しきことなりける」は、語り手の説明ではあるが、承わる人々（母君はじめ女房たちに及ぶ）の悲しみに密着する語り、叙述であって、単一に語り手の説明がなされているのではあるまい。

「女御とだにいはせずなりぬるが、あかずくちをしう」は帝の心事をたどる、ほとんど心内語にひとしい地の文である。「くちをしうおぼさるれば」とあって、「くちをしうとおぼさるれば」とないことによって、地の文なのである。「と」があれば心内語となり、語り手の客観的叙述となり、作中人物たる帝から距離を置いた文章となるのに対し、帝の心情に密着して帝と距離を置かない文章となる。語り手は帝の心情に密着して語るので地の文でありながら帝の心情がこもる。ところでしかし「おぼさるれば」と続くことによって、「と」がなくても、これは帝の心内語であったかということになっていく。帝の心事に即した地の文と思えたものが心内語であったかと、地の文から心内語へ変換現象が生ずるともいえようか。しかし私はここは語り手が帝の心事をたどる叙述で「おぼさるれば」と共に地の文であると解する。帝の心内語とも区別のつきがたいほどに、語り手は帝の心内を語ったのである。私がこのようにこだわるのは、源氏物語の地の文が作中人物の心情のこもる、語り手が作中人物の心を心として語っていく叙述であることに注目したいからである。

「いま一階《ひときざみ》の位をだにと、贈らせたまふなりけり」の「いま一階の位をだに」は帝の心内語である。「と」が受けている。右の文は語り手の客観的叙述である。「せたまふ」は最高敬語。帝に対する敬意。「これにつけても、憎みたまふ人々多かり」も語り手の客観的叙述。「たまふ」は桐壺更衣を憎む多くの妃たちへの敬意。「もの思ひ知りたまふは、様《さま》、容貌《かたち》などのめでたかりしこと、心ばせのなだらかにめやすく、憎みがたかりしことなど、今ぞおぼしいづる」の「様、容貌などのめでたかりしこと、心ばせのなだらかにめやすく、憎みがたかりしことなど」の桐壺更衣への無敬語は、語り手からの直接的な無敬意であるまい。「……憎みがたかりしことなど」とまとめる言い方は地の文であって、心内語ではないが、「もの思ひ知りたまふ」妃が「今ぞおぼしいづる」心事をたどる叙述である。この無敬語は「もの思ひ知りたまふ」妃の視点に即して叙述されているからであって、身分が桐壺更衣より上位にある妃の視点に即して「今ぞおぼしいづる」思い出の記憶の中の桐壺更衣へ敬語を必要としない妃の立場に密着して叙述しているのである。「さまあしき御もてなしゆえこそ、すげなう嫉《そね》みたまひしか、人がらのあはれに情《なさけ》ありし御心を、上の女房なども恋ひしのびあへり」の、桐壺更衣への敬語「御心」は、「上の女房」、帝づきの女房が「恋ひしの」ぶ視線に即しての叙述で、「上の女房」から桐壺更衣への敬意に密着した敬語である。別本の国冬本が「なさけつきてありしことを」とあり、桐壺更衣への敬語を欠くのは、前の「様、容貌などの……」の無敬語と統一をはかったものとすれば、叙述視点の移動を理解しないさかしらというべきであろう。「語り」の叙述というものは作中人物の心事に分け入り、作中人物の心情の角度から叙述していく。敬語もその作中人物の身分的あるいは心情的角度から施されるのである。語り手が作中世界にあって客観的に叙述する部分をはさみつつ、「語り」の叙述の本性は作中人物に密着して作中人物の心の角度から語っていくところにあるであろう。『なくてぞ』とは、かかるをりにやと見えたり」は地の文であるが、作中人物「もの思ひ知りたまふ」妃や「上の女房など」の心情と無関係ではあるまい。「あるときはありのすさびに憎かりきなくてぞ人は恋しかりける」の歌の心は、亡き桐壺更衣の美貌や素直な人柄を「今ぞおぼしいづる」「もの思ひ知りたまふ」妃や「恋ひしのびあ」う「上の女房など」の心情と軌を一にするものである。そうであるからこそ、この地の文は読者をして作中世界に誘い込み共感せしめるのだといえよう。作中人物、語り手、読者が共になって、亡き桐壺更衣を「恋ひしのびあ」う構図がここに出来上がるのである。地の文といえども、語り手が作中世界の人々の心の中に分け入る姿勢をくずさずに、作中人物の心を心として一体化して語る叙述の方法に注目するべきである。

野分の夕べ、靫負の命婦の弔問の段の、次の叙述は、帝の心事をたどる、帝の心を視点とするもので、敬語法なども帝の角度からなされている。

かうやうのをりは、御遊びなどせさせたまひしに、心ことなるものの音《ね》をかき鳴らし、はかなく聞こえいづる言《こと》の葉《は》も、人よりはことなりしけはひ容貌《かたち》の、おもかげにつと添ひておぼさるるにも、闇のうつつにはなほ劣りけり。

「心ことなるものの音《ね》をかき鳴らし」以下の桐壺更衣の動作は無敬語であるばかりか、「はかなく聞こえいづる」の謙譲語は、帝を視座とする表現、叙述であるからにほかならない。帝と更衣との身分格差を認識しての客観的叙述と見られなくもないが、語り手からの直接的な角度からならば、「たまふ」が付いて「聞こえいでたまふ」とあってしかるべきであろう。「心ことなるものの音をかき鳴らし」以下の桐壺更衣の様態はひとつひとつ帝の記憶によみがえってくるありし日の更衣の姿であり、その帝の想念を直叙したものである。「闇のうつつにはなほ劣りけり」は帝の〝主観直叙〟というべきである。作中人物帝の心事をたどる、帝の心情のままを叙述する地の文であり、源氏物語の地の文の叙法をここに見るのである。読者は作中人物の心にじかに接する。

「命婦、かしこにまで着きて」の「まで着きて」(参《まう》で着きて)は、命婦が更衣の実家、母君のいる邸に参上して、邸の有様を見ていく角度に即している叙述といえよう。「まかで着きて」とする本も宮中から退出して到着するのだから理は通っているが、「ま(う)で着きて」は参上する意で更衣及び母君を命婦が敬う気持に密着した表現で、「人ひとりの御かしづき」「過ぐしたまひつる」「闇にくれてふし沈みたまへるほどに」「母君も、とみにえものものたまはず」等、母君への敬語が命婦からの敬意に密着した表現に続いていくのである。「仰せ言《ごと》伝へきこゆ」の謙譲語「きこゆ」も命婦から母君への敬意に密着した命婦の角度からの叙述である。母君と命婦の身分格差はあるであろうが、勅使としての命婦は母君も敬意を表わしており「今までとまりはべる」「御使の、蓬生の露分け入りたまふにつけても」等、命婦への敬意を会話で表わしている。語り手が第三者的に客観的叙述をするのならば、命婦にも少しは敬語を付けるのではあるまいか。しかし、「御文たてまつる」と謙譲語のみである。更衣の母君と女房との身分格差にもとづくともいえようが、母君への敬語多用とあいまって私は命婦の視点による叙述にもとづくものと考えるのである。「え見たまひ果てず」、「とのたまふ」、「むせかへりたまふ」等の敬語は命婦からの視線、母君への敬意を表わしていよう。

「宮は大殿籠りにけり」は地の文とも命婦の会話文とも区分しがたい。事ほどさように、地の文としても命婦のつぶやきとまがうほどに語り手は命婦と一体化している。単一な語り手の叙述ではない。語り手は命婦の目と心に即して叙述していく。「御前の壺前栽の、いとおもしろきさかりなるを、御覧ずるやうにて、」の「やうにて」、ふりをして、と観察する目は誰よりも命婦でなければならない。語り手はその命婦に寄り添い、命婦の視線に沿って叙述していく。「忍びやかに、心にくき限りの女房四五人さぶらはせたまひて、御物語せさせたまふなりけり」の「けり」は、命婦が気づいての感慨そのままの叙述というべく、語り手は命婦に一体化しているのである。「このころ、」以下の叙述にしても、語り手の説明たる地の文ではあるが、日頃帝に近侍する命婦の見聞そのものである。「このころ、明け暮れ御覧ずる」帝の姿を真近に拝しているのは命婦のような側近の女房でなければならない。語り手はその命婦の見聞さながらに叙述している。作中人物命婦の心情のこもる地の文であることに注意したい。「……ただその筋をぞ、枕言《まくらごと》にせさせたまふ」には命婦の帝の悲しみに対する深い心寄せがこめられている。語り手はその命婦の心に一体化して叙べている。語り手は作中世界に身を置いて作中人物の目と心で語っていくのである。ここで言えば語り手は命婦の立場で述べている。命婦が語り手であるかとまがうほどの叙述である。命婦の立場からの一人称的文体なのである。「心をさめざりけるほどと、御覧じ許すべし」の「べし」の推量に命婦の目と心を感じる。「いとかうしも見えじと、おぼししづむれど」と帝の様子を拝しているのは誰よりも命婦である。語り手はその命婦の視点から帝の様子を叙述しているのである。

語り手が密着する作中人物は移り変わる。次の文章は帝の視点にもとづくものである。(3)

絵にかける楊貴妃の容貌《かたち》は、いみじき絵師といへども、筆限りありければ、いとにほひ少なし。太液の芙蓉、未央の柳も、げに通ひたりし容貌を、唐めいたるよそひはうるはしうこそありけめ、なつかしうらうたげなりしをおぼしいづるに、花鳥の色にも音《ね》にもよそふべきかたぞなき。朝夕の言種《ことくさ》に、翼《はね》をならべ、枝をかはさむと契らせたまひしに、かなはざりける命のほどぞ、つきせずうらめしき。

拙稿「源氏物語の敬語法と叙述の視点」(「学大国文」第38号、平成7年2月)に詳しく述べているので参照されたいが、帝は「このころ、明け暮れ御覧ずる長恨歌の御絵」の楊貴妃の肖像を想起されている。絵にかける楊貴妃の容貌は、……」は、帝の独白にも似た、帝が語り手であるかのような、叙述である。「いとにほひ少なし」は帝の〝主観直叙〟である。「げに通ひたりし」の過去助動詞「き」の連体形「し」は、帝が絵の楊貴妃の容貌を「太液の芙蓉、未央の柳も、げに通ひたりし」と思われた体験回想として用いられているのであって、語り手の地の文でありながら、実は作中人物帝の体験回想そのままなのである。桐壺更衣の「なつかしうらうたげなりし」をお思い出しになったのはまさに帝の体験回想そのものである。「花鳥の色にも音《ね》にもよそふべきかたぞなき」は帝の主観直叙であり、桐壺更衣の「なつかしうらうたげなりし」美を、何物にもたとえられない絶対的美として絶賛される帝の御心情がそのまま地の文となっているのである。「朝夕の言種に、翼《はね》をならべ、枝をかはさむと契らせたまひしに」は語り手の客観的叙述であり、「かなはざりける命のほどぞ、つきせずうらめしき」も語り手の感慨の叙述と見るべきであろうが、この感慨には帝の心情と共になっている語りを見るべきであろう。帝の感慨に即した、帝の御心と心を一つにした語り手の感慨であり、帝の心情を同時に見るべきなのである。

　このように、「絵にかける楊貴妃の容貌は」以下右に掲げた文章は、地の文ではあるが、作者（語り手）の単なる説明、叙述ではなくて、作中人物帝の目と心に即して、あたかも帝が独白されているかのごとく、語り手は帝と一体化して叙述していることを知るのである。

「弘徽殿には、久しく上《うへ》の御局にもまうのぼりたまはず、月のおもしろきに、夜《よ》ふくるまで遊びをぞしたまふなる。」という叙述は、語り手の客観的叙述とも見られるものであるが、作中人物帝の視点に即していると思われる。「いとすさまじう、ものしときこしめす」とあるから、「遊びをぞしたまふなる」の聴覚による推定もまずは帝のそれでなければならない。「たまふ」表現も帝から弘徽殿への敬意に密着したものといえよう。弘徽殿女御は第一皇子の母、右大臣の娘で帝の尊重を受けていた。

語り手の客観的叙述とのみ見られる文章は乾いているように思われる。筋を急ぐという印象になる。文中いくばくかは作中人物の感情移入の表現がまじるが次の文章などは客観的叙述で概略的に事を叙述している感がある。

月日経て、若宮参りたまひぬ。いとどこの世のものならず、きよらにおよすけたまへれば、いとゆゆしうおぼしたり。明くる年の春、坊さだまりたまふにも、いと引き越さまほしうおぼせど、御後見《うしろみ》すべき人もなく、また世のうけひくまじきことなりければ、なかなか危くおぼし憚りて、色にもいださせたまはずなりぬるを、さばかりおぼしたれど、限りこそありけれと、世人も聞こえ、女御も御心おちゐたまひぬ。かの御祖母《おば》の北の方、慰むかたなくおぼし沈みて、おはすらむ所にだに尋ね行かむと願ひたまひししるしにや、つひに亡《う》せたまひぬれば、またこれを悲しびおぼすこと限りなし。御子《みこ》六つになりたまふ年なれば、このたびはおぼし知りて恋ひ泣きたまふ。年ごろ馴れむつびきこえたまへるを、見たてまつり置く悲しびをなむ、かへすがへすのたまひける。

立坊問題、更衣の母、光君の祖母の死をあっけないほどに早い筆致で書いている。帝の心情のこもる叙述もあるにはあるが部分的であって、客観的叙述の枠内である。祖母北の方の死などあまりに簡潔な書き方で、帝や光君は悲しんだ、恋しがった、と説明してあるだけである。作者は桐壺巻の物語後半の主役光源氏に焦点を定めるべく筆を急いでおり、概略的説明的な地の文、外側からの客観的叙述ですませている。こういうところは、源氏物語の叙述の方法として、作中人物の目と心に密着して地の文でありながら作中人物の心情の息づく語りの文章の合間をつなぐ文章にほかならない。

作中人物の目と心、視点に即して叙述される、作中人物の心情の息づく文章は、人物対座の場面の具象的叙述に見られる。場面の展叙を物語展開の方法とする源氏物語に於て最も本質的世界であり、それにふさわしい文体なのであった。対座の場面、源氏物語初期段階では多く光源氏の視点にもとづく叙述である。私たちは、光源氏のレンズを通して見た女人像を光源氏と共に見ていくことになるのである。それは臨場感をもたらす文体の術法というべく、私たちは光源氏の思いと共にいつしか光源氏のとらえた女人像をそのまま客観的なそれとして受容していくことになるのだが、地の文として叙述されていることによることが大きいと思われる。作中人物の主観にもとづくものでありながら客観的な人物像として定位されていくのである。光源氏のとらえた夕顔像、あるいは末摘花像であっても、地の文として叙述されることによって、客観的に定位されるという構造が成り立つのである。そこで光源氏の認識は語り手（作者といってもよい）の保証を得て、読者の受容・認識を光源氏の認識と同一化させることになる。この叙述の方法の最大の特質は、あたかも光源氏が語り手であるかと思わせるほどの、語り手の光源氏への一体化した叙述にあろう。次の文章は、光源氏が末摘花の姿・容貌を見る場面である。

まづ居丈《ゐだけ》の高う、を背長《せなが》に見えたまふに、さればよと、胸つぶれぬ。うちつぎて、あなかたはと見ゆるものは、御鼻なりけり。ふと目ぞとまる。普賢菩薩の乗物とおぼゆ。あさましう高うのびらかに、先のかたすこし垂りて色づきたること、ことのほかにうたてあり。色は雪はづかしく白うて真青《さを》に、額つきこよなうはれたるに、なほ下《しも》がちなる面《おも》やうは、おほかたおどろおどろしう長きなるべし。痩《や》せたまへること、いとほしげにさらぼひて、肩のほどなどは、いたげなるまで衣《きぬ》の上まで見ゆ。何に残りなう見あらはしつらむと思ふものから、めづらしきさまのしたれば、さすがにうち見やられたまふ。

「胸つぶれぬ」、「ふと目ぞとまる」、「思ふものから」等源氏への無敬語は、源氏の立場からの叙述ゆえである。「おほかたおどろおどろしう長きなるべし」の推量の「べし」は源氏の推量に密着した叙述である。「を背長に見えたまふに」、「御鼻」、「痩せたまへること」の敬語は源氏からの末摘花への敬意に密着した表現である。末摘花邸の姫君という存在性への一定の敬意なのであろう。このように源氏の視点と一体化した語り手の叙述は「さすがにうち見やられたまふ」と源氏への敬語の付く客観的叙述でいったん結ばれたあと、ふたたび「頭《かしら》つき髪のかかりはしも、うつくしげに、めでたしと思ひきこゆる人々にも、をさをさ劣るまじう、袿の裾にたまりて引かれたるほど、一尺ばかりあまりたらむと見ゆ。」と源氏の視点、目と心にもとづく叙述にもどる。「めでたしと思ひきこゆる人々」と、源氏への敬語がなく、源氏からの敬意のみがある叙述は、源氏の立場からの叙述であり、語り手が源氏と一体化している何よりの証左である。しかし語り手は源氏と一体化する時は語り手はまるで消えるかのようではあっても決して不在ではないのであって、源氏と一体化しつつも叙述主体なのである。そこで次のように語り手が顕在化しいわば頭をもたげ顔を出してもくるのである。

　着たまへるものどもをさへ言ひたつるも、もの言ひさがなきやうなれど、昔物語にも、人の御装束をこそまづ言ひためれ。

　これは源氏の立場からの叙述ではない。作者が顔を出して末摘花のお召し物のことをとやかく言い立てることわりを述べており、従って「聴《ゆる》し色のわりなう上白《うはじら》みたる一襲《ひとかさね》、なごりなう黒き袿重ねて、表着《うはぎ》には黒貂《ふるき》の皮衣《かはぎぬ》、いときよらにかうばしきを着たまへり。古代のゆゑづきたる御装束なれど、なほ若やかなる女の御よそひには、似げなうおどろおどろしきこと、いともてはやされたり。されど、げにこの皮なうて、はた、寒からましと見ゆる御顔ざまなるを、」というのは多分に語り手の視点、目と心にもとづく叙述というべきであろう。心なしか末摘花への敬語も前掲の容貌の描写にくらべて多いように思われる。「(源氏は) 心苦しと見たまふ」とあるように、源氏が末摘花のお召し物を見ていたことは事実である。問題は叙述の仕方である。ここの叙述は末摘花のお召し物を語り手の客観的な描写によってなされており、そのお召し物を源氏は「心苦しと見たまふ」と客観的叙述で結んでいる。つまり終始お召し物の描写は客観的叙述なのである。衣服に関しては女の目――語り手は古女房で、物語場面での当時は若かった、という設定――にしぼったのであろうか、源氏の視点をはずしている。しかしそのお召し物を源氏が見たことは事実であって、叙述の方法が、はじめ源氏の視点に密着して姿・容貌をとらえていたが、衣服のことを言い立てることになってから語り手が前面に躍り出た叙述へと転移している。こういうことになるのはもともと叙述主体が語り手にあるからであって、語り手は作中人物の視点に密着して叙述し、そして時には離れ、自在に語っていくようである。作中人物の視点に密着した、特にも作中人物の一人称的叙述の方法では、私たちは作中人物の主観と共になりほとんど心を一つにして対象を見ていくのであるが、客観的叙述では比較的冷静にそれこそ客観的に第三者的事態を見るのである。私たちがいかに作者の叙述の方法に随順せしめられているか、文体の術法の力を知るべきである。

　私たちが作中人物の心事に引きこまれ、人物の目と心と一体化する気持になるのは、作中人物の視点、目と心と一体化した語り手の叙述においてである。

　御車寄せたる中門《ちゅうもん》の、いといたうゆがみよろぼひて、夜目《よめ》にこそしるきながらもよろづ隠ろへたること多かりけれ、いとあはれにさびしく荒れまどへるに、松の雪のみ暖かげに降り積める、山里のここちしてものあはれなるを、かの人々の言ひし葎《むぐら》の門《かど》は、かうやうなる所なりけむかし、げに、心苦しくらうたげならむ人をここにすゑて、うしろめたう恋しと思はばや、あるまじきもの思ひは、それにまぎれなむかしと、思ふやうなる住《すみ》処《か》に合はぬ御ありさまは、取るべきかたなしと思ひながら、我ならぬ人は、まして見忍びてむや、わがかうて見馴れけるは、故親王《こみこ》のうしろめたしとたぐへ置きたまひけむ魂のしるべなめりとぞおぼさるる。

「御車寄せたる中門の、……ものあはれなるを」は源氏の目と心に即してたどった叙述である。源氏の心内語にも等しい、源氏の心情のこもる心的叙述であって、「かの人々の言ひし葎《むぐら》の門《かど》は」以下「取るべきかたなし」までの源氏の心内語とほとんど区分しがたくなだらかに続いていく。「取るべきかたなしと思ひながら」という一人称的無敬語は、心内語もそれ以前の心的叙述もふくめて源氏の立場からの叙述であったことを証していよう。「我ならぬ人は」以下再び心内語に入り、「……の魂のしるべなめりとぞおぼさるる」と三人称的客観叙述で結んでいる。

大枠は語り手の叙述として源氏に敬語を付ける客観叙述なのだが、語り手は源氏の目と心に即し源氏の立場で叙述する部分を多くふくむのである。そこに源氏物語の「語り」の叙述の特性が存するのであって、作中人物源氏の心情にじかに接し、源氏の視線をたどって私たちも情景を見、源氏の思いに共感するのである。

作中人物がまるで語り手であるかのような、作中人物に語り手が一体化した、一人称的無敬語の叙述は、内的叙述というべく、心内語にもひとしく作中人物の心情を切実につたえる。

つひに御車ども立て続けつれば、ひとだまひの奥におしやられて、ものも見えず。心やましきをばさるものにて、かかるやつれをそれと知られぬるが、いみじうねたきこと限りなし。榻《しぢ》などもみな押し折られて、すずろなる車の筒《どう》にうちかけたれば、またなう人わろく、くやしう、何に来つらむと思ふにかひなし。

右は葵巻の車争いの場面のひとくだりであるが、六条御息所に無敬語の叙述は、まるで御息所が切々と語りかけてくるかのような、語り手が御息所と一体化した叙述であって、語り手は御息所の心の声を切々と語りあげるのである。それは心内語として客観的に述べるのではなくて、心情をじかに語りあげるのである。「いみじうねたきこと限りなし」、「かひなし」は御息所の主観直叙である。「おしやられて」、「知られぬる」、「思ふに」等の無敬語は御息所に密着した一人称的語りの証左である。

「ものも見で帰らむとしたまへど、通り出でむ隙《ひま》もなきに、『事なりぬ』と言へば、さすがに、つらき人の御前わたりの待たるるも、心弱しや。」は右の叙述に続くものであるが、「ものも見で帰らむとしたまへど」と客観的叙述に移り、「通り出でむ隙《ひま》もなきに」以下「つらき人の御前わたりの待たるるも、心弱しや」とふたたび御息所の立場に即した叙述となる。「待たるる」の「るる」は自発。「心弱し」は語り手の批評で御息所の女心の弱さを批評した所謂草子地であるが、御息所自身の自己批評と重なるものであるまいか。御息所が自らの女心の弱さを嘆く心に密着した語り手の言葉でほとんど地の文に近い草子地かと思う。批評というより御息所の心情の女心に共感する言葉であり、それゆえにこそ読者をして御息所の女心への同情、共感を生ぜしむるはたらきを持つのであるまいか。草子地とは物語の場からはなれた地点からの語り手の批評というのが一般であろうが、物語の場からはなれずに作中人物の心情と重なって発せられる言葉でもあるだろう。語り手は作中場面にあって黒衣《くろこ》のように作中人物に密着しつつ語る中でその人物の心の嘆息に共感する言葉も発するということである。

右の叙述は六条御息所の嘆きをつたえる文章として御息所の心の声に即した語りであり、葵巻の全体としては客観的叙述の大枠の中でひときわ際立つことによって強いインパクトをもたらすと思う。かような内的叙述こそは作中人物の真率な内なる像を造型するものとして注目しなければならない。

源氏物語の叙述が作中人物の視点からなされることは既に述べてきたところであるが、次の文章における六条御息所の物の怪に対する敬語の有無について考えてみよう。

(A)いとどしき御祈りの数を尽くしてせさせたまへれど、例の執念《しふね》き御もののけ一つ、さらに動かず、やむごとなき験者《げんざ》ども、めづらかなりともてなやむ。さすがにいみじう調ぜられて、心苦しげに泣きわびて、「すこしゆるべたまへや。大将に聞こゆべきことあり」とのたまふ。

(B)「いで、あらずや。身の上のいと苦しきを、しばしやすめたまへと聞こえむとてなむ。かく参り来むともさらに思はぬを、もの思ふ人の魂は、げにあくがるるものになむありける」と、なつかしげに言ひて、

嘆きわび空に乱るるわが魂《たま》を
結びとどめよしたがひのつま

とのたまふ声、けはひ、その人にもあらず、かはりたまへり。いとあやしとおぼしめぐらすに、ただかの御息所なりけり。あさましう、人のとかく言ふを、よからぬ者どもの言ひ出づることと、聞きにくくおぼしてのたまひ消《け》つを、目に見す見す、世にはかかることこそはありけれと、うとましうなりぬ。あな心憂《う》とおぼされて、

「かくのたまへど、誰とこそ知らね。たしかにのたまへ」とのたまへば、ただそれなる御ありさまに、あさましとは世の常なり。人々の近う参るも、かたはらいたうおぼさる。

(A)の「のたまふ」について新潮日本古典集成源氏物語(二)の八五頁頭注に「物の怪の言葉であるが、とり憑いている葵の上の口を借りて言うので、周囲の人々にはその区別がつかない。それで『のたまふ』と敬語を用いる」とある。「周囲の人々にはその区別がつかない。」周囲の人々は、葵の上の口からの言葉なので葵の上の言葉として受け取るので敬意を表わすのであろう。その視点に即した語り手が敬語を用いたのである。(B)の「言ひて」は、物の怪の言葉の内容が葵の上とは違うことを明白に言っているし、物の怪であることも「かく参り来むともさらに思はぬを、もの思ふ人の魂は、げにあくがるるものになむありける」と言っているので、源氏は物の怪の言葉と認識する、それにもとづく語り手の無敬語の表現である。「嘆きわび」の歌も物の怪の言葉であるが、「とのたまふ声、けはひ」とあるのは、葵の上とは違うが気品のこもった「声、けはひ」だったからであろう。源氏はすぐには誰と気づかなかったが、「あやしとおぼしめぐらすに、ただかの御息所なりけり」と気づいた。御息所の物の怪とは信じがたいことだったので御息所その人と気づくのには時間を要したが、御息所と気づく契機理由はこの歌の「声、けはひ」にあったのだから、「声、けはひ」の気品の高さが察しられる。「のたまふ」は源氏の受け止めた認識に即した語り手の敬語である。「その人にもあらず、かはりたまへり」は葵の上とは違うが高貴な女性像を認識する源氏の意識に密着した語り手の敬語表現である。「ただかの御息所なりけり」は御息所と気づいた源氏のおどろきをそのままつたえる地の文である。以下語り手の客観的叙述と源氏の立場に即した一人称的無敬語の叙述とがまざるが、「あさましう」と源氏の嘆息をそのままつたえる叙述であり、心内語「人のとかく言ふを、よからぬ者どもの言ひ出づること」と区分しがたいほど源氏の心事を表わしている。客観的叙述は外部に客観化される言動で、源氏が「聞きにくくおぼしてのたまひ消つ」のは作中世界における外部に表われているが、「目に見す見す、世にはかかるることこそはありけれと、うとましうなりぬ」の無敬語表現の内的叙述は源氏の心内にこめられる独白にも似た叙述でじかに読者にうったえかけてくる。「うとましうなりぬ」は源氏の内心のいつわらざる思いである。「あな心憂とおぼされて」以下客観的叙述となる。「『かくのたまへど、誰とこそ知らね。たしかにのたまへ』とのたまへば」は内心の思いではない。飾った言い様であり、作中世界における外部に示した言動のさまである。確認しようとする心の動きが「誰とこそ知らね」といういわば虚構の言葉となっているのである。「かくのたまへど」「たしかにのたまへ」と物の怪に向かって敬語を用いるのは「ただかの御息所なりけり」と気づいているからである。「あさましとは世の常なり」は語り手の草子地だが、しかし源氏の呆然たる思いに重なる代弁の言葉といえよう。

　六条御息所の物の怪に対する敬語の有無について見てきたように、作中人物の認識に即して物の怪そのものには無敬語であり、六条御息所の物の怪には敬語を用いている。若菜下巻（『集成』二一六頁）の六条御息所の死霊出現の場面の物の怪は「とて、髪を振りかけて泣くけはひ」と無敬語である。これは、源氏が「さりとも、もののけのするにこそあらめ」（『集成』二一五頁）と言っているから、その認識にもとづくのに違いない。「髪を振りかけて泣くけはひ、ただ昔見たまひしもののけのさまと見えたり」と客観的に定位され六条御息所の死霊であることは客観的事実であるにかかわらず源氏は「まことにその人か。よからぬ狐《きつね》などいふなるものの、たふれたるが、云々」と、たちのわるい狐の仕業かと疑っている。さような源氏の認識に即した無敬語表現なのであろう。「わが身こそあらぬさまなれそれながらそらおぼれする君は君なり」の歌の内容からして御息所の物の怪と分かるにかかわらず「泣き叫ぶものから、さすがにもの恥ぢしたるけはひ変らず」と無敬語なのは、「なかなかいとうとましく心憂ければ」とある源氏の気持から、なまじ御息所の生霊に似通う死霊に嫌悪する源氏の心持にもとづくのであろうか。「中宮の御ことにても」以下の長い物の怪の言葉はまさしく六条御息所の死霊であることを明白にしているにかかわらず「言ひ続くれど」と無敬語なのは、「もののけに向ひて物語したまはむも」という客観的叙述に続く文脈から見て、これは、「物の怪そのもの」と認識する語り手の客観的叙述による無敬語かと考えられる。

源氏物語の叙述が作中人物の視点に即してなされるとはいいながら、語り（叙述）の主体は語り手であるから語り手の客観的認識による叙述がまざるのは当然である。源氏物語の語り手は作中人物の背後に黒衣《くろこ》のように密着して語り、距離を置いて客観的に叙述（語り）したり、叙述視点を移動させつつ語っていくことは大方の知見となってきてはいるが、具体的場面について読み分ける読みの力を私たちは磨いていかねばならないと思う。

注

（1）拙稿「源氏物語表現の戯曲的構造」（日本文芸学会編『日本文芸学の体系』弘文堂、昭和63年11月。拙著『源氏物語の主題と表現世界』勉誠社、平成6年7月刊所収）。

（2）注1に同じ。

（3）拙稿「源氏物語の敬語法と叙述の視点」（「学大国文」第38号、平成7年2月）。

〔付記〕本稿は論述の都合上、拙稿「源氏物語の敬語法と叙述の視点」と重複するところもあるが、ご寛恕を乞う。

五　大島本源氏物語の叙述の方法

——敬語法を視座として——

世の中かはりてのち、よろづもの憂《う》くおぼされ、御身のやむごとなさも添ふにや軽々しき御忍びありきもつつましうて、ここもかしこも、おぼつかなさの嘆きを重ねたまふ報《むく》いにや、なほ我につれなき人の御心を、尽きせずのみおぼし嘆く。今はましてひまなう、ただ人のやうにて添ひおはしますを、今后《いまきさき》は心やましうおぼすにや、内裏《うち》にのみさぶらひたまへば、立ち並ぶ人なう心やすげなり。をりふしに従ひては、御遊びなどを、このましう、世の響くばかりせさせたまひつつ、今の御ありさましもめでたし。ただ春宮《とうぐう》をぞ、いと恋しう思ひきこえたまふ。御後見のなきを、うしろめたう思ひきこえて、大将の君によろづきこえつけたまふも、かたはらいたきものから、うれしとおぼす。

（『新潮日本古典集成　源氏物語』葵巻冒頭部分。以下本文引用は『集成』による。）

右は大島本を底本とする新潮日本古典集成　源氏物語葵巻の冒頭部分である。末尾の「うれし」ないしは「かたはらいたきものから、うれし」が心内語であるほかは地の文であるが、作者（語り手）は地の文の叙述において作中人物の心の視線に即し地の文の中に作中人物の心の声をにじませる。冒頭の「世の中かはりてのち」は客観的描写ともいえるが、作中人物源氏の心の視線が感じられる。父桐壺院の譲位後という現実は源氏に重くのしかかる。「よろづもの憂く」は源氏の心中を説明したものではあるが、「よろづもの憂」い源氏の心の声を感じさせ、「世の中かはりてのち」の源氏の憂愁がつたわってくる。すなわち語り手は単に第三者的に源氏の心境を説明するのではなく、その源氏の心に即し、源氏の心に感情移入して語るのである。それが「世の中かはりてのち、よろづもの憂く」の表現部分であり、「おぼされ」で作者（語り手）が顔を出してくるといえよう。「御身のやむごとなさも添ふにや」の「添ふ」の無敬語も、源氏に即し、第三者的でない叙述であるといわねばならない。下の「つつましうて」と相俟って、源氏自身の立場からの表現で、語り手は源氏の心に即し、源氏の立場から語るはずである。すなわち源氏の心の声がつたえられるのである。「御身」とか「御忍びありき」の「御」は作者からの源氏への敬意を表わす第三者的表現ではあるが、源氏の近衛大将たる重い身分の尊貴を体現し、語り手は第三者的に敬うというよりも、源氏の尊貴を「御」にこめて語り出すことによって、源氏の尊貴を表出するのでないか。源氏の尊貴を語り出す語り手が、さながら源氏と一体化するとき、「添ふにや」と一人称化して無敬語となり、その声は源氏とまがうほどに源氏の内なる声を発するはずである。「軽々しき御忍びありき」の「御」も右の「御身」の「御」と同じく、語り手が源氏と一体化して、源氏の尊貴をあたかも源氏自ら表わすかのように（「体現」とはその機能構造をいったのである。）語るはずである。「つつましうて」はまさに源氏の内なる声・つぶやきではないか。語り手は源氏と一体化して一人称化し、源氏への無敬語となる。「ここもかしこも」は源氏の視座からのことばで「ここ」は心理的・物理的近距離の女君、「かしこ」は遠距離の女君を指し、まさに源氏の肉声を感じる。「おぼつかなさの嘆きを重ねたまふ報いにや」も、ほとんど源氏の心内語にひとしい地の文で、「報いにや」には源氏の嘆息がこもっている。源氏は女君たちの嘆きを思いやっているのである。「重ねたまふ」の「たまふ」は源氏からの女君たちへの敬意に密着した敬語である。源氏の思念のたどりつくところは藤壺の事である。「報いにや、なほ我につれなき人の御心を、尽きせずのみおぼし嘆く。」「なほ我につれなき人の御心」は自分への藤壺の心の内部を源氏がかたどった内在的表現で、源氏はこのように藤壺の自分への心を見ている。源氏の視座からのとらえ方で、あたかも源氏が語りの主体であるかのような叙述・表現なのである。「尽きせずのみおぼし嘆く」で語り手の側からの叙述となるが、「尽きせずのみ」は源氏の心の内部に即した息づかいを感じる。「今はましてひまなう、ただ人のやうにて添ひおはしますを」は客観的事実ではあるが、源氏の遠く見つめるまなざしを感じる。「なほ我につれなき人の御心を、尽きせずのみおぼし嘆く」源氏の最大関心事は藤壺の事だからである。語り手はその源氏の心に即して叙べていく。したがって「添ひおはします」の主語は藤壺でなければならない。そしてその事は藤壺が桐壺院との夫婦生活に琴瑟相和し、「我につれなき」態度を示している姿として源氏の心に映る。というより「なほ我につれなき人の御心を、尽きせずのみおぼし嘆く」源氏の心が事実以上にとらえた藤壺の映像というべきだ。院と宮の夫婦仲は事実そうではあろうが、源氏の主観に染められた藤壺像というべきなのだ。本当の藤壺の心の深奥のくまぐまはとらえられていず描かれていないとすべきである。

地の文として叙述され、語り主体は語り手であり、語り手の客観的叙述と源氏の視点に重なる叙述が微妙に重なる。すべてが源氏の心と目でとらえられているともいえないが、あえてそのように解してもさしつかえないほどに源氏の視点による叙述と見られる。「今后は心やましうおぼすにや、内裏にのみさぶらひたまへば、立ち並ぶ人なう心やすげなり。」という観測を源氏のそれと解する方が、藤壺の「我につれなき」「御心を、尽きせずのみおぼし嘆く」源氏の生々しい心情がつたわってき、単なる客観的事実として読むよりも、読者はこの局面の中に参入することになろう。単なる客観的事実として読んでも、院と琴瑟相和す藤壺の映像は、源氏から遠く離れた遠景の人として、源氏の嘆きを察することはできるが、「心やすげなり」を源氏の観測と解する方が、自分とは遙かに遠のいた藤壺を思う源氏の心情がじかにつたわってくるというものだ。地の文として客観化せられたというものの「心やすげなり」は果して真の藤壺の心の奥をとらえているのかという疑問の余地を与えてくれる。院との夫婦仲が以前にもまして仲むつまじいのは本当として、源氏との秘事から完全に心解き放たれるであろうか。「心やすげなり」は今后が不在ゆえ院の寵愛を競うライバルがいないからという極めて外在的（外部からも分かるという意味で）理由に限定されたものにすぎないのであり、その上に、遠ざけられた思いの源氏の主観も加わった観測なのだ。

私はここで別に書かれていない藤壺の心をとやかくあげつらうつもりはないが、ここでの藤壺像は源氏の心でとらえられた多分に主観的な映像だということを申したいのである。それは今まで見てきたごとく源氏の視点に即した叙述に即して読むところからの立言である。ところでしかし「をりふしに従ひては、御遊びなどを、このましう、世の響くばかりせさせたまひつつ」の主語は桐壺院である。したがって「今の御ありさましもめでたし」とは桐壺院が御在位中よりも今の上皇の御生活の方がかえって藤壺との仲むつまじいお暮らしでおしあわせだという意味である。政務から解放され弘徽殿からも解放!!され今は御寵愛の藤壺とのお暮らしのみにておしあわせというわけである。院のことを言うが藤壺のことが視野に含まれている。いよいよ遠のく藤壺という源氏の思いがつたわってくる。「ただ春宮をぞ、いと恋しう思ひきこえたまふ」の主語は桐壺院であり、「御後見のなきを、うしろめたう思ひきこえて、大将の君によろづきこえつけたまふ」のも桐壺院である。「今の御ありさましもめでたし」が藤壺のことを含むが中心は院であるから文脈上院の行為へとつながっていくと見られる。「をりふしに従ひては、御遊びなどを、このましう、世の響くばかりせさせたまひつつ」の行為の主宰者は院がふさわしく藤壺はそれに付随する伴侶であるだろう。だが源氏の視点に即して読むと源氏の最大の関心事は藤壺という文脈からは「今の御ありさましもめでたし」の中心は藤壺ということになる。「立ち並ぶ人なう心やすげなり」と並んで藤壺の「今の御ありさま」を源氏の視点から「めでたし」と言ったことになる。「なほ我につれなき人」は我を無視し・等閑視して院とのお暮らしに我とは遠く懸絶していられるという源氏の思いがこもっているように感じられる。すると「ただ春宮をぞ、いと恋しう思ひきこえたまふ」の主語は藤壺ということになるのか。岷江入楚の私説に「ただ春宮をぞ、いと恋しう思ひきこえたまふ」について「恋しうとは院中宮いづれもなるべし」とし、三光院の説として聞書に「此詞のうつりは御門の御心とみゆ云々」とある。春宮（冷泉）を恋しく思うのは院、中宮双方であるにはちがいないが、源氏の視点という文章の方途から言うと、「よろづきこえつけ」られた源氏の立場では「きこえつけたまふ」た桐壺院が、「春宮をぞ、いと恋しう思ひきこえたまふ」の主語でなければならない。春宮（冷泉）の後見を源氏に依頼されるという政治的行為は院が主語であるべきだから、源氏は院の依頼から、「今の御ありさましもめでたし」の中で院の「ただ春宮をぞ、いと恋しう思ひきこえたまふ。御後見のなきを、うしろめたう思ひきこえたまふ」御叡慮を受け止めたであろう。源氏の心情に即して綴られた叙述という観点からすれば、語りの主体の中に源氏の心情を定位しなくてはならない。語り手（作者）は源氏の心を心としてこの段落を叙べている。「かたはらいたきものから、うれしとおぼす。」は源氏の心境であるが、この段落の結びが、藤壺との密事を思い気のとがめる心と、父親としての親心から「うれし」と思う源氏の心境でとじられたことは、「世の中かはりてのち」にはじまる源氏の藤壺への限りない思慕の段落として肯ける。阿部秋生博士は「藤壺の宮と光源氏㈠」（「文学」平成元年8月）に於てこの「かたはらいたきものから、うれしとおぼす」について「源氏の大将の胸中というよりは、藤壺の宮のそれと読んでいいのではないか」と述べられた。知られるように博士のこの論文㈠㈡は、従来藤壺と光源氏の関係を相思相愛的に読んではばからなかった傾向に対して大きく反省を促す論考であり、私もその学恩に深く感謝するものである。この拙文を綴るに際して博士の御論文は座右に存して御教示をいただいている。その上で申すのであるが、博士の御教示の通り「ここは、桐壺院の後院における動きを語っているが、実は、それを通して、藤壺の宮の現況を語るためのものである」が、『今の御ありさま』とは、藤壺の宮のそれと思われる」とされるのに対しては、前述のごとく私は「今の御ありさま」は院を中心として藤壺も含まれるとしたい。院の藤壺とのお暮らしの有様である。そこから藤壺の現況が浮かび上がるていである。博士は「葵の巻冒頭の一段を、桐壺院譲位後の藤壺の宮の現況並びに心境を語るものと解釈すると、云々」と言われているが、私見によれば、藤壺の現況は語られているが、その心境は語られていない。「立ち並ぶ人なう心やすげなり」は「げ」が示すごとく他者からそのように見えるということにほかならない。そういう限りでは心境といえるが。私見では疎外された思いの源氏の視点によるものであり、「立ち並ぶ人なう」を理由とするものにすぎない。源氏との密事をかかえこむ藤壺の心境は「なほ我につれなき人の御心」という源氏の受け止めにうかがえるのみである。「なほ我につれなき人の御心」の内部は、紅葉賀巻の「袖濡るる露のゆかりと思ふにもなほ疎《うと》まれぬやまとなでしこ」にこめられた二人の宿世の罪（拙稿「藤壺宮の造型（上）」「王朝文学研究誌」第7号、平成8年3月）を言う心情にうかがえるが、この葵巻の冒頭の一段の叙述では、すべて他者すなわち源氏の視点による藤壺の現況と〝心境〟は語られても藤壺の心中は漏らされていない。琴瑟相和す院との生活のヴェールの奥深く、藤壺の心中は隠されていると見るのが、この一段の叙述からは、妥当なのではなかろうか。なお、くどくなり恐縮だが、藤壺の心境としては「うれし」がひっかかるのである。源氏への情愛を抜きにして、わが御子冷泉の将来への布石としてよろこぶ、つまり何も御存じない院に対して気がとがめるものの、冷泉の将来への慮りとしてうれしく思う、母親としての藤壺の心情と解することは成り立つと考えられるが、それでも源氏の心情と解する方がより妥当と考えられる。院がわが御子皇太子の後見を源氏に依頼されていることに藤壺は複雑な思いをするであろうが主としては気のとがめる思いであろう。紅葉賀巻で御子を抱かれる帝に対面したとき「中将の君、面《おもて》の色かはるここちして、恐ろしうも、かたじけなくも、うれしくも、あはれにも、かたがたうつろふここちして、涙おちぬべし。」（紅葉賀巻二八頁）とあったのと、ここの源氏の「かたはらいたきものから、うれしとおぼす。」は同軌で照応する。藤壺は「宮は、わりなくかたはらいたきに、汗も流れてぞおはしける」（紅葉葉巻同右頁）と気のとがめる思いのみであった。このことを私は考え合わせるのである。

「うれし」と藤壺が思ったとすれば、それはわが御子冷泉の将来を慮っての心情である。それが母親としての心情ならば紅葉賀巻でもあってよいはずだ。源氏が「うれしくも」（紅葉賀巻）と思ったのは父親としてのわが御子に対する心情であった。この葵巻で藤壺が「うれし」と思ったとすればそれは多分に冷泉の将来を慮る政治家的思慮によるとしなくてはならない。藤壺は葵巻で政治家的に変貌したのであろうか。この「うれしとおぼす」を、院が源氏に依頼されたことへの藤壺のよろこびと解すれば、藤壺の源氏へのひそかな愛情が表現されていることになる。私はここを源氏の心情と解するので、右の藤壺の心情はいずれも言われていないと考えるが、もし藤壺の心情と解しうるとしたら唯一それは藤壺の政治家的姿勢を表わすものとして注目してよいと思う。藤壺が私見によればひそかに源氏への情愛を持ちながらも拒否の態度をとるのはわが御子や源氏の身の上を案じる深い思慮にもとづくもので、いわば事態が政治的に極めて危ういものであることを認識する政治的配慮からであった（「藤壺宮の造型（上）」「王朝文学研究誌」第7号）から、必ずしもこの葵巻で政治家的に変貌したのではなく、藤壺の叡智として一貫するものである。

　くり返しになるが、この葵巻冒頭部は源氏の心情に即して語られ、藤壺の現況はその源氏の心情から望見するていのものとして造型され、藤壺自身の心境の表出は語られていないと思う。前巻の花宴巻に「御心のうちなりけむこと、いかで漏りにけむ」（花宴巻五一頁）と草子地に作者がことわらねばならなかったような藤壺の「御心のうち」は表出されていないのである。古注では細流抄・明星抄が「藤壺はかたはらいたしとおぼしめす也」とするが、岷江入楚の聞書（三光院説）では「源の心中也」とし、私説で称名院の秘説に対し此義如何と疑問を投げかけている。時代は降るが鈴木朖の玉小櫛補遺は「源の心中といふ説よし」とする。現行諸注釈書は湖月抄の説に多く従っており「かたはらいたきものから、うれしとおぼす」のは源氏の心としている。

　ところで角川書店刊の『源氏物語評釈』では藤壺に頼まれての源氏の胸中と解している。管見では、藤壺が源氏に冷泉の後見を依頼したと解するのは角川の『評釈』のみである。古注にも見えない新説かと思う。原則として原文にない主語は口語訳では補っていられないが「君は内心気の引ける気持がする一方、うれしいとお思いになる」のところは「君は」を補って主語は源氏であることを明示してある。ところが鑑賞欄に「若宮は、朱雀院の東宮として御所におられる。藤壺の宮は桐壺院とともに上皇御所にお住まいで、東宮と御一緒にお住みになることはできず、源氏を後見人として何かとお頼みになる。ところが、東宮は、源氏にとっては桐壺院をあざむいての実子である。東宮のことを話されては消え入りたいような気持ちになるのだが、一面、藤壺に頼まれることなら何でも、やはり嬉しく思うのである。」と述べている。これだと「東宮と御一緒にお住みになることができず」東宮を恋しくお思い申し上げなさって、と解していられるように見えるので「ただ春宮をぞ、いと恋しう思ひきこえたまふ」の主語も藤壺と解していられるように見られる。「御後見のなきを、うしろめたう思ひきこえて」の主語も当然藤壺と解していられることになる。かくて「大将の君によろづきこえつけたまふ」政治的行為の主語は藤壺と解していられるのだが、果してそうであろうか。

藤壺なら同罪同士、その人に頼まれることには気のとがめよりもうれしさが優先するであろうし、気のとがめる思いはあざむいている桐壺院からの依頼であるからこそであろう。院の存命中にしかも仲むつまじい夫婦の現況の中で、そして何よりその叡智から源氏につれない態度で遠ざかっている藤壺が源氏に自らわが御子の後見を頼むようなことをするであろうか。それこそ二人の秘事に触れる危うい行為ではないか。藤壺から源氏への依頼とする考えには従いがたい。藤壺から源氏への依頼とする考えは恐らく二人の関係を緊密な情愛、相思相愛的にとらえる考え方がたちはたらいていると見られるが、藤壺の源氏への情愛は心の底にひそむていの様相について言うもの（拙稿「藤壺宮の造型（上）」「王朝文学研究誌」第7号）であり、源氏に冷泉の後見を依頼するような行動的な表面に現われるものではない。それではあまりに唐突であり、もしそうだとすれば藤壺の政治家的変貌が突然に描かれたことになる。

藤壺から源氏への依頼とする考えに批判を加えたが、この考えにはもう一つここでの敬語の用いられ方が関係しているのかもしれない。桐壺院と藤壺宮の敬語の間にあまり落差がなく敬語法から見る限りでは区別はつけがたいのである。「添ひおはします」の主語は藤壺であるが「おはします」(最高敬語)が用いられている。細流抄・弄花抄は「御脱屣《だつし》有て御いとまある故に、ただ人のやうに藤壺にそひおはします故に、御ひまなきと也」とあり湖月抄師説すなわち箕形如菴《みかたじよあん》は「もとより御寵愛なるに今はましてと也」と言うがごとく院を主語としている。藤壺宮は内親王たる御身分への敬意が重く、桐壺帝からも源氏からも尊重の念が重い。(拙著『源氏物語生成論』一七三頁、拙稿「藤壺宮の造型(上)」参照)。ここの「添ひおはします」は源氏の視座に密着した藤壺への敬語である。「をりふしに従ひては、……せさせたまひつつ」の「させたまひ」(最高敬語)は院への敬語である。「させたまふ」は「御兄の兵部卿の親王など」の心中思惟において藤壺に対し用いられていた(桐壺巻三四頁)からここも藤壺への敬語としてもさしておかしくはなかろうが、管絃の御遊びなどの後院における主宰者は院がふさわしい。しかし「心やすげなり」に続いて「今の御ありさましもめでたし」も藤壺のことと考えてゆくと(阿部秋生博士「藤壺宮と光源氏(一)」)、阿部博士はこの「せさせたまひつつ」の主語は桐壺院とされ、「ここは、桐壺院の後院における動きを語っているが、実は、それを通して、藤壺の宮の現況を語るためのものである」と述べていられ、従うべきだが、「今の御ありさましもめでたし」が藤壺のことということから、その上の管絃の御遊びなどの主宰者は藤壺と考えることも成り立つかもしれない。また「ただ春宮をぞ、いと恋しう思ひきこえたまふ」の「ただ」という限定が上の「今の御ありさましもめでたし」を前提とする以上、この春宮を恋しく思う主語も藤壺となり、さらには「御後見のなきを、うしろめたう思ひきこえて、大将の君によろづきこえつけたまふ」の主語も藤壺と連続して読めるかもしれない。「思ひきこえて」と謙譲語のみなのも、院から冷泉への行為ととるよりも藤壺から冷泉への行為ととる方がふさわしくも思えてくる。一つづきの文の中のことであり、最後を「きこえつけたまふ」としているから院の行為と解してよいのであるが、敬語を第三者的に作者が付けたものとして見るとこの段落は総じて院に対し敬語が軽い。青表紙本系の善本といわれる大島本によって定家の青表紙本源氏物語の叙述の方法を見ると、地の文でありながら作者は作中人物の目と心に即して、いわば作中人物の立場から述べていく叙法が基本的なものとしてである。したがってここの「うしろめたう思ひきこえて、」は院の冷泉に対する切実な気がかりが主体的に表現されているとおぼしく院への無敬語なのである。第三者的客観的な叙法をとる河内本や別本は「うしろめたなくおぼしめすままに」（河内本）、「思ひきこえて」を「おぼしめすままに」とするのは別本も同じで、院へ最高敬語「おぼしめす」を用いているのである。また「大将の君によろづきこえつけさせたまふも」（青表紙本）は「よろづをきこえつけさせたまへば」（河内本・七豪源氏、高松宮家本、尾州家本、七海本）と河内本は院へ「させたまふ」（最高敬語）を用いている。ここの敬語は河内本や別本の中には奇妙といってよい敬語の用い方をしているものがあり、混乱現象を生じている。誤りといってよいのであるが何故このような混乱が生じたのかが私には興味がある。「きこえさせたまへば」（別本・御物本）は院への「させたまふ」を用いる点では右の河内本と変りないが、「よろづをきこへさせつけさせたまへば」（河内本・大島本）や「きこえさせつけたまへば」（別本・陽明文庫本）だと河内本の大島本は源氏と院と双方に重い敬意を払っており、別本の陽明文庫本は源氏へ重い敬意を表わし院へは軽い敬意となってしまう。院から源氏への行為に「きこえさせ」を用いる必要はないし、まして院には「たまふ」だけの「きこえさせつけたまへば」はどう考えてもおかしい。混乱しているとしか言いようがない。これは単なるミスなのであろうか。ミスにちがいないが、このようなミスが生じる理由、背景は何なのだろうか。院に「させたまふ」を用いたのはここが院の行為であるとの認識を敬語で示したものといえよう。「春宮をぞ、いとこひしう思ひきこえたまふ」（青表紙本）の傍線部分が「思いきこえさせたまひける」（河内本及び別本・御物本）、「春宮をよにはこひきこえさせたまふ」（別本・陽明文庫本）と、河内本及び別本の二本は「させたまふ」と最高敬語を用いることによって院が主語であることを明白にしているようだ。その前の「世のひびくばかりせさせたまひつつ」と整合させてもいるようである。地の文を第三者的客観的叙述として認識しているようである河内本や別本としては当然の処置なのであろう。

さて、青表紙本と敬語法の上で相当な差異が生じているのは、つまりこの敬語法の異同現象はどうして生じたのであろうか。思うに青表紙本の本文の敬語法でも院が主語ということは分かるが、より明確化しようとしたのが河内本や別本だが、そうしている中に別本の一部にミスが生じたということであろうか。あるいは敬語法から見れば青表紙本の本文では主語がやや不分明なので明白にしようとしたのか。明白にしようとして別本の一部にはかえって混乱的なミスを犯したのかとも考えられよう。古注釈の段階でも主語についての理解に異同がある。「ただ人のやうにて添ひおはします」の主語を、一葉抄、弄花抄、細流抄、明星抄、孟津抄、岷江入楚、湖月抄等は院とし、僅かに賀茂真淵の源氏物語新釈が「藤壺のそひおはするとなり」と藤壺を主語としている。現代でも吉沢義則博士『対校源氏物語新釈』は桐壺院を主語と解していられ、島津久基博士『対訳源氏物語講話』では藤壺を主語と解していられる。池田亀鑑博士『古典全書』では藤壺、山岸徳平博士『古典文学大系』も藤壺、松尾聰博士『全釋』も藤壺。以後諸注釈書はみな藤壺である。

岷江入楚の私説に「ただ春宮をぞ、いと恋しう思ひきこえたまふ」について「恋しうとは院中宮いづれもなるべし」とし、聞書（三光院説）の「此詞のうつりは御門の御心とみゆ云々」を並記している。「かたはらいたきものから、うれしとおぼす」の主語を細流抄は「藤壺はかたはらいたしとおぼすなり」とし、三光院は「源の心中也」として中院通勝も「私云此義如何」と疑問を呈していた。

注釈の主語についての説を挙げてみたのは、青表紙本、河内本、別本それぞれの本文校訂・書写の段階でも主語についての認識を特に敬語法で表わそうとしたところに敬語法の異同現象の生じた理由があることをうかがいみたかったからである。河内本あるいは別本の認識は多く今日に至るまで承認されており、青表紙本を読むときの有力な参考になるであろう。しかし私たちは青表紙本の敬語法をそのままにその叙述の方法の特質として理解する道を選ばねばならない。「ただ春宮をぞ、いと恋しう思ひきこえたまふ」の「きこえたまふ」の「たまふ」が院に対して軽いということは一応うなずけるが、帝（院）が必ずしも常に「させたまふ」とは限らないのであって、たとえば「帝《みかど》、涙をのごひたまひ」（紅葉賀巻一一頁）は「涙をおとしたまふ」のような異文はあっても敬語については「たまふ」で諸本異同はない。また帝から藤壺への行為にも「聞こえたまへば」（紅葉賀巻一二頁）は諸本異同ない中に別本の伝二条為氏筆本のみが「きこえさせたまふに」とある。この本のみが帝の行為だからとて「させたまふ」としたのだが、他の諸本が「聞こえたまへば」とあるのを重視したい。次の「あいなう御いらへきこえにくくて」の「きこえにくくて」を伝為氏筆本のみが「きこえにくくおぼさるれどいと」とあるが諸本異同がない。右に見る限りでは伝二条為氏筆本のみが帝への敬語表現として「させたまふ」を用い、また藤壺の行為に謙譲語のみとするのを改めて「おぼさる」（二重敬語）を付加したもののごとくである。諸本に従えば、帝だからといって必ずしも常に「させたまふ」（最高敬語）が用いられるとは限らないことが分かるのである。また帝から藤壺への行為に「聞こえたまふ」なら、帝が東宮（冷泉）を恋しう思うのも「思ひきこえたまふ」でよいことも分かる。源氏に「きこえつけたまふ」もよいわけである。それを河内本などが院の主語であることを明確化しようとして「させたまふ」としたのは、このままでは恋しう思う主語が藤壺か院かはっきりしない、また「大将の君によろづきこえつけ」る主語が藤壺か院かはっきりしないと危惧したからかと推測されるのであるが、しかしこのままである方が相対的に院と東宮（冷泉）、院と源氏の格差がなく、院の冷泉や源氏への尊重感が表現されるのである。紅葉賀巻の帝と藤壺の場合も「聞こえたまへば」なればこそ帝と藤壺の格差がなく、帝の藤壺への尊重感が表現されるのである。院に「させたまふ」を用いれば、院と東宮（冷泉）、院と源氏の格差が大きくなりそのぶん院からの東宮（冷泉）や源氏への尊重感が小さくなる。青表紙本はそのへんの敬語の機微を慮って、「きこえさせたまふ」とはしていないのである。院が冷泉の後見なきことを切実に気がかりに思う気持は「うしろめたう思ひきこえて」と一人称的な主体的な無尊敬語表現によってこそよく表現されるのである。第三者的に院を敬おうとする河内本などの気づきえぬところであったろう。

それにしてもこの葵巻冒頭部分の敬語の異同現象のいちじるしいのは、本文整定の書写者に主語が藤壺か院か迷わせる青表紙本の底本の存在があったからであろう。河内本などが院を主語と明確化しようとした背景・事情をそこに見るのである。角川書店刊の『評釈』が「御後見のなきを、うしろめたう思ひきこえて、大将の君によろづきこえつけたまふ」の主語を藤壺としたのには相思相愛的なとらえ方とともにこの青表紙本の敬語法も一因をなしたのではあるまいか。

藤壺を慕う源氏の心を心としていわばその心事をたどるにも似た文体は、遠く懸絶する藤壺の映像に相関して「まことやかの六御息所……」をいざない出してくる。「ここもかしこも、おぼつかなさの嘆きを重ねたまふ報いにや」という源氏の心事がよびおこしているのである。細流抄は「ここもかしこも」に注して六条御息所の事と指摘している。

六　源氏物語の敬語法
——源氏物語の叙述の方法——

一

敬語は身分に関わり、地の文においては作者から高貴な身分の人へは敬語が用いられ、そうでない人には用いられないことが基本的な原則である。しかしその原則にあてはまらない例があり、高貴な人なのに無敬語である場合がある。玉上琢彌博士「敬語の文学的考察」(「國語國文」昭和27年3月。『源氏物語研究』所収)は「敬語のつくはずの人についていない場合」について、文学的考察を示され、種々多大の学恩を私たちはいただいた。また「敬語のつかぬはずの人につく場合」についても考察されている。

私が「源氏物語の敬語法と叙述の視点」(「学大国文」平成7年2月)、「源氏物語の叙述の方法」(「金蘭短期大学研究誌」平成7年12月)、「大島本源氏物語の叙述の方法―敬語法を視座として―」(「解釈」平成8年9月)等において敬語法に考察の眼を向けているのも、恩師の「敬語の文学的考察」の学統の流れにあるのであるが、平成3年10月刊の『源氏物語講座』第一巻(勉誠社)所載の拙稿「源氏物語の創造―源氏物語の内在的言語・内在的世界―」(拙著『源氏物語の主題と表現世界』勉誠社、平成6年7月刊所収)に空蟬巻の軒端荻に敬語をつけているのは小君の視点によるもの、小君の敬意に密着した地の文と考え、「敬語のつかぬはずの人につく場合」も作中人物の視点による叙述の方法に思いを致すことによって解明できることを確信して以来、源氏物語の敬語法(地の文における)は作中人物の視点によることを広く源氏物語の地の文全体にわたって論証したいと思うにいたったのである。

空蟬巻の軒端荻への敬語は次のようである。

西の君（軒端荻）も、もの恥づかしき心地して、渡りたまひにけり。また知る人もなきことなれば、人知れずうちながめてゐたり。（『大成』九四頁）

河内本及び別本の陽明文庫本、飯島本、桃園文庫本は「渡りにけり」で敬語はない。河内本等は客観的叙述として無敬語を妥当としたのであろう。玉上博士『源氏物語評釈第一巻』三三三頁に「われら、『源氏物語』の真の読者から見れば、問題にならない身分の女が、思いがけず源氏の君のお情けを頂いて、にわかにえらくなったつもりで、歩いてゆくこっけいなところを思うべきなのであろうか。」と〝文学的考察〟をしていられる。作者の技巧を見られるお考えである。松尾聰博士『全釈源氏物語二』では「軒端荻に『給ふ』を用いていることは不審である。河内本は『渡りにけり』とある。空蟬に添えた『給ふ』と均衡をとろうとて後人が、さかしらに『給ふ』を加えたのか。玉上氏は『西の御方』とあったものが、ここでは更に尊敬して『西の君』となっていることとも連関させて、思いがけず源氏の君のお情けをいただいた軒端荻がにわかにえらくなったつもりで歩いてゆく滑稽なところを描いたものかとの説を出しておられる。」と注していられる。玉上博士は「河内本は『わたりけり』であり、別本にもそうなっている本がある。この方が、話は簡単である。ただ『西の君』という言い方が気になる。前に『西の御方』とあったが、それは女房が小君に言ったことばで、地の文（作者が叙述する文）でない。ここは地の文である。そして『西の御方』より『西の君』の方が敬意に富む。下が『わたりけり』でも、上が『西の君』ゆえ、やはり問題は残る。」と述べていられるのであるが、『西の君』が地の文であることを注意されたのは、作者の叙述する文として客観的認定を得る重さがあり、女房が小君に言ったことばの、女房からの敬意ゆえという相対性に比して重視しなければならないからで肯けるのであるが、「『西の御方』より『西の君』の方が敬意に富む」と言われるのはいかがであろうか。女房のことばだからこそ「西の御方」の呼称こそ敬意が思いとすべきである。「昼より西の御方の渡らせたまひて、碁打たせたまふ」とあるように二重敬語「せたまふ」を再度用いてうやうやしく重んじていることとも連関して女房が〝西の対にお住みの紀伊の守の妹姫、お部屋様〟と重々しく敬った呼称であり、「上」よりは低いが、女房からの重い敬意をこめたものである。「西の君」の「君」は親愛感をこめた敬称でいかにも小君から軒端荻への呼称としてふさわしく、「渡りたまひにけり」の敬語と同じく、小君の軒端荻への敬愛の情、もっと言えば恋の情に密着した地の文である。敬意の重さからいえば「西の君」より「西の御方」の方が重いと考えられる。

日本古典文学全集（旧版）は「渡りたまひ」に注して「軒端荻の行為に敬語をつけるのは不審。彼女が源氏と逢ったことを意識して誇らしげな様子を見せることに対する作者の揶揄《やゆ》かという説もあるが、それほど問題になる女でもない。河内本『渡りにけり』。」とする。『新編』もほぼ同じ。新日本古典文学大系も「『給』と敬語になっているのはやや不審。」とする。しかし私は作中人物小君の視点、眼と心に即した叙述と見れば明快に解けると思うのである。

二

地の文といえども作者からの客観的叙述であるよりは、登場人物の意識、つまり目と心にもとづく叙述であり、敬語法はその徴表として表わされている。こういうとらえ方に対しては、作者からの敬意としてとらえる従来の敬語観がアンチテーゼとして立ちはだかる。それは他者にもあるが私自身にもあるのだ。行ったり来たり考えることはよいことで、固定的に思考がワンパターンになってはいけない。要は作品の用例自体に見入り、その例文の示すところをそのままに理解することでなければならない。古来、古写本の段階で異文の生じてきたゆえんは、書写者の既成概念にもとづく批判的処置にあったと思われる。地の文は第三者的客観的な叙述であって、敬語は作者の第三者的立場からの敬意の有無、軽重にもとづくと考えて、同一の作中人物に対しては前後そろえて同様の敬語を用いるべしとの書写校定態度や身分の高い人には敬語をつけるべくそうでない人にはつけないという書写校定態度が河内本や別本の中には多く見られるのであるが、私たちの中にもさような考え方がないとはいえない。

青表紙本の本文は、右のような考えからするといわば例外の文例が多く見られる。私たちはこの文例をそのままに理解する道をえらばねばならない。敬語のつかぬはずの人についたからといって、ただ不審と片づけたり、後人のさかしらかと解するのではなく、ついた理由を本文に即して探らねばならない。私たちの既成概念が優先されるのでなく、作品の本文そのままに理解しなくてはならないと考える。河内本や別本のそれぞれもそれはそれでその本文そのままに理解すべきで、そこに源氏物語の歴史的様相を見ることになるのだが、青表紙本（定家本）も基本的には同様としても、紫式部自筆本のない以上、それに恐らくは最も近いのであろうと思われる青表紙本（定家本）系統の最善本と目される大島本の本文によってこの作品の理解を進めていきたいと思う。

同一人物でも敬語が一定しないのは基本的に言えば作者からの直接的な敬意でないからだと私は考えるが、従来の、作者からの敬意の考え方では、場面性つまり場面の他の登場人物との対比的相対性による変動・差異であるとしてきた。すなわち他の同座人物がより身分の高い人物であればその人物との対比から敬語は軽くなり、その逆であれば敬語は重くなるというとらえ方である。

次の文例について考えてみよう。

源氏の君は、上《うへ》の常に召しまつはせば、心やすく里住みもえしたまはず。心のうちには、ただ藤壺の御ありさまを、たぐひなしと思ひきこえて、さやうならむ人をこそ見め、似る人なくもおはしけるかな、大殿《おほいとの》の君、いとをかしげにかしづかれたる人とは見ゆれど、心にもつかずおぼえたまひて、幼きほどの心ひとつにかかりて、いと苦しきまでぞおはしける。

（桐壺巻三九・四〇頁。本文及び頁数は『新潮日本古典集成　源氏物語』による。以下同じ）

この文は全文地の文なのだろうが、源氏の心内語「さやうならむ人をこそ見め、……見ゆれど」がそのまま地の文となっている特異な文で、「……おはしけるかな」は明らかに源氏の詠嘆である。「おはし」は源氏からの藤壺への敬意であることに異論はなかろう。私は「見ゆれど」を源氏の心内語がそのまま地の文となっていると思うのだが、単なる地の文と扱われる方々もおありかもしれない。いずれにしても「見えたまへれど」でなく葵上（「大殿の君」）に無敬語であることを、従来のとらえ方だと、藤壺との対比による作者からの葵上への無敬語ということになろう。藤壺に対しては「藤壺の御ありさま」と尊敬語をつけているし、源氏の藤壺への思慕の行為には「思ひきこえて」と謙譲語（受手尊敬）をつけて藤壺への敬意を表わしている。源氏に対しては「心やすく里住みもえしたまはず。」、「心にもつかずおぼえたまひて」、「いと苦しきまでぞおはしける。」など尊敬語がついているものの「心のうちには」、「思ひきこえて」など地の文なのに無敬語である。このような藤壺、源氏、葵上への敬語の差異を、作者からの直接的な敬意の有無、軽重として場面、文脈での三者の対比にもとづく相対性に理由を求めてきたのが従来の敬語観であった。しかし「見ゆれど」は源氏の心内語をそのまま地の文としていると見るのが「似る人なくもおはしけるかな」という明らかに源氏の心内語に続く文脈の語として妥当であるまいか。すなわち「おはしけるかな」も「見ゆれど」も地の文である前に源氏の心内語であり、源氏からの、藤壺と葵上への敬語の有無なのである。それに密着した地の文でなければならない。「心のうちには」とか「思ひきこえて」などは源氏の立場に即した表現であるからこそであって、作者の客観的第三者的表現でないことを証している。「心のうちには」は諸本異同ないが、「思ひきこえて」は河内本や別本の御物本、陽明文庫本は「思ひきこえ給ひて」とあり、作者の客観的立場からすれば藤壺、源氏双方に敬意を払わねばならないわけである。青表紙本（定家本）系統は、作中人物の立場、目と心に即して叙述しており、敬語法は作中人物の心情をうかがう上で重要な徴表となっている。

三

敬語が作中人物（相互）の心情・心意にもとづくことを、私は源氏と頭中将のいちじるしい敬語の差異に注目して考えたことがある（拙稿「源氏物語の表現構造としての敬語法（続）」「学大国文」昭和61年3月。拙稿「源氏物語敬語体現論」稲賀敬二氏編者『源氏物語の内と外』風間書房、昭和62年11月。共に拙著『源氏物語の主題と表現世界』勉誠社、平成6年7月刊所収）。詳しくは右の拙稿によられたいが、「七つになりたまひしこのかた、帝の御前に夜昼さぶらひたまひて、奏したまふことのならぬはなかりし」（須磨巻二一三頁）「朝廷《おほやけ》の御後見」光源氏に対抗する頭中将のコンプレックスに由来する、つまり頭中将の源氏に対する尊重敬意が並々でないその意識に密着して語られているところに、頭中将には尊敬語がつかないばかりかその行為に謙譲語（源氏への受手尊敬）のみがつく仕儀となっているのであって、客観的に頭中将よりも身分の格差の大きい北山の尼君に尊敬語が原則としてついているのと対比する時、作者の客観的表現とは到底言えないのである。場面、状況での源氏と尼君の心的位相、すなわち互いの対者への心情にもとづく尊重の念がモメントとして考えられねばならない。人物相互の意識構造が問題なのだ。対者への意識が敬語表現の視座となるのだ。政治家として源氏に対抗する意識の強い頭中将は、源氏の優越性に対し過度なまでにコンプレックスを持つがゆえにその意識に密着して述べられる地の文で「きこゆ」（謙譲語）表現のみとなるのである。

敬語がつく、つかないのは、対する両者の意識（心の目）を視座とする叙述の方法による。作者は作中人物相互の意識の中に分け入り、それぞれの意識すなわち心の目を視座として、対者への敬意の有無、軽重により敬語表現の差異となるのである。無敬語は単純にいえば敬意がないということであるが、親愛の極まるところに敬語が用いられないのは今日・現代にもあるところで、尊敬しないという否定的な場合だけでなく、親愛の情を見るべき場合もある。次の文例を見ていただきたい。

日たけて、おのおの殿上に参りたまへり。いと静かに、もの遠きさましておはするに、頭《とう》の君もいとをかしけれど、公事《おほやけごと》多く奏しくだす日にて、いとうるはしくすくよかなるを見るも、かたみにほほゑまる。人間《ひとま》にさし寄りて、「もの隠しは懲《こ》りぬらむかし」とて、いとねたげなるしり目なり。「などてか、さしもあらむ。立ちながら帰りけむ人こそ、いとほしけれ。まことは、憂《う》しや世の中よ」と言ひあはせて、「とこの山なる」と、かたみに口がたむ。

（紅葉賀巻四二・三頁）

この文は源氏と頭中将相互の視線による叙述がなされているのであろう。「日たけて、おのおの殿上に参りたまへり」は一応作者の客観的叙述と見られる。これすらも、二人の相互の視線を感じてよいかもしれないが客観的叙述と見るのが妥当と思われるのは、敬語が両者に同一となっており、身分の高い源氏への敬語に揃えてある書き方であるからで、それは作者からの敬意としなくてはならない。普通身分の上下の者を一括して述べる時は身分の高い方に合わせて敬語を用いるのである。「いと静かに、もの遠きさましておはするに」は、頭中将の視線によってとらえており、「おはする」は頭中将からの源氏への敬意に即した叙述である。「頭の君もいとをかしけれど」がそれを証している。昨夜の騒ぎなどそ知らぬ顔をしてすましていらっしゃる源氏を見て頭中将はようも変れるなあとおかしくて笑いもこみあげる気持なのだ。「いとをかしけれど」と頭中将の心情をそのまま地の文として「いとうるはしくすくよかなる」に続けている。「いとをかしと思へど」というふうに三人称化せず、頭中将の立場に即していわば一人称的に叙述しているのである。頭中将の心情がじかに読者につたわってくる文体である。「公事多く奏しくだす日にて」は作者の説明の挿入句であるが、頭中将が心中につぶやくことばと見てもよいほどに彼の心事に沿って叙述されている。彼は蔵人の頭の要職にあり、この日、奏上、宣下《せんげ》の取次をしなければならないのである。おかしくても笑ったりするようなことはできないのだ。おかしさを心のうちに隠して、折目正しくまじめくさっているのであった。それを見て源氏もおかしくなる。ついにやにやしてしまう。「かたみにほほゑまる」とある。頭中将もこらえていたおかしさがこみあげてしまったのだが、源氏の「ほほゑみ」につられたとおぼしい。この「かたみにほほゑまる」の直前の「見るも」は源氏の動作であるから、「ほほゑまる」をリードしたのは源氏である。「見るも」と無敬語なのは源氏の立場に即しての叙述だからで、「ほほゑまる」の「る」は自発か軽い敬語か微妙ともいえるかもしれないが、私は源氏の立場からの叙述としてすっきりさせて無敬語で自発と解する。動作としてもこの場合つい自然ににやにやしたということなのだ。頭中将も無敬語となるのは彼へは原則的に無敬語なので異とするのは当たらない。「人間《ひとま》にさし寄りて、」の無敬語は源氏からの無敬意だが、このあたりの叙述には源氏から頭中将への親愛の情を見るべきだ。「いとねたげなるしり目なり」と見ているのは源氏であって、源氏が「ねたし」（しゃくだ）と思うような様子を頭中将がしているということで「げ」という外部から見ての感じを表わすことばの外部とはこの場合源氏である。ところで親愛の情といえば頭中将のことばにも源氏への敬語がなく、彼も昨夜のことで源氏への親愛の情にあふれているのだ。ちなみに青表紙本でも肖柏本は「こり給ぬらんかし」とあり、河内本は「こりぬらんかし」だが、別本の御物本は「こり給ぬらんかし」、つまり「給」を補入している。肖柏本、御物本は、頭中将が常に源氏に敬意を払っているので敬語もつけるべしとしたのであろう。しかしそれは単に統一をはかるさかしらというべきで、ここでは頭中将の源氏への親愛の情を見るべき無敬語こそふさわしいことを知るべきである。ついでながら「かたみにほほゑまる」は河内本では「ほゝゑまれ給けり」と敬語をつけている。第三者的客観的叙述によるものであろう。続けて述べると「いひあはせて」が河内本では「いひあはせたまて」、「くちかたむ」が河内本では「口かため給けり」、別本の御物本が「くちかためたまふ」とある。いずれも第三者的客観的叙述としての敬語法である。青表紙本（大島本）の無敬語表現は作者からの無敬語とは考えられない。これはやはり源氏と頭中将相互の親愛の情による無敬語と見るべきで、昨夜のことを互いに秘密にしあうまさに親友の情愛が両者において合致し、ここでは日頃の過度までの対抗意識から来る源氏へのコンプレックスが消えた親密な関係意識からの無敬語で、その意味では源氏からの無敬語も日頃の頭中将への無敬意とは違った、心の隔てのない親愛感によるものなのである。

「中将は、妹の君にも聞こえ出でず」（紅葉賀巻四三頁）とへりくだる態度なのは、源氏と共有する秘密へのはばかりによるのかもしれない。諸本異同なく頭中将へは無敬語である。

四

作者が第三者的立場で客観的叙述をする時には頭中将へ敬語をつけていることからしても、頭中将への無敬語は頭中将自身の立場に即した叙述の場合か、対者の源氏からの視点、目と心、意識構造によると見なくてはならないであろう。

この中将は、さらにおし消たれきこえじと、はかなきことにつけても、思ひいどみきこえたまふ。この君ひとりぞ、姫君の御ひとつ腹なりける。帝の御子といふばかりにこそあれ、われも、同じ大臣《だいじん》と聞こゆれど、御おぼえことなるが、皇女《みこ》腹にてまたなくかしづかれたるは、何ばかり劣るべき際とおぼえたまはぬなるべし。人がらも、あるべき限りととのひて、何ごともあらまほしく、たらひてぞものしたまひける。

（紅葉賀巻四三・四頁）

作者が敬意を表わすべき叙述内容とあいまって作者からの頭中将への敬語がつけてある。客観的叙述でありながら頭中将ほどの人物に他の場面であっても敬語をつけないことは考えにくいのである。それが証拠に河内本や別本の一部の本が客観的叙述の立場から敬語をつけている。青表紙本系統の本文（大島本）が頭中将に対して無敬語なのは頭中将の立場からの叙述であったり、対者源氏の視点にもとづくものである。紅葉賀巻の前掲の文例の「人間《ひとま》にさし寄りて」も客観的描写というよりは源氏の視線のとらえた頭中将の動作であり、無敬語なのはここでは源氏からの親愛感に即した叙述であることを前述した。

さかのぼれば帚木巻の雨夜の品定めの頭中将への無敬語も対者源氏の頭中将への親愛感に沿った叙述であったのであろう。頭中将から源氏への行為にへりくだる謙譲語表現「きこゆ」のみというのは雨夜の品定めでは見られない事実はその意味で注意してよい。紅葉賀巻に見られる謙譲表現（「きこゆ」）のみというようなことはない。雨夜の品定めでは頭中将は源氏に対して中の品の女重視を説いたりして色好みの先輩という意識・心情であるから源氏に対してそんなにへりくだる心意はない。紅葉賀巻は頭中将が「われも左大臣を父とし内親王腹なるぞ」と対抗意識を燃やしていることが叙されており、源典侍をめぐる色好みの場面にも対抗意識がかえってもたらすコンプレックスが謙譲語表現「きこゆ」のみとなるような彼の意識構造を視座とする叙述となっているのである。

青表紙本（大島本）の本文が作中人物の視点に即して述べられているということは大方の知見を得ているところであるが、〝視点〟というのはその作中人物の目と心であり、特に心を重視するならば、作中人物の意識構造が対者への敬語表現（有無、軽重その他もろもろの敬語の機能構造）としてはたらく最も重要なモメントであることは肯われるであろう。

源氏物語は作者の客観的叙述、描写と共に、より特徴的には作中人物の心の視座から叙述、描写されていく。従来「たまふ」をはじめとする尊敬語表現は作者の客観的叙述のしるしと見てきたが、しかし単純にそう片づけられないことが分かってきた。一見、作者の客観的叙述と見えたものが、実は、作中人物の心の視座に立った叙述であることに気づく時、源氏物語の地の文は、作中人物の心内語にひとしくその人物の心事をたどりつつ本来の客観的地の文に立ちもどろうとする文脈のうねりを見せる。

葵巻冒頭の文章は一見作者の客観的叙述とも見えるが、仔細に読むとそこには源氏の心情を視座とする視点が強くたちはたらいている（詳しくは拙稿「大島本源氏物語の叙述の方法―敬語法を視座として―」「解釈」平成8年9月参照）。藤壺が、まるで臣下のように上皇のお側にいられることを述べる「ただ人のやうにて添ひおはしますを」は作者の客観的叙述として「添ひおはします」の「おはします」は作者からの藤壺への敬語と見てさしつかえないようであるが、それでは「立ちならぶ人なう心やすげなり」という藤壺の有様が単に客観的事実の描写にとどまり、読者は外的に事実を知るだけとなろう。それに対し、「なほ我につれなき人の御心を、尽きせずのみおぼし嘆く」源氏の心情を視座とする叙述と見るならば、「ただ人のやうにて添ひおはします」藤壺の映像は「なほ我につれなき人の御心」とシノニムにたちはたらき、さような藤壺のありようを望見する源氏の切ない心情に染めあげられてくるのだ。「立ち並ぶ人なう心やすげなり」も、源氏の心情を視座とすれば「なほ我につれなき」藤壺の映像とシノニムに重なって見えてくるであろう。葵巻冒頭は決して作者の単なる客観描写などではない。そう見えてしまうとすれば私たちが長年地の文は作者の客観的叙述と思い込んできた既成概念にまどわされているのだ。仔細に青表紙本源氏物語の本文に見入るならば、源氏の視点（眼と心、心情的視座）に即した叙述であることが分かってこよう。その時、単なる客観的事実ではない、源氏と藤壺の関係が、源氏の心情を視角として述べられていることを知るであろう。そこに情景の内部的世界が見えてくるのであって、私たちはその文体への知見を持たずして主題に迫ることはできないであろう。ちなみに河内本や別本の本文で読むのとくらべれば、主題の相貌が違って見えてくる。

五

河内本（尾州家。秋山虔氏・池田利夫氏編、翻刻、武蔵野書院刊による）の葵巻冒頭文は次のごとくである。

よの中かはりては・よろつ物うくおほされ・御身のやむことなさもそひ給へは・かる〳〵しき御しのひありきなとも・つゝましくおほされるは・こゝも・かしこも・おほつかなさのなけきをかさねたまふへかめる・むく

ひにや・われにつれなき人の御心をつきせす・おほしなやめり・いまは・まして・かひなく・たゝ人のやうにさしならひおはしますを・いまきさきは心やましう・おほして・内にのみそさふらひ給へは・たちならふ人たになく・こゝろやすけなり・おりふしの御あそひなとも・よをひゝかし・めつらし（1オ）」きさまに・このましくしなさせ給つゝ・なまめかしく・なかく〳〵・いまの御ありさまにそ・はなやかに・めてたさまされる・春宮をそいとこひしく思きこえさせたまひける・御うしろみのおはせぬことを・うしろめたなくおほしめすまゝに・大将の君によろつをきこえさせつけさせ給へは・かたはらいたきものからうれしくおほす・

右の「・」は句点、「・」は読点。「きこえさせつけさせ給へは・」の「させ」の左傍線は見せ消ちのしるしである（凡例による）。

青表紙本（大島本）との相違を敬語法を中心に見ていくことにする。「ものうくおほされ」は両書同じ。「御身」も同じ。「そふにや」（大島本）が「そひ給へは」（河内本）。「御しのひありきも」（大島本）が「御しのひありきなども」（河内本）、「つゝましうて」（大島本）が「つゝましくおほさるれは」（河内本）、「なけきをかさね給ふむくひにや」（大島本）が「なけきをかさねたまふへかめる・むくひにや」（河内本）、「われにつれなき人の御心を」は両書同じ。「つきせすのみおほしなけく」（大島本）が「つきせす・おほしなやめり」（河内本）、「今はましてひまなう」（大島本）が「いまは・まして・かひなく」（河内本）、「たゝ人のやうにてそひおはしますを」（大島本）が「たゝ人のやうにさしならひおはしますを」（河内本）、「いまきさきは心やましうおほすにや」（大島本）が「いまきさきは心やましう・おほして」（河内本）、「うちにのみさふらひ給へは」は敬語に異同ない。「世のひゝくはかりせさせ給つゝ」（大島本）は、かなり異文とはなっているが、河内本も敬語法は同様で「このましくなさせ給つゝ」（河内本）、「たゝ春宮をそいとこひしう思ひきこえ給」（大島本）が「春宮をそいとこひしく思きこえさせたまひける。」（河内本）、「御うしろみのなきをうしろめたうおもひきこえて」（大島本）が「御うしろみのおはせぬことを・うしろめたなくおほしめすまゝに・」（河内本）、「大将の君によろつきこえつけ給ふも」（大島本）が「大将の君によろつをきこえさせつけさせ給へは・」（河内本）、「うれしとおほす」（大島本）が「うれしくおほす」（河内本）。

「世の中かはりて後よろつものうくおぼされ」は作者の客観的叙述。「御身のやむことなさもそふにや」の「そふにや」は無敬語だが「御身のやむことなさ」があるので敬意は失わないのであろうか。とすればこれも客観的叙述としてよいのであろうか。河内本は「そひ給へは」と明白に客観的叙述であり、「つゝましくおほさるれは」と呼応して客観的叙述をはっきりとさせる。しかし大島本（青表紙本）は「つゝましうて」と上の「そふにや」と呼応して無敬語である。大島本は「そふにや」と推量的であるが河内本は「そひ給へは」と断定的である。無敬語は源氏の立場に近く寄り添った叙述であり、「そふにや」も「つゝましうて」も源氏の心の声が感じられる。「そひ給へば」（河内本）は説明的であり外部からの描写であるのに対し、大島本は内部的といえよう。地の文でありながら作中人物の心の声がこもる。「かさね給ふむくひにや」（大島本）と「かさねたまふへかめるむくひにや」（河内本）を比較すると、大島本は源氏が「こゝもかしこも」（あちらこちらの女君が）自分（源氏）となかなかお逢いできない嘆きを重ねていらっしゃることをはっきり認識しその報いを痛感しているさまがうかがえるのに対し、河内本の「べかめる」だと推量であって、これは作者が外部的にとらえたことを表わしていよう。「そふにや」の推量は「そふ」の無敬語から源氏自身が自らの位境に原因を求めるていであるが、「なけきをかさねたまふべかめる」は作者が女君たちの情況を推量しているので外部的叙述なのである。冒頭から河内本は一貫して客観的叙述なのであり、そこからは作者の説明は十分うかがえて事柄ははっきり分かるが、大島本（青表紙本系統）のように作中人物の心の声がつたわる内部的叙述と相違することが知られよう。

「なをわれにつれなき人の御心をつきせすのみおほしなけく」（大島本）の「なを」、「のみ」には源氏の心事をたどる叙述が印象され、「なを」や「のみ」のない河内本は、源氏の心情が必ずしもこめられていず、説明的である。

「おほしなけく」の現在形の方が「おほしなやめり」の完了形より源氏の嘆きがじかにつたわる感がある。完了形は事柄が説明されて終る感がするのに対し、現在形は今源氏の嘆きを聞く思いがする。「おほしなけく」も「おほしなやめり」も共に客観的叙述なのであるが。「今はましてひまなうたゝ人のやうにてそひおはしますを」（大島本）の「おはします」は藤壺への敬語であるが、作中人物源氏の視点に立つ叙述と見るべく源氏からの藤壺への敬意に密着した叙述であり、上皇のお側にいつもいらっしゃる藤壺への源氏の思いのこもる叙述で、「なをわれにつれなき人の御心をつきせすのみおほしなけく」心情的視座からの望見なのである。源氏の藤壺への思いを角度として藤壺の有様がとらえられている。その意味でここは藤壺が上皇に「そひおはします」でなければならない。古注の中（細流抄・弄花抄や箕《み》形《かた》如《じょ》庵《あん》の説）には上皇を主語とする説もあるが誤りとすべきである。源氏の心の内在に即して叙述される地の文であることに思いを致さねばならない。ところが河内本は「たゝ人のやうにさしならひおはしますを」と上皇と藤壺が並んでいらっしゃるというようにお二人の有様としてとらえるので、上皇と藤壺のいずれが主語かの問題は消えてしまい、ただお二人の有様を描くだけである。源氏にとっては藤壺が上皇に「添ひおはします」ことこそが嘆きの心でとらえた有様なのであって、大島本はその源氏の心情を視座とする叙述で一貫している。藤壺の有様が源氏の心情を視点として描かれており、地の文といえども源氏の心情のこもる叙述なのである。河内本は有様を有様として述べるだけである。上皇と藤壺が仲むつまじく御一緒であるという事実に変りはないが、藤壺への深い思慕のかなわぬ源氏の嘆きの心を視点とする大島本の叙述に文学としての内面性を感ずる。源氏の心情を通して藤壺を描くところに視点者の心情構造が浮かび上がり、描かれる藤壺を私たちは源氏と共に見る。

　河内本は源氏の心情は「今はましてかひなく」というように作者から直接に説明する。「ひまなう」と上皇に「添ひおはします」藤壺の有様を望見する源氏の心情の浮かび上がる文体と比較する時、河内本は説明的であるぶん文学的に劣る。

河内本は客観的な叙述であり、敬語法も他との整合をはかろうとしており、一見善本と思わせる。「春宮をそいとこひしう思ひきこえ給」（大島本）を河内本では「春宮をそいとこひしく思きこえさせたまひける」とし、「させたまひ」（最高敬語）を用いて主語が院であることを明確にしている。「御うしろみのなきをうしろめたうおもひきこえて大将の君によろつきこえつけ給ふも」（大島本）を河内本では「御うしろみのおはせぬことを・うしろめたなくおほしめすまゝに・大将の君によろつをきこえさせつけさせ給へは」とするが、比較してみると「なき」の無敬語の方が院の心の角度からの叙述としてよろしいと思う。「おもひきこえて」と謙譲語のみなのはまさに院の立場からの叙述であり、院の春宮に対する思い入れの心の深さを感ぜしめる。院の心の切実さ、心配の念がつたわってくる。河内本は「御うしろみ」に「おはせぬ」と敬語をつけているが、作者からの敬意としては妥当であるから、いかに河内本の地の文は作者からの第三者的客観的叙述であるかを明白にしているのである。それはそれで河内本の態度として認むべきだが、大島本（青表紙本）の、作中人物の立場からの叙述が対比によって明白になることに、より注目したい。「うしろめたうおもひきこえて」（大島本）と「うしろめたなくおほしめすまゝに」（河内本）とを対比するといよいよその相違がけざやかとなろう。大島本は院の行為に謙譲語のみであり院の立場からの叙述であるのに対し、河内本は院には敬語をつけねばと「おほしめす」（最高敬語）を用いている。ちなみに別本（御物本、陽明文庫本）も「おほしめすまゝに」である。地の文を第三者的立場からの作者の叙述と見る限りでは当然である。大島本は院の立場から叙述しているのである。青表紙本系統は大島本と同じで藤原定家の校定書写態度を知ることができる。「大将の君によろつきこえつけ給ふ」（大島本）を河内本では「大将の君によろつをきこえさせつけさせ給へは」と院に「させ給へ」（最高敬語）をつけ、主語が院であることを明確にしている（「きこえさせつけ」の「させ」を見せ消ち・抹消したのは正しい。）が、紅葉賀巻で帝から藤壺へ「聞こえたまへば」（『集成』一二頁）とあった。河内本も同じで、別本の伝二条為氏筆のみが「きこえさせ給に」である。帝や上皇だからといって必ずしも常に

「させ給ふ」（最高敬語）が用いられるとは限らないのである。なおこのことは拙稿「大島本源氏物語の叙述の方法」（「解釈」平成8年9月）に述べてあるので参照されたい。

河内本や別本が院の行為だからというので「させ給ふ」（最高敬語）をつけるべしとする書写態度をむしろ私は強く感ずる。「きこえたまふ」の場合「きこえさせたまふ」となるかどうかは為手と受手の相対関係が作用するのであるまいか。「思ひきこえ給」が春宮への院の行為にあったのと同じく「大将の君」（源氏）にも「きこえつけ給ふ」であることは、院が春宮と同様に源氏を遇していられる証左と見うるのでないか。青表紙本（大島本）の場合、作中人物の視点、心情を視座とする叙述であるから、為手の受手に対する心情構造に基づくと考えられる。だから一律な第三者的な統一はこの叙述の本性にもとることなのである。

六

源氏物語の地の文が作中人物の視点に基づく叙述であることはかいま見において典型的である。このことはこの叙述の方法が場面の臨場感を盛り上げ、読者をして作中人物の心情と一体化せしめ作中人物の心を心として作品世界に没入せしめる技法であることを示している。

野分巻の夕霧が作中世界の視点者であることは既に作品論的に指摘されている。伊藤博氏「『野分』の後—源氏物語第二部への胎動—」（「文学」昭和42年8月。『源氏物語の原点』明治書院所収）は次のように述べていられる。

> 大臣のいと気遠く遙かにもてなし給へるは、かく見る人ただにはえ思ふまじき御有様を、いたり深き御心にて、もしかかることもやと思すなりけり、と思ふに、けはひ恐しくて、……　（『古典全書』三—二一八）
>
> 立ち去るのだが、このあたり語り手古女房の視点はいつのまにか消失し、直接夕霧の眼を通して事象は映し出される、という印象を受ける。夕霧の言動に関する叙述から尊敬表現が消えるのだが、これは夕霧を対象化し、

客観的に定位してきた物語の話者（Speaker）が、少なくとも局部的には消滅していることを意味しよう。（以下略）

伊藤氏は「夕霧の視点」の意義を説かれ、夕霧への無敬語を指摘されていたのだった。秋山虔氏の「源氏物語巻々事典　梗概と論評」は「この巻は、およそ夕霧の目に見られ、夕霧の心の働きを通して源氏や女性たちの動静が次々と語られてゆく。」と簡要な筆致で要点をとらえていられる（学燈社『源氏物語事典』別冊国文学No.36平成元年5月）。拙稿「源氏物語の表現方法―視点・文体・人物呼称・敬語法―」（「学大国文」平成4年2月。拙著『源氏物語の主題と表現世界』勉誠社所収）も「野分巻の夕霧が紫上を垣間《かいま》見る場面はまさしく夕霧が視点者として夕霧の目と心に映じた感動を叙述しており、あたかも夕霧が語り手であるかと思わせるほどに夕霧と一体化した語り手の叙述である。わたくしたちは「語り手」というより夕霧の心の声と語りを聞く思いがする。」と述べている。

夕霧に無敬語なのは、夕霧の立場に即した叙述だからである。夕霧巻は夕霧を視点者として夕霧の目と心を通して対象の人物たちその他が描かれまさに臨場感あふれるものがある。このことは河内本も青表紙本と変わらないことは注意してよい。すなわち単に青表紙本のみに見られる特異現象というのではなく、源氏物語プロパーの本性であると言わねばならないからである。別本の中にはこの本性を改悪する若干の異同現象も見られる。文例に徴して考察してみよう。ただし前掲拙稿で既に考察した文例については重複を避けたいので前掲拙稿を参看されたい。

わたらせたまふとて、人々うちそよめき、几帳引きなほしなどす。見つる花の顔どもも、思ひくらべまほしうて、例はものゆかしからぬここちに、あながちに、妻戸の御簾《みす》を引き着て、几帳のほころびより見れば、ものそばより、ただはひわたりたまふほどぞ、ふとうち見えたる。人のしげくまがへば、何のあやめも見えぬほどに、いと心もとなし。薄色の御衣《ぞ》に、髪のまだ丈《たけ》にははづれたる末の、引き広げたるやうにて、いと細く小さき様体《やうだい》、らうたげに心苦し。一年年《をととし》ばかりは、たまさかにもほの見たてまつりしに、またこよなく生《お》ひまさりたまふなめりかし、まして盛りいかならむと思ふ。かの見つるさきざきの、桜、山吹といはば、これは藤の花とやいふべからむ、木《こ》高き木より咲きかかりて、風になびきたるにほひは、かくぞあるかしと思ひよそへらる。かかる人々を、心にまかせて明け暮れ見たてまつらばや、さもありぬべきほどながら、隔て隔てのけざやかなるこそつらけれ、など思ふに、まめ心も、なまあくがるるここちす。（野分巻一四二・三頁）

一本線の傍線は夕霧への無敬語を示し、二重傍線は明石姫君への夕霧からの敬意に密着した叙述を示し、三重傍線は明石姫君への夕霧からの謙譲の意・明石姫君への敬意に密着した叙述を示す。波線部は夕霧の主観直叙を示す。夕霧は視点者・観察者としてあたかも語りの主体であるかのごとくその行為に敬語がつかない。右の文は大島本を底本とする『古典集成』の本文であるが、河内本も敬語に関しては異同がない。ただ別本の麦生本が「うち見えたる」を「みえ給」、阿里莫本が「見え給たり」とする異同がある。これは「見え」の「え」を受身と解し明石姫君への敬語をつけたのである。しかし大島本は自発であって夕霧への無敬語表現なのである。「見えぬ」の「え」は可能である。

大島本のみならず河内本や別本も含めて、敬語に異同がないこと（別本の一部にただ一箇所あったが、それも夕霧への無敬語を否定するものではなく明石姫君への敬語だから基本的に差異はない）はこの垣間見《かいまみ》の敬語表現・叙述の方法は源氏物語プロパーのものであることを示していよう。紫上、玉鬘、明石姫君ら六条院の女君たちの動静が、夕霧の視点を通して語られる方法は源氏物語本来のものなのであった。作中人物の夕霧が語りのにない手ともいえる役割を果たす文体は、地の文が夕霧の草子地のごとく彼の感懐や批評がなまなましくたどられて彼の人間像がじかにつたわってくる。「思ひくらべまほしうて」は夕霧の切実な思いだが、常とは違う好色めいた心情をのぞかせている。「例はものゆかしからぬここちに」（ふだんはのぞき見などに関心がないのに）は常のかたぶつぶりを自らかえりみる心持ちである。その自らの性情からすれば無理をしてのぞき見の行動に出たのである。それは「見つる花の顔ども」が忘れがたく、さらに明石の姫君を見るチャンスに、心浮き立つ情動に身をまかせている夕霧の姿にほかならない。「いと心もとなし」とか「らうたげに心苦し」の夕霧の主観直叙は心のときめきをじかにつたえ、夕霧の好色心の高まりは「まめ心も、なまあくがるるここちす」るのであった。「まめ心」を破る〝危険な情動〟が六条院内部に胎動しているともいってよく、私たちはそのなまなましい夕霧の心情に、ほかならぬこの文体・叙法によってこそじかに触れるのであって、もし仮にこれが客観的説明的叙述であったならば、ただ事実を事実として受け取るだけで、深い感動はおぼえないであろう。私は前掲拙稿「源氏物語の表現方法—視点・文体・人物呼称・敬語法—」において『日本古典文学全集』、『新潮日本古典集成』が草子地とされることばについて、夕霧の思いや言うことをそのまま直叙している文ではないか、と述べた。作中人物に言説さえもさせる地の文なのである(拙著『源氏物語の主題と表現世界』三〇七・八頁)。作中人物の主体的な情念のこもる地の文から、その視点者のあつき思いを汲みとり、その心情構造を考察することによって、なまなましい作中人物の心の風姿をからめとることができるのである。

七

垣間見《かいまみ》の場面は右に述べた文体が典型的であるが、それだけに垣間見の場面で客観的に対象化される叙述の方法をとる場合は、作中人物の情念を欠く様態が叙せられていることは既に前掲拙稿で述べているのでくり返さない。私は一見客観的(真に客観的と見るべきかもしれないが)叙述にも作中人物夕霧の視点がたちはたらいていると見る文例をあげたい。前にあげた明石姫君を垣間見た夕霧が、大宮のもとに参上したところである。

祖母宮《おばみや》の御もとにも参りたまへれば、のどやかに御行ひしたまふ。よろしき若人など、ここにもさぶらへど、もてなしけはひ、装束どもも、盛りなるあたりには似るべくもあらず。容貌《かたち》よき尼君たちの、墨染《すみぞめ》にやつれた

るぞ、なかなかかかる所につけては、さるかたにあはれなりける。（野分巻一四三・四頁）

「祖母宮の御もとにも参りたまへれば」は作者の客観描写だが、「のどやかにて御行ひしたまふ」は大宮のもとに参上した夕霧の目に映ずる大宮の姿であると思う。したがって夕霧の視点に基づく叙述であるといってよいのである。「御行ひしたまふ」の「たまふ」は夕霧から大宮への敬意に密着した叙述である。「よろしき若人など」の「よろしき」も夕霧の批評に即したものであり、「さぶらへど」という謙譲語も視点者夕霧からの大宮への敬意と解しうる。「盛りなるあたりには似るべくもあらず」も六条院を見てきたあとの夕霧の感懐にふさわしい。作者の客観的叙述と解するなら単なる説明にすぎない。感懐のこもる表現と解しうるのは視点者夕霧の目と心に即した叙述と見るときだ。「さるかたにてあはれなりける」の詠嘆も作者のそれというより、その事にしみじみと気づいた夕霧の心の感動をつたえる主観直叙と見たい。

さて、すると右に続く叙述も夕霧の視点に基づく叙述と見てよいのではあるまいか。「内の大臣も参りたまへるに」も、夕霧の視点に基づく叙述と見るとき、ちょうど夕霧のいるところに来たことへの夕霧の心の情動がつたわってくるのだ。そして以下の内大臣と大宮の対話の様子がすべて夕霧の見るところなのだという作品論的に見のがしえないことが明らかとなる。すると文末の「聞こえたまふとや」という語りの口ぶりに夕霧のそれが重なってくる。夕霧の声のまじる語り手の口ぶりというべきか。奇矯な論と言われるかもしれないが、あえて提起しておく。大宮の邸での見聞者たる夕霧の見聞のなまなましさがつたわってくると思うのである。

〔付記〕本稿脱稿後間もなく恩師玉上琢彌博士は平成八年八月三十日午前九時三十分永眠された。謹んで御冥福を祈り、偉大な師の学説の系譜下の本稿を御霊前に捧げまつる。

平成八年八月三十一日朝記す。

七　葵巻の「まことや」私見
――源氏物語の叙述の方法――

まことや、かの六条の御息所の御腹の前坊の姫宮斎宮に居たまひにしかば、大将の御心ばへもいとたのもしげなきを、幼き御有様のうしろめたさにことづけて下りやしなまし、とかねてよりおぼしけり。

（葵巻三六五頁。本文及び頁数は玉上琢彌博士著『源氏物語評釈』による。以下同じ）

この「まことや」は『評釈』の語釈に「ああ、そうそう。物語のなかばでふと思い出した時、または話題を転ずる時に発する語」とあるように諸注釈書はおおむね解している。用例も多くあって異議はないとすべきか。が、しかし思うに、「物語のなかばでふと思い出した」にしては、葵巻に限って言えば巻の初頭に近く、「物語のなかばでふと思い出した」とは言えないのではないか。「話題を転ずる」という点では、葵巻冒頭部は藤壺への源氏の思いが、桐壺院と藤壺の上皇御所における生活を通して描かれているから、話題を六条御息所に転じるための発語というのは一応肯ける。しかし話題を転じたというにしては、その前の藤壺への思いを叙した段落が極めて短く、いわば序的なものになっており、事実この葵巻の主役は六条御息所と葵上であり、藤壺は次の賢木巻で物語の主役となる。だから六条御息所は物語のなかばでふと思い出されたのでもなく話題を転じて登場してきたとも言えないのではないか。

ここで注意されるのは、細流抄が葵巻冒頭部分の「ここもかしこも、おぼつかなさの嘆きを重ねたまふ報いにや」の「ここもかしこも」に注して六条御息所の事と指摘していることである。拙稿「大島本源氏物語の叙述の方法」（『解釈』平成8年9月）に述べているように「ここもかしこも、おぼつかなさの嘆きを重ねたまふ報いにや」は、ほとんど源氏の心内語にひとしい地の文で、この文には源氏の六条御息所をはじめとする女君たちの嘆きを思いやっている心がこもっている。就中六条御息所の嘆きを察する心がこもっており、その心事がよびおこしているのが「まことや、かの六条御息所……」で、語り手は源氏の心を心として切実に六条御息所を話題の中心にいざなってきたのである。

「まことや」の用例は源氏物語大成索引によると十四例であるが、澪標巻（『大成』四八七頁）の「まことや、かの明石に、心苦しげなりしことは、いかに、と、おぼし忘るゝ時なければ」（『評釈』第三巻、一七五頁）に近似するものと考えたいのである。澪標巻の「まことや」は諸注釈書で「そうそう」と訳し『評釈』は語釈に「思い出して別事を語り出すのである」と地の文と解していられ、源氏の心内語は、「かの明石に……いかに」と解していられるようで、口語訳は「そうそう、あの明石でいたいたしく思ったあの事はどうなったかしら、とお心にお忘れになる時とてもないので」とある。「まことや」だけが語り手の「思い出して別事を語り出す」地の文とされるのであるが、「かの明石に、心苦しげなりしことは、いかに」と思うのは源氏なのだからこの「まことや」も源氏の心内語と解せないだろうか。であれば「おぼし忘るゝ時なければ」だから「そうそう」ではなくて「ほんとうに」と訳して、源氏の切実な思いをこめた語と解したい。明石巻（『評釈』二二四頁）の、紫上への源氏の手紙に「まことや、われながら心よりほかなるなほざりごとにて、疎まれたてまつりしふしぶしを、思ひいづるさへ胸いたきに、云々」とある「まことや」は、「ほんとうに」でなくてはならない。『評釈』の訳文「本当に、」とある通りである。この明石巻の紫上への源氏の手紙の「まことや」と同じように解したい。

源氏は「おぼし忘るゝ時なければ」なのだから「まことや」を源氏の心内語と解すると「そうそう」はおかしい。「ほんとうに」でなければならない。葵巻の「まことや」は地の文ではあるが、私は源氏の心を心とした語りの文と考えるので、源氏の六条御息所への切実な心がこもるものとして「ほんとうに」と訳したいと思うのである。「ここもかしこも」の中心に六条御息所がいて、源氏が六条御息所の嘆きを思いやる心事によってよびおこされた、と前述したが、さらに思うのは「かの六条の御息所」という言い方である。「かの」が語り手の読者に対するコミュニケーションとしてはたらくのであれば「六条御息所」が以前に登場していなければならない。私たちは夕顔巻の「六条わたりの御しのびありき」や若紫巻の「おはする所は六条京極わたりにて」、末摘花巻の「六条わたりにだにかれまさりたまふめれば」の記事を思い合わすのであるが、「かの六条の御息所」という言い方、つまり「御息所」を含めた呼び名そのものを想起して語り手に呼応するわけではない。あの人は御息所だったのかと思うだけであって、「かの」と語りかけた語り手にすぐさま呼応するにはギャップがある。これを源氏が「かの六条御息所」と想起しているのだと解すればこのギャップは全然なくなる。作者がこのような書き方でこの人物の履歴を紹介、説明したのだと解してきたのであるが、それにしてもここで「かの」と過去を想起し「六条御息所」とその人の地位そのものを含めて思い起こせるのは読者ではなくて源氏その人であるということに注意したい。私は「まことや、かの六条御息所……」は源氏の心内語にひとしく語り手は源氏の心事に即して語っていると見たいのである。「まことや、かの六条の御息所」は源氏の心識の中の言葉であり、源氏の、この貴婦人に対する万感の思いがこもっているのだ。語り手は源氏のその心を心として語る。

諸注釈書は地の文として語り手の想起として解するので「そうそう」と話題を転ずる意にもっぱら訳してきたのである。語り手は「六条の御息所」を知る者として「かの六条の御息所」と言って問題はないが、「かの」と語りかける時、読者へのコミュニケーションのはたらく言葉でなければならない点からいって読者にはギャップがあることを前述した。その点源氏のさながら心内語にも似た源氏の心事に即した地の文と解する時そのギャップは全然ないことも前述した。源氏物語の地の文は客観的な第三者的叙述に限られず、むしろ作中人物の心を心として語る叙述を、その特性とする語りの文である。私は葵巻の「まことや」もその特性にもとづく理解をすべきであると思い、この小考をものした。諸注釈書は「まことや」の用例について「そうそう」とか「そういえば」、「ほんにそうそう」、「ほんにそういえば」など、「ふと思い出した時、または話題を転ずる時に発する語」という解に沿って訳を施しているが、そのように一律に解すべきでなく、切実に真実の心をこめた発語と見るべき用例もあることに注意すべきである。特に手紙とか会話の発語には真実の心をこめた意に解すべく、「ふと思い出して」の発語ではない場合がある。「ふと思い出したように」発語する意とも解せる場合もあるからこれも一概には言えないけれども。明石巻（『大成』四六六頁『評釈』二二四頁）の、紫上への源氏の手紙の「まことや」は「恋しさの慰むかたなければ、例よりも御文こまやかに書きたまひて」なのだから、「本当に」と切実な真実の心をこめた言葉だと思う。大島本では「まことや」の前に「奥に」がないが「奥に」がある諸本に従うと（また「奥に」がなくても「奥に」として解すると）「思い出したように付け加える口調」（『新潮古典集成』頭注）と解せるが、私は「思い出したように付け加える」源氏の心理も分かると同時に、やはり心をこめた切実な発語の解に傾きたい。その意味で大島本の「奥に」がない本文を重んじて、そのままに「奥に」ではなく主文の手紙の文と解してみようと思う。葵巻の「まことや」も地の文ながら源氏の心識に即した発語と見るならば、源氏が「かの六条の御息所」を想起した切実な心をこめた「本当に」と訳すべき発語であると思うのである。澪標巻（『大成』四八七頁『評釈』二七五頁）の「まことや」が源氏の心内語として切実に真実の心をこめて明石君妊娠の事を忘れないでいるのに近似していると考えるのである。

「まことや」の用例を検すると、諸注釈書は前述したようにほとんど一律に「そうそう」「そういえば」という訳を施しているが、私見では「そうそう」が七例（夕顔巻『大成』一一一頁、須磨巻『大成』四一八頁、明石巻『大成』四七七頁、澪標巻『大成』五〇四頁、胡蝶巻『大成』七八七頁、真木柱巻『大成』九六八頁、若菜下巻『大成』一一七二頁)、『本当に』が六例(葵巻『大成』二八三頁、須磨巻『大成』四〇一頁、明石巻『大成』四六六頁、澪標巻『大成』四八七頁、常夏巻『大成』八四七頁、幻巻『大成』一四二二頁)である。竹河巻(『大成』一四八五頁)の「まことや」は諸本「まことにや」とあるのに従うべく「本当かしら」と訳すべきで考察の対象から省くべきである。

この用例検証の私見からも、私は葵巻の「まことや」は源氏の六条御息所に対する切実な想起の念に即した発語という私見をいよいよ固める次第である。言うまでもなく拙論は単なる「まことや」の語義論ではない。源氏物語の叙述の方法を解明しようとする意図にもとづくものである。

八　源氏物語の文章構造
——敬語法・叙述の視点者——

一

「源氏物語表現の戯曲的構造」（日本文芸学会編『日本文芸学の体系』弘文堂、昭和63年11月。のち『源氏物語の主題と表現世界』勉誠社、平成6年7月刊所収）を書いたのは昭和63年初夏の頃であった。〝戯曲的〟というやや奇矯な言い方をしたが、地の文でありながら語り手が作中人物の視点（目と心）、心情的視座から、対する人物について述べ、敬語法も視点者の人物からの敬意の有無に密着して施されるので、私は、その場面の登場人物相互の心と目、つまり視点の相互に行き交う様を形容して戯曲的と名づけたのであった。

作中人物の心情に重なる叙述ということは現行の源氏物語の諸注釈書の注にも多く見られるところで大方の認識を得ているとみてよい。その意味で新潮『古典集成』や小学館『全集』、同『新編』、岩波『新大系』等の果たしている功績は大きい。

語り手が作中人物の心情に即し、換言すれば感情移入して語るということは〝語り〟の文章として当然な様態であると思う。語り手は地の文はもとより作中人物の心内語にも介入し入り込んで語る。それは語りの文章の必然で、そのことを私は「王朝文学研究誌」（大阪教育大学大学院古典文学研究室刊第6号、平成7年2月）で、夕霧の心中表現の「紫の」という言い方は語り手からの呼び方だと指摘して述べた。「わが御北の方」の「御」も夕霧の心内語の中の敬語だが夕霧から雲居雁を敬ったというよりは、語り手からの敬意表現と見るべく、心中表現に語り手の

「語り」の叙述意識が介入し入り込んでいる証左であることも説いておいた。詳しくは右掲載誌の拙稿「源氏物語の表現現象―「語り」の文章―」を参照されたい。

ひっきょう語り手は自在にとまではいかずとも主体的にかなり自由に表現主体たりえており、作中人物Aに密着して語るかと思えば作中人物Bに密着して語り、次第によっては客観的に人物に距離を置いて語り、そのような地の文や、作中人物の心内語を語る中ですら自らの顔を出して語ったりもする。私はこれらの中で作中人物の視点に即して語る地の文を最も源氏物語の「語り」の文章の特質と見て来たのであるが、右に述べているように視点の移動、したがって視点の多様性に留意しなくてはならないのである。

敬語の有無も、語り手がどの視点に立っているかが問題である。語り手自らの視点によって、その場面の人物の相対的関係への認識にもとづいている場合もあろう。従前は、大体この角度ですべてを律してきたのに対し、昨今は、作中人物の視点に密着している叙述という理解が深まってきた。そこでその視点者をどう特定するかが問題となるのである。

玉上琢彌博士の「敬語の文学的考察」（國語國文」昭和27年3月。『源氏物語研究』所収）は作者からの敬語と捉える観点ですぐれた文学的考察をされ、語り手自らの視点にもとづく描写・叙述に関しては今もなお高教を賜わること多大である。私たちは自覚するとしないとにかかわらずその学恩を受けている。私などは大いに自覚している。源氏物語の地の文とおぼしき文章で語り手の客観的叙述と認められる部分については光源氏に仕えた古御達の視点が立ちはたらいている（この「光源氏に仕えた古御達」の語りということを説かれたのも玉上博士であった）。源氏物語（特に第一部）は決して中立公正な立場からではなく、光源氏側の立場から語られている。いったい女房なる者はそれ自体固有の個人的立場で自立するものではない。女房自身の個性は認められるが、仕える主《あるじ》に従属し主《あるじ》の立場からの物言いをする。光源氏・紫上に仕えた古御達は主人を礼讃し敬うのはもとより、主人に同化する物言いをする。女房は召使いであり、「語り手」古御達は個人としては、例えば明石の入道に対して無敬語ではありえない。入道に対して無敬語なのは都の貴顕光源氏（及び読者）の世界から物言いをするからである。田舎の受領としての明石の入道に敬意を払わないのである。入道の娘明石の君、明石の君の母君に対しても同断であった。

松風巻に至って、明石の君及び母君に敬語が付き、入道には付かない箇所があらわれる。都に上る母・娘と父入道との別れの場面である。

「(入道)行くさきをはるかに祈る別れ路《ぢ》に

堪へぬは老《おい》の涙なりけり

いともゆゆしや」とて、おしのごひ隠す。

尼君、

もろともに都は出《い》できこのたびや

ひとり野中の道にまどはむ

とて、泣きたまふさま、いとことわりなり。ここら契りかはしてつもりぬる年月《としつき》のほどを思へば、かう浮きたることを頼みて、捨てし世に帰るも、思へばはかなしや。御方《かた》、

「いきてまたあひ見むことをいつとてか

限りも知らぬ世をば頼まむ

送りにだに」と切《せち》にのたまへど、……

（松風巻二一五・六頁。頁数は『新潮日本古典集成　源氏物語』による。以下同じ）

なぜ、ここから明石の君と母君に敬語が付き、父入道には依然として付かないのだろうか。「思へば、」以下の尼君への無敬語は、尼君に密着した一人称的叙述ゆえである。明石の君と母（尼）君は二頁あとの文例でも付く。父

入道には付かない。なおその前の、入道が明石の君と姫君及び母（尼）君に語る会話文には「はべり」（ていねい語）、下二段活用の「たまふ」（主格謙譲）が多用され、明石の君に対して「たまふ」（尊敬語）、入道から明石の君への行為に「きこゆ」（謙譲語）、「たてまつる」（謙譲語）を用い、「聞こしめす」「おぼし」などの尊敬語を明石の君に対し用い、長い会話文すべてにわたり明石の君に対しあつく重い敬意を表わしている。これはこの入道の会話の前に明石の君が「御方」（二二五頁）と呼称されていることと深く関わるのである。すなわち明石の君は源氏の妻の一人として認知されたことを意味するのがこの「御方」の呼称である。「御方」は「上」より低いが夫人（妻）の一人としての称であり、明石の君や入道夫婦にとっての意義は大きい。そもそもこの松風巻冒頭に「明石の御方《かた》」という呼称が初めて用いられたことで分かるように、明石の君は源氏の夫人の一人として処遇する源氏の心意が固められたのであった。

東の院造りたてて、花散里と聞こえし、うつろはしたまふ。西の対《たい》、渡殿《わたどの》などかけて、政所、家司《けいし》など、あるべきさまにし置かせたまふ。東の対は、明石の御方《かた》とおぼしおきてたり。（松風巻一一九頁）

「明石の御方」の呼称が、二条東院造営にともない、花散里と並んでの処遇にちなみ初めてなされていることに注意したい。花散里は女御を姉とし、身分は高く、明石の御方は受領の娘として身分は低いが、光源氏の唯一人の姫君（将来は皇后と予言されている）の生母である。身分上、「御方」と呼ばれ「上」より低いが、夫人の一人として二条東院の東の対に住むことに決められた。決めたのは源氏で「おぼしおきてたり」の語は重いひびきがある。この決定、「明石の御方」こそは、明石の君が源氏の夫人として源氏の世界の人となることを意味する。語り手が明石の御方に敬語を付けるゆえんである。父入道がかくも丁重にわが娘に敬意を表わすのもそのためである。父入道はこの明石の地に残り、身を空しうして都とは隔絶してこの地に埋もれようとする。父入道は光源氏世界の人とはならぬのである。彼には敬語のつかぬゆえんである。語り手からの敬語の有無は光源氏世界の人か否かにもとづいている。母尼君に敬語が付きはじめたのも娘と共に都の光源氏世界に入る人として語り手が捉えているからである。母君は今までも長年、入道とは同じ庵室にも住まず、別々の暮しであり、まして娘が上京する今となっては、誰のためにこの明石にとどまろうかという気持で娘とともに上京すると決めている人である。入道とは今後世界を異にし、娘とともに都に上るのである。娘は光源氏の夫人の一人、「御方」である。「御方」の母君として光源氏世界に入ろうとする人である。語り手はその心情的視座として光源氏世界にある。ゆえに明石の御方やその母君を敬うのである。

辰《たつ》の時に船出したまふ。昔人もあはれと言ひける浦の朝霧隔たりゆくままに、いとも悲しくて、入道は、心澄み果つまじく、あくがれながめゐたり。ここら年を経《へ》て今さらに帰るも、なほ思ひ尽きせず、尼君は泣きたまふ。

(尼君)かの岸に心寄りにし海士船の
　そむきしかたに漕ぎ帰るかな

御方、
　いくかへり行《ゆ》きかふ秋を過ぐしつつ
　浮木《うきき》に乗りてわれ帰るらむ

思ふかたの風にて、限りける日違《たが》へず入りたまひぬ。　（松風巻一一八頁）

入道には敬語が付かず、母尼君には「たまふ」（尊敬語）が付く。「入りたまひぬ」の「たまひ」は明石の姫君（源氏の御子）を含む一行への敬語で明石の君への敬意も認められる。入道から明石の君への会話中の「君達《きみたち》」（明石の姫君と明石の君）を中軸として尼君も含まれよう。

京に着き、大井の邸に入って後、源氏の来訪、再会の場面では明石の君に敬語が付かない。尼君にも付かない。

（明石の君）「いとうひうひしきほど過ぐして」と聞こゆるもことわりなり。（松風巻一三二頁）

尼君、のぞきて見たてまつるに、老《おい》も忘れ、もの思ひも晴るるここちしてうち笑みぬ。（同右頁）

謙譲語「聞こゆる」、「たてまつる」は明石の君及び尼君からの源氏への敬意に密着する語り手の叙述である。語り手は明石の君や尼君の源氏への敬意の心情に重ねて敬意を表わす。語り手が明石の君と尼君に敬語を付けないのは源氏と共にいる場面だからで、源氏を重んずる心情的視座から、相対的に捉えるからである。次の文例の明石の君と尼君だけの場面で尼君に敬語が付き明石の君に付かないのは、この場面の叙述の視点者が明石の君だからである。語り手が明石の姫君の生母、明石の御方を、母尼君と相対的に低く見るはずがない。

なかなかもの思ひ続けられて、捨てし家居《いへゐ》も恋しう、つれづれなれば、かの御かたみの琴《きん》を掻き鳴らす。をりのいみじう忍びがたければ、人離れたるかたにうちとけてすこし弾《ひ》くに、松風はしたなく響きあひたり。尼君、もの悲しげにて寄り臥したまへるに、起きあがりて、

　（尼君）身をかへてひとり帰れる山里に
　　聞きしに似たる松風ぞ吹く

御方、

　故郷《ふるさと》に見し世の友を恋ひわびて
　　さへづることを誰か分くらむ

かやうにものはかなくて明かし暮らす。（松風巻一二九・一三〇頁）

「尼君、もの悲しげにて寄り臥したまへるに」は明石の君のまなざしを感じなくてはなるまい。自らの「なかなかもの思ひ続けられて、捨てし家居《いへゐ》も恋しう」という心情的視座から母尼君の心情を思いやるのである。「もの悲しげ」は自らの感情移入で母も自分の今の境遇、せっかく上京したのに源氏の訪れもないことを悲しんでくれてい

ると思い、「捨てし家居も恋しう」思っていられようと察するのである。「起きあがりて」の尼君への無敬語、「かやうにものはかなくて明かし暮らす」までの二人の歌の唱和には、二人だけの「さへづる」にこめられた田舎人としての自卑の世界が、まるで明石の君の日記の文体の筆致でかたどられている。母尼君も明石の君もその思いの中にかたどられて無敬語である。二人は自卑の世界の人である。上京してきたのに訪れてくれない源氏。都のはばかり多い世界をひしひしと感じる母娘二人の自卑の心情に即して表現主体はまるで明石の君のような叙述である。母尼君にここでは無敬語なのは明石の君が母尼君を自分と同じ自卑の世界の人と見るからである。「ものはかなくて明かし暮らす」明石母娘の対極に意識されているのは源氏の世界、都の世界である。語り手はその明石の君の心情的視座に即して述べるのである。

次の文章などは客観的叙述と見て通るのではあるが、私は明石の君の心情的視座に即した「語り」の叙述だと思う。

明石には御消息絶えず、今はなほ上《のぼ》りぬべきことをばのたまへど、女はなほわが身のほどを思ひ知るに、こよなくやむごとなき際《きは》の人人だに、なかなかさてかけ離れぬ御ありさまのつれなきを見つつ、もの思ひまさりぬべく聞くを、まして何ばかりのおぼえなりとてか、さし出でまじらはむ、この若君の御面伏《おもてぶせ》に、数ならぬ身のほどこそあらはれめ、たまさかにはひわたりたまふついでを待つことにて、人笑へにはしたなきことといかにあらむと思ひ乱れても、また、さりとてかかる所に生《お》ひ出《い》で数まへられたまはざらむも、いとあはれなれば、ひたすらにもえ恨み背《そむ》かず。親たちも、げにことわりと思ひ嘆くに、なかなか心も尽き果てぬ。

（松風巻一一九・一二〇頁）

この直前の段落で「明石の御方」と呼称された明石の君が、この段落では「女」と呼称されている。「明石の御方」は、「おぼしおきて」た源氏の心意に発する呼称であり、「女」は、「わが身のほどを思ひ知る」明石の君の自卑の心情に即した呼称である。もとより語り手の叙述ではあるが、語り手は源氏の心意に即し、また明石の君の心情に即して語るところから、語りの段落ごとに、作中人物の視座に寄り添う叙述を異にするので、呼称も異なるのである。「明石には御消息絶えず、今はなほ上りぬべきことをばのたまへど」は作者の客観的叙述でもあろうが、源氏のことばを承わる明石の君の心情的視座がとらえる源氏の行為でもある。だから「のたまへ」は作者からというより明石の君からの敬意に密着していると私は見る。「女はなほわが身のほどを思ひ知るに」も作者の客観的叙述でもあろうが、源氏に対する自卑の心情にぬりこめられた明石の君の心情的視座に即していると思う。源氏に対する女としての切なく苦しい心情ゆえに「女」と呼称されているのであり、「こよなく」以下の明石の君の心内語になだらかに続くのである。「……と思ひ乱れても、」と心内語は止められ、「また、さりとて」以下「ひたすらにもえ恨《うら》み背《そむ》かず」と地の文に移るが、この地の文は何と明石の君の心内語としても通るほどに明石の君の心事をたどる叙述である。単なる客観的叙述ではなく明石の君の心事そのままを語るので、あたかも明石の君がその心情を語るのかとまがうほどに語り手は明石の君に一体化して語るのである。無敬語といっても作者からの無敬語と単純には言えない。松風巻一二五頁の尼君に対して「泣きたまふさま」と敬語が付いたあと「ここら契りかはしてつもりぬる年月のほどを思へば、」の「思へ」以下「頼みて、」「捨てし世に帰るも」「思へば」等の尼君への無敬語も同じく尼君自身の立場に即して尼君に一体化した語りであるためである。「思へばはかなしや」からは尼君の嘆きの肉声が聞こえてくる感じがする。枠組としては語り手からの客観的叙述であっても、このように作中人物に密着してしまうところがあるのである。

そもそも明石巻で光源氏を迎えた明石入道、明石の君などの心情や様子を述べたくだりで、明石の君の心情的視座にもとづく叙述があり、作者の客観的叙述と単純には言いがたい叙述がある。

かうは馴れきこゆれど、いと気《け》高う心はづかしき御ありさまに、さこそ言ひしか、つつましうなりて、わが思ふことは心のままにもえうち出できこえぬを、心もとなうくちをしと、母君と言ひ合はせて嘆く。正身《さうじみ》は、おしなべての人だに、めやすきは見えぬ世界に、世にはかかる人もおはしけりと見たてまつりしにつけて、身のほど知られて、いと遙《はる》かにぞ思ひきこえける。親たちのかく思ひあつかふを聞くにも、似げなきことかなと思ふに、ただなるよりはものあはれなり。　（明石巻二七三・四頁）

父入道の「かうは馴れきこゆれど、……えうち出できこえぬを、」は作者の客観的叙述というよりは、明石の君の視点による叙述と見うるのでないか。父入道のそのような有様を見て、明石の君は「心もとなうくちをしと、母君と言ひ合はせて嘆く」のである。「いと気《け》高う心はづかしき御ありさまに」とあるのは、あと三行のところに「世にはかかる人もおはしけりと見たてまつりし」とあって符合もしている。もちろん語り手は明石の君の心情的視座に重なって叙述しており、語り手の客観的叙述と言いがたいと申すだけで、語り手は不在ではない。「正身《さうじみ》は、」と一応客観的言い方をするが、「おしなべての人だに、めやすきは見えぬ世界に」は語り手の説明とも明石の君のつぶやきとも区分しがたく、「世にはかかる人もおはしけり」になだらかに続く。「……と見たてまつりし」の「……」部分は「世にはかかる人もおはしけり」だけなのか、「おしなべての人だに、」以下「おはしけり」までなのか、地の文と心内語の区分の定かでないというか、切れ目のない叙述というべきか、少なくとも「おしなべての人だに、めやすきは見えぬ世界に」は単純に作者の客観的叙述とは言いがたく、明石の君の心情に重ねてよいとは言えるであろう。「親たちのかく思ひあつかふを聞くにも、似げなきことかなと思ふに、ただなるよりはものあはれなり」は明石の君のモノローグを聞く思いがする。「ただなるよりはものあはれなり」は明石の君の娘心を作者が説明した一文とも言えようが、「なまじおそば近くなって悲しく切ない」（角川書店『評釈』）の訳文がつたえるように明石の君の気持そのままでなかろうか。作者の説明としても明石の君の気持を代弁する草子地というべく、明石の君の心情に分け入った表現といわねばならない。このような地の文ともつかず心内語ともつかぬ語りの叙述こそ源氏物語の叙述の特質というべきなのである。私はそれこそが「語り」の本質が表われている部分だと考えるものである。

明石の君の心内語は多く、彼女の心情は他の作中人物に比して彼女の内側から語られるので、明石の君の人物造型は比較的かたどられやすいといえよう。その上、地の文とおぼしき叙述にも彼女の心情がこめられているので明石の君の心の内部に私たちはじかに接することができるのである。

このように見てくると、源氏物語の地の文は純粋にというか単一に語り手の直接的な客観的描写・叙述はほとんどないと言ってもよいのではないかと思えてくる。作中人物の心情的視座に即した叙述がその本質なのである。

「来《き》しかたのことものたまひ出でて、泣きみ笑ひみ、うちとけのたまへる、いとめでたし。」（松風巻一三二頁）の「いとめでたし」は明石の御方が源氏を見ての思い、いわゆる主観直叙である。「のたまひ」、「のたまへ」は明石の御方からの源氏への敬意に密着した敬語である。作中人物が対座する場面は相互に他者（相手）への待遇意識がたちはたらくのである。視点者を作中人物に求めて考えると敬語法もよく理解できる。次の文例は作中人物乳母の視点に即して叙述されたものである。

　雪深み深山《みやま》の道は晴れずとも
　　なほふみかよへ跡《あと》絶えずして

とのたまへば、乳母《めのと》、うち泣きて、

　雪間《ゆきま》なき吉野の山をたづねても
　　心のかよふ跡絶えめやは

と、言ひなぐさむ。　　　　　　　　　　　　　　　　　　（薄雲巻一五四頁）

これなどは客観的叙述として、語り手が明石の御方と乳母を相対的に対比して明石の御方には敬語を付け、乳母には付けないのだと解することもできよう。しかし私は、作中の世界の中の人物の心情的視座に即しての「語り」の叙述と捉えるのである。乳母の行為が「言ひなぐさむ」とあって謙譲語表現でないのも明石の御方の視座からと解すると肯けよう。この乳母は明石の御方と比べてさして遜色のない身分の人なのである。次の文例を考えてみよう。

姫君は、何心もなく、御車に乗らむことを急ぎたまふ。寄せたる所に、母君みづから抱きて出でたまへり。片《かた》言《こと》の、声はいとうつくしうて、袖《そで》をとらへて、「乗りたまへ」と引くも、いみじうおぼえて、

末遠き二葉《ふたば》の松に引き別れ
　いつか木《こ》高きかげを見るべき

えも言ひやらず、いみじう泣けば、さりや、あな苦しとおぼして、

「生ひそめし根も深ければ武隈《たけくま》の
　松に小松の千代《ちよ》をならべむ

のどかにを」と、なぐさめたまふ。さることとは思ひ静むれど、えなむ堪へざりける。（薄雲巻一五五・六頁）

「母君」は「姫君」の母君であり、「出でたまへり」の「たまへ」は、源氏の「姫君」の生母たる「母君」への敬意である。「母君」なる呼称と相応じての敬語である。これは語り手すなわち光源氏に仕えた古御達からの源氏の姫君の生母を意識しての敬語と解することもできる。しかしそれでは「いみじうおぼえて」、「えも言ひやらず」、「いみじう泣けば」、「思ひ静むれど」、「堪へざりける」等の明石の御方への無敬語はどう解すべきだろうか。私は作中人物源氏の視点に即した叙述と考えるのである。したがって「姫君」の呼称も「急ぎたまふ」の敬語も源氏からのそれに重なる語り手の叙述と見る。姫君の動作「袖をとらへて」、「引く」の無敬語は、姫君の切ない心情のこもる一種緊迫した感じを表わすと見るが、源氏のまなざしをそこに見ればいっそう納得できよう。語り手からの直

接的な表現ならば、一種緊迫した表現ゆえと解してもいささか敬意のなさに問題を残そう。別本の阿里莫本が「引くも」を「したひたまふも」と敬語を付けたのは語り手（作者）からの直接的な表現と見る立場からの所為である。別本の陽明文庫本が「いみじうおぼえて」の明石の御方への無敬語を「いみじうおぼえ給て」としたのは「出でたまへり」との整合を考えたのであろうか。しかし「えも言ひやらず」、「いみじう泣けば」の無敬語は陽明文庫本も異同はない。青表紙本の御物本が「いみじう泣けば」を「なきたまふ」としているのも「出でたまへり」（御物本は「いでたまへど」）との整合をはかったのであろう。「思ひ静むれど」を青表紙本の池田本、肖柏本、三条西家本が「おぼししづむれど」とするのも同様の所為であろう。明石の御方の「抱きて出でたまへり」を「いでたり」とするのは別本の伝二条為氏筆本のみで、諸本は「姫君」の「母君」としての明石の御方を敬っている。

私は、「姫君」、「母君」の呼称も、「急ぎたまふ」、「出でたまふ」の、姫君や明石の御方への敬意も、源氏の視点に即しての表現と解するのであるが、一方同じく明石の御方の行為「いみじうおぼえて」、「えも言ひやらず」、「いみじう泣けば」等の無敬語も源氏の視点にもとづくとすれば、この差異はどう考えたらよいのであろうか。ここを語り手すなわち光源氏に仕えた古御達からの敬意の有無として差異を考えてみても同様の問題、疑問に直面するであろう。つまり作中人物の視点を考えても、語り手からの直接的な視点として待遇意識を考えてもこの差異に問題が残るのではないか。これを解決するには語りの視点者を作中人物源氏に求めようと語り手に求めようと、源氏の姫君を「みづから抱きて出」てきた明石の御方の内面像に感情移入する語りの表現の様態を思わねばならぬのではないか。つまりここは明石の御方への敬語表現として敬語の有ることについて特別の理由を考えるべきところなのである。敬語の無いところの方が、源氏のまなざしを考えても、語り手からの待遇表現としても、妥当なのである。なぜならこの場面空間には源氏が同座しており、相対的対比的にとらえる場合は勿論のこと、源氏の視座からとしても、敬語が明石の御方に付かないのが当然なのである。その前の、乳母と同座する場面空間とは異なるのである。

私は以前には、こういうところを「敬語体現論」（拙稿「源氏物語敬語体現論」稲賀敬二氏編著『源氏物語の内と外』風間書房、昭和62年11月。のち『源氏物語の主題と表現世界』勉誠社所収）の視点で考え言説した。今は、視点者が対象の人物の内面像を感取するところに敬語表現が成立すると考える。しかし感取するには対象の人物がその内面像を体現していなくてはならない。その意味で対象の人物の内面の意識の体現とそれに合わせての敬語表現という考えは今も変わらないが、視点者の対遇意識がより重要であろうと考える。人物呼称にしても敬語法にしても用いるのは視点者の所為であるからである。しかしくり返すが対象の人物の内面（意識）が体現されていることが前提となろう。でなければ、視点者の単なる所為、たとえば敬語を整合させる所為とかにすぎないとか、作中人物の内面像と必ずしも一致しない機械的形式的外在的処理となり、文学的世界の内実が失われてしまう。

二

紅葉賀巻の頭中将の敬語表現について次の文例を考察したい。

この君ひとりぞ、姫君の御ひとつ腹《ばら》なりける。帝《みかど》の御子といふばかりにこそあれ、われも、同じ大臣《だいじん》と聞こゆれど、御おぼえことなるが、皇女腹《みこばら》にてまたなくかしづかれたるは、何ばかり劣るべき際《きは》とおぼえたまはぬなるべし。人がらも、あるべき限りととのひて、何ごともあらまほしく、たらひてぞものしたまひける。

（紅葉賀巻四三・四頁）

私はこの文例を頭中将についての敬語法として特別視するものである。すなわち頭中将についてほとんど無敬語の文例を多く見てきた私の目からすると、傍線部のように敬語がついているのに瞠目されるのである。これはしかし源氏と頭中将が同座して相互の心情的視座に語り手が密着して語る、雨夜の品定めのような場面ではない。いわゆる語り手の客観叙述に属する。叙述の視点者は語り手である。すると語り手の客観叙述すなわち語り手からの直接的待遇表現では頭中将に対して語り手は敬語をつけるということなのであろうか。陣野英則氏は「頭中将に関する叙述のうち、作中人物の視点が一切関係しない箇所だけを拾ってゆくと、ほとんどは敬意ある待遇を受けている。」（「中古文学」第58号、平成8年11月25日発行所載の「源氏物語における貴公子の待遇表現—〈語り手〉の待遇意識とその立場—」）と述べられた。氏はその文例の中に紅葉賀巻四四頁の文をあげられている。氏は引用された文例について頭中将に対して語り手自身から敬意を示しているとされ、特別視するに当たらないという趣意の見解を示された。語り手からの敬意という、いわゆる客観叙述ということは私も異論を示しているわけではない。しかしこの文例の、頭中将への尊敬語を特別視し、これを頭中将の自負に充ちた内面像に合わせての敬語表現と見るのである。視点者は語り手である。頭中将の内面の意識の体現に合わせての語り手の敬意だと考えるのである。頭中将に敬語が付くのは客観表現に見られるのは事実だが、氏の言われるように、高い出自の貴公子に対しては、その若い時であっても敬意を払うとしてよいのであろうか。氏は頭中将に対して客観叙述では語り手からの敬意が示されるのがほとんどで、敬意を示すのが原則で、源氏に対する対抗意識を持つ頭中将のことを説明する場合に限って、語り手は彼への敬意を示さなくなるのだと説かれた。私は源氏に対抗意識を燃やす頭中将のいわばコンプレックスの意識に密着する語り手の表現と考えるのに対し、氏は光源氏側に立つ語り手の立場から、源氏に対抗する、いわば敵対する者への無尊敬だと説かれたわけである。いったい頭中将は源氏と場面空間を同じくして作中世界に現れることが多い。対抗意識ということもその場面空間において頭中将が源氏に対して持つのであって、無敬語や謙譲表現のみというのもそのような源氏と同座する場面空間であり、作中人物の源氏や頭中将の相互の意識に即しての語りであるという私の見解は氏も認めて下さっている（「中古文学」第58号、二三頁上段）。語り手の立場からの客観叙述で、源氏に対抗する意識を持つ頭中将のことを説明する場合に限って、語り手は彼への敬意を示さなくなる（右の「中古文学」二五頁下段）という氏の説明はいかがであろう。もしそうなら、紅葉賀巻四三・四頁の「この君（頭中将）

ひとりぞ、……」の箇所は氏の言われるように作中人物の視点の介在もなく、語り手の立場からの叙述であるが、明らかに頭中将の源氏への対抗心が噴出するように露呈されているのに、語り手は頭中将への敬意を示さないのではなく、大いに敬意を払っている。私などは瞠目したほどに頭中将への尊敬語使用の文例である。この説明がつかないのではないか。対抗意識に即した敬語法は語り手の立場からの待遇表現ではなく、作中人物の心情的視座に立つそれでなければならない。

「頭中将に関する叙述のうち、作中人物の視点が一切関係しない箇所」は物語の初期の巻々で拾ってゆくことはむしろ困難なほど少ない。多くは光源氏と同座して場面空間を同じくする人物なので、その場面での彼の心情的視座に即する、「作中人物の視点」が関わる箇所の文例が多いのである。そうした箇所での頭中将への無敬語が多い。

源氏物語の文章構造は、いわゆる客観描写・叙述もあるのではあるが、そういう語り手（光源氏に仕えた古御達）の立場からの待遇表現よりも、作中人物の心情的視座に密着する叙述をこそ「語り」の文章として基本視すべきではあるまいか。客観的叙述と見られる文章でも、氏も試みられたように作中世界の人物の視点に同化する語り手の叙述を認定できるのである。次の紅葉賀巻冒頭の文章や花宴巻の文章での頭中将への無敬語は正しく氏の説かれたとおり、視点者として帝をはじめとする高貴の人物を考えうる。語り手は高貴な視点者に同化して語るのである。

朱雀院の行幸は神無月の十日あまりなり。世の常ならず、おもしろかるべきたびのことなりければ、御方々《かたがた》、物見たまはぬことをくちをしがりたまふ。上《うへ》も、藤壺の見たまはざらむを、飽かずおぼさるれば、試楽《しがく》を御前《ごぜん》にてせさせたまふ。源氏の中将は、青海波《せいがいは》をぞ舞ひたまひける。片手には大殿《おほいとの》の頭《とう》の中将、容貌《かたち》、用意、人にはことなるを、立ち並びては、なほ花のかたはらの深山木《みやまぎ》なり。入りかたの日かげ、さやかにさしたるに、楽《がく》の声まさり、もののおもしろきほどに、同じ舞の足踏《ぶ》み、おももち、世に見えぬさまなり。詠《えい》などしたまへるは、これや、仏の御迦陵頻伽《かりようびんが》の声ならむと聞こゆ。おもしろくあはれなるに、帝《みかど》、涙をのごひたまひ、上達部《かむだちめ》、親王《みこ》たちも、みな泣きたまひぬ。

（紅葉賀巻一一頁）

源氏には敬意が示され、頭中将には示されない。この客観的叙述の地の文では、従来だと作者が相対的に二人を対比して敬意の有無を表わしたと考えてきた。地の文は作者の単一な叙述、直接的な叙述と見てきたからである。私は、語り手の単一な視点による叙述、いわば草子地に近い叙述と見られる地の文で、作中人物の視線に即した語りの叙述と見ることを試みてきた。拙稿「源氏物語表現の戯曲的構造」（日本文芸学会編『日本文芸学の体系』弘文堂、昭和63年11月。拙著『源氏物語の主題と表現世界』勉誠社所収）に於いて桐壺巻の冒頭の文章の「すぐれて時めきたまふありけり」の「たまふ」は、帝寵を受ける桐壺更衣の重い存在性を意識する他の妃たちの心情的視座からの視線に即した敬意表現であるとしたのであった。つまり視点者を作中世界に求めうれば、その視点者の心情的視座に即した語りの叙述と見うるのであって、語り手自身の立場（光源氏に仕えた古御達という）からの叙述と区分しうるのであった。だから陣野氏が、帝、藤壺宮、上達部、親王たちの心情的視座に同化した語り手の待遇表現と説明されたことは全くよろこびに堪えないのである。花宴巻冒頭の文章も同様に説いていられる。

宰相の中将（＝源氏）、「春といふ文字たまはれり」と、のたまふ声さへ、例の、人に異《こと》なり。次に頭《とう》の中将、人の目移しもただならずおぼゆべかめれど、いとめやすくもてしづめて、声づかひなど、ものものしくすぐれたり。（中略）（帝）「頭の中将、いづら。遅し」とあれば、柳花苑といふ舞を、これは今すこし過ぐして、かかることもやと心づかひやしけむ、いとおもしろければ、御衣《ぞ》たまはりて、いとめづらしきことに人思へり。

（花宴巻四九〜五一頁）

語り手は作中世界の身分の高い方に同化すると、氏は説かれる。それはけだし語り手が光源氏に仕える古御達だからで、帝の御子たる光源氏に従属同化するからこそ帝はじめ高貴な方々に同化しうるのである。かつまた光源氏の対抗者頭《とう》の中将に対し源氏と対比的に敬意が示されないのである。

陣野氏は「この物語で貴公子が音楽・舞踏などを披露する箇所をみてゆくと、彼らに対して敬意が示されない例は圧倒的に多いのである。」と言われ、紅葉賀巻、花宴巻の各冒頭部のほかに若紫巻での頭中将とその兄弟（左中弁）、また篝火巻及び梅枝巻での夕霧・柏木・弁の少将らに対しては、奏楽の場面において敬語が用いられなくなると言われる。しかしそれは奏楽の場面ゆえなのだろうか。若紫巻（二〇五頁）の奏楽の場面で彼らに無敬語なのは、私見では同座する源氏の視点に即したもの。源氏への敬語は彼らの視点に即したものであるが、一歩ゆずって語り手の客観的表現とするならば、光源氏に従属同化する語り手からの彼らへの無敬語なのである。源氏と同座する場面では彼らへの尊敬語使用は少ない。動作に「したひきこえて」、「うらみきこえて」等謙譲語のみの箇所は、彼らからの源氏への敬意に密着した叙述である。篝火巻（一一八頁）の奏楽の場面での夕霧・柏木・弁の少将に敬意が示されないのは、語り手が、同座する源氏の視点に即しているからである。源氏が対話する玉鬘に尊敬語が付くのも源氏の心情的視座に即しているからだ。源氏は彼女を愛し尊重している。その心情に則して語り手は彼女への敬意表現をするのである。源氏の玉鬘への話しかけは夕霧や柏木、弁の少将への無敬語の直後だけに玉鬘への敬意表現は対比的に際立つのであるが、その前に源氏と玉鬘が歌を詠み交わす場面で玉鬘への敬意が示されており、私は、すべて源氏の彼女に対する心情的視座に密着した語り手の待遇表現と考える。さて次に梅枝巻（二六〇頁）の夕霧、柏木、弁の少将の奏楽の場面であるが、柏木、弁の少将には無尊敬語だが、夕霧には「横笛吹きたまふ」と敬語がついている。梅枝巻は夕霧と雲居雁をめぐる源氏と内大臣の暗闘が内大臣の焦慮、敗色が濃くなっていく局面で、それだけに源氏のまなざしはわが子夕霧への熱き思いが深い。その源氏の心情的視座に即して語り手は夕霧に敬語をつけたのだ。語り手の客観叙述、描写として光源氏に仕えた古御達の立場から夕霧に敬語をつけたのではない。それなら篝火巻（一一八頁）でも同様に夕霧に敬語をつけなくてはならない。篝火巻（一一八頁）では夕霧にも無敬語である。梅枝巻の源氏と内大臣の関係と連関する源氏からの夕霧へのまなざしに即した語り手の敬意表現と見なくてはなるまい。

以上見てきたところによれば、源氏物語の地の文は語り手自身（光源氏に仕えた古御達の立場）からの待遇表現の文例は少なく、一見客観的叙述と見うる地の文でも作中人物の心情的視座に即した語りの叙述であり、語り手の立場からの待遇表現、つまり語り手の立場からの直接的な地の文、叙述は少ないことが改めて確かめられるのである。作中の視点人物に即した語りの叙述こそ源氏物語の特質、基底なのである。紅葉賀巻（四三・四頁）の文例は私としては特に注目した、頭中将尊重の箇所で、特別の理由の説明を要する箇所であった。

三

知られるように私たちは「敬語のつくはずの人につかぬ場合」また「敬語のつかぬはずの人につく場合」について玉上琢彌博士の「敬語の文学的考察」から多大の学恩を受けている。私は門下生として勿論であるが、陣野氏も学ばれて、光源氏側の立場にある語り手自身からの待遇表現を説かれているように思われる。しかし、玉上博士「敬語の文学的考察」から「敬語のつくはずの人につかぬ場合」を学ぶならば単に光源氏側の立場という語り手の待遇意識から作中人物の無敬語を説明するのではなく、作中人物の立場に即し密着する叙述によるということも知らねばならないし勿論陣野氏も知っていられる。柏木への無敬語の表現につき「実は当人の意識に〈語り手〉が密着して語っている箇所がほとんどである。」と述べていられるのでも分かる。ならば氏のあげられた夕霧の紫上思慕に関係する箇所二例の文もその観点で捉えられるべきでなかったか。

大将の君も、涙にくれて、目も見えたまはぬを、しひてしぼりあけて見たてまつるに、なかなか飽かず悲しきことたぐひなきに、まことに心まどひもしぬべし。御髪《みぐし》のただうちやられたまへるほど、こちたくけうらにて、露ばかり乱れたるけしきもなう、つやつやとうつくしげなるさまぞ限りなき。火のいと明《あか》きに、御色はいと白く光るやうにて、とかくうちまぎらはすことありしうつつの御もてなしよりも、いふかひなきさまにて、何心なくて臥したまへる御ありさまの、飽かぬところなしと言はむもさらなりや。なのめにだにあらず、たぐひなきを見たてまつるに、死に入る魂《たましひ》の、やがてこの御骸《から》にとまらなむ、と思ほゆるも、わりなきことなりや。

（御法巻一一六・七頁）

「大将の君も、涙にくれて、目も見えたまはぬを」は語り手の客観描写であり、語り手は夕霧に敬意を払っている。源氏の視点も考えうるが、陣野氏となるべく合わせたいので語り手の客観描写としたい。しかし「しひてしぼりあけて見たてまつるに、」以下「わりなきことなりや。」まで全文夕霧の視点に即した叙述であり、まるで夕霧の心事をたどる叙述で、夕霧の心内語とも見まがうほどに夕霧のつぶやき、心の声がつたわってくる。「見たてまつるに」は夕霧からの紫上への敬意に即したもの。「まことに心まどひもしぬべし」の「べし」の推量つまり草子地とするのが一般のようだが、私は夕霧自身の「心まどいもしそうだ」という心事をそのまま直叙したものと解する。「御髪《みぐし》の」以下の紫上の様態は夕霧の視点によってかたどられており、「うちやられたまへるほど」の「たまへ」は夕霧からの紫上への敬意に即したもの。「御もてなし」、「臥したまへる御ありさま」の敬語も同じ。「飽かぬところなしと言はむもさらなりや」は語り手の批評、絶賛の草子地と解するのが一般かもしれないが、私は夕霧の紫上絶賛の心事に即した表現と考える。「なのめにだにあらず、たぐひなきを」は夕霧の紫上絶賛そのままである。「見たてまつる」は夕霧の一人称的叙述で、「死に入る魂の、やがてこの御骸《から》にとまらなむ、と思ほゆる」の、願望と「思ほゆる」の無敬語は、夕霧自身の心事を彼自らが語るにも似た叙述で、無敬語はそのためである。「わりなきことなりや」は草子地と解するのが一般であるが、私は、夕霧の心のつぶやきに重ねた叙述と解する。事ほどさように私は作中人物夕霧の意識に語り手が密着しているがゆえに、無敬語表現なのだと解する。陣野氏も「〈語り手〉が夕霧の意識に寄り添っているようでもあり、純粋に〈語り手〉の待遇表現といえるか、微妙である。」と認めていられるのだが、「ただ、父親の最愛の女性に夕霧が関心を寄せる箇所で〈語り手〉が敬意を示していない」という捉え方をされ、「光源氏の立場にあろうとする〈語り手〉の態度を示唆する」と語り手の待遇意識を言説される。幻巻（一四七頁）の「思ひ出でらるることども多かり」の「思ひ出でらるる」の無敬語も氏は一括して同様の解し方をしていられる。私も私自身の考えを同じく述べるほかない。自《おのずか》ら思い出されることが多い（「らるる」は自発。）という夕霧のつぶやきそのままを叙すがゆえの無敬語である。

さて、陣野氏が私の説を批判された若菜下巻（一九九頁）の柏木に関する敬語についての問題に移ろう。

まことや、衛門の督は、中納言になりにきかし。今の御世には、いと親しくおぼされて、いと時の人なり。身のおぼえまさるにつけても、思ふことのかなはぬ愁《うれ》はしさを思ひわびて、この宮の御姉の二の宮をなむ得たてまつりてける。下臈《げらふ》の更衣腹におはしましければ、心やすきかたまじりて思ひきこえたまへり。人がらも、なべての人に思ひなずらふれば、けはひこよなくおはすれど、もとよりしみにしかたこそなほ深かりけれ、なぐさめがたき姨捨《をばすて》にて、人目にとがめらるまじきばかりに、もてなしきこえたまへり。なほかの下の心忘られず、小侍従といふかたらひ人は、宮の御侍従の乳母《めのと》の娘なりけり、その乳母の姉ぞ、かの督《かむ》の君の御乳母なりければ、早くより気近《けぢか》く聞きたてまつりて、まだ宮幼くおはしまし時より、いときよらになむおはします、帝のかしづきたてまつりたまふさまなど、聞きおきたてまつりて、かかる思ひもつきそめたるなりけり。

（若菜下巻一九九・二〇〇頁）

「まことや、」から語り手の柏木についての説明で柏木に無敬語が続くのだが、私は、「いと時の人なり。」までは語り手からの直接的な待遇表現だが、「身のおぼえまさるにつけても、」から「得たてまつりてける」までの無敬語は語り手の視座からの直接的な待遇表現ではなく、語り手が柏木の意識に即して述べていると思う。特に「この宮の御姉の二の宮をなむ得たてまつりてける。」の「得たてまつり」は柏木が女三の宮の御姉の女二の宮を「得たてまつ」った意識に即していると思うのである。いったい謙譲語表現は謙譲者が動作の受手を敬う待遇意識に語り手が即して語るのだと私は考える。ゆえにこの「たてまつり」はまずは柏木の女二の宮に対する敬意といわねばならない。その女二の宮への敬意は女二の宮が女三の宮の御姉であることによる。女三の宮のかげのさす女二の宮なのであり、「得たてまつり」の受手は女二の宮にちがいないが、それが女三の宮の御姉と規定されると、敬意は柏木が深く心を傾けている女三の宮に示されていると言いつべく「御姉」の「御」も女三の宮の御姉ということでの敬語で女三の宮に対する敬意が示されているといえるのである。そのような切実な柏木の意識に即して述べられるとき、一人称的叙述として無敬語となる。「下﨟の更衣腹……思ひきこえたまへり」は、「たまへ」が示すごとく語り手の客観的叙述である。ここには作中人物の視点は介在していず、語り手からの柏木への敬意である。

私見では第一人称的叙述の無敬語、特に受手尊敬の謙譲語のみの場合はその動作の為手の受手に対する切実な心情がこもる。この観点での拙稿「柏木の恋―源氏物語人物造型の表現方法・内的叙述と外的叙述―」(「国語と教育」第19号、大阪教育大学国語教育学会、平成6年3月。のち『源氏物語の主題と表現世界』所収)を参照されることを願うが、「中納言になりにきかし」の第三者的叙述の無敬語と、第一人称的叙述の無敬語とは質を異にする。「中納言になりにきかし」の第三者的客観叙述での無敬語は語り手からの直接的な待遇表現であるから、語り手の立場(光源氏側)からの待遇意識の表われであるが、女三の宮のことを「思ひわ」ぶ柏木の無敬語の叙述は柏木の心事に寄り添う一人称的叙述で、柏木の心の切なさを直《じか》につたえる表現である。

一人称的な叙述の無敬語の典型的な例を示しておく。若紫巻(一九〇・一頁)の光源氏への無敬語の文例である。

　さるは、限りなう心を尽くしきこゆる人に、いとよう似たてまつれるが、まもらるるなりけり、と思ふにも涙ぞ落つる。

これは語り手が客観的に光源氏の行動を述べているのではなく、語り手は光源氏に一体化して、あたかも光源氏が語り手かとまがうほどに、語り手が光源氏の心を心として語る一人称的叙述となるがゆえに光源氏に敬語がつかないのだ。光源氏が藤壺を思慕する不義の心を述べるくだりゆえに光源氏を否定的に扱い敬意を示さないということではない。「心を尽くしきこゆる」、「似たてまつれる」の謙譲語は源氏の心内語で源氏が藤壺を敬うものである。

さて、この「まことや」にはじまる叙述は、枠組としては語り手の説明であるから、語り手の説明的な表現がつきまとう。「なほかの下の心忘られず、」と一人称的無敬語で柏木の心事に寄り添っても、「小侍従といふかたらひ人は、宮の御侍従の乳母《めのと》の娘なりけり、その乳母《めのと》の姉ぞ、かの督《かむ》の君の御乳母《めのと》なりければ、」といったぐあいに説明が入るのである。「宮の御侍従の乳母」の「御」は「宮」すなわち女三の宮を敬うもので、「かの督《かむ》の君の御乳母」の「御」は「督の君」すなわち柏木を敬うものである。いずれも乳母自身を敬うものではない。女三の宮の乳母だから、柏木の乳母だから、敬われているのだ。これらの敬語表現は語り手からのもので女三の宮への敬意とともに柏木へも敬意を示していることに注意しておこう。この説明のあと、一人称的無敬語叙述となり、柏木の心事に寄り添い述べてゆく。一人称的であっても語り手の叙述という枠組は失われないから「なりけり」の語り手の説明の筆致で結ばれる。柏木に敬語がつく第三者的叙述は外的叙述（拙稿「柏木の恋」参照）であり語り手が外側から把握し説明するものである。それだけに客観的に定位されるとともに柏木の内なる切実な心の声はじかにはつたわってこない。女三の宮を思慕する柏木の情念は一人称的無敬語の内的叙述（「柏木の恋」参照）によって切実にじかにつたわるのである。女三の宮を思慕する柏木への無敬語及び謙譲語の文体と落葉宮への柏木の態度を叙する文体との相違は柏木のそれぞれの宮への思いの違いに由来するのであった。

陣野氏は柏木の無敬語を言説される際、この若菜下巻一九九・二〇〇頁の「まことや」以下の文章をすべて語り手の客観的説明と解されているようだ。枠組としてはそうではあろうが、叙述の視点は語り手自身のみに固定していず、柏木の意識に密着した叙述、つまり柏木の視点、心情的視座に即した叙述もあることを知らねばならない。

その場合は無敬語は、語り手の光源氏側という立場からとして扱うべきではない。柏木の意識に注目しなければならない。すると女三の宮への思慕を切実に叙する一人称的内的叙述の「この宮（女三の宮）の御姉の二の宮をなむ得たてまつりてける。」は柏木が女三の宮のかげのさす女二の宮を尊重する心情のこもるのを感取できよう。女三の宮の「御姉」の「御」は女三の宮の姉なるがゆえの敬意を表わすであろう。柏木の女三の宮への思慕の情に寄り添った敬意表現である。「下﨟の更衣腹におはしましければ、心やすきかたまじりて思ひきこえたまへり」は語り手の第三者的表現、叙述で、柏木に「たまへ」がつく。「おはしまし」は語り手からの内親王女二の宮への敬意である。この箇所は第三者的に説明していて、柏木の切実な心情はこもらない。「人がらも、なべての人に思ひなずらふれば」の柏木への無敬語表現は、柏木に寄り添った叙述で、「けはひこよなくおはすれど」の「おはすれ」は柏木からの女二の宮への敬意に密着している。「もとよりしみにしかたこそなほ深かりけれ」の無敬語は柏木の独白にも似た、心事をたどる表現で、「なぐさめがたき姨捨《をばすて》にて、人目にとがめらるまじきばかりに、もてなしきこえたまへり」の第三者的叙述になだらかに続く。純粋に第三者的とはいえず、柏木の心情もまじるので微妙であるが、「もてなしきこえたまへり」と第三者的叙述で結ばれる。「下﨟の更衣腹」なる女二の宮へは切実な柏木の心情のこもらない第三者的、外的叙述であることに注意しよう。「得たてまつり」の謙譲語表現のみの一人称的な内的叙述と、「思ひきこえたまへり」、「もてなしきこえたまへり」の謙譲語プラス尊敬語の第三者的な外的叙述の敬語表現の差違は、同じ女二の宮ながら、「女三の宮の御姉」の女二の宮と、「下﨟の更衣腹」の女二の宮、「なぐさめがたき姨捨《をばすて》」の女二の宮との差違にもとづくであろう。

「まことや」にはじまる語り手の、中納言柏木への無敬語は、「女三の宮の件で光源氏に敵対する柏木だからこそ、〈語り手〉も敬意を示さないのだろう。」と陣野氏は言われるのだが、「まことや、衛門の督は、中納言になりにきかし」に続く叙述は「今の御世には、いと親しくおぼされて、いと時の人なり。」と柏木を称揚するもので、中納言への昇進に見合う柏木をほめたたえる叙述であって、女三の宮の件で源氏に敵対する柏木を述べるものではない。すでに指摘しておいたように語り手は「かの督《かむ》の君（柏木）の御乳母」と柏木への敬意も示しており、「女三の宮の件で光源氏に敵対する柏木だからこそ、〈語り手〉も敬意を示さない」というようなものではなさそうだ。「中納言になりにきかし」の無敬語は、その前の光源氏との対比からの、語り手の待遇表現であろう。

次に、髭黒への敬語表現について陣野氏の見解と私の見解を相対化しておこう。

この大将は、春宮《とうぐう》の女御《にょうご》の御はらからにぞおはしける。大臣《おとど》たちをおきたてまつりて、さしつぎの御おぼえ、いとやむごとなき君なり。年三十二三のほどにものしたまふ。北の方は、紫の上の御姉ぞかし。式部卿の宮の御大君《おほいきみ》よ。年のほど三《み》つ四《よ》つがこのかみは、ことなるかたはにもあらぬを、人がらやいかがおはしけむ、嫗《おうな》とつけて心にも入れず、いかでそむきなむと思へり。その筋により、六条の大臣は、大将の御ことは、似げなくいとほしからむとおぼしたるなめり。色めかしくうち乱れたるところなきさまながら、いみじくぞ心を尽くしありきたまひける。

（藤袴巻一九八頁）

髭黒に対し「御はらから」「おはしける」と敬意が示されているのは、東宮の御母、朱雀院の女御の御兄弟であるからである。源氏の太政大臣と内大臣をお除き申すと、帝寵はそれに次ぎ、「人がらもいとよく、おほやけの御後見《うしろみ》となるべかめる下形《したかた》なるを」（一九七頁）と内大臣は思っていた。次期政権担当者である。光源氏としてもこのことは考慮に入れるべき重い存在である。光源氏側の女房たる古御達はその光源氏の意識下にある。敬意を示すゆえんである。「ものしたまふ」は上の「年三十二三」という当時として十分な熟年の貫禄への敬意である。このように語り手は髭黒に敬意を払っている。ところが北の方を大事にしないという叙述では無敬語である。私は、髭黒の一人称的叙述で彼の内心がじかに読者につたわる文体、内的叙述のゆえであると理解する。語り手が第三者的に語る箇所では敬語がつくぶん距離を置いて髭黒の有様が述べられ、説明になるので、じかにつたわる切実さはとぼしい。第三者的叙述では北の方にも「人柄やいかがおはしけむ」と敬意を示している。「紫の上の御姉」、「式部卿の宮の御大君」への敬意である。陣野氏は「玉鬘の相手としては相応しくない、という光源氏の考えが推量されている」叙述に注目され、「光源氏の本心は明かされず、〈語り手〉が勝手に光源氏の考えを忖度して、髭黒への敬意を失っているといえよう」と述べていられる。しかしそれならなぜ髭黒が玉鬘獲得に熱心に運動していることに「心をつくしありきたまひける」と敬意を示すのであろうか。語り手は第三者的客観叙述では髭黒に敬意を示しており、光源氏に属する語り手は光源氏の意識下にあって敬意を示しているのであって、無敬語の叙述は髭黒の内心に即した一人称的叙述だからであると私は考えるのである。

以上、源氏物語の地の文の叙述が単一に語り手の第三者的視点に固定せず、作中人物の意識に即した一人称的叙述でその内心をじかに読者につたえる切実さを表わす叙述など多様な視点に移行し、枠組としては第三者的な語り手の視点に収斂する文章構造となっていることを改めて確認できるように思う。

〔付記〕申すまでもないことながら、陣野氏の論文は秀逸な論考であり、快い学的感銘を与えるものである。それに対応して本稿を書かせていただいたことに私は深く感謝している。

九　源氏物語の地の文の表現構造

——夕顔巻ところどころ・夕顔論——

一

源氏物語の地の文は、語り手の客観描写もあるのではあるが、一人称的無敬語表現、主観直叙の文をはじめとして、作中人物の心情的視座に即し、作中人物の主観的心情に色濃く染めあげられている。このことは既にいろいろの論文で私は述べてきており、就中拙著『源氏物語生成論』のⅢ表現で詳しく述べている。地の文といっても客観的に事柄を説明しているだけのものと受け取ってはならないのである。地の文なのか作中人物の心の文なのか或は会話なのか区分しがたいような場合もあることに留意しなくてはならない。

まだ見ぬ御さまなりけれど、いとしるく思ひあてられたまへる御側目を見すぐさでさしおどろかしけるを、答《いら》へたまはでほど経《へ》ければ、なまはしたなきに、かくわざとめかしければ、あまえて、いかに聞こえむ、など、言ひしろふべかめれど、めざましと思ひて、随身は参りぬ。（夕顔巻）

「と思ひて」とある随身の心内語は「めざまし」だけなのか。となると、それまでの語り手の説明つまり地の文が随身の「めざましと思」う理由を述べたことになる。それでもよさそうだが、「めざましと思」う随身もその理由となる情況を知覚しなくてはならないことを考えると、ここは随身の情況把握に即した語り手の語りと考えるべきでなかろうか。すなわち語り手は随身の心情的視座に即して夕顔及び侍女たちの集団の様子をとらえているのである。知られるように夕顔の歌の「心あてにそれかとぞ見る白露の光そへたる夕顔の花」の「それ」を源氏とする説と頭中将とする説とがあるが、頭中将説を主張される黒須重彦氏は、「まだ見ぬ御さまなりけれど」から「言ひしろふべかめれど」までを随身の視点に即しての叙述だと述べていられる。(1) 私は「心あてにそれかとぞ見る」については、夕方の光の中にふと見えた源氏の横顔の美しさから源氏ではないかと当て推量したのであって、はっきり言い当てたというのではないと考えている。(2) つまり源氏とする説であるが、ここを氏が随身の視点に立つ叙述だといわれることには全面的に賛成である。「まだ見ぬ御さま」から「言ひしろふべかめれど」まで随身の心内語とおぼしきほどに随身の心情的視座に即して叙述され随身の主観に色濃く染めあげられているのだ。ところで「なまはしたなきに」は、随身の立場からの叙述なら「なまはしたなくてあるらむに」とでも、推量の語を添えてあるのがのぞましい感じがしないではない、と松尾聰博士は触れていられるが、(3) ここは文字通りの心内語ではなく、語り手が随身の心情的視座に立って語っているのであって、語り手の物言いが入るのは当然なのである。というよりここは区分するなら地の文であって、ただそれが私たちが常識として持っていた客観的第三者的説明文と片づけられない、作中人物の主観的心情の視点に即した叙述であるのであって、語り手は不在ではなく語り手は叙述者だから語り手の立場が顔を出すのである。「なまはしたなきに」は語り手が顔を出している表現である。語り手は作中人物の心内語にさえ顔を出す。(4) 地の文も心内語も会話文もすべて語り手が語る、語りの表現構造に思いを致すべきなのである。「なまはしたなきに」一語は語り手の客観的表現といえるが、随身の断定的推量ともとれるし、松尾博士も述べていられるように、この一語だけで「まだ見ぬ御さま」以下「言ひしろふべかめれど」までを随身の視点に立つ叙述ということを否定するわけにはいかない。随身の心事をたどりつつ「めざまし」の心内語になだらかに続いていくのである。

今井源衛博士の「夕顔の性格」という御論文は、(5) 従来夕顔が「あどけなく、無邪気でおとなしく、男のいうままになる女」というように見られてきているが果してそうかと疑問を呈されて、それは光源氏の心の中や主観に濃く彩られた記述にもとづくものだったのだと論じていられる。源氏の心の中、心内語に関しては言うまでもなく源氏の主観である。それが客観的事象と合致するか否かは別として源氏のとらえた夕顔像にほかならないであろう。問題は地の文である。語り手の第三者的客観的叙述と認定される地の文の場合と作中人物の心情的視座に立つ地の文とが区別される必要があろう。今井博士が挙げられた文で「この地の文は、客観的な地の文の形ではあっても、やはり源氏の心理に即し、彼の主観に濃く彩られた記述と見たほうがよいのではあるまいか。」と述べられた地の文を引かせていただく。

（前略）（源氏）「いざ、いと心やすき所にて、のどかに聞こえん」など、語らひたまへば、（女）「なほあやしう。かくのたまへど、世づかぬ御もてなしなれば、もの恐ろしくこそあれ」と、いと若びて言へば、げにとほほ笑《ゑ》まれたまひて、（源氏）「げに、いづれか狐なるらんな。ただはかられたまへかし」と、なつかしげにのたまへば、女もいみじくなびきて、さもありぬべく思ひたり。世になくかたはなることなりとも、ひたぶるに従ふ心はいとあはれげなる人、と見たまふに、なほかの頭中将の常夏疑はしく、語りし心ざままづ思ひ出でられたまへど、忍ぶるやうにこそはと、あながちにも問ひ出でたまはず。

傍線部分、女もすっかり言いなりになって、だまって言う通りにしよう、と思ったという記述は地の文であり、源氏が「世になくかたはなることなりとも、ひたぶるに従ふ心はいとあはれげなる人、と見たまふ」理由、根拠が述べられていることになる。もしこれが客観的な叙述ならば、源氏が、女（夕顔）の「いみじくなびきて、さもありぬべく思ひたり」の「思ひたり」の中身を知っていることになるのは不思議である。しかし「いみじくなびきて」は夕顔の姿勢、風情から源氏が感じ取っているとするとここは源氏の視点からの叙述ということになる。ほとんど語り手といってよいほどに源氏は夕顔の心の中までも断定的にとらえた、その心情的視座に密着した語り手の表現としか言いようがないのではないか。もし単なる客観的な説明の地の文ならば、源氏が「世になく……あはれげなる人、と見たまふに」も続けての語り手の説明にすぎなくなる。源氏の心中表現までもが読者への説明となり一種距離を置いた語りを読者は聞かされることになりこの場面から遠い位置で物語を聞くにすぎない。しかしそうではなく、源氏の心情的視座に密着した語りの表現に読者も追随してこの場面の源氏のとらえた夕顔の姿態のみならず心の中までもそうであるとして受け取る。地の文としての語りの表現効果である。かくて語り手、源氏、読者の三者は一体となって夕顔像を形成する。もしこれが源氏の心内語だったらそれは源氏の主観だとして相対的に読者は受け取りうるし、作者（仮構した語り手を通して）もそれを意図していると言えよう。しかし地の文となると従来では作者の認識として不動のものになる。が、これを作中人物（源氏）の主観的心情に即しての地の文と解すると、必ずしも客観的ではなく源氏の主観的心情に即して語っている地の文ということになる。ほとんど心内語に近い源氏の情念に染めあげられた地の文で、あたかも作中人物源氏が語りかけてくるような地の文である。

二

今井博士は「光源氏が夕顔に対して誤解している」例として、例の八月十五夜の翌早朝、夕顔の宿の、壁一重隣の家々の騒音を記したあとの、次の文を挙げていられる。

いとあはれなるおのがじしの営みに、起き出でてそそめき騒ぐもほどなきを、女いと恥づかしく思ひたり。艶だち気色ばまむ人は、消えも入りぬべき住まひのさまなめりかし。されど、のどかに、つらきもうきもかたはらいたきことも、思ひ入れたるさまならで、わがもてなしありさまは、いとあてはかに児《こ》めかしくて、またなくらうがはしき隣の用意なさを、いかなる事とも聞き知りたるさまならねば、なかなか恥ぢかかやかんよりは罪ゆるされてぞ見えける。（傍線は森）

今井博士は早く昭和32年3月刊『源氏物語』(上)（創元社、日本文学新書）に於いて、次のように述べていられる。

夕顔がはじめに、こうした有様を「いと恥づかしく思」ったと記しながら、すぐ後には、光源氏をして、彼女について、なまじっか顔を赤くして恥ずかしがったりしないだけましだと考えさせていることの矛盾（島津博士によって指摘されている）は、作者が夕顔の側に立って、その心を述べるのと、光源氏の位置に立って、彼女の外面的な態度を彼なりに観察させていることとの相違によるのではないだろうか。夕顔は心の中で恥ずかしがっているのだが、それを生来の無心のよそおいに包んでいるために、源氏には分らない。（中略）そうした源氏と夕顔との心のズレは、話が進むに従って、いよいよ大きくなるようである。

右は「夕顔の性格」の御論の中に引用されたのをそのまま引き写しさせていただいたものである。小学館版源氏物語第一巻、二三〇頁の頭注に「『女いと恥づかしく思ひたり』は『聞き知りたるさまならねば』と一見矛盾するが、前者は女の心中に即して述べ、後者は源氏の目に映じた女の姿である。（後略）」とある。この今井博士の解説は源氏物語の地の文の叙述視点について大きな示教を賜わるものである。すなわち「女いと恥づかしく思ひたり」は語り手の客観的叙述で叙述の視点者は語り手である。「艶だち気色ばまむ人は、消えも入りぬべき住まひのさまなめりかし。」は語り手の客観的叙述といいつべく客観的事実ではあるが、源氏の視点がとらえたものとしてもわるくはなかろう。「女いと恥づかしく思ひたり」に続く叙述としては女が非常に恥ずかしく思う理由を確認する叙述として源氏の視点を介在させない方がよいと思われるが、「されど、のどかに、……」に続けてみると、源氏の心情的視座を介在させて、「なめりかし」の「めり」は源氏の推量に密着し重なる表現と解せる。「のどかに、つらきもうきもかたはらいたきことも、思ひ入れたるさまならで、わがもてなしありさまは、いとあてはかに児《こ》めかしくて、またなくらうがはしき隣の用意なさを、いかなる事とも聞き知りたるさまならねば」と夕顔をとらえているのは源氏である。だから「なかなか恥ぢかかやかんよりは罪ゆるされてぞ見えける」と詠嘆するのも源氏である。語り手は源氏の心情的視座に密着して語ってゆく。

二つの傍線部の叙述の「矛盾」は叙述の視点の相違ということによって解決できよう。すると次の吉海直人氏の見解が肯われてくることになるのであろうか。

（源氏ハ）眼に映ったままの夕顔を見てらうたく思っているのだが、それは決して夕顔の本質ではなかった。らうたさは夕顔の虚像であり、若き源氏の美しき誤認だったのである。そして大方の読者も源氏の眼に同調したため、今まで眩惑され続けていたようだ。（中略）夕顔物語は源氏の誤解の上に成立していることになる。

（「玉鬘物語論」「国学院大学大学院紀要」第11輯、昭和54年度）

右の引用も、今井博士が御説の延長線上にある発言として引用されたものをそのまま引き写させていただいたものである。確かに夕顔がらうたき女というのは源氏のとらえた夕顔像にほかならない。地の文の表現構造、叙述の視点に留意して読むとそれが分かる。

白き袷、薄色のなよよかなるを重ねて、はなやかならぬ姿、いとらうたげに、あえかなる心地して、そこと取り立ててすぐれたることもなけれど、細やかにたをたをとして、ものうち言ひたるけはひ、あな心苦しと、ただいとらうたく見ゆ、心ばみたる方をすこし添へたらばと見たまひながら、なほうちとけて見まほしく思さるれば、「いざ、ただこのわたり近き所に、心やすくて明かさむ、かくてのみはいと苦しかりけり」とのたまへば、「いかでか。にはかならん」と、いとおいらかに言ひてゐたり。この世のみならぬ契りなどまで頼めたまふに、うちとくる心ばへなど、あやしく様変りて、世馴れたる人ともおぼえねば、

「心ばみたる方《かた》をすこし添へたらばと見たまひながら」とあることで証されるように、それまでの「白き袷《あはせ》」から「ただいとらうたく見ゆ」は源氏のまなざしによってかたどられた夕顔像にほかならない。ところで「『いかでか。にはかならん』とおいらかに言ひてゐたり」であるが、「おいらかに」はおっとりとの意で柔順な、感情のとがらない様子で、源氏の誘いに、「いかでか、にはかならん」と言葉では拒否的に言いながら、態度はおだやか、

おだやかな物言い、言い方なのだった。これを源氏は「あやしく様《やう》変りて」、「世馴れたる人ともおぼえ」ない、というのだろうか。これは源氏の一方的な受け止めとも言えるのであって、この「おいらかに言ひて」は平静な振舞であるからウブな態度からは程遠く、言葉で拒否しながら態度で受け入れる女の姿態仕草にほかならぬのでないか。拒否ではなく源氏の誘いを受け入れているのだ。空蟬が心の中では源氏を慕いながら拒否の態度に終始したのを源氏はその表面の拒否の態度を不快に思っていた。それに対して夕顔が「おいらかに言」う態度に好感を持った。だから「この世のみならぬ契《ちぎ》りなどまで頼めたまふ」行為となったのだ。それに対して「うちとくる心ばへ」、夕顔の気持を感じ、いよいよ好感を抱いた源氏は「あやしく様《やう》変りて」と思い「世馴れたる人ともおぼえ」なかった。「あやしく様《やう》変りて」とはどういうことだろうか。源氏はこういう場合女は一応拒否の態度を取るのが普通なのにこんなに素直に「うちとくる心ばへ」と思い、普通の女たちとは違うと受け止めたのだ。そしてそれを「世馴れたる人とも」思われない、と評価したのだ。男女の仲を知らないと判断したのは、一応は拒否する男女応答のパターンを知る普通の女と違うからだが、それは判断ミスで、逆に、こんなにすぐ「うちとくる心ばへ」なのは「おいらかに言ひてゐたり」の平静な、あわてず騒がずの態度と軌を一にして、先に源氏自身が判断した「世をまだ知らぬにもあらず」の方が正しい受け止めなのだ。それのみならず、後述するが、ここに夕顔の性情の普通とは違った色めかしさがある。源氏自身が正反対の判断をしているわけだが、その二つの判断の情況を比較してみると、「世をまだ知らぬにもあらず」は源氏が熱狂する自分の気持を「いともの狂ほしく」と自覚し、「さまで心とどむべき事のさまにあらずと、いみじく思ひさましたまふに」という、極力のぼせた頭をひやした上での判断で比較的正しいと思われるのに対し、「世馴れたる人ともおぼえねば」の方は、もっとうちとけて逢いたいと女を誘っている情況下で、この世だけでなく来世の夫婦の契りまでもあてにするようにと約束する熱っぽい気持で判断しているのだから女の態度の一つ一つを我田引水的に美化し美しい虚像を幻想したのである。既に源氏自身が頭中将が雨夜の品定めの時に話した、常夏の歌を詠んでやった女ではないかと疑ったのだし、それからしても「世馴れたる人ともおぼえねば」は矛盾するのだが、しかしその矛盾を越えて男を知らぬウブさを感じたというのであろうか。「世馴れたる人ともおぼえねば」は男ずれしている女とも思われないので、ぐらいの意で、男女の仲を知らないとまで解さない方がよいかと思うが、そうであるにしても「世をまだ知らぬにもあらず」と比べると、受け止める源氏の心情に差違があろう。男女の仲を知らないというのではないがまだウブな女だと感じたということであろうか。そう解するとさして矛盾とはいえなくなるが、男を知らないわけではない女と推測するのと男ずれはしていない女と推測するのと二つの心情の角度が違う。前者は醒《さ》めた冷静な目であり、後者は好感を寄せる情熱的な心の眼である。「普通の女とは違って、男ずれはしていない女」と判断した源氏は「人の言はむところもえ憚《はばか》りたまはで」と熱狂しているではないか。つまり女の態度が源氏を誘いこむていになっている。男ずれしていないことをよろこんでいるのだ。これは明らかに源氏の認識であって、「おいらか」「うちとくる」等の受け止めが、かなり純情なウブさと感じられており、読者もそれに追随してきたようだ。しかし源氏は単に夕顔を純情な女とのみ認識していたのであろうか。

私はここで島津久基博士が『源氏物語講話』巻三の一四六頁に於いて、「八月十五夜」にはじまり某院に到着するまでの記述が和泉式部日記に記された帥宮敦道親王と和泉式部との恋愛交渉に於ける彿がほうふつすることに注目されていることに示唆を受ける。和泉式部についても純粋な女性という説となかなかのワルという説とがある。それはとらえ方によるのであって色好みに生きることは世俗的な欲得を考える世界とは違うという点で純粋であり、男を魅了する姿態の中に男をだます天性がひそんでいる。これをワルというがコケットリーの異名である。男はだまされることすなわち引きつけられ、とりこにされることをよろこび、破滅への道をいとわぬ。男も色好みの場合である。光源氏は夕顔に溺れ、朧月夜に溺れ、危険な恋に生きた。和泉式部日記の記事は長保五年（一〇〇三）の十二月十八日のこと。和泉式部日記の作者及び成立については議論があるが、私は今二つの作品（和泉式部日記と夕顔巻）の影響関係を論ずるというよりは、夕顔と和泉式部の取り合わせに注目したいのである。夕顔が和泉式部を准拠としているとまで言えるかどうかは分らぬとしても、夕顔巻と和泉式部日記の記述の類似の事実と表現は夕顔像を考える上ですこぶる示唆に富むと思うのである。決して夕顔のすべてが和泉式部と同じとかモデルだとかいうのではない。従来の夕顔観、内気、はにかみや、可憐などからすれば、島津博士の言われるように「性格に於いても和泉と夕顔とは同じでない」（『講話』巻三の一五一頁）。しかし内気、はにかみや、可憐等の従来の評語は、源氏の心情的視座に即した叙述から学者が与えたものであったことを反省するとき、和泉式部の性情と無縁と断定するよりは、和泉式部の色めかしさを、むしろ夕顔像の中に見ることを検討しなくてはならないのではないか。

某院の二人だけの場面で、源氏が「夕露に紐とく花は玉ぼこのたよりに見えしえにこそありけれ　露の光やいかに」と言うと、夕顔は「後目《しりめ》に見おこせて、光ありと見し夕顔の上露《うはつゆ》はたそかれ時《どき》のそら目なりけりとほのかに言ふ」。源氏が、近々と私の顔を見てのご感想は、と冗談を言ったのに対して、光り輝いていると思った美しい夕方のお顔は、夕暮れ時の見まちがいでした。近くで拝見したら、大したことはありませんわ、と戯れて言うあたり、流し目の風情といい、結構、艶なる女というべきである。すると、そもそもの、夕顔が源氏に「心あてにそれかとぞ見る白露の光そへたる夕顔の花」と歌をよみかける、つまり女の方から男に歌をよみかける態度もこの艶なる態度の原始、はじまりだったのだと想起されてくる。

円地文子氏はつとにこの夕顔の性情を論じられて(6)、「源氏はこうした夕顔の底のない軟らかさや、捕えどころのないはかなさに魅惑されて……」と言われ、『光ありと見し夕顔の上《うは》露はたそかれ時《どき》のそら目なりけり』の「夕顔の歌はひとえになよなよとはかなびて男に頼りきっている女のそれとしては、ちょっと曲者《くせもの》という感じを受ける。つまり、『光源氏と呼ばれる私はどんなものでしょう』とよびかけた男に対して、『光源氏なんておっしゃって、すばらしく見えたのは夕ぐれ時のそら目だったからですわ』と軽くいなしている形である。この余裕のあるやりとりに、私たちは夕顔の中の無意識な娼婦性を感じられないだろうか。そう言えば、そもそも夕顔の花をのせる扇にかきつけた歌にしても、ああした呼びかけを女の方からするのは、当時の貴族の女君の正統派でないことは確かである。……」。私が前述したことは実に二十数年前にこのようにお書きになっている。そこで私が不思議に思うのは、いわゆる通説ではこのような円地氏の受け止め方、感じ取り方が皆無で、あどけない、だとか、純真無垢な愛、かわいい女、柔順柔和、無邪気、受動的等々の批評が定着し、円地氏の『私見』が示された以後も続いていることである。私も例外ではなかった。既述のように今井博士や吉海氏に通説批判があるのだが、円地氏の娼婦性、遊女性の論はとりあげられていないようである。今井博士は「『心の隔て』を持っていた女」とされ、従来の男の言いなりになる女、従順、男にどこまでも従い、受動的に流されてゆく主体性の弱い女といった批判に対して、「自主性」に通ずるような性向である事は間違いない、と論じられた。

このコケットリーな性情は、源氏が自分も覆面を取ったのだし、貴女《あなた》も名乗って下さい、と言ったのに対し「海《あ》士《ま》の子なれば」と、名を名乗るほどの者ではないと、名を明かさない様子は「いとあいだれたり」とあるように甘えた態度にも表われているが、「光ありと見し」の歌の応答といい、この「あいだれた」るさまといい、源氏のまなざしがそそがれている。すなわち語り手は源氏の視点に即して語っているはずである。源氏は夕顔のコケットリーな魅力に十分ひたっている。それが「怨みかつはかたらひ暮らしたまふ」という恋愛三昧の姿なのである。

このように源氏の認識しているはずの夕顔のコケットリーな魅力の方は従来言われずに可憐、らうたき性格と規定されてきたのは、〝源氏の誤認〟ではなくして学者の誤認、見落としだったと言わざるをえない。「あまの子なれば」について玉上琢彌博士は「いかにも甘えた感じ」を指摘されている。(『源氏物語評釈』巻一の四一〇頁)。今井博士は「特に『あまの子なれば』の鼻にかかったコケティッシュな甘さが魅力的だとは、玉上琢彌氏(『源氏物語評釈』）の卓見というべきだが、」と認められながら、「問題はなぜ名前を明かさないのか、である。」とされ、「『心の隔て』のある女」の方向へ論を運ばれた。玉上博士は右の御指摘があるにかかわらず、女の方から「心あてに」の歌を贈った行為について「この女あるじは、『源氏物語』の中でも無類のはにかみ屋であって、一目見た路上の人に、こんな歌を贈るべき人ではない。が、この歌がなくては、この巻の話は起こらないので、この一事は作者の無理、失策なのであろう。（『源氏物語評釈』第一巻の三五六頁）と言われ、四〇八・九頁に重ねて「この女が、こう積極的に出たろうとは思えないので作者の失策であろうと考えられる。」と述べていられる。「心あてに」の歌は女房たちの合作云々と玉上博士は苦心していられるが、そうであっても夕顔の歌としなくてはならないと結んでいられる。

しかし「光ありと」の返歌といい「あまの子なれば」とあいだれた態度といい、まさに艶なる風情から考えて、「心あてに」の歌は夕顔の歌であってよく呼応する。注意すべきは源氏が「心あてに」の歌を見て「いと思ひのほかにをかしうおぼえ」ていることである。「ただはかなき一《ひと》ふしに御心とまりて」とあるように、扇に歌を書いて寄こしたことに心ひかれている。つまり夕顔の行為、女から男に歌をよみかけてきたことに源氏自身は興味をおぼえて受け入れている。「寄りてこそそれかとも見めたそかれにほのぼの見つる花の夕顔」と応じている。これはしかし真剣な恋の贈答というのではなく興味本位のもので、そもそも夕顔の歌のよびかけも底意はともかく（円地氏の指摘されたように、新しいパトロンを求める気持があっての行為ということは考えられるが）真剣というよりはよく言って艶、わるく言えばはすっぱなことで、だから源氏も惟光からの情報を聞いて、宮仕え人と推定し「したり顔にものなれて言へるかな、と、めざましかるべき際《きは》にやあらむ」と思うのである。しかし自分を目ざして歌を贈ってきた心根が「憎からず過ぐしがた」く思うのは、源氏の好き心で軽い気持、遊び心、恋愛遊戯心だというように作者が述べている通りである。私がここで言いたいのは、源氏のとらえた夕顔像はそもそも低い身分の宮仕え人で恋愛ずれした女のイメージだったということである。源氏はそれを承知でこの女（夕顔）に関心を抱いているのであって、つきあっての「らうたく」思うこともこの線上を出るものではなかったはずである。ただ意外さはあった。「人のけはひ、いとあさましくやはらかにおほどきて、もの深く重きかたはおくれて、ひたぶるに若びたるものから、世をまだ知らぬにもあらず、いとやむごとなきにはあるまじ、いづこにいとかうしもとまる心ぞ、と、かへすがへすおぼす。」

傍線（直線）部は意外さ、波線部は源氏が大体思っていたことといえようか。「世をまだ知らぬにもあらず」という言い方は「したり顔にものなれて言へるかな」とは距離があると考え意外の中に入れた。男女の仲を知らぬでもないというのは、全くの世間知らずの子供っぽさと感じたほどには必ずしもそうではなく男も知っていそうだというのだから、宮仕え人かと推定した時とは大分違ってきている。「いとやむごとなきにはあるまじ」も「めざましかるべき際にやあらむ」とは大分違う。直接逢って源氏は「あやしきまで、今朝のほど昼間の隔てもおぼつかなくなど、思ひわづらはれたまへば、」というほどにこの女に熱を上げる。つとめて気持をさました上での判断が右の引用にあるごとく意外な美質だった。その後「ひたぶるに従ふ心は、いとあはれげなる人と見たまふ」源氏は「頭の中将の常夏」の女ではないかと連想したが「ひたぶるに従ふ心」を信じてその人柄を愛し楽しんだ。以降「あてはかにこめかしく」、「いとらうたげにあえかなるここち」、「ただいとらうたく見ゆ」等源氏の視点によってとらえられた夕顔像がそのまま定着したことは、今井博士の説かれた通りである。しかしこの夕顔像が、「あどけなく」とか純真無垢、「ひたぶるに従ふ」性格、従順、無邪気、受動的等に定着させたのは学者の所為で、源氏はそれらをも感じていたことは確かだが、夕顔の艶情を楽しんでいたことを忘れてはならない。かわいい、とかあどけないとかいうのも、もともと身分低き女と見下した上での、女から歌を詠みかけてきたことに遊戯的に「寄りてこそ」と応じた姿勢でのことで熱中はしているが所詮は遊び、楽しみの基本線でのことである。夕顔像は、円地文子氏が「柔和なもの怖じする小動物のような愛らしさと一緒に、男を知らず知らずあやなすような撓《しな》やかな巧みが成長しかかっていたのかも知れない」(7)と簡明にまとめられたことに尽きるのではあるまいか。私はこのような夕顔像を源氏は感知して夕顔との恋愛三昧を楽しんでいたと考える。熱を上げたといってもその基本線は動かない。大体覆面をして女に逢うなんてこと自体が遊んでいる証拠。内気、はにかみ屋といわれるのもあながちまちがった印象ではないが、それは多分に頭中将の語った常夏の女のイメージを引きずっていよう。常夏の女と夕顔は確かに同一人であるからあまり矛盾があっては困るわけだが、源氏の中の品の女との恋愛を描く主題的意図、また空蟬と対照させる意図からも、艶なる女としたのだった。常夏の女と合わせるべく表面は内気でおとなしい、はかなげな女の印象を強くしたということであろうか。このはかなげな印象とあいだれた(甘えた)コケットリーがないまぜになるとき源氏は限りなくひきこまれていった。

三

ところで夕顔の歌には「前《さき》の世の契り知らるる身の憂さにゆくすゑかねて頼みがたさよ」、「山の端《は》の心も知らでゆく月はうはの空にて影や絶えなむ」など流離と死への不吉な予感がただよっている。吉野瑞恵氏は「夕顔物語と朧月夜物語の始発部分には、この二人の女君の身分の懸隔にかかわらず、類似点があるように思われる。前者は三輪山神婚譚をふまえることによって、非日常的な恋の世界を描き出していた。朧月夜の物語も、特にその始発部分において、夕顔物語と共通するような非日常性を色濃く漂わせているのである。さらに言うならば、この非日常的なイメージを背後からささえているのが、流離と死のイメージではないだろうか。(8)」と述べていられる。夕顔は、頭中将の思い人であった常夏の女という現実の次元の映像から絶たれている造型で、互いに素姓を明らかにせぬ二人の男女の現実ばなれした三輪山神婚説話めいた話こそ夕顔物語の本質で非日常的な物語空間の中の造型であることに思いを致せば、常夏の女とは無縁ではないが同一線上に固定せず、関連させせつつ夕顔物語固有の造型に飛躍させたものとして、私たちは考えなくてはならない。さて朧月夜が身分の隔たりはあるが夕顔の造型と類似するという吉野氏のご指摘は、朧月夜の人物像から逆照射して夕顔の人物像の謎めいていた部分を照らし出すことができるのではないかと私に思わせるものだった。

氏の言われるのは、非日常的な、流離と死のイメージの共通性であるが、「類似点を諸要素に分解」された中の一つに「女君の側からの贈歌」を挙げられ、夕顔は、「面識のない源氏に対する贈歌」、朧月夜は、「後朝の別れの際の贈歌」である。朧月夜の歌は「うき身世にやがて消えなば尋ねても草の原をば問はじとや思ふ」――不幸な私が、このまま（名乗らずに）死んでしまいましたなら、草むす墓を探してでも尋ねようとは思って下さらないのですか――と源氏（男）を誘っている。「といふさま、艶になまめきたり」と源氏の視点に即した地の文が述べる通り、まさに「艶になまめきた」る性情がよく表われており、以後の朧月夜の造型の始発としてまことにふさわしい。夕顔が源氏とおぼしき美貌の男に「心あてに」の歌をよみかけた行為そのものを率直に批評するならば「艶になまめきた」る行為ではなかったか。香の染《し》んだ白い扇にのせて、というあたりもなかなか風情がある。

さすがにされたる遣戸口《やりどぐち》に、黄なる生絹《すずし》の単袴《ひとへばかま》、長く着なしたる童《わらは》の、をかしげなる、出で来て、うち招く。白き扇の、いたうこがしたるを、「これに置きて参らせよ。枝もなさけなげなめる花を」とて、取らせたれば、

……

この扇に「心あてに」の歌が書かれてあったのだった。

ありつる扇御覧ずれば、もてならしたる移香《うつりが》、いと染《し》み深うなつかしくて、をかしうすさび書きたり。

心あてにそれかとぞ見る白露の
　光そへたる夕顔の花

そこはかとなく書きまぎらはしたるも、あてはかにゆゑづきたれば、いと思ひのほかにをかしうおぼえたまふ。「御覧ずれば」とある通り源氏の視点に沿った地の文である。「あてはかにゆゑづきたれば」というのも源氏がそう思ったままに叙述された地の文である。それは「いと思ひのほかに」とあるように意外だったのでよけいにそう思ったのかもしれない。源氏の主観に彩られていることはまちがいない。もちろんこの程度のことは「例のうるさき御心」と惟光が思った通りの興味本位の好き心、このような賤《しず》が家《や》に住む女に心を動かす一風変った癖にほかならず、高貴な源氏として、雨夜の品定めの中の品の女重視論に触発されたものであり、それに影響された評価とはいえる。そのような限界、枠内に於いてではあるが、ここの夕顔像はなかなか気のきいた艶になまめいたるものといえよう。女主人としての夕顔の性情をここに見るべきで、朧月夜の歌が源氏を誘いこむ以上に夕顔は光源氏に誘いの歌を贈っているといえよう。源氏は「寄りてこそそれかとも見めたそかれにほのぼの見つる花の夕顔」と、誘いに応じたことで夕顔物語は始発すること知られるごとくである。

四

作中人物（ここでは源氏）の心情的視座に即した地の文によって人物（ここでは夕顔）の形象化がなされているため、私たちは源氏の受け止めた夕顔像をそのままに夕顔論としてきたという言説は確かにその通りだが、源氏の受け止めている夕顔の艶情の方が従来無視されていた。円地文子氏はむしろその艶情の方を強調され、従来の内気等の通説に対して新しい照射をされたことに敬意を表する。共に源氏の受け止めている夕顔像なのに一方に偏しているのは学者の所為だったと思う。

ところでしかし右のいずれもが源氏の心情的視座に即した、つまり多分に源氏の主観に彩られた夕顔像であるのに、夕顔像として定着してきたのは、地の文として叙述されているからである。従来源氏物語の地の文がいわゆる地の文として作者の客観的叙述と認識されていたために疑うことなく夕顔像としてきたのである。それを今井源衛博士が「夕顔の性格」という御論文や日本古典文学全集『源氏物語』の頭注で叙述の視点ということを言われ源氏の視点に即した夕顔像なることを指摘されたことは大きく啓蒙されたものである。さてそこで問題なのは、だから従来の夕顔像はまちがい、吉海氏の言われる「源氏の美しき誤認」ということで片づけられてしまってよいのかどうかということである。確かにさような相対化を読むことは正しい。けれども語り手が私はそうは思っていませんよと地の文特には草子地でことわるとか、作中の他の人物たとえば夕顔の侍女右近が源氏の夕顔像を誤認だと言っているのなら問題だが、後述するように右近は「このかたの御好みにはもて離れたまはざりけり」と言っており、両者の夕顔像は一致しているのだから、源氏の誤認とはいえないのではないか。地の文として述べているからには、作者の仮構した語り手が、源氏の受け止めたままに、それに密着して語っているのだから語り手の叙述責任はまぬがれない。たとえば次のような地の文だと、語り手は源氏とは違った受け止めをしていることを示しているかと思う。某院での二人の歌の唱和の場面、夕顔が「後目《しりめ》に見おこせて、光ありと見し夕顔のうは露はたそかれどきのそら目なりけり　と、ほのかに言ふ。をかしとおぼしなす。」。玉上琢彌博士『源氏物語評釈』はこれに注して「作者は女の返歌を、よいとは思わない。男君が情熱のあまり「をかし」と思いなさるだけのことだ、と、ことわるのである。」と言われる。「おぼしなす」の「なす」に源氏の情熱的意図を表わしているわけである。普通ならこんな歌をよいとは思わないはずなのに、源氏の情熱がそうさせるのだということで語り手は源氏と距離を置いている。そういう地の文である。

　夕顔巻では作中人物（主として源氏）の視点から語りすすめていくことを基本姿勢にしており、私たちはその源氏の目と心に追随して究極には同化、一体化してその場に臨むので、源氏の視点に即した夕顔像をそのまま夕顔像と思ってしまうのである。これは考えてみると作者の術法の致すところであって源氏物語の地の文の表現構造にもとづくのである。作者は、源氏がこの陋屋に住む夕顔にひきこまれていく心情に読者をして共感させるべく、読者を源氏の心と眼に一体化させるように源氏の視点に重ねた地の文で語っていくように語り手を操作したのである。そもそも「語り」とは聴者を共感に導くべき作中人物の心の声を代弁するものであり、いわゆる客観的に述べる語りはそれはそれで機能するけれども、むしろ作中人物の心情的視座に沿って語っていく地の文こそ作中人物の心及びそのとらえる対象の人物（ここでは夕顔）の形象を生動的に造型するものではあるまいか。

源氏のとらえていない夕顔の言動を重視することによってそれを本来の夕顔の正体とされる今井博士や吉海氏の立論も貴重であるが、源氏の視点に即した夕顔像は夕顔物語の非日常的な流離と死の世界へ向かう、はかなくも艶になまめいた美女、或いは変化《へんげ》かとも思わせるような形象、造型であり、源氏があとで知った夕顔像はその現実的な種明かしともいうべく、源氏の知らなかった夕顔像は、非日常的な夕顔像の現実的な影像を読者に知らせるものであって、その二重構造の重層性は作者の意図したものであったにちがいない。謎めいたミステリーの夕顔物語を、単なる怪奇小説や三輪山神婚説話から離脱させる作者の方法であったといえよう。現実的な地平を背後に置きつつ局面的、局所的には非日常的な物語を構築したことで夕顔像は二重写しの影像となる。夕顔物語は流離と死のイメージをただよわせる局所的世界に帰結するが、長篇的連続性に於いて頭中将の常夏の女の相貌を種明かし的に夕顔の死後侍女右近の話として現出させる。それは今井博士の論じられた通り、源氏がほどほどの戯れでうやむやにすませようとしているのであろうと「憂きことに」思っていたという夕顔の姿であって、空蟬の自覚、認識と通底する夕顔像であった。この種明かし的な右近の話によって夕顔物語の非日常性が現実的世界の裏づけを得るのである。かくて夕顔像についての議論は論者の角度によってその局所的世界の非日常的恋愛三昧の世界の夕顔に重点を置くか、現実の実相（種明かし）に重点を置くかが分かれるようだ。私は局所的世界の地の文の表現構造が作者の意図した方法である以上、源氏の誤認と片づけるのはいかがなものかと思っているので夕顔物語の局所的世界を中心にとらえたいと考える。作者は右近の話によって源氏を現実の世界に引きもどして源氏をして覚醒させ、忘れ形身（のちの玉鬘）を求める長篇的方途を切りひらくのだが、依然として源氏の夕顔像は「はかなびたるこそは、らうたけれ。（中略）女はただやはらかに、とりはずして人にあざむかれぬべきが、さすがにものづつみし、見む人の心には従はむなむ、あはれにて、わが心のままにとり直して見むに、なつかしくおぼゆべき」との言説に見られるごとくで、右近が「『このかたの御好みにはもて離れたまはざりけり、と思ひたまふるにも、くちをしくはべるわざかな』と泣」いたのはあながち単なるあいづちを打ったとも思えないので、源氏の好みの女が局所的世界の夕顔像であることを右近が認めたことになる。それゆえその死を残念に思っているのだから、右近の認識する夕顔像と源氏の認識する夕顔像とは合致している事実を私たちは重く見なくてはならないのでないか。すなわち内心を隠して物づつみしつつ、艶になまめいた風趣をたたえて男をひきこむ女であったのだ。自我の強さではなく、内心を隠し、物懼（ものおじ）をするのだが、艶になまめく巧みのある女だったのである。

注

（1）黒須重彦氏『夕顔という女』（笠間書院、昭和50年1月初版刊行）。

（2）拙著『源氏物語生成論』（世界思想社、昭和61年4月刊）。

（3）松尾聰博士『夕顔という女』の「序にかえて」。

（4）拙稿「源氏物語の表現現象―「語り」の文章―」（「王朝文学研究誌」第6号、平成7年3月）。

（5）今井源衛博士「夕顔の性格」（『平安時代の歴史と文学　文学編』吉川弘文館、昭和56年11月刊所収）。のち『源氏物語の思念』笠間書院刊所収。

（6）円地文子氏『源氏物語私見』（新潮社、昭和49年2月刊）一七頁〜二一頁。

（7）円地文子氏『源氏物語私見』二一頁。

（8）　吉野瑞恵氏「朧月夜物語の深層」（「国語と国文学」平成元年10月号）。

〔付記〕　客観的第三者的描写を作者の認定とする考え方は、いわゆる地の文（客観的叙述）を作者の叙述責任とするところにあり、今日では、いわゆる地の文（客観的叙述）も作者によって仮構された「語り手」の領域にすぎず、相対的に考えるようになっている。語り手イコール作者ではないから、客観的叙述といえども作者の認定と直ちには結びつかない。草子地も「語り手」の領域であり、作中人物の視点に即した地の文ともどもすべてが相対的に組み上げられる作者の技法なのである。源氏物語作中人物論は、この文体理解なしには十全を期しがたいように思われるのである。

十　源氏物語の「まことや」

――源氏物語の語りの表現機構――

私は「解釈」平成9年2月号の「葵巻の『まことや』私見―源氏物語の叙述の方法―」において私見では「まことや」の意味として「そうそう」が七例（夕顔巻『大成』一一一頁。頁数は『大成』による。須磨巻四一八頁。明石巻四七七頁。澪標巻五〇四頁。胡蝶巻七八七頁。真木柱巻九六八頁。若菜下巻一一七二頁）、「本当に」が六例（葵巻二八三頁。須磨巻四〇一頁。明石巻四六六頁。澪標巻四八七頁。常夏巻八四七頁。幻巻一四二二頁）であると述べた。通説ではほとんど一律に「そうそう」「そういえば」であるのに対して異を立てたわけであるが、私見は、六条御息所の嘆きを察する源氏の心情的視座に即した叙述であるとして葵巻の「まことや、かの六条の御息所の御腹の前坊の姫宮斎宮に居たまひにしかば」の「まことや」は、ほんとうに、と源氏の切実な思いに即した地の文であるとしたのである。語り手からの直接的客観的叙述ではなく、作中人物光源氏の心情的視点の介在を主張したわけである。

本稿は、この「私見」をふまえつつも通説をも視野におきつつ論をすすめるものである。「まことや」から六条御息所の話題に転じていることは拙説でも言える。さて「まことや」以前と以後とを対比してみると、前者は藤壺、後者は六条御息所が話題の中心で、重さからいって後者は前者より軽い。しかしこの葵巻では後者が物語の主役である。「まことや」と語り出された六条御息所は、源氏の冷い態度を悲しんで、斎宮の幼いのを口実にして伊勢へ一緒に下ろうと思っている。そのことをお聞きあそばされて桐壺院は源氏を叱り訓戒なさる。院がこのように源氏を叱り訓戒されるなどということは、あとにも先にもない異例のことである。この院と源氏の対座の場面は従来

「まことや」からはじまる別の話題の中のこととして読んでいるが、最近河村幸枝氏は「大将の君によろづ聞こえつけたまふ」から「まかでたまひぬ」までを、源氏が院を訪問した時の出来事と解釈され、この場で源氏は聞き役、話をしているのは院であるから、「まことや」と話題を変えて、「かの六条御息所の御腹の前坊の姫宮斎宮にゐたまひにしかば」と言ったのは、桐壺院ということになる、と新見を出された。氏の論述中「と言ったのは」とか、あとの方で「言い出された」とか、「『まことや、かの六条御息所』は、このように東宮のことを依頼しておられた桐壺院が、『まことや』と急に六条御息所のことを話し出されたと解せば、」というように「話し出された」とか述べられるのは不審で、地の文であるから作中人物が語るわけではない。これを、桐壺院の心情的視座に即して語り手が、と述べ直して解すると、氏の新見は注目に値すると思われるのだが、しかし「院にも、かかることなむときこしめして」の桐壺院の訓戒であるから、「大将の君によろづきこえつけたまふ」時と同時とは考えにくい。（鷲山茂雄氏のご指摘をいただいた）。(1)

河村氏の解されたように、東宮のことを依頼されて「うれし」と喜んでいる源氏に対して、御心中に藤壺密通事件のことを秘めていられる桐壺院が不快感から、話に持ち出すことのできない藤壺のことに代えて六条御息所のことで叱責したい御心情に語り手は即して「まことや」と六条御息所のことを語り出したと読めば、暗に藤壺との密事のことをひそめつつ院は、六条御息所に対する源氏の態度を叱ったのである。院は言葉では六条御息所のことを語りつつ、態度で「御気色あしく」、「威圧的な態度」を見せることによって「密事について反省させている」という氏の解釈は見事である。「源氏は、こうした院の厳しいご様子から、『けしからぬ心のおほけなさを聞こしめしつけたらむ時と、恐ろし』くなる」と氏が指摘されている通り「桐壺院は、東宮の後見をうれしげに受ける源氏に対して、藤壺との密事については全く触れることなく、源氏の心中にこのことを思い起こさせ、反省を促すという目的を達したということになる」。この院の叱責は、源氏が柏木にだけは「知っているぞ」とさとらせながら、座の一同には老いの述懐と思わせた以上の深みがある。密事を知っていることをけどられないようにしたのは院の深慮。密通の御子（のちの冷泉）をつつがなく即位への道を歩ませるためであり、かつ源氏への愛情である。源氏は「けしからぬ心のおほけなさを聞こしめしつけたらむ時」と仮定にとどまりえたのである。後年、柏木女三の宮事件を知った時、源氏は、院が藤壺との密事を知って知らず顔をされたのではないかと回想するが、この仮定を想起したかもしれない。が、氏の解釈の面白さにひかれつつも、院の訓戒は別時点と考えるのが妥当であろうと思う。

もし河村氏の見解に従えば、「まことや」と六条御息所に話題を転じつつ実は深層に藤壺のことが潜在し冒頭部分と切れてはいない読みが成り立つ。「まことや」と思い出したように語り出した内実は、まことに深いものであったわけである。しかし藤壺との密事は深層に潜められ、物語の表層ではあくまでも六条御息所の話を展開し、以後、車争い、生霊事件、葵上の死へと続ける。「まことや」と思い出したように語り出された六条御息所の話題はこの巻の重要な事件を構成するのである。

「まことや」の語りの表現機能は、思い出したように副次的に話題を語り出しながら実はその巻の重要な話を語り出しているのだった。このことは夕顔巻の「まことや」ではもっと明らかである。「まことや、かの惟光があづかりのかいまみは、……」と、それはそうと、と、今までの六条御息所邸の話から転ずるというよりもとへ話をもどすていいである。その前には空蟬とのことも語られていたが、点景の感がある。というのは、夕顔巻はそもそも冒頭から夕顔の家を源氏がさしのぞき、夕顔の花を随身に手折らせるところからはじまり「心あてにそれかとぞ見る白露の光そへたる夕顔の花」という夕顔の歌に誘いこまれた源氏が惟光にこの夕顔なる女の探索を命じている。これが巻の初頭部にあるのだから、「御心ざしの所」（六条御息所）や空蟬のことが語られても、それらは点景で、「まことや」はこの巻の本題夕顔物語にもどす感があるのである。しかし「まことや」と思い出したように語るのは何故か。夕顔が六条御息所より低い位相にあるからだ。そもそも夕顔は、「六条わたりの御忍びありきのころ」の副次的なヒロインであった。が、この巻の主役である。

「まことや」で思い出したように語られる人物は副次的な位相にある人物だがその巻では主役であることが、夕顔巻の夕顔、葵巻の六条御息所で確かめることができた。話の筋をもとにもどした点でいえば須磨巻の大宮（左大臣の妻。葵上の母）の源氏への返歌のくだりがある。私は、その切実さから心こめた「本当に」と解した。この場の「いはけなくおはせしほどより見たてまつりそめてし人々」（女房たち）の「たとしへなき御ありさまをいみじと思ふ」心情的視座に即した語り手の叙述と考えるのである。通説に従えば「そう言えば」と話の筋をもとにもどす発語で草子地ということになる。拙説のように作中人物を介在させても、女房たちが大宮の御返歌にしみじみと思いを致す情念に密着して語り手が、大宮の返歌の「あはれ」に話をもどす点は変りはない。そして大宮がここでは左大臣に比しては副次的な位相にあること、しかし大宮の悲しみは左大臣との別れよりも読者をゆさぶること、二つながら「まことや」の表現機能にかなっているようだ。大宮の返歌にこもる悲しみは、源氏の「出でたまひぬる名残《なごり》」を女房たちが「ゆゆしきまで泣きあへり」となる、悲しさのクライマックスをもたらすものなのだ。大宮の返歌は「なき人の別れやいとど隔たらむ煙となりし雲居《くもゐ》ならでは」。源氏との別れに亡き娘との別れを重ね合わせての悲しみである。それが「まことや、御返り」と、さりげなくでありながら、深い内容を語るものであることに注意しよう。

須磨巻の、「六条御息所の使い、伊勢より来る」の「まことや」はどうか。

まことや、騒がしかりしほどのまぎれに漏らしてけり。かの伊勢の宮へも御使ありけり。かれよりも、ふりはへたづね参れり。浅からぬことども書きたまへり。（『新潮日本古典集成』二三二頁。以下同書による）

この前に、紫上、藤壺、朧月夜との手紙の贈答がある。そのあとに、そう言えば、と思い出したように、しかも

「騒がしかりしほどのまぎれに漏らしてけり」と草子地にことわった上で「かの伊勢の宮へも御使ありけり」となるのだから、紫上、藤壺、朧月夜に比して軽い扱いであること明白である。そう言えばと思い出したかのように語り出す「まことや」の表現機能にかなっている。かつまた前述の大宮のばあいと似て、しみじみとした「あはれ」は深い。遙か伊勢との贈答である。「うち置きうち置き書きたまへる」御息所の、物思いにふけりつつ、書いては案じ、書いては案じしたさまを、源氏は思い浮かべるのだろうか。源氏は御息所との別れに深い悔恨をもよほす。副次的人物ではあるが「まことや」の発語で語られる人物は「あはれ」深く語られるということであろうか。語られる分量も割合多い。ついで語られた花散里の簡単な量に比べると一層その感がする。「まことや」の発語で語り出される人物は副次的だが特に取り出されて語られる趣きがあるといってよいだろう。

明石巻の、源氏が晴れて都に帰り紫上と再会、権大納言に昇進の記事、参内して帝と語ったり、東宮、藤壺とも対面のことがあってそのあと「まことや、かの明石には、」（『集成』三〇七頁）と明石に文通のことが語られる。紫上との再会、権大納言昇進、帝、東宮、藤壺との対面のことがいかに重いかは言うまでもない。「まことや」のあとの明石君のことは軽く副次的である。しかしこの明石巻では明石君は主役といってよいだろう。夕顔巻の夕顔のように短篇のヒロインではないからそう際立たないが、この巻の主役である。思い出したように語られる副次的人物でありながら、実は物語としてヒロイン役あるいはしみじみと「あはれ」の深い人物が呼び出されるときの発語が「まことや」といえるようである。

澪標巻は帰京後の源氏が桐壺院追善の法華八講を営み、孝養を尽くすことにおいて桐壺院の〝正統〟の王権性を示したともいわれているように、権力の座を固める布石を打つ。それと表裏するように朱雀院は譲位を決意する。東宮元服、そして即位、源氏一門で政権を握る。源氏は内大臣となった。内大臣は「一条天皇頃から、実権を握る外戚が任じられ、摂政関白になる例があらわれた」（『集成』澪標巻一四頁頭注三参照）といわれる。このように着々と政治的権勢を固めてゆく源氏の有様が語られ、夕霧のことなど旧左大臣邸（現太政大臣邸）の栄えの様子、あの頭中将は権大納言になる等の都の重要事が述べられたあと、「まことや」と語り出されたのは明石君のことだった。

まことや、かの明石に心苦しげなりしことはいかにと、おぼし忘るる時なければ、（澪標巻一六頁）

「まことや」と語り出された明石君が、その前に語られている都の重要事に比べてまことに副次的人物であることは明白である。しかしそこに語り出された内容は物語として極めて重大なことだった。私はこの「まことや」を源氏が明石君の懐妊の様子を切実に想起し「本当に」と心こめる気持、心情的視座に即した語り出しと見る。この懐妊にちなむ源氏の想起は、宿曜の「御子三人、帝《みかど》、后《きさき》かならず並びて生まれたまふべし。中の劣りは、太政大臣にて位を極むべし」との勘申《かんじん》にさかのぼり、総じて、源氏がこの上ない帝の位につき、天下をお治めになるはずだということを「あまたの相人どもの聞こえ集めたる」想起にまでさかのぼっている。「当帝《たうだい》のかく位にかなひたまひぬることを、思ひのごとうれしとおぼす」は、天子の実の父たることを占った夢占い（若紫巻）の想起である。「ただ人におぼしおきてける御心を思ふに、宿世《すくせ》遠かりけり」は、遙か桐壺巻の幼時の回想であり、冷泉即位の真相（藤壺密通事件）を思い、「相人の言《こと》むなしからず、と、御心のうちにおぼしけり」は、源氏の宿世《すくせ》が天子でもなければ臣下でもない、隠れたる天子の父、秘密の天子の父にほかならないことを源氏の内心において思った、ということである。「今、行く末のあらましごとをおぼすに、住吉の神のしるべ、まことにかの人も世になべてならぬ宿世《すくせ》にて、……」と、明石君の宿世、立后が予言される女児の誕生のことに源氏の思いは帰着するのだが、ここにさまざまにくりひろげられた源氏の想念は、彼の人生の重大な根幹に関することばかりだった。源氏の政権の座が固まっていく現実の話と比べて、いかに物語としてこちらの方が重大か、はかり知れぬものがある。ついでのように（「そうそう」と解するなら特にそうである。「本当に」と解しても明石の君想起はその前の政界の事情に比べて一見小さい事のように見える）語り出された明石の君のことは実は小さな田舎での出来事ではない真相を秘めていた。宿曜

（星占い）の予言である。そこから相人の予言、夢占いの予言と源氏の宿世に関する予言が次々に回想されていく語りは息をのむような重大な秘事だった。「まことや」の前後の語りの内容は今までの例以上に非常に顕著にして明白なるものがある。「まことや」と、思い出したかのように副次的な語り口で副次的な人物について語り出しながら、実はそれ以前の話よりも物語的に重大な内容を語ってのけているのである。

澪標巻の、御代替りによる斎宮交替のため六条御息所は姫君と共に帰京することが「まことや」と語り出される。

　まことや、かの斎宮《さいぐう》もかはりたまひにしかば、御息所上《のぼ》りたまひてのち、かはらぬさまに何ごともとぶらひきこえたまふことは、ありがたきまで情《なさけ》を尽くしたまへど、……　（澪標巻三一九頁）

この「まことや」の前には、明石君のことが中心といえよう。藤壺が准太上天皇になるという大事もあった。「まことや」の表現機能通り六条御息所のことは副次的に語り出された。しかし語られた内容は重く、御息所の死とその姫君前斎宮の後見と源氏にとって重要な政治的条件の獲得が語られる。明石姫君はまだ誕生したばかりで、他に女の子供のいない源氏にとって六条御息所の遺言は願ってもない申し出だった。

胡蝶巻の「まことや」は副次的な人物と話をつけ加えた程度で、副次性のみが目立つ軽い語りだが、紫上の心くばりを語る一《ひと》くだりで、六条院の平和を支える紫上の姿が浮き彫りされているというべく、意味深いといえよう。

　まことや、かの見物《みもの》の女房たち、宮のには、皆けしきある贈り物どもせさせたまうけり。さやうのこと、くはしければむつかし。明け暮れにつけても、かやうのはかなき御遊びしげく、心をやりて過ぐしたまへば、さぶらふ人も、おのづからもの思ひなきここちしてなむ、こなたかなたにも聞こえかはしたまふ。（胡蝶巻三一九頁）

紫上と秋好中宮の優雅な競争、むつまじい文通は、六条院の栄華の花といえよう。「まことや」とさりげなく語り出された短い一節ながら、この点描は六条院の盛りの姿をよく表わしている。

真木柱巻の「まことや」は、「まことや、かの内《うち》の大殿《おほいとの》の御女《むすめ》の、尚侍《ないしのかみ》のぞみし君も、」（真木柱巻二四八頁）と語り出される真木柱巻末の一節で近江君の近況を語る副次的な話だが、栗山元子氏が論じられたように(2)、この挿話の持つ意味は大きく、内大臣家の源氏家に対する「さがなさ」を反映し、源氏世界から疎外された者の持つ不隠さが、やがて六条院の内部崩壊をみちびく柏木の犯しを展望することになる。栗山氏の注目されたのは真木柱巻末の夕霧との贈答歌における近江君の歌である。近江君が夕霧に向かって「声いとさはやかにて、『おきつ舟よるべ波路《なみぢ》にただよはば棹《さを》さし寄らむ泊《とま》り教へよ　棚《たな》なし小舟《をぶね》漕ぎかへり、同じ人をや。あなわるや』」と言った歌の表現を、氏は追究され、夕霧のことを「よるべ波路」にただよう「おきつ舟」にたとえていることを問題視され、夕霧が雲居雁との仲を許されぬことを、「棚なし小舟《をぶね》漕ぎかへり、同じ人をや」（「堀江漕ぐ棚なし小舟漕ぎかへりおなじ人にや恋ひわたりなん　古今集巻十四恋四７３２詠み人知らず」を引く）の言葉と共に「殿上人のあまた集まっていた衆目の場で、」「揶揄」している、「はっきりとからかってしまっている」と論じられたのである。澪標巻以後、源氏と内大臣の政治的対立が物語の軸になっていることを考えると、この近江君の点描の持つ意味は小さくない。「まことや」とさりげなく副次的な人物のことを語り出しながら実は重要な物語内容を語ってのける手法が見てとれることが確かめられよう。

若菜下巻の「まことや」で語り出された柏木のことは、後の密通事件を知る読者なら（柏木と女三の宮の事件は有名なので多くの読者は知っている）重大な話が始まる発語であることを知るが、事実「まことや」と語り出された柏木の近況から直ちに女三の宮を忘れかねて小侍従を語らう、不穏な、女三の宮を犯す話へ直行するので、密通事件を知らずここをはじめて読む読者もその危うさを察知する話の運びである。それほどに重大な話のはじまりなのに、なぜ「そうそう」「そう言えば」と思い出したように、いわば副次的に語り出されるかといえば、それまでが六条院の女楽、紫上の病気など、六条院内部のことに筆が費されてきたからである。それに比しては柏木のことは軽い副次的なことと思われるからである。しかし若菜上巻の末尾を受けて、柏木の焦燥の思いを書いているので、そこへ立ちもどるともいえる。夕顔巻の夕顔物語に似て、若菜下巻の冒頭部へ話をもどすのであって、若菜下巻の本題は柏木事件であり、紫上の発病は若菜上巻の苦悩帰結であると同時に柏木事件のための条件作りであったといえよう。六条院世界の現実としては女楽の催しや直後の紫上の発病は重大だが、物語的（ドラマティカルな意味）には柏木事件こそが若菜下巻の重大事件であった。「まことや」と思い出したようにいわば副次的に語りはじめられながら実は物語的世界の重大な事件の物語の始発の語なのである。夕顔物語といい、柏木事件といい、巻の本題が「まことや」と思い出したように語り出されるのは、さりげなく読者を話に誘い込み、いつしか重大な本題へと導く「語り」の手法であるまいか。いわば話術であって、作者は決してさりげなく無雑作なのではなく、ねらいを定めた意図的な表現技法として「まことや」を用いているのだ。

幻巻の「まことや」は、「導師の盃のついでに」とさりげなく語りはじめられるが、「盃など、常の作法よりもさし分かせたまひて」とあったのに話をもどし、「春までの命も知らず」の歌で源氏の覚悟と終焉、現世の終り、出家宣言、物語世界からの退場宣言がなされる。そして今まで簾中にのみ暮らしていたその姿を人々の前に現わす。「御容貌《かたち》、昔の御光にもまた多く添ひて、ありがたくめでたく見えたまふ」。作者がここで語るのは、光源氏の仏身的な光であり、光源氏造型の精髄である。

このように「まことや」の発語は、思い出したように、さりげなく語り出しながら、じつは物語として極めて重要な話題のはじまりを示すものであったことが知られるのである。「そうそう」「そう言えば」とさりげなくいわば軽く読者を誘いながら物語の重要な話題を語る作者の「語り」の表現世界の重要な一語、徴表と言えるであろう。

そう言えば、と作者の真似をして述べるならば、明石巻の源氏から紫上への手紙、常夏巻の近江君から姉の弘徽殿女御への手紙の「まことや」は、私見によれば「本当に」だが、通説では前者が「そういえば。思い出したように付け加える口調」（新潮『集成』）、後者は「じつは」（『集成』）、前者は小学館『全集』も「ほんにそういえば」、後者は「ほんにそうそう」である。ところで、明石巻の源氏から紫上への手紙の「まことや」は「奥に」、常夏巻の近江君から弘徽殿女御への手紙の「まことや」は「裏には」とあって、共に副次的な、ついでに思い出したように書かれながら、実は主要な内容、用件が書かれてあることに注意しよう。紫上への源氏の手紙は、この「奥に」書かれた文だけが示されていて、前の主文に当たる文は「例よりも御文こまやかに書きたまひて」とあるだけで省略されてしまっている。ということは、作者としては「奥に」「まことや」と思い出したように書いたのこそが物語として必要だということであり、源氏も思い出したように付け加える言い方で大したことではないようによそおって軽くさりげなく、明石君と逢ったことをそれとなく知らせるための発語として「まことや」を用いたのであるが、実は源氏として紫上を愛し嫉妬を恐れる気持ちから「奥に」書いた手紙文こそ主要な内容だったのである。拙稿「葵巻の『まことや』私見」では「私は『思い出したように付け加える』源氏の心理も分かると同時に、やはり心をこめた切実な発語の解に傾きたい。その意味で大島本の『奥に』がない本文を重んじて、そのままに、『奥に』ではなく主文の手紙の文と解してみようと思う」と書いているので、副次的に、思い出したように付け加えた例とは扱いかね、文字通り主要な内容の文の発語ということになるが、そうであればなおさら「まことや」の語り出した内容は主要な「例よりも御文こまやか」な文であったのである。また、それまでと改まって話題を転ずる趣き口調は「本当に」でも言えるかと思うので「まことや」の前に「例よりも御文こまやかに書」いてあった文があったのを省略してあると見てもよい。

それまでとは話題を転ずるか、あるいは話をもとにもどす表現機能であり、多くは一見副次的でありながら実は主要な重大なことを語り出す発語であることが手紙の「まことや」の表現心理によくうかがえると思う。常夏巻の近江君の弘徽殿女御宛の手紙の「まことや」以下の内容は、何とかしてお目にかかりたいということを近江君らしく性急に言い立てており、その前に書かれている内容が、近くにいるのにかいもなくお目にかかれないことをぐちっぽく言っているだけだから、主文は「裏に」書かれた性急な面会の願いである。この手紙の「まことや」は、「じつは」と言いにくそうな切り出し、あるいは「ほんにそうそう」と思い出したように切り出す発語と解するか、「本当に」と切実に切り出すと解するかの違いはあれ「まことや」以下が用件である。

二つの手紙の「まことや」を検討してみると、今まで十一例の「まことや」について考えてきたことが一層よく分かったと思われる。すなわち作者は「まことや」(通説ではおおむね一律的に「そうそう」と解する)と語りはじめることによって、それまでと比しては、軽い話であるかのように思わせて、読者をさりげなく誘いこみ、実は重要な話題に引きこむ「語り」のテクニックを用いているということである。ゆえに読者は、この「まことや」を徴表として、一見副次的でありながら実は重要な話の展開を予知することができることを解明しえたと思うのである。

当時の読者の場合、夕顔のような女性は特に軽く扱わねばならない。明石君もそうである。だから「まことや」と思い出したように語る必要があったのである。しかし夕顔は夕顔巻の主役であり、明石君は作者が心をこめて物語世界における主題的な役割をになわせていく。作者は当時の社会の現実の位相(身分)の軽重をおもんばかり、彼女らをついでのように軽く扱いながら、物語的世界では主題的に重く扱うという使い分けを行い成功しているのである。私はここに作者の「語り」の表現機構の一つを見るものである。

注

(1)　河村幸枝氏「葵の巻の視点分析と解釈」(「紫光」第34号、平成9年9月)。

(2)　栗山元子氏「『さがな者』近江君について―真木柱巻巻末の贈答歌に潜むもの―」(「平安朝文学研究」復刊第4号、平成7年12月)。

十一　源氏物語の表現と人物造型
——地の文の表現機構——

一　一人称的無敬語表現・主観直叙の表現

例えば作者（紫式部）は弘徽殿大后を悪役として描きつつも、決して単純にいわば子供だまし的に悪役とするのではなく、光源氏側への敵対行為も彼女側からすれば当然であるというように読者も理解できる、必然性のある目くばりが利いている。読者は弘徽殿大后を悪役と思いつつも、彼女が悪役にならねばならなかった道理にも目くばりの利いた叙述によって、それ以外にどうあるべくもない世界の進行の深さに引き込まれてゆくのである。弘徽殿大后が語り手からあしざまに語られていても、作者が彼女の行為、言動の必然性、当然さにも思い及んでいればこその叙述の全体系の中に位置づけられて、結構彼女の立場は立場として認められるのである。必ずしも一方的に源氏側の視点からのみ語られる偏狭さではなく、右大臣や弘徽殿大后側の心情も述べられていて説得的なのである。右大臣、就中弘徽殿大后の怒り憎しみはよく分かるのである。相対的に光源氏の荒らぶる色好みの様相が弘徽殿側の視点から明らかにされていて、弘徽殿側からの情報・噂として流されたかと思われる「忍び忍び帝《みかど》の御妻《め》をさへあやまちたまひて」（須磨巻二四八頁。頁数は『新潮日本古典集成　源氏物語』による。以下同じ）という明石君の母の言葉にあるような噂が遙か明石にまで伝わっていて世間の知るところとなっていることが浮き彫りされている。弘徽殿大后の心情や行動は賢木巻では特に多く筆が費されていてその政治家としての面目は躍如としている。

しかしその描写の地の文は説明的叙述であって、賢木巻末の「このついでにさるべきことども構へ出でむに、よきたりなり、とおぼしめぐらすべし」と語り手の推量で結んでいるのが象徴的なように、弘徽殿大后の内なる心の声が切実につたわる一人称的無敬語表現は見られない。真に語り手が彼女の心に一体化して切実に読者にうったえかけてくる語りはないのである。語り手の位置が彼女から遠いというか、地の文という語りの生地に表われる語り手の心が透けて見えてくるということであるまいか。語り手は彼女の心情を第三者的に語りはするが、彼女の心に一体化して読者に切実にうったえかけることはないということなのである。語り手は弘徽殿大后の心情を彼女の代弁者として語る姿勢は持たないのである。

右大臣や弘徽殿大后の言説にはもっともと思われるところがあり、『新潮日本古典集成』の賢木巻一八七頁〜一八九頁にわたる両人の言説は彼らの立場からすれば至極もっともな光源氏批判と思われる。長文なので引用は避けるが、作者は彼らの立場からすれば当然かく思い立腹するであろうことを思い至らぬことなく、彼らをして言わしめている。読者である私たちも彼らに同情する気持も起こらないわけではないほどである。右大臣の被害者意識もうなずけるし、弘徽殿大后の帝の母としての思い、すなわち朱雀院が皆からあなどられ、皆が光源氏を重んじてきたことへのうらみつらみはよく分かるのである。朧月夜と源氏の密通にさえも右大臣はじめ皆が源氏を非難することなく、右大臣は朧月夜を源氏に添わせようとしたほどに源氏を仰ぎ見るしまつで、「誰も誰もあやしとやはおぼしたりし」の言説には腰抜けの父をなじる勝気な娘、長女の口吻が感じられる。母親としての口惜しい思い、妹を不憫に思って何とか引き立てようとする姉としての意地には肉親への真情が流露していて、陣営の中で孤軍奮闘する勝気な女の相貌それ自体には相対的に認めざるをえないものがあろう。「何ごとにつけても、公《おほやけ》の御方《かた》にうしろやすからず見ゆるは、春宮《とうぐう》の御世、心寄せ異なる人なれば、ことわりになむあめる」は源氏に対する悪意がはたらいた感情的攻撃的な物言いで、右大臣が「さすがにいとほしう、など聞こえつることぞと」後悔・自省の念をおぼえたくらいである。弘徽殿大后がわが子朱雀院の御代を守らねばならぬという母性愛と政治家的闘争心とがないまぜになった感情的言説で、右大臣はそこまで源氏を憎む感情もなく「時の有職《いうそく》と天《あめ》の下《した》をなびかしたまへるさま異《こと》なめ」る人と源氏を尊敬していて、娘（朧月夜）の婿にと望んだくらいであるから、弘徽殿大后の悪意の感情的発言には源氏に対して気の毒になったのである。作者は語り手をして「さすがにいとほしう、など聞こえつることぞとおぼさるれば」と地の文で述べさせることによって、敵側の右大臣も弘徽殿大后の言うような源氏の謀反心の言説は当を得ていないと思っているのだということを示したのである。弘徽殿大后には「すくすくしうのたまひつづくる」と形容していて、情味の欠けたとげとげしい様子を批判的に地の文で述べ、その言説が悪意の感情によって発せられたもので当を得ていないことを示したのと対をなしているのである。

作者は、右大臣、弘徽殿大后の言説が彼らの立場からすればもっともだと思われるように彼らに語らせているのだが、しかしその言説の彼らに対して地の文で語り手は批判的に述べているのである。右大臣に対して「大臣《おとど》は、思ひのままに、籠《こ》めたるところおはせぬ本性《ほんじやう》に、いとど老《おい》の御ひがみさへ添ひたまひにたれば、何ごとにかはとどこほりたまはむ。ゆくゆくと宮にもうれへきこえたまふ」といったぐあいである。決して語り手は右大臣の言説に同調してはいないわけである。作者は右大臣の心情にも目くばりが利いていて右大臣にその立場からの源氏批判をさせているけれども、語り手にはその右大臣を批判的に語らせているのである。弘徽殿大后に対して「宮はいとどしき御心なれば、いとものしき御けしきにて」と地の文で述べていて、右大臣の源氏批判、立腹、怒りよりも、もっとひどく源氏を憎んでいるので、大層ご不快の面持で、とことわった上で彼女にその立場からの源氏批判を語らせている。彼女の心情に目くばりが利いていて彼女の立場からの怒りにはもっともだと思われるところがあると同時に、悪意のこもった作為的な言説に対して決して語り手は同調していないことを明らかにしているのである。彼らの言説（会話文）はあくまで彼らの立場からのそれであって語り手はいわばつき放している。両人の言説のよってきたるゆえんに語り手は批判的言辞を弄し、弘徽殿大后の言説は常日頃の源氏への憎しみの上に父右大臣からけしからぬ源氏と朧月夜の密通の報告を受けての大層な不快、頭に血がのぼっての言説だということをあらかじめことわっているわけである。語り手の生地が表出される地の文の表現機構がよく利いているのである。このことによって彼らの言い分への目くばりと語り手の批判的姿勢とが立体的な表現構造となって読者の前に現前する。彼らの言い分が彼らの立場からすればもっともであることを読者は理解するが同時に語り手の批判的姿勢を知らされることによって、彼らの言い分はあくまで彼らの言い分にほかならないと思わしめられる。作者が決して彼らの言い分に思い及んでいないわけではないことを示してはいるが、語り手は源氏の側に立っていることを地の文の表現機構が表わし、読者はその語り手の姿勢に随順して物語を読むことになる。読者も弘徽殿大后の言説には同調しないことが要請されそのように読むのである。現代の読者、研究者は源氏物語全体を客観視して読むきらいがあるので弘徽殿大后の言い分をも公平に扱おうとする傾向が見られるが、それはこの物語の語りの表現的意図に忠実ではないと言うべきであろう。作者は彼らの言い分は彼らに語らせる点では一方的に源氏側に偏しない目くばりをしていると言えるが、それはそれとしてのみのことであって、語り手の生地の表出たる地の文で明白に彼らの言動に批判的言辞を弄せしめている。決して語り手は彼らに同調しない。彼らに一体化する一人称無敬語表現は見られないのである。

藤壺宮の源氏に対する心事についてその愛情の心は表白されていないと言われている。藤壺の造型は源氏の心情的視座においてかたどられ、源氏の藤壺に対する思慕の情は切実に語られているが、藤壺の源氏に対する愛情はヴェールに隠されているというべきか、論者によっては藤壺の源氏への愛情、恋情はないと言われている。私見では藤壺も源氏への愛情は抱いていると思われるがそれは相思相愛的な恋愛ではなく受動的であり非常に隠微である。若紫巻の「御遊びもやうやうをかしき空なれば、源氏の君も暇なく召しまつはしつつ、御琴、笛など、さまざまにつかうまつらせたまふ。いみじうつつみたまへど、忍びがたきけしきの漏り出づるをりをり、宮も、さすがなる事どもを多くおぼし続けけり」の「さすがなる事どもを多くおぼし続けけり」に藤壺のせつない心情が認められよう。受動的に心動かされた心的行為が語られている。紅葉賀巻の朱雀院の行幸の試楽で、源氏が見事に青海波を舞うのを見る藤壺を「藤壺は、おほけなき心のなからましかば、ましてめでたく見えましとおぼす」と述べており、源氏の「おほけなき心」を苦にしていることからも相思相愛的な愛情は持っていないことが明らかだが（「おほけなき心」を藤壺の帝に対するおそれの心と解する説には従わない。それだと藤壺の源氏への愛情をかなり強く認めることになろう。藤壺は受動的でも源氏との関係を帝に対する裏切りと思ってはいようが。）、「ましてめでたく見えまし」には源氏のありさまの「常よりも光」り、「目もあやなりし」すばらしさを賛美する心が見られ、翌朝の源氏の手紙への返事に「立居につけてあはれとは見き」と詠んでいる。藤壺の心をたどることは拙稿「藤壺宮の造型（上）（下）」（「王朝文学研究誌」第7号、第8号。平成8年3月、平成9年3月）に委ねたいが、藤壺の心のありようには議論があることで分かるように明白な表出の叙述ではないのである。微妙にかすかに語り手は藤壺の心を語ろうとしている。源氏の心は極めて明白に表白されている。その証左として彼の一人称的無敬語の地の文は彼の切々たる心情に一体化した語りの表現と言わねばならない。「さるは、限りなう心を尽くしきこゆる人に、いとよう似たてまつれるが、まもらるるなりけり、と思ふにも涙ぞ落つる。」（若紫巻一九一頁）、「さても、いとうつくしかりつる児《ちご》かな、何人《なにびと》ならむ、かの人の御かはりに、明け暮れのなぐさめにも見ばやと思ふ心、深うつきぬ。」（若紫巻一九二・三頁）などまるで源氏が語りかけてくるような切迫した表現である。「いみじく泣くを見たまふも、すずろに悲し」（若紫巻一九一頁）の「すずろに悲し」は源氏の主観を直叙した地の文である。藤壺との逢瀬、密通の場面で「いとわりなくて見たてまつるほどさへ、うつつとはおぼえぬぞ、わびしきや」（若紫巻二一二頁）とあり、「見たてまつる」と謙譲語のみで尊敬語はなく、「おぼえぬ」と無敬語、「わびしきや」と源氏の主観を直叙する一人称的無敬語の表現は、まさに源氏の切々たる心の表現であり語り手は完全に源氏に一体化している。しかるに藤壺は「宮も、あさましかりしをおぼしいづるだに、世とともの御もの思ひなるを、さてだにやみなむと深うおぼしたるに」（若紫巻二一二頁）と完全に語り手の第三者的叙述である。「いみじき御けしきなるものから、なつかしうらうたげに、さりとてうちとけず、心深うはづかしげなる御もてなしなどの、なほ人に似させたまはぬを」は、源氏の視点に即した語り手の叙述で、藤壺への敬語も源氏からの敬意に密着した表現であって、「などか、なのめなることだにうちまじりたまはざりけむ」という心内語に極めてなだらかに続いていくのである。源氏の心内語のはじめを「いみじき御けしきなるものから」としてもかまわないほどに、源氏の心情的視座に基づく地の文である。「くらぶの山に宿りも取らまほしげなれど、あやにくなる短夜《みじかよ》にて、あさましうなかなかなり」（若紫巻二一三頁）は源氏の感情移入の甚だしい地の文である。

このように源氏の心情は随所に語り上げる地の文だが、藤壺の様子は語り手の第三者的表現か源氏の心情的視座に基づく表現で語られ、源氏の心は切々と感取できるのに対し、藤壺の心は説明的叙述でつたえられ、直接的に切々とつたわる文体ではない。「むせかへりたまふさまも、さすがにいみじければ」（若紫巻二一三頁）と、藤壺の源氏に対する気持を直叙する地の文もあるのだが極めて稀である。ここは二人の感情の高揚する歌の贈答、唱和の場面だからであろう。「おぼし乱れたるさまも、いと道理《ことわり》にかたじけなし」という源氏の藤壺に対する気持を直叙する地の文がこれに呼応するかのように対をなす。源氏の「むせかへりたまふさま」に藤壺のまなざしがそそがれての感懐を直叙する地の文には藤壺のこみあげてくる心の声がこめられて切々とつたわってくる。この密通の結果として懐妊に「あさましき御宿世《すくせ》のほど心憂し」（若紫巻二一四頁）と藤壺の憂いの心情を直叙する地の文があり、源氏の胤《たね》をやどしたことへの言いようもないご宿運をつくづくと情なく思う気持が「心憂し」と直叙され、痛切にその心情がつたわってくる。「心憂しとおぼす」でも藤壺が嘆いている事はつたわるけれども、その心が直接的につたわる主観直叙の地の文にくらべて間接的で、読者にじかにつたわるのではなく距離のある事柄の伝達にすぎなくなるであろう。河内本は「あさましかりける御身のすくせのほど、いかがおぼししらざらむ」と語り手が第三者的に述べている。

稀であるだけに私たちは藤壺の心情の直接的につたえられる主観直叙の地の文には注目しなくてはならない。藤壺の一人称的無敬語表現はないのだろうか。私は次の叙述における「深うたづね参りたまへるを見るに、あいなく涙ぐまる」の「見る」、「涙ぐまる」を現行諸注釈書の解と異なり、藤壺への無敬語、一人称的表現と考える。藤壺出家後のことである。新年、源氏が藤壺の三条の宮に参上した。

所狭う参りつどひたまひし上達部《かむだちめ》など、道をよきつつひき過ぎて、むかひの大殿《おほいとの》につどひたまふを、かかるべきことなれど、あはれにおぼさるるに、千人にもかへつべき御さまにて、深うたづね参りたまへるを見るに、あいなく涙ぐまる。（賢木巻一七六頁）

一人称的無敬語の表現「見る」、「涙ぐまる」は、藤壺が語りかけてくるような切実な心の声を表白する地の文である。語り手は藤壺の心を心として切実に語るのである。このように一人称的に藤壺の心の声が語られるのは、出家後の解放を意味するのであろうか。「参りたまふも今はつつましさ薄らぎて、御みづから聞こえたまふをりもありけり」（賢木巻一七五頁）とある、出家後の心の解放に由来するものであろう。微妙に二人の関係は変化していくさまが読み取れる。源氏の来訪も頼もしく迎えうる心持ちに即しての表現であろう。秘事は秘事として、出家した今は、源氏を「千人にもかへつべき御さま」と感じ、その志深さを感じる主体は誰をおいても藤壺でなければならない。「思ひしめてしことは、さらに御心に離れねど、ましてあるまじきことなりかし」と源氏の心事がたどられている。「参りたまふも今はつつましさ薄らぎて」と表裏する源氏の心のありようが表わされている。出家後の関係から藤壺も「御みづから聞こえたまふをりもありけり」とある。「例の、命婦して聞こえたまふ」（賢木巻一七三頁）

の原則は原則として、御自身でご返事なさる時もある、新しい関係によって、秘事は奥深く遠のき、出家後の関係という限定において藤壺の心の表出が一人称的無敬語表現でかたどられているわけである。ところで「あいなく涙ぐまる」の「あいなく」は、本意でない涙を藤壺が自意識する気持がこめられていよう。源氏と自分との罪深い関係からして本来涙など流す筋ではない。筋にはずれて、本意でない涙なのである。源氏の来訪は「千人にもかへつべき御さま」として感涙をもって迎えたいことではあるものの、不用意に涙ぐんでよい相手ではなかったから「あいなく」の語が用いられているのであろう。現行諸注釈書を見るに、「涙ぐまる」の主語は女房とし、傍観者なのに、直接関係のある当事者ではない第三者なのにということから「あいなく」が用いられていると解し、「わけもなく」の意とする。無敬語ということが女房を主語とする決め手になっているのであろうか。しかし後述するが、三人称の客観的叙述としてならば「見たてまつる」でなければなるまい。一人称的無敬語表現として見るならば、無敬語で藤壺を主語とすることこそ正しいのである。河内本と別本の御物本、伝冷泉為相筆本、国冬本は主語を女房と強く意識して「見るに」は「見たてまつるより」とする。別本の陽明文庫本は「見るに」である。一人称的叙述として藤壺が源氏を「見たてまつるより」とするのは無理であろう。源氏が藤壺に対して「限りなう心を尽くしきこゆる人」（若紫巻一九〇頁）とあがめる表現はあるが、幾ら「千人にもかへつべき御さま」として源氏を見るにしても、藤壺の心情をそこまで源氏を仰ぎ見る心とするのは無理で、「見る」が妥当であろう。「見る」を女房が主語とするのも不適切で、女房が主語なら「見たてまつる」であるべきだ。青表紙本が「見るに」とするのは一人称的無敬語表現として藤壺を主語としているからにほかならない。河内本や別本諸本は地の文を三人称的客観叙述ととらえて無敬語の主語は女房と決めこみ、女房が主語なら「見たてまつる」であるべきだと〝校訂〟したのであろう。三人称的客観叙述として見る限り河内本や別本諸本の処置は正しいのである。しかし私は、上達部などが宮家を避けて右大臣邸に参るのを藤壺が「あはれにおぼさるる」ところに源氏が「千人にもかへつべき御さまにて、深うたづね参りたまへるを見」て感涙するのは誰よりも藤壺でなければならないと考える。心さびしく思っていられたから源氏を「千人にもかへつべき御さま」と藤壺の目に映るのである。「千人にもかへつべき御さま」とか「深うたづね参りたまへる」という源氏の描写の心情的視点者は藤壺でなければならない。藤壺の心情的視座に即して描写されているのである。

ちなみに、『新全集』は「あいなく涙ぐまる」の主語を女房とし、口語訳は「女房たちはわけもなく涙ぐまずにはいられない」、頭注に「傍観する第三者である女房たちのことなので『あいなく』とある。わけもなく、の気持」。『新大系』は脚注に「第三者なのにわけもなく。語り手の感想」。『集成』は「あいなく」の傍訳に「わけもなく」とあるだけで主語が誰かは言説していない。玉上博士の『評釈』は原文に即してそのまま口語訳して「心をこめて尋ねておいでなさったのを見ると、わけもなく涙ぐまれてくる。」とあり、主語の明示はない。ただ鑑賞・解説欄で「中宮にはその時の大将が千人の訪問客にあたるほどうれしく頼もしく思えたのである」と述べていられることを考え合わせると「見るに」、「あいなく涙ぐまる」の主語を藤壺と解していられるのであるまいか。多くの注釈書の中で出色と申すべきだが、無敬語なのに藤壺が主語である理由について解説がないのは惜しまれる。拙考を加えたゆえんである。

ただ実際に藤壺が源氏の訪問の姿を「見る」と解することには難点があろう。女房が「見る」のが実際のことである。しかし、実際の描写なら「見たてまつる」でなければなるまい。そこで私見では、「見る」という具体的行為は藤壺がなさらなくても、源氏が「千人にもかへつべき御さまにて、深うたづね参りたまへる」姿を「見る」主体は藤壺であるという構図の上での「見る」ではないかと思うのである。具体的にのぞき見たりなさるのではなく、源氏の来訪をお知りになったことを「見る」と表現しているのだと考えるのである。「世を思ひすましたる尼君たちの見る」（賢木巻一七七頁）そのことがそのまま藤壺の「見る」ことになるというのが当時の女君と女房の関係でなかったか。その意味での「見る」の主語は藤壺なのである。源氏と藤壺の歌の贈答も取次の女房が介在するのであって、直接歌のやりとりをなさるのではない。同様に直接「見る」のでなくても女房の介在でも藤壺が「見る」ことになるのである。

桐壺院崩御後の宮中、参内した源氏が朱雀帝と語った後、藤壺を訪れ歌を詠み交わす場面、

月のはなやかなるに、昔かうやうなるをりは、御遊びせさせたまひて、今めかしうもてなさせたまひしなどおぼしいづるに、同じ御垣のうちながら、かはれること多く悲し。

九重《ここのへ》に霧や隔つる雲の上の

月をはるかに思ひやるかな

と、命婦して聞こえ伝へたまふ。ほどなければ、御けはひも、ほのかなれど、なつかしう聞こゆるに、つらさも忘られて、まづ涙ぞ落つる。（賢木巻一六七頁）

この場面は「かはれること多く悲し」と藤壺の主観直叙も見られ、源氏は「つらさも忘られて、まづ涙ぞ落つる」の一人称的無敬語表現で、藤壺、源氏共に切実な心情が地の文からふきあげてくる。珍しく藤壺の方から歌が源氏に寄せられているのも桐壺院の時代の源氏を回想されているからであろう。藤壺の主観直叙「かはれること多く悲し」とシノニムな歌意は宮中の変わってしまったことへの嘆きであり、その嘆きを共有できる唯一の人という思いが源氏へ歌を贈られたモチーフであろう。「かはれること多く悲し」の主観直叙の地の文の心は重く深い。この贈歌のモチーフ、藤壺の方から歌を贈られたことが源氏に大きな感激をもたらしたと思われる。加えて「ほどなければ、御けはひも、ほのかなれど、なつかしう聞こゆるに」彼の心は感動し涙が流れた。「つらさも忘られて、まづ涙ぞ落つる」の一人称的無敬語表現は、源氏が直接語りかけてくるような、心情の切実さを感ぜしめる。一人称的無敬語表現は心の感動を痛切につたえる文体といえよう。紅葉賀巻にも藤壺の返歌に「胸うち騒ぎて、いみじ

くうれしきにも涙おちぬ。」（紅葉賀巻二九頁）と一人称的無敬語による源氏の感動表現があった。一人称的無敬語表現は地の文でありながら人物の気持を直叙し直接的にその人物の思いが読者にうったえかけてくるのでその人物の心を知る上で非常に重い文体といえる。心内語はもちろん人物の心的内容であるが、語り手の第三者的語りの枠組みの中で間接的に「……とおぼしけり」といったぐあいにつたえられるのでその内容は分かっても、直接的にうったえかけてくるインパクトに比して弱い。語り手が人物の心を心として代弁的に語る地の文の形での一人称的無敬語表現の文体機構が注目されるのである。

一人称的無敬語表現はその人物があたかも語り手のごとく語りかけてき、その心持が直接的に読者につたわってくる。賢木巻の源氏が朧月夜と密会する場面はまさにそのように語り手は源氏に一体化して源氏の心情が地の文から直接的につたわってくる。

わづらはしさのみまされど、尚侍《かむ》の君は、人知れぬ御心し通へば、わりなくてもおぼつかなくはあらず。五壇《ごだん》の御修法《みずほふ》のはじめにて、つつしみおはします隙《ひま》をうかがひて、例の、夢のやうに聞こえたまふ。かの昔おぼえたる細殿《ほそどの》の局《つぼね》に、中納言の君、まぎらはして入れたてまつる。人目もしげきころなれば、常よりも端近《はしぢか》なる、そら恐ろしうおぼゆ。朝夕《あさゆふ》に見たてまつる人だに、飽かぬ御さまなれば、ましてめづらしきほどにのみある御対面の、いかでかはおろかならむ。女の御さまも、げにめでたき御さかりなる。重りかなるかたはいかがあらむ、をかしうなまめき若びたるここちして、見まほしき御けはひなり。ほどなく明けゆくにやとおぼゆるに、ただここにしも、「宿直奏《とのゐまうし》さぶらふ」と声《こわ》づくるなり。またこのわたりに隠ろへたる近衛司ぞあるべき、腹ぎたなきかたへの教へおこするぞかしと、大将は聞きたまふ。をかしきものから、わづらはし。ここかしこ尋ねありきて、「寅《とら》一つ」と申すなり。

（賢木巻一四七・八頁）

『新全集』の頭注に「空から見られているような恐怖心」とある「そら恐ろしうおぼゆ」の主語は源氏であり一人称的無敬語表現が源氏の「恐怖心」を直接的につたえてくる。「女の御さまも」以下を『新全集』は「源氏の目と心にとらえられる女のさま」と注する。その通りだと思う。「女」とあるところに朧月夜のこの場面の情態がうかがえる。朧月夜を「女」と見ている源氏の目と心がある。ところが『新全集』は「重りかなるかたはいかがあらむ」に注して「語り手の推測による挿入句。女の理性的な弱さとともに、男女の交感をとりこめる」とある。これは『新大系』の「語り手の推測による挿入句で、朧月夜の理性的な弱さをいうとともに、二人の情交をも暗示する」と軌を一にするが、私は『旧全集』の注する通り「女の御さまも」以下、「源氏の目と心にとらえられる女のさま」と見たい。その前の「いかでかはおろかならむ」も『旧全集』の注するように「女の側の源氏に接しての限りない感動」である。『新全集』は『旧全集』に付け加えて「語り手の推測による」とある。地の文であるから語り手が朧月夜の感動を推測しての叙述にはちがいないが、「推測」というと客観的叙述とまぎらわしいので、『新大系』の注するように「源氏に接した朧月夜の心に即した表現」というのが適切と思う。すなわち語り手は朧月夜の心を心として語るのである。「重りかなるかたはいかがあらむ」は源氏の朧月夜批評なのであって、「をかしうなまめき若びたるここちして、見まほしき御けはひなり」と相まって、トータルに短所、長所をとらえている源氏の目と心、まなざしが臨場感を盛り上げているのである。地の文でありながら源氏、朧月夜の心の声が聞こえてくるのである。

臨場感を盛り上げる一人称的無敬語表現は「ほどなく明けゆくにやとおぼゆるに、ただここにしも、『宿直奏《とのゐまうし》さぶらふ』と声《こわ》づくるなり。（中略）をかしきものから、わづらはし。ここかしこ尋ねありきて、『寅《とら》一つ』と申すなり」の場面描写において実に生動する。「ほどなく明けゆくにやとおぼゆる」主語は源氏で「ただここにしも」は『旧全集』頭注に「『ただ』は『ここ』にかかり、『しも』は強意。間近で不意に起こった出来事に驚きあわてた源氏の気持を表わす」とある通りで、「声《こわ》づくるなり」の「なり」は源氏の推定に即しており、「申すなり」の「なり」も同じである。「をかしきものから、わづらはし」は源氏の主観直叙である。すなわちこの場面の地の文はほとんど源氏が直接語りかけてくるような、源氏の息づかいが迫ってくる感じがする。「ただここにしも」などに特に強く感じられる。もちろん語り手が語るのであるが、源氏に一体化しており、源氏の生動する心情を直接的につたえる地の文なのである。

語り手が人物の心を心として代弁的に語る地の文の形での一人称的無敬語表現はその人物の心情が直接的につたわるので、心内語よりもインパクトが強く印象的に心に残る。その意味で椎本巻で宇治の姫君たちを「領じたるここちしけり」(椎本巻三一八頁)とする薫の気持をこのように地の文の形で一人称的無敬語表現で表わしていることが注目されるのである。読者へのインパクトは強い。「領じたるここちしけり」——薫の肉声にも似た心の声——は読者の胸の中にこだましてやまない。この本文は諸本異同がない。

語りの表現機構として地の文で作中人物の気持を直接的につたえる一人称的無敬語表現や主観直叙の表現は、人物論において極めて比重が大きいと思うのである。紙幅の関係でこの項はここで一応閉じることとする。

二　対面、対座の場面描写

落つる涙をかき払ひて、「かやうならむ日、ましていかにおぼつかなからむ」と、らうたげにうち泣きて、

雪深み深山《みやま》の道は晴れずとも

なほふみかよへ跡《あと》絶えずして

とのたまへば、乳母《めのと》、うち泣きて、

雪間《ゆきま》なき吉野の山をたづねても
　心のかよふ跡絶えめやは

と、言ひなぐさむ。

この明石君への敬語「のたまへば」は、主人と乳母との相対的格差による客観的叙述とも解しうるが、私は、乳母の視座からの敬意に密着した敬語と解する。乳母の「言ひなぐさむ」を客観的叙述とすると、「聞こえなぐさむ」とするほどには語り手は明石君と乳母との格差をとらえていないということになる。それはそれで成り立つ。後述するように両人の格差は大きくない。出自的にはこの乳母（宣旨の娘）は明石君よりも上。明石君のよい話し相手。私は、乳母の明石君に対する待遇意識の表われと見る。「のたまへば」と敬語をつけたこととの不整合は語り手からとしても乳母からとしてもまぬがれない。私は、「聞こえなぐさむ」とへりくだるほどには乳母は明石君に対していないが、源氏の姫君の生母、主人としての明石君の言動には「のたまえば」と敬意をそそぐということではないかと考える。古写本でも問題を感じていたらしく青表紙本の池田本（伝二条為明筆）、耕雲自筆書入本、三条西家本は「といいなぐさむ」がナシ。恐らく問題に感じてカットすることにしたのではないか。河内本は異同がなく、別本の伝二条為氏筆本（保坂潤治氏蔵）は「きこゆる程に」と乳母の行為に謙譲語を付けている。「のたまへば」との整合性、主人と仕える乳母との関係から「きこゆ」表現であるべきとしたのであろう。しかし、この乳母（宣旨の娘）は出自的には明石君よりも上の、特別な乳母なので、単に主従の関係では律せられないところがある。

姫君は、何心もなく、御車に乗らむことを急ぎたまふ。寄せたる所に、母君みづから抱きて出でたまへり。片《かた》言《こと》の、声はいとうつくしうて、袖《そで》をとらへて、「乗りたまへ」と引くも、いみじうおぼえて、

末遠き二葉の松に引き別れ

いつか木《こ》高きかげを見るべき

えも言ひやらず、いみじう泣けば、さりや、あな苦しとおぼして、

「生《お》ひそめし根も深ければ武隈《たけくま》の
　松に小松の千代《ちよ》をならべむ

のどかにを」と、なぐさめたまふ。さることとは思ひ静むれど、えなむ堪へざりける。（薄雲巻一五五・六頁）

「母君みづから抱《いだ》きて出でたまへり」の、「母君」の敬語「君」、「出でたまへり」の敬語「たまへ」は、源氏の姫君を抱いた生母たる明石君への敬語である。「姫君は、何心もなく、御車に乗らむことを急ぎたまふ」の、姫君への敬語と相まって、姫君の母君たることへの敬語であり、ひっきょう姫君への敬意が語られているのだと考えられる。

が、それでは「片言《かたこと》の、声はいとうつくしうて、袖《そで》をとらへて、『乗りたまへ』と引くも、いみじうおぼえて、」の、姫君への無敬語はどうしてなのだろうか。私は、これは「母君」とその「姫君」との、母と娘の二人のみの表現空間ゆえであると考える。この時、明石君親子（母と娘）は親と子の二人だけの心情空間にいるのだ。「片言《かたこと》の、声はいとうつくしうて、袖をとらへて、『乗りたまへ』と引くも、」の姫君への無敬語は、母としてのいつくしみの情で明石君が捉えた明石姫君の姿にほかならない。そこには源氏の影はさしていない。なぜなら姫君は今ただひたすらに母を慕う可憐な幼女として存在性を形象化する。生別の涙に濡れる明石君の母としての目には、いとしいわが子、わが子だけの姫君（源氏の影のささない）がいるのだ。それは作者が母娘の生別の間際に与えた明石君へのいつくしみの表現空間であったろう。この場面の心情空間に読者も涙のこみあげるのをおぼえるであろう。

だから、この姫君への無敬語は、母としての明石君の純一に娘をいつくしむ愛情のまなざし、心情的視座にもとづくゆえであり、源氏の姫君とか未来の后というイメージのさしこまない、純一に母と娘の場面描写なのである。

この場面のさような明石君の心情的視座の介在を見るのである。その前の「姫君は、……急ぎたまふ。……母君……出でたまへり」の、姫君及び明石君への敬語は、私は「乳母《めのと》、少将とてあてやかなる人」（薄雲巻一五六頁）や「よろしき若人」（同右頁）などの、女房たちの視点の介在を見るものである。彼女たちの、姫君、そしてその母君たる明石君への敬意に即した語り手の表現と考える。かように作中人物の視点の介在する語りの表現によって、それらのまなざしの捉える対象の人物の映像が視点者の心情に即してかたどられることになる。乳母をはじめ女房たちは源氏の姫君及びその姫君の生母への敬意をこめる。その敬意に即して語り手は語る。ならば「言ひなぐさむ」はどうか。この乳母（宣旨の娘）は、吉海直人氏『平安朝の乳母達』（第3編『源氏物語』論第14章　明石姫君の乳母）が詳しく説かれた通り、ほかの乳母より身分も高く、明石君のよき相談相手となり別格の女房。出自的には明石君よりも上なのだ。母は桐壺院の上﨟の女房、父は宰相（参議）兼宮内卿で上達部であった。両親が亡くなり、子を産み心細く暮らしていたのである。昔桐壺院の宮廷に母と共に仕えていたのを源氏は見知っていた。こういう経歴からもこの乳母は明石君を慰める場面の心情としてよき相談相手の心構えなのであろう。その心情的視座ゆえに「聞こえなぐさむ」とまではへりくだらないのであろう。源氏物語の場面描写の表現意識はこのように微細、微妙なのである。対座の折の待遇意識を敬語表現の有無のありようからうかがうことができる。

……尽きせずなまめかしき御ありさまにて、御簾《みす》のうちに入りたまひぬ。御几帳《きちやう》ばかりを隔てて、みづから聞こえたまふ。「前栽《せんざい》どもこそ残りなくひもときはべりにけれ。いとものすさまじき年なるを、心やりて時知り顔なるも、あはれにこそ」とて、柱に寄りゐたまへる夕ばえ、いとめでたし。昔の御ことども、かの野の宮に立ちわづらひし曙《あけぼの》などを、聞こえ出でたまふ。いとものあはれとおぼしたり。宮も、「かくれば」とにや、すこし泣きたまふけはひ、いとらうたげにて、うち身じろきたまふほども、あさましくやはらかになまめきてお

はすべかめる。見たてまつらぬこそくちをしけれと、胸のうちつぶるるぞ、うたてあるや。（薄雲巻一七九頁）

右は、「斎宮の女御」すなわち六条御息所の姫宮、前斎宮で源氏の養女として冷泉帝に入内して女御である方が二条院に退出なさったのを源氏が訪れている場面である。『集成』の注するように、親代りという態度で女御のおられる部屋（母屋《もや》）に源氏は入った。「御簾《みす》のうちに入りたまひぬ」。「御几帳ばかりを隔てて」女御ご自身でご応対なさるところである。女御は「みづから聞こえたまふ」。養女として養父源氏に対するのである。ところが源氏の心の動き、情動はどうであろう。「宮も」以下、「すこし泣きたまふけはひ、いとらうたげにて、うち身じろきたまふほども、あさましくやはらかになまめきておはすべかめる。」とある女御の「けはひ」を、源氏の鋭敏というかその道にたけた耳がとらえ、「いとらうたげ」と感取し、「うち身じろきたまふ」けはいを「あさましくやはらかになまめきておはすべかめる。」と推量している。源氏の好色的な情動が生き生きとつたわってくるのは、源氏の感触的な感受に即して語る地の文だからである。かかる地の文の表現機構が注目されるべきである。

「見たてまつらぬこそくちをしけれと、胸のうちつぶるるぞ、うたてあるや。」の「うたてあるや」は語り手の源氏に対する批判の言辞、草子地と諸注釈書は解するが、私は多分に源氏の自己批判の気持をすくいとった草子地、代弁の草子地と考えたい。前斎宮のこの人に対して昔から源氏は心を動かしている。胸をどきどきさせる自分を源氏は「うたて」と思わずにいられない。「うたてあるや」（困ったものよ）は源氏のつぶやきをすくいあげた草子地ではないのか。語り手の外在的批判と解するよりは、源氏の心をすくいあげた草子地として語り手が源氏の気持に重なって代弁していると解することによって、源氏の心の内在をつたえる草子地となるであろう。そのようにすることによって作者は語り手をして源氏の罪をカバーせしめているのだ。読者の批判を先まわりして源氏批判を行う草子地は多いが、ここはそういう語り手の批判というより源氏の自己批判を代弁する草子地と私は考えたいのである。

地の文の表現機構として作中人物の心の声をつたえる機能を言説してきた線上にかかる草子地の表現機構を言説し、一応ここで本稿を閉じることとする。

十二　源氏物語の人物造型と地の文の表現機構

一

人物造型を論じるとき地の文の叙述が大きくウエイトを占めることは異論があるまい。特に地の文は作者の直接的な説明ないしは描写と考えられていた時代は、ほとんど決定的なデーターと目されていた。源氏物語の語りの叙述が、作者によって仮構された語り手によるという知見が広まるにつれ、地の文も語り手が源氏側に属すところから敵側の例えば弘徽殿大后などをあしざまに形容するゆえんが理解されるに至ったし、特には語り手が作中人物の視点に即して対象の人物を捉え描写する視点の介在が言説されるに及んで、その人物造型を叙述する地の文をもって作者の人物描写と単純に受け止めることはできなくなった。しかし地の文たる以上語り手の叙述であって、視点者に即して述べるとはいっても単に視点者の主観と片づけるわけにはいかないのである。叙述責任は語り手にあり、語り手がその場面の視点者に身と心を寄せて語るということでなければならない。語り手が視点者の心を心として対象の人物を捉える、すぐれて臨場的な描写が生動するのである。地の文だからといって単純に作者（あるいは語り手）の直接的な描写とは言えず、語り手の直接的な描写と認定できる地の文でも源氏側に心を寄せての主観的叙述と見なくてはならないのであるが、視点者の介在を認識し視点者の主観的見方に即した叙述であることを知る大切さと同時に、だからといって単に視点者の主観的見方にほかならないとして語り手の叙述責任を軽視ないし切りはなしてしまい無視することもつつしまねばなるまい。

語り手が視点者の心を心として語るのは、一つには臨場感を盛り上げる叙述法であるが、根底にこの世のことに絶対的な純客観というのは存在せずしてそれぞれに主観的な人間関係であるという作者の考え方思量がたちはたらいているのではあるまいか。そこには互いに不可知な関係に支配される人間模様がある。主観的である生きた作中人物を視点者としてそれに密着する語りが生々しく対象の人物と風景をきざみあげていく。作中人物の造型はそのように生動するものとして主題性に連関して主題性進展の重要な一翼をになう。

二

夕霧がかたぶつであることは語り手の直接的な叙述がもっとも利いていよう。私はその語り手の直接的な叙述、すなわち一定の敬語を付する客観的叙述に浮き彫りされる夕霧像のかたぶつ性に比して、語り手が夕霧の内心の声をきざみあげる一人称的無敬語表現に形象化される夕霧像に彼の作中人物としての面目を見るものである。

うるはしくものしたまふ君にて、三条の宮と六条の院とに参りて御覧ぜられたまはぬ日なし。内裏《うち》の御物忌などに、えさらず籠《こも》りたまふべき日よりほかは、いそがしき公事《おほやけごと》、節会《せちゑ》などの、暇《いとま》いるべく、ことしげきにあはせても、まづこの院に参り、宮よりぞ出でたまひければ、まして今日《けふ》、かかる空のけしきにより、風のさきにあくがれありきたまふもあはれに見ゆ。

（野分巻一二七・八頁。頁数は、『新潮日本古典集成　源氏物語』による。以下同じ）

「うるはしくものしたまふ君にて」と規定し、三条宮と六条院に日参する夕霧の生活態度、この野分の日の「風のさきにあくがれありきたまふ」、風の先に立って源氏のもと、大宮の所へと歩きまわる孝心深い人物像の点描が、礼儀正しく几帳面な性格を印象づける。ところが語り手が夕霧に一体化して彼の心事を語る主観直叙及び一人称的無敬語表現は、夕霧の内なる心の声を切実につたえて、この巻における夕霧の主人公的役割を造型する。

中将、夜もすがら荒き風の音にも、すずろにものあはれなり。心にかけて恋しと思ふ人の御ことはさしおかれて、ありつる御面影《おもかげ》の忘られぬを、こはいかにおぼゆる心ぞ。あるまじき思ひもこそ添へ、いと恐ろしきことと、みづから思ひまぎらはし、異事《ことごと》に思ひ移れど、なほふとおぼえつつ、来《き》し方行《かたゆ》く末ありがたくもものしたまひけるかな、かかる御仲らひに、いかで東《ひむがし》の御方《かた》、さるものの数にて立ち並びたまへらむ、たとしへなかりけりや、あないとほしとおぼゆ。大臣の御心ばへを、ありがたしと思ひ知りたまふ。人柄のいとまめやかなれば、似げなさを思ひ寄らねど、さやうならむ人をこそ、同じくは見て明かし暮らさめ、限りあらむ命のほども、今すこしはかならず延びなむかしと思ひ続けらる。

（野分巻二一八・九頁）

気がついたことだが、紫上のことを思う夕霧の心事をたどる地の文には夕霧に敬語がつかず、語り手が夕霧に一体化する一人称的無敬語表現になっていて、地の文でありながら切実な夕霧の心の声がじかに読者につたわってき、あたかも夕霧の心のつぶやきを聞く思いがする。紫上の姿を見た夕霧の情動がさながらにつたわってくるのである。それに対して「大臣の御心ばへをありがたしと思ひ知りたまふ」と、父源氏の心深さに感動する夕霧は、語り手からの直接的な敬意表現である。これを不倫の感情を持つ夕霧に作者は無敬意だとか、父源氏を敬う夕霧を作者は敬うのだといったふうないわゆる道徳的解釈は昔ならいざ知らず、今は文体上の差異としてその表現効果の観点から言説すべきである。父源氏の心深さに感動する夕霧の心のありようは、日常の礼儀正しく孝心のあつい真面目な人間像のそれとして、語り手が客観的に定位する夕霧像のカテゴリーに入る。紫上への恋慕の情は、その客観的に定位される「まめ人」の心中の告白として、野分巻の夕霧に与えられた文学的造型にほかならない。「さやうならむ人をこそ、同じくは見て明かし暮らさめ」という夕霧の思いは、桐壺巻末の「思ふやうならむ人をすゑて住まばやとのみ、嘆かしうおぼしわたる」光源氏の思いを想起せしめる。理想の女性とはあのとき源氏にとって藤壺だった。今、夕霧は、父源氏が藤壺の形代《かたしろ》として迎えた理想の女性紫上に心の情動をおぼえてやまない。「すずろにものあはれなり」は夕霧の主観直叙で、『全集』頭注に「紫の上の姿を見て夕霧の心は動揺している」とある、なげかしい彼の気持がそのまま述べられている。『全集』は「こはいかに」から「いと恐ろしきこと」までを心内語として区分し、「心にかけて恋しと思ふ人の御ことは」から「忘られぬを」までは地の文とする。妥当と思われるが、「思ふ」、「さしおかれて」「忘られぬを」の無敬語表現から一人称的地の文による夕霧の心の声のつたわりを考えると、地の文と心内語が区分しがたく続いているといってよい。心内語と地の文に区分するとしても、語り手は夕霧に一体化して地の文で夕霧の心事をたどり、それは夕霧が語りかけてくるかのようなので、心内語は夕霧がわが心の中を語るかのような語り口になるのであろう。

暁《あかつき》がた、使いの者が野分（台風）による六条院の被害を大宮邸にいる夕霧に知らせに来た。夕霧はまだほの暗い時分に六条院に向かった。

道のほど、横さま雨いと冷《ひや》やかに吹き入る。空のけしきもすごきに、あやしくあくがれたるここちして、何ごとぞや、またわが心に思ひ加はれるよと、思ひ出づれば、いと似げなきことなりけり、あなもの狂《くる》ほしと、とざまかうざまに思ひつつ、東《ひむがし》の御方《かた》にまづまうでたまへれば、……（野分巻一二九・一三〇頁）

「いと冷《ひや》やかに吹き入る」感覚は車中の夕霧のそれである。夕霧の主体的なありように即した、夕霧が語るかのような感覚表現である。「空のけしきもすごきに」も同様である。『全集』『新全集』頭注は「『すごし』は、ここは、黒雲が乱れ飛ぶさま。紫の上に思いを寄せる夕霧の心の象徴でもある」と説く。夕霧は、ただならぬ雲行きにわが紫上思慕の「あるまじき思ひ」「いと恐ろしきこと」（野分巻一二八頁）の心象風景を重ねているのであろうか。「あやしくあくがれたるここちして」という一人称的表現による夕霧の「ここち」が必然的に導き出されてくるようだ。その「あやしくあくがれたるここち」を自意識して「何ごとぞや、またわが心に思ひ加はれるよ」と心内語が表白され昨夜の紫上への思いを思い出すと、それは「いと似げなきことなりけり、あなもの狂《くる》ほし」と思うのだった。「けり」の気づきは夕霧自身のそれであり、「あなもの狂ほし」は彼の自省である。直進するのではない彼の紫上思慕のありようがうかがえる。地の文と心内語とをおりまぜながら夕霧の紫上恋慕の情動がつたわってくるのであるが、地の文と心内語の区分も定かではないほどに夕霧の心の告白を聞く思いがする。野分巻はまさに野分（台風）にも似た夕霧の紫上思慕の情動が一人称的無敬語表現、一人称的叙述によって読者につたわってくる巻である。

野分巻の夕霧を視点者としてつとに捉えられたのは故伊藤博氏であった。氏は「『野分』の後―源氏物語第二部への胎動―」（「文学」昭和42年8月。のち『源氏物語の原点』所収）に於て、

大臣のいと気遠く遙かにもてなし給へるは、かく見る人ただにはえ思ふまじき御有様を、いたり深き御心にて、もしかかることもやと思すなりけり、と思ふに、けはひ恐しくて……　（『古典全書』三―二一八）

立ち去るのだが、このあたり語り手古女房の視点はいつのまにか消失し、直接夕霧の眼を通して事象は映し出される、という印象を受ける。夕霧の言動に関する叙述から尊敬表現が消えるのだが、これは夕霧を対象化し、客観的に定位してきた物語の話者（speaker）が、少なくとも局部的には消滅していることを意味しよう。（中略）ここに現出した夕霧の視点の意義は軽く見過ごせぬものがある、と私は考える。この「視点」は断絶しつつも次第に定着し、……

と「視点者」夕霧に一体化する語りの表現が夕霧への尊敬語の消失となることを言説されている。六条院内部が夕霧の眼を通してうつし出されてくる問題が、光源氏をめぐる一元的世界から、多元的な視点を許容する物語構造へ進展したこととして論じられ、プレ若菜論の深化というべく問題をなげかけた論文であったわけだが、一人称的無敬語表現は、六条院内部をのぞき見る役割もさることながら、夕霧の紫上への恋慕の情動を読者に向かって切実に直接的につたえてくる表現機構として私は捉えたいのである。

御直衣などたてまつるとて、御簾《みす》引き上げて入りたまふに、短き御几帳引き寄せて、はつかに見ゆる御袖口は、さにこそはあらめと思ふに、胸つぶつぶと鳴るここちするも、うたてあれば、ほかざまに見やりつ。

（野分巻一三四頁）

視点者夕霧の目と心に即した叙述であり、一人称的無敬語の表現は、あたかも夕霧が語りかけてくるようで、紫上の御袖口と察せられるのをちらりと見るだけで胸がどきどきと高鳴る心地がするのも「うたて」と自らの情動に不快感を持つ、自省的な心が視線をそらさしめたと夕霧の告白を聞く趣である。

夕霧の垣間見《かいまみ》はその一人称的叙述に於て彼の恋情の内なる心を表白するものであることは、紫上思慕のみならず玉鬘に対する関心と行動にも見られる。

中将、いとこまやかに聞こえたまふを、いかでこの御容貌《かたち》見てしがなと思ひわたる心にて、隅《すみ》の間《ま》の御簾《みす》の、几帳《きちやう》は添ひながらしどけなきを、やをら引き上げて見るに、まぎるるものどもも取りやりたれば、いとよく見ゆ。

（野分巻一三七・八頁）

以下、源氏と玉鬘の睦まじい姿を見て「あやしきに心もおどろ」く夕霧の情動がつたえられ、「昨日《きのふ》見し御けはひには、け劣りたれど、見るに笑《ゑ》まるるさまは、立ちも並びぬべく見ゆる。八重山吹の咲き乱れたる盛りに、露かかれる夕《ゆふ》ばえぞ、ふと思ひ出でらるる。」と玉鬘を紫上に比べて、その姿を八重山吹にたとえる気持をつたえるのが一人称的叙述だから、観察される六条院内部という物語構造の意味と共に夕霧の恋情が一人称的叙述によってつたえられる表現機構に注目したい。作中人物の心の内部が一人称的叙述によって表白されるということを作者は意図的に行っていると考えられる。語り手の客観的叙述によって定位される人物のいわば「外」に対する「内」なる像の形象化を意図した表現方法・文体として注目される。

夕霧の心情、内なる心事は一人称的無敬語表現によってたどられる。明石の姫君を垣間見《かいまみ》る場面でも、夕霧の胸の鼓動が聞こえてくるような、夕霧の目と心に即した語りは、夕霧がまるで語りの主体であるかのように、彼の心の内部をつたえてくる。心内語の部分も「……と思ふ」と一人称的叙述であることによって夕霧が自らわが心の内部をつたえてくるような気持がしてくる。

わたらせたまふとて、人々うちそよめき、几帳《きちやう》引きなほしなどす。見つる花の顔どもも、思ひくらべまほしうて、例はものゆかしからぬここちに、あながちに、妻戸の御簾《みす》を引き着て、几帳のほころびより見れば、もののそばより、ただはひわたりたまふほどぞ、ふとうち見えたる。人のしげくまがへば、何のあやめも見えぬほどに、いと心もとなし。薄色の御衣《ぞ》に、髪のまだ丈《たけ》にははづれたる末《すゑ》の、引き広げたるやうにて、いと細く小さき様体《やうだい》、らうたげに心苦し。一昨年《をととし》ばかりは、たまさかにもほの見たてまつりしに、またこよなく生《お》ひまさりたまふなめりかし、まして盛りいかならむと思ふ。かの見つるさきざきの、桜、山吹といはば、これは藤の花とやいふべからむ、木《こ》高き木より咲きかかりて、風になびきたるにほひは、かくぞあるかしと思ひよそへらる。かかる人々を、心にまかせて明け暮れ見たてまつらばや、さもありぬべきほどながら、隔て隔てのけざやかなるこそつらけれ、など思ふに、まめ心も、なまあくがるるここちす。（野分巻一四二頁・三頁）

「見つる花の顔どもも、」以下夕霧の独白にも似た一人称的叙述に終始している。無敬語であることは語り手が夕霧に一体化しているからである。「いと心もとなし」は夕霧の主観直叙で、女房が大勢あちこちするので、こまかいところは何も見えないから、まったく気が気でなくじれったい、と夕霧は心の底を見せている。「らうたげに心苦し」も夕霧の主観直叙、心情告白だ。可憐で痛々しい、と夕霧は明石の姫君の「いと細く小さき様体」に思うのだ。私はかいま見による女房たちの描写に注目すると同時にかいま見する夕霧の心情により注目する。一人称的叙述から受ける印象としてそのことが最も強いのである。単に六条院の女君の描写ならば、語り手の客観的叙述でよいしその方が客観的に定位されもする。夕霧が日頃の「まめ人」の目でかいま見る女君の姿は偏よらぬ批評性で信頼感があるゆえに生きた証人として起用されたのでもあろう。そのことの意味は小さくないが、夕霧自身の心の内部が躍動的に活写される趣の一人称的叙述の表現機構がより注目されるのである。「かかる人々を、心にまかせて明け暮れ見たてまつらばや」とは、いかにも激しい情動である。父源氏がどの女君にも自分を近づけないようにしていられるのがうらめしい、など思うと、「真面目な心」も何となく浮わついてくる。「まめ人」夕霧の情動が描かれているというべきだ。「似げなさを思ひ寄らねど、さやうならむ人をこそ、同じくは見て明かし暮らさめ」（野分巻一二九頁）とあった。「かかる人々を、心にまかせて明け暮れ見たてまつらばや」とここにある。重ねて心の表白である。落ちついた「まめ人」の心を全面的には裏切る心ではないが、つまり「似げなさを思ひ寄らねど」と歯止めはかかっているが、紫上をはじめ玉鬘、さらには明石の姫君に及ぶ夕霧の情動は、野分巻の圧巻とも言うべく瞠目に値しよう。

三

若菜上巻の終わり近く、女三の宮批判と紫上を礼賛する夕霧に関する叙述を見てみよう。

大将の君は、この姫宮の御ことを、思ひ及ばぬにしもあらざりしかば、目に近くおはしますを、いとただにもおぼえず、おほかたの御かしづきにつけて、こなたにはさりぬべきをりをりに参り馴れ、おのづから御けはひ、ありさまも見聞きたまふに、いと若くおほどきたまへる一筋にて、上《うへ》の儀式はいかめしく、世の例《ためし》にしつばかりもてかしづきたてまつりたまへれど、をさをさけざやかにもの深くは見えず、女房なども、おとなおとなしきは少なく、若やかなる容貌人《かたちびと》の、ひたぶるにうちはなやぎ、さればめるはいと多く、数知らぬまでつどひさぶらひつつ、もの思ひなげなる御あたりとはいひながら、何ごとものどやかに心しづめたるは、心のうちのあらはにしも見えぬわざなれば、身に人知れぬ思ひ添ひたらむも、またまことにここちゆきげに、とどこほりなかるべきにしうちまじれば、かたへの人にひかれつつ、同じけはひもてなしになだらかなるを、ただ明け暮れは、いはけたる遊びたはぶれに心入れたる童女《わらはべ》のありさまなど、院は、いと目につかず見たまふことどもあれど、ひとつさまに世の中をおぼしのたまはぬ御本性《ほんじやう》なれば、かかるかたをもまかせて、さこそはあらまほしからめ、と御覧じゆるしつつ、いましめととのへさせたまはず、正身《さうじみ》の御ありさまばかりをば、いとよく教へきこえたまふに、すこしもてつけたまへり。

（若菜上巻一二〇・一頁）

「いと若くおほどきたまへる一筋にて、」以下、「童女のありさまなど」まで夕霧の目に映じた女三の宮とその女房たちの様子で、夕霧の観察者としての役割が見られるのであるが、「院は、」以下、「すこしもてつけたまへり」までは、夕霧の観察というには余りに作者さながらになりすぎるのではあるまいか。つまり夕霧の目と心に即したいわば主観的表現が語り手の客観的表現へ移行しており、全体として融合していると見られるのである。そのことによって夕霧の女三の宮批判が夕霧の主観にとどまらず客観化しえていよう。女三の宮のことを考える夕霧に「思ひ及ばぬにしもあらざりしかば、」、「いとただにもおぼえず」、「参り馴れ」と無尊敬語の一人称的表現が続くが「見聞きたまふに、」と収斂されているように全体として客観的表現といえよう。「いと若く」以下「童女のありさまなど」までが明らかに夕霧の観察を叙述したものでありながら、語り手の客観的叙述で結ばれ、総じて客観的叙述となっていることに注意したい。かくて夕霧の女三の宮を見る目と心は切実に彼の心をつたえる文体で表白されてはいず、ゆえに彼の視線で捉えられた女三の宮像は、作者の造型さながらに客観的定位を得るのであろう。

次に夕霧の紫上礼賛の叙述を見てみよう。

かやうのことを、大将の君も、げにこそありがたき世なりけれ、紫の御用意、けしきの、ここらの年経《へ》ぬれど、ともかくも漏《も》り出で見え聞こえたるところなく、しづやかなるをもととして、さすがに心うつくしう、人をも消《け》たず、身をもやむごとなく、心にくくもてなし添へたまへることと、見し面影も忘れがたくのみなむ思ひ出でられける。わが御北の方も、あはれとおぼすかたこそ深けれ、いふかひあり、すぐれたるらうらうじさなど、ものしたまはぬ人なり。おだしきものに、今はと目馴《めな》るるに、心ゆるびて、なほかくさまざまにつどひたまへるありさまどもの、とりどりにをかしきを、心ひとつに思ひ離れがたきを、ましてこの宮は、人の御ほどを思ふにも、限りなく心ことなる御ほどに、取り分きたる御けしきにしもあらず、人目の飾りばかりにこそ、と見たてまつり知るに、わざとおほけなき心にしもあらねど、見たてまつるをりありなむやと、ゆかしく思ひきこえたまひけり。（若菜上巻一二一・二頁）

右の文例とその前の女三の宮批判の文例は、以前「王朝文学研究誌」第六号（平成7年2月）ですでに解析を加えているが、今回は右の二つの文例が要するに客観的叙述であることを指摘したいのである。第六号の拙稿「源氏物語の表現現象―「語り」の文章―」でもそのことは言説しているが「語り」の文体の特徴を指摘することが中心であった。右の第二の文例は夕霧の心中表現であり、「……とゆかしく思ひきこえたまひけり。」と結ばれていて客観的叙述であることは明白である。

換言すれば、夕霧の主体的な心情告白を綴る一人称的叙述ではないのである。「思ひ出でられける」と無敬語の一人称的表現があるが、これは地の文とも言えるが夕霧の心内語の中に入れ心中告白とした方がよいかと思われる。その方が「わが御北の方も」以下の心内語に続き、途切れない。長い心中告白であり、最後に女三の宮を「わざとおほけなき心にしもあらねど、見たてまつるをりありなむやと、ゆかしく思ひきこえたまひけり」と、夕霧の女三の宮への思いが、一人称的叙述ではなく、第三者的な語り手の叙述であることが、次の柏木の女三の宮思慕の情が一人称的叙述であることと対比される文体であることに注目したいのである。

衛《ゑ》門の督《かむ》の君も、院に常に参り、親しくさぶらひ馴れたまひし人なれば、（このように第三者的な語り手の叙述で始まるが、以下は一人称的無敬語で語り手は柏木に一体化する。）この宮を父帝《ちちみかど》のかしづきあがめたてまつりたまひし御心おきてなど、くはしく見たてまつりおきて、さまざまの御定めありしころほひより聞こえ寄り、院にもめざましとはおぼしのたまはせずと聞きしを、かく異《こと》ざまになりたまへるは、いとくちをしく胸いたきここちすれば、なほえ思ひ離れず。そのをりよりかたらひつきにける女房のたよりに、御ありさまなども聞き伝ふるをなぐさめに思ふぞ、はかなかりける。「対《たい》の上《うへ》の御けはひには、なほおされたまひてなむ」と、世人《よひと》もまねび伝ふるを聞きては、かたじけなくとも、さるものは思はせたてまつらざらまし、げにたぐひなき御身にこそあたらざらめと、常にこの小侍従《こじじゆう》といふ御乳主《ちぬし》をも言ひはげまして、世の中定めなきを、大殿《おとど》の君、もとより本意《ほい》ありておぼしおきてたるかたにおもむきたまはばと、たゆみなく思ひありきけり。

（若菜上巻一一二・三頁）

一人称的無敬語表現は、柏木が切々と語りかけてくるような語り手が柏木に一体化して柏木の心の声をつたえる趣を呈する。「はかなかりける」は柏木の嘆きの声をつたえる代弁の草子地である。語り手が柏木を批評しているのではない。もしそうなら「思ふぞ」を第三者的表現と見なさなくてはならず、それでは無敬語はおかしいだろう。総枠が一人称的無敬語で柏木に密着して語る叙述なので「院にも……のたまはせずと」や「対《たい》の上《うへ》の……おされたまひてなむ」など柏木が伝え聞いた言葉も、「かたじけなくとも、……あたらざらめと」や「世の中定めなきを……おもむきたまはばと」など柏木の心内語も、一人称的叙述の地の文の語りの表現機構の中に収斂されて、すべて柏木が語るかのように語り手が密着して語るのである。柏木の女三の宮思慕の情が、客観的事柄としてというよりは彼の切々たる情念としてつたわってくるのであり、同時に語り手の語りとしての地の文の表現機構が客観的定位も果たす表現構造なのである。

右の文例についても前掲の拙稿「源氏物語の表現現象―「語り」の文章―」で論じており夕霧の心中表現が第三者的な語り手の立場で述べられたのと対比されることもすでに述べた。夕霧が野分巻においては観察者の役割もさりながら、彼自身の紫上思慕の情念をはじめ明石姫君にも及ぶ情動が切々とつたわっていたことと思いくらべれば、若菜上巻の女三の宮に対する批判的観察とその情念及び紫上礼賛の叙述すらもが客観的叙述であることが注意されるのである。野分巻においては夕霧は観察者の役割のみならず主役的な情動が一人称的無敬語表現でつたえられたことが印象的であったのに対し、若菜上巻では柏木に対比して、観察者的客観性の人物であり、主役は柏木であることが印象されるのである。それが一人称的無敬語表現と三人称的表現との対比において言説できることは、表現論が人物造型論ひいては主題論に深くかかわりうる可能性があることを期待できるのである。

四

私は次に薫と匂宮について表現論的対比を試み、主題的世界とのかかわりに言及したいと思う。一人称的無敬語表現がその人物の切なる心情に一体化した語り手の語りとして人物の心の声を地の文を通してつたえる表現機構であり、その人物がその巻の主役的役割をはたすことを夕霧と柏木について見たのであるが、その意味で次の文例に注目したいと思う。

　三の宮（注・匂宮のこと）の、年に添へて心をくだきたまふめる、院の姫宮の御あたりを見るにも、一つ院のうちに明け暮れ立ち馴れたまへば、ことに触れても、人のありさまを聞き見たてまつるに、げにいとなべてならず、心にくくゆゑゆゑしき御もてなし限りなきを、同じくは、げにかやうなる人を見むにこそ、生ける限りの心ゆくべきつまなれ、と思ひながら、おほかたこそ隔つることなくおぼしたれ、姫宮の御方《かた》ざまの隔ては、こよなく気《け》遠《どほ》くならはさせたまふも、ことわりにわづらはしければ、あながちにもまじらひ寄らず、もし心よりほかの心もつかば、われも人もいとあしかるべきこと、と思ひ知りて、もの馴れ寄ることもなかりけり。

（匂兵部卿巻一七三・四頁）

薫に無敬語「見る」、「聞き見たてまつる」、「思ひながら」、「まじらひ寄らず」、「思ひ知りて」、「もの馴れ寄ることもなかりけり」の表現が続いている。「一つ院のうちに、明け暮れ立ち馴れたまへば」の尊敬語「たまへ」の表現は、語り手が解説を加える挿入句のようなものなので第三者的になっているからだ。一人称的表現も語り手の語りであるから語りとしては一貫しているのだが、解説的に第三者的な語りが入った箇所ゆえの薫への尊敬語で、この一人称的語りの総枠の中で語り手が薫への密着から一寸離れた箇所なのである。基本姿勢として語り手は薫に密着している。その意味で私は、「三の宮の、年に添へて心をくだきたまふめる」の推量も薫のそれに密着した語りだと考える。薫は匂宮の冷泉院姫宮への関心を意識して「院の姫宮の御あたりを見る」のである。薫は「一つ院のうちに、明け暮れ立ち馴れたまへば、」冷泉院姫宮の有様の観察者の役割で彼の視点で姫宮の様子が述べられる。と同時に薫の姫宮思慕の心中告白が、「同じくは、げにかやうなる人を見むにこそ、生ける限りの心ゆくべきつまなれ、と思ひながら」と一人称的に語られる。この心中告白の表現は、夕霧の野分巻における紫上思慕の表現内容とよく似ている。夕霧も薫もかたぶつなのでその思慕には抑制・歯止めがかかっているのも同じである。「人柄のいとまめやかなれば、似げなさを思ひ寄らねど」と歯止めがかかりながらだが、「さやうならむ人をこそ、同じくは見て明かし暮らさめ、限りあらむ命のほども、今すこしはかならず延びなむかしと思ひ続けらる。」（野分巻一二九頁）とあった。桐壺巻末の「思ふやうならむ人をするゑて住まばやとのみ、嘆かしうおぼしわたる」光源氏の情念の系譜と言えよう。今、薫にとって冷泉院の女一の宮が理想の女性なのだ。が、彼はわが出家の本意を思い、女一の宮の皇女独身たるべきを思い、わが行動にブレーキをかけるのだった。匂宮が「年に添へて心をくだきたまふめる」は、前に「冷泉院の一の宮をぞ、さやうにても見たてまつらばや、かひありなむかし、とおぼしたるは、（以下略）」（匂兵部卿巻一七二頁）と客観的叙述で語られており、冷泉院女一の宮物語が匂宮と薫をめぐり展開しそうな気もさせるが、薫の抑制がそれをストップさせる感じもするといったところである。ただ薫の冷泉院女一の宮への思慕の情は、可能態を抑止されつつ、やがての宇治大君への恋の現実化へとつながる始原的原初的位置を持つであろう。薫は椎本巻で宇治の姉妹を垣間見た時、中の君を見て今上の女一の宮の姿を思いくらべている。「……女一の宮も、かうざまにぞおはすべきと、ほの見たてまつりしも思ひくらべられて、嘆かる」（椎本巻三五〇頁）。中の君は今上の女一の宮に比べられる美しさなのだ。すると大君は頭の恰好、髪の具合が中の君より一段と高貴で優雅な感じ、「今すこしあてになまめかしきさまなり」（椎本巻三五一頁）というのだから、物語本文には思いくらべられてはいないが冷泉院女一の宮を私たちは想定してもよいのであるまいか。しかし匂宮が中の君を冷泉院の女一の宮に思いくらべているから、要するに憧れの心を言うことなので、想定は厳密にはできないし、しなくてもよいのかもしれないが。

「姫宮（冷泉院女一の宮）の御けはひ、げにいとありがたくすぐれて、よその聞こえもおはしますに」（匂兵部卿巻一七二頁）匂宮は「いとど忍びがたくおぼすべかめり」（同右頁）、「年に添へて心をくだきたまふめる」（一七三頁）とあり、薫も前述のごとく憧れていたが、「（冷泉院が）姫宮の御方ざまの隔ては、こよなく気《け》遠くならはせたまふも、ことわりにわづらはしければ、あながちにもまじらひ寄らず、」（一七四頁）だった。「ことわりにわづらはしければ、」は薫の主観直叙で、彼の気持ちを直接に書く地の文である。近寄りがたい内親王、高嶺の花だったのである。今上の女一の宮が薫から高嶺の花として憧れられていることは蜻蛉巻にその描写があるが、今上の女一の宮は前述のごとく中の君と思いくらべていたから明かるいイメージを想わせるのに対し、冷泉院の姫宮は、父院の影のさすイメージを想うならば大君と思いくらべられるのがふさわしいと考えられるのではないか。しかし、匂宮は中の君を冷泉院の姫宮にくらべている。「かの山里人《やまざとびと》（中の君のこと）は、らうたげにあてなるかたの、劣りきこゆまじきぞかし」（総角巻八六頁）と恋しく思っている。想念上のことである。心ひかれる理想の女性として冷泉院や今上の女一の宮は造型され、現実には匂宮は中の君を、薫は大君に向かっていくということなのであろう。ただし薫は冷泉院や今上の女一の宮を大君とくらべてはいない。それは薫にとって大君とは女一の宮（内親王）とひきくらべるような恋の対象ではなかったことを意味するのではあるまいか。それは大君をおとしめるものではないが。

椎本巻の「領じたるここちしけり」（三一八頁）という薫の一人称的地の文でかたられる薫の内なる心の声は読者へのインパクトが強い。父八の宮の依頼を受けて薫は姫君を自分のものという気でいるのだと地の文の一人称的表現機構が彼の気持を直接に読者につたえる。こういう気持でいるから「さしもいそがれぬよ」（同右頁）と結婚をせく気がなく、しかし「もて離れてはたあるまじきこととは、さすがにおぼえず、」（同右頁）と結婚が全然問題にならないことだとは考えない、という悠長さを生むのであろう。大君の結婚拒否の心情と契合して薫と大君の物語が生成されてゆく薫側の姿勢がいみじくも端的に表白されている一文であり、それが一人称的無敬語の地の文であることは注意されるべきであろう。

五

薫内心の声を聞く思いがする一人称的無敬語表現に対して、薫を第三者的に客観的に叙述する地の文はいかにも説明的である。

元服《げんぷく》はもの憂《う》がりたまひけれど、すまひ果てず、おのづから世の中にもてなされて、まばゆきまではなやかなる御身の飾りも、心につかずのみ、思ひしづまりたまへり。（匂兵部卿巻一六八頁）

この君は、まだしきに世のおぼえいと過ぎて、思ひあがりたること、こよなくなどぞものしたまふ。（同右一六九頁）

薫を外側から促えた第三者的叙述であり、薫像の客観的定位と言えよう。それに対して

心のうちには、かの古人《ふるひと》のほのめかしし筋などの、いとどうちおどろかれてものあはれなるに、をかしと見ることも、めやすしと聞くあたりも、何ばかり心にもとまらざりけり。（橋姫巻二九〇・一頁）

は、弁の尼から聞いた話からの衝撃で、姫君たちへの関心などない薫の心の奥がじかにつたわってくる一人称的無

敬語表現である。

匂宮にはこのような一人称的無敬語表現が見られない。宇治の姫君への執心も「三の宮（匂宮）ぞ、なほ見ではやまじとおぼす御心深かりける。さるべきにやおはしけむ。」（椎本巻三一三頁）と客観的叙述で、草子地にもきちんと敬語をつけている。薫にも第三者的叙述はあるが、八の宮の述懐を聞く薫の心中が地の文の形をとる「いかさおぼさざらむ、心苦しく思ひやらるる御心のうちなり。」（椎本巻三一五・六頁）は、「おぼさ」、「御心」が八の宮への薫の敬意に密着した語りの表現で、薫が八の宮の述懐を心こめて切実に聞く気持さながらに語り手は語るのである。臨場感とともに薫の心の声がつたわってくる。語り手が薫に身を寄せて薫の心をつたえるのである。

匂宮には語り手はやや距離を置くばかりか、薫の視座から語っていると見られるものさえあるのである。先に見たように「三の宮の、年に添へて心をくだきたまふめる」の推量が薫の視座からのものと考えられるならば、語り手の位置は薫に近く匂宮に遠いことの明らかな証左となろう。宇治十帖の主人公は薫というのが主流である。匂宮を主人公と見る立場（手塚昇氏『源氏物語の再検討』の説）もあり、薫を嫌う研究者たちもいらっしゃるが、好き嫌いは別として、語り手は薫の心に主として身を寄せて語っていることは表現論的に確かだと思われる。それはやがて主題論と深くかかわると言わねばなるまい。「領じたるここちしけり」のような薫の姿勢と、中の君を心ひかれている冷泉院の姫宮にくらべている匂宮のそれとを対比すると、前者の恋の不毛性と後者の恋心が際やかに対照されるであろう。薫と大君の悲恋の物語は稿を改めて論じたいが、薫の恋の不毛性と大君の結婚拒否の内実を仔細に追わねばなるまい。薫が憧れる今上の女一の宮に思いくらべるほどの中の君よりも頭の恰好、髪の具合は一段と高貴で優雅なと思う大君（椎本巻末参照）を、薫は「領じたるここち」なるがゆえに悠長に構えつつ、ついに恋の不毛となりおわるのであろうか。となると椎本巻のこの薫の内心の声をつたえる一人称的無敬語の地の文の表現機構の意味は非常に大きいと言わねばならない。

十三　源氏物語作中人物の心情的視座にもとづく文章表現

敬語のつくべき人物に敬語がつかない場合の文例として一人称的叙述があり、語り手はその人物に一体化して人物の心情を語る。地の文でありながら作中人物の情念がふきあげてき、切実な内面的心情が迫ってくる。すぐれて文学的表現構造というべきである。

澪標巻で源氏が紫上に明石姫君誕生のことを打ち明けた時に、その生母明石君をほめたのは、姫君の生母が立派であることをどうしても言っておきたかった源氏の深慮遠謀からであろうが、紫上にしてみればつらい話であった。そこが一人称的無敬語で、紫上の様態がつたえられている。

「人がらのをかしかりしも、所からにや、めづらしうおぼえきかし」など語りきこえたまふ。あはれなりし夕《ゆふべ》の煙《けぶり》、言ひしことなど、まほならねどその夜の容貌《かたち》ほの見し、琴《こと》の音《ね》のなまめきたりしも、すべて御心とまれるさまにのたまひ出づるにも、われはまたなくこそ悲しと思ひ嘆きしか、すさびにても心を分けたまひけむよ、と、ただならず思ひ続けたまひて、「われはわれ」と、うちそむきながめて、「あはれなりし世のありさまかな」と、独言《ひとりごと》のやうにうち嘆きて、

思ふどちなびくかたにはあらずとも
　われぞ煙《けぶり》にさきだちなまし

（澪標巻二三・四頁。頁数は『新潮日本古典集成　源氏物語』による。以下同じ）

ちなみに河内本は「ながめて」が「ながめ給て」となっている。例によって客観的叙述である。「うち嘆きて」

は河内本の高松宮家本が「うちなきて」とあるが、無敬語であること変りない。

松風巻で、都に上る明石尼君には敬語がつき、明石入道にはつかないことについては「金蘭国文」創刊号（平成9年3月）の拙稿「源氏物語の文章構造―敬語法・叙述の視点者―」に述べたが、その明石尼君への一人称的無敬語表現は地の文で人物の心の声と一体化した語り手の表現であり、感慨を記す草子地は語り手が作中人物の思いをすくいあげて叙述しており、まさに尼君の心を代弁していて、語り手の草子地ながら尼君の心の声さながらである。

尼君、

もろともに都は出できこのたびや
　ひとり野中の道にまどはむ

とて、泣きたまふさま、いとことわりなり。ここら契りかはしてつもりぬる年月《としつき》のほどを思へば、かう浮きたることを頼みて、捨てし世に帰るも、思へばはかなしや。　（松風巻一二五頁）

「ここら」から「はかなしや」まで全文尼君の心内語といってもよいほどに、語り手は尼君の心事をたどり「思へばはかなしや」と結んでいる。「思へば」、「頼みて」、「捨てし」、「帰るも」、「思へばはかなしや」と一人称的無敬語で語り手は尼君に一体化して、尼君の心の声を語るのである。「思へばはかなしや」は語り手が尼君の心を代弁しているのであって、私たちはそこに切実な尼君の心の声を聞く。

京に帰り着き、わが邸のさまを見る尼君の視点に即して、その感慨を叙す。

家のさまもおもしろうて、年ごろ経《へ》つる海づらにおぼえたれば、所かへたるここちもせず。昔のこと思ひ出でられて、あはれなること多かり。　（松風巻一二九頁）

尼君の回想と目の前に見るわが邸への感慨がつたわってくる。尼君の心を説明するのではなく、尼君の心それ自身をつたえる文体である。尼君の心情的視座から久方ぶりに見る邸の様子を述べていく。

造り添へたる廊《らう》など、ゆゑあるさまに、水の流れもをかしうしなしたり。まだこまやかなるにはあらねども、住みつかばさてもありぬべし。親しき家司《けいし》に仰《おほ》せ賜ひて、御まうけのことせさせたまひけり。（松風巻同右頁）

「住みつかばさてもありぬべし」の「べし」の推量は尼君のそれに密着していよう。源氏が腹心の家司に命じて、安着の祝宴の用意をさせてあったという叙述は語り手の視座からの説明であるが、「けり」にこもる感慨、気づきは、語り手の情況への感情移入がこもっていて、乾いた客観的説明とは異なる。だからこそ「わたりたまはむことは、とかうおぼしたばかる」源氏の様態への推測へと続くのである。文章としては推測になってはいないけれども、すぐに来れない源氏の情況を説明する語り手の豊かな推測が立ちはたらいている叙述だと思う。

「なかなかもの思ひ続けられて」以下の明石の御方への無敬語は、明石の御方があたかも語り手であるにも似た一人称的語りのゆえであり、明石の御方の視座からの叙述となる。文中の尼君への敬語は、視点者明石の御方からの尼君への敬意を表わすものである。

なかなかもの思ひ続けられて、捨てし家居《いへゐ》も恋しう、つれづれなれば、かの御かたみの琴《きん》搔き鳴らす。をりのいみじう忍びがたければ、人離れたるかたにうちとけてすこし弾《ひ》くに、松風はしたなく響きあひたり。尼君、もの悲しげにて寄り臥したまへるに、（松風巻同右頁）

客観的叙述としてならば、尼君に敬語がつくなら明石の御方にもつかねばならない。明石の御方は今や源氏の女君の一人として「御方」（松風巻一二五頁、一二八頁、一三〇頁）と呼称される身である。しかるに明石の御方に敬語がつかず尼君につくのは、明石の御方が視点者としてその視座から述べられているがゆえに彼女自身にはつかず、彼女からの母尼君への敬意に即して尼君に敬語がついたのである。

大井で源氏と明石の御方が再会する場面の、明石の御方への無敬語は、客観的叙述としても、源氏との身分格差の大きさから対比的に納得されもするところであるが、私は明石の御方を視点者として、そのまなざしからの源氏の映像が彼女の心情的視座にもとづいて捉えられているのだと見たい。明石の御方の心情が生き生きとつたわってくる文章表現なのである。

狩の御衣《ぞ》にやつれたまへりしだに世に知らぬここちせしを、ましてさる御心してひきつくろひたまへる御直衣《なほし》姿、世になくなまめかしうまばゆきここちすれば、思ひむせべる心の闇も晴るるやうなり。（松風巻一三一頁）

源氏への敬語が、明石の御方の回想する源氏の映像につけられていて、「ここちせしを」の自身への無敬語と相まって、明石の御方からの敬意を表わす。目の前に仰ぎ見る「御直衣姿」は「さる御心してひきつくろひたまへる」もので、これは語り手の説明としてもよく分かるが、なお私は明石の御方の目と心が捉えたものと見たいのである。そう見てこそ「世になくなまめかしうまばゆきここちすれば」という明石の御方の心情がよくつたわってくるであろう。「思ひむせべる心の闇も晴るるやうなり」。明石の御方が源氏と再会できたよろこびは母親としてのそれだったことを「心の闇」が示している。「心の闇」は「人の親の心は闇にあらねども子を思ふ道にまどひぬるかな」による表現で親心の意。姫君の将来が源氏の来訪によって開けゆく思いだったのである。果せるかな源氏の目は姫君にそそがれている。もともと源氏の心の第一は姫君のことであった。明石の御方の心の第一も姫君だった。女としてのよろこびや悲しみよりも彼女の心意はわが家門のこと、父入道の悲願と軌を一にするものだったのである。「心の闇も晴るるやうなり」は語り手の説明とも解せるが、私は、明石の御方の心の叫びをじかに聞く思いのする彼女の一人称的視点に密着した表現と見たい。

源氏に敬語がつくのは語り手からの直接的敬意と解してもさしつかえないのであろうが、源氏を仰ぎ見る明石の御方の心情的視座からの敬意に密着した語りの表現で、次の文例は「いとめでたし」と、明石の御方の主観直叙で結ばれることからしてもそのように解すべきこと明らかであろう。

来《き》しかたのことものたまひ出でて、泣きみ笑ひみ、うちとけのたまへる、いとめでたし。（松風巻一三二頁）

続く次の尼君の行為への無敬語や謙譲語のみの表現は、語り手の客観描写としても源氏との身分格差の大きさから解せるが、私は尼君の源氏への敬意に密着した語りの表現と解したい。尼君の心情に感情移入して、尼君の心情をつたえる文章表現なのである。尼君の動作を客観的に描く乾いた文章ではない。

尼君、のぞきて見たてまつるに、老《おい》も忘れ、もの思ひも晴るるここちしてうち笑《ゑ》みぬ。（松風巻同右頁）

尼君の心情的視座にもとづく表現はさらに続く。

東《ひむがし》の渡殿《わたどの》の下《した》より出づる水の心ばへ、つくろはせたまふとて、いとなまめかしき袿姿《うちきすがた》うちとけたまへるを、いとめでたううれしと見たてまつるに、（松風巻一三三頁）

上に直衣をつけぬくつろいだ姿の美を、語り手の礼賛とするのではなく、尼君のそれとし、かつ「うれし」と心内語が複合することによって、源氏の家庭的なやわらかさに親近できたよろこびの心が尼君のそれであることに作者は深い意味を持たせている。威厳に満ちた源氏の姿をのぞき見たと仮定しよう。尼君の心は恐れで源氏を遠い恐れ多い存在と思ってしまうであろう。尼君は、明石の御方を源氏のもとへ押しすすめるべき介在者でなければならない。それにはこのように源氏がやわらかでなつかしい人物と尼君が思わねばならない。作者はそのためにこののぞき見の場面を用意したのではないか。私にはそのように思えるのだ。

対面には源氏は直衣を着て尼君と会う。「いとなつかしうのたまふ」（松風巻同右頁）とある。作者の用意である。尼君の言上する「けはひ、よしなからねば」は源氏の捉えた尼君像であり、「わざとはなくて言ひ消つさま、みやびかによしと」源氏は「聞きたまふ。」さりげなく謙遜する様子を、優雅でたしなみがあると源氏が聞くのも、思いなしか明石尼君が源氏へ明石の御方を押しすすめる介在者として資格がある造型のように感じられる。

「うちながめて立ちたまふ姿にほひを、世に知らずのみ思ひきこゆ」尼君には、かつて明石の地で夫の明石入道に向かって源氏と娘の結婚に反対した残影はかけらもない。ひたすら源氏を礼賛するのみである。時は移り、あの時とは情況は百八十度変わっている。源氏は今や権勢者、今を時めく人である。尼君は娘を源氏の確かな夫人の一人として源氏のもとに送りこまねばならない。源氏賛仰のまなざしの奥に光る彼女の思惑が、このような賛仰の描写において定着してゆくのを私は見る。そのような心情的視座に密着した語りの表現なのである。客観的叙述としても成り立ってはいるが、私は語り手が尼君に寄り添った表現と見たい。

源氏と明石の御方との唱和で、明石の御方を「女」と呼称するのは、明石の御方が恋する女として、源氏に対していることを象徴するもので、それが「聞こえかはしたるも似げなからぬこそは、身にあまりたるありさまなめれ」と草子地に論評されるのは、いよいよ明石の御方が源氏夫人となる仕合わせを予感させるものであろう。この草子地の表現機構をそのような役割と私は見る。「こよなうねびまさりにける容貌《かたち》けはひ、え思ほし捨つまじう、若君はた、尽きもせずまもられたまふ」は客観的叙述ではあるが、「こよなうねびまさりにける容貌《かたち》けはひ」は源氏のまなざしの捉えた明石の御方像にほかならないであろう。このような明石の御方や、姫君への愛着が、客観的叙述の枠組みではあっても、源氏のまなざしの強調されていることに注意したい。単に客観的叙述なのではなく作中人物の心情がそそがれていることを表わしているのである。

幼きここちにすこしはぢらひたりしが、やうやううちとけて、もの言ひ笑ひなどしてむつれたまふを見るままに、にほひまさりてうつくし。抱きておはするさま、見るかひありて、宿世《すくせ》こよなしと見えたり。

（松風巻一三六頁）

右の「見るままに」の主語は源氏で一人称的無敬語であり、源氏の視点に即して、あたかも源氏が語るかのように語り手は源氏に一体化している地の文で、「にほひまさりてうつくし」の「うつくし」は源氏の主観直叙であるから、姫君の様子を見るにつけての源氏の心情が高まるのがじかに読者につたわってくる。「にほひまさりて」も源氏の心情的視座にもとづく姫君の様子の描写であり源氏の感受にほかならない。「むつれたまふ」の「たまふ」

は源氏からの姫君への敬意に密着した表現である。「抱きておはするさま」を「見るかひあり」と思うのは明石の御方であり、「おはする」は明石の御方からの源氏への敬意に密着した表現である。「見るかひありて」と思うのは視点者明石の御方である。「見奉るかひ」といわないのは」松尾聰博士の説かれるように（『全釋源氏物語巻六』）「『見るかひ』が一つの熟語になっているのであろう」。同書に「岷江入楚に『明石上の心中なるべし。又あたりにある人々の心也。聞書。草子地也云々』という。」とある。明石の御方の心情に一体化して語り手は述べるのである。姫君の「宿世《すくせ》こよなしと見えたり」。「御宿世」といわず、「見えたまへり」といわないのは、明石の御方のわが姫と思う親愛の情にもとづく叙述だからであろう。

なかなかもの思ひ乱れて臥したれば、とみにしも動かれず。あまり上衆《じやうず》めかしとおぼしたり。人々もかたはらいたがれば、しぶしぶにゐざり出でて、几帳《きちやう》にはた隠れたるかたはらめ、いみじうなまめいてよしあり。たをやぎたるけはひ、皇女《みこ》たちといはむにも足《た》りぬべし。（松風巻一三七頁）

明石の御方の様態が源氏の心情的視座にもとづいて描写されていることに注意したい。「皇女《みこ》たちといはむにも足《た》りぬべし」の絶賛的評価が源氏の視点に即してなされていることが重大であり、いよいよ源氏夫人の一人たりうる造型が作者によって意図されていることを思う。何より姫君の生母としての風格を高からしめる作者の意図である。語り手の単なる説明的叙述では説得性がとぼしい。生き生きとそう思わせるのは源氏がそう思っていることに即した叙述だからだ。源氏の思いに引き込まれる臨場的読みを招く文体が、源氏の心情的視座にもとづく語りの文章表現なのである。

明石で文通を交わした時に、「手のさま、書きたるさまなど、やむごとなき人にいたう劣るまじう上衆《じやうず》めきたり」（明石巻二八四頁）とあった。これも源氏の目と心に即した叙述であった。はじめて明石君のもとを訪れた時、「ほのかなるけはひ、伊勢の御息所《みやすどころ》にいとようおぼえたり」（明石巻二九一頁）とあったのも源氏の捉えた明石君像であった。源氏が都に召還されて帰京のため明石君と別れを惜しみ歌を詠みかわし、琴を「忍びやかに調べたるほどいと上衆《じやうず》めきたり」（明石巻二九九頁）とあったところでは、源氏は明石君の弾奏を藤壺のそれと思い比べていた。松風巻の「皇女《みこ》たちといはむにも足《た》りぬべし」の絶賛は明石巻での印象の必然なのであった。

明石巻での評価の必然として松風巻の「皇女《みこ》たちといはむにも足《た》りぬべし」の絶賛が見られることは、明石巻からつとに源氏の姫君の生母たる造型がはかられたとおぼしい。それにしても「皇女《みこ》たちといはむにも足《た》りぬべし」と皇女になぞらえ、皇女に比すべしとするのは、将来后《きさき》となる宿運の姫君の生母としての造型を意図してのことで、澪標巻の、「宿曜《すくえう》に、『御子三人、帝《みかど》、后《きさき》かならず並びて生まれたまふべし。中の劣りは、太政大臣にて位を極むべし』と、勘《かむが》へ申したりしこと、さしてかなふなめり。」と思う源氏の心情的視座からは、明石の御方は将来后《きさき》となる姫君の生母として十全でなくてはならぬのだ。その期待に応えるべき映像がかたどられているのである。

しかし現実の身分は源氏と大きな格差があり、その映像が「皇女《みこ》たちといはむにも足《た》りぬべし」であってもそれはあくまで比喩にほかならない。源氏にそのように見える明石の御方の映像の心の奥の底には限りない源氏賛仰があり、その目と心は源氏への深い敬意と賛仰にあふれている。次の文例に見られる源氏の姿はそのような明石の御方の心情的視座にもとづく造型であって、それは語り手が草子地に「あながちなる見なしなるべき」とことわらねばならないほどであった。「皇女《みこ》たちといはむにも足《た》りぬべし」に続く文章である。

帷《かたびら》引きやりて、こまやかにかたらひたまふ。御前《ごぜん》など、立ち騒ぎてやすらへば、出でたまふとて、とばかりかへりみたまへるに、さこそ静めつれ、見送りきこゆ。いはむかたなき盛りの御容貌《かたち》なり。いたうそびやぎたまへりしが、すこしなりあふほどになりたまひにける御姿など、かくてこそものものしかりけれと、御指貫《さしぬき》の裾《すそ》まで、なまめかしう愛敬《あいぎやう》のこぼれ落つるぞ、あながちなる見なしなるべき。（松風巻一三七頁・八頁）

「出でたまふとて、とばかりかへりみたまへる」源氏を見て、明石の御方はあれほど心をおさえていたのに、さすがにお見送り申し上げる。「たまふ」、「たまへ」の敬語は明石の御方からの源氏への敬意に密着した表現である。玉上琢彌博士『源氏物語評釈』は「……その時、なおも諦めきれない思いが、彼をふりむかせた。このしぐさ。身分にもかかわらない恋する男のしぐさに感情をおさえにおさえていた女も、おさえきれないことになった。『見送りきこゆ』。几帳から顔をのぞかせるのである。」と説いていられる。

「いはむかたなき盛りの御容貌なり。」以下「愛敬のこぼれ落つる」まで、明石の御方の目と心にうつる源氏の姿である。明石での源氏の姿を回想し、目前の盛りの貫禄がある姿にうっとりとして、足の先まで美しさはあふれ、優しく人を惹きつける魅力がこぼれ出るようだと明石の御方は思う。その明石の御方の心事をたどって源氏の造型がなされる。明石の御方の心情的視座にもとづく源氏の姿が描かれ、それを「あながちなる見なしなるべき」――あまりなひいき目というものであろう――と語り手は言うのだが、それほどに魅了されてしまっている明石の御方の心情が浮かび上がってくる。

作中人物が相互にその心情的視座から対象の人物を見る心と目に即して語られる叙述は、見られる人物の造型が、見る人物の心情を通したそれであるから、見る人物の心を浮き彫りし、読者はその心に寄り添い対象の人物を見ると同時に、見る人物の心を知る。臨場的に生々しく作中人物の心に接し、その作中人物の心を心として、造型された人物の姿を見る。客観的に乾いた叙述で事柄を読むのではなく、人々の心を心として語る叙述によって、人々の心の声を聞く。かくして源氏物語は「心の文学」となるのである。事件を追うのでない。人々の心に分け入るのである。

十四　光源氏の心情的視座

夕顔巻で源氏が某院に夕顔を連れ出して二人きりの時を送るところ、

日たくるほどに起きたまひて、格子《かうし》手づから上げたまふ。いといたく荒れて、人目もなく遙々《はる》と見わたされて、木立《こだち》いとうとましくものふりたり。け近き草木などは、ことに見所《みどころ》なく、みな秋の野らにて、池も水草《みくさ》にうづもれたれば、いとけうとげになりにける所かな[A]。別納《べちなふ》のかたにぞ、曹司《ざうし》などして、人住むべかめれど、こなたは離れたり。「けうとくもなりにける所かな[B]。さりとも鬼なども、われをば見ゆるしてむ」とのたまふ。

地の文に「かな[A]」とある。源氏の詠嘆がそのまま語りになっているのである。語り手は源氏の心に同化している。「いといたく荒れて」以下源氏の視線に即して語り手は木立など荒れた庭の風景を述べてきた。「いとうとましく」、「ことに見所なく」、「いとけうとげに」などみな源氏の心中の感想そのままが語られていて、私たちはその語りから源氏のまなざしや心の声をじかに感じとるのである。「かな」という詠嘆の声は、まさに源氏のそれとして聞く思いがする。その心の声が「けうとくもなりにける所かな[B]」と源氏の言葉として発せられてくるに及んで、庭の情景描写がすべて源氏の心情的視座からなされていたことが、分明となる。

若紫巻で源氏が北山で幼い紫上を垣間見てじっと見つめるところ、

さるは、限りなう心を尽くしきこゆる人に、いとよう似たてまつれるが、まもらるるなりけり、と思ふにも涙ぞ落つる。

語り手は、光源氏と一体化し、あたかも光源氏が語るかのごとくである。「思ふ」、「涙ぞ落つる」の無敬語はその証左である。切実な藤壺への光源氏の思念が切々とつたわってくる。「限りなう心を尽くしきこゆる人」と心内語に謙譲語を用いる人。紫上が「似たてまつれる」と謙譲語で藤壺を敬う源氏のひたすらなる敬慕、「まもらるるなりけり」と感慨をこめる藤壺への思い。そう思うにつけても涙が流れてくる、とうったえてくる源氏の心情が直接的に読者に迫ってくる。客観的叙述ではなしえない、作中人物の心情が直接読者に迫る語りの表現構造である。

末摘花巻冒頭の文も、源氏の心情と一体化した語りの表現である。

思へどもなほ飽かざりし夕顔の露におくれしここちを、年月経《としつきふ》れど、おぼし忘れず、ここもかしこも、うちとけぬ限りの、けしきばみ心深きかたの御いどましさに、け近くうちとけたりしあはれに似るものなう、恋しく思ほえたまふ。

「思へども」は光源氏の感慨そのままである。「なほ飽かざりし」も同じ。はかない夕顔においた、はかない露のようなあの人に先立たれたわが心地は「魂のなき心地」だと源氏の心をたどる地の文である。地の文でありながら、「年月経れど」まで、語り手は源氏の心の中にいる。「おぼし忘れず」と敬語を用い、語り手は第三者に立ちかえる。「ここもかしこも、うちとけぬ限りの、」は源氏の不満、愚痴そのもので、再び語り手は源氏の心とともにいる。「けしきばみ心深きかたの御いどましさに」、「御」の敬語が表徴するように、葵上や六条御息所が念頭にある。身分高きこの二人への日頃の不満に対比して「け近くうちとけたりしあはれ」の夕顔が「恋しく」思われなさる、と語り手は結ぶのであるが、「飽かざりし」、「おくれし」「うちとけたりし」は源氏の体験回想に即しており、源氏の心情が迫りくる地の文である。「思へども身をし分けねば目に見えぬ心を君にたぐへてぞやる」（古今集巻八、いかごのあつゆき）をふまえて、遠く冥土へ旅立った夕顔に我が心だけはつれそわせて行かせるという源氏の心情が「思へども」にこめられる。「あかざりし袖の中にや入りにけむ我が魂のなき心地する」（古今集巻十八、みちのく）をふまえて、いくら思っても、なお充《み》たされない思いでいとしく思われたあの人が、夕顔に置く露の消えるように、はかない死をとげた、そのあとに取り残されたわたしは「魂のなき心地」だという源氏の心情が歌うようなリズム感のある文でわたしたちに迫ってくる。まさに源氏の心の歌ではないか。

夕顔が「らうたき」女というのは源氏のとらえた夕顔像にほかならないことは既に定説となっている。

白き袷《あはせ》、薄色のなよよかなるを重ねて、はなやかならぬ姿、いとらうたげに、あえかなる心地して、そこと取り立ててすぐれたることもなけれど、細やかにたをたをとして、ものうち言ひたるけはひ、あな心苦しと、ただいとらうたく見ゆ。心ばみたる方《かた》をすこし添へたらばと見たまひながら、なほうちとけて見まほしく思さるれば……

「心ばみたる方《かた》をすこし添へたらばと見たまひながら」とあることで証されるように、それまでの「白き袷《あはせ》」から「ただいとらうたく見ゆ」まで源氏のまなざしによってかたどられた夕顔像にほかならない。すなわち語り手は源氏の視点に即して語っている。源氏の主観に即して夕顔をかたどっていく。源氏の好みに合う性情の女として当然好意的な筆致、描写となっている。「はかなびたるこそは、らうたけれ」との夕顔への思いをこめた讃辞は、はかなく死んでいった夕顔への追悼のことばであるが、末摘花巻冒頭に徴すれば、それは葵上や六条御息所の「うちとけぬ限りの、けしきばみ心深きかたの御いどましさ」にうんざりしていた源氏の心になつかしい愛らしさの心のともしびを与えるものであったのだった。これらのことが、光源氏の心情的視座に即して語られる表現によって、じかに読者に理解されることとなっているのを知らねばならない。地の文でありながら作中人物（光源氏）の主観的心情に染め上げられているのである。

第二編　人物造型論

一　光源氏の政治的生涯
――光源氏とその周囲――

一　光源氏の須磨退居

1

朧月夜事件は表面にあらわれ、世上のうわさともなり遠く明石の入道夫妻の耳にも入っているが、これは表面的な理由（弘徽殿方が、帝をないがしろにするものとして政治的な罪、謀反の罪へ転化しようとしたもの）で、弘徽殿方からすれば甚だけしからぬこととして一気に謀反罪へと持っていきたくなる気持も分かるほどのことであるが、それだけにあまりに政治的動機に発することが誰の目にも明らかとなり、つつしみのない光源氏の朧月夜への情動を認める人々も、かえって彼に同情的となる。左大臣や明石入道の言動にはそれが顕著であり、光源氏は「無実の罪」だと胸を張る!!仕儀とさえなった。事実、政治的な罪、謀反の罪は弘徽殿方とてはっきり言えているわけでなく、ただ政治の力学で強引にそうしようとしているにほかならなかった。

それでは源氏はこのような事態をどう受け止めていたかというと、「思うたまへあはすることの一節《ひとふし》になむ、空も恐ろしうはべる。惜しげなき身はなきになしても、宮の御世《よ》だに、ことなくおはしまさば」（須磨巻二一八頁。頁数は『新潮日本古典集成　源氏物語』による。以下同じ。）と藤壺に向かって言うことばに最も真実があるであろう。藤壺との密通のため東宮（冷泉）が生まれたことのゆえの、天の咎めと認識しているのである。それは若紫巻の夢占いの言った天子の父となる運命と不可分、不可避の「たがひ目」との受け止めと重なるものである。藤壺と密通して、生まれた御子（東宮）がやがて天子となり、源氏がその実父として天子の父となる栄光の代償として不可避の「たがひ目」であるとの認識である。秘密を共有する藤壺は、夢占いのことは知らされてはいないであろうけれども、「宮も、皆おぼし知らるることにしあれば、」とある通り、源氏が「思ひかけぬ罪」に問われている事態は自らとの秘事の罪障に対する天の咎めとの認識で源氏と一致していた。東宮にこの「たがひ目」が累を及ばさないよう、「つつしませたまふ」行為として源氏は自発的な須磨退居を決意したのだが、藤壺は、夢占いのことは知らずとも、この「思ひかけぬ罪」（謀反罪）に問われていることが東宮に累を及ばさないために、という源氏の決意は十分に「おぼし知らるること」であったのだ。

源氏の須磨退居の真因は藤壺事件の罪障のつぐないにあるという説が最も有力なのは肯《うべ》なるかなと思われる。しかし先学の諸説には多分に倫理的あるいは宗教的な色彩に染まりすぎてはいないであろうか。わたくしとて運命的な、宿業に真因を見ることを否定するものではない。根本はそこにあるであろう。天子の父となることの原因が藤壺事件であり、そこに不可避に「たがひめ」があり、それが謀反罪に問われていることであり、「つつしませたまふべきこと」として須磨退居の行為があるわけだから、天子の父となるのも、思いもよらぬ罪に問われる（「たがひめ」）のも、「つつしませたまふ」行為も、すべて藤壺事件に原因があるわけである。源氏の決意の動機に藤壺事件の罪を、「つつしませたまふこと」によって軽めようとすることがあったことは明らかである。その意味では須磨退居は宗教的行為である。目的は東宮の無事即位でありその意味で政治的行動である。

わたくしはこの政治的意識と罪障意識の契合を重視し、政治家光源氏が須磨退居に追いこまれていく彼の内的必然、政治家としての意識行動の経緯を追究してみたいのである。ひっきょう須磨退居はそのように身をつつしむことによってやがて天子の父となる栄光の日が来ることを信じたればこその行為であり、逆説的な政治行動であった。

〃身を捨ててこそ浮かぶ瀬もある〃、〃急がば回れ〃の政治的行動なのだ。純粋な宗教的行為であったのではない。罪障を軽めることによって、東宮が無事に即位できることをねがったのである。

2

この時期、つまり須磨退居に至るまでの源氏の心の中に藤壺との恋に罪の意識が純粋に見られないわけではない。

わが罪のほど恐ろしう、あぢきなきことに心をしめて、生ける限りこれを思ひなやむべきなめり、まして後《のち》の世のいみじかるべき、おぼし続けて、（若紫巻一九四頁）

とある。そこから出家生活を願望もしている。（すぐに昼間見た少女の面影が心にかかって恋しいという方向へ行ってしまう移ろい心ではあるが）。藤壺が懐妊した折に見た「おどろおどろしうさま異《こと》なる夢」を、夢占いに占わせたところ「及びなうおぼしもかけぬ筋のことを合はせ」た。源氏が天子の父となるであろうという思いもよらない衝撃的なことを言われるに及んで、この罪障の恋はにわかに政治的色彩に色濃くつつまれたのである。罪障の恋にもとづく栄光の未来。臣下でありながら天子の父となるというただならぬ栄光の未来がさし示されたのだ。

この時期、源氏は臣下に降ってはいたものの、桐壺帝の限りない寵愛につつまれていた。須磨巻の叙述であるが「七つになりたまひしこのかた、帝《みかど》の御前《おまへ》に夜昼さぶらひたまひて、奏したまふことのならぬはなかりしかば、この御いたはりにかからぬ人なく、御徳をよろこばぬやはありし。云々」（須磨巻二二三頁）とあり、桐壺帝の側近にあって政治的行為の中心人物であった。これは桐壺巻で、桐壺帝が決められた「朝廷《おほやけ》の御後見《うしろみ》」、天皇の輔佐役の政治的行為にほかならなかった。天子への道を歩ませたくて歩ましめえなかった源氏に実質的な〃統治〃を行わしめた桐壺帝の真情が見えてくる。桐壺帝は源氏を臣下に降すに及んでこの最愛の皇子の政治家としての将来にずいぶんに考慮をめぐらし、右の「朝廷の御後見」、天皇の輔佐役という役割を自らの御代から始め、朱雀帝への遺言にもその継承を説いていられる。

はべりつる世に変らず、大小のことを隔てず、何ごとも御後見《うしろみ》とおぼせ。齢《よはひ》のほどよりは、世をまつりごたむにも、をさをさ憚《はばか》りあるまじうなむ見たまふる。かならず世の中たもつべき相《さう》ある人なり。さるによりて、わづらはしさに、親王《みこ》にもなさず、ただ人にて、おほやけの御後見《うしろみ》をせさせむと思ひたまへしなり。その心違《たが》へさせたまふな。（賢木巻一三九頁）

「はべりつる世に変らず」とは「七つになりたまひしこのかた、帝《みかど》の御前《おまへ》に夜昼さぶらひたまひて、奏したまふことのならぬはなかりし」というありようを変えずに、ということである。

天皇の輔佐役という役割、立場を固めるために、その政治的基盤のために、桐壺院は政界の最有力者左大臣家との縁組みをはかった。左大臣の姫、葵上と結婚させ、光源氏の政治家としての道に有力な後見を与えたのである。これは源氏を左大臣党に組せしめ、左右大臣の対立的世界の一方に偏した処置という側面を持つものといわねばならなかったが、桐壺帝はしかしながら源氏の安全、国家の安泰をはかるべく右大臣家との和も考えていられたのであった。花宴巻での右大臣の藤の宴開催について倉田実氏の卓論(1)がある。拙論に関わる範囲で倉田氏の所論を借りれば、右大臣はこの藤の宴で光源氏と五の君の縁談を意図するところがあった。右大臣の隠された意図を見抜かれたのが桐壺帝である。桐壺帝はだから右大臣家に行くことを光源氏に勧められたのである。（論の詳細は氏の論文に就いて見られたい。）

花宴巻といえば桐壺院崩御もそう遠くない時点である。もちろん作中人物に自らの死は分からないことであるが、予感とか不安はあろう。桐壺巻の時点でさえ、帝は「わが御世もいとさだめなきを（御寿命もいつまで続くかわからないから）」と思っていられたぐらいであるから、最愛のわが御子の将来の安泰を考慮せられ、東宮（朱雀）の即位後の時代を切実におもんばかっていられたとおぼしい。左大臣家だけに偏っている現状からすれば、右大臣家との縁も結んでおくことは必要なことであった。右大臣は次期天皇の外戚であるから、次代を考慮するとき緊要の布石といわねばならない。

〝親の心子知らず〟というべきか、花宴巻の時点の源氏は「まろは、皆人にゆるされたれば」などとおごりの絶頂にあった。さような父帝の配慮に気づく様子が見えなかった。左大臣家の姫葵上とも不仲であったし、政治的立場を地道に考慮する姿勢などなかったといってよい。彼は藤壺を宮中に求めて危険な恋の彷徨にさまよっていた。朧月夜に出逢ったのもその副産物、付随的な出来事であったのだ。しかし私は、花宴巻の時点で源氏が政治的な志向は何も持たず単なる恋愛彷徨をつづけていたと言おうとするのではない。若紫巻で源氏は夢占いのことばを得ている。「及びなう思《おぼ》しもかけぬ筋」という内容は〝天子の父〟ということであったらしいことは今日の通説である。花宴巻は、藤壺との間の御子（冷泉）が前年（紅葉賀巻）に誕生していて源氏の藤壺への情動が高ぶりつづけていた。「藤壺わたりを、わりなう忍びてうかがひあり」（花宴巻五二頁）くゆえんである。単なる恋の情念ではない。秘密の御子が天子になり自らは天子の実父となる、その藤壺との宿縁、深い契りの情念でいっぱいだったのだ。「まろは、皆人にゆるされたれば」というおごりというべき自負の情念は、父帝の熱い御寵愛ゆえの甘えでもあろうが、別に天下御免の宣旨が出ているわけでもあるまい。源氏の心に高ぶる自負の情念はより運命的なものにもとづくものであったのではないか。〝天子の父〟たるべく運命づけられた自らの内から燃え出るがごとき尊貴の情念が言わしめたことばであったのではないか。後に澪標巻で回想する内容に照らせば、天位にのぼるべき相だと相人に言われていたことが絶えず心の中を支配していたからではないか。澪標巻の宿曜の予言の回想記事には、かつて私も述べたし[2]、諸賢[3]の分析もあるように源氏が自らの即位への期待を抱いていたふしが見られる。回想記事であるが、〝源氏物語の回想の方法[4]〟は、その時点（ここでは須磨退居以前）で書かれていなかったことでも、後からあったこととして書かれれば、事実としてあったこととなるのである。あとから書かれた〝事実〟を須磨退居以前にはめこむことができれば、須磨退居以前に源氏は内心自らの即位への期待を抱いていたということがいえるのである。

澪標巻の回想記事「……（前略）おほかた上《かみ》なき位にのぼり、世をまつりごちたまふべきこと、さばかりかしこかりしあまたの相人どもの聞こえ集めたるを、年ごろは世のわづらはしさに皆おぼし消《け》ちつるを、……」（澪標巻一七頁）。「年ごろは世のわづらはしさに皆おぼし消ちつる」という、桐壺院崩御後の険悪な政治情勢の中で意志的に即位への期待を思い消していたという回想の中に、かえっていかに源氏が即位への期待を秘めていたかがうかがえるのである。「おぼし消しつる」だからその期待は表にあらわれることはない。思わないようにしていたのだから現実の政治上の標的になることはない。弘徽殿大后の言いがかりもそこまでは至らなかったゆえんである。源氏自身の皇位簒奪ではなく、冷泉皇太子の即位を急ぐ謀反を弘徽大后は言い立てていた。

源氏自身の即位期待は隠しおおせたわけであるが、桐壺院崩御以前、院御在世中は源氏は「世のわづらはしさに皆おぼし消ちつる」ことはなく、胸中ひそかに即位への期待を抱いていたと思われる。〝天子の父〟という予言（若紫巻）を得てこのかた源氏の思念に自らの即位への期待が生じたのか、高麗の相人の予言「国の親となりて、帝王の上《かみ》なき位にのぼるべき相おはします人」（桐壺巻）といわれてこのかたなのか定かではないが、「おほかた上《かみ》なき位にのぼり、世をまつりごちたまふべきこと、さばかりかしこかりしあまたの相人どもの聞こえ集めたるを」（澪標巻）の「上なき位にのぼり」が高麗の相人の「国の親となりて、帝王の上なき位にのぼるべき相おはします人」に相似しているのと「相人ども」とあるのによって高麗の相人の予言このかたと思われる。若紫巻の夢占いに〝天子の父〟といわれていっそうその思いは強まったことであろう。臣下のままで〝天子の父〟というより、自らも天子となって天子の父となることの方がノーマルな考え方、あり方といえるから、彼はそういう期待を抱いたのではあるまいか。たとえば朱雀院の病その他による譲位などということもありうる。賢木巻で源氏は斎宮にお会いしたい思いからであるが「世の中定めなければ、対面するやうもありなむかし」（賢木巻一三六頁）と朱雀院の譲位ないし崩御を予想している。女のことからではあるが、けしからぬ不遜な予想をしている。明石巻に「内裏《うち》に御薬《くすり》のことありて、世の中さまざまにののしる。当代の御子《みこ》は、右大臣の女《むすめ》、承香殿の女御の御腹に男御子生まれたまへる、二つになりたまへばいといはけなし。春宮《とうぐう》にこそはゆづりきこえたまはめ。」（明石巻二九五頁）とあるのに徴すれば、源氏二十八歳の時、朱雀院の御子が二歳でまだとても幼少なので、「春宮」（冷泉）に譲位されることになろうとある。「春宮」（冷泉）はこの時十歳である。もし朱雀院の御病のことがもっと早く朱雀院の男御子の誕生がまだなく冷泉皇太子がまだ御幼少という事態だったとしたら（朱雀院即位後間もなくということになってしまうが）朱雀院の御母弘徽殿大后はたとえば後に橋姫巻の記事で知られる八の宮擁立運動を激化するだろう。源氏はこの時点で桐壺院御在世なら父上皇の御力を期待してわが即位をとねがったかもしれない。父桐壺院崩御後であれば、左大臣家（左大臣が辞任していない時点（源氏二十四歳）ならもちろん、辞任後（源氏二十五歳）でも相当の力は有しているから）の力を背景に右大臣・弘徽殿大后と雌雄を決するべく争うことになったかもしれない。まさに「帝王の上なき位にのぼるべき相」の実現と勢いこんだかもしれないのだ。〝天子の父〟とは冷泉皇太子が天子となるまでの自らも天子のことと思念したであろう。これが桐壺帝在位時代たとえば花宴巻の頃、朱雀皇太子の御病ということなら、源氏の野望はより強く燃え上がったであろうし、桐壺帝晩年の強大な御力によって最愛の皇子源氏の君の親王宣下、立太子の可能性は十分ありえたであろう。花宴巻の時点では冷泉は二歳。藤壺の産んだ皇子であるから冷泉の方がという考えもあろうが、譲位を期していられたとおぼしい桐壺帝のあとの天皇となるべき皇太子としては幼なすぎるのであって「承香殿の女御の御腹に生まれたまへる、二つになりたまへば、いといはけなし」という朱雀帝の皇子の場合と同じで具合がわるいのである。若い天皇（即位してすぐなどの）の皇太子なら幼くてもよいのであるが（冷泉皇太子は三歳で立太子）、すぐにも即位するべき皇太子には無理であることは朱雀帝の皇子の事例に徴しても明らかであろう。

花宴巻までの源氏は臣下ではあるが、帝に奏上して成らぬことなしという有様で実質的〝統治〟を振舞っていたのであるから、その心の中に名実共に統治の、即位を期待する心があっても不自然ではあるまい。彼は「おほかた上《かみ》なき位にのぼり、世をまつりごちたまふべきこと、さばかりかしこかりしあまたの相人どもの聞こえ集めたるを」という、相人予言に依拠していたのであるから、桐壺帝が臣下に降されても、宇多帝の事例のごとくいったん臣下に降っても即位されたように、自らの即位を期待した事情を十分に想定できるのである。以上のことは実際には起こらなかったことである。現実の政治日程にはいささかものぼらなかった。源氏の即位への期待があったと思われるふしが見られる澪標巻の回想記事を起点として過去にさかのぼり即位実現の可能性はあったということ、したがって源氏が予言に依拠して即位を期待した事情の具体的必然性を言いたいだけのことである。

3

源氏の須磨沈淪は〝天子の父〟となる過程での不可避の「たがひめ」に対する「つつしみ」、謹慎行為、罪障の恋をつぐない、罪を軽めようとする行為であるが、忘れてならないのはそれが東宮（冷泉）の無事即位をねがうためのものであること。ひっきょう政治的行動であったということでなければならない。彼は頭を丸めて出家しようとしたのではない。須磨で勤行の生活をしているが、それは罪を軽めようとする宗教行為だが、目的は東宮の無事即位という政治的行為のもとにあった。それは自らの〝天子の父〟となる宿世の実現でもある。この時点では自らが天子となることは断念していたとおぼしい。

源氏の即位への期待についての思念はおよそ三段階あると思われる。第一段階は桐壺巻の高麗の相人の予言このかた花宴巻までの絶頂期。第二段階は葵巻の桐壺院譲位後。第三段階は賢木巻以後、桐壺院崩御後の険悪な政治情勢下、特には須磨退居決意以後である。第一段階での源氏の即位期待については前述のごとく想定した。第二、第三段階についても前述しているが、桐壺院崩御後は左大臣家の力を頼りとする可能性はあるにはあるが、即位への意志は「おぼし消」つ方向に傾いていったと思われる。

　が、それは必ずしも源氏がすっかりつつしみ深い抑止的で控え目な生活に入っていったということではなかった。花の宴の夜以来、今は尚侍となった朧月夜との仲は続き「ものの聞こえもあらばいかならむとおぼしながら、例の御癖なれば、今しも御心ざしまさるべかめり」（賢木巻一四四頁）。これは桐壺院崩御後間もない頃四十九日のご法事は終ったけれども、諒闇中というのに、しかも朧月夜が尚侍として帝寵をうけられる今になってかえって愛情をつのらせる有様である。このような源氏の色好みの「癖」について秋山虔氏は「『癖』に発動する理不尽な志向行動においてかえって光源氏に固有的というべきその人生を生きることになった。」と論じられ、[5]「癖」の発動が公的な源氏の人生内容へのきわめて重い意味をもってたちはたらくことを解明されている。朧月夜とのことは単に私行上のこととしておさまりきれない「理不尽な志向行動」として源氏の公的人生をおびやかす性格となっている。弘徽殿大后が朱雀院を軽んずる行為と激怒したのには理があって、謀反と言いがかりをつけたのは政治的謀略であるが、光源氏の「癖」には朱雀院を軽んずる「理不尽な志向」がなかったとはいえない。「七つになりたまひしこのかた、帝の御前に夜昼さぶらひたまひて、奏したまふことのならぬはなかりしかば……」（須磨巻二一三頁）との全盛時の光源氏のありようがおごりとなって、桐壺院崩御の後も続いているのであった。桐壺院が光源氏を「朝廷の御後見」とし院の側近にあって「奏したまふことのならぬはなかりし」と実質的には光源氏のまつりごと（治政）たらしめるような過度の御寵愛が、光源氏をして予言に依拠する思い上がりを増幅させはしなかったか。予言に依拠すること自体は思い上がりではないが、天子たるべき相ということのみを思念し「乱れ憂ふることやあらむ」の方は念頭にないのは思い上がりというべきである。澪標巻の回想には相人の予言として天子たるべき相ということのみを思念し「乱れ憂ふることやあらむ」の方には触れていない。

「ただ人におぼしおきてける御心を思ふに、宿世遠かりけり。」（澪標巻一七頁）。皇位とは縁のない運命だったのだ、と悟る時、「ただ人におぼしおきてける御心を思」っているのに注目したい。「ただ人におぼしおきてける」桐壺院の決断の根拠は「そなたにて見れば乱れ憂ふることやあらむ」にあった。桐壺院は光源氏が帝王相でありながら天子になる方面に「乱れ憂ふること」のおそれがあるとの予言によって、天子への道を歩ましめなかったのである。「宿世遠かりけり」と悟る時、桐壺院が臣下に降された御心すなわち帝王相であるのに天子への道を歩ましめられなかった院の御心に院の予言理解を源氏は悟ったのである。わが宿世が皇位から遠いことを悟るについて父院の予言理解を悟ったということは、源氏はこの時予言の「乱れ憂ふることやあらむ」がわが皇位とは遠い宿世の相をいうことばであったことを悟ったということである。

父帝が左大臣だけでなく右大臣との縁結びで源氏の将来の安泰をはかろうとされる親心の現実的政治的次元とは異なるより本質的な運命のいざないに源氏はみちびかれていた。右大臣の招きに返歌をせずに出かけたのは、倉田氏の言われるとおり結婚の要請を拒否したのである。にもかかわらず出かけていったのは出逢った女君との再会を意図していたからにほかならない。「夜すこしふけゆくほどに、源氏の君、いたく酔ひなやめるさまにもてなして、まぎれ立ちたまひぬ」。五の君か六の君かの詮索心がはたらいていよう。そして再会、密会をくわだてているのだ。右大臣家を愚弄するというべき行動である。かくのごとき朧月夜との密会がやがて須磨退居への契機となり、予言（夢占い）の「たがひめ」となることから、彼の行動には彼の宿世にもとづく冥々の摂理がたちはたらいていたというよりほかないのではあるまいか。

朧月夜を求めた行為が、藤壺を宮中に求めてさまよった無謀な行動の余波であったことは、藤壺思慕という源氏の宿世の具体的中核に連動するものとして運命的というべく宿世のまにまに生きる情動にほかならなかったのである。冷泉誕生の直後このかた、〝天子の父〟たるべき予言（若紫巻）は源氏に強い自負を、具体的な事実（冷泉誕生）を得ることによって、はぐくませていたのであろう。その器量、能力において「世をたもつべき」治世能力がある帝王相であるから実質的に「世をたもつ」天皇側近政治家として「朝廷《おほやけ》（天皇）の御後見《うしろみ》」たらしめられた源氏は、「七つになりたまひしこのかた、奏したまふことのならぬはなかりし」〝実質的統治〟を具現する、いわば帝王相を生きるのである。この「朝廷《おほやけ》（天皇）の御後見」たることは、朱雀朝では弘徽殿大后のさまたげによって守られず、朱雀院の源氏召還の宣旨と冷泉皇太子への譲位によって、冷泉朝において全き具現を得る。冷泉を擁する源氏は、身分は臣下でありながら、実質源氏の統治のごとく冷泉朝の政治をとりしきった。絵合の行事一つを見ても冷泉帝御前の新例創始の輝ける文化的政治の象徴だが源氏の企画演出である。少女巻の弘徽殿大后の「世をたもちたまふべき御宿世は消たれぬものにこそ」との感慨は、かような源氏のありようをひしひしと実感したからにほかならない。「世をたもちたまふべき御宿世」すなわち〝帝王相〟を実感したのであるが、その〝帝王相〟は天子そのものではなくて、臣下でありながら実質自らの統治のごときである様態を指している。

「世の中たもつ」、「世をたもつ」は『うつほ物語』（「蔵開中」「国譲下」）では東宮について言われており、『源氏物語』の五例中二例は東宮についてであり、天皇として統治する将来について述べられており、二例は光源氏について言われている。あとの一例は天皇についてである。

（帝）「あたら人の、色の心ものし給ふこそあなれ、世の中はいとよく保《たも》ち給ふべしとこそ見れ

（「蔵びらき中」角川文庫本二八〇頁）

世《よ》たもち給ふべきこと近くなりぬるを、たひらかに、そしられ無《な》くて保ち給へ。（「蔵びらき中」二九三頁）

賢《さか》しくおはする人なれば、心にはあらず悲しく思《おぼ》すとも、世を保《たも》たむと思《おも》ほす御心あらば、許し給ふやうあらめ。

（「国譲下」一五八頁）

『源氏物語』では

かならず世の中たもつべき相ある人なり。（賢木巻一三九頁）

御才《ざえ》もこよなくまさらせたまひて、世をたもたせたまはむに憚《はばか》りあるまじく、かしこく見えさせたまふ。（明石巻三〇七頁）

后《きさき》は、なほ胸うち騒ぎて、いかにおぼし出づらむ。世をたもちたまふべき御宿世《すくせ》は消《け》たれぬものにこそと、いにしへを悔《く》いおぼす。（少女巻二七〇頁）

宮にも、よろづのこと、世をたもちたまはむ御心づかひなど、聞こえ知らせたまふ。（若菜上巻一三頁）

いにしへの例《ためし》を聞きはべるにも、世をたもつ盛りの皇女《みこ》にだに、人を選びて、さるさまのことをしたまへるたぐひ多かりけり。（若菜上巻四一頁）

天皇として天下を統治する意の「世の中たもつ」あるいは「世をたもつ」が光源氏に用いられていることが注目させられるのである。『栄花物語』に忠平、道頼、道長に用いられているのは、『源氏物語』の光源氏の例に準じたのではあるまいか。

太政大臣殿、月頃悩《なや》ましくおぼしたりつるに、天暦三年八月十四日うせさせ給ぬ。（中略）心のどかに慈悲の御心広《ひろ》く、世を保たせ給へれば、世の人いみじく惜しみ申。後《のち》の御諡《いみな》貞信公と申けり。（巻第一　月の宴三一頁。頁数は『日本古典文学大系　栄花物語』による。）

御はらからの殿ばらはうせもておはしにたるに、かく久しく世を保たせ給つるもいと恐し。よろづ御心のまゝに慎《つつし》ませ給。世こぞりて騒げども、人の御命《いのち》はずちなき事なりければ、五月十八日にうせ給ぬ。後《のち》の御諡《いみな》清慎公と聞《きこ》ゆ。（巻第一　月の宴六一頁）

さても心のどかに世を保《たも》たせ給、竝びなき御有様にて数多《あまた》の年《とし》を過《すぐ》させ給へば、世《よ》の人もいと恐しき事に申思へり。（巻第十五　うたがひ四四〇頁）

『大鏡』にも太政大臣道長の例がある。

御とし五十四にならせ給に、寛仁三年己未三月廿一日、御出家し給へれど、猶又おなじき五月八日、准三宮のくらゐにならせたまひて、年官・年爵えさせ給。みかど・東宮の御祖父、三后・関白左大臣・内大臣・あまたの納言の御父にておはします。よをたもたせ給こと、かくて三十一年ばかりにやならせ給ぬらん。

（第五巻　太政大臣道長上　二一四頁。頁数は『日本古典文学大系本』による。）

しかし他はすべて天皇について用いられている。

嘉祥三年庚午三月廿一日、くらゐにつき給、御年廿四。さて世をたもたせたまふ事、八年。（五十五代文徳天皇）

天安二年戊寅八月廿七日、御年九にて、くらゐにつかせたまふ。貞観六年正月一日戊子、御元服、御年十五なり。よをたもたせ給事、十八年。（五十六代清和天皇）

さてよをたもたせ給事、卅三年。（六十代醍醐天皇）

よをたもたせ給事、十六年なり。（六十一代朱雀院）

御年十八年にて、くらゐにつかせ給。よをたもたせ給事、二年。（六十三代冷泉院）

よをたもたせ給こと、十五年。（六十四代円融院）

よをたもたせ給事、二年。（六十五代花山院）

よをたもたせ給事、廾五年。（六十六代一条院）

よをたもたせ給事、五年。（六十七代三条院）

ちなみに五十七代陽成院、五十八代光孝天皇、五十九代宇多天皇、六十二代村上天皇は「よをしらせ給事」となっている。『大鏡』では道長を特例的に際立たせているように思われる。道長に『源氏物語』の光源氏のイメージを与えているのではあるまいか。

本来天皇に用いられるべき「世をたもつ」が光源氏の類まれな政治的生涯にふさわしいものとして天皇に準じて用いられたのは、桐壺院のことばにおいてであり、そして弘徽殿大后の心中のことばであることを注意したい。それはなぜであるか。何に由来するのか。私はここでも桐壺巻の高麗の相人の予言、というより予言に対する人々の受け止めぶりを想起したいのである。

二　高麗相人予言への人々の政治的対応

桐壺巻の高麗の相人の予言を人々はどのように受け止めどう対応したか。

桐壺帝については次のように詳しく述べられている。

帝《みかど》、かしこき御心に、倭相《やまとさう》をおほせて、おぼしよりにける筋なれば、今までこの君を、親王《みこ》にもなさせたまはざりけるを、相人はまことにかしこかりけり、とおぼして、無品《むほん》の親王《しんわう》の外戚《げさく》の寄せなきにてはただよはさじ、わが御世もいと定めなきを、ただ人にて朝廷《おほやけ》の御後見《うしろみ》をするなむ、行く先も頼もしげなめることとおぼし定めて、いよいよ道々《みちみち》の才《ざえ》をならはさせたまふ。きはことにかしこくて、ただ人にはいとあたらしけれど、親王《みこ》となりたまひなば、世の疑ひ負ひたまひぬべくものしたまへば、宿曜《すくえう》のかしこき道の人に、勘《かんが》へさせたまふにも、同じさまに申せば、源氏になしたてまつるべくおぼしおきてたり。（桐壺巻三二頁）

桐壺帝は、この予言に先立ってすでに光君を臣下にするのがよいと考えていられた。本居宣長『玉の小櫛』の説に従えば「倭相をおほせて」は帝が政治的判断をなさったことを、高麗の相人のことをいった所だからこのようにいったのだという。帝王たるべき相なるがゆえに、帝王たらんとすれば、朱雀との間の政争、国乱れ民憂うる事態、内乱が予想されるのである。それゆえ「今までこの君を、親王《みこ》にもなさせたまはざりける」であった、その御処置

——天皇になる可能性を与えない——に合致する観相のことば、予言であったから「相人はまことにかしこかりけり、とおぼし」たのであるが、相人予言の前半、すなわち帝王相ということに契合する「そなたにて見れば、乱れ憂ふることやあらむ」を受け止めた感慨でなければならない。ただ単に「乱れ憂ふることやあらむ」恐れを重視したのではないことに注意する必要がある。「宿曜のかしこき道の人」も「同じさまに申せば」の「同じさま」も、「源氏になしたてまつるべくおぼしおきてたり」から逆推して、高麗の相人の予言前半（帝王相と「乱れ憂ふることやあらむ」の契合を重視しての）が主として相応するものと考えなくてはならないであろう。

帝の具体的決定は「朝廷の御後見」であった。天皇側近の政治家で、具体的には「七つになりたまひしこのかた、帝《みかど》の御前《おまへ》に夜昼さぶらひたまひて、奏したまふことのならぬはなかりし」（須磨巻二一三頁）とあるごとく〝実質的統治〟を行わしめたのは予言の〝帝王たるべき相〟という光君の資質、器量に相応する処遇であった。桐壺帝は単に朱雀との対立、争乱を予想して「相人はまことにかしこかりけり、とおぼし」たのではない。何よりも光君の〝帝王たるべき相〟を占ったことに帝の満足があったのである。その上で「乱れ憂ふることやあらむ」にうなづかれたのである。帝王たるべき相なるがゆえの天位に即《つ》くことによる国乱民憂。ゆえに親王宣下せず、臣籍降下させる。しかしただ単に臣下に降すのでは朱雀との対立、争乱を避けるだけの処置にすぎない。光君の〝帝王たるべき相〟を生かすことにならない。それでは予言を正しく受け止めることにならない。第一義は光君の〝帝王たるべき相〟でなければならない。それを生かしつつ「乱れ憂ふることやあらむ」の恐れを消去する具体策として、「朝廷の御後見」の決定があったのである。身分は臣下ながら光君の帝王たるべき器量、資質を生かす道という願いがこめられたのである。「七つになりたまひしこのかた、帝の御前に夜昼さぶらひたまひて、奏したまふことのならぬはなかりし」というその後の具体相がそれを証している。

右大臣のいちはやき受け止め、反応も述べられている。「おのづからことひろごりて、漏らさせたまはねど、春《とう》宮《ぐう》の祖父大臣《おほぢおとど》など、いかなることにかとおぼし疑ひてなむありける」。右大臣が「春宮の祖父大臣」と呼称されている意味は深い。東宮を擁して次期政権を目指す右大臣、その春宮の地位に不安・脅威を与える予言におののく右大臣、それがこの呼称の内在的意義にちがいない。「春宮《とうぐう》の祖父大臣など」とあるから弘徽殿女御をはじめ右大臣家の人々も含まれるのであろう。「（帝は）漏らさせたまはねど」とあるから、相人予言はどの程度正確に「春宮の祖父大臣など」に伝わったかはわからない。「いかなることにかとおぼし疑ひてなむありける。」という反応から逆推すると、東宮の地位に不安をおぼえる疑念を抱いていると見て、〃帝王たるべき相〃という予言の根幹が伝わったとおぼしい。「ことひろごりて」――うわさとしてひろがるとき、それは、右大臣らにとって、黒い幻影のごとく不気味なものとなろう。右大臣らにとって最も怖れるべき春宮の地位の不安に直結するのは、光君の〃帝王たるべき相〃という予言でなければならない。

後年のことだが、少女巻で冷泉帝を擁する太政大臣光源氏の訪問を受けた弘徽殿大后は、「世をたもちたまふべき御宿世《すくせ》は、消たれぬものにこそと、いにしへを悔《く》いおぼす。」（少女巻二七〇頁）。「世をたもつ」は本来的に帝としての統治を意味する。ゆえに「世をたもちたまふべき御宿世」は、相人予言の「帝王の上なき位にのぼるべき相」にシノニムな表現といえよう。「消たれぬものにこそ」という今の思いは、消そうとした昔の己の行為を、裏付ける。弘徽殿大后は、光君の帝王たるべき相に挑んだ昔の己の所業を思い出しているのだ。高麗相人予言の根幹たる光君の〃帝王たるべき相〃にいかに衝撃を受け、いかにながくかかずらってきたかがわかる。

相人予言は、光君の〃帝王たるべき相〃を占った。帝王（天皇）となると言っているのではない。それは帝王たるべき器量、資質を言っているのである。しかしながら「乱れ憂ふることやあらむ」が付着する。帝王たるべき器量であるがゆえにかえって帝王となることの危うさ、「国乱れ民憂うる」ことが案ぜられるというのだ。帝王たるべき器量の皇子が必ずしも帝王とはならない。それが運命である。相人予言は光君の運命を言い当てている。予言後半に「朝廷《おほやけ》のかためとなりて天の下輔《たす》くるかたにて見れば、またその相違《たが》ふべし」とある。「また」の一字によって、予言前半は天子とは違うということを言っていることになるのである。天子とも違うが臣下ともまた違うと予言全体で言っているわけである。しかし〝帝王たるべき相〟という予言の根幹はずしりと重く、臣下で終らない帝王相の具現こそが、光君の運命的生涯であり、この物語の基軸であり、それが具体的にはいかなるものかが、物語冒頭の桐壺巻にサスペンスとして構えられているのが相人予言であるといえよう。

作中人物たちは光君の〝帝王たるべき相〟を、あるいは讃え、あるいは怖れるが、光君の運命そのものまで透視することはできない。それはひとり作者の胸の中に秘められている。帝王相だが天子でなく、臣下の最高で終わるのとも違うという運命の具体的内実は、藤壺との密通という運命的事件によりその御子が天子になり、光は臣下でありながら天子の隠れたる父となるということだった。そういう運命ゆえに、彼自らの即位は遠い宿世であった。藤壺密通事件ゆえに彼が天子になれないというのは、そういう運命ゆえであって、私は倫理、道徳を問題にしているわけではない。

彼の宿世の根源にある、帚木巻冒頭の光源氏の恋愛人、色好みの固有的な性格が、禁忌の恋に挑むものである以上、天子となっても固有的に離れないとすれば、彼の宮廷（後宮）ははかりしれない乱憂をはらむ恐れがある。桐壺帝の桐壺更衣溺愛は、楊貴妃の例《たと》えがひき合いに出され、治政の乱れが憂慮せられるに至っていた。〝光天皇〟が愛してはならない女性を愛する禁忌の恋を固有的に帝となってもやめないとすれば、治世の憂慮ははかりしれないものがある。「乱れ憂ふる」恐れとはそういうことでなかったろうか。まさに国乱れ民憂うることになる。彼が帝となって政治が乱れる恐れといえば、光源氏の色好みの固有的な「理不尽な志向行動」[6]から生ずると考えるほかないのではなかろうか。

桐壺巻の局面では朱雀との対立による国乱と解されやすい。しかしそれは朱雀の側を打倒して天皇になるということになろうから、国乱は国乱でも光サイドからすれば勝利であり、光の運命からすれば憂うることではない。純粋に国乱そのものを憂え避けねばならないとして桐壺帝は光を臣下に降したとも解せるが、それは名君、賢帝とはいえるが、あれほど桐壺更衣や光君を偏愛した情意の帝にしてはコペルニクス的転回といわねばならない。国乱を避けることも勿論はかりつつ、単にそれのみを庶幾するのでなく、光君の帝王相を、臣下に降しつつも具現しようとされた思いが「朝廷の御後見」決定の真意であったのだ。

　私は、光が天皇になったばあいも、天皇になろうとしたばあいも、その国乱れ民憂うる恐れは、光の負《ふ》的要因に発し、光自身の責めを負うべき、光に固有的な事態と考えるのである。禁忌の恋に挑む色好みの英雄性はそれ自体色好みとして負《ふ》的性格とはいえないが、帝としての治世という政治レベルでは負的要因といわざるをえないであろう。

　後見のない光を帝への道を歩ましめれば、光が朱雀との対立で圧迫され、国乱と同時に彼自身にとってもよくないという判断であったという方がより解されやすいといえる。確かにあの時点では桐壺帝はご自身のご寿命を案ぜられ（「わが御世もいと定めなきを」）、「無品《むほん》の親王《しんわう》の外戚《げさく》の寄せなきにてはただよはさじ」と思念していられた。光君の元服まで生きていられるだろうかと案じられたというのだから、ずいぶん気弱くなっていられたのである。帝の予言の受け止め（特に「乱れ憂ふることやあらむ」についての）が、このような気弱なお気持の中でなされたということも注意してよいことと思う。帝が強気でいられたら、あるいは将来左大臣を光の後見とする政治的賭けを意図されたかもしれない。桐壺更衣を亡くしてすっかり気弱になられわが寿命もどうなるかわからないというような心境では、強気な闘争心は生まれてくる余地がなかったであろう。

　もちろん桐壺帝が国乱民憂を避けようとなさるのは尊い聖慮にほかならぬのであって、強気も弱気もないことではあろうが、後年、光源氏を左大臣派に組せしめて、左右大臣家の対立を煽るかのような行為をなさったことを考えると（その結果、右大臣側の政治姿勢に主たる原因はあるにせよ、光源氏の悲境と治世の偏りを招来してしまった。）、もし帝が強気でいられたら、朱雀打倒の内乱の恐れはあっても、光の親王宣下を強行された可能性はあろう。

光君の〝帝王たるべき相〟の予言を漏れ聞いた「春宮の祖父大臣など」は怖れを抱いた。「いかなることにかとおぼし疑ひてなむありける」。東宮を擁している右大臣側にとって、〝帝王たるべき相〟の光君は大いなる敵、危険人物でなければならない。弘徽殿大后が朧月夜との一件にかこつけて光源氏を政界から葬り去ろうとした真の理由は、この〝帝王たるべき相〟を怖れたことにあると見てよい。流謫の地から帰還させないことをねがったのも弘徽殿大后であった。帝王たるべき光源氏を消したかったからである。都に召還したら、帝王たるべき相に怖れおののかなければならない。ここに「消す」というのは帝王たるべき相を封殺するということである。朱雀の側を圧倒する光源氏の脅威を防ごうとしたのである。

しかし朱雀は母の意思に反して光源氏の都への召還を決めてしまった。それは父桐壺院の亡霊におびえ父院の遺言に回帰したからである。朱雀は母の強烈な意思に押されて光源氏の須磨退居を余儀なく看過したが、御心をとがめるものがあった。父院の遺言が心につきささってはなれなかったからである。後年、病重い朱雀院は夕霧の見舞いを受け、次のように語っているのはその証左といえよう。

　故院の上《うへ》の、今はのきざみに、あまたの御遺言ありしなかに、この院の御こと、今の内裏《うち》の御ことなむ、取り分きてのたまひ置きしを、おほやけとなりて、こと限りありければ、うちうちの心寄せは変らずながら、はかなきことのあやまりに、心おかれたてまつることもありけむと思ふを、年ごろことに触れて、その恨み残したまへるけしきをなむ漏らしたまはぬ。　（若菜上巻一五頁）

朧月夜とのことを「はかなきことのあやまり」（些《さ》細《さい》な行き違い）と言っていられるのは、単なる恋愛沙汰、私行上のことと思っていられるからである。尚侍として朱雀に寵愛されている朧月夜との一件を単なる恋愛沙汰と見て、私行上のことと見るか、そのかげにひそむ朱雀軽視の不遜の心、そしてその根源に光の帝王たるべき相を透視するか。朱雀の寛仁にして優しい御心からは単なる恋愛沙汰としか見られなかったようであるが、弘徽殿大后は光源氏の不遜の心、そしてその根源の帝王たるべき相を透視したのではなかったか。してみると〝謀反罪〟はあながち大后のでっちあげとのみ言えなくなるが、弘徽殿も光源氏の登極を目指した謀反を現実にかぎとったというわけではあるまい。光源氏の朧月夜尚侍との一件が持つ朱雀軽視の奥に光の帝王たるべき相の存在を感じ、怖れたということでなかったか。

光源氏の須磨退居を朱雀院が深く心にとがめとして残しつづけていられるのは、橋姫巻の回想記事を源氏物語の〝回想の話型〟(7)として、須磨退居前の情勢下にはめこむならば、冷泉皇太子を廃して八の宮を擁立しようとした弘徽殿大后の謀略を含む一大事件であったからということになるのである。弘徽殿大后がかくも潰滅的打倒をはかった根本は、光源氏の「世をたもちたまふべき御宿世」を怖れ、消そうとしたところにある。高麗の相人予言の「帝王の上《かみ》なき位にのぼるべき相」を漏れ聞いて以来の畏怖を消し去ろうとするあらがいにほかならなかったのだと見るべきであろう。

右大臣側の「怖れ」に対して、「讃美」の念を抱いたのが左大臣側であったと思われる。右大臣が「いかなることにかとおぼし疑ひてなむありける」とあるのに対して、左大臣がどう受け止めたかを直接的に語る記述はない。しかし左大臣が光源氏を婿に迎えたこと、それも唯一人の姫君を、東宮からの希望をしりぞけてまでもあえてしたことに左大臣の受け止めと対応は明白に知ることができる。それはすべての合理的態度を超えて光源氏の魅力のとりこになったのだという説は基本的には首肯すべきだと思われるが、その魅力とは単に人間的魅力というよりは、帝王たるべき相という予言の根幹に関わるものであったにちがいない。

左大臣は桐壺帝から相人予言を漏らされたと思われる。高橋和夫氏や吉海直人氏に桐壺院と左大臣の密約（談）

説というのがある。[8]「密約」という言葉からその内容はいろいろにひろがりうるが、推測の域を出ないと同時に、ほぼ両者の利害の一致を見た上での縁組であったことは想像に固くない。すなわち桐壺帝は、光源氏の有力な政治的後見者として左大臣を選ばれ、左大臣は、帝の寵児の光源氏を婿に迎えることによって右大臣に勝とうとしたのである。

密約説では将来の光源氏の即位の可能性を帝と左大臣が話し合って密約したのだという。高麗の相人の予言「帝王の上なき位にのぼるべき相」が帝と左大臣の合意の要《かなめ》だというのである。島田とよ子氏も既に「左大臣が光源氏を婿にしたのは、高麗の相人の予言で確信を持ったからであったと思う。[9]」といわれ、「左大臣は、桐壺院の御世だけの栄花を思って光源氏を婿取りした訳ではない。（中略）一家の未来永却の繁栄が願われたことと思う。[10]」と述べていられる。

高麗の相人の予言「帝王の上《かみ》なき位にのぼるべき相」に左大臣は飛びついたのだった。彼にとっては右大臣側との政争は覚悟の上であろう。将来即位の可能性のある光源氏を婿として右大臣を圧倒し、皇太子を擁する右大臣側の命脈の短かからんことを念じたという推測が成り立つ。現時点だけの圧倒でなく将来への期待をかけていたわけである。左大臣の光源氏への非常な肩入れは、妻の大宮の源氏びいきとあいまって、時に嫡男頭中将（宮職は変化するが代表的呼称として使う）より重視しているのではないかと思わせるほどである。たとえば頭中将（時に権中納言）と光源氏の絵合の折、左大臣（時に摂政太政大臣）はわが養女として入内させた頭中将の姫弘徽殿女御を特に応援することもない。翌年薨去するから病臥していたのかもしれないが、左大臣は光源氏を敵にする気持がないとも見られるのではないか。大宮は、のちに左大臣（太政大臣）が在世ならば弘徽殿女御の立后もあり得たのにと嘆く（少女巻二三四頁）が、夫左大臣のかような心底に思い及ばなかったのであろう。

桐壺巻の高麗の相人の予言このかた、婿として迎えるべく心に決めて、やがて帝の御内意をうかがって、葵上の婿として迎えた左大臣は、光源氏の運命と浮沈を共にしてきたのだった。その一体感は非常に強いものがあろう。左大臣がそこまで深く光源氏に肩入れするゆえんは、光源氏の運命への強い期待であったにちがいない。光源氏の帝王たるべき相にその盛運の未来を見ていたのであろう。けだしそれはあやまった判断ではなかった。帝王たるべき相ということは高橋和夫氏の言われるように「必然的」ということであって「決定的」ということではない[11]。可能性であり、帝王たるべき器量、資質なのであるから、その限りにおいてはあやまりではない。ただ、わが左大臣家と対立的立場になっても光源氏を敵視しえないとならば、大宮が雲居雁以上に源氏の子息夕霧（わが亡き娘葵上の子でその思い入れもあろうが）を可愛いいと思うのが、わが子の頭中将よりも婿の光源氏びいきによるのと同様、あまりにも光源氏に傾斜した、家の立場を忘れた所為でなかったか。現実性を超えて物語世界の論理に随順せしめられているといわざるをえないが、物語世界において光源氏が葵上亡き後正夫人を迎えず、左大臣家との緊密な関係を保持している事実を注意しなくてはならない。すなわち物語世界の現実では左大臣が光源氏を従前同様婿扱いしているのであり、光源氏も葵上生前同様に左大臣に依存を続けているのである。左大臣としてはこの光源氏との関係による連帯の意識を、澪標巻以後の政局の転回にもかかわらず、捨て去ることができなかったのではないか。頭中将にしても光源氏に挑みながらもどこか青春時代の「いどみ心」の甘さをひきずっており、真に光源氏を打倒しようとするシビアーな気魄に欠けるものがある。人物の器量の差といってしまえばそれまでであるが、そしてそれがすべての根本であるが、光源氏の英雄性に賭けた情念から左大臣家の人々は呪縛されたように脱却しえなかったと思われる。

光源氏が須磨退居の悲運時最も頼りとしたのは左大臣家であった。それは葵上亡き後「大将は、ありしにかはらずわたり通ひたまひて、（中略）（左大臣が）いとどいたつききこえたまふことども同じさまなり。」（賢木巻一四五頁）であったからである。頭中将が弘徽殿大后の勢威を冒して須磨へ源氏を見舞いに行くのも、右大臣の四の君を正夫人としている強みもあるにせよ、根本には光源氏との強い連帯の意識によるであろう。絵合の競争（それは政争の一つの形である）で最後に源氏の須磨絵日記が出て頭中将が一も二もない有様で負けるのは、いかに政治的運命を光源氏と共にしてきたかを告白したにひとしい。その根本が尾をひく限り頭中将は源氏の前の負け犬である。左大臣はどちらにも加担できなかった。わが子頭中将、そしてわが養女として格上げして入内させた頭中将の姫弘徽殿女御の敗北をいわば手をこまねいて見すごした。左大臣は源氏を敵としかねて、源氏の勝利を黙認したのではなかったか。左大臣はついに最後まで源氏の運命の補完者たる役割に終始したのである。

思えば左大臣は、後見なき光源氏の有力な後見者となり、政治家光源氏を支えた。葵上亡き後、他家の婿とならない光源氏の行為と相俟って、緊密な連帯感を保持し続けたのである。左大臣は、源氏の運命実現の政治協力者たり続けた。その始発が左大臣の高麗相人予言の受容であったのだ。左大臣は光源氏の帝王たるべき相という予言に呪縛され続けていたのであろうか。

「国の親となりて、帝王の上《かみ》なき位にのぼるべき相」の「べき」は高橋和夫氏の言われるように「必然的」ということであって「決定的」ということではない。帝王たるべき資質、器量をいっているのである。予言ではその必然性が「乱れ憂ふることやあらむ」恐れによってはばまれることを暗示していた。帝はその宿世を悟って光君を帝王への道を歩ましめなかったと解するか、単に「乱れ憂ふること」を避けて、帝王たるべき必然性には将来への期待を残していると解するのかは論の分かれるところであるが、高橋和夫氏や吉海直人氏の密約（談）説は、宇多天皇の事例のようなことを将来の可能性として夢見たということになる。事実、のちに冷泉帝の思念として「一世の源氏、また納言《なふごん》、大臣《だいじん》になりてのちに、さらに親王《みこ》にもなり、位にも即《つ》きたまへるも、あまたの例ありけり、人がらのかしこきにことよせて、さもや譲りきこえましなど、よろづにぞおぼしける。」（薄雲巻一七六頁）とある。『河海抄』は、光仁天皇（もと大納言）、桓武天皇（もと大学頭、中務卿）、光孝天皇（もと一品式部卿）、宇多天皇（もと侍従、親王となり即位）を、また親王になった例として、是忠（光孝皇子、もと中納言）、是貞（光孝弟、もと左中将）、兼明（醍醐皇子、もと左大臣）、盛明（醍醐皇子、もと大蔵卿）各親王を挙げる（『新潮日本古典集成　源氏物語』薄雲巻一七六頁頭注三参照）。

冷泉帝の政局では右大臣側は凋落しており、光源氏の力からして彼さえ決意すれば即位できる状況であったといえる。しかし彼は辞退した。高橋和夫氏は東宮とその母承香殿女御の父右大臣及び女御の兄の髭黒大将の存在をあげ、朱雀側との対立抗争が復活することになり、予言の「乱れ憂ふることやあらむ」はなお生きていると言われた(12)。光源氏が天子たらんとすれば対立抗争が必然的となる政治図式がつきまとうということになるわけである。光源氏が故院の志を持ち出したのも、対立、抗争の恐れという政治状況において過去（桐壺巻の源氏七歳の頃・相人予言の頃）と同様のものがあるという背景を考え合わせると納得がゆく。抗争を敢えてすれば即位は可能なのであるが、光源氏の政治的判断も故院と同様、天下安定を旨とするものであったということになる。賢帝の御子としてふさわしい政治家光源氏の聡明な政治的判断であるというわけである。しかしより深くは光源氏のわが宿世についての自覚（澪標巻での予言理解と「宿世遠かりけり」）にもとづくといわねばなるまい。

光源氏はこのような聡明な政治的判断・予言理解をつとに相人予言の頃から持っていたわけではなかった。密約（談）説によれば、聡明な政治的判断を下した賢帝桐壺院でさえも、光源氏の将来の即位の可能性を期待していたという。左大臣はその即位の可能性に賭けて一人娘の葵上の婿としたのだという。右大臣側は光源氏の帝王たるべき相に怖れ、弘徽殿大后はその光源氏を再起不能の政治的失脚に追い込もうとした。謀反罪の適用である。その「大きなる恥にのぞまぬさきに世をのがれなむと」（須磨巻二〇五頁）思い立ったのが須磨への自発的退居であったのだ。

弘徽殿大后の甥の頭《とう》の弁の「白虹《はくこう》日を貫けり。太子畏《お》ぢたり」（賢木巻一六七頁）という皮肉に朱雀院への逆心のことがこめられているのを見ても分かるように、弘徽殿側では光源氏の朱雀院への逆心をあげつらっているのであって、それは光源氏の擁する冷泉皇太子の登極についてであるが、なまぐさい政争の熱気は立ちこめている。光源氏の須磨退居の深層には光源氏の帝王たるべき相という予言の根幹をめぐる光源氏と弘徽殿大后の暗闘があった。光源氏の須磨退居はその必然であったのである。冷泉と一体の光源氏を消し去ろうとする弘徽殿の政治的陰謀を回避すべき自発的退去である。弘徽殿大后は光源氏の帝王たるべき相に怖れるあまり、朧月夜尚侍への光源氏の行為の奥に朱雀帝に対する不遜と、そしてその不遜のゆえんが光源氏の帝王相依拠にあることを感じていたのであろう。

桐壺帝は「乱れ憂ふること」を避けるべく光君を臣籍降下させた。それが当面の朱雀との対立争乱を重ね合わせてのことなのか、帝王相と不可分の本質的部分としてトータルに受け止められての処置かは議論の分かれるところである。私は後者を主張してきているが、前者であれば桐壺帝も他の作中人物たちと変らないことになる。密約（談）説だと桐壺帝と左大臣は同一レベルの受け止めだったことになる。密約説では、当面「乱れ憂ふること」を回避すれば将来即位の可能性があるということにおいて二人は合致していたわけだから。

桐壺帝が源氏を「朝廷の御後見」とされた具体的内実は、形は臣下に違いないが実質的統治に近いものがある。冷泉王朝ではまさしくその感が強く、創始的な治世がみな源氏の発案にもとづくので、さながら光源氏の実質的統治を見る思いがする。源氏の「朝廷《おほやけ》の御後見」は世の常のそれとは異る内実を与えられている。桐壺帝は「乱れ憂ふることやあらむ」を帝王相と不可分の本質的部分としてトータルに受け止められて、光を臣下ながら帝王のようにふるまわせる特別のお気持がはたらいていられたように思えてならない。少女巻の弘徽殿の「世をたもちたまふべき御宿世は消たれぬものにこそ」の感慨もそのような光源氏のありように対するものでなければならない。

光源氏自身澪標巻で「宿世遠かりけり」と即位の宿世は遠い、すなわち即位はない自らの宿世を悟っていた。わが実の御子が天子になり、自らは隠れたる（秘密の）天子の父たる宿世なのだということを悟ることにおいて単なる「朝廷の御後見」ではないことも自覚し自負していたにちがいない。

かねて述べてきたように、「乱れ憂ふることやあらむ」が、当面の朱雀との対立争乱を意味するにとどまるものならば、現実の誰にも分かることにすぎず、予言という宿世を占うべきものをわざわざ持ち出すほどのことでなかろう。桐壺巻の局面において現実の人間たちが当面の朱雀たちとの対立争乱と重ね合わせることはあり得る。しかし私は桐壺帝が「朝廷の御後見」の内実を、臣下ながら帝王相と不可分のものたらしめている処置から見て、予言の本質部分として帝王相と不可分のものとして「朝廷の御後見」たらしめられたということを強調しておきたい。すなわち単なる尋常の「朝廷の御後見」ではない政治的生涯を七歳の時から始発させていたのである。

されればこそ光源氏自身強い自負をもって「まろは、皆人にゆるされたれば」（花宴巻五三頁）という奔放な言動となり、やがての須磨退居という逆境に結びついていくのであるし、世の人々も彼の須磨退居を、さような内実を有する栄光の「朝廷の御後見」の凋落と受け止めたのである。

大方の世の人も、誰かはよろしく思ひきこえむ。七つになりたまひしこのかた、帝《みかど》の御前《おまへ》に夜昼さぶらひたまひて、奏したまふことのならぬはなかりしかば、この御いたはりにかからぬ人なく、御徳をよろこばぬやはありし。やむごとなき上達部、弁官などのなかにも多かり。それより下《しも》は数知らぬを、思ひ知らぬにはあらねど、さしあたりて、いちはやき世を思ひ憚りて、参り寄るもなし。世ゆすりて惜しみきこえ、下《した》には朝廷《おほやけ》をそしり恨みたてまつれど、身を捨ててとぶらひ参らむにも、何のかひかはと思ふにや、かかるをりは人わろく、うらめしき人多く、世の中はあぢなきものかなとのみ、よろづにつけておぼす。（須磨巻二一三頁）

右の須磨巻の叙述は、人々の思いや源氏自身の思いが、かつての栄光の「朝廷の御後見」からの凋落をめぐってであることを、生々しくつたえている。

「奏したまふことのならぬはなかりし」天皇側近政治家、それが桐壺帝のいう「朝廷《おほやけ》の御後見」で、この決定はながく光源氏の政治的生涯の中核となった。現実の政治的路線で、光源氏は朱雀朝で中断せしめられたものの桐壺朝、冷泉朝でこの決定を踏みはずすことはない。桐壺帝の決定は、予言前半に呼応するものという説があるが、しかし単なる臣下ではない内実を賦与するものとしての「朝廷の御後見」の決定は、予言後半の臣下の最高というものとも違うという帝王相の具現をはかる処置であったといい得るので、桐壺帝は、帝王相だが天子でなく、臣下の最高（摂政関白）とも違うという光君の宿世に相応する地位として「朝廷の御後見」を決定されたのである、と私は考えるのである。

後年、冷泉帝は、光源氏を実の父と知ったことから譲位を決意するが光源氏に固辞、拒否された結果、「准太上天皇」という称号の処遇案を考案せられた。今日、この「准太上天皇」こそ、帝王相だが天子でなく、しかしもと帝王相ゆえ臣下で終らない帝王相の具体的地位として予言との照応、首尾を見るのがいわば通説であるが、桐壺帝は桐壺巻の局面で能う限りの智慧をしぼって予言に対応され、それが「朝廷の御後見」という地位であったのであり、予言との照応の第一次的様相を見るべきであろう。冷泉帝は光源氏を天子にしようとして拒否され「准太上天皇」を考案されたが、それは光源氏が「朝廷の御後見」の内実すなわち〝実質的統治〟を長年冷泉朝において行ってきた実績があったればこそで、桐壺帝の決定された「朝廷の御後見」の〝実質的統治〟を名実共にしようとされての譲位が固辞・拒否されたあとの代案というべきものなのであった。その意味で、「准太上天皇」は「朝廷の御後見」の飛躍的発展的継承の帰結であったというべきであろう。

冷泉帝は直接予言に対応せられたわけではないが、結果として予言に示された光源氏の宿世に対応する考案をなされたことになる。臣下であっても〝実質的統治〟をさせようとされた桐壺帝の決定「朝廷の御後見」よりも「准」ながら「太上天皇」の称号を与え「六条院」と呼ばしめるに至った冷泉帝の決定の方が、源氏固有の帝王相に相応する考案であるが、それはそれまでの源氏の「朝廷の御後見」としてのすぐれた実績が踏まえられうる局面なればこそ可能であったのである。桐壺巻の局面では臣籍降下せしめて国乱を避けることが要請されたのでまず何よりも臣下とせねばならなかった。だが単に臣下に降す決定ならば現実の朱雀の側との対立、争乱を避けるだけの処置にすぎず、予言の内容に示された光君の宿世に対応するものとはいえない。そういう処置なら予言は示される必要がない。予言なしでなしうる処置である。桐壺帝が「朝廷の御後見」とされた真意は、天子ではなく身分は臣下ながら帝王相の具現をはかられたもので、そこに予言への対応、予言解釈としての決定があった。

澪標巻で光源氏が「(即位の)宿世遠かりけり」(澪標巻一七頁)と自らの即位の宿世はないことを悟る時に桐壺院の「ただ人におぼしおきてける御心を思」い、冷泉帝の即位の真相を思い合わせて「相人の言《こと》むなしからず、」と、御心のうちにおぼしけり」とある。臣下ながら秘密裡に天子の父となったわが宿世を「相人の言《こと》むなしからず」と悟っている。ということは、臣下ながら、秘密の天子の父という内実で「朝廷の御後見」という桐壺帝の決定を生きるのがわが宿世だという思いである。それは若紫巻の夢占いの予言、宿曜の予言によって導かれてきた源氏が、相人予言の「天位にのぼるべき相」に期待を抱いてきたが、予言のトータルな意味について、天位の宿世から遠いことを悟り、しかし単なる臣下ではない、秘密の天子の父という真相に照らして「むなしからず」と評価したのである。

秘密の天子の父となったことで、「朝廷の御後見」の内実、〝実質的統治〟を生きる深層の支えを得た源氏であるが、桐壺帝はもちろんそのような真相が光君の運命に伏在していることは知り得ない時点で、予言の「帝王相」に照らしてただの臣下ではない内実を賦与された。それぞれの局面で予言に対応する生身の人間の姿である。桐壺帝の生前は、桐壺帝の寵愛を支えとして「朝廷の御後見」のさながら〝実質的統治〟を生かしめられ、冷泉朝では秘密の天子の父を深層の支えとしてさながら〝実質的統治〟を生きた。その究極に「准太上天皇」がある。この「准太上天皇」というのは処遇ということであって光源氏は臣下であることは変っていない。女三の宮が六条院に降嫁

の折、

　御車寄せたる所に、院わたりたまひて、おろしたてまつりたまふなども、例には違《たが》ひたることどもなり。ただ人におはすれば、よろづのこと限りありて、内裏《うち》参りにも似ず、婿《むこ》の大君《おほきみ》といはむにもこと違《たが》ひて、めづらしき御仲のあはひどもになむ。（若菜上巻五三・四頁）

とあって、「ただ人におはすれば」と、臣下の身分なることを明記している。その意味では基本的に桐壺帝の決定の線をはずれるものではない。臣下であっても実質的に帝王相を生かせようとされた「朝廷の御後見」の線上に「准太上天皇」があることが明白である。臣下でもただの臣下ではなく「准太上天皇」の処遇を得ているから「婿の大君」とも違う。しかし「内裏参りにも似ず」、「めづらしき御仲のあはひども」ということになる。帝王相だが天子でなく臣下だが、といって単なるただの臣下でない、「帝王相」を生きてきた源氏のありようが貫かれている。高麗の相人予言はここにも生きつづけているのである。

注

（1）倉田実氏「『花宴』巻の宴をめぐって―右大臣と光源氏体制の幻想―」（「国語と国文学」昭和63年9月）。

（2）拙稿「源氏物語の作者の方法」（「中古文学」第6号、昭和45年9月。拙著『源氏物語の主題と方法』桜楓社刊に「源氏物語第一部の主題と方法」と改題して所収）。

（3）清水好子氏「光源氏論」（「国語と国文学」昭和54年8月）など。

（4）拙稿「源氏物語の方法―回想の話型―」（「国語と国文学」昭和44年2月。拙著『源氏物語の方法』桜楓社刊所収）参照。

（5・6）秋山虔氏「好色人と生活者―光源氏の「癖」―」（「国文学」昭和47年12月。『王朝の文学空間』東京大学出版会刊所収）。

（7）　注4参照。
（8）　高橋和夫氏「源氏物語の方法と表現―桐壺巻を例として―」（「国語と国文学」平成3年11月）、吉海直人氏「藤壺入内の深層―人物論の再検討II―」（「国学院雑誌」第93巻4号、平成4年4月）。
（9・10）　島田とよ子氏「左大臣の婿選び―政権抗争―」（「園田国文」第5号、昭和59年3月）。

（11・12）　高橋和夫氏「源氏物語―高麗人予言の事―」（「群馬大学教育学部紀要（人文・社会科学編）」昭和57年3月。『「源氏物語」の創作過程』右文書院所収）。

二　藤壺宮の造型（上）

――敬語法を視座として――

一

藤壺宮の物語への登場は次のように叙述されている。

先帝《せんだい》の四の宮の、御容貌《かたち》すぐれたまへる聞こえ高くおはします、母后《ははきさき》世になくかしづききこえたまふを、上にさぶらふ典侍《ないしのすけ》は、先帝の御時の人にて、かの宮にも親しう参り馴れたりければ、いはけなくおはしましし時より見たてまつり、今もほの見たてまつりて、「亡《う》せたまひにし御息所の御容貌《かたち》に似たまへる人を、三代の宮仕へに伝はりぬるに、え見たてまつりつけぬを、后《きさい》の宮の姫宮こそ、いとようおぼえて生《お》ひいでさせたまへりけれ。ありがたき御容貌人《かたちびと》になむ」と奏しけるに、まことにやと御心とまりて、ねむごろに聞こえさせたまひけり。母后、あな恐ろしや、（中略）おぼし立たざりけるほどに、后も亡《う》せたまひぬ。心細きさまにておはしますに、「ただわが女御子たちの同じ列《つら》に思ひきこえむ」と、いとねむごろに聞こえさせたまふ。さぶらふ人々、御後見《うしろみ》たち、御せうとの兵部卿の親王《みこ》など、かく心細くておはしまさむよりは、内裏《うち》住みせさせたまひて、御心も慰むべくなどおぼしなりて、参らせたてまつりたまへり。藤壺と聞こゆ。

（『新潮日本古典集成　源氏物語（一）』桐壺巻三三・四頁。以下も本文及び頁数は本書による。）

地の文において最高敬語「おはします」が四の宮（藤壺）に付けられている。また「御兄の兵部卿の親王など」の心中思惟にも「おはします」及び二重敬語「させたまふ」が用いられており、四の宮に対して極めて重い敬意を表わしている。兄兵部卿宮をはじめとする四の宮方の人々から極めて重い敬意尊重を受けており、地の文での最高敬語は「上にさぶらふ典侍」の視点に重なる敬意ゆえと考えられるが、極めて重い敬意を地の文として客観化せられているのである。それは内親王たる御身分への敬意を表わすものと一往認められよう。弘徽殿大后所生の皇女たちにも「御子《みこ》たちなどもおはしませば」（桐壺巻一三頁）とある。この「御子たち」は皇女たちのことであった。また若菜上巻にも朱雀院の皇女たちに「女宮たちなむ四所《よところ》おはしましける」（若菜上巻巻頭）とあり、女三の宮の母である藤壺女御も先帝の皇女で「先帝の源氏にぞおはしましける」（若菜上巻同右）とある。臣籍に下って源の姓を賜っても皇女たる御身分に対する重い敬意と見られる。ところで女三の宮には「そのほど御年十三四ばかりおはす」（若菜上巻一二頁）とあって「おはします」が用いられていない。その前後に「その御腹の女三の宮を、あまたの御なかにすぐれてかなしきものに思ひかしづききこえたまふ。」という朱雀院の女三の宮への御思いが叙せられており、その院の視点に重なるがゆえにさほど思い敬意にはならないのであろう。朱雀院との相対性によるのである。

藤壺（四の宮）への極めて重い敬意は、四の宮をとりまく人々からの敬意と見るべきなのであろう。典侍、御兄の兵部卿宮はじめ四の宮方の人々からの敬意が四の宮への最高敬語「おはします」や「させたまふ」に表われているのだと見ておくべきなのであろう。同じ内親王でも左大臣の北の方は桐壺帝と同腹で皇后を御母としておられる尊貴な内親王なのに「母宮、内裏《うち》のひとつ后腹になむおはしければ」（桐壺巻三九頁）とあるのは、その前に「この大臣《おとど》の御おぼえいとやむごとなきに」と帝の大臣への御信任という叙述があり、「内裏《うち》のひとつ后腹」ともあり、帝のことを叙述し、帝と並べて叙べられているので相対的にさほど重い敬意とはならないのであろう。前に藤壺への「おはします」について「内親王たる御身分への敬意を表わすものと一往認められよう」と述べたように、基本的には内親王への敬意ではあるが、叙述の視点や相対的観点によって必ずしも最高敬語が内親王たることによって付くとは限らないことが知られるのである。したがって藤壺宮への敬語についても具体的な叙述場面、文脈の個々について叙述の視点や相対的観点から見定めながら、藤壺の造型を敬語法の視座から浮彫りしていかねばならないのである。

二

藤壺（四の宮）への最高敬語「おはします」や「させたまふ」が典侍や四の宮方の人々の視点によることを述べたのであるが（桐壺巻三四頁の「させたまふ」については『新潮日本古典集成』の頭注が「ここが四の宮方の人々の心中の詞《ことば》だからであると指摘している）、帝からの藤壺宮への敬意、尊重は相当に重く、拙著『源氏物語生成論』（一七三頁）に既に述べているように弘徽殿女御への敬意に比べると藤壺宮への帝の敬意、尊重は相当に重く差異がある。少し長いがそこのところの拙文をそのまま引かせていただく。

「弘徽殿などにも渡らせたまふ御供には、やがて御簾《みす》の内に入れたてまつりたまふ」（桐壺巻三〇頁）と「幼きほどの心ひとつにかかりて、いと苦しきまでぞおはしける。大人になりたまひてのちは、ありしやうに御簾のうちにも入れたまはず」（同四〇頁）。この相違は何故なのか。帝からの源氏に対する敬意表現「まつる」が、弘徽殿女御の部屋の御簾のうちの場合には有り、藤壺宮のそれの場合には源氏に対する敬意表現としての「たてまつる」が無い。これは帝からの弘徽殿女御と藤壺宮への尊重、敬意の比重の違いを認識する語り手の表現であり、藤壺宮への帝の敬意、尊重の重さから相対的に源氏への敬意表現が無いのである。このように桐壺帝の心情行為を造型し、かつそのように尊重の差異を造型される弘徽殿、藤壺の像を浮き彫りする語り手（作者）の制作行為なのである。（以下略）

ここから分かるのは、弘徽殿女御との対比における、桐壺帝の藤壺宮への尊重の念の重さである。源氏の藤壺尊重も極めて重く、心のうちには、ただ藤壺の御ありさまを、たぐひなしと思ひきこえて、さやうならむ人をこそ見め、似る人なくもおはしけるかな、大殿の君、いとをかしげにかしづかれたる人とは見ゆれど、心にもつかずおぼえたまひて、幼きほどの心ひとつにかかりて、いと苦しきまでぞおはしける。

（桐壺巻四〇頁）

「心のうちには」とあって「御心のうちには」とないのは、地の文でありながら源氏の立場に即した言い方だと思う。ゆえに「藤壺の御ありさまを」の藤壺への敬意を表わす敬語「御」も語り手（作者）からの直接的な表現ではなく、源氏からの敬意に密着する表現であり、「思ひきこえて」とあり「思ひきこえたまひて」でないのも「似る人なくもおはしけるかな」という詠嘆・感動の表現も、源氏の心中の思いがそのまま地の文となっているからである。「おはしけるかな」で「おはしましけるかな」でないのは、源氏からの藤壺宮への敬意としてふさわしい表現なのだ。「さやうならむ人をこそ見め」とある、「見め」の無敬語は、藤壺その人を妻にしたいというのではなく「さやうならむ人」を妻にしたいということだからであろう。「大殿の君」すなわち葵上は「見ゆれど」とあり、「見えたまへれど」でないのは、藤壺との対比からの差異であり、源氏の心情に由来するものであろう。

桐壺巻末の「御遊びのをりをり、琴笛《ことふえ》の音《ね》に聞こえかよひ」は、源氏の藤壺への切実な思い入れ、敬意、尊重がこめられている。「聞こえかよひ」は、心をお通わせ申し上げる源氏の行為で具体的には藤壺の琴の音に合わせて笛を吹いたのであり、そのようにしてわが心を藤壺におつたえ申したのである。青表紙本の肖柏本、三条西家本や、河内本及び別本の御物本では、「琴笛の音に聞きかよひ」となっている。別本の麦生本では、「琴笛の音を聞きかよひ」、国冬本は「琴笛の音にかよひ」とある。「琴笛の音に聞きかよひ」だと、源氏は藤壺の琴の音に、藤壺は源氏の笛の音に合わせて心を通わせ合ったということになる。麦生本は琴や笛を二人が互いに聞き心を通わせ合ったということになろう。国冬本は琴の音に笛の音に心を通わせ合ったことをいう。従ってこれらは源氏と藤壺が互いに心を通わせ合ったとするのであるが、青表紙本の大島本、横山本、池田本などは「琴笛の音に聞こえかよひ」であって、源氏からの藤壺への心寄せと読まなくてはならない。ちなみに吉沢義則博士は湖月抄本の「聞きかよひ」によって、「『聞きかよひ』であるから聞くことによつて思慕の情の往来する意である。藤壺はこと（弾物）源氏は笛である。簾を隔ててではあるが、藤壺はことの音に思慕の情を載せ、源氏は笛の音に思慕の情を載せ、その思慕の情を載せた楽声が往来するのである。恋したのは源氏ばかりでなく、藤壺もまた源氏を思つてゐたことを、隠微ながらも巧妙に物語つてゐるのであるが、余りにも隠微な表現であるので式部は若紫巻で『御遊びもやう〳〵をかしき頃なれば、源氏の君もいとまなく召しまつはしつつ、御こと笛などさまぐ〳〵に仕うまつらせ給ふ、いみじうつゝみ給へど、忍びがたき気色の漏りいづるをり〳〵宮もさすがなる事どもを多くおぼしつゞけけり』と念をおしてゐるのである。」（『源氏随攷』九四頁）と説かれ、『対校源氏物語新釈』の頭注に「聞きかよひ」について「往来はユキカヨヒである。音の往来だから、キキカヨヒである。音が行つたり来たりするのである。ことは藤壺笛は源氏。この微妙な用語で藤壺にも源氏を思ふ情の動きつつあつたことを思はせたのである」と述べていられる。

若紫巻との照応を指摘され、源氏物語の筆法として説いていられるのであるが、本文が「聞きかよひ」とある湖月抄本によって説かれていることは見のがし得ない。「聞こえかよひ」とする本文が主流であり、別本でも陽明文庫本は「きこえかよひ」である。「きこえ」は源氏からの藤壺への敬意を表わす謙譲語で源氏からの藤壺への行為であり源氏が藤壺に心を通わせ申し上げるのである。以下に続く「ほのかなる御声をなぐさめにて内裏住みのみこのましうおぼえたまふ」も源氏の行為を叙しており、ひとつづきのものとして読むべきであろう。これ以前の、「幼きほどの心ひとつにかかりて、いと苦しきまでぞおはしける。」も源氏の藤壺への心情をのみ叙していて、「大人になりたまひてのち」のこの部分も源氏の藤壺への心情と行為のみを叙しているとすべきで、「琴笛の音に聞こえかよひ」の「聞こえ」（謙譲語）に注目すべきである。

思うに「聞きかよひ」とする写本は、「かよひ」の語に心の通いを見て、心が通うのであれば藤壺の方も少なくとも源氏の心を受け入れる感情の動きがあるとして、「聞こゆ」の謙譲語による源氏の側からのみの心の通わせとするよりも、「聞こゆ」を改め「聞き」としたのであろう。が、「聞き」なら「琴笛の音《ね》に聞き」より「琴笛の音を聞き」がよいと考えたのが麦生本の書写者であろう。国冬本は二人の心の交流、通い合いを琴笛の合奏にとらえて謙譲語を取り除くだけにしたのであろう。日本古典文学大系は三条西家本を用いているので「聞きかよひ」だが頭注には「源氏は藤壺の琴を聞き、笛を吹いて琴に合わせる。藤壺を胸一杯に思い焦がれながら笛を吹いているから、笛の音に乗って源氏の心が、藤壺に通って行く。」と源氏の行為のみと解していられる。

私は「聞こえかよひ」の本文により源氏からの藤壺への、心を通わせ申し上げる行為と解する。心を通わせ申し上げたのだから藤壺も受身的には心の動くものがあったであろうと解するのは道理である。小学館『日本古典文学全集』は「藤壺の弾く琴の音に源氏が笛を吹き合わせてお聞かせするの意であろう。それによって心中が藤壺に通うのである。「通ひ」で藤壺の方にも心の動いていることを認めてよいであろう。」と説いていられ、同感である。『新編』の方も同趣意。

桐壺巻における藤壺の源氏への心情をうかがい知る点で右の「琴、笛の音に聞こえかよひ」及び異文の「琴、笛の音に聞きかよひ」の問題は重要である。「聞こえかよひ」でも「かよひ」の語により藤壺の方にも受身的ながら心の動くものがあることが認められるのだが、それはあくまで受身の心情であって「聞こえ」の語により源氏からの藤壺への心寄せが第一義であることを知らねばならない。「聞こえ」を取り除いて「聞きかよひ」あるいは「かよひ」とする異文は二人の心の通いを重く見ているのである。現代で言えば吉沢義則博士の考説がそれである。「藤壺は、ことの音に思慕の情を載せ、源氏は笛の音に思慕の情を載せ」と相思相愛的な捉え方をされ、「恋したのは源氏ばかりでなく、藤壺もまた源氏を思つてゐた」と説かれた。「聞きかよひ」によって、音の往来による「藤壺にも源氏を思ふ情の動きつつあつたことを思はせたのである」（『新釈』頭注）と解された。しかし「聞こえかよひ」の本文によれば「聞こえ」が謙譲語で源氏から藤壺への敬意、尊重を表わす源氏の行為であって、心を通わせ申し上げたことがおのずから表わす藤壺の心の動きが認められるだけであって、あくまで受動的なものにほかならず、相思相愛というようなものではない。

吉沢博士がこの桐壺巻末の「琴笛の音に……」に関連するものとして若紫巻の「御遊びもやうやうをかしき空なれば、源氏の君も暇なく召しまつはしつつ、御琴、笛など、さまざまにつかうまつらせたまふ。いみじうつつみたまへど、忍びがたきけしきの漏り出づるをりをり、宮も、さすがなる事どもを多くおぼし続けけり。」を示されたことはさすがである。「さすがなる事どもを多くおぼし続けけり」というのは、つれなくしている態度と逆の心的行為であり、つれなくしているが、源氏の「忍びがたきけしき」に、「宮も」あれこれといろいろ思い続ける心の中は、つれない態度とは逆の源氏に対するせつない心情と認めるべきであろう。「宮も」とある「も」は源氏の「忍びがたきけしき」に呼応する「も」であろう。しかしあくまで呼応する心の動きで、受動的に心動かされた心的行為であって相思相愛といった五分五分的なものではない。私は、そういう意味で桐壺巻末の「琴笛の音に聞こえかよひ」と相応、連関するものであって、「かよひ」に重点をおく異文「聞きかよひ」や「かよひ」とは相応しないと考える。すなわち藤壺に心動く心的行為をさせた主体的行為があくまで源氏のものであって、源氏のせつない態度に受動して藤壺もせつない思いをなさるのであったということなのである。つれない態度とは逆の心情が藤壺の心の中に生起していることが述べられている。源氏のせつない心情を受け止めている藤壺の姿があるだろう。そのあくまで受動的な心情のありようは桐壺巻末の「琴笛の音に聞こえかよひ」の、源氏の藤壺への心通わせ申し上げた行為を表わす表現に正しく表わされていたのであった。ここに受動的に心の通いの生じた藤壺の姿が書かれており、若紫巻の「さすがなる事どもを多くおぼし続け」る姿へと続く照応と一貫性が見られるのである。

三

紅葉賀巻の朱雀院の行幸の試楽で、源氏が見事に青海波を舞うのを見る藤壺を「藤壺は、おほけなき心のなからましかば、ましてめでたく見えましとおぼすに、夢のここちなむしたまひける。」と叙している。「おほけなき心」は、藤壺の帝に対するおそれの心と解する説もあるが、源氏の藤壺に対する思慕の情と解する。「おほけなき心」と無敬語だし、「見えまし」とあって「見えたまはまし」となっていない。自分に対する源氏の思慕の情をだいそれた気持というのは、身分的に分を越え、さらにまた互いの関係、互いの位置を考えるとき正におそれ多い心ではないかという源氏への批判、非難のこもる無敬語であろう。切迫した心情からの無敬語でもあろうが、藤壺には「顔の色あひまさりて、常よりも光ると見えたまふ」というようには、源氏に対する敬意、尊重の念はないのではなかろうか。「夢のここち」であるばかりであったのだ。

しかし翌朝、源氏から手紙が来、それへの御返事を書く時には、「目もあやなりし御さま、容貌に、……」と敬語が付くのは、昨日の源氏のありさまの「目もあやなりし」すばらしさに敬意、尊重の念を持った藤壺の心を見るべきなのであろうか。「立居につけてあはれとは見き」と感動したことの情念を詠んでいる。「おほかたには」と限定して極力軽く応答しているが。

紅葉賀巻（『源氏物語』（二）一九頁）に、「はかなの契りやとおぼしみだるること、かたみに尽きせず」とある「かたみに」の語はどきっとさせられるほど藤壺の心情のありようを明白につたえてくれる。「はかなの契りやとおぼしみだるること」は源氏だけではなく、藤壺もなのである。はかない二人の契りと思い乱れるのが藤壺もだとすると、藤壺は拒否しながら心の底では「はかなの契りや」と嘆いているわけである。心の底では源氏と逢えない関係、宿世を嘆いているのだ。表面の拒絶の強さと裏腹であるだけにこの藤壺の心は複雑だ。河内本や別本の伝二条為氏筆本は「かたみに」がない。光源氏だけが、逢えなくて「はかなの契りや」と嘆いているわけで、藤壺は拒否の強さのみが際立つ。今までの基本的な二人のありようからすれば表層的にはこの方が一貫性があろう。青表紙本その他の「かたみに」のある本文は、源氏と藤壺の逢えない嘆きは五分五分であることを表わしていよう。別本でも陽明文庫本は、「かたみに」がある。藤壺の心の底をのぞかせた「かたみに」の一語は、藤壺像の内面性を浮彫りするものである。逢えない宿世の深淵を深くのぞいているのは源氏よりも藤壺でなかったか。今まで行為として光源氏から藤壺への心寄せがあり、藤壺の心の通いはあくまで受動的であったのだが、ここに来て、藤壺の心の底には源氏よりむしろ深い思い、嘆きが生成されていたことを知るのである。しかしこれをお互いの思いが五分五分の相思相愛と早合点してはいけない。「逢えない宿世の深淵を深くのぞいているのは源氏よりも藤壺でなかったか」と前述したが、それは逢うことのできない、逢ってはならないがゆえの「はかなの契り」を嘆く心である。源氏は逢いたいが藤壺に拒否されて逢えないがゆえに「はかなの契りや」と嘆いている。「おぼしみだるること」は「かたみに」であってもその中身は位相が異るのである。次元が違うといってもよい。藤壺は自らが帝の寵妃であり義理にせよ源氏の母であることを思う。二人は男女として結ばれることのあってはならない関係で、物のまぎれがあった。長く続くべき関係ではない、と自覚するがゆえに二人の契りははかない一時的なものと思うのである。「おぼしみだるる」とある。単に嘆くのではない。藤壺は二人の関係のはかなさを自覚する心で物のまぎれの生じた二人の関係について苦悩していると見るべきであろう。源氏は二人が逢えないことを嘆いて心乱れている。源氏は一途な恋慕で思い乱れている。

藤壺は苦悩している。しかしまた「おぼしみだるる」を単に苦悩とのみ解するわけにはいかない。「はかなの契りや」と二人の契りをはかないと思う心には源氏との関係をいとしむ気持がひそんでいはしないか。「立居につけてあはれとは見き」と表白したことは源氏のすばらしさへの心寄せである。桐壺巻末の「琴笛の音《ね》に聞こえかよひ」とある源氏からの心寄せは「かよひ」の語によって藤壺の心にとどいていることが表わされている。藤壺は源氏の心寄せに心動くものがあった。受動的ではあるが。そして若紫巻で二度目の逢瀬があったことに徴すれば、一度目の逢瀬は「琴笛の音に聞こえかよひ」の時から程遠からぬ頃でなかったか。桐壺巻末は年齢の明示がなくおおまかな叙述だが元服直後というのではなく十数歳とすべきかと思われる。

「大人《おとな》になりたまひてのちは、ありしやうに御簾《みす》のうちにも入れたまはず。」とあった。塞《せ》かれた心から源氏は藤壺の琴の音にわが笛の音を合わせることによってわが思いを藤壺にとどけた。その思いはかよった。密通事件に至る通い路ははぐくまれたとおぼしい。書かれざる一度目の逢瀬（密通）は、「思ふやうならむ人をすゑて住まばやとのみ、嘆かしうおぼしわたる」嘆きの心が引き起こしたとおぼしい。そして若紫巻の二度目の密通へとつながっていった。それとも「思ふやうならむ人をすゑて住まばや」は、一度目の密通後の、禁忌の恋のかなわざる絶望感にもとづく代替願望であったか。絶望感にもかかわらずおさまりきれない情動が第二の密通事件を引き起こしたのであるか。藤壺は第一の密通事件後「あさましかりしをおぼしいづるだに世とともの御もの思ひなるを、さてだにやみなむと深うおぼしたるに」と苦悩していた。「さてだにやみなむと深うおぼ」す心は拒否の心情である。もともと受動的に心の通いを受け入れた（「琴笛の音に聞こえかよひ」）藤壺が源氏の情動に引きこまれての思いもかけなかった密通を苦悩するのは必然であって拒否の心情も必然的である。二度目の密通を「いと心憂くて、いみじき御けしきなる」のも道理である。しかし注意すべきは「いみじき御けしきなるものから」の「ものから」が示すようにそれとは逆の、裏腹に、藤壺の態度が「なつかしうらうたげに、さりとてうちとけず、心深うはづかしげなる御もてなしなどの」（若紫巻二二二・三頁）「なつかしうらうたげに」であることだ。温かい、人なつかしい、優しい態度、かわいい、可憐な様子は、藤壺という人の本来持っている人間性の輝きではあろう。しかし単にそれにとどまるものであろうか。私はそこに藤壺の源氏に対する心情を見るものである。源氏に対して優しい、可憐な、女の情愛が示されていると見る。しかし、さりとて、心くだける態度はとらない。心深う、気品高き理想の女性であると源氏は崇敬した。私は女としての藤壺の理想性は「なつかしう、らうたげにさりとてうちとけず、心深うはづかしげなる」全体像にあると思う。単に「心深うはづかしげなる」に理想性があるのではなく「なつかしうらうたげ」なるがゆえに源氏の情動に引き込まれた女としての優しさ、そしてしかしそのままくずおれ心くだけてしまうのではない抑制の心。このいわば矛盾背反の葛藤の複雑さに藤壺の深さ、理想性があるのだと思う。女としての藤壺換言すれば源氏への情愛があればこそ密通事件は起ったのである。源氏の情動を受け入れた女としての藤壺が若紫巻の逢瀬に描かれている。

紅葉賀巻の「かたみにおぼしみだるることつきせず」の「おぼしみだるる」中身は、藤壺と源氏とで位相を異にするのであるが「はかなの契りや」と嘆く心において二人の契りをいとしむ女としての藤壺の心があり、それは若紫巻の藤壺のありようにつらなる一貫性である。若紫巻の藤壺のありようは、桐壺巻末の「琴笛の音に聞こえかよひ」に表わされた源氏の心寄せとそれが藤壺の心にとどいたことに始原がある。その意味で源氏と藤壺の物語は桐壺巻に源を発し若紫巻の逢瀬、紅葉賀巻の「かたみにおぼしみだるることつきせず」に連なって貫流している。源氏の自分に対する「おほけなき心のなからましかば」と反実仮想する藤壺であったが、源氏の「おほけなき心」のあるゆえに、「はかなの契りやとおぼしみだるる」二人の宿世への嘆きが苦悩と情愛のはざまに生起しているのである。私たちはこの藤壺の「おぼしみだるる」心の深淵をのぞくことによって藤壺像の内面を知るのであり、「かたみに尽きせず」の「かたみに」の語は不可欠といわねばならないのであった。

四

藤壺の三条の宮に参賀した源氏を女房たちが絶賛する。藤壺は「宮、几帳《きちやう》の隙《ひま》より、ほの見たまふにつけても、思ほすことしげかりけり」とある。恐いほどに美しい源氏を、御几帳のすきまから、そっと見る藤壺に女心を見るのはひがめでであろうか。しかし「思ほすことしげかりけり」とある。単に女心を見るのは単純といわなくてはなるまい。やはり「はかなの契りやとおぼしみだるる」とあった藤壺の思いを想起すべきであろう。源氏への愛情こもるまなざしながら、逢ってはならぬ二人の宿世を思い、その逢ってはならぬ二人の間の御腹の御子を思い、せつない源氏への愛情と密事にかかわる不安のはざまに心揺れる藤壺の心を見るべきであろう。

出産の異常なおくれによる藤壺の不安が叙述され源氏は「いとど思ひあはせ」る。密通の二人の御子であることが、いよいよはっきりしたのである。出産の異常なおくれは、源氏にわが御子と自覚をはっきりさせ、夢占いの「及びなうおぼしもかけぬ筋のことを合はせけり。『その中に違《たが》ひめありて、つつしませたまふべきことなむはべる』と言ふに」（若紫巻二一五頁）とあった予言に思いを致さしめる意味があるが、藤壺は密通露顕の不安におののいた。「身のいたづらになりぬべきこととおぼし嘆くに、御ここちもいと苦しくてなやみたまふ」（紅葉賀巻二四頁）。「命長くもと思ほすは心憂けれど」に、新潮の『集成』は頭注に「藤壺は、あわよくばこのお産で死にたいとも思っている」と解説するが、それほどに藤壺の不安は深刻だった。このお産で死ぬことによって不安からのがれたいというのは藤壺の自覚がいかに深刻であるかを示している。これを現実的な不安感覚と片づけるまい。「宮の、御心の鬼にいと苦しく」（紅葉賀巻二五頁）とある。藤壺の不安は「人の見たてまつるも、あやしかりつるほどのあやまりを、まさに人の思ひとがめじや、さらぬはかなきことをだに、疵《きず》を求むる世に、いかなる名のつひに漏り出づべきにかとおぼし続くるに、身のみぞいと心憂き」（紅葉賀巻二五頁）とあるように密通露顕を危惧する現実的思念であって、観念的な倫理観によるものではない。ゆえに「御心の鬼にいと苦しく」というのも人間としての自然な発露であって、寵愛して下さる帝を結果として裏切っていることの自責の念にほかならない。それゆえ観念的な倫理観によるものよりはるかに生々しく藤壺の心を苦しめるものであったにちがいないのである。だから源氏が「命婦の君に、たまさかに逢ひたまひて、いみじき言《こと》どもを尽くしたまへど、何のかひあるべきにもあらず」（紅葉賀巻二五頁）となる。拒否の態度である。藤壺の拒否の態度は懐妊のときから一貫している。若紫巻に「この女宮の御こと聞きたまひて、もしさるやうもやとおぼしあはせたまふに、いとどしくいみじき言の葉尽くしきこえたまへど、命婦も思ふに、いとむくつけう、わづらはしさまさりて、さらにたばかるべきかたなし。はかなき一行《ひとくだり》の御返りのたまさかなりしも、絶え果てにたり」（若紫巻二一五・六頁）とあった。

しかし、源氏が「いかさまに昔むすべる契りにてこの世にかかるなかの隔てぞ　かかることこそ心得がたけれ」と嘆いたときの、命婦の行為と歌に見られる藤壺の心情を見のがすことはできない。

命婦も、宮の思ほしたるさまなどを見たてまつるに、えはしたなうもさし放ちきこえず。

「見ても思ふ見ぬはたいかに嘆くらむこや世の人のまどふてふ闇

あはれに心ゆるびなき御ことどもかな」

と、忍びて、聞こえけり。（紅葉賀巻二六頁）

とある。

「宮の思ほしたるさま」の中身、具体的な内容は、命婦の、「えはしたなうもさし放ちきこえず」という行為から考えて、藤壺の苦悩にひそむ源氏への情愛を命婦は感じ取っているとおぼしきものでなければならない。藤壺の源氏への情愛を感じ取っているからこそ命婦は源氏をそっけなく突き放してもお扱い申せないのである。藤壺の拒否の態度を見る命婦は源氏が手引きを頼むことには応じることはできない。しかしさりとてそっけなく突き放すこともできない。「見ても思ふ見ぬはたいかに嘆くらむこや世の人のまどふてふ闇」の「見ても思ふ」は命婦が藤壺の心情を代弁したものといえよう。思い悩む藤壺の心を源氏につたえるものである。子ゆえに悩む藤壺の苦悩にひそむ源氏への愛情をも伝えようとするのでもあろうか。複雑な藤壺の心を命婦は全的に捉え得るとは思われないが、作者は命婦の行為と歌を通して間接的に藤壺の心を読者に伝えているのであるまいか。

新潮『集成』は「宮の思ほしたるさまなどを見たてまつるに」の頭注に「子までもなした源氏へのせつない愛情を承知しているので」と解説する。小学館の『新編日本古典文学全集』の頭注は「一方では源氏を拒みつつも、他方ではひかれて惑乱する藤壺の心の状態」と解説する。旧全集も同じ。『全集』の解説は今までの藤壺の心の状態としては適切だと思うが本文の「思ほしたる」の解釈としてはいかがかと思う。ここは異文があって、青表紙本の横山本は「をもほしみたれたる」と「みたれ」をミセケチにしている。陽明文庫本、肖柏本、三条西家本は、「おもほしみたれたる」である。河内本は異文なく、別本の御物本は「おほしみたれたる」と「みた」を補入（『源氏物語大成』による。「みたれ」とすべきであろう。）している。拒否の態度と、心の底にひそむ源氏への思いとに心乱れる「おぼしみだるる」（紅葉賀巻一九頁）と同じ心と見ても、源氏への思いを察する命婦の視線として理解できる。「宮の思ほしたるさま」の本文は源氏への愛情を拝察する意となり、藤壺がそのような様子を見せるときがあり、それを命婦は脳裡にやきつかせていたことになる。もともと命婦が二人を結びつける手引きをしたゆえんもそこにあったであろうし、その後の藤壺の様子にも源氏への情愛を看取していたわけで、あながち光源氏の情熱にほだされたばかりではないことになる。

岩波の『新日本古典文学大系』は「えはしたなふ（う）もさし放ちきこえず」の脚注に「源氏・藤壺それぞれの苦悩を知る命婦はそっけない態度もとれず、藤壺に代り返歌する」と解説する。命婦の歌の内容と照応する解であり、二人の苦悩への同情とすることは肯けるが、「宮の思ほしたるさまなどを見たてまつるに」がその行為の最も直接的な契機とすれば、やはり藤壺の源氏への情愛を「見たてまつ」っているからということになるのではなかろうか。もっとも、その前の源氏の「……とて泣いたまふさまぞ、心苦しき」の「心苦しき」が命婦の主観直叙であり「いかさまに昔むすべる契りにてこの世にかかるなかの隔てぞ　かかることこそ心得がたけれ」と嘆いた源氏への同情というか心寄せがあり、「あはれに心ゆるびなき御ことどもかな」と二人の苦悩への心寄せがあることは確かである。

藤壺は（源氏のひそかな訪れを）世間の口の端を気にし警戒し拒否の態度をとる。それはわが御子や源氏の身の上を案じる深い思慮にもとづくもので今まで見てきた源氏への情愛と矛盾するものではない。しかしくり返し述べてきたことで明らかなように、藤壺は源氏の求愛に受動した結果の物のまぎれが、帝を裏切るものとして「御心の鬼にいと苦しく」、同時に事態が政治的に極めて危うぃものであることを深く認識し、拒否の態度に終始する、苦悩の人であった。ゆえに源氏への情愛というのも心の底にひそむていの様相について言うものにほかならない。

若宮（後の冷泉。源氏との密通の御子）と共に宮中に参内した藤壺は、源氏にそっくりの若宮のお顔立ちに、そしてその若宮を帝がおいつくしみになるにつけても「胸のひまなく、やすからずものを思ほす」（紅葉賀巻二七頁）のであった。「宮は、わりなくかたはらいたきに、汗も流れてぞおはしける。」（同二八頁）とあるように居たたまれない思いに苦しんでいる。

源氏からの「よそへつつ見るに心はなぐさまで露けさまさるなでしこの花」に対し、「袖濡るる露のゆかりと思ふにもなほ疎まれぬやまとなでしこ」と返歌するが、この御子が疎まれてしまうとは何と悲しい歌ではないか。新潮『集成』の解に従ったが、『源氏物語評釈』は「うとまれぬ」の「れ」を可能の助動詞として「うとうとしくはできぬ」と解する。が、「『なほうとまれぬ』の語には一方では、『うとみたい』という気持があるわけである。（中略）若宮が光る源氏との罪の子だからであろう。（中略）しかしうとみ切ることはできないわが子。それはこの子が恋しい人の『露のゆかり』であるからである。」と述べ罪を恐れる藤壺の心も指摘している。「ぬ」を完了の「ぬ」と解する説に対して「この解は、より罪への恐れを訴えた歌ということになる。しかし、罪を恐れつつも、やはり執着を捨てきれない、「ぬ」否定説のほうが意味が深いと思われる」と述べる。しかし帝の前で「わりなくかたはらいたきに、汗も流れてぞおはしける」とあった直後の藤壺の歌としては「執着を捨て切れない」とか「恋しい人の『露のゆかり』」と思う心情を述べたものとするのは無理があろう。「人のもの言ひもわづらはしきを、わりなきことにのたまはせおぼして、命婦をも、昔おぼいたりしやうにも、うちとけむつびたまはず。」（紅葉賀巻一六頁）とあったのに徴しても、源氏への情愛を返歌に正面に読み込み命婦に持たせてやるようなことはなさるまい。命婦がよろこび、また源氏が「胸うち騒ぎて、いみじくうれしきにも涙おちぬ」と感涙を流すのも、あきらめていた返事がいただけたことに感激しているのだ。「例のことなればしるしあらじかしと、くづほれてながめ臥したまへるに」、命婦が藤壺の御返事を持参したからである。

藤壺の返歌は二人の宿世の罪を深刻にうったえるものだった。源氏が「つくづくと臥したるにも、やるかたなきここちす」るゆえんである。源氏自身「よそへつつ見るに心はなぐさまで露けさまさるなでしこの花　花に咲かなむと思ひたまへしも、かひなき世にはべりければ」と、若宮が生まれたからとて、どうにもならない二人の宿縁の悲しさをうったえている。その自覚に呼応して「この子がうとまれてしまいます」と罪の子の悲しさを言う。常は御返事のない藤壺が花びらにほのかに「袖濡るる露のゆかり」の歌を書いたのは本文に「わが御心にも、ものいとあはれにおぼし知らるるほどにて」とその理由をしるすが、源氏の手紙の内容とシノニムな宿縁の悲しさと、より以上にその罪についてしみじみと思いふけっていられたのであろう。藤壺の歌は源氏の手紙に呼応して宿縁の悲しさを言うが、罪の子を詠ずるところ、深刻である。思うにこの藤壺の返歌は二人の宿世の罪を源氏に自覚させる強いひびきがある。

三　藤壺宮の造型（下）

——敬語法を視座として——

五

葵巻冒頭では「なほ我につれなき人の御心を、尽きせずのみおぼし嘆く」と源氏の嘆くさまを作者（語り手）は客観的に定位しているのであるが、「なほ我につれなき人の御心」には源氏の心情的視座が感じられよう。つまり源氏は藤壺が自分に対して「つれな」いと嘆いているということなのであるが、それはこの「我につれなき」の表現に即して考えると源氏の受け止めであるにほかならず、それは客観的にもそうではあろうが、藤壺の心情は語られていないとすべきである。私はだからといって今ここで藤壺の本心は拒否的ではないなどと言おうとするものではない。花宴巻で源氏が「かやうに思ひかけぬほどに、もしさりぬべき隙《ひま》もやあると、藤壺わたりを、わりなう忍びてうかがひありけど、かたらふべき戸口も鎖《さ》してければ、うち嘆きて」（花宴巻五二頁。頁数は『新潮古典集成』による。以下同じ）と一人称的な無敬語表現で源氏の嘆きがじかにつたわってくるので分かるように「かたらふべき戸口も鎖してければ」に藤壺の拒否の心情を感じ取る源氏の心情の切なさがかたどられている。「ければ」は「かたらふべき戸口も鎖してあったのでと、気づいて嘆く源氏の心の声を感じる。源氏は藤壺の用心を感じたことであろう。葵巻の「我につれなき人の御心」と源氏が思う具体例の一つといえよう。「御心」という敬語は源氏の藤壺への敬意に密着するものである。

しかし藤壺の心のありようはどうだったのか。その心情はあらわに語られないのだが、源氏への思いは「つれなき」御心とのみ言えるのであろうか。次の文を注意したい。

かうやうのをりにも、まづこの君を光にしたまへれば、帝《みかど》もいかでかおろかにおぼされむ。中宮、御目のとまるにつけて、春宮《とうぐう》の女御《にょうご》のあながちに憎みたまふらむもあやしう、わがかう思ふも心憂《う》しとぞ、みづからおぼしかへされける。

おほかたに花の姿を見ましかば
　つゆも心のおかれましやは

御心のうちなりけむこと、いかで漏りにけむ。夜《よ》いたうふけてなむ、事果てける。（花宴巻五一頁）

まず「中宮、御目のとまるにつけて」に注意したい。「とまりたまふにつけて」ではないところにその行為が自動的な情動であることを感じる。「御目」とあるゆえ語り手の視点による表現ではあるが、源氏の姿に目がとまる、御まなざしのそそがれる御心の情動がじかにつたわるのは無敬語の効果であろう。これは語り手が藤壺の行為の不倫に対して敬意を示さないということではない。藤壺には「御目」、「おぼしかへされ」、「御心」と敬意を示している。「御目のとまる」のは、一座の光たる源氏におのずから御目が向くということで情愛というようなものとは必ずしも言えないかもしれないが、「わがかう思ふ」の内容は弘徽殿女御が源氏を「あながちに憎みたまふらむ」ことと対比しているのだから、ひそかに源氏にひかれていることでなければならない。すると「御目のとまる」のもひそかに源氏にひかれているからの行為であって、単に一座の光のすばらしさゆえではないであろう。「おほかたに花の姿を見ましかばつゆも心のおかれましやは」の「つゆも心のおかれましやは」には現実の「心のおかれ」ていることを表わすものではあるが、その罪の意識とともに「つゆも」の強い語調には、源氏の美しい姿を不義の関係でなくて見たいという心情が感じられるであろう。現実には心のおかれてしまう不義の関係を嘆く歌ではあるが、不義なるがゆえに否定しようとする心のみでなく、「花の姿」源氏に「御目のとまる」わが心情を吐露するものでないか。さればこそ「御心のうちなりけむこと、いかで漏りにけむ」と作者がことわらねばならなかったのである。この草子地は藤壺の心情のあやうさを衝いているのだ。単に不義の関係を嘆き源氏とのことを否定しようとする歌ならば、拒否の態度を叙してきたことにつらなるのだから、わざわざこのような草子地は不要であろう。藤壺の「御心のうち」と作者が言うのだから、私たちは藤壺の本心として注目する必要がある。紅葉賀巻（一二頁）でも「藤壺は、おほけなき心のなからましかば、ましてめでたく見えましとおぼす」とあった。罪の意識とともに源氏が「めでたく見え」ることも表白している。不義の関係でなければと反実仮想する心は、現実の「めでた」き源氏の彼方に「ましてめでたき」姿を仮想しているのだ。不義を否定する心は真実ながら、それはその意味での拒否の心情であり、源氏にひかれる心情を一方で認めてよいのではあるまいか。

　ひかれてはいるが拒否するのはわが御子東宮（冷泉）の前途を危ぶむからである。このことは藤壺の出家が究極の行為としてなされることによって明白となる。阿部秋生博士の「藤壺の宮と光源氏㈡」（「文学」平成元年9月）は賢木巻を中心に藤壺の心境、源氏への拒否を詳しく見ていられる。「藤壺の宮の関心乃至は愛情は、院の崩後の今は、専ら春宮に集中しはじめているように見える、源氏に思いを寄せようとする様子はさらにない。」と言われ次の文をあげていられる。

　内裏《うち》に参りたまはむことは、うひうひしく所狭《せ》くおぼしなりて、春宮《とうぐう》を見たてまつりたまはぬをおぼつかなく思ほえたまふ。またたのもしき人ものしたまはねば、ただこの大将の君をぞ、よろづに頼みきこえたまへるに、なほこの憎き御心のやまぬに、ともすれば御胸をつぶしたまひつつ、いささかもけしきを御覧じ知らずなりにしを思ふだに、いと恐ろしきに、今さらにまた、さる事の聞こえありて、わが身はさるものにて、春宮《とうぐう》の御ためにかならずよからぬこと出で来なむとおぼすに、いと恐ろしければ、御祈りをさへせさせて、このこと思ひやませたてまつらむと、おぼしいたらぬことなくのがれたまふを、いかなるをりにかありけむ、あさましうて近づき参りたまへり。心深くたばかりたまひけむことを、知る人なかりければ、夢のやうにぞありける。（賢木巻一四九・一五〇頁）

阿部博士の言われるように「強い拒絶的姿勢」であり、源氏とのいきさつを桐壺院がいささかもご存じないまま崩ぜられたことを思うだけでも「いと恐ろしき」という畏怖の念と、源氏との密通の噂が立っては、東宮の失脚を招くであろう怖れの二つの理由による。共に「いと恐ろし」という感情だが、前者は夫帝を裏切ったことへの倫理的罪障感であり、後者は現実の政治的障害への恐れである。前者は生涯ついて離れぬものだが、後者は避けなければならぬし、対応を誤らなければ避け得ることである。藤壺は阿部博士の言われるように「院の崩後の今は、専ら春宮に集中し」て、東宮に危難の及ぶことを専ら避けようとしているのである。

六

藤壺の拒絶的態度は詳しく語られていて、阿部博士の言われる通り、賢木巻の「藤壺の宮は源氏を拒むことに全精力を傾けている」。「憎き御心のやまぬに」（一四九頁）、「まねぶべきやうなくきこえつづけたまへど、宮いとこよなくもて離れきこえたまひて、果て果ては御胸をいたうなやみたまへば」（一五〇頁）、「『なほ、いと苦しうこそあれ、世や尽きぬらむ』」（一五二頁）、「世の中をいたうおぼしなやめるけしきにて」（一五二頁）、「あさましうむくつけうおぼされて、やがてひれふしたまへり」（一五二頁）、「ゐざりのきたまふに」（一五二頁）、「まことに心づきなしとおぼして、いらへも聞こえたまはず」（一五三頁）、「なつかしきものから、いとようのたまひのがれて」（一五三頁）等々藤壺宮の拒絶は一貫しており、そこに源氏への情愛は認めることはできない。「いと心憂く、宿世《すくせ》のほどおぼし知られて、いみじとおぼしたり」（一五二・三頁）というのが藤壺宮の思いである。

それにひきかえ源氏は「男」の情動をほしいままにし、狂乱にも似たうったえに終始しており、その隔絶のさまは二人の呼称「宮」と「男」に象徴的にかたどられている。源氏を「君」と呼んでいる箇所は、源氏が藤壺を屏風の隙間から近くに見ているところで、「めづらしくうれしきにも、涙は落ちて見たてまつりたまふ」と第三者的客観表現で感動のさまを叙しており、切迫したけはいはなく、「言ひ知らずなまめかしう見ゆ」で、「見えたまふ」と藤壺に敬意を払わないあたりに、源氏の切迫した情動は感じるが「なまめかしう」と見るあたり賛歎の情ながら美を美として見ている余裕とでもいうけはいがある。そして既に指摘されているように「ただかの対の姫君に違《たが》ふところなし」と紫上を基準視する転換を画するとらえ方がなされていて「あさましきまでおぼえたまへるかなと見たまふままに、すこしもの思ひのはるけどころあるここちしたまふ（一五二頁）と「もの思ひのはるけどころ」すなわち紫上に依存する気持も語られている。とはいえやはり藤壺宮は源氏にとって「たぐひなくおぼえたまふ」（一五二頁）存在で、そう思うと源氏は「心まどひして、やをら御帳《みちやう》のうちにかかづらひ入りて、御衣《ぞ》の褄《つま》を引きならしたまふ」（一五二頁）。語り手はこの場面に黒衣《くろこ》のようにひそんで第三者的に客観的に二人の有様を述べていく。「心にもあらず、御髪《ぐし》の取り添へられたりければ、いと心憂く」に藤壺宮の心情的視座による叙述が見られ「宿世のほどおぼし知られて、いみじとおぼ」す藤壺宮のつらい思いがつたわってくるが、基調としては語り手の視座からの描写であって、切迫した場面ながら全体としては私たち読者も客観的に劇中の二人を見つめることとなる。「せめて従ひきこえざらむもかたじけなく、心はづかしき御けはひなれば」（一五三頁）に源氏の視点による藤壺宮への思いのこもる叙述が見られ、私たちは源氏の心の構えが自制へと立ち戻っていくのをじかに感じる。藤壺宮の「心はづかしき御けはひ」は源氏自身が感得したものである。「従ひきこえざらむも」という謙譲語のみであり藤壺宮への敬意のみで、源氏への敬語はないのは源氏の心情的視点に即しているからで、「心はづかしき御けはひ」の「御」は源氏の藤壺への敬意に密着した表現であり、ほとんど源氏の心内語にひとしい地の文である。藤壺宮の「心はづかしき御けはひ」が源氏を自制せしめたことがじかにつたわってき、藤壺宮の「なつかしきものから、いとようのたまひのがれ」た拒絶の態度が徹底していたことが源氏を自制に導いたことがよく分かるのである。藤壺宮の拒絶の理由は阿部博士の言われるように故桐壺院への罪の意識とわが御子東宮（冷泉）の危難を防ぐためである。わが御子東宮の安泰、将来の無事即位の実現のためである。藤壺宮は何としても源氏を拒絶しようとする。「今さらにまた、さる事の聞こえありて、わが身はさるものにて、春宮《とうぐう》の御ためにかならずよからぬこと出で来なむとおぼすに、いと恐ろしければ、御祈りをさへせさせて、このこと思ひやませたてまつらむと、おぼしいたらぬことなくのがれたまふを、（一四九頁）とある。御祈禱までおさせになったのは、二人の関係を宿世の罪と思っているからであろう。人力だけでは避けえない二人の関係と認識するからであろう。「心にもあらず、御髪《ぐし》の取り添へられたりければ、いと心憂く、宿世のほどおぼし知られて、いみじとおぼしたり」（一五二・三頁）というのも、常々「宿世のほど」、逃れられぬ二人の宿縁の深さを、思っていたからである。藤壺の拒絶は「心はづかしき御けはひ」となって源氏を自制に導いた。藤壺の宿世の罪の自覚が源氏に乗り移ったのでもあろう。

藤壺宮は「なつかしきものから、いとようのたまひのがれ」た。やさしく源氏を導く心が見られよう。しかし源氏は「籠りおはして、起き臥し、いみじかりける人の御心かなと、人わろく恋しう悲しきに、心魂《こころだましひ》も失せにけるにや、なやましうさへおぼさる。」（一五五頁）という有様で、「かかることたえずは、」とついに藤壺宮は出家を決意する。弘徽殿大后の圧力という危機感を源氏の惑乱的な接近が増幅させたのである。一方源氏も気落ちから出家を思い立つが紫上にひかれて出来ない。源氏は藤壺への恋慕を絶てないものの紫上に「すこしもの思ひのはるけところ」を見いだして、世を背きたい思いも紫上への愛着でうち消されてゆく。源氏の藤壺への恋慕の情が惑乱的なものから少しずつ脱していくのはこの紫上の存在が大きな力となっていよう。恋慕の心は絶えないけれど、紅葉に恋文を結んでどきりとおさせするていの、単なる後見と境界のさだかでない程度に振舞うようになってきている。しかしそれすらも藤壺は不快であった。藤壺の心のありようは一直線といってよいほどに固く定まっているのだ。

七

なのめなることだに、かやうなるなからひは、あはれなることも添ふなるを、まして、たぐひなげなり。

（一五三頁）

普通の不倫関係でも、苦しい、悲しい思いのするものだが、源氏と藤壺の関係は単なる普通の不倫関係というようなものではない。二人の関係は普通の男女関係を超えた深刻な宿世の罪であるがゆえに「まして、たぐひなげなり」と作者は言うのであった。このことを常に自覚し深刻に考えているのが藤壺宮であり、政治的状況の危機に、弘徽殿大后を呂太后《りよたいこう》に、わが身を戚夫人《せきふじん》の運命とまではならずともまでなぞらえての恐怖に追いこまれているのも、この罪障への恐れが底にはたらいているからで、単なる政治的対立だけだったらこんなに恐れて尼になる逃避を決意されるだろうか。現実には弘徽殿大后の勢威による圧迫感であるが、源氏の不謹慎な振舞への不安とが重なってのことで、何より秘事の罪障の露顕を危ぶむ心が常に底にあるから弘徽殿大后が恐ろしいのだ。「宮（東宮・わが御子冷泉）の御ためにもあやふく、ゆゆしうよろづにつけて思ほし乱れて」（一五七頁）はその心配である。自分たちの密事が露顕すればわが御子東宮は不義の子として廃せられるにちがいない。東宮が「おとなびたまふままに、ただかの御顔を脱ぎすべたまへり」（一五七頁）とは藤壺にとって恐怖ではなかったか。「いとかうしもおぼえたまへるこそ心憂《う》けれと、玉の瑕《きず》におぼさるるも、世のわづらはしさの、空恐ろしうおぼえたまふなりけり」（一五七・八頁）とある。弘徽殿大后への恐怖が、東宮の源氏との酷似にもとづいていることが語られている。単なる政治的対立についての緊張ではないのである。源氏との密事に由来するわが御子東宮の運命への不安が藤壺の心を専らにしていたとおぼしい。

一方源氏は朝顔斎院に恋慕の歌を贈り、斎院も源氏の気持を思って時たまの源氏のお便りへはあまりすげなくはお扱いになれない様子。斎院がこのようであることを語るのは何のためか。藤壺の心が斎院とも隔絶した厳しいものであることを対比的に示そうとするのであるか。神に仕える斎院に恋歌を贈る、憚り多い恋にかえって炎を燃やす源氏の色好みを示して藤壺の危機感を読者にうなずかせるためなのか。これもまた藤壺と源氏の心の構えの隔たりを浮き彫りするものであろうか。「あいなき心のさまざま乱るるやしるからむ」（一六三頁）と源氏自身紫上に対して思っている。藤壺に焦がれる自分の困った心の乱れを彼自身もよく分かっている。また源氏も弘徽殿大后やその一族の政治的圧迫を身にしみて痛感している。危機を知らないのではない。朧月夜尚侍にも便りせずということはそのしるしなのだが、朧月夜から手紙が来るとその気持に打たれて返書をしたためる色好みの艶《つや》やかさは源氏の面目というものなのだ。

　藤壺は御八講の「果ての日」に出家を決行した。源氏と藤壺の歌の唱和は、共に東宮の身の上を思うことで一致し、源氏はそれゆえ出家の志を果せないと言い、藤壺は出家しても、東宮のことは思い切ることはできないと言う。（源氏）「月のすむ雲居《くもゐ》をかけてしたふともこの世の闇になほやまどはむ」（藤壺）「おほかたの憂《う》きにつけてはいとへどもいつかこの世を背《そむ》き果つべき　かつ濁りつつ」。「春宮《とうぐう》の御ことのみぞ心苦しき」（一七四頁）と源氏は思う。藤壺出家後、東宮のことを我が一身に背負わねばと思う。藤壺の願い通りであるまいか。歌の唱和に東宮の身の上を思う心で一致した二人だが、藤壺の出家の意図は報われたといってよい。出家により男女関係を疑われる恐れはなくなり、藤壺自身で取次なしに応答なさる時もあるようになった。「参りたまふも今はつつましさ薄らぎて、御みづから聞こえたまふをりもありけり。」（一七五頁）。「今はつつましさ薄らぎて」は源氏、藤壺双方ともであるのだ。二人の関係は藤壺の出家により新しく結び直されたというべきか。かえって相互に近づきうる関係となったのだ。それは男女関係を排除して成り立つ濃い関係である。領導したのは言うまでもなく藤壺宮である。源氏は藤壺への恋を思い離れたわけでは決してないのだが、尼になられた今では従前にましてあるまじきことと思わねばならない。「思ひしめてしことは、さらに御心に離れねど、ましてあるまじきことなりかし」（一七五頁）。「ましてあるまじきことなりかし」は作者の草子地でくっきりと二人の関係を規定、画定したひびきを持つ。ここで作者は二人の関係に区切りをつけようとするのであろう。源氏の藤壺への恋慕の心は変らないが「ましてあるまじきことなりかし」。

年も改まり、藤壺は「御行ひしめやかにしたまひつつ、後の世のことをのみおぼすに、たのもしく、むつかしかりしこと離れて思ほさる。」（一七五頁）。藤壺の三条宮は思い沈んだ様子で、向かいの二条の宮、右大臣邸の勢威盛んな有様に藤壺は心さびしく思う。出家したからといって完全に現世と絶ち切っているわけではない。いな、藤壺は出家することによって右大臣・弘徽殿大后の圧力が東宮の身に及ぶことを防ごうとしたのであり、一見逃避に見えて実は心の奥に東宮の無事即位、つまるところ右大臣・弘徽殿大后に打ち勝つ将来を意図していられるのである。だから「むつかしかりしこと離れて思ほさる」（一七五頁）とは源氏との煩わしかったことが遠い昔のことのように思われなさるということであって、政治的な対立から遠のいたというのではない。源氏の訪問に千人の味方を得た思いをなさるのはまさに政治的次元に立つ心情にほかならぬであろう。しかしその政治的次元における心の連帯に二人の深い宿世の結びつき因縁があり単なる政治的連帯感ではない。東宮の無事即位を念ずる連帯であり、東宮は二人の間の御子である。秘密の御子たるゆえに二人の心の連帯は二人だけのひそかな世界である。「千人にもかへつべき御さまにて、深うたづね参りたまへるを見るに、あいなく涙ぐまる。」（一七六頁）。藤壺の心情的視点に即し、さながら藤壺と一体化した一人称的叙述による藤壺への無敬語表現はじかに藤壺の心がつたわってくる。「御さま」、「参りたまへる」の敬語表現は地の文ゆえ語り手の敬意表現なのであるが、源氏を見ている（「見るに」）藤壺の視点に重なるであろう。「参り」は藤壺への敬意ゆえ客観的表現といわねばならないが身分的関係上固定的表現と言うべきか。無敬語表現（傍線部）は藤壺の言い知れぬ感動をつたえるものである。（本書所収拙稿「源氏物語の表現と人物造型―地の文の表現機構―」を参照されたい）ここには源氏への深い感情が読み取れよう。

源氏の歌「ながめかるあまのすみかと見るからにまづしほたるる松が浦島」に対する「ありし世のなごりだになき浦島に立ち寄る波のめづらしきかな」という藤壺の歌は厳しい政治状況の中唯一頼るべき人としての源氏への思いがこもる。東宮の身の上を思う心において二人の心の交流は従前にまして深まり強くなった。藤壺はもとよりだが源氏の自覚が深まった。それは藤壺周辺の尼たちの源氏を見るまなざし、言説が証していよう。（尼たち）「さもたぐひなくねびまさりたまふかな。心もとなきところなく世に栄え、時にあひたまひし時は、さるひとつものにて、何につけてか世をおぼし知らむと、おしはかられたまひしを、今はいといたうおぼししづめて、はかなきことにつけても、ものあはれなるけしきさへ添はせたまへるは、あいなう心苦しうもあるかな」（一七七・八頁）。彼女たちは藤壺の侍女たちであったから、過去と今の源氏の風姿から鋭くその変貌を感じ取っているのだ。「老いしらへる人々、うち泣きつつ、めできこゆ。宮もおぼしいづること多かり」（一七八頁）。栄華の盛りの過去よりも今の源氏が人の世の機微がお分かりになり、しんみりした深い感じがお加わりになっているとの尼たちのとらえかたは藤壺も同じだったのだ。「宮もおぼしいづること多かり」とは源氏の過去の有様を今にひきくらべて思いだされているのであってむしろ今の源氏への感慨が中心であろう。自らの出家によって事態についての自覚を深めたであろう源氏を姉のような心でいとしんでいられるのであるまいか。

藤壺は「わが身をなきになしても、春宮《とうぐう》の御代《よ》をたひらかにおはしまさばとのみおぼしつつ、御行ひたゆみなくつとめさせたまふ。人知れずあやふくゆゆしう思ひきこえさせたまふことしあれば、われにその罪を軽《かろ》めてゆるしたまへと、仏を念じきこえたまふに、よろづをなぐさめたまふ。大将も、しか見たてまつりたまひて、ことわりにおぼす。」（一七八頁）。藤壺の出家は決して単なる政治的次元の逃避なぞではなかった。東宮の不義の御子たる罪を軽めるべく、わが身がこの世の栄華を捨て、仏道修行に専念することに免じて、仏にわが御子東宮の罪のゆるしを願うのである。東宮が桐壺帝の子ではないゆえ本来の筋道からいえば皇位に即くべきでない、その罪を負った東宮をゆるしたまえと一心に祈るのは、東宮を本来の筋道をまげても即位させたいとの執念である。そのためには「わが身をなきになしても」という。これはすごい政治的執念であり、あの弘徽殿大后にも負けない政治家藤壺像というべきである。「大将もしか見たてまつり」とあるがそのような推測ではあるまいか。事柄は単なる政治的な問題ではなく宗教的命題として二人は認識し合っていようが、宗教的命題に胚胎する政治的課題であり、分離できるものではない。仏を念ずる心がすぐれて政治的念願に合一している。

弘徽殿大后などはこの隠れた宗教的命題は知り得ぬものの、政治的念願は感知して当然であるから、朧月夜との密会の場を右大臣に見つけられた時、「春宮《とうぐう》の御世、心寄せ異なる人なれば、」（一八九頁）と弘徽殿大后は言い放っている。政治的念願は敵も味方も諒知している。その裏に隠れた秘事は絶対の秘密として二人だけのひそかなる宗教的命題であったから、朧月夜との密会露顕のことが契機となって、須磨へ退居する自発的行為が源氏と藤壺には罪障を減ずることにより東宮の無事即位を目指す宗教的行為と政治的行為の合一であったのに、世間では「帝の御妻《め》をさへあやまちたまひて」（須磨巻二四八頁。明石君の母の言葉）と専ら朧月夜との密会が原因となっての政治的圧迫によるものと見られているらしい。確かに須磨退居の契機にはなったが朧月夜とのことは原因ではないことは既に論じられている。また朝顔斎院への恋も、弘徽殿大后・右大臣側は源氏の罪としてあげつらっており、いわば朧月夜のことも朝顔のことも、藤壺との密通という罪障、それによる東宮の危機を、結果として隠蔽したことになる。藤壺への恋慕のまぎらわしというべき一連の情動、六条御息所、朝顔、朧月夜とのことが世間に知られれば知られるだけ、そのぶん藤壺への恋慕は隠蔽されたわけである。源氏の色好みの情動は、肝心の秘事、藤壺とのことを隠すはたらきとなっているのだ。源氏にその意図がなかったとは言えまい。勿論それを目的に色好みの情動に走ったのではないが、それぞれの女人に没頭する中で藤壺とのことは心中深く秘められ表にあらわれることはない。

八

須磨へ出発の前夜、源氏が藤壺宮を訪れた場面、藤壺自身で応対し東宮のことが大層気がかりなことと思っていらっしゃる。

「かく思ひかけぬ罪にあたりはべるも、思うたまへあはすることの一節《ひとふし》になむ、空も恐ろしうはべる。惜しげなき身はなきになしても、宮の御世《よ》だに、ことなくおはしまさば」とのみ聞こえたまふぞことわりなるや。宮も、皆おぼし知らるることにしあれば、御心のみ動きて聞こえやりたまはず。（須磨巻二一八頁）

「思うたまへあはすることの一節になむ、空も恐ろしうはべる」。藤壺との密通、その子は東宮の身、将来即位することを思い、天のとがめを思う源氏。この罪障をつぐなうことが、この度の須磨退居の真因であり目的なのだ。源氏は密通の後の藤壺懐妊の時に見た「おどろおどろしうさま異《こと》なる夢」を占わせた夢占いの言葉を思い合わしているのだ。「及びなうおぼしもかけぬ筋のことを合はせけり」（若紫巻二一五頁）は源氏が天子の父となるであろう、つまり藤壺懐妊の御子は将来天子になるであろうということ。その運勢の中に「違《たが》ひめ」があり「つつしませたまふべきことなむはべる」とは、本来天子になるべきでない不義の子東宮を即位させるための不可避のつぐないなのだ。そのことを源氏は思い合わせて須磨に退居しようとする。罪障を軽めるための謹慎である。「惜しげなき身はなきになしても、宮の御世《よ》だに、ことなくおはしまさば」。これ一つが念願であり祈りである。罪障をつぐなうことによって東宮の無事即位を念ずる宗教的行為がすぐれて政治的行為なのだ。これは藤壺の「わが身をなきになしても、春宮《とうぐう》の御代《よ》をたひらかにおはしまさばとのみおぼしつつ、御行ひたゆみなくつとめさせたまふ。人知れずあやふくゆゆしう思ひきこえさせたまふことしあれば、われにその罪を軽《かろ》めてゆるしたまへと、仏を念じきこえたまふ」（賢木巻一七八頁）宗教的行為がすぐれて政治的行為であるのと軌を一にする。「宮も、皆おぼし知らるることにしあれば」（須磨巻二一八頁）とは、すでに藤壺自身が同じ思いであったからである。源氏も藤壺も東宮が位を廃されることを恐れている。「空も恐ろしうはべる」（源氏の思い・言葉）は「人知れずあやふくゆゆしう思ひきこえさせたまふことしあれば」（藤壺の思い）に符合する。源氏の須磨退居は表面政治的謹慎だが、内実は藤壺が「仏を念じ」て東宮の罪の軽減を祈るのと同じ宗教的行為であり、されば源氏は須磨で勤行の生活を送る。「『釈迦牟尼仏《しゃかむにぶつ》弟子《でし》』と名のりて、ゆるるかによみたまへる、」（須磨巻二三九頁）。勿論源氏の生活は勤行ひとすじというものではなく、風流と都の女君たちとの文通など色好みの風姿は消えないが。

藤壺も源氏に返書を心をこめて書いた。

入道の宮にも、春宮《とうぐう》の御ことによりおぼし嘆くさま、いとさらなり。御宿世《すくせ》のほどをおぼすには、いかが浅くはおぼされむ。年ごろはただものの聞こえなどのつつましさに、すこし情《なさけ》あるけしき見せば、それにつけて人のとがめ出づることもこそとのみ、ひとへにおぼし忍びつつ、あはれをも多う御覧じ過ぐし、すくすくしうもてなしたまひしを、かばかりに憂《う》き世の人言《ひとごと》なれど、かけても、このかたには言ひ出づることなくて止《や》みぬるばかりの人の御おもむけも、あながちなりし心の引くかたにまかせず、かつはめやすくもて隠しつるぞかし、あはれに恋しうもいかがおぼし出でざらむ。御返りもすこしこまやかにて、

このころはいとど、
塩垂《しほた》るることをやくにて松島に
年ふる海士《あま》もなげきをぞつむ
（須磨巻二二九・二三〇頁）

源氏が須磨へ流浪する悲境を、藤壺は何より東宮を守る後楯を失ったことによる嘆きとして受け止めているが、源氏への思いも子までなした前世からの因縁の深さを思えば浅くはなかったのだ。今までは世間をはばかって少しでも情あるそぶりを見せなかったのだという。それゆえに「おぼし忍びつつ」だったという。とすれば内心には藤

壺も源氏との深い契りを思っていたわけだ。切っても切れぬ契りの深さを思う心は単純な男女の情愛よりも深い宿世の縁、つながりを思う心であり源氏への思いの深さというべきだろう。これをいわゆる性としての男女の情愛とは質を異にするとはいえ、源氏その人を案じ思う情愛にほかならない。決して東宮のみに集中しているのではないことをここの叙述は語っている。そしてもう一つ、源氏があれほどいちずな恋慕の情を見せながらも、一方では目立たぬように世間に対しては内心を隠していたことを嘉《よみ》し、それにつけて源氏をしみじみと「恋しう」思っていることである。藤壺は自分が内心を隠していたことと源氏がやはり世間には内心を隠していたこととの一致をこの上なく嬉しく思っている。そこに志の一致を見て源氏を嘉《よみ》する嬉しさ、それにつけての恋しさは、源氏を評価する心であり、同志の人としての感慨である。東宮の無事即位という大業を、二人の心の固い一致で成しとげようとするこころのきずな、情愛を藤壺は今こみ上げる思いで痛感している。

そもそもこの二人はいわゆる男女の不倫のよろこびで、たとえば朧月夜との場合のように、帝を裏切っているのではなかった。源氏も父帝に対し罪深さを感じ恐れている。「……恐ろしうのみおぼえたまふ」（若紫巻二一四頁）。また藤壺は「宮も、なほいと心憂き身なりけりとおぼし嘆く」（同右頁）、「あさましき御宿世《すくせ》のほど心憂し」（同右頁）とあくまで心憂く思っている。「なほのがれがたかりける御宿世」（同右頁）、「そら恐ろしう、ものをおぼすこと、ひまなし。」（同二一五頁）等に明らかである。だから常に根底にこの恐れがあり、情愛といってもこの宿世を全からしめる同憂同志の人としての情愛といわねばならない。単純でない複雑な思いである。「入道の宮は、春宮《とうぐう》の御ことをゆゆしうのみおぼししに、大将もかくさすらへたまひぬるを、いみじうおぼし嘆かる」（須磨巻二四四頁）は、東宮の為に源氏の流浪を嘆くというよりは、東宮のことに加えて源氏の身を嘆く藤壺の心が語られている。

都に帰ってから藤壺との対面は「入道の宮にも、御心すこししづめて、御対面のほどにも、あはれなることどもあらむかし。（明石巻三〇七頁）と作者は語る。「あはれなることどもあらむかし」の内容は何だろうか。東宮無事即位のことが中心であるにちがいない。そこへこぎつけた二人の感慨はいわゆる男女の情愛を超えたものではあるが、それは従前のように源氏の恋慕をしりぞけようとやっきになるていのものではなく二人ともに落着いた心でのしみじみとした情感であるだろう。源氏は恋慕の心を永遠《とわ》に秘めつつも今政治家としての充実に向かおうとし、藤壺はそのような源氏に深いいとしさを感じているのであるまいか。澪標巻での前斎宮の入内に見せた藤壺の行動は単に政治的振舞ではあるまい。政治家光源氏を助けようとする行動はわが御子冷泉帝と源氏の結びつきを強化する政治的行動であるが、単に冷泉帝のことだけを考えての行動というよりはそれと共に源氏の政治家としての摂関政治的立場の強化に動いた情意を見るべきであるまいか。絵合での「在五中将の名をば、え朽《くた》さじ」（絵合巻一〇五頁）に源氏への思いをこめているとの清水好子氏の高論「絵合の巻の考察—附、河海抄の意義—」（「文学」昭和36年7月。『源氏物語の文体と方法』所収）が思い合わされるが、「それはおのが秘密に相似する業平の物語を認めることによって、ひそかに自分と光源氏の恋を認めようとする藤壺の姿が見られるというのではない。藤壺に伊勢物語を認めさせた、藤壺と伊勢物語を結びつけたことに、二人の恋を容認しようとする物語作者の意図を見るのである。」（右書二七三頁）と氏は述べていられる。業平の恋と源氏の恋の相似、いずれも禁制の恋であることを知った上で伊勢物語を支持し、「在五中将の名をば、え朽《くた》さじ」と左方を支持し源氏を救援するのは単なる政治家藤壺の心なのだろうか。二人の恋を認めようとする藤壺の心ではない。藤壺にとってそれはあくまで心憂きこと恐ろしきことなのであるが、出家して男女の関係から解き放たれている今での源氏への情意を単に乾いた政治家次元のみのものと見ることはないのではなかろうか。それは二人の宿世の因縁に根ざした運命共同体的な深い心だと思われる。藤壺は終生源氏の恋と源氏をいとしく思うわが心を認めたわけでない。「宮の、御心の鬼にいと苦しく、人の見たてまつるも、あやしかりつるほどのあやまりを、まさに人の思ひとがめじや、さらぬはかなきことをだに、疵《きず》を求むる世に、いかなる名のつひに漏り出づべきにかとおぼし続くるに、身のみぞいと心憂き」（紅葉賀巻二五頁）という恐れの心は終生つきまとうたばかりかあの世でも離れなかった。朝顔巻で源氏が紫上に藤壺のことを語ったのを、藤壺は恨んで「漏らさじとのたまひしかど、憂き名の隠れなかりければ、はづかしう、苦しき目を見るにつけても、つらくなむ」（朝顔巻二一二・三頁）と源氏の夢枕に立った。後世の罪障となって冥界で苦しい目にあっているとうったえている。「やはらかにおびれたるものから、深うよしづきたるところの、並びなくものしたまひし」（朝顔巻二一〇頁）は際どい体験回想の口すべらしでなかったか。藤壺の恨みはそこにあると思われる。紫上があるいは気づいたかもしれない危うさを恨んでいるのだと思う。「やはらかにおびれたる」とは女らしいおおどかさ、受動的な柔らかさであり、男の情愛を受け入れる感触を言っているのだから。「深うよしづきたるところ」はそれを補完するものにほかならないであろう。『新潮古典集成』頭注は「紫の上に自分のことを語ったのを恨んでいる。女としての悲しい嫉妬の思いが籠められている」と記すが、人には漏らさないとおっしゃっていたのに漏らしたではないかという恨みのことばに女としての嫉妬の情がこめられていることは認められるが、折角運命共同体的にこの秘事を共に守り通してきたと思ったのに、自分の死後紫上に際どい話し方をするとは、と恨んでいるのであって、自分はこの事のために後世《ごせ》の罪障の苦患にあっているというのに、と冥界からたしなめ、冥界からも源氏を導く姿だと思う。須磨退居の源氏を思いやって世間には漏らさないようにしたことを嘉《よみ》し、それにつけて「あはれに恋しう」（須磨巻二三〇頁）思ったことと表裏する恨みであり、否定的評価を下すことにより源氏を正しく導こうとする冥界からの発信、愛情表現というべきであろう。「うちもみじろかで臥したまへり」（朝顔巻二一三頁）という源氏の姿に藤壺の思いが通じたのを感ずる。いったい藤壺の源氏への愛情とは源氏を領導する性格のものであり、男女睦れ合うていいのものではない。それは女らしいところがなかったということではなく、二人の関係の特別な宿縁への深い自覚によるものである。藤壺の源氏への愛情はその意味で多分に母代り的な性格であった。

それでは藤壺崩御直前の、薄雲巻の「心のうちに飽かず思ふこと」とは何であったのだろうか。

御心のうちにおぼし続くるに、高き宿世《すくせ》、世の栄えも並ぶ人なく、心のうちに飽かず思ふことも人にまさりける身とおぼし知らる。上《うへ》の、夢のうちにも、かかる事の心を知らせたまはぬを、さすがに心苦しう見たてまつりたまひて、これのみぞ、うしろめたくむすぼほれたることにおぼし置かるべきここちしたまひける。

（薄雲巻一六六頁）

崩御直前の「御心のうちにおぼし続くる」内容で「高き宿世、……人にまさりける身」は心内語である。「上《うへ》の、……ここちしたまひける」は作者の説明、地の文である。作者の、「心のうちに飽かず思ふことも人にまさりける身」の〝解説〟ともいえようか。藤壺は、源氏との密通の御子たる冷泉帝がこの密通の事をご存じでないことだけが、心の晴れぬことだという〝解説〟は、「心のうちに飽かず思ふこと」が密通事件であることを明示し、御子誕生にまつわる暗い苦悩であることを知らせよう。「袖濡るる露のゆかりと思ふにもなほ疎《うと》まれぬやまとなでしこ」（紅葉賀巻二九頁）との思いは御子についての暗い思いであった。藤壺は母としてこの御子のために捨身・出家しており、出家後も冷泉帝の治世のために尽力している。「疎《うと》まれぬ」とは歌の上の句に理由を示しているように源氏との密事の御子と思うにつけてである。源氏に対して藤壺は斎宮女御の冷泉帝への入内に前面に出て政治的協力をしており、それはわが御子冷泉帝のためではあるが、源氏の政治的立場の強化に一役買って出ている姿であり、密事の御子のために源氏を領導する、運命共同体的行為であった。密事の御子を共有する運命共同体的行為が藤壺の強い意志によって貫かれたのであるが、それは「心のうちに飽かず思ふこと」を秘め続けてのことであったことを崩御直前の回想が明らかにしているのだ。心の中に抑えて秘め続けたこととは藤壺が永久の秘事として守り通したかった源氏との密通事件であるが、それゆえに冷泉帝がその秘事を知らぬまま、つまり実の父を源氏と知らぬままであること、それが天子として重大問題たることは、夜居の僧が説き明かすことになるが、天子たるものが人倫の最も肝要な孝の道を、父を父と知らぬがゆえに踏み行い得ていないことを憂《うれ》い続けてやまなかったのだ。

光源氏が帝の父となる（若紫巻の夢占い）という巨大な運命の相に藤壺は組み込まれていたのであり、その苛酷な運命に耐え源氏の運命を全からしめた行為は、男女の愛情と言うにはあまりにも厳しいものであったが、それを裏返せば、もしこのような苛酷な関係ではなくして源氏と結ばれているのであったらという反実仮想を、見いだすことができるのではあるまいか。本稿（上）（下）にわたり見てきたように、陰微にかすかにかすかに語られたとおぼしい藤壺の源氏への情念をかえりみるのである。特には須磨巻二二九頁の「御宿世のほどをおぼすには、いかが浅くはおぼされむ。年ごろはただものの聞こえなどのつつましさに、すこし情《なさけ》あるけしき見せば、それにつけて人のとがめ出づることもこそとのみ、ひとへにおぼし忍びつつ、あはれも多う御覧じ過ぐし、すくすくしうもてなしたまひしを、」という作者の説明は、藤壺のこれまでの源氏へのつれない態度に秘められた本心を明かしているではないか。世間を憚る恐れから源氏への情愛は心に秘めて表わさなかったのだという。新潮『集成』頭注が薄雲巻一六六頁の「心のうちに飽かず思ふこと」について「源氏に愛情を抱きながらも拒まねばならなかったことをいう」と注しているのも、源氏への秘めた愛情を抑制してきた「飽かぬ思い」を言っていられるのであろう。それは裏返せば源氏への切ない愛情の告白（ただし心内における）であろう。「心のうちに飽かず思ふこと」は「高き宿世《すくせ》、世の栄えも並ぶ人なく」の反措定だから藤壺は源氏との密通による冷泉帝誕生の苦悩を思っていたと考えるのが正しかろう。が、物語に書かれてはいないが、藤壺がその苦悩ゆえに反実仮想的にこのような不義ならぬ関係での源氏への情愛を思念し、それがかなえられない宿縁であったことを「飽かず思ふこと」は、秘められた源氏への情愛をいう須磨巻二二九頁の作者の説明などを拠り所にすれば、認められてよいのではあるまいか。母代り的、領導的愛情の心の奥深く秘められた女としての愛情を抑制しつづけなければならなかった苦悩を作者は明かすことによって、実は実は、藤壺も源氏を愛していたのであり、それを表にあらわせなかった悲劇的関係を深く自覚した女人の造型であることを「心のうちに飽かず思ふことも人にまさりける身」という言葉に刻印したのであった。

思うに、須磨巻二二九頁の「御宿世のほどをおぼすには、」以下の叙述は、今までの拒否的な態度の裏側に抑制的に秘め隠してきた藤壺の源氏への情愛を説き明かしている点で非常に重要と思う。子までなした二人の御宿世、宿縁の深さを藤壺は思わずにいられない。藤壺が拒否的態度であったのは東宮（冷泉）にわざわいの及ぶのを恐れる現実的思慮のゆえである。源氏との宿縁はまさに「御宿世」、前世の契りであるから切っても切れない深いものであることを藤壺は自覚し、御子を共有する運命共同体的関係を破綻なきよう源氏を領導すべく拒否的態度を貫いた心の奥に秘め隠した女としての情愛を、須磨巻二二九頁の叙述と連関して薄雲巻の「心のうちに飽かず思ふこと」の中に見きわめることができるのである。

藤壺は源氏の運命を具現する上での重要な構想的役割で捉えられるのであるが、源氏の政治的運命を動かす力としてのみ捉えるのは正しくなく、政治的な役割の奥に秘め続けた「飽かぬ思ひ」を言うところにこそ源氏物語の本質的世界を見るべきであろう。作者は決して藤壺を単に機能的存在として扱ったのではなく、女人としての「あはれ」を秘め続けた悲劇的存在であったことを崩御直前の回想の中に明かしたのである。実父を告げ得ないまま、罪の子としての冷泉をこの世に残していかねばならない苦悩、苦患を藤壺に強《し》いた源氏との宿縁は深刻にして悲劇的というほかない。夜居の僧の密奏は、冥界の藤壺の心をしずめる冷泉帝の鎮魂の行為を導く始発となるものであり、冷泉帝の、実父源氏に対するその後の行為は、孝道を確立した懸命な実践であり、冥界の藤壺の心をしずめるものであった。なお、冷泉帝の行為については中西紀子氏「冷泉帝の『御学問』」（「王朝文学研究誌」第7号）が論じていられる。

四　紫上の造型（上）

――源氏物語の表現と人物造型の連関――

一

紫上の造型に限らないとも言えるが、光源氏の人生に関わった女君の中で特に紫上は光源氏が望み求めた理想の妻の造型として、光源氏がとらえかたどった、彼の心情的視座にもとづく造型であるという感が深い。換言すれば彼の心情的視座にもとづく造型がそのまま客観的定位される感が一番強いように私は思うのである。例えば若紫巻で垣間見という明らかに彼がとらえた印象のままの造型がそのまま客観的定位されたものとして若紫巻紫上十歳というのがある。彼が「十《とを》ばかりにやあらむ」と見たのをそのまま客観的定位しているのであった。数字という端的な例で言うと分かりやすいと思って例にするのであるが、若紫巻で紫上が十歳ということを源氏の印象のまま思ったのをそのまま客観的定位してきたことは光源氏の印象という主観をそのまま紫上の位相としてきたわけである。このことが端的に示すように紫上（少女）の造型はすべて光源氏の心情的なフィルターがかけられているのであって、彼の心の焦点にむすばれる限りの紫上像であることに強く注意したい。彼の心の焦点とは何かが問われねばならない。そのことに限って紫上は胎動的に造型されてくるからである。

若紫巻の「さるは、限りなう心を尽くしきこゆる人に、いとよう似たてまつれるが、まもらるるなりけり、と思ふにも涙ぞ落つる。」、「さても、いとうつくしかりつる児《ちご》かな、何人《なにびと》ならむ、かの人の御かはりに、明け暮れのなぐさめにも見ばやと思ふ心、深うつきぬ。」の一人称的無敬語表現は、若紫巻全体の重要なモチーフ、ひいては紫上物語を導く鍵《キー》となる重要な文であり、紫上造型は光源氏の藤壺思慕の冥い情念をモチーフとして彼の心の内部から胎動的に導き出されてくるのである。

藤壺への冥い情念によって傷ついているわが心を癒《いや》そうとするとき「何心もなき」少女であることが源氏には何よりなのだった。実は源氏は藤壺への冥い情念のほかに正妻葵上との不和に難渋していた。若紫巻や紅葉賀巻は紫上の明かるい相貌を描く明の場面と藤壺との重い逢瀬や葵上との不和を描く暗の場面とが対照的に構成されていて、源氏が紫上によって心安らぐのは藤壺や葵上との重くるしさからのがれてのことである。源氏が求めているのは何より心の安らぎ、親愛の情である。紫上の造型は光源氏の心情的モチーフにおいて藤壺や葵上との連関の中に求められねばならない。

二

若紫十歳というのが定説となっているのに対し、藤井貞和氏に十二歳説がある。

源氏が「十ばかりにやあらむ」とみたのは、端的にいえば年齢を見誤ったのだ。もちろん、作家が誤ったのではない。紫上があまりにも幼いために、ほんとうの年齢を源氏は見ぬくことができず、実際の年齢よりも若く見つもったというのが若紫の物語の眼目《がんもく》であった。そのように作家は構想したのである。(1)

と述べられ、氏は、紫上（少女）の推定年齢を「若紫」の巻でほぼ十二歳とされる。「紫上の母君が、亡くなって今年でもう「十よ年」（十余年）にもなってしまっているであろうか、と僧都が言っているのを」根拠とされているのであるが、それより以前に祖母尼君が紫上（少女）に向かって嘆く言葉を私は注目したいと思う。

かばかりになれば、いとかからぬ人もあるものを、故《こ》姫君は十ばかりにて殿におくれたまひしほど、いみじうものは思ひ知りたまへりしぞかし。ただ今おのれ見捨てたてまつらば、いかで世におはせむとすらむ。

（若紫巻一九一頁。頁数は『新潮日本古典集成』による。以下同じ）

「故姫君は十ばかりにて」と大島本にはあるが、他の青表紙本、榊原家本、肖柏本、三条西家本は「十二にて」とある。玉上琢彌博士『源氏物語評釈』は「ここは、はっきり年齢を言う方が、死んだ子の年が忘れられぬことになり、よいと思う。」と注記され、本文を、底本「十ばかり」を改めて諸本により「十二にて」としていられる。なお博士は「今ここにいる子は『十ばかり』だから、同年齢である。」と源氏の「十ばかりにやあらむ」に従い紫上を「十ばかり」とされ、十二と「同年齢」とされている。「十ばかり」の「ばかり」に留意されて十歳と決めつけず、ほぼ十歳で、十二歳と「同年齢」とされたものと思われるが、藤井氏の説かれるように紫上（少女）が実年齢よりも若く源氏に見えたということが眼目であり、紫上が実年齢より幼く見える造型を作家（紫式部）が意図したと考えるとき、「十二」と「十ばかり」は「同年齢」と解するよりも、二歳ほど違うと解すべきところだと考えねばならない。よって私は本文は「十二にて」とする諸本に従われる博士のお考えに従うが、紫上は実年齢は十二歳で母君がその父に死別した年齢と同じであり、尼君の「かばかりになれば」の内実は「故姫君は十二にて」の「十二」と同年齢と考える。

　大島本や河内本の「故姫君は十ばかりにて」は、紫上の母が今の紫上と同年齢の時にしっかりしていたことを言おうとして、源氏の「十ばかりにやあらむ」の「十ばかり」と揃えたのだと思われるが、同じ揃えるなら「十二」と揃えて「かばかりになれば」を十二歳と考えるのがよいと思う。源氏の「十ばかりにやあらむ」が印象のままの主観であることは、「尼君の見上げたるに、少しおぼえたるところあれば、子なめりと見たまふ」（若紫巻一八九〜一九〇頁）とまちがっていることからも明らかだ。尼君を「四十余《よ》ばかり」と見た上での誤りである。他に母親らしい女性もいないところからの推測であろうが、祖母とは思わなかったのはやや不思議だ。源氏がこの場面での限定の中で娘といえば母という概念的主観を見せたのであろうか。事ほどさように源氏は印象のままに思念してその都度主観を見せているといえよう。

三

垣間見によって源氏のとらえた紫上像は「十ばかりにやあらむと見えて」をはじめ紫上（少女）の容姿などすべて源氏の印象、主観的心情によってかたどられる。私たち読者は源氏が次第に紫上像をかたどってゆく進行に合わせて紫上を知ってゆくことになる。源氏と共にである。それは垣間見のような、源氏の耳目にとらえられる紫上像ということ明らかなものばかりではない。地の文でありながら源氏の心をさながらにつたえる表現機構は、語り手が源氏の心身に身を寄せて源氏の目と心によって紫上像をかたどってゆく。語り手が源氏の傍《かたわら》にいて源氏の視点で語るのですぐれて臨場的な場面表現となり、読者も源氏の心に協和一致してその視点に即して紫上を見ることとなる。

中でも一人称的無敬語表現は源氏がさながら心の奥を告白するに似た切実なインパクトがある。はじめにあげた二つの一人称的無敬語表現は深く分析されるべき、紫上造型のモチーフであるが、それが一人称的無敬語表現たることにより、源氏の心情的視座にもとづく表現機構の究極的表現となる。語り手がすっかり源氏に一体化するのが一人称的無敬語表現である。地の文でありながら作中人物がその心の内部を読者にじかに語りかけてくるような切実な心の声をあげるので、心内語に近似するが、しかし心内語は、語り手が第三者的に作中人物の心内の言葉を読者につたえるもので、心の内部という点では同じであっても、作中人物がじかに読者に心の内部をつたえる直接的切実感がない。語り手が客観的に一種作中人物と距離をおいてつたえるのに呼応して読者も作中人物と距離をおいてその心の内部を知る。語り手、作中人物、読者それぞれに距離があるというべきか。一人称的無敬語の叙述はその人物の主体的な行為の叙述で、敬語のないぶんその人物が生地のままで行為する姿となる。

なよよかなる御衣《ぞ》に、髪はつやつやとかかりて、末のふさやかに探りつけられたるほど、いとうつくしう思ひやらる。（若紫巻二二四頁）

これは、祖母尼君が死去し、その「忌《い》みなど過ぎて」（若紫巻二二一頁）少女若紫が京の邸に帰ったのを聞いた源氏が、「ほど経て、みづから、のどかなる夜《よ》おはしたり」（同右頁）のときのことである。源氏が「この膝の上に大殿籠れよ。今すこし寄りたまへ」（二二四頁）と言ったのに応じて乳母《めのと》が、頑是ない年頃の若紫をじかに知ってもらおうと若紫を源氏の方に「押し寄せたてまつ」った。「何心もなくゐたまへるに、手をさし入れて探りたまへれば」に続く叙述である。男を知らずこわがらない若紫の無心の様子に源氏は御簾の下から手を入れて探るところであるが、「なよよかなる御衣《ぞ》に、」以下源氏の感触をつたえるところ、「いとうつくしう思ひやらる」の、自発の助動詞「る」をともなう一人称的無敬語表現が、若紫のかわいらしさが想像されると告白するかのような源氏の心ときめく情動を私たちにじかにつたえてくる。源氏の生地の心がつたわりインパクトがある。そもそも源氏物語の地の文は純粋に客観的というのではなく、作中人物に身を寄せて作中人物の側から叙述するところが多い。客観的と見えるところでも光源氏に仕えた古御達の立場からの語りの叙述であり、純粋に作者の個我が客観的に語るわけではない。そこに近代作家の叙述とは根本的に異なるところがある。作中人物に身を寄せて語る叙述は多いがここでは次のような例をあげておこう。

君はここちもいとなやましきに、雨すこしうちそそき、山風ひややかに吹きたるに、滝のよどみもまさりて、音高う聞こゆ。すこしねぶたげなる読経《どきやう》の絶え絶えすごく聞こゆるなど、すずろなる人も、所からものあはれなり。ましておぼしめぐらすこと多くて、まどろまれたまはず。初夜《そや》と言ひしかども、夜もいたう更《ふ》けにけり。内にも人の寝ぬけはひしるくて、いと忍びたれど、数珠《ずず》の脇息《けふそく》に引き鳴らさるる音ほの聞こえ、なつかしううちそよめく音なひ、あてはかなりと聞きたまひて、ほどもなく近ければ、外《と》に立てわたしたる屏風《びやうぶ》の中をすこ

し引きあけて、扇を鳴らしたまへば、（以下略）　　（若紫巻一九七・八頁）

「すずろなる人も、所からものあはれなり」がやや説明的で「ましておぼしめぐらすこと多くて、まどろまれたまはず。」と第三者的叙述に移行するのだが、「君は、ここちもいとなやましきに」の「君」を一人称的人称代名詞に置きかえうるほどに源氏に即しており、「山風……音高う聞こゆ」の「聞こゆ」は誰よりも源氏がそうなのであり、「すこしねぶたげなる読経の絶え絶えすごく聞こゆる」主《ぬし》も源氏である。「まどろまれたまはず」と第三者的叙述のあとの「初夜《そや》と言ひしかども、夜《よ》もいたう更《ふ》けにけり。」は、語り手の客観的叙述とも言えようが、「初夜《そや》と言ひしかども、」と僧都に無敬語なのと、「しか」（「き」の已然形）という体験的過去助動詞という点で、源氏が僧都の言葉を聞いて「言ひしかども」と語るにも似て語り手は源氏に即しており、夜《よ》もいたう更《ふ》けにけり」の「けり」も源氏の感慨に即した叙述と解せられよう。「あてはかなりと聞きたまひて」と客観的叙述に収斂するにしても、それまでの「内にも人の寝ぬけはひしるくて、いと忍びたれど、数珠《ずず》の脇息《けふそく》に引き鳴らさるる音ほの聞こえ、なつかしううちそよめく音なひ」を感取している源氏にぴったり即している叙述である。源氏の耳に聞こえてくる聴覚現象を私たちは彼と共に聞く思いがする。源氏の息づかいが聞こえてくるような、彼に即した文体である。作中人物源氏の目と心に即しての語りであって、そうであるからこそ一人称的無敬語表現も必然的な語りとなるのであろう。源氏の心情的視座に即した表現の究極的表現として一人称的無敬語表現はあるのだ。

四

「さるは、限りなう心を尽くしきこゆる人に、いとよう似たてまつれるが、まもらるるなりけり、と思ふにも涙ぞ落つる。」（若紫巻一九〇・一頁）は、垣間見で美しい少女を見た源氏の感動を源氏から直接聞く思いがする。これはまぎれもなく藤壺へのやるせないうめきにも似た懊悩の声である。垣間見で見た少女の奥に源氏は藤壺の映像を見ているのだ。彼の見たものは少女でありながら少女ではなく藤壺なのだ。藤壺を欠いた若紫物語を最初成立した短篇物語だというように仮説されたことがあった。(2)しかしその短篇若紫物語は光源氏の物語とはおよそかけはなれたものでしかない。藤壺を欠いた光源氏物語は考えられないからだ。紫上が源氏物語全篇でいかに重要な女主人公であろうとも、いや非常に重要であるからこそ、光源氏の藤壺思慕の情念の中から胎動的に若紫巻に登場してきたことを欠落させて仮想することはいかがかと思われる。藤壺なくして光源氏物語は成り立たない。(3)拙稿「藤壺と紫上」(「むらさき」第21輯、昭和59年7月。のち『源氏物語考論』所収)に書いているが、紫上の魅力は藤壺へのいやしがたい思いを慰める対象としての魅力にほかならなかった。幼時の天真爛漫、無垢の美しさへの傾倒は、藤壺へのとげえない恋の苦悩の慰めである。紫上の魅力として才気煥発、利発で色気があって、かわいい人なつかしさ、優しさが造型されるのは、藤壺へのとげえない恋のうつ情を解き放つ意味が第一義的に求められているからである。すなわち紫上への傾倒は、藤壺へのそれを重ねあわせ、セットとしてとらえられねばならないのである。原岡文子氏も若紫巻における藤壺の影を重要視された。(4)

藤壺へのやみがたい源氏の情念が地の文でありながら切実に告白されるのが若紫(少女)垣間見における源氏の一人称的無敬語表現であって、光源氏の藤壺思慕の情念をこそ見なければならない。三田村雅子氏は次のように鋭く分析されている。

光源氏の「見た」ものは、本人自身でさえ自覚しなかった藤壺への離れがたい執着、抑えがたい情念そのものなのである。

(中略)

垣間見の際に不覚にも見せてしまった光源氏の涙は、光源氏がどれほど藤壺との罪深い関係に傷つき、苦悩していたかをおのずから語っている。そうであるがゆえに、このままいけば破滅しか待っていない藤壺へのやみがたい妄念をなだめ、代理的に晴らすものとして、光源氏はこの生き写しの少女をなにがなんでも手に入れようとするのである。(5)

この一人称的無敬語表現は単に藤壺への重たい情念そのものだけでなく、少女引き取りへと立ちはたらく衝迫感に結びついていくことを表白するわけである。源氏のそうした心の内部を告げるものとして若紫巻全体の重要なモチーフ、ひいては紫上物語を導く鍵《キー》となる一文なのである。紫上造型は源氏のこうした心の内部から胎動的に導き出されてくることに注意したい。

さても、いとうつくしかりつる児《ちご》かな、何人《なにびと》ならむ、かの人の御かはりに、明け暮れのなぐさめにも見ばやと思ふ心、深うつきぬ。（若紫巻一九二・三頁）

「いとうつくしかりつる児《ちご》かな」は若紫（少女）その人に対する感動である。可愛いということがこの少女の何よりの美的形容であって、思わずほほえみたくなるような愛らしさが何よりの印象だった。藤壺に面ざしが「いとよう似たてまつれる」が第一義であって、それが「かの人の御かはりに」となるのだが、可愛いということが「明け暮れのなぐさめにも見ばや」となるのである。愛らしいという明かるさがここでは必須的に求められているのだ。あこがれる藤壺は苦悩の重苦しい対象となっているのだ。苦悩の心を晴らすものは藤壺によく似ていると同時に藤壺とは異なる条件が必要だった。それが純真な少女の天真爛漫の明かるさ、無垢の美しさであった。この少女によって光源氏の罪障の恋は鎮められねばならない。この胸の中なる衝迫が「明け暮れのなぐさめにも見ばやと思ふ心、深うつきぬ」である。「深うつきぬ」の情動的な表現が注目される。この少女を引き取り一緒に暮らしたいと思う心が「深うつきぬ」。動かしがたくその思いが源氏の心内に定着した点で、前の一人称的無敬語表現の藤壺への情念の延長線上にあって一段と深まり決定的となった感がある。原岡文子氏は「思ふ心、深うつきぬ」について「何かわけの分からぬ正体不明の情動に衝き動かされて、という語感である。(6)」と言われる。氏は「もののけに憑《つ》かれたとでも言うより他ない」源氏の「異様な情動に衝き動かされてのもの」として「いとけない童女を、藤壺との面差しの相似故に手許に引き取って心の慰めとしたいとの思い」をとらえられる。『御物の怪《け》など加はれるさまにおはしましける』と大徳《だいとこ》がいみじくも推測した光源氏の心身は、藤壺をめぐっての冥い情動に深く蝕まれていた」と言われ、大徳の「もののけ」の言説に藤壺への冥い情動に深く蝕まれている源氏の心身を引きあてられたのは卓見である。「正体不明の情動に衝き動かされ」たとは、藤壺への妄念をなだめねばならぬ、追いつめられた情念であり、それ以外にとるすべのない必然的行為として源氏の心内に取り組まれた。

五

が、少女引き取りの理由として源氏の胸奥に秘められている藤壺への重たい情念とそれをなだめねばならぬ衝迫を僧都や尼君に語るわけにはいかない。源氏はどう説明したであろうか。彼は少女を妻に（「をさなき御後見《うしろみ》に」）迎えたい理由を思い下さるように、と、言っているが、究極には妻にという含みであることは相手に受け止められている）おに葵上との不仲、断絶情況を口にしている。（このことは究極的には妻に、を含意していると見なくてはならぬ）。「思ふ心ありて、行きかかづらふかたもはべりながら、世に心の染《し》まぬにやあらむ、独住《ひとりず》みにてのみなむ。」（若紫巻一九六・七頁）と、葵上のことを「行きかかづらふかた」という言い方をしている。「かかづらふ」とはいかにも否定的なことばで、いやいや関係を続けているニュアンス。「かの親の心をはばかりて、さすがにかかづらひはべりしほどに」（帚木巻七五頁）の藤式部丞のせりふが思い出されるほどのことばを正妻たる左大臣の姫君葵上に対して用いているのである。考えるところがあって、独り暮らしをしている、とまで言っている。「世に心の染《し》まぬにやあらむ」、葵上とのしっくりしない仲が理由であることを言っている。源氏が紫上（少女）を求めるモチーフとして、今井久代氏は藤壺の形代というほかに、「かたくなで心の触れ合いが持てない葵上という妻への不満も、繰り返し語られる紫上を求める契機であった。藤壺に似ているだけでなく、心を通わせて共に暮らす妻の登場が求められていたのである。(7)」と説かれている。従来紫上は藤壺の形代ということが登場の理由として受け止められてきた。このことは無論正しいのであるが、葵上への不満も紫上を求める契機であったことを説かれたことは傾聴すべき論考であった。「ひとつの理想の女《ひと》がいて、それを現実の妻のなかに求め得なかった失望が、紫上を求めさせたというわけである」と氏は言われる。藤壺から紫上へと単線的につながるのではなく、現実の妻葵上への失望が、いよいよ理想の女《ひと》藤壺への憧れを絶望的なまでに増幅させていったのだ。葵上は源氏の理想の女性像と対極的に源氏を失望させる女性であったので、藤壺に似た少女を求める源氏の心願を狂熱的なまでにしたのである。だから源氏が僧都に葵上との不仲を理由に少女を求めたのは彼の心の真実であった。現実の理由として真実を告げている。そしてそれは彼の心の奥深い真実たる藤壺との密事を隠しえてもいる。

葵上との不仲をにじませて「独住《ひとりず》みにてのみなむ」と強調してみせたのは、「思ふ心ありて」と相俟って、紫上への願望が浮気ではなく本当に妻と思う人を迎えたいのだという気持を表白したのであろう。「独住みにてのみなむ」とは、妻あって妻なき心の空白を吐露する真実の声であり、この心の空白を埋める妻としてしっくりとした気持で心を通わせて共に暮らしてゆく妻を求める心を吐露したのである。「独住みにてのみなむ」は文字通り独身と言っているのではなく、妻はいるけれども妻はいないのと同じと言っているわけで、「思ふ心ありて」は源氏の、妻に求める理想の心であり、現実の妻葵上に、求め得ないことを言い、それをこの少女に求めるのだともらしているわけである。

相手が少女であることを源氏もわきまえているので「あやしきことなれど」と言い、「まだ似げなきほどと」言っている。「をさなき御後見《うしろみ》とおぼすべく」と自己を位置づけている。しかし将来は妻と思うからこそ、そしてそれが真剣な思いであることを言うために「独住みにてのみ」とまで強調し、「常の人に……はしたなくや」と自分を世間普通の好色な男と思うな、行きずりの好色心でないと言っている。源氏の言っていることはいい加減なものではなく心の真実を語っていることは読者には分かるのである。しかし源氏の心の真実は僧都や尼君には通じにくい彼の心の秘儀であった。源氏の内的真実を私たちは知る。彼の理想、女性に対する好尚を知っている。かなえられない思慕の女性藤壺の理想性は「なつかしうらうたげに、さりとてうちとけず、心深うはづかしげなる御もてなしなどの、なほ人に似させたまはぬ」（若紫巻二一二・三頁）であり、「なつかしうらうたげに」が本質であった。葵上はその正反対の対極というべく「うるはし」（端正）が本質的な性格で、源氏の好尚に反した。葵上との不仲も彼の心を暗くしていた。藤壺との秘事は冥《くら》く罪の影をやどしており現実に与えられた正妻は彼の好尚に反して源氏の心はくらかった。葵上との不仲は次のように描かれている。北山から帰京して左大臣の邸におもむいたところである。

殿にも、おはしますらむと心づかひしたまひて、久しう見たまはぬほど、いとど玉の台《うてな》に磨きしつらひ、よろづをととのへたまへり。女君、例の、はひ隠れて、とみにも出《い》でたまはぬを、大臣《おとど》、切《せち》に聞こえたまひて、からうしてわたりたまへり。ただ絵に描《か》きたるものの姫君のやうに、しすゑられて、うちみじろきたまふこともかたく、うるはしうてものしたまへば、思ふこともうちかすめ、山道の物語をも聞こえむ、いふかひありて、をかしううち答《いら》へたまはばこそあはれならめ、世には心も解けず、うとくはづかしきものにおぼして、年のかさなるに添へて、御心のへだてもまさるを、いと苦しく思はずに、「時々は世の常なる御けしきを見ばや。堪えがたうわづらひはべりしをも、いかがとだに問はせたまはぬこそ、めづらしからぬことなれど、なほうらめしう」と聞こえたまふ。（若紫巻二〇七・八頁）

葵上の態度が、いつものように、引っ込んだままで、すぐにも出てこないと描かれ、父左大臣の懸命の説得でやっとのことで出ておいでになった、とある。その態度に生きた表情がないと言おうか、周囲の女房による受身のままで本人は源氏がとけこもうにもすきのないきちんとした態度をくずさないとある。語り手の描写なのではあるが、源氏の感受が立ちはたらいている。語り手は源氏の感じるところに従って葵上を描いている。「思ふこともうちかすめ、」から「あはれならめ」まで源氏の心中の思いで、源氏が葵上との間に世の普通の夫婦の会話を望んでいる気持ちがつたわってくる。ところが葵上は少しもうちとけず、源氏を親しめない気づまりな相手とお思いで、年月のたつにつれて「御心のへだても」増すのである。これも語り手が源氏の気持ちに同化して述べている趣である。だから源氏は「いと苦しく」——たまらない思いで、「思はずに」——心外なので、葵上にうったえる。人並みの妻らしいしっくりとした態度を求める。「時々は世の常なる御けしきを見ばや。」とは率直なうったえで、心情がこもっている。取りつく島もない葵上に「もしおぼしなほるをりもやと、とざまかうざまにこころみきこゆるほど、いとどおぼし疎《うと》むなめりかし。よしや命《いのち》だに」とまで言う。源氏がどのように努力したかは定かでないが、このように直接言う以上、源氏としては努力するところもあるらしい。源氏のようにプライドの高い男としてはこのように語りかけること自体が努力なのであろう。だのに葵上はいっそうお嫌いになるようだ、とは、誰からも好かれ敬愛されている源氏としてまことにみじめなせりふだ。

「おほかたのけしき、人のけはひもけざやかにけ高く、乱れたるところまじらず、なほこれこそは、かの、人々の捨てがたく取り出《い》でしまめ人には頼まれぬべけれ、とおぼすものから、あまりうるはしき御ありさまの、とけがたくはづかしげに思ひしづまりたまへるを、さうざうしくて……」（帚木巻八〇・一頁）とあるように葵上は源氏にとってうちとけにくく気づまりな相手であった。

宮は、そのころまかでたまひぬれば、例の、隙《ひま》もやとうかがひありきたまふをことにて、大殿には騒がれたまふ。いとど、かの若草たづね取りたまひてしを、二条の院には人迎へたまふなりと人の聞こえければ、いと心づきなしとおぼいたり。うちうちのありさまは知りたまはず、さもおぼさむはことわりなれど、心うつくしく、例の人のやうに怨みのたまはば、われもうらなくうち語りてなぐさめきこえてむものを、思はずにのみとりないたまふ心づきなさに、さもあるまじきすさびごとも出《い》で来《く》るぞかし、人の御ありさまの、かたほに、そのことの飽《あ》かぬとおぼゆる疵《きず》もなし、人よりさきに見たてまつりそめてしかば、あはれにやむごとなく思ひきこゆる心をも知りたまはぬほどこそあらめ、つひにはおぼしなほされなむ、と、おだしく軽々しからぬ御心のほども、おのづからと頼まるるかたは異《こと》なりけり。　（紅葉賀巻一五・六頁）

「うちうちの」以下「おぼしなほされなむ」まで、光源氏の心中であるが、男の側の論理、自己弁解のそれはそれとして、彼が心の中で思っていることであるから、光源氏の希求する心の真実ではあるだろう。藤壺を求めることに夢中で、そのため左大臣家からはうるさく非難されている、とある。「大殿には騒がれたまふ」のは源氏が左大臣家（葵上）を訪れないからであって、藤壺を「うかがひありく」ことが左大臣家に分かったわけではない。ここが地の文で客観的事実が語られていて客観的真実なのだが作中世界の人々にそのまま分かるわけでないことが浮き彫りせられている、恐るべき一文である。「いとど、かの若草たづね取りたまひてしを」も客観的事実なのだが、こちらは女を迎えたと伝わっていて葵上が非常に不快に思っている。紫上も女にはちがいないが、少女であって、葵上が推測しているであろう大人の女君とはちがう。葵上が不快に思うのは少女（「をさなき人」紅葉賀巻一六頁）と知らないからだ、というのが「うちうちのありさまは知りたまはず」という源氏の心内語の意味だ。少女だと知らないから不快に思われるのは無理はない、という源氏の言い分から私たちはこの時の源氏の紫上（少女）に対する意識を知ることができる。葵上が張り合うような女君ではない。男女の関係とは次元の違う相手なのだ、という論理、自己弁解が、立ちはたらいていよう。葵上が「いと心づきなしとおぼいたり」は地の文である。「さもおぼさむはことわりなれど」と源氏が葵上の心中を知っている趣なのは、左大臣家の女房たちの動き、葵上の心が源氏につたわるのであろう。

「われもうらなくうち語りてなぐさめきこえてむものを」とは、引き取った人は幼い少女なんだよ、何も心配はいらないんだよと、葵上の心配、不快を取り除くということであろうか。「思はずにのみ」とは、引き取った人は幼い少女なのに、張り合う女君と、心外にも誤解なさってという意であろう。しかし当面は「をさなき御後見」（若紫巻一九六頁）であっても、将来は妻として一緒に暮らしたいという底意があるのだから、当面のことに限定すれば言い訳は成り立つかもしれないが、将来を含めて考えればそれは欺瞞にすぎない。このとき源氏は自己欺瞞におちいっているのであろうか。「かの人の御かはりに、明け暮れのなぐさめにも見ばやと思ふ心、深うつきぬ」（若紫巻一九二頁）は源氏の胸奥に秘めた決心だから、彼自身にも、秘事なるがゆえに現実疎外的に映っているのだろうか。現実の話としては除外しているのであろう。しかし時は待ってはくれない。隠しきれない現実となる日がやがてやってくる。彼の言いぶんは当面のことでしかない。彼はそうやって当面の論理で葵上に対している。いや葵上に対してばかりではない。彼は己の秘めたる心をあくまで隠蔽しつつ欺瞞を通そうとするのだ。そのうち自己をも欺瞞していることに気づいているのかいないのか。たとえば若紫を手に入れたいと思うとき彼が案じているのは若紫が結婚には不似合な年頃だという誰にも分かる事実でしかない。「この若草の生《お》ひ出《い》でむほどのなほゆかしきを、似げないほどと思へりしも道理《ことわり》ぞかし、言ひ寄りがたきことにもあるかな、いかにかまへて、ただ心やすく迎へ取りて、明け暮れのなぐさめにも見む、」（若紫巻二〇九頁）。何故にこの幼い少女を引き取りたいのか。「かの人の御かはりに」（若紫巻一九二頁）という本質的部分は秘めねばならない。この大前提で現実に当たらねばならないので、異様なことの本質的部分に触れないで現実的な事実のみで説明しようとする。「似げないほど」（若紫巻二〇九頁）という現実的な無理も、本質的理由は明かさずに「をさなき御後見《うしろみ》におぼすべく」（若紫巻一九六頁）と説くのである。同時に「独住《ひとりず》みにてのみなむ」（同一九七頁）などと将来は妻にの心意をもにじませる。「まだ似げなきほど」と自ら言うのはそのためで、文字通り「をさなき御後見」なら言うこともなかろう。僧都もそのへんは察しているから「まだむげにいはけなきほどにはべるめれば、たはぶれにても御覧じがたくや。」と返答するのである。取りつく島もない態度なのもそのためであった。

話を葵上にもどそう。葵上は真相を知らない。少女であることも知らない。不快に思っているところから見ると相手が夕顔などの身分的に問題にならない女君とは推測していないらしい。相当に際立った源氏のとだえの真因が藤壺を求めて「隙《ひま》もやとうかがひありきたまふをことにて」（紅葉賀巻一五頁）ということにあるのを全く知らないから、二条院に迎えた女君（紫上）のことを女房から聞いてもっぱらそのせいにしている。この頃のとだえは藤壺を求めることの上に紫上を相手の日常の日々が重なっていることが真相だが葵上の方では前者は欠落し後者のみが理由となっていて、相当寵愛の深い女君と推測するのも無理はない。

内裏《うち》より大殿《おほいとの》にまかでたまへれば、例のうるはしうよそほしき御さまにて、心うつくしき御けしきもなく、苦しければ、「今年よりだに、すこし世づきて改めたまふ御心見えば、いかにうれしからむ」など聞こえたまへど、わざと人するてかしづきたまふと聞きたまひしよりは、やむごとなくおぼしさだめたることにこそはと、心のみ置かれて、いとどうとくはづかしくおぼさるべし。しひて見知らぬやうにもてなして、乱れたる御けはひには、えしも心強からず、御いらへなど聞こえたまへるは、なほ人よりはいと異《こと》なり。

（紅葉賀巻二一・二二頁）

「やむごとなくおぼしさだめたることにこそはと、心のみ置かれて」というのは、あながちまちがった推測とはいえない。源氏はゆくゆくは妻としていつくしむ心でいるのだから。それが葵上亡きあとのことになろうとは誰も知るよしもない。葵上がそんなに早く死のうとは誰も予測しないことだから、葵上がかなり対抗的に不快感を持ち「やむごとなくおぼしさだめたることにこそはと」推測する現実感は生々しいのである。しかし二条の院での源氏と紫上（少女）の睦まじい生活を聞き知った葵上方では女房たちが「誰ならむ。いとめざましきことにもあるかな。

今までその人とも聞こえず、さやうにまつはしたはぶれなどすらむは、あてやかに心にくき人にはあらじ。内裏《うち》わたりなどにて、はかなく見たまひけむ人を、ものめかしたまひて、人やとがめむと隠したまふなり。心なげにいはけて聞こゆるは」と噂している。少女と知らない彼女らは、つたわってくる幼さを少女のそれと思わず、出来のわるい女房風情で無教養で幼稚な女だと推測している。少女とは知らない点では同じだが、葵上の推測の方がむしろ正当で、女房たちの推測では真相が曲解されて事情は隠蔽の度を増し、真相は隠れた。

女房たちの推測はまちがっていて品のない女房風情を隠し女としているなど自らの品のなさを露呈しているのだが、しかし〝隠し女〟にはちがいないところが、若紫の位相として見のがせないのである。若紫は藤壺の姪であり兵部卿宮を父としていて出自は高かったが、正妻の娘ではなく、正妻の圧迫を受けた母親は若紫を生んで間もなく亡くなり、若紫は祖母尼君に育てられる心細い身の上だった。僧都や尼君に源氏が若紫引き取りの希望をもらすのはこのような情況に助けられてでもあったろう。権門のかしずかれた姫君に対してこのような申し出はできないし、彼の実行した奪取引き取りの果敢な振舞も尼君も亡くなったはかない情況なればこそだった。二条の院の若紫と源氏の生活は一種隠ろえごとに似て、世間と遮断されたローマン的な密室空間だった。

若紫の役割は、源氏がしばしばもらす「明け暮れのなぐさめに見む」（若紫巻二〇九頁）を果たすことだった。そもそもかの垣間見で「さても、いとうつくしかりつる児《ちご》かな、何人《なにびと》ならむ、かの人の御かはりに、明け暮れのなぐさめにも見ばやと思ふ心、深うつきぬ」（若紫巻一九二・三頁）このかたのことである。それは「とかう世をおぼし乱るること多かり」（若紫巻二〇九頁）が因由である。葵上との不仲が直接的契機となるのであり、心の奥の深層の、人知れずひそかに悩む藤壺のことをはじめ、「六条わたりの」貴婦人とのことなど大人の女とのうっとうしい重苦しさからのがれるべき、心の安まり所としてこの少女は求められた。大人たちにない、この少女の、とりわけ天真爛漫な美質が源氏のうっ屈した心には最大の宝物だった。この少女は幼すぎるほど無心であることが何よりの人物造型なのもそのためである。それでいて利発でなければならず、「されたる心」、才気煥発、打てばひびく張り合いがある性情が、この少女の人物造型として刻まれたのは、不仲に悩む葵上との対比からであるだろう。

若紫は世間に出せない、源氏のひそかな心の慰めとして機能した。葵上との対比、対照といってもすべて源氏の心情的視座、心の中においてである。世間には隠れているので、父帝にしても「かかる人ありときこしめして、」(紅葉賀巻三二頁)源氏をお諫《いさ》めになるが、「いかなるもののくまに隠れありきて」(紅葉賀巻三二頁)とおっしゃっているように、隠ろえ事という認識であられる。正しくこれは源氏の隠ろえ事でないのか。周囲もそう見ているが、当の源氏はそれ以上に、心の秘密として、隠ろえ事としているのである。藤壺の代わりとして心を慰めるという秘めたる心を、この若紫を相手の心の密室空間では、私たちがはっとするような露呈をしている。若紫との二人の空間は源氏の人知れない心の秘密を解き放つ密室だった。それは若紫がその実年齢よりも幼い何心なき性情、無邪気、天真爛漫だったからにちがいない。

二条の院に迎え取られて若紫の新しい生活がはじまった頃のことである。

御容貌《かたち》は、さし離れて見しよりも、いみじうきよらにて、なつかしううち語らひつつ、をかしき絵、遊びども取りにつかはして見せたてまつり、御心につくことどもをしたまふ。やうやう起きゐて見たまふに、鈍色《にびいろ》のこまやかなるが、うち萎《な》えたるどもを着て、何心なくうち笑《ゑ》みなどしてゐたまへるが、いとうつくしきに、われもうち笑まれて見たまふ。東《ひむがし》の対にわたりたまへるに、立ち出でて、庭の木立《こだち》、池の方《かた》などのぞきたまへば、霜枯れの前栽《せんざい》、絵に描《か》けるやうにおもしろくて、見も知らぬ四位五位こきまぜに、隙《ひま》なう出で入りつつ、げにをかしき所かなとおぼす。御屏風どもなど、いとをかしき絵を見つつ、なぐさめておはするもはかなしや。君は二三日内裏《うち》へも参りたまはで、この人をなつけ語らひきこえたまふ。やがて本《ほん》にとおぼすにや、手習《てならひ》、絵《ゑ》などさまざまに書きつつ見せたてまつりたまふ。いみじうをかしげに書き集めたまへり。「武蔵野といへばか

こたれぬ」と紫の紙に書いたまへる、墨つきのいとことなるを取りて見ゐたまへり。すこし小さくて、

ねは見ねどあはれとぞ思ふ武蔵野の
露分けわぶる草のゆかりを

とあり。「いで、君も書いたまへ」とあれば、「まだ、ようは書かず」とて、見上げたまへるが、何心なくうつくしげなれば、うちほほゑみて、「よからねど、むげに書かぬこそわろけれ。教へきこえむかし」とのたまへば、うちそばみて書いたまふ手つき、筆とりたまへるさまのをさなげなるも、らうたうのみおぼゆれば、心ながらあやしとおぼす。「書きそこなひつ」と恥ぢて隠したまふを、せめて見たまへば、

かこつべきゆゑを知らねばおぼつかな
いかなる草のゆかりなるらむ

と、いと若けれど、生《お》ひさき見えて、ふくよかに書いたまへり。故尼君のにぞ似たりける。今めかしき手本習はば、いとよう書いたまひてむと見たまふ。雛《ひひな》など、わざと屋ども作りつづけて、もろともに遊びつつ、こよなきもの思ひのまぎらはしなり。　（若紫巻二三七・八・九頁）

「何心なくうち笑《ゑ》み」、「いとうつくしきに」、源氏も思わず知らずほほえまれてくる。ここではあとにも「何心なくうつくしげなれば、うちほほゑみて」とあり、「……をさなげなるも、らうたうのみおぼゆれば、心ながらあやしとおぼす」とわれながら不思議だと思うように、幼げであることも美質として源氏には映る。「何心なくうつくしげ」、無邪気でかわいらしい性情が若紫の人物造型の眼目となっている。それはすべてほかならぬ光源氏の目と心がそうとらえている。最近、石阪晶子氏は、こうした「光源氏のまなざしを通して、絶えず『何心なし』（原岡文子氏「紫の上の登場」「日本文学」平成6年6月。石阪氏注）という形でその無邪気な様子を外側からふちどられていた彼女」に対し、「若紫の側から発せられるもの、内面性や感性」、「若紫ひとりの持つものが物語に浮上される

意味を問題」とすることを試みられた。(8) 右の文章の「立ち出でて」、「庭の木立」、「池の方」を「のぞく」若紫の姿に注目され、若紫が「自らの目で庭の美をとらえ、柔軟な感性でもってそれを享受してい」き、『げにをかしき所かな』と思うに至る」のを、「若紫が初めて二条院に順応し、打ち解けるようになった瞬間と見」ていられる。

若紫は光源氏の目と心を通してかたどられることが多いが、このような若紫の側からの、その内面性や感性、若紫巻の二条院での新しい生活のはじまった若紫を、若紫の側からとらえられたことは貴重であった。若紫は単に何心なきかわいらしい少女であるにとどまらず自らの目で物を見ていく利発さをつとに浮き彫りせられていることの指摘であるからである。紅葉賀巻に「女君《をんなぎみ》」（紅葉賀巻二九頁）の「いみじうされてうつくし」（同三〇頁）い若紫の振舞が活写されるに至る端緒、始まりというべきであろう。

さてしかしこの場面、源氏の歌を通しての若紫への振舞は藤壺への情念を吐露して際どく危ういものがあるが、若紫の反応はいかが考えるべきだろうか。光源氏と共にいる場面ゆえ、光源氏のまなざしに収束されるとはいいながら、「かこつべきゆゑを知らねば」の返歌にみられる彼女の造型はやはりあまりに素直、率直なものといわねばならないのでないか。それとも鋭く彼女の心眼が事態の危うさに迫っているのであろうか。

「武蔵野といへばかこたれぬ」といい、「ねは見ねど」の歌といい、源氏の心の奥にひそむ藤壺への思いが流露している。あの人のゆかりの人だと思うと、つい恨み言も出る。それも仕方ない。つれないあの紫の君ゆえなのだから。「紫」は藤壺を意味し、「武蔵野」は若紫を意味する。藤壺ゆえに、そのゆかりのあなたに、つれなくしないでほしいとうったえたくなる。「ねは見ねど」――まだ共寝はしないけれども――。かなり率直なことばだ。「露分けわぶる」に藤壺に逢うのに苦労している意をこめるが、こんなことを言ってよいのだろうか。相手が子供だと思って、ただ一方的にうつ情を藤壺ではなく藤壺の代りと思う若紫にぶつけている。しかし「いかなる草のゆかりなるらむ」と率直明快な疑問を若紫は返してきた。「かこつべきゆゑを知らねばおぼつかな」と、何のことだか分らない、と返してきた。大人なら、そのわけを、誰のゆかりかを、心中に考えて、思いめぐらすとき、源氏の心の秘密の輪郭をおぼろにでも察したなら、何も言えぬであろう。若紫が無邪気だから平気でこんな返歌をしたということであろう。事実彼女は何のことだか分からなかったとすべきであろう。この時彼女が無邪気で年齢よりも幼い少女だったからと物語は語っているのであろう。しかし石阪氏が見てとられたような利発さ、自分の目で物を見る自由な心の利発さとはどう関連するだろうか。私は、単に年齢より幼い無邪気さのせいというよりは、彼女が本来具有する天性の明かるさというか、シンプルな、真率な人柄の萌芽ではないのかと考える。彼女が北山の自然の中で育ったしるしのような天性のひらめきを私たちは感ずべきでないのか。話は飛ぶが、若紫巻と同じく伊勢物語初《うい》冠《こうぶり》の段の影響を受ける橋姫巻の姉妹、就中、大君は、薫がその真率な人柄を思慕した女君である。若紫と大君、子供と一人前の女君との違いはあるが、その人物造型の眼目としてシンプルな、真率な人柄が共通していよう。源氏も薫も求めたものは真率なまざり気のない女君だったのだ。源氏はそのような天性の輝きを、物事の裏を探るようなくらさのない人柄を恐らく感じたであろうが、この時はそれを多分に若紫の無邪気さ、幼さゆえと見ていたであろう。物語は彼女の利発さを事態の暗部にさし向けず、こだわらない天真爛漫の応答として収束させるのである。

「かこつべきゆえを知らねばおぼつかないかなる草のゆかりなるらむ」とはあまりに率直、素直にすぎる若紫の歌である。何かに気づいてそらとぼけしたなどとは全く思われない歌である。若紫は、源氏が恨み言《ごと》をおっしゃるそのわけを知らないと、源氏の秘密の恋を知らないことをいとも明快に言ってのけている。かえってそれが真相に迫るひびきを与え読者はどきりとする。藤壺の影はこのような構図においても私たちの前に現れるのである。源氏にとっては、この場面の源氏の歌と若紫の返歌が、藤壺との秘事を底に置きつつ、若紫がそこから無縁と言ってよいほどにかけはなれている無邪気、天真爛漫であることが、「こよなきもの思ひのまぎらはし」となっている。隠そうとしない心の秘事が若紫にぶつけられることによってかえって真相は隠され、源氏の心は安らいでいるのである。

六

紫上が少女として登場し源氏と出会ったことの意味が、紫上の少女時代の天真爛漫な利発さを造型することを通して詳細に描かれ、光源氏が真に求めたものが何であったかを浮彫りした。光源氏の心の空虚を埋める造型として活写され、冥く重たい彼の心に明かるい天窓の光となるさまが写し出されている。

つくづくと臥したるにも、やるかたなきここちすれば、例の、なぐさめには西の対《たい》にぞわたりたまふ。しどけなくうちふくだみたまへる鬢《びん》ぐき、あざれたる袿《うちき》姿にて、笛をなつかしう吹きすさびつつ、のぞきたまへれば、女君《をんなぎみ》、ありつる花の露に濡れたるここちして、添ひ臥したまへるさま、うつくしうらうたげなり。愛敬《あいぎやう》こぼるるやうにて、おはしながらとくもわたりたまはぬ、なまうらめしかりければ、例ならずそむきたまへるなるべし、端《はし》のかたについゐて、「こちや」とのたまへどおどろかず、「入りぬる磯《いそ》の」と口ずさみて、口おほひしたまへるさま、いみじうされてうつくし。

（中略）

やがて御膝《ひざ》に寄りかかりて、寝入りたまひぬれば、いと心苦しうて、「今宵《こよひ》は出でずなりぬ」とのたまへば、皆立ちて、御膳《おもの》などこなたに参らせたり。姫君起こしたてまつりたまひて、「出でずなりぬ」と聞こえたまへば、なぐさみて起きたまへり。もろともにものなど参る。いとはかなげにすさびて、「さらば寝たまひねかし」と、あやふげに思ひたまへれば、かかるを見捨てては、いみじき道なりとも、おもむきがたくおぼえたまふ。

（紅葉賀巻二二九〜三三二頁）

秘密の子をめぐっての、源氏と藤壺の歌の贈答の重苦しさに沈んで、「やるかたなきここち」の「例の、なぐさめには」若紫のもとをおとずれたときの場面である。「女君」の呼称は源氏の視点、まなざしにもとづく若紫の女らしい成長のさまを象徴する。帰邸していながらすぐにも来てくれない源氏に対しての怨情を含んだ艶なる姿態は「うつくしうらうたげなり」――これも源氏の視点にもとづく――。「愛敬こぼるるやうにて」――語り手の描写であるが源氏のまなざしのとらえる若紫の姿態――。「いみじうされてうつくし」は源氏の主観直叙。「『入りぬる磯の』と口ずさみて、口おほひしたまへるさま」――恋する心を口にし、恥じらうしぐさ――は「いみじうされてうつくし」。これは天性の艶態ではないか。それが源氏にはかわいくてならぬのである。「御膝に寄りかかりて、寝入」るなど少女ならではのことながら源氏にはいじらしかった。男をひきつけてはなさない力が天性の美質、可憐な振舞の中にそなわっているのだ。こんな可憐な人を見捨てては、どうにもならない死出の道にも出かけられまいと思うほどに源氏は若紫に執着した。

これは重く冥い藤壺への思慕から解き放たれている時間であり空間であるが、この隠れたる睦びの密室空間のいちいちが葵上との間に求められぬ対比的構造をなしていることに気づくのである。「例のうるはしうよそほしき御さまにて、心うつくしき御けしきもなく、苦しければ」（紅葉賀巻二一頁）という葵上と対照的に若紫は限りなく「うつくし」いのである。やさしく素直なのである。葵上はきゅうくつである。若紫の心ひらく艶情はその対極である。葵上は父が左大臣、母が内親王のたった一人の姫君という気位の高さが、夫婦の間をよそよそしくする。源氏も反発してよそよそしくなる。（紅葉賀巻二二頁）。それに対し若紫は父は存命だがなきがごとく、母は亡く、育ててくれた祖母も亡くなり、孤児同然といった境涯を源氏に引き取られている身の上。これも対極的である。かなえられない藤壺へのやるかたない思いの慰めとともに現実の妻葵上に求め得ないやさしい素直さ、明かるさの充足する若紫なのである。

光源氏の求めたものは、藤壺や葵上の重苦しさから解き放たれる心の慰めであったが、若紫の美質は単に心の慰めを越えて、妻の理想の何たるかを源氏に感得せしめていく端緒がこの紫上少女時代の造型であるまいかと思わしめられてくる。

注

（1）藤井貞和氏「少女と結婚」（『イメージの冒険、少女』河出書房、カマル社、昭和54年4月。のち『物語の結婚』創樹社所収）。
（2）阿部秋生博士の若紫巻始発説を受けられての玉上琢彌博士の若紫短篇物語の仮説。
（3）拙稿「藤壺と紫上」（武蔵野書院「むらさき」第21輯、昭和59年7月。のち『源氏物語考論』笠間書院所収）。
（4）原岡文子氏「若紫の巻をめぐって―藤壺の影―」（「共立女子短期大学文科紀要」昭和60年2月。のち『源氏物語両義の糸　人物・表現をめぐって』有精堂所収）。
（5）三田村雅子氏『ちくま新書　源氏物語―物語空間を読む』（筑摩書房、平成9年1月）。
（6）原岡文子氏注4の御論文。
（7）今井久代氏「『源氏物語』における紫上の位相」（「国語と国文学」平成6年10月）。
（8）石阪晶子氏「若紫の渇きと屈折―光源氏の欲望の陰で―」（「フェリス女学院大学　日文大学院紀要」第6号、平成11年1月）。

〔付記〕紫上の初期の造型の意義を詳細に論考された倉田実氏『紫の上造型論』（新典社、昭和63年6月）を評価したいと思う。評価すべき成果である。

五　紫上の造型（下）

——源氏物語の表現と人物造型の連関——

七

紫上（少女）の心ひらく艶情は——この紫上の美質は——、単に藤壺や葵上の重苦しさから解き放たれる心の慰めを越えて、妻の理想性として源氏との心のきずなとなった。私はそれが夕顔の美質と通底する艶情たることを思う。紅葉賀巻の艶態は少女のそれであるだけに天性として備わる本質的な性情たることを思わせる。「愛敬《あいぎやう》こぼるるやうにて」（紅葉賀巻二九頁。頁数は『新潮日本古典集成』による。以下同じ）いつになくすねているのは「やや怨みを含んだていの艶な姿態」（『集成』頭注）で、撫子の花が露に濡れているようなと形容されている。「ありつる花の露に濡れたるここちして、添ひ臥したまへるさま、うつくしうらうたげなり」（同右頁）。「『入りぬる磯《いそ》の』と口ずさみて、口おほひしたまへるさま、いみじうされてうつくし」。「潮満《み》てば入りぬる磯《いそ》の草なれや見らく少《すくな》く恋《こ》ふらくの多き」——この怨情を、「口おほひし」て恥じらう優しさに、源氏の「いみじうされてうつくし」の主観直叙。語り手は源氏の思いを直叙してじかに源氏の心を読者につたえる。才気があって、かわいいと思う源氏のよろこびが読者の心をも満たす。源氏と少女の密室空間は艶なる風情に包まれている。夕顔を某院に連れ出し、二人きりの時空で、源氏が「夕露に紐《ひも》とく花は玉鉾《ぼこ》のたよりに見えしえにこそありけれ　露の光やいかに」と言った時、夕顔は「後目《しりめ》に見おこせて、光ありと見し夕顔の上露《うはつゆ》はたそかれ時《どき》のそら目なりけり　と、ほのかに言ふ」（夕顔巻一四六頁）とあった。流し目に源氏を見て、戯れて応答する夕顔の艶態、「げにうちとけたまへるさま」の光源氏、この二人だけの密室空間の艶情を私は思い出す。

たとしへなく静かなる夕《ゆふべ》の空をながめたまひて、奥のかたは暗うものむつかしと、女は思ひたれば、端《はし》の簾《すだれ》を上げて添ひ臥したまへり。夕ばえを見かはして、女も、かかるありさまを思ひのほかにあやしきここちはしながら、よろづの嘆き忘れて、すこしうちとけゆくけしき、いとらうたし。つと御かたはらに添ひ暮らして、ものをいと恐ろしと思ひたるさま、若う心苦し。（夕顔巻一四七・八頁）

「いとらうたし」、「若う心苦し」、源氏の夕顔への思いの直叙、主観直叙の地の文である。紫上は少女の艶態で特異といわねばならないが、「ものよりおはすれば、まづ出でむかひて、あはれにうち語らひ、御懐《ふところ》に入りゐて、いささか疎《うと》くはづかしとも思ひたらず、さるかたに、いみじくらうたきわざなりけり。（若紫巻二四〇・一頁）とあり、夕顔も若紫も共に艶なるさまと源氏が「らうたし」と思う点が共通している。夕顔が急死して後、源氏が夕顔の侍女右近に語ることばに「はかなびたるこそは、らうたけれ。かしこく人になびかぬ、いと心づきなきわざなり。みづからはかばかしくすくよかならぬ心ならひに、女はただやはらかに、とりはづして人にあざむかれぬべきが、さすがにものづつみし、見む人の心には従はむなむ、あはれにて、わが心のままにとり直して見むに、なつかしくおぼゆべき」（夕顔巻一七二頁）とある。これは亡き夕顔をいつくしむ情と対照的に「かしこく人になびかぬ」空蝉へのうらみのこもることばであるが、注目したいのは「わが心のままにとり直して見むに、なつかしくおぼゆべき」である。夕顔はすでに亡くなっているのだから、夕顔を対象に語っているわけではない。夕顔への好尚を語りつつ一般化した上での願望である。右近は「このかたの御好みにはもて離れたまはざりけり、と思ひたまふるにも、くちをしくはべるわざかな」と夕顔を惜しむのは当然であるが、源氏は彼方へ思いをはせている趣きである。「わが心のままにとり直して見むに、なつかしくおぼゆべき」との願望は若紫（少女の紫上）において果たされていることを思うと構想論的にあるいは男女の仲らいの主題論的にひびきあっている両巻（「夕顔巻」と「若紫巻」）の関係を思う。

源氏の女性に対する好尚は夕顔巻では「例のうるさき御心」（一二五頁）と惟光が思い、「さして聞こえかかれる心の、憎からず過ぐしがたきぞ、例の、このかたには重からぬ御心なめるかし」（一二六頁）とあり、「かの下《しも》が下《しも》と、人の思ひ捨てし住《すま》ひなれど、そのなかにも、思ひのほかにくちをしからぬを見つけたらばと、めづらしく思ほすなりけり」（一二九頁）とあった。若紫巻で「あはれなる人を見つるかな、かかれば、このすきものどもは、かかるありきをのみして、よくさるまじき人をも見つくるなりけり、たまさかに立ち出づるだに、かく思ひのほかなることを見るよ、とをかしうおぼす。」（若紫巻一九二頁）とあり、若紫（少女の紫上）発見、出会いのモチーフも、夕顔への接近とモチーフを同じくしている。若紫巻で良清が明石の入道とその娘のことを語った時に並々ならぬ関心を寄せる源氏を、供人たちは「かやうにても、なべてならず、もてひがみたること好みたまふ御心なれば、御耳とどまらむをやと見たてまつる」（若紫巻一八八頁）。この「もてひがみたること好みたまふ御心」は夕顔巻の「例のうるさき御心」（夕顔巻一二五頁）、「このかたには重からぬ御心」（同一二六頁）、「思ひのほかにくちをしからぬを見つけたらば」（同右一二九頁）という心とほぼ通底するであろう。夕顔と若紫（少女）の関連は、この明石入道の娘への関心にもつながっていくようである。ということは帚木、空蟬、夕顔三巻の世界と若紫巻の少女への執着及び明石入道の娘への関心は源氏の持つモチーフにおいて連関的に通底するものがあるということである。若紫巻の少女への執着は藤壺や葵上への暗い心との連関において見なくてはならないと同時に、空蟬、夕顔、明石の君らとの連関において見る、二重性を包蔵しているであろう。

八

中でも明石の君との関係はその後の物語の展開に徴して分かる通り極めて密接なこと言うをまたないであろう。

明石物語は光源氏の政治的生涯に不可欠であるから明石の君と紫上の対比的造型は単に性格上の対照という次元ですまされるものではないが、明石の君が将来皇后たるべき姫君の生母としての立派な女性でなければならず、紫上は理想の妻として立派で女としての魅力にあふれ、共に理想的造型でなければならないところから対照的な造型となっていった。すなわち明石の君は理性的に紫上は感性的に造型され共に立派ながら女としての魅力において紫上がまさり、夕顔が空蟬に対比して源氏の男としての執着がまさったように断然女としての魅力ある造型が紫上になされた。理想の女性藤壺が「なつかしうらうたげに」を本質としており親和的なあたたかい情感、可憐さが源氏の希求する女の理想であり、葵上の「うるはし」はその対極の負性であった。そもそもこの女の理想は光源氏の母桐壺更衣の具有するところであった。父桐壺帝が楊貴妃の「うるはし」に対して桐壺更衣を「なつかしうらうたげ」であったと回想していた。桐壺更衣―夕顔―藤壺―紫上の造型的類同性が見られ、明石の君は空蟬に類同し、紫上と対比対照されるといえよう。

若紫巻において若紫（少女）が北山で源氏に関心を持たれるのと同時に明石の君が良清の話によって源氏に関心を持たれる構図は、中の品物語すなわち身分より人柄をという主題的範疇に入ると見られる点で帚木巻の雨夜の品定めにさかのぼる主題構想的造型の意図を感じ取ることができよう。雨夜の品定めが男性による理想の妻論議であったことを思うとき、光源氏の理想の妻希求の対象に紫上が明石の君と並びつつ登場させられていることが肯けよう。藤壺や葵上との暗い心をモチーフとして求められた理想の妻は上の品の女性ではなく境遇的に中の品というべき情況の紫上でありかつ少女でなければならなかった。光源氏の冥い心をときはなつ清朗さは何よりその人柄であり、その上少女の純粋無垢、天真爛漫によりもたらされたのである。

若紫巻に若紫と明石の君がほとんど同時に登場するのは、後の展開に徴してであるがこの二人が光源氏の生涯にとって非常に重要な女性として、互いに補完しあいつつ光源氏の政治的生涯の完成に寄与する端緒だったのである。

紫上は理想の妻として源氏の真の愛情、寵愛を得るのに対し、明石の君は将来の后たるべき源氏の姫君の生母となり、子供を生めなかった紫上がその姫君の養母となり立派に后たるべき姫君に育て上げげた。光源氏の政治的生涯を予言する澪標巻の「宿曜《すくえう》に、『御子三人、帝《みかど》、后《きさき》かならず並びて生まれたまふべし。中の劣りは、太政大臣にて位を極むべし』と、勘《かむが》へ申したりしこと、さしてかなふなめり。（下略）」（澪標巻一七頁）と姫君誕生の知らせを受けた源氏の感慨にある、入内立后の可能性を現実のものとするために、この二人の協和が必要だった。そのためには二人ともに立派な、よく出来た人柄でなければならなかった。特に明石の君の謙譲が要請され彼女が理性的によく出来た人物造型であったのはその役割のためである。が、紫上への源氏の寵愛は女としての彼女への、妻としての彼女への理想性にひかれるものであったから、二人が対等で協和したというていのものではない。常に紫上の優位において事が運ばれた。それは紫上が、身分、格においてまさるからではあるが、源氏が紫上を愛した理由は身分がまさるからといったことではなく、幼時からいつくしんできた源氏と紫上の信頼関係によるのである。

九

源氏と紫上の関係は他の女君たちとは別次元の関係から始まっており、紫上の幼時から源氏の愛育というあり方で二人の関係は磁場を形成してきた。川名淳子氏「若紫の君—絵と雛遊びに興ずる少女—」（「むらさき」第25輯、昭和63年7月）は「若紫の君の人物造型上の困難さは、やがて二人は本当の男君女君の関係になってゆくことを読者に予想させ、またそう期待させながらも、ここではそうなり得ない、いわば女主人公の前段階、女君と少女の境界線上に停まっていなければならない微妙さが課せられていることにあると言えよう。」(9)と指摘され、紫式部がどのような制作方法をとったかを明らかにされた。すなわち源氏は若紫の気に入るように絵や雛遊びの世界に共に遊び若紫は源氏に魅了されつつ親和していく。

若紫の祖母尼君が亡くなり「忌《い》みなど過ぎて」（若紫巻二二一頁）若紫が帰京した「京の殿に」（同右頁）源氏自ら訪れ、若紫と一夜を過した時から「『いざ、たまへよ、をかしき絵など多く、雛遊びなどする所に』と、心につくべきことをのたまふけはひの、いとなつかしきを、をさなきここちにも、いといたうも怖《お》ぢず、さすがにむつかしう、寝も入らずおぼえて、身じろき臥したまへり」（若紫巻二二五・六頁）と書かれており、子供の心にやさしく分け入る源氏の「いとなつかしき」姿勢とそれゆえに「をさなきここちにも、いといたうも怖《お》ぢ」ない若紫の姿が見られたのである。はじめ「若君は、いと恐ろしう、いかならむとわななかれて」（若紫巻二二五頁）いたのである。それをやさしく話しかけて、絵や雛遊びなど若紫の気に入ることを話す源氏の誘動はさすがであり、かくて二人の対面が「なつかしき」親愛感で結ばれる心の交流を得たのであった。奪取するがごとく二条院へ連れ帰った若紫と源氏の生活でも、源氏は「なつかしううち語らひつつ、をかしき絵、遊びものども取りにつかはして見せたてまつり、御心につくことどもをしたまふ。」（若紫巻二三七頁）。若紫は「何心なくうち笑《ゑ》みなどしてゐたまへるが、いとうつくしきに、」源氏は「われもうち笑まれて見たまふ。」。「絵」や「遊びものども」によって子供心はうちとけてゆく。源氏は大人の女君を魅了する男君であるだけでなく子供をも魅了する人物なのであった。そもそも北山から帰京する源氏が迎えの君達《きんだち》と宴を張るところで、僧都はじめ多くの者たちが感涙を落して源氏に見入っていた時、

この若君、をさなごこちに、めでたき人かなと見たまひて、「宮の御ありさまよりも、まさりたまへるかな」などのたまふ。「さらば、かの人の御子になりておはしませよ」と聞こゆれば、うちうなづきて、いとようありなむと、おぼしたり。雛遊《ひひな》びにも、絵描《か》いたまふにも、源氏の君と作り出でて、きよらなる衣着《きぬ》せ、かしづきたまふ。（若紫巻二〇六頁）

「彼女にとって源氏は、日頃興じている絵や雛の世界の貴公子に容易に繋がるものとして捉えられ」と川名淳子氏が述べていられるように、若紫は日頃興じている絵や雛の世界の貴公子に重なるイメージで源氏を捉えている。

事実源氏は絵や雛の世界の貴公子にまさる美しい男君であったから若紫は絵や雛の世界と同次元に源氏を見ていたのである。子供らしい夢と現実の混同、絵空事がそのまま現実であり、現実がそのまま絵空事なのであった。「雛《ひひな》遊びにも、絵描《か》いたまふにも、源氏の君と作り出でて、きよらなる衣《きぬ》着せ、かしづきたまふ」。現実の源氏は雛遊びや絵の世界の中に若紫の思慕の対象としてある。二条院は「絵に描《か》けるやうにおもしろ」（若紫巻二三七頁）かった。すばらしいお邸、屏風の絵が気に入ったのも若紫の明かるい性情、子供らしい利発さの表われで、草子地に「なぐさめておはするもはかなしや」（若紫巻二三八頁）と評するが、源氏が「御心につくことどもをしたまふ」（若紫巻二三七頁）た甲斐もあり、「何心なくうち笑《ゑ》みなどしてゐたまへる」（同右頁）若紫の「いとうつくしき」性情、天性の明かるさゆえであろう。昨夜源氏と一緒に寝た若紫は「いとむくつけう、いかにすることならむと、ふるはれたまへど、さすがに声立ててもえ泣きたまはず。……いとわびしくて泣き臥したまへり。」（若紫巻二三六頁）という有様だった。一夜明けてまだその表情は続いていたのか源氏は「せめて起こして『かう、心憂くなおはせそ。すずろなる人は、かうはありなむや。女は心柔《やはら》かなるなむよき』など、今より教へきこえたまふ。」（若紫巻二三七頁）。「女は心柔かなるなむよき」と教えた甲斐もあり、若紫はいつまでも機嫌をわるくしていなかった。この教えと共に「をかしき絵、遊びものども取りにつかはして見せたてまつり、御心につくことどもをしたまふ」（同右頁）たことが功を奏して若紫は「やうやう起きゐて見たまふに」と絵などを見て「何心なくうち笑《ゑ》みなどしてゐたまへる」こととなるのだが、この打てばひびく利発さと素直さが源氏にとって「いとうつくしきに」となり「われもうち笑まれて見たまふ」こととなる。睦まじい心の諧和であり、「雛《ひひな》など、わざと屋ども作りつづけて、もろともに遊びつつ、こよなきもの思ひのまぎらはしなり。」（若紫巻二三九頁）。かくて源氏にとって教え甲斐があり愛育していく充足感に満たされる生活が始まった。この二人の夫婦の交情の始源がここにあろう。それは夕顔との恋愛三昧の隠ろえ事にも似て社会から隔絶された密室的な愛の空間だった。もちろん紫上は源氏の心の深みにおいて藤壺に代わる女君という深い期待を寄せる対象ゆえ夕顔と同次元には扱えないがその没入ぶりには似通うものがあろう。極めてプライベートな愛の生活である。「飽かぬところなう、わが御心のままに教へなさむとおぼすにかなひぬべし。男の御教へなれば、すこし人馴れたることやまじらむと思ふこそうしろめたけれ」（花宴巻五七頁）とあるように、源氏の領導する愛育の生活である。紫上の天性の艶情は「男の御教へ」により光源氏好みの女の魅力として一層みがかれていく。

源氏の心の奥に、藤壺によく似た少女というなにものにも代えられない位置を占める紫上との愛の生活は、一見日常的な生活のようでいて決して平凡な精神のいとなみではなかった。源氏物語はこのような心のときめき、精神の快適な緊張の日常を描くことによって、いわゆる物語性（事件を中心とする意味において）を越える文学的内質を獲得しているというべきである。紫上との日常性は藤壺や葵上や六条御息所、朧月夜らとの対極にはぐくまれるものであったから、心の慰めとなるばかりか精神の休まり所として生涯の伴侶たるべき志向性をはらんでおり、源氏も紫上も決して日常性の安寧に埋没するのではなく心の緊張のリズムをともなうものだった。

葵巻で賀茂の祭の日、源氏が紫上とともに見物する心の高まりを私たちは見のがすべきではないだろう。葵上と六条御息所の車争いのあと葵上に対して強く批判する源氏の心の対極に紫上の可憐でいとしい姿があったのだ。葵上の「ものに情《なさけ》おくれ、すくすくしきところつきたまへる」（葵巻七三頁）ことへの反発もあったであろうが、思いきった行動に出たものだ。「祭の日は大殿《おほいとの》（葵上）にはもの見たまはず」（葵巻七三頁）、六条御息所はうっ屈していられた、そうした間隙を縫ってか、源氏は紫上とともに賀茂の祭見物に出たのである。源氏は葵上方に今日は行かなかった。「今日は、二条の院に離れおはして、祭見に出でたまふ。西の対にわたりたまひて」（葵巻七四頁）とある。紫上とともに行くのだ。この場面の紫上の髪そぎを源氏が行ったことについて髪そぎは夫たるものが行うことから倉田実氏はこれを源氏の「仮託された心情」としての「〈婚約〉の実行」(10)と捉えられ詳しく論証されている。

（『紫の上造型論』新典社、昭和63年6月）。やがての新枕への前ぶれと結果的には言えるが、この時葵上の死は源氏に予想されてはいないので、結婚への意志の表明とだけ「〈婚約〉の実行」をしたのである。新枕は別に葵上の死後でなければならないわけではないが、作者が葵上の死後に源氏をして紫上との新枕をさせたのは意味があると思う。正妻亡きあとに結婚することによって実質的に彼の正妻格に紫上を位置づけようとする源氏の行為とするためである。そのけじめを源氏はきちんと行ったのである。単なる愛人とはしない彼の心の決意があるのだ。

六条御息所のもののけが葵上をとり殺すという凄惨な事件があって、この二人の主要な女性が源氏の身辺から去っていくことになる。就中葵上という左大臣の一人娘の正妻が亡くなったことは一大事であって政治的激変とともに愛情生活の一つの極が失われることとなり、紫上はいわば一つの対極を無くすことになる。葵上のアンチテーゼの役割を果たしてきた紫上は彼女自体の定立的命題を生きねばならない。藤壺の身代りという要件はここではまだ残るであろうが、葵上とのアンチテーゼ的関係から脱却せねばならない。新枕はその転回点であった。

十

源氏は決して葵上が亡くなったのを待ちかねたように紫上と契りを結んだのではない。まだ子供だと思っている。「つれづれにて恋しと思ふらむかしと、忘るるをりなけれど、ただ女親《めおや》なき子を置きたらむここちして、見ぬほど、うしろめたく、いかが思ふらむとおぼえぬぞ、心やすきわざなりける。」（葵巻一〇四頁）。まるで日記体のように源氏の思いそのままを直叙している。源氏に一人称的無敬語である。源氏の心内語において紫上に無敬語なのはいとしいわが娘に対するような親愛の思いからである。「いかが思ふらむとおぼえぬぞ、心やすきわざなりける」とはいかにも子供扱いした心情である。「心やすきわざなりける」は源氏自身の心持ちに重なった語りであるとともに語り手の批評めいてもいよう。もうそんなにねんねでもないのでは、という作者の予告のような気もする。しかし源氏自身は朝顔の姫君に手紙を贈ったり、葵上の侍女お手つきの「中納言の君」にただ主従としてではあるがうちとけて何やかやとお話しになるという具合に、大人の女君と葵上の喪中を過ごしている。葵上は今やとけがたい生身の女君ではないから対極としての紫上に向かうのではなく、亡き人（葵上）を偲ぶ思いを共にできる女君たちへと今源氏の心は向かうのである。朝顔の姫君は恰好の対象だった。何故なら彼女は常に源氏と男女の生々しい関係を避けてきた人であるから葵上の死を悼む心もしっとりとして奥ゆかしい。源氏はそういう姫君と知るからこそ、手紙を贈ったのである。「今日のあはれはさりとも見知りたまふらむとおしはからるる御心ばへなれば、暗きほどなれど聞こえたまふ。」（葵巻一〇三頁）。不和の仲であったとはいいながら正妻を亡くした悲しみに共感してくれる人という思いであった。「わきてこの暮《くれ》こそ袖は露けけれもの思ふ秋はあまたへぬれど　いつも時雨は。」この手紙を源氏は入念に書いた。朝顔の姫君は心動かされて、「大内山を思ひやりきこえながら、えやは。とて、秋霧に立ちおくれぬと聞きしよりしぐるる空もいかがとぞ思ふ　とのみ、ほのかなる墨つきにて、思ひなし心にくし。」（葵巻一〇三・四頁）。「思ひなし心にくし」は源氏の主観直叙である。「ほのかなる墨つき」はさながら朝顔の姫君の人柄である。「何ごとにつけても、見まさりはかたき世なめるを、つらき人しもこそと、あはれにおぼえたまふ人の御心ざまなる。つれなながら、さるべきをりをりのあはれを過ぐしたまはぬ、これこそかたみに情《なさけ》も見果つべきわざなれ、なほゆゑづきよし過ぎて、人目に見ゆばかりなるは、あまりの難も出で来けり、対の姫君を、さは生《お》ほし立てじとおぼす」（葵巻一〇四頁）とあるのは、朝顔の姫君を高く評価し、「なほゆゑづき」以下「あまりの難も出で来けり」は『新潮集成』頭注に言うように「六条の御息所などを念頭に置いたものであろう」から六条御息所は批判されているわけである。朝顔の姫君が「御服喪のことをお案じ申しながら、こちらからのお手紙は、とても、」とあるのに対し、六条御息所は源氏に弔問の文を贈ってきた。源氏は「つれなの御とぶらひやと、心憂し」（葵巻九七頁）。「心憂し」は源氏の主観直叙である。「思ひなし心にくし」（葵巻一〇四頁）という朝顔の姫君への源氏の主観直叙と対比してみるべきである。自らの生霊ゆえに葵上が亡くなったことにかんがみれば、知らぬ顔して弔問なさることよと源氏が不快に思うのは当然で、いよいよ六条御息所への否定の感情が増してくるのに対し、朝顔の姫君の奥ゆかしさに魅かれるのは、源氏をめぐるこの二人の女君の今後を予感させるものであろう。六条御息所は去りゆかねばならない。朝顔の姫君は残る。

葵上追悼の情をしみじみとこめながら源氏と葵上の別れが語りこめられ、真に葵上は去った。かくて源氏と紫上の男女としての仲らいへと進展するのである。

十一

姫君（紫上）、いとうつくしうひきつくろひておはす。「久しかりつるほどに、いとこよなうこそ大人びたまひにけれ」とて、小さき御《み》几帳《きちやう》ひきあげて見たてまつりたまへば、うちそばみてはぢらひたまへる御さま、飽かぬところなし。火影《ほかげ》の御かたはらめ、頭《かしら》つきなど、ただかの心尽くしきこゆる人に違《たが》ふところなくもなりゆくかなと見たまふに、いとうれし。（葵巻一一三頁）

「いとこよなうこそ大人びたまひにけれ」とは久しい間会わなかったうちに大人に成熟した感のある紫上への感慨であり、「忘るるをりなけれど、ただ女親《めおや》なき子を置きたらむここちして、見ぬほど、うしろめたく、いかが思ふらむとおぼえぬぞ、心やすきわざなりける。」（葵巻一〇四頁）とは飛躍がある。「うちそばみてはぢらひたまへる御さま」は大人らしい成長をあらわし源氏の感慨に照応する。「火影《ほかげ》の御かたはらめ、頭《かしら》つきなど、ただかの心尽くしきこゆる人に違《たが》ふところなくもなりゆくかな」とは紫上が成長し大人として藤壺に似てきたということで画期的である。「いとうれし」は源氏の主観直叙でそのよろこびがじかに私たち読者につたわってくる。そのよろこびとは念願の理想の妻紫上となることが期せられたからである。新枕への道筋は確実につけられた。

姫君（紫上）の、何ごともあらまほしうととのひ果てて、いとめでたうのみ見えたまふを、似げなからぬほどにはた、見なしたまへれば、けしきばみたることなど、をりをり聞こえこころみたまへど、見も知りたまはぬけしきなり。つれづれなるままに、ただこなたにて碁《ご》打ち、偏《へん》つぎなどしたまひつつ、日を暮らしたまふに、心ばへのらうらうじく愛敬《あいぎやう》づき、はかなきたはぶれごとのなかにも、うつくしき筋をしいでたまへば、おぼし放《はな》ちたる年月こそ、たださるかたのらうたさのみはありつれ、しのびがたくなりて、心苦しけれど、いかがありけむ、人のけぢめ見たてまつりわくべき御仲にもあらぬに、男君《をとこぎみ》はとく起きたまひて、女君はさらに起きたまはぬ朝《あした》あり。（葵巻一一四・五頁）

「見も知りたまはぬけしきなり」、紫上は全くその気がないのだった。それはここでは幼いからというよりは紫上は男君と女君つまり夫婦の間柄として源氏を見てこなかったからで、だから新枕は源氏の一方的行為だった。「女君はさらに起きたまはぬ朝《あした》あり」は紫上のショックを物語る。「男君」に対する「女君」の呼称に夫婦の契りを結んだ二人が象徴的に表わされているが行為は源氏の一方的なものであり、それが「人のけぢめ見たてまつりわくべき御仲にもあらぬ」関係からの行為であったので、けじめのない野合的な契りの感を呈したことが大きなショックだったであろう。清水好子氏は『源氏の女君』（三一書房、昭和34年2月。のち塙書房より増補版、昭和42年6月）で「情婦との野合とでもいうべきか。彼女が終生恥とし、引け目に感じたのはこの点である。[11]」と述べていられる。「正式の結婚」の手続き、条件がないのである。藤壺の身代りといいながらそれは源氏の心の真実でこそあれ、社会的認知を受けえない。心の真実はともあれ、某院での夕顔との愛情空間にも似ており、夕顔とは違って紫上は自覚的な契りでないのが痛々しい。「かかる御心おはすらむとは、かけてもおぼし寄らざりしかば、などてかう心憂《う》かりける御心を、うらなくたのもしきものに思ひきこえけむと、あさましうおぼさる。」（葵巻一一六頁）と紫上のくやしさを作者は述べる。「よろづにこしらへきこえたまへど、まことにいとつらしと思ひたまひて、つゆの御いらへもしたまはず」（葵巻一一六頁）というのだから真剣である。源氏が後朝の文を贈ったのに返歌どころでないショックのさまを、それゆえに源氏はかわいく思う。「若《わか》の御ありさまや、と、らうたく見たてまつりたまひて、日《ひ》一日《ひとひ》入りゐてなぐさめきこえたまへど、解けがたき御けしき、いとどらうたげなり」（葵巻一一六・七頁）の「いとどらうたげなり」は源氏の目と心に即しての叙述で誰よりもまず源氏が「いとどらうたげなり」と思っているのである。全く一方的に「新婚の儀」は源氏の手で行われていく。親が一切の心くばりをしてくれる「正式の結婚の儀」でない夫婦の生活の出発だった。源氏は契りを結んでからは「今は、一夜《ひとよ》も隔てむことのわりなかるべきこととおぼさる。」（葵巻一一八頁）。そうして源氏はこのまま隠ろえごとのように紫上を扱うのは紫上がいかにも軽く見えてしまうと気づき、父兵部卿宮に知らせ、裳着《もぎ》を行い、紫上のことを公にしようと考える。私はかように一切が源氏の主導で進められていることに注意しておきたいと思うものである。すべてが源氏の一方的行為として進められている。紫上の表情は描かれているけれど彼女の傷ついた心の内面を掘り下げてはいない。清水好子氏は『源氏の女君』で「彼女が終生恥とし、引け目に感じたのはこの点である。」と述べられているが、このことを卑下したことが分かるのは若菜上巻、女三の宮降嫁の後、紫上がはじめて女三の宮に対面する用意をしつつ「われより上《かみ》の人やはあるべき」（若菜上巻七八頁）と気負いながら「身のほどなるものはかなきさまを、見えおきたてまつりたるばかりこそあらめ、など思ひ続けられて、うちながめたまふ」（同右頁）物思いに於てである。永井和子氏「紫上―『女主人公』の定位試論―」（森　一郎編『源氏物語作中人物論集』勉誠社、平成5年1月。のち永井氏著『源氏物語と老い』笠間書院所収）で「紫上は女三の宮の降嫁によって遂に死にまで至る程の衝撃を受けるが、それはその事態に傷ついたというよりも、そのことによって、今まで見えなかったものをみずから発見した衝撃を言うべきではないだろうか。」[12]と述べられているように、紫上はこの時野合的な新枕の意味をも知ったのではあるまいか。「身のほどなるものはかなきさまを、見えおきたてまつり」しゅえにあの野合的な新枕があったのだと知るのである。それまでは源氏の寵愛に甘えた生活であり、その自負ゆえに明石の君を見下す姿勢もあったのだ。寵愛にのみつながる不安定な「身のほどなるものはかな」さを、新枕時には自覚しえていず、その後もその自負にのみ生きてきた紫上でなかったか。それゆえにこそ女三の宮降嫁から受けた衝撃は大きかったのである。ここにはじめて自らの人生の、源氏との夫婦生活における自らの存在性を、深く知ったのである。だから、女三の宮降嫁後「いとど加ふる心ざしのほどを」（若菜下巻一八九頁）と紫上への愛を語る源氏に対して「のたまふやうに、ものはかなき身には過ぎにたるよそのおぼえはあらめど、心に堪へぬもの嘆かしさのみうち添ふや、さはみづからの祈りなりける」と紫上は応答する。ここで「ものはかなき身には」とわざわざ言うのは「身のほどなるものはかなきさまを、見えおきたてまつり」と符合するであろう。「心に堪へぬもの嘆かしさ」はそれに関連してのわが人生のものはかなさ、すなわち源氏との夫婦の生涯の不安定さを思い知った痛苦でなければならない。それは無常観につながるものであり紫上が出家を痛切に願望するゆえんである。源氏との夫婦のありようにはかなき身のほどの不安定さを知った紫上は、従前の源氏の寵愛に自負し源氏との愛の生活を誇りかに思う彼女ではなくなっている。源氏はただ一方的に己の紫上への愛を信じており紫上はそれゆえに幸福なのだと一方的に思い込んでいるが、それは若紫巻の当初からの愛のありようが一方的であったことの必然である。源氏の思い込みは客観的にはあわれでさえある。紫上は愛情の不安定さを知った心からわが身のあり方として愛情以外のもの——出家志向の心が巣食ってしまっていたとはつとに阿部秋生博士の指摘せられたことであった(13)。（「紫の上の出家」慶応大学『国文学論叢』第3輯、昭和34年11月。のち『光源氏論　発心と出家』東大出版会所収）。なおこの問題は宇治の大君が総角巻（『集成』八三・四頁）で妹中の君と匂君の関係について深く追求している。新枕のとき紫上はくやしいとは思っているがさような問題意識を抱いてはいない。

十二

源氏の一方的行為は彼の視点（目と心）にもとづく紫上の造型という表現方法に顕著に表われている。若紫巻ではじめて見た少女の紫上は藤壺によく似ていることに心打たれる源氏の感涙でかたどられ、かなえられない藤壺への懊悩を慰める対象としてぜがひでもわがものとしたい源氏の心が狂熱的に求める造型となるが、わがもとに引き取って後、源氏の教え導くままに藤壺にいよいよ酷似してゆく成長のさまも源氏の視点で捉えられる。葵上が亡くなり左大臣邸を去り二条院に帰った源氏の目に映ずる紫上はいよいよ藤壺に似ていることに源氏は満足する。

姫君、いとうつくしうひきつくろひておはす。「久しかりつるほどに、いとこよなうこそ大人びたまひにけれ」とて、小さき御几帳ひきあげて見たてまつりたまへば、うちそばみてはぢらひたまへる御さま、飽かぬところなし。火影《ほかげ》の御かたはらめ、頭《かしら》つきなど、ただかの心尽くしきこゆる人に違《たが》ふところなくもなりゆくかなと見たまふに、いとうれし。（葵巻一一三頁）

葵上が亡くなった後、踵を接するがごとく紫上が「大人び」「飽かぬところな」く、藤壺に違うところもなく成長しているさまを源氏が捉えているままに描いて「いとうれし」という源氏の主観直叙で結ぶ文章はさながら源氏の語りに似、紫上の造型が源氏の心情によってかたどられ、当の紫上自身がどう思っているかなどは一切そっちのけである。「姫君の、何ごともあらまほしうととのひ果てて、いとめでたうのみ見えたまふを、似げなからぬほどにはた、見なしたまへれば、けしきばみたることなど、をりをり聞こえこころみたまへど、見も知りたまはぬけしきなり。」（葵巻一一四・五頁）。源氏は一方的に、夫婦の契りを結んでも、もう似合わしくないことはないと「見なし」ている。紫上が「見も知りたまはぬけしきなり」と見ているのも源氏である。だのに、源氏は紫上と契るのである。すべてが一方的なのである。

源氏の愛育の中で紫上は成長していった。「何ごとにつけても、けしうはあらず生《お》ほし立てたりかしと思ほす。」（賢木巻一六〇頁）。「常に書きかはしたまへば、わが御手にいとよく似て、今すこしなまめかしう、女《をんな》しきところ書き添へたまへり。」（賢木巻一六〇頁）とあるように、源氏に筆跡がよく似て、その上で女らしいなよやかさが加わっているのも、源氏と紫上の親近の濃密さを表わしている。紫上は「風吹けばまづぞ乱るる色かはる浅茅が露にかかるささがに」と、移り気な源氏を頼りにするわが身のはかなさを詠むほどに「女君」として成長している。

女君は、日ごろのほどに、ねびまさりたまへるここちして、いといたうしづまりたまひて、世の中いかがあらむと思へるけしきの、心苦しうあはれにおぼえたまへば、あいなき心のさまざま乱るるやしるからむ、「色かはる」とありしもらうたうおぼえて、常よりことにかたらひきこえたまふ。（賢木巻一六三頁）

紫上の女としての成長を、源氏の視点が捉えている。源氏との夫婦仲を案じる様子がいたいたしくいとしく思われて、それは藤壺へのわが煩悶が顔に出ているゆえに紫上に分かるのか、と「色かはる」とあった紫上の返歌を思い、紫上を可憐にいとしく思う。ここにも源氏と紫上の対等の愛というより娘のようにいとしく思う関係が見られる。夫婦でありながら源氏はあくまで紫上を可憐ないとしいという思いで見ている。夫婦の仲ではあるが特別な関係といわねばならない。幼少のうちから育てあげたわが理想の妻。他の女君との間にはない紫上の独自性である。目を細めほほえむ思いで源氏は紫上に接している。賢木巻は桐壺院崩御、藤壺の出家等、源氏の身辺は寂寥を極めていく。秋山虔氏が「権勢から疎隔され、余儀なく私人たる生活にその重みがかけられるという物語の段階にさしかかったこの時点こそ、右のような紫上が、光とその正妻格において結ばれる機会であるにほかならなかった。[14]」（「紫上の変貌」「国文学」昭和39年5月。『源氏物語の世界』東京大学出版会、昭和39年12月）と述べられたことを想起する。折しも紫上は藤壺の姿を通して透視されるまでになっている。

髪《かむ》ざし、頭《かしら》つき、御髪《みぐし》のかかりたるさま、限りなきにほはしさなど、ただかの対の姫君に違《たが》ふところなし。

（賢木巻一五二頁）

源氏の〝正妻格〟となる内実がこのように藤壺が紫上に似ているというかたちで示されていよう。紫上が藤壺に似ていると語られてきたのがこのように「逆転現象」[15]（吉岡曠氏「鴛鴦のうきね（下）—朝顔巻の光源氏夫妻—」「中古文学」第14号、昭和49年10月）が見られるのが吉岡曠氏の言われるように「たまたまそういうふうに書かれたといったようなものではなく、明らかに意図的な逆転だといってよいであろう」。紫上は正妻格となったのである。

朝顔巻は福田侃子氏「槿斎院について」（「東京都立大学人文学報」第32号、昭和38年3月。のち『源氏物語—女たちの宿世—』桜楓社所収）が、紫上の「正妻格」の地位がゆさぶられる巻として論じられ[16]、その後いわばプレ若菜として捉えられてきた。秋山虔氏が「思うに、この『槿』巻における紫上像には、後の『若菜』巻に至って彼女がになわせられるであろう問題がすでに提起されている」[17]（「紫上の変貌」「国文学」昭和39年5月号。のち『源氏物語の世界』東大出版会所収）と述べていられる。今井源衛博士「紫上—朝顔巻における—」（『源氏物語講座第3巻』有精堂、昭和46年7月。のち『紫林照径　源氏物語の新研究』角川書店所収）も「ここ朝顔巻には、すでにその後年の紫上の姿の前兆がはっきりと刻印されている事を見逃す事はできないであろう」[18]と述べていられる。

源氏と紫上夫婦の仲むつまじい関係について、その紫上の幸福の地上的限界を詳論された吉岡曠氏「鴛鴦のうきね（下）—朝顔巻の光源氏夫妻—」は、「やはらかにおびれたるものから、深うよしづきたるところの、並びなくものしたまひしを云々」と源氏が語っていることについて「ひょっとすると紫上に秘事を感づかれかねないような不用意な発言をしているところに、日頃の政治家としての用心深さを置きざりにして、紫上の前で心を開き、心を許しているこの夜の源氏の姿を見たいと思う」[19]と述べていられる。私は源氏の紫上に対する姿勢があいもかわらず彼女の少女期のときと変わっていないことを痛感する。すなわち拙稿「紫上の造型（上）」で取り上げた若紫巻二三七・八・九頁の「武蔵野といへばかこたれぬ」、「ねは見ねどあはれとぞ思ふ武蔵野の露分けわぶる草のゆかりを」

が源氏の心の奥にひそむ藤壺への思いが流露しており、「露分けわぶる」などと言ってよいのか、と思ったのより以上に私たちは「やはらかにおびれたるものから云々」にぎくりとするではないか。この時もはや紫上は少女ではなく源氏の正妻格の妻である。その夜の夢に藤壺が恨んで現れたのも無理からぬところなのだ。源氏は紫上をまだ若紫のときの延長線上に見ているのではないか。自分と一体視する愛情ではあるが、紫上は源氏にとって対等の大人の女君ではなく自らの庇護下の、彼の傘《かさ》の中の、一方的に愛をそそぐ対象でしかなかったのだ。他の女君のように自立した他者と思っていないのだ。彼がなんでもかでも他の女君のことを彼女に話すのは幼少の時から生活を共にしてきた一体感のゆえで、そうした意味で一方的な一方交通の愛情行為であり、紫上を尊重していないというのではないが、長年の関係に馴れた心のゆるみのようなものがあろう。一方的に信じているのである。源氏の一方的な内的真実を紫上は感じてはいようが、その内的真実のみを頼りとせねばならぬわが身の上のはかなさを賢木巻の彼女の歌「風吹けばまづぞ乱るる色かはる浅茅が露にかかるささがに」に詠じていたようにも思う。が、朝顔巻（二一二頁）で「かきつめて昔恋しき雪もよにあはれを添ふる鴛鴦《をし》の浮寝《うきね》か」と詠ずる源氏の歌には藤壺とのことへの回想と紫上との夫婦の今、現在が詠嘆されているのだが、紫上はこの詠嘆の外にいる。藤壺が夢枕に立ったあとの、源氏の歌「とけて寝ぬ寝覚《ねざめ》さびしき冬の夜にむすぼほれつる夢の短《みじか》さ」は言うまでもなく源氏一人の藤壺への思いの世界である。共寝しながら紫上は「女君、いかなることにかとおぼすに」とあるように源氏の流れ出る涙の意味が分からなかった。この時、紫上は源氏の世界の外にいる自分を意識しなかったであろうか。当然彼女は意識したはずだ。しかし物語はその彼女の内面に踏み込んでいない。紫上の内面描写は若菜巻を待たねばならない。事柄としては朝顔巻はプレ若菜の要素を含んではいるが、表現として描くに至っていないといわねばならないのであった。

十三

源氏の紫上への一方的な愛情行為には切実な真実感があった。葵上の対極的位相にある紫上の境涯と彼女の性格が源氏の心の琴線をゆるがしている。彼の心の奥深くにある心情の第一は藤壺への思慕であり、その藤壺に酷似する紫上ゆえに彼の愛情はあるのだが、しかしあるいはそれ以上に源氏と紫上の生い立ちの酷似が深い親近感を源氏の心に生ぜしめていることもモチーフとして捉えねばならない。

「あはれにうけたまはる御ありさまを、かの過ぎたまひにけむ御かはりにおぼしないてむや。いふかひなきほどの齢《よはひ》にて、むつましかるべき人にも立ちおくれはべりにければ、あやしう浮きたるやうにて、年月《としつき》をこそ重ねはべれ。同じさまにものしたまふなるを、たぐひになさせたまへと、いと聞こえまほしきを、かかるをりはべりがたくてなむ、おぼされむところをも憚《はばか》らず、うち出ではべりぬる」（若紫巻一〇〇頁）

「同じさまにものしたまふなるを」という源氏の言葉には切実な真実感があるのだが、紫上の祖母尼君にとっては紫上が「いとまだいふかひなきほどにて」（若紫巻二〇一頁）という一点で、「聞こしめしひがめたることなどやはべらむと」思うので、その源氏の切実な思いも言葉も一方交通に終る。

藤壺との秘事を際どく問わず語りを源氏はしている。紫上は気づいていないことになっている。が、若紫巻の幼時は気づかず分からないのはうなずけるが、朝顔巻の「やはらかにおびれたる」（朝顔巻二一〇頁）の言葉にはどうだったろうか。ここでは「君こそは、さいへど、紫のゆゑこよなからずものしたまふめれど」と藤壺の血筋をはっきり源氏は言っているのである。「紫のゆゑ」―「紫の一本《ひともと》ゆゑに武蔵野の草はみながらあはれとぞ見る」、「知らねども武蔵野といへばかこたれぬよしやさこそは紫のゆゑ」。藤壺ゆえに紫上を愛していることを語っているのだ。すると幼時（若紫巻）の「武蔵野といへばかこたれぬ」、「ねは見ねどあはれとぞ思ふ武蔵野の露分けわぶる草のゆかりを」（若紫巻二三八頁）の意味、源氏の言っている具体的意味が豁然として分かったのではあるまいか。しかし物語はそのことを語らない。恐らくは察したであろうと思われるそのことに触れない。紫上の内面を語らないのである。源氏の夢枕に立って恨む藤壺に源氏がうなされているけはいに紫上は「こは、などかくは」と言い、源氏の流す涙にも「女君、いかなることにかとおぼす」とあるように不審に思うのみである。ところで「女君、……」の右の文に続く「うちもみじろかで臥したまへり」は新潮『集成』の説くように主語は源氏であり、不審に思っているらしい紫上のけはいに、源氏は気づかれないよう身動きもしなかったのだ。心の中で「とけて寝ぬ寝覚《ねざめ》さびしき冬の夜にむすぼほれつる夢の短《みじか》さ」とひそかに詠んだ。玉上琢彌博士『源氏物語評釈』（三〇五頁）は『細流抄』に『紫上のしづまりたるさま用意有也』とあるのは、適当な注と思われる。（中略）ただならぬ源氏の様子に、紫の上は、一時は『こはなどかくは』と驚きの声を出したが、そっとしておこうと、静かにしていらっしゃるのである。」と説いていられる(20)。源氏を主語とする説は紫上がただ不審に思うだけとなるが、紫上が主語だと紫上が源氏の「ただならぬ様子に」深く思いを致す内面が読む者に感じられてくるように思われる。細流抄の説く「用意有也」、「そっとしておこう」という気づかい配慮もさることながら、私は、紫上の内面にある、「やはらかにおびれたる」藤壺のことを思っている源氏の心をのぞく厳粛さが、「うちもみじろかで臥したまへり」となるように思われてくる。

が、私は源氏を主語とする説に賛同するもので、理由は、まだ朝顔巻では源氏と自分の夫婦としてのつながりについて省察する紫上を作者は描こうとしていないと考えるからである。源氏の一方的視座にもとづく語りだと思うのである。

若菜巻に於て、清水好子氏「源氏物語の主題と方法―若菜上・下巻について―」（『古代文学論叢第1輯』武蔵野書院、昭和44年6月所収。『源氏物語の文体と方法』東大出版会所収）が説かれたように「いわば、若菜巻の時点で光源氏の過去は逆に照らし出され、その一生の意味が問い直されている」[21]のと同じく光源氏と対をなして[22]紫上の「一生の意味が問い直され」るのである（拙稿「若菜上・下巻の主題と方法—内的真実と外的真実—」『源氏物語研究集成』第2巻、風間書房、平成11年9月所収）。その時、紫上の過去が、はかない、浮きたる人生であった相貌として、紫上の内面に照らし出されてくる。が、源氏は紫上に対する思いを依然として過去さながらに引きずりつづけるのである。

「源氏の一方的な愛情」という言い方をしてきたが、それは紫上は源氏を愛していないということでは無論ない。幼時から紫上は源氏を好いていたし、明石の君や朝顔、そして女三の宮による紫上の心の動揺自体いかに源氏との離れがたい愛情かは自明である。相思相愛の極みといってよい。にもかかわらず私が「源氏の一方的な愛情」と言うのは、その愛情のあり方が当初以来親が娘を愛するような感情であったこと、そして紫上は源氏に好意を寄せ、その限りでは相思相愛だが、朧月夜と源氏の関係のような大人同士の相思相愛とは趣を異にしていること、源氏は心の奥深く藤壺への思いを秘め、それゆえの紫上に向かう愛情であるという心の秘密が、源氏と紫上の間に存し、紫上に隠されているということ、紫上への愛情は次第に深化し藤壺と紫上の「逆転現象」を転換点として紫上その人とのきずなは深まりゆくが、女三の宮降嫁を決定づける源氏の藤壺思慕を思いみるとき、紫上は依然として藤壺の形代にほかならないこと、紫上はこのことについてどう受け止めたかは書かれていないから、源氏の愛情行為はその意味で一方的な彼の内的真実であること等がその理由である。くり返し言うが、紫上が源氏を愛していないなどということでは決してない。

若菜上巻以降、女三の宮降嫁による紫上の内面が描かれ自らの人生の意味を彼女が知るに及んで、彼女は源氏が愛してやまない女人像の理想のあり方からさらにすすんで悲劇的な心の奥深さに達しているのだが、それは、源氏は知りえたか疑問で、その意味では紫上の過去の残影を彼はひきずっていて、「一方的な」ひとりよがりの愛情に終始したのではなかったか。その〝主観的な〟愛情が真実であることは御法巻、幻巻の彼の姿に徴して明らかであるが。

本稿は紫上の初期に中心をおいた論考となった。若菜上巻以降の紫上の造型に関する論考は、本書所収の「光源氏の運命と女の宿世・その愛と生と死と」の「紫上造型」や「光源氏の内面劇と紫上の述懐」及び「若菜上・下巻の主題と方法—内的真実と外的真実—」に述べるところがある。

注

(9) 川名淳子氏「若紫の君—絵と雛遊びに興ずる少女—」(「むらさき」第25輯、昭和63年7月)。なお、若紫の遊びの世界について、中西紀子氏「若紫にとっての遊びの世界—〝子雀の逃亡〟〝雛遊び〟の場面を中心に—」(「王朝文学研究誌」第5号、平成6年9月)も詳しく分析されている。
(10) 倉田実氏『紫の上造型論』(新典社、昭和63年6月)。
(11) 清水好子氏『源氏の女君』(三一書房、昭和34年2月。のち塙書房より増補版。昭和42年6月)。
(12) 永井和子氏「紫上—『女主人公』の定位試論—」(森一郎編『源氏物語作中人物論集』勉誠社、平成5年1月。のち永井氏著『源氏物語と老い』笠間書院所収)。
(13) 阿部秋生博士「紫の上の出家」(慶応大学『国文学論叢』第3輯、昭和34年11月。のち『光源氏論　発心と出家』東大出版会所収)。
(14) 秋山虔氏「紫上の変貌」(『国文学』昭和39年5月。のち『源氏物語の世界』東大出版会、昭和39年12月所収)。
(15) 吉岡曠氏「鴛鴦のうきね(下)—朝顔巻の光源氏夫妻—」(「中古文学」第14号、昭和49年10月)。
(16) 福田侃子氏「槿斎院について」(「東京都立大学人文学報」第32号、昭和38年3月。のち『源氏物語—女たちの宿世—』桜楓社所収)。
(17) 秋山虔氏　注14の御論文。
(18) 今井源衛博士「紫上—朝顔巻における—」(『源氏物語講座第3巻』有精堂、昭和46年7月。のち『紫林照径　源氏物語の新研究』角川書店所収)。

（19）吉岡曠氏　注15の御論文。
（20）玉上琢彌博士『源氏物語評釈』第4巻三〇五頁。
（21）清水好子氏「源氏物語の主題と方法―若菜上・下巻について―」（『古代文学論叢第1輯』武蔵野書院、昭和44年6月。のち『源氏物語の文体と方法』東大出版会所収）。
（22）拙稿「若菜上・下巻の主題と方法―内的真実と外的真実―」（『源氏物語研究集成』第2巻、風間書房、平成11年9月）。

〔付記〕本稿は、「金蘭短期大学研究誌」第30号、平成11年12月掲載の拙稿「紫上の造型（上）―源氏物語の表現と人物造型の連関―」の続稿である。

六　兵部卿の宮（紫上の父・藤壺の兄）

——人物造型の准拠——

「王朝文学研究誌」第四号の拙稿「源氏物語における政治と人間―「兵部卿の宮」をめぐって―」について、西村亨氏からあたたかい御理解を賜わったうえで、「皇籍を離脱しない親王で、政治に関わる地位にいない兵部卿の宮が光源氏に対立することはあり得ないのではないか」とまことにごもっともな御批評を賜わった。丁度この拙稿を含む論文集としての拙著『源氏物語の主題と表現世界』（勉誠社）の校正が終わった頃であった。氏の御厚情に対しいささかでもお答えしなければならないと思い、「付記」を書いたのであるが、この論文の最後の頁の空いた箇所に収めねばならないので、できる限り小さい活字にしたけれども、紙幅の制約と刊行予定までの時間的制約とで、『源氏物語』におけるこの兵部卿の宮の政治的権力への情動を述べるに止まり、氏の御疑問に答え得ないままとなった。というより氏の御批評をいただくことにより、この兵部卿の宮をめぐる拙稿に書き足しをさせていただくに止まったのである。

西村氏の御疑問に対しては、今井源衛博士の御高論「兵部卿の宮―紫上の父―」（『日本古典鑑賞講座　第四巻　源氏物語』角川書店、昭和32年12月刊所収）に導かれてさらに私見を加えることができればと考えたのであるが、私はまず『源氏物語』の兵部卿の宮（紫上の父・藤壺の兄）が政治的権力への夢につき動かされている事実を確認することによって「皇籍を離脱しない親王で、政治に関わる地位にいない兵部卿の宮が光源氏と政治的に対立」している物語的事実を確認することを行って、次に歴史的事実について考えようというところで紙幅が尽きてしまった。

この夏休み山中裕博士の「御堂関白記を読む会」（於京都、平成六年八月十五日〜八月二十日）に参加、出席して、昼休みに、皇籍を離脱しない親王で、政治に関わった歴史上の人物について、御教えを乞うたところ、「為平親王」をあげられた。源高明の女《むすめ》を室としたばかりに、皇太弟たるべき位置を弟守平（円融）に譲ることになった。その後即位を断念せざるを得なくなった為平親王は、花山天皇にその女《むすめ》婉子を入内させているが、『源氏物語』の王女御の入内が思い合わされよう。その後この婉子は実質に再嫁している。――というようなお話であったが、この為平親王のことは今井源衛博士の前記の御論文に述べていられ、「為平親王が、兵部卿宮の源泉になっているのではないかと思う」とある。当日私は「今井源衛博士も角川の『日本古典鑑賞講座』で為平親王が源泉と述べていられました。……」と申し上げ、歴史的事実としても、皇籍を離脱しない親王で、政治に関わった例があることを確認させていただくことができた。今井博士は「『大鏡』師輔伝の伝えるところでは、為平は皇太弟の位置を奪われて後、『わが御身の口惜しう崩をれてもおはしまさで、なほ末の世に』甥に当る花山帝が即位したので婉子を納れ、自分もしきりに内裏に出入したので、世の人が『いみじくそしり申し』たという。この入内には必ずや彼の政治的野心が動いていたわけで、……」と述べていられる。為平親王はもし花山天皇の早期退位がなかったら、帝の外戚として政治的野心を相当に果たそうという意図であったのであろう。しかし兼家・道兼父子の陰謀によって花山天皇は出家、為平親王の政治的野心もくじかれてしまった。

『源氏物語』の兵部卿の宮→式部卿宮は今井博士の説かれたようにこの為平親王を源泉としている。『源氏物語』は創作的手法を駆使しながら、実在の人物のイメージを明らかに浮かび上がらせる准拠の方法を用いるのであった。当時の読者は作中人物の誰彼に実在人物のイメージを浮かべたことが考えられよう。式部卿宮の女を室とした鬚黒などは、為平親王の女婉子を室としている実質のイメージを浮かべさせるものであったかもしれない。道長批判の『小右記』で有名な実資を鬚黒造型の源泉としたのであれば、道長方の女房紫式部の意図は明白で、光源氏になぞらえられる道長に対比して実資を鬚黒ごとき人物像に封じ込めたのは、道長に媚びる以外の何物でもなかろう。道長のしたたかな人物像は光源氏造型に生かされていようし、実資は道長に比して狭量な人物と紫式部は見ていたかもしれない。

なお、前記「王朝文学研究誌」第四号の拙稿では、賢木巻の「兵部卿の宮も常にわたりたまひつつ」の「兵部卿の宮」について現行諸注釈書の各説を列挙したが、今井博士の御論文では紫上の父と解されている。

次に、注目すべきは、藤本勝義氏の是忠親王准拠説である。（「源氏物語に於ける式部卿宮をめぐって—「少女」巻の構造を視座として—」「国語と国文学」昭和57年3月。『源氏物語の想像力』笠間書院所収）氏は式部卿宮が文官を統率するにふさわしい権威を有していた聖代、大学寮の盛えた宇多、醍醐の時代、皇族筆頭としての勢威があった時代の、光孝長子の是忠親王と『源氏物語』の式部卿宮との酷似を述べていられ、説得力がある。氏は「この宮は、母が先帝の后宮で藤壺の同母兄という、最高の血筋であった。このように、かなり血筋のよい母親をもつ歴代の式部卿には、是忠、貞保、敦慶、敦実、元長、為平らがいる。そして、藤壺のように、妹である内親王が入内している例は『本朝皇胤紹運録』などから、仲野（甘南美内親王が平城帝に）、是忠（為子内親王が醍醐帝に）の二人となる。さらに紫上の父のように娘が入内している例は、仲野（班子）、時康（忠子、綏子、為子、源和子）是忠（好子）、重明（徽子）、為平（婉子）である。こうしてみてくると、このような条件を全て満たしているのは是忠一人ということになる。しかも、是忠の式部卿任官が四十六か四十七歳の時であるのとほぼ等しく、紫上の父宮も四十七歳で任官している。おまけに、藤壺は古注以来醍醐に准拠される桐壺帝に入内しているので、為子内親王に準えることも可能であり、その為子の実兄が是忠であるので紫上の父宮の場合と非常に境遇が似通ってくるのである。」と述べていられる。藤本氏が注していられるように、藤壺を光孝帝の内親王為子内親王に準えるのは清水好子氏「天皇家の系譜と準拠」（『源氏物語の文体と方法』東大出版会所収）のお説である。

「冷泉帝後宮にしのぎを削る藤氏、源氏の女御がいるが、そこへもう一人王女御が加わる。しかも権威ある式部卿宮をバックとして。つまり、勢威ある皇族の女御が二人位置を占めることによって、いわば二対一で藤氏の女御を押しのけ、梅壺立后を導き出すという物語の方法がとられていると思われる。」と藤本氏は説いていられる。式部卿宮が権威を有していた時代の是忠親王を、『源氏物語』の式部卿の宮（紫上の父）にオーバーラップさせることによって、この「物語の方法」は納得できる。が、となると、藤本氏が「示唆に富むものに思える」とされた、篠原昭二氏の「（式部卿の宮は）光源氏世界の秩序の徹底を証言する者として物語に機能している」、「事件に対処する行動の適不適において光源氏を際立たせる役を負った」（「式部卿宮家」『講座源氏物語の世界　第五集』、『源氏物語の論理』東大出版会所収）という線上の、つまり、式部卿の宮は、光源氏の威力の前の恭順者であることを越えて、光源氏の協力者ということになってしまうのではないか。

『源氏物語』の式部卿の宮は篠原氏の言われるように恭順者である。光源氏と権威ある式部卿宮が二人して藤氏を押しのけたというようには、式部卿の宮の役割を読めそうにない。（藤本氏もそのことは分かっていられ、後述のごとく二人の式部卿宮のバランスをとって道長時代の人々に受容させやすくしたといわれる。）負け犬としての敵対者であって、結局、宮は光源氏と頭中将の二人につぐ三番目の権勢者におさまるが、恭順することによってである。もともと敵対し得る器量もないのに敵対しての負け犬だが、光源氏の徹底した報復は受けなかったことによって、第三の権勢者の地位を得ることができた。「宮の娘などの女系の不遇」（藤本氏）が、「おおよそ権勢家としては将来性のない描き方もされている」（藤本氏）のは、「有名無実化し、なんの力も持たなくなった官職である式部卿しか見ていない道長の時代の人々」（藤本氏）に受容される要素として、そのようにイメージされるのは為平親王の俤《おもかげ》であろう。つまりモデルではなく准拠というのはすべてを一人が源泉となるのではなく、そこここで別の人物がイメージされてよいのである。

藤本氏の説かれたように、少女巻の構造からすれば、皇族の尊重される基盤があっての王女御の入内であったのであるから、そのことに関しては是忠親王という権威ある式部卿宮のほうがイメージとしてふさわしいといえようが、屈従的、恭順的なイメージからすれば、為平親王の方が似つかわしい。聖代を准拠としつつ、近い時代の権威を失った式部卿宮のイメージをも交錯させて「バランスをとることにより」（藤本氏）道長時代の人々に受容させることとなったといえるのであろう。

『源氏物語』の式部卿の宮は、是忠親王や為平親王をイメージしつつ、光源氏に敵対し、そして恭順するという政治的行動をとったのであるが、准拠は、モデルと異り、その人物のすべてと重なるものではないことをくり返し申し添えておきたい。

なお、藤本氏も、賢木巻の「兵部卿の宮も常にわたりたまひつつ」の「兵部卿の宮」を紫上の父と解されている。「王朝文学研究誌」第四号の拙稿では、「源氏物語における政治と人間―「兵部卿の宮」をめぐって―」とタイトルをつけながら、「兵部卿の宮も常にわたりたまひつつ」（賢木巻）の「兵部卿の宮」が藤壺の兄、紫上の父であることを確認する論証に力点を置き、「政治と人間」については不備なところがあり、西村亨氏の御批評をいただくこととなり、そのことについて「付記」および今回の補遺を記すことができた。西村氏に感謝申し上げるとともに学恩を賜わった今井源衛博士、山中裕博士、藤本勝義氏、篠原昭二氏に感謝申し上げる。

七　明石家の人びと

〈人物紹介〉　大臣の家柄に生まれたが近衛中将の官職を捨てて播磨守となり、出家して明石の浦で娘を大切に育て都の位高き人との縁談に執心している父（明石入道）と中務《なかつかさ》の宮の孫の母（明石尼君）との間に生まれた明石の御方は父入道の期待に心を一つにしつつも、源氏の須磨退居を機会として源氏に縁づけようとする父とは一線を画してわが身分の低さに心を痛め悩む。源氏と結ばれ源氏の唯一人の姫君を生んでのちも身の程の自覚に苦しみつつそれに耐え抜き、中宮となる運命を持つ姫君の実母として明石家の盛運をみちびく。明石の御方のよき助言者として姫君を紫上に託す上での役割を果した母尼君は世人から「幸ひ人」と言われる。明石中宮は源氏に特別に大事にされ、源氏の遺産配分も第一にされている。入道の執念の実現といえよう。

〈研究の展望〉　今井源衛「明石上について―源氏物語人物試評」（『国語と国文学』昭和24年6月。『源氏物語の研究』未来社、昭和37年）は、『源氏物語』作中人物論が作品論として市民権を獲得する上で画期的な役割を果した。「明石上」の意識や源氏のそれを分析することによって、「明石上」の「身のほど」の意識、二人の間の階層的落差の存在を問題としたこの論文の視点はその後現在に至る諸論文にうけつがれているといえよう。源氏の階層意識の強い扱いに従うことによって源氏との関係を保持するさむざむとした「冬の御方」の内面風景をえぐり出し、母尼君の述壊から「明石一族の栄誉の蔭にかくれたところの、彼女と入道との不幸な結婚生活の歎き」、「ミゼラブルな心象風景」に注目するところが本論文の傾向性かと思われる。明石入道とその娘の「新没落貴族」としての「自負と矜持」及び「劣等意識」という、社会階層論的視点を基調とするところに画期的な意義を有している。つまり単なる男の愛情ではいかんともできない社会階層論的視点が作品形象としてそそがれていることに迫り、個性、性格などを媒介とする単なる恋愛、愛情の表層的把握によってはとらえられない『源氏物語』の女君の問題に気づかしめたすぐれた論文であった。「卑下と忍従という意識的な自己否定」、「知的な自己防衛の態勢」という「明石上」の個性は、彼女の社会的位層が、外部から彼女に強いたものであるとともに、彼女の知的、意志的な制御の結果であると結んだところには単に社会階層論的に割り切るのではない論者の姿勢をのぞかせていよう。

阿部秋生「明石の君の物語の構造」（『源氏物語研究序説　下』東京大学出版会、昭和34年）は「構造」という概念規定を「物語から読みとりうる構造」とし、本文に即して克明に分析したもので、作品論としての「明石の君」論としてこれ以上詳密なものは類がない。光源氏の物語の中の「明石の君」と明石の君の物語としての「明石の君」と二通りの視点を構え、宿業にまかせて都を離れた源氏は「都にゐてはならない宿世」とともに「明石の君」にめぐりあうべき宿世を知るが、その宿世の意味を、当時の歴史的現実とつきあわせて異様な事実と認定した上で、予言の線にそって展開する貴種流離譚の型を容認することによって理解できるとする。明石の君の物語としての「明石の君」を見るについては父と母の分析から入り、歴史的事例とのつきあわせから近衛中将であった明石入道が播磨守になったことの異様さ、例のないことを論証し、入道の見た異様な夢の予言に依拠する行動であり、「明石入道の一切の行動の底には、かうして名門の座を回復しようとする強烈な意欲が潜んでいるわけであり、それが住吉の神をよび、源氏をよび寄せるのだ」（七六三頁）とし、明石入道の造型は「名門・権門から転落して間もない受領、諸大夫が、極言すれば、夢寐の間にも忘れえなかった野望の典型的な型であ」り、「明石の君」が父入道の行動を受け入れたのも名門・権門の血をひく者としての、「都の高き人」への憧れにもとづくもので、「明石の君や入道の心情や意欲は作者の時代の現実の中の諸事象を背景において解釈すべきであることを、明石の君の物語の構造それ自身を通して語つてゐる」と作者の関心に言及している。歓喜のさ中においても、何かにつけて「身のほど」を思い、腹の底から「さいはひ」なのだとは思いきれぬ「明石の君」の意識を作者はつかみ出してみせていると論じた上で、「若菜」巻からは少し変って来るという。「わが宿世はいとたけくぞ」、「すべて今は、恨めしきふしもなし」と思っていることを描いた作者の目は批判的で、「救ひがたい不幸」を見ていたのかもしれないと説く。あてどない不安の中にいた「明石の君」への同情的意識とは異なり、あまりにそつのない、現実的な考え方になり下がった「明石の君」に批判的ということは、頑強な貴族社会の中の「明石の君」を客観的に見まもっている、的確に描き出しているのだと論じるとき、この徹底した作品論、構造論は、すぐれて作者論に結びついていくのであった。

「明石上」という呼称は本文にはないとの指摘（八二九頁）はそれ自体重要な意義を持つ。十七種の呼び方がされている中で「最も頻度が高く、また多くの巻々に亙って用ゐられ、しかも明石の君個人の名称として用ゐられてゐるのは、『明石の御方』である」と述べ、彼女の呼称としては「最も格の高いもの」という。この指摘は、本文に即しての克明な分析によるもので深い意味を有している。彼女は「『明石の上』とは呼びえない」、「召人と妻との中間ぐらゐの地位、『妻のやうな人』とでもいふべきなのではあるまいか」（八五一頁）と述べ彼女の位相を衝いている。ならばなぜ「明石の御方の物語の構造」とせずに「明石の君の物語の構造」としたのかの説明は見られない。「明石の君」の呼称は「若菜上」巻で一例、「若菜下」巻で二例、合計三例見られるが、紫上の意識に即した呼称で女三の宮との相対性（上巻）、光源氏の意識に即した呼称で、紫上、女三の宮、明石女御を「御方々」と呼称したこととの相対性（下巻）及び明石女御の御子たち就中三の宮（匂宮）が話題に上っていることとの関連であって（下巻）、「明石の御方」よりは一段低い呼称だが「君」は親愛感のこもる敬称である。恐らく氏の「明石の君」は、それまでの「明石の上」の呼称から解き放って、『源氏物語』の女君の一人、光源氏の女君の一人としての意識による命名であろう。

秋山虔「源氏物語の敬語」（原題「上代・中古の風俗と敬語生活」『敬語講座』二、明治書院、昭和48年。『王朝の文学空間』東京大学出版会、昭和59年）は、「明石の君について、主として地の文における敬語待遇の考察をこころみた」

ものであるが、敬語表現を視点として「明石の君」の人物造型に迫っている。「明石の君の待遇が物語の進行につれてどのような変化を示すか」を「はじめて敬語の用いられる」「薄雲」巻の、「乳母と歌を詠みかわす条」からはじまって順次場面ごとの分析を加えている。「彼女が源氏にその妻妾としてかかわる女性として語られていく限り、彼と受領の娘という決定的な身分的懸隔は、どこまでも拭い去られることがない」こと、「少女」巻で六条院の人となる条で「明石の君」に対して敬語の使用の惜しまれることがなく、源氏の行動につけても「渡したてまつり……」と対象尊敬語が用いられているのは「源氏にとって、明石の君はここでは受領風情であることから断たれてあらねばならないのであった。六条院の后がねの姫君の晴れがましい実の母君として格式を備えつつ入来することを要請されるのである」と説くことによって「明石の君」の「六条院の后がねの姫君の晴れがましい実の母君」という存在性が敬語表現を視点としてとらえられている。

氏の分析のいちいちを紹介するスペースは与えられていない。微細にわたる分析は論文自体を読んでいただくよりほかないが、敬語の用法を視点として「明石の君」のありかたの推移、物語世界における存在意義をかたどっている。敬語ということばの形象性から分け入って「明石の君」及び明石家の人々の宿運を論じているのである。「『御法』巻で、二条院に病む紫の上を明石の中宮がとぶらい、しめやかに語り交わす条があるが、そこに明石の君も加わり、三者相会することになる。思えば、かつての明石の君にこのようなことがありえたであろうか。（下略）」と述べ、「心深げに、静まりたる御物語ども聞こえ交はしたまふ」という敬語表現のゆえんをいう。「幻」巻の、源氏から「明石の君」への贈歌のことが「翌朝、御文奉りたまふに」と対象尊敬の敬語をもって語られることについて「世を捨てる日も間近い源氏の目に、残る人々の世界の秩序のなかで、明石の君は栄光に輝く、おしもおされもせぬ存在にのしあがっているはずであった」という物語世界における「明石の君」の位相が展望されている。「……敬語による彼女の待遇を検してきたが、そうした作業は明石の君がいかに造型されてあるか、またそうした彼女を、ある時点時点にしかるべく待遇する物語の世界がいかに構造的に推進しているかについて一視角をすえることであり、源氏物語の作品論に資するものでもあろう」と述べるように、作品論としての人物造型の機微を敬語ということばの形象性から鋭く衝いているのである。

高橋和夫「源氏物語―明石一族の物語」（『群馬大学教育学部紀要人文社会科学編』34～36、昭和59年、昭和60年、昭和61年）は、明石一族の物語が、作者の原始構想の一つで、没落貴族復権の女系による方法として、その最も極端な、また栄光の物語として構想したものといい、構想論として作者の思念との結びつきを終始追跡している。「明石上は作者の自画像だと言われる時、多くの人は、その性格、忍耐強い女としての面だけをクローズアップさせて、男にとって都合のいい家庭婦人型の自画像を作り上げるけれども、これは近代的解釈というものであろう」と言っているように、近代の私小説風にとらえるのではなく、作者の境遇を源泉として虚構をつむぎ出す物語の構想の方法を論ずるのである。従来問題にせられ未解決といってよい「明石上の年齢について」、「明石巻で、入道は（娘の年齢について―森注）光源氏に嘘をついた」と言い、「この時明石上の年齢は、若くて26歳、上限は31歳にまで設定出来ると思う」と述べる。「松風」巻で娘本人に言っていることは本当の事であるはずだから「入道が住吉信仰をはじめたのは、どうも娘が『やうやう大人び』『もの思し知るべき』年頃になってからではないのか」と考え「明石の上」の年齢を試算した上で「明石上は作者の自画像であるという側面を持っていいのならば、ほぼ作者の結婚年齢と同じ頃、もうこれで青春も終りという齢――26歳～31歳で、入道の娘をスレスレで辷り込ませた明石一族の物語は、作者の懐いた源氏物語の原始構想として誠にふさわしい」というように作者と構想を結びつけるのである。

「明石上」の心情を分析して「召人風情になりたくない、ということは既に説かれているが、この明石上の思いはそれだけではない」、「どんな結婚かが決め手になる。親の悲願を身に引き受けて、現実的にどう行動するのか、これは私が決める、これは紫式部の思念に違いない。親よりも聡明な娘、そういった誇りがここに出ている」というように作者の思念と「明石上」のそれを結びつける。名著『源氏物語の主題と構想』以来変らぬ構想論、創作過程論であるが、入道と源氏の駈引を分析して「源氏一家と明石一家との、和解なき永遠の闘い」を見出しているのは、明石一族の物語の骨格についての作品論として独自な新見であり本論文の圧巻である。「この物語（明石物語―森注）の根幹をなす姫君の紫上への譲渡」について、紫上物語と明石物語の結合という構想論的視点で読み解いているのも独自な視角で、養女構想の意図は、外戚権力確立の手段というよりも紫上物語と明石物語の結合にあると説く。「母の身分自体が后がねとして不穏当だとは言えない」という言説は、従来の論調を180度ひっくりかえすほどの主張であり、「明石物語」を「身分」という観点で読み解いてきた先行諸論文から自由に解き放たれている。皇子を生んだ明石女御を「女御とは書かず、御息所と書いているのは、もう紫上の言う事など聴いていない、つまり母になった女御の、母としての女の強さを強調したかったのであろう」と人物呼称の形象性に着目しているのはうれしいところである。「『御方などは』とは何だろう。付添の女房たちは、明石上に同調したのである。……」等緻密な表現読みによって明石一族が源家――源氏と紫上――と闘っていく構図を浮き彫りするとともに、源氏の紫上への配慮を通して作者の紫上へのいとおしみに言及するなど創作心理に分け入っている。

　人物呼称、敬語表現等ことばの形象性に分け入る考究をわたくしとしては評価したい。明石の御方の、源氏との結婚までに用いられた呼称のなかで際立つ「さうじみ」について考察した論文を紹介しておく。中田武司「源氏物語『さうじみ』攷」（『日本文学論究』40、昭和55年11月）は源氏物語にある三十一の用例を検証し「作者によって何らかの欠点をもって記されている女性である」という。伊能健司「源氏物語の用語『正身』について」（『中古文学論攷』2、昭和56年11月）は「精神的に保護者から自立していない女性が、ある困難な状況に直面して、それに対処する能力に欠けている状態の時に、その特別な心理に作者が注目して、感情がこもり、文章が日常語化した結果、使われることが多いのではないか」という。小山清文「源氏物語に於ける『さうじみ』試論」（『教育国語国文学』

10、昭和57年12月）は「『さうじみ』と表現された人物は、概して、周囲（の人々・状況）から隔絶され、精神的不安定な状態にある傾向が強いと思われる。……」という。「明石」巻の時点での明石の御方の位相、心情を考える上での形象的言語、いわばキーワードであろう。能谷義隆「明石君と季節―『冬の御方』考」（「山形女子短期大学紀要」15、昭和58年3月）は「厳冬の大井山荘を背景とする『薄雲』巻の母子別離」に「冬の御方」の呼称の因由を求めている。「冬の御方」の例は「梅枝」巻の一例だけでありその内在的意味が考えられねばならない。荒井弘「源氏物語の待遇表現について―明石の御方の場合」（「学習院大学国語国文学会誌」23、昭和55年3月）が、紫上の存在を意識する源氏の心情により明石の御方への待遇表現を拘束することを論じているのは鋭い指摘である。

和歌表現に着目する視座をひらいた領導的研究として小町谷照彦「歌―独詠と贈答―明石君物語に即して」（「国文学」昭和47年12月。『源氏物語の歌ことば表現』東京大学出版会、昭和59年）、鈴木日出男「源氏物語の和歌」（『源氏物語の探究』5、風間書房、昭和55年）など人物の心のかたちとしての形象的表現である和歌、歌語に着目して人間関係、愛情の姿勢を論ずる。島田とよ子「明石中宮と藤の花―『木高き木より咲きかゝりて』」（『源氏物語の探究』10、風間書房、昭和60年）は「その譬喩『藤の花』は明石中宮の本質のようなものを言い得ていないかと思う」という。「らうたげに心苦し」のイメージを形象化するというわけである。河添房江「花の喩の系譜―源氏物語の位相」（『日本の美学』ぺりかん社、昭和59年10月）が説くように「女性達が次々と草花に暗喩されるのは、物語に占めるその人の主題的な位置を、花の物象で求心的に固定していく、すぐれた表現法なのであった」。人物の呼称としてその人物の本質を規定することにもなる花の喩に着目することは新しい研究動向となろう。

〈今後の課題〉　本文に即すという根本に立脚して、人物呼称、敬語表現、和歌表現、喩表現等、ことばの形象性に分け入っての表現読みの進展。

〔付記〕　学燈社「国文学」編集部の要請により各氏への敬称及び敬意表現を省いたことをおことわりしておく。

八　紫上、末摘花、六条御息所、朱雀院、朧月夜、花散里

〈紫上〉　若紫巻で可憐な少女に藤壺の面影を見た源氏は藤壺のかわりにこの少女をと思う。紫上は藤壺の形代《かたしろ》である。理想的な女性へと愛育された紫上は正妻葵上亡きあと実質的な正妻というほどに源氏第一の妻となる。源氏須磨退居の留守を立派に守りぬく。しかし紫上の妻の座は源氏の愛情の深さ第一によってのみ保たれ、正式の正妻ではなかった。このことを紫上がはっきり自覚させられるのが女三の宮の降嫁である。彼女は自己を抑制し平静に振舞う。紫上の立派さを思い源氏はいっそうの愛情をつのらせるのだが、紫上の抑制された自己の堪えきれない内面的苦悩は深まる。彼女の心は出離に向かうが源氏はゆるさない。彼の紫上への愛執はとりわけ深いのだった。源氏にやさしく看取られて死ぬ「御法《みのり》」巻、その死に源氏は魂の抜け落ちたように追悼の日を暮らす「幻」巻は、二人の愛の深さをつたえて美しく、紫上生前の苦を浄《きよ》めるようだ。互いの愛、しかし紫上の心の孤独が読者に残る。

〈末摘花〉　亡くなった夕顔の面影を切なく追い求める源氏は荒れた邸にさびしく暮らす故常陸宮の姫君に期待をこめて接近するが、あまりな朴念仁、無口すぎて返歌の能力もとぼしい有様。極めつきは赤鼻で、容姿のみにくさ。あまりにも古風で若い女性として不調和な物々しい服装など期待はずれも甚しい失望を味わわされるので、「笑い」、滑稽譚ともなり源氏の「をこ」物語ともなるが、若紫巻の幼い紫上の可憐な魅力との対照もはかられている。ところが、蓬生巻で語られる末摘花は、その朴念仁ぶりは変わらないが、朴念仁の美質とでもいうべく窮乏のどん底にあって断固として動揺せぬ立派さとして語られる。これは源氏の須磨退居時において源氏をいつまでも待ちつづけた末摘花を「語り手」が評価しているのである。この誠実さゆえに花散里とともに末摘花は二条東院に

迎え入れられる。玉鬘巻や行幸《みゆき》巻では古風で気のきかぬのを嘲笑されている。物語の主題構想に随伴しての造型である。

〈六条御息所〉　六条御息所への処遇を父帝から訓戒されたほどに源氏は彼女の身分にふさわしい扱いでなく単なる愛人として終始した。この嘆きと表裏する深い愛恋の情が哀切なまでに極まり、葵巻の車争いで正妻葵上からの屈辱に宿業《しゅくごう》というべき御息所の「もののけ」が葵上を取り殺してしまう。別離せざるをえなくなり御息所は娘の斎宮付添を名目に伊勢に去る。正妻と正妻候補のあいつぐ退場で紫上の実質的正妻へのリアリティが確保される。源氏は御息所への冷たかった己の仕うちの罪ほろぼしにその遺児を皇后にするが、御息所の深い愛情とうらはらの怨念は消えなかった。その死霊が源氏最愛の紫上の大病と仮死及び蘇生、正妻女三の宮の出家にかかわるのだ。本当は源氏自身にとりつきたかったと死霊は言った。源氏に与えた意味が深く問われねばならぬ。紫上の蘇生には源氏への深い愛情が切なく見られその愛恋と表裏して源氏の内省を促す「もののけ」は光源氏の暗い影としてその人生を深化する。

〈朱雀院〉　朱雀院は父桐壺院に随順してその御遺言を守り光源氏を引き立てようとしたが母弘徽殿大后にさまたげられて思うにまかせなかった。が、須磨・明石に退居した源氏を母の反対を押し切って都に呼びもどした。故父院の亡霊のさとしを重んじたのである。弘徽殿大后体制内の唯一の良識者と物語は描くのである。澪標巻で政権委譲の際、朱雀院の御子（承香殿の皇子《みこ》）を東宮にしたのは、朱雀院の光源氏との隔意なき話し合いによると見られ、冷泉即位との調和は保たれ朱雀院統の確保は朱雀院の〝軟弱平和外交〟の成果である。しかしその後前斎宮の冷泉帝入内など光源氏盛運とうらはらの不如意な事態となり、藤裏葉巻の六条院への行幸・御幸の光源氏栄華の極みとなるのも朱雀院の軟弱の衰運をあらわす。光源氏に傾倒する軟弱の人物像は女三の宮の幼稚さと相まって源氏への宮の降嫁の要因となる。この降嫁は宮の出家、紫上の発病と死など、院の嘆き、源氏の不幸となり物語世界は相対化する。

〈朧月夜〉　朧月夜との事件が光源氏の須磨退居の直接的契機となるが、須磨退居は弘徽殿の政治的圧迫によると目され、真相（藤壺事件）を秘め隠し光源氏を冤罪《えんざい》視せしめる道具立ての役割を朧月夜は負った。弘徽殿大后の妹であり、また尚侍として実質的には朱雀院の寵妃でありながら、光源氏に傾きつづけたことはおのずから体制内批判の役割をになう。須磨の源氏へ悲しい恋心の文を送る。が一方、朱雀院のおだやかで深い愛の美質に開眼する。帰京後の光源氏権勢下に一変して軽率には応じない。過去を反省し源氏をも批判する。柔かな気質の彼女は源氏との文通は絶えていない。しかし女三の宮降嫁の折には柏木のために一役買うなど、光源氏傾倒の朱雀院とは対蹠的にさめた行動をする。彼女の高貴で自在な人柄は一貫している。朱雀院の出家後、再会を求める源氏への対応は柔軟で、さっぱりした親交を続けた自由さは無類であり、出家さえもが自在感がある。彼女の心のナイーブさは魅力的である。

〈花散里〉　須磨退居直前源氏は落魄の心にふさわしい花散里を訪う。帰京後二条東院を造営した源氏は誠実に待ちつづけた花散里を第一に迎え入れる。麗景殿女御の妹君で上流の出自とはいえ桐壺院崩御後心細い身の上で容貌の劣る花散里が従順で信頼できる人柄ゆえに少女《おとめ》巻では夕霧の母親代りすなわち未来の太政大臣の養母という重い存在にまでなった。素直な花散里に雲居雁《くもいのかり》の容貌を恋う夕霧は結婚の幸福の機微を考えさせられた。謙虚な人柄を源氏はいとしみ六条院夏の御方《かた》として紫上につぐ扱いをした。反面もともと淡白な夫婦関係はたえている。六条院の恋のみやびのヒロイン玉鬘《たまかずら》はこの花散里に託された。むつかしい立場に悩む玉鬘を支え、事態の進行に静かな眼をこらす批評者として花散里の存在があったのだ。蛍巻の蛍兵部卿宮への源氏の意にかなう批評、後年落葉宮《おちばのみや》を恋した夕霧を前に語る源氏への批判的発言など的確な批評者というべきだ。源氏死後二条東院を相続する。

第三編　源氏物語の世界——主題と方法——

一　光源氏の運命と女の宿世・その愛と生と死と

はじめに

『源氏物語』の世界は、光源氏と女君《おんなぎみ》たちの関係を描く桐壺巻〜幻巻と、薫および匂宮と宇治の女君たちの関係を描く匂宮巻〜夢浮橋巻に分かたれるが、若菜巻から、それまでの人物や事柄の継続ではあるが内的な変容が見られるので、三部に分かつ考え方が戦後の研究の画期的な前進となっている。

第一部は桐壺巻から藤裏葉巻までで、光源氏の藤壺宮への思慕を基軸として光源氏の運命と行為。第二部は若菜上下巻から幻巻までで、六条院の内的変容、女三の宮降嫁による紫上の内面的な苦悩と、柏木事件による光源氏の内面劇と、男女両主人公の内的時間がきざまれる。第三部は匂宮巻から夢浮橋巻までであるが、主人公が光《ひかる》から薫《かおる》へと小さくなったのに比例して女主人公の命題が深まる。第二部の紫上の問題を主題論的に継承した大君《おおいぎみ》の愛と死、生き方が追求され、薫はそのための人物造型とまで言うのは言い過ぎだが、そういう面のあることを否定しえないほどに女君《おんなぎみ》の命題が貫かれている。そのことの起点となったのが第二部の紫上の問題で、若菜以後も主人公は光源氏であることに変わりないが紫上の苦悩の命題が大きく深かった。女の宿世《すくせ》の問題へと主題が傾斜していったのである。

第一部とて女君たちの愛と生と死、その運命は描かれている。が、それは光源氏の巨大な運命にとりこまれ、彼の栄華の生涯に参与するものとして描かれた。女君の命題が真に内面的な主題となるのは第二部の紫上をまたねばならない。主人公光源氏の内面劇も第二部であり、第一部はおおむね事件的である。しかし第一部とて人物の描写はあり、そこに人物の心をうかがうことはできる。第一部の主題は光源氏の運命の物語で、藤壺への思慕を基軸とするが、一方、女君たちの愛と生と死が単元的に描かれ、作者紫式部の根深いモチーフ、内的動機をかかえこんで五十四帖全体に貫流する主題性を内在させている。

一　光源氏の運命と行為

光源氏の運命と行為とは、恋と栄華の有機的相関である。その政治的栄華を生成するのは彼の政治家としての力量でもあるが、根本的には彼の神性、聖性であり、物語のドラマとしては運命的な藤壺思慕、密通による冷泉帝の実父たることによる。若紫巻の夢解きの予言や桐壺巻の高麗《こま》の相人《そうにん》の予言、澪標巻の「御子三人」の予言は物語の構想の基底（大枠）をなすばかりでなく、光源氏の行為の内的動因《モチーフ》として立ちはたらいている。若紫巻の夢解きの予言は須磨退居の決意に立ちはたらいているし、相人予言は「宿世遠かりけり」（澪標巻）の感慨で受け止められている。「相人の言空《ことむな》しからず」（澪標巻）と、源氏は帝の隠れたる父であることに相人予言の意味を納得している。「御子三人」の予言は明石姫君に対する、ひいては明石の御方に対する光源氏の行為のモチーフとなった。

光源氏の色好みがタブーに挑む特性であることが彼の運命の生成のモチーフとなる。帚木巻の冒頭の恋愛人光源氏の本性と癖を述べた文章の「いといたく世を憚り、まめだちたまひける」源氏の恋のありようは、藤壺宮への重たい恋慕を底に置いており、「まれには、あながちに引き違《たが》へ心尽くしなることを、御心におぼしとどむる癖なむ、あやにくにて、さるまじき御ふるまひもうちまじりける」というのも同断である（拙著『源氏物語生成論』世界思想社、昭61年4月刊を参照されたい）。光源氏の色好みの本性と癖は何よりも藤壺への恋慕、密通を内実とするのである。

秋山虔氏は「光源氏の『癖』は、『社会人』『生活する人』である彼に背反する志向ないし行動へと彼を駆りたてるものとして措定されていたが、じつはそのことが『社会人』『生活している人』としての彼の人生内容を増幅し、あるいはより超越的にそれを完成させる契機として立ちはたらくものとなる。彼は昔男、交野《かたの》の少将らから直系の好色人でありながら、その好色を、「本性」からすれば否定的な「癖」として受けつぎつつ、じつはその『癖』に発動する理不尽な志向行動においてかえって光源氏に固有的というべきその人生を生きることになった」（「好色人と生活者―光源氏の「癖」―」「国文学」学燈社、昭和47年12月。『王朝の文学空間』東京大学出版会、昭59年3月刊所収）と説かれた。「癖」の発動による好色の情動がじつはきわめて重い意味をもって物語の世界に新しい局面をひらき、恋が栄華に立ちはたらく構造を明らかにされたのである。

恋が栄華に立ちはたらく構造といえば光源氏の藤壺への恋慕、密通が最大であろう。藤壺との密通の御子冷泉の即位によって光源氏は臣下でありながら帝の実父（秘密の）となる。その真相を夜居《よい》の僧の密奏によって知った冷泉帝から父としてあがめられ（心の内部でのことである）、天皇退位（譲位）後の称号である上皇に准ずる待遇を受け「准太上天皇」となる。

桐壺巻の高麗《こま》の相人《そうにん》の「国の親となりて、帝王の上《かみ》なき位にのぼるべき相おはします人の、そなたにて見れば、乱れ憂ふることやあらむ。おほやけのかためとなりて、天下を輔《たす》くるかたにて見れば、またその相違《たが》ふべし」の、帝王（天子）の相でありながら、国乱れ民憂うる恐れのゆえに天子への道は回避せざるをえないとしても、しかしまた臣下の最高で終わる相ではない、つまり帝王でもなければ臣下でもないという不可解な謎は、臣下でありながら秘密の、天子の父となる、藤壺への運命的な罪障の恋によって回路を得たのである。天子の隠れたる父となったことをもって源氏は「相人の言《こと》むなしからず」と悟ったが、それに社会的な名を付与したのが「准太上天皇」という称号ということになろう。

源氏の王者性（帝王ではないが）は誰しも異論のないところであろう。『源氏物語』第一部は基本構造として源氏の固有的な王者性（予言にいう帝王相）を語っている。少女巻の朱雀院の行幸で「帝（冷泉）は、赤色の御衣《ぞ》たてまつれり。召しありて太政大臣《おほきおとど》（源氏）参りたまふ。おなじ赤色を着たまへれば、いよいよひとつものとかかやきて見えまがはせたまふ」（『新潮日本古典集成』、少女巻二六七頁。頁数は以下同書による）。晴れの儀には、天皇は赤色の袍を召され、最上席の公卿も同じ赤色を着用する（西宮記、河海抄）というから「おなじ赤色」も問題はないが、しかし、実の親子ということを知る読者には、はっとさせられるところでないか。「いよいよひとつものとかかやきて見えまがはせたまふ」と本文にも言われている。ただでさえよく似ていられるのに「おなじ赤色を着」ているのだから見まちがうほどだという。それは単に外見だけの相貌とは思えないのは、私たちが事の真相を知るゆえではあるが、光源氏はまさに帝の輝きに相似しているというように見えるのである。行幸《みゆき》巻で大宮の病気を見舞う行装は「行幸《みゆき》に劣らずよそほしく、いよいよ光をのみ添へたまふ御容貌《かたち》などの、この世に見えぬここちして……」（行幸巻一五四頁）とあるように、「行幸に劣ら」ぬ帝王相、「この世に見えぬ」神性・聖性を顕現していたことからも分かるように、冷泉王朝にあって帝に劣らぬ帝王相ばかりかこの世のものと思えない神性を感得せしめていた。

帝の隠れたる実父たらずとも、光源氏の神性により彼の超俗的優越性は具現されえたであろうが、物語が、藤壺との密通の皇子冷泉の実父たることを准太上天皇就位の要件としていることの意味を、見のがすべきでないであろう。源氏固有の帝王相（王者性）が藤壺密通事件と不可分のものであることをあらわしていないだろうか。禁忌の恋に挑む色好みが光源氏の「癖」であるからは、藤壺への恋慕は必然的なものとして構えられていたとおぼしいというより、藤壺密通事件が構想の根幹にあって、帚木巻冒頭の色好み光源氏についての前口上があるのだと思う。

物語世界の論理でいえば、前世からの宿縁としての密通事件である。光源氏が臣下でありながら帝（冷泉）の実父（秘密の）となるという構想があって、はじめて作者は高麗の相人の予言を示しえた（相人は藤壺事件のことを知りえない）のであるし、帚木巻冒頭の恋愛人光源氏の紹介宣言も書きえたのであるにちがいない。巻の成立順序の問題をいちおう切り離して、構想の問題としてそのことがいえると思う。現行の巻序に従って読むときは、相人予言の内実（作者が秘めたもの）は不明なまま謎として受け止めるわけで、藤壺事件はあくまで作者の胸の中のことに属する。帚木巻冒頭の文章も同断である。相人予言の秘められた内実（作者が秘めたもの）は、桐壺巻では作中人物の誰も気づきえないし、読者も分からない。澪標巻で光源氏がその内実を悟ると同時に読者も分かるのである。桐壺巻の局面ではもっぱら光君の政治的将来のこととして受け止められるのみにちがいない。帝王相だが天子でなく、臣下の最高で終わるのとも違うという政治的生涯である。なぜ帝王相なのに天子になれない宿世なのか。それは藤壺と密通しその御子が天子になる、天子の秘密の父になるのが光君の宿世であるという構想ゆえである。そういう運命ゆえに、天子になれないという、澪標巻で光源氏が諒解したような内容がその理由である。

それが光源氏の好色の「癖」によって発動される。男女問題として、愛情の問題として描かれていく。光源氏の政治的運命が藤壺への恋慕によってつき動かされる構想は、やむにやまれぬ愛の情熱が、光源氏の巨大な人生史を生成するのであり、彼の偉大な栄華の生成が、皇室の内奥の秘密と連関しているという点で、すぐれて内的な政治史（秘史）となるのである。「神代より世にあることを、記しおきけるなり。日本紀《にほんぎ》などは、ただかたそばぞかし。これらにこそ道々《みちみち》しくくはしきことはあらめ」（蛍巻）と光源氏が笑いにまぎらしながら玉鬘に語ったことは、作者紫式部の本音と見てよいであろう。

古代物語の英雄としての光源氏は、須磨・明石にさすらう苦難を味わうが、それもやがての栄華への通過儀礼として、いわゆる貴種流離譚の線に沿って、政治家としての人生史をかたどる。第一部では、藤壺密通事件という罪障の恋が、隠れたる天子の父となるべく構想され、彼の栄華を保障するものとなることなど、基本的には古代物語の英雄としての、めでたき帰結が保障されている、何よりの証左であろう。ただ藤裏葉巻の結末は、全的にめでたき結末ではない。冷泉帝は「なほ飽かず」思い、「世の中を憚りて、位をえゆづりきこえぬことをなむ、朝夕の御嘆きぐさ」であったのだ。

二　恋と栄華の相関

桐壺巻は、高麗の相人の予言があることだけでも、光源氏の政治的運命を主題性として発想していることが微表的に分かる。左大臣家と右大臣家の対立への政治状況が険《けわ》しくなっていく契機に、左大臣の唯一の姫君の、第一皇子（皇太子）の希望に背を向けての光源氏との結婚が描かれていることも、現実的な生々しい政治的緊張関係をいや応なく知らされる。左大臣が源氏を婿とすることにより、帝との結びつきを強めるべく、次々代のことよりも、当代のことを考えた処置である（拙稿「桐壺帝の決断」『甲南国文』昭和44年1月。拙著『源氏物語の方法』桜楓社、昭和44年6月刊所収）。このことを弘徽殿大后が根に持ったことは知られるごとくである。やがての朧月夜との密会が露顕するに及んでの、弘徽殿大后の政治的意図あらわな源氏への圧迫など、『源氏物語』が政治小説たること、疑いの余地はないのである。朧月夜との密会という、それ自体私的な男女関係が、政治的運命に作用する構造をここに見ることができる（秋山虔氏「好色人と生活者―光源氏の「癖」―」参照）。

『源氏物語』は、政治のことは女の語ることではないからと口ごもる草子地を用意し、事実、政治を政治として語るのではなく、男女関係の側面から語っていく。すでに引いたようにこのことは、秋山虔氏の「好色人と生活者―光源氏の「癖」―」において、斎宮女御、朧月夜尚侍、朝顔斎院らへの好色が「社会人光源氏」換言すれば政治家光源氏の人生内容へきわめて重い意味をもって立ちはたらく、恋と栄華の有機的相関として論じられたところであるが、鈴木日出男氏の「光源氏の女君たち」（『源氏物語とその影響』武蔵野書院、昭和53年3月刊所収）も、斎宮女御の入内が、源氏の斎宮への強い執着に発するものであり、それが結果的に権勢拡充となったことを詳述していられる。氏は、女三の宮降嫁後の紫上の謙抑の態度が六条院の栄華の維持に参与するものであることにも触れていられる。氏の論は女君たち自身の運命の打開が論点で、必ずしも恋と栄華の相関を説くわけではないが、恋着が動機で、結果として政治的権栄につながる構造を強く論述していられる。六条御息所との関係も、その遺児斎宮女御との関係をもたらし、光源氏の栄華に参与するものとなるわけであり、明石の御方との出会いは、明石姫君という将来の皇后を光源氏にもたらす運命的構図を有していることなど、見やすいことであろう。

『源氏物語』第一部は、光源氏の恋と栄華の相関を、表立てては男女関係として描いていく。そこで女君たち自身の運命、内的な心の世界も描かれることとなる。第二部の紫上などにくらべると描写の域を出ず、心の内部が掘り下げられたとは言いがたいが、藤壺にしても朝顔にしても、六条御息所にしても心のさまはよく分かるし、明石の御方の心情などはかなりこまやかにかたどられている。女君自体の愛と生が刻印されているのである。光源氏の運命という主題と、それに参与するとともに女君自体の愛と主題性が発想ないしは内包されているという、主題が二重構造になっているように見られるのである（増田繁夫氏「源氏物語作中人物論の視角―主題論として」「国文学」平成3年5月参照）。

三　身分と愛の葛藤――女君たちの愛と生と死と

長篇『源氏物語』の首巻としての桐壺巻は、主人公光源氏の生い立ちを語るものであり、桐壺巻前半は主人公の両親の物語として構成的に定位されるべきであるが、桐壺巻前半はそれ自体として自立しうべき主題性をも有する。

桐壺更衣の悲劇性が政治的なもので宮廷政治の問題と固く結びついているがゆえにこそ、光源氏の政治的運命の因由たりえたのであり、そこに長篇的位相における主題性もあり、「長恨歌」によって構想されているところにそれ自体の政治的色彩が見られるのであるが、桐壺更衣の苦悩の内面的本質は女人としての身分と愛の葛藤にあったと考えられる。桐壺巻前半を語るときには、桐壺更衣をヒロインとしてその悲劇を語ることに「語り」の志向性が見てとれる。桐壺更衣の心の内部の委細を語るということではないので、語り手の描写、「語り口」、叙述を通してのみうかがえることなのであるが。

益田勝実氏は、光源氏の誕生の場面の文章の「さきの世にも、御契りや深かりけむ、世になくきよらなる玉の男《をのこ》御子《みこ》さへ生まれたまひぬ」の「さへ」に着目され次のように論じていられる。

作者が「さへ」という助詞を用いて光の誕生を物語るのは、光の誕生が、ここでは、親たちの悲しい思い合いの歴史の一つの深まりの契機としてつかまれていることを、あきらかにする。かれの小さな肉体が生まれ出ることを物語るために、親たちの悲恋が描かれたのではなく——帝と更衣の物語が、かれの出生のとたんに決着をつけるのではなく——母更衣が負う人々の恨みをさらに増し、更衣を死にまで追いやる大きな契機の一つとして、光の出生は描かれた。そして、その親たちの貫きおおせなかった愛情の歴史を継ぐものとして、主人公源氏の生涯の物語は始められるのである。

（『日知りの裔《すえ》の物語—『源氏物語』発端の構造—』『火山列島の思想』筑摩書房、昭和43年7月刊所収）

有力な后妃たちの生家の結婚政策が天皇を緊縛していて、桐壺の帝の溺愛が、遂に擁護者もなく、身分も第一級に高貴ではない桐壺の更衣を死に至らしめることになる。（同右）

親たちの悲恋が、それ自体の悲劇性の深化として自立的に語られ、光の誕生も、その悲劇を究極（横ざまの死）に追いつめる契機として書かれたという御指摘、「桐壺の帝の溺愛が、遂に擁護者もなく、身分も第一級に高貴ではない桐壺の更衣を死に至らしめる」と述べていられることに傾聴したい。「擁護者もなく、身分も第一級に高貴ではない桐壺の更衣」が、帝の寵愛を深く受けたことが悲劇の原因であった。桐壺巻開巻早々に、何天皇の御代であったか、女御や更衣が大勢お仕えなさっていた中に、「いとやむごとなき際《きは》にはあらぬが、すぐれて時めきたまふありけり」というのが桐壺更衣であった。「父の大納言《だいなごん》は亡くなりて、……」とある。「とりたてて、はかばかしき後見《うしろみ》」がないのであった。

低い身分というのではないが、「いとやむごとなき際《きは》」右大臣の姫君、弘徽殿女御などに比べると、劣ること明白である。父は生前大納言で大臣につぐ高官であるが今は亡くなっていて、未亡人の母のみである。この境遇を規定するのが「いとやむごとなき際にはあらぬ」であるが、桐壺更衣は「おぼえいとやむごとなく、上衆めかしけれど」とある。世間の人々の声望はたいそう厚く、高貴の人らしい風格をそなえていた。その風格で「いとやむごとなき際」の女御たちにもそうひけをとらなかったのであろう。しかし「上衆めかしけれ」とあることは、上衆らしいが、上衆ではないことを意味する（桐壺更衣が「上衆めかしけれ」であって「上衆」ではないことに玉上琢彌博士は注意を促された）。

　松風巻に「なかなかもの思ひ乱れて臥したれば、とみにしも動かれず、あまり上衆めかしとおぼしたり」（松風巻一三七頁）とある。明石の君がなまじ久しぶりの逢瀬に、悲しみに心も乱れて横になっているので、あまりにも身分の高い人のような振舞と源氏はお思いになる、というので、明石の君が身分の高い人ぶる、身分の高い人のような振舞をしているのを「上衆めかし」といっている。「上衆めかし」という形容詞は桐壺更衣と明石の君のそれぞれ一例ずつ、計二例のみであるが、「上衆めく」は明石巻に「手のさま、書きたるさまなど、やむごとなき人にいたう劣るまじう上衆めきたり。京のことおぼえて、をかしと見たまへど」（明石巻二八四頁）、「忍びやかに調べたるほどいと上衆めきたり」（明石巻二九九頁）の二例、明石の君についていわれている。桐壺更衣と明石の君の「上衆めかし」の符合は両者に共通するものがあることの証左であろう。上衆ではないが上衆らしい振舞、風格という点で両者は共通するということになる。

　桐壺更衣は「いとやむごとなき際にはあらぬ」ということで「いとやむごとなき際」が否定されているだけで、明石の君のように中の品（受領の娘）と定まった身の程と同列には扱いがたいようではあるが、父大納言は亡くなっているという現実は厳しく、「とりたてて、はかばかしき後見《うしろみ》」がないのだから、実態的には中の品といわねばならぬのではないか。空蟬は中納言（従三位相当。大納言に次ぐ地位）の娘で、桐壺帝への入内を望んでいた（帚木巻八五頁の源氏の言葉の中に述べられている）。実現していたら更衣になりえていたろう。桐壺更衣と紙一重の差であったのが、その後の運命が分かれ、「はかばかしう後見《うしろみ》思ふ人もなきまじらひ」と、しがない老受領の妻におさまった「憂き身のほど」とに分岐したのである。

明石の入道は受領になり下がっているが、元近衛中将でその父は大臣、桐壺更衣の父大納言の兄であったというから、出自においては格が上であり、現在の位境もともに父はなく（入道の父大臣の死の明記はないが状況から見て確実である）没落の身同士である。ともにその子供の運勢の力により家運が稀に見る栄華を得る点も共通している。『源氏物語』はこの両家の栄華物語なのである。この栄華への道に際し、桐壺更衣の、無残な死に至る苦悩があり、明石の君の、身の程を思っての苦しみがあったわけである。

桐壺更衣の無残な死は、帝のあまりの寵愛に要因があるが、彼女の無理な入内にも原因があろう。身分に悩む更衣の心の内部を掘り下げる筆致ではないが、客観的には身分（更衣）ゆえに女御たちの圧迫を受けたことが描かれている。「とりたてて、はかばかしき後見《うしろみ》しなければ、ことある時は、なほより所なく心細げなり」と描写されている。身分と愛の葛藤の命題は、女の側において、この桐壺更衣に内包され、空蟬の心の内部が掘り下げられ、明石の君の造型の核心となる。これは第二部の紫上の造型、第三部の宇治の大君はじめ三姉妹の命題へと深く掘り下げられ、主題的に貫流するものである。光源氏の運命―恋と栄華の相関―という主題と有機的に連関しつつ、別の主題性として追究されたのである。藤原克己氏は桐壺更衣の物語について「父なき女のモチーフ」（「桐壺更衣」『別冊国文学・No.13　源氏物語必携II』秋山虔氏編、学燈社、昭和57年2月刊所収）をいわれ、第二部の紫上、宇治の三姉妹の主題の始発を見ていられる。「作者の愛に対する不信のモチーフの最初の現れとみることができよう」（同右）ともいわれる。従うべき卓見である。

ただ第一部においては作者の構想はかなりローマン的で、第一部の紫上の造型は、藤村潔氏、大朝雄二氏の説かれるように、愛のみによる男女の結びつきの理想を求めた実験といえよう。藤村潔氏は「作者は、後見、経済力、神冥の力（古代的な力）そうしたいっさいの外的な力から解放された理想的な女性を一代かぎりの紫上を描くことによって追求しようと試みたもののようである」（『源氏物語第三部の世界とその構造』の「紫上創造」。『源氏物語の構造』桜楓社、昭和41年11月刊。もと『源氏物語宇治十帖の研究』上田書店、昭和31年2月刊）と論じていられる。大朝雄二氏は紫上を「終生頼りになる肉親を持たずに、たった一人で生き続ける女人」（「紫の上論をめぐって」『源氏物語正篇の研究』桜楓社、昭和50年10月刊所収）と規定され、「個人の魅力で自立する理想者光源氏が、いかなる意味においても支えを持たない純粋に個人である紫上を愛するという、極限状況における一組の男女の生き方を、ほとんど実験的とでも言いたいような形で追求」（同右）したと論じていられる。作品形象として見る限り（潜在的に見れば作者が身分の壁を強く意識しているからこその営為なのであるが）第一部の光源氏と紫上は甚だローマン的な命題を追求していたのである。桐壺更衣の悲劇も、描写はされているものの、それ自体を主題的に更衣の心の内部を掘り下げる語り口にはなっていない、とせねばならない。その始発的な萌芽を見るのみである。紫上も朝顔斎院の脅威を受ける点にその萌芽が見られるが、光源氏の心の移ろいに危機が回避される語り口である。桐壺帝の純愛、光源氏の心のありように力点が置かれ、女たちは受動的に苦悩するさまが描写されるのみであった。

しかし女三の宮降嫁後の紫上は、彼女自身が問題にぶつかって、その危機的状況を切りひらく内面的世界、心の内部が掘り下げられ主題化する。

四　紫上造型

愛のみによる男女の結びつきの理想が、身分という壁をいや応なしに自覚させられる紫上の心の内部に音を立ててくずれていき、それを必死に支えようとする紫上の苦闘が、心の内部を掘り下げる語り口で語られた。

わが身はただ一所《ひとところ》の御もてなしに、人には劣らねど、あまり年積りなば、その御心ばへもつひにおとろへなむ、……
（若菜下巻一六二頁）

愛のみによる男女の結びつきの理想への自負と前途への不安が、愛のみによる男女の結びつきに対する不安を命題化していよう。女三の宮を強く意識した紫上の思念は、愛のみではどうにもならない身分の壁を自覚したものである。帝の愛情のみに寄りすがって生きねばならなかった桐壺更衣の命題の系譜にあることは、藤原克己氏の御指摘（前引「桐壺更衣」）のとおりである。源氏の愛情のみにとりつながれている紫上の対峙したのは、女三の宮のほかに明石の御方がいる。女御の実母、将来皇后たる人の実の母たる明石の御方は、自らの位相と相対的に強く意識されたにちがいない。

寄るべない身を光源氏に密着することで生きてきた紫上は、わが存在性の意味をきびしく問いつめていくことになり、発病の因由となる。「あだなる男《をとこ》、色好《いろごの》み、二心《ふたごころ》ある人にかかづらひたる女、かやうなることを言ひ集めたるにも、つひによるかたありてこそあめれ、あやしく浮きても過ぐしつるありさまかな」（若菜下巻一九四頁）という。光源氏を「つひによるかた」（結局は頼れる一人の男）としえない心の断層をのぞかせているのである。正夫人ではなく、ただひたすらに心の紐帯にのみつながってきたことを「あやしく浮きても過ぐしつるありさま」といっている。正夫人ではなく源氏の愛情のみにつながってきた人生を、批判的につきつめているのである。女三の宮降嫁の苦悩と、次第に重みを増してくる明石の御方の盛運のはざまにあって、六条院の調和に心くだいてきた紫上が、自らの宿世《すくせ》を憂愁の孤独、自己疎外感の中に見つめていく情動、心象風景が刻まれた内的時空が若菜上巻の世界である。

五　光源氏の内面劇と紫上の述懐

女三の宮降嫁は第二部の暗い世界を導く大きな光源氏の失敗の事件である。紫上の苦悩をもたらすとともに、その発病のはざまに柏木と女三の宮の密通事件が起こり、それが源氏の知るところとなり、彼は自らの若き日の藤壺との密通を思い起こさせられる。このときの源氏の内面ドラマの壮大さは「故院の上《うへ》も、かく御心には知ろしめしてや、知らず顔をつくらせたまひけむ、思へばその世のことこそは、いと恐ろしくあるまじきあやまちなりけれ」(若菜下巻二三五頁)という源氏の自覚に極まる。藤壺事件を、父桐壺院が内心何もかもご存じで知らぬふりをなさっていた、という源氏の受け止め方に即して、桐壺院の行為を見るならば、院は、即位させたくて即位させえなかった光源氏の血を皇統に流入させるものとして、光源氏に酷似した冷泉を、光源氏の代替として、その即位をはかったのだというように感取できるのである。源氏の内面劇として、このような桐壺院の内心の関与を、私たち読者もうかがうことができるのである。過去回想の内面的時空を第二部が描く、その壮大さは、紫上の内面世界と並んで『源氏物語』の圧巻である。

柏木の情念の内的世界も第二部の内的時空を増幅する。女三の宮への絶望的な愛執から死に至る破滅的なドラマは、やがて「まめ人」夕霧の落葉宮(柏木未亡人)への思慕を呼びこみ、「まめ人」の恋に悩む落葉宮を、柏木の情念に運命を変えられた女三の宮と相対的に描いた。まめ人の夕霧からの思慕を受けた落葉宮は、柏木の父をはじめ周囲の非難を受ける。自分の動機を信じ、動機の正しさに確信をもって行動する「まめ人」、まじめ人間夕霧のしまつにおえぬ〝加害者ぶり〟が描かれる。彼はその主観において決して加害者ではない。しかし一方的な言動が女心の無視につながり女を傷つけていることに気づかない。二人のうわさは光源氏や紫上の耳にも入り、このときの紫上の述懐は次のようであった。

女ばかり、身をもてなすさまも所狭《せ》う、あはれなるべきものはなし、もののあはれ、をりをかしきことをも、見知らぬさまに引き入り沈みなどすれば、何につけてか、世に経《ふ》るはえばえしさも、常なき世のつれづれをもなぐさむべきぞは、おほかたものの心を知らず、いふかひなきものにならひたらむも、生《お》ほしたてけむ親も、いとくちをしかるべきものにはあらずや、心にのみ籠《こ》めて、無言太子《むごんたいし》とか、小法師《こほふし》ばらの悲しきことにする昔のたとひのやうに、あしきことよきことを思ひ知りながら埋《うづ》もれなむも、いふかひなし、わが心ながらも、よきほどにはいかで保つべきぞ、……

（夕霧巻六七～八頁）

これには「とおぼしめぐらすも、今はただ女一の宮の御ためなり」が付加されているので、紫上の思念の底には、養育している女一の宮をいかにお育てすべきかという命題が存しており、落葉宮のうわさを聞くにつけ、女の身の処し方の難しさを思わずにいられれず、養育している女一の宮の将来の安泰、幸福を願わずにいられないのである。この述懐には同性として落葉宮への同情があふれており、そこから女の運命、女の生き方への省察がつむぎ出されている。落葉宮のうわさを契機として、女三の宮降嫁以降の自らの苦悩から発せられた紫上の心の叫びなのである。自己抑制にすぎ、うずもれる一生を送る女の生き方の批判がされ、いわば主体的で自由な、自在な女の生き方が希求されている。

御法《みのり》巻は、紫上の大病と死を描く。明石中宮のお見舞、紫上はその中宮に手を取られて亡くなった。源氏は、紫上の葬送の日、

空を歩《あゆ》むここちして、人にかかりてぞおはしましけるを、見たてまつる人も、さばかりいつかしき御身をと、ものの心知らぬ下衆《げす》さへ、泣かぬなかりけり。

（御法巻一一八頁）

という悲しみのさまである。

臥《ふ》しても起きても涙の干《ひ》る世なく、霧《き》りふたがりて明かし暮らしたまふ。つひに来《き》し方行く先も例《ためし》あらじとお

ぼゆる悲しさを見つるかな、……　（御法巻一一二〇頁）

と、紫上の死を嘆いている。勤行《ごんぎょう》に専念する源氏、その哀傷の生活は、紫上の深い苦悩への鎮魂、たましずめとなろうが、深く掘り下げられた紫上の苦悩の意味は主題性として深々と残り、宇治の大君によって改めて問われることとなった。

六　宇治の女君《おんなぎみ》――女の宿世《すくせ》・その愛と生と死と

夕霧に見られた後見的愛をいっそう誠実に担ったのは、罪の子薫《かおる》だった。女人《にょにん》への愛を成就しえない宿命に悩む薫の造型は、紫上の造型の意味をいっそうきびしく明確にした宇治の大君と組み合わせられて、大君の担った主題性の深化に参与する。

私は大君の造型のモチーフに夕霧巻の紫上の述懐を考えている。この〝述懐〟の、主体的で自由な積極性の主張は、大君の〝結婚拒否〟の内実に、薫への慕情を秘めた愛のかたちを貫こうとする主体的な意志として示されている。大君の生き方は現象としては消極的でありながら、その底に秘めた彼女の固い志向は薫という相手を得て貫かれ、己の生の志向どおりに愛のかたちを完成したのである。まめ人夕霧のように男々しく行動的でなく、女性的ともいえる優しさで心ながく女の気持ちを尊重して待つまめ人薫なればこそ大君の意志は貫きえ、愛のかたちは完成されたのである。しかしそうはいっても、それで満足したとかいった明るいものではなく、妹中の君の身の上を案じつつ死んでいったことは、いたましいことであった。薫に看《み》とられて死んでいったところに愛のかたちの完成を見るのである。

中の君は姉が一途に匂宮に不信の念を抱いたのとは異なり、匂宮にじかに接することにより、いわば色好みの美質というべき匂宮の魅力をも認めた。中の君も、夫の匂宮が夕霧の六の君と結婚したときには、自らの立場の悲しさを嘆き、姉の大君が誠実な薫の求婚をも拒否したことの意味を悟り、大君の聡明さを思うのであるが、中の君の独自性は、やがて薫の思慕のはざまにあって、男の誠実というものの相対性を体感し、匂宮との現実に活路を見いだしていったことにある。寄るべない没落の姫君の身の結婚問題は、身分（境涯）の壁との葛藤にあるが、大君と命題を一にしながら、かたちとしては対照的な違いを見せたことになる。

浮舟は、大君、中君よりいっそう悲しい身の上であって、薫と匂宮のはざまに苦しむ。浮舟の、死を決意するほどの苦悩は、匂宮に傾きながらも薫から離れるべきでないとする自覚に胚胎する。手習巻で「昔よりのことを」思い続け、匂宮になびいてしまった自己を反省するのは、浮舟巻の恋のさなかの自覚を一段と深めたものである。そこから〝男への別れ〟すなわち出離へと向かう。大君は死ねなければ出家と考えていた。浮舟は入水《じゅすい》しようとして果たせず、出家した。浮舟は、大君のように観念として愛の永生を願い、愛のもろさ、愛への不信（どんなに愛しあっていても、身分の壁によってその相対化はまぬかれないという思い）を思うのではなく、匂宮との情熱に溺れていったことへの内省から、薄きながらも長き愛を失ったことの体験を通して、愛への別れをつげる。男女の愛執の罪に苦しむ命題が、その必然として浮舟の出家に至るドラマを構成したのである。浮舟は運命に愚直に流され、つまずき、入水の決意にまで追いこまれたが、死ねないかわりに求めた出家の願いに、彼女の人間としての出口を求める必死な姿があった。しかし浮舟の運命は、生きてある者の最後の拠り所というべき出家生活すら不安定であった。夢浮橋巻、『源氏物語』の大尾は、浮舟の不安な自己呈示を描く。薫からの手紙に対する浮舟の拒否は、不安の中に出家生活にしがみつこうとするいたましさとして描かれている。

浮舟の不安な生、救済を願ってやまない心を『源氏物語』大尾に見る私たちは、さかのぼって、桐壺巻の桐壺更衣の命題以降の、女人群像の命題を思いたどらずにいられない。そこに『源氏物語』の主題性の一つの水脈を見るのである。

光源氏の運命の生成とこの女の宿世の命題の有機的な連関が、女の宿世の命題と薫、匂宮との連関へと転換していったところに、『源氏物語』の主題の形成があり、世界が生成されたのであった。

当初、光源氏物語として構想され、主題化されながらも、潜在的に女の宿世、その愛と生と死のモチーフをかかえこんだ『源氏物語』は、第二部の紫上の造型以降、後見《うしろみ》を持たぬ女の運命と生き方を強く主題化することとなったのである。桐壺更衣の造型に、つとに内在的にはかたどられていた命題が、浮舟というもっとも哀れな境涯の女人の運命を描いて大尾としたことにより、首尾をととのえることとなっているのである。

七　むすびに代えて

光源氏物語の主題に収斂《しゅうれん》しきれない、作者に内在した内発的主題の深さをここに見る思いがする。後見《うしろみ》を持たぬ女の身の愛の苦しさ、はかなさ、あるいは、身分と愛の葛藤に悩む女の生と死と。第一部は紫上といい明石の君といい、ローマン的結実を志向した。第二部の紫上は内在する問題に正面から立ち向かい、現実と聡明に協和することによって運命をひらいた。が、その苦悩は死に至る病となった。光源氏の全的な哀傷の日々が、紫上の苦悩への鎮魂曲のように読者の心をもとりしずめ、第二部は終わる。しかし紫上の苦悩の意味は深々とした主題性として残った。改めて命題を問うのが、宇治の大君の愛のかたちであった。彷徨する薫をツレとして中君の造型があり、薫の彷徨と匂宮の色好みをワキ・ツレとして浮舟の運命は出離に至る。出家してもなお不安定な浮舟を描く巻の名は「夢の浮橋」。はかない、夢のように、ただよい浮動する女の生の極北を描いて『源氏物語』は終わった。

しかし千年を経ても読み続けられる『源氏物語』のいのちは、終わることなく生き続けていく。それほどにこの物語の女の人生の命題は、深く普遍的であるということなのであり、関連して男の人生も問われている今である。

二　若菜上・下巻の主題と方法
――内的真実と外的真実――

一

「朱雀院の帝《みかど》、ありし御幸《みゆき》ののち、そのころほひより、例ならずなやみわたらせたまふ」。若菜上巻は、「朱雀院の帝」のことが語り出され、藤裏葉巻の光源氏の栄華の達成を見た私たちは構想の変化を感じる。しかし「ありし御幸ののち」と藤裏葉巻の六条院への御幸が回想されており、明らかに物語の時間は承け継がれている。

私たちが構想の変化を感じるのは、藤裏葉巻の光源氏の政治的勝利の物語に比して、朱雀院鍾愛の女三の宮の結婚問題が院の限りない不安の情念によって語り出されているからである。これは例えば玉鬘をめぐる求婚譚とは異質な深い思想的命題が切り出されているといわねばならないのであって、私がかつて、女三の宮降嫁の事件と柏木女三の宮密通事件を主題論的に二分して考えたのも（「女三の宮降嫁の事件」「国文学攷」昭和35年5月。「女三の宮事件の主題性について―柏木との事件に関する一考察―」「國語國文」昭和35年11月。のち『源氏物語の方法』所収）、女三の宮降嫁の事件自体に胎まれる女の宿世の命題を重視したからであった。女三の宮の降嫁は紫上に深い衝撃と苦悩を生ぜしめ、女の宿世の命題は紫上において掘り下げられる観を呈するが、朱雀院が案じた女三の宮の宿世の不安とが一つのカップル、組み合わせとして、主題論的に一つの命題を、現象的にはそれぞれ対照的に相貌を異にしながら、実は底で固く結びあって追求しているという構造になっている（「源氏物語第二部の主題と構造」「日本文学」昭和49年10月。のち『源氏物語の主題と方法』所収）。それは夕霧巻の紫上の述懐に作者の思想として示されている。

「女ばかり、身をもてなすさまも所狭《せ》う、あはれなるべきものはなし」。この命題を「いふかひなき」女と「あしきことよきことを思ひ知」る女とそれぞれについて述べる。底に女三の宮と紫上を置いていると考えられよう。

知られるように女三の宮は紫上のゆかりである。光源氏は、女三の宮があの藤壺の姪であることによって昔の紫上の再現を仮想する。それは朱雀院側の意向、期待と表裏一体して女三の宮の源氏への降嫁を決定づけるものだった。紫上と女三の宮の間柄については作中人物たちがはっきり意識していて、紫上は、源氏から女三の宮との結婚を承引したことを打ち明けられた時、「かの母女御《ははにょうご》の御方《かた》ざまにても、うとからずおぼし数《かず》まへてむや」（若菜上巻四四・五頁。本文、頁数は『新潮日本古典集成　源氏物語』による。以下同じ）と、女三の宮の母藤壺の女御が叔母にあたることを言っている。宮と紫上は従姉妹なのだ。しかし紫上はこの間柄を言ってはいるが、光源氏が宮を紫上のゆかりゆえに降嫁を承引した心の奥は知らないらしい。「この皇女《みこ》の御母女御こそは、かの宮の御はらからにものしたまひけめ。容貌《かたち》も、さしつぎには、いとよしと言はれたまひし人なりしかば、いづかたにつけても、この姫宮、おしなべての際《きは》にはよもおはせじを」（若菜上巻三四頁）と源氏は思ったのだった。女三の宮の母藤壺女御は「藤壺と聞こえしは、先帝《せんだい》の源氏にぞおはしましける」（若菜上巻一一頁）。「先帝」を父君とされるということで紫上の父式部卿宮やあの藤壺宮とごきょうだいなのだ。源氏にとっては何よりあの藤壺宮の妹宮の姫宮ということが、女三の宮に対する決定的イメージだった。それは紫上のゆかりということでもある。降嫁後常に女三の宮と紫上を対比してしまう源氏のありように、紫上のゆかりゆえに若き日の紫上の再現を仮想した源氏の心底がうかがえよう。

この仮想はたちまちのうちに現実にうちくだかれてしまう。「姫宮は、げにまだいと小さく、片《かた》なりにおはするうちにも、いといはけなきけしきして、ひたみちに若びたまへり。かの紫のゆかり尋ね取りたまへりしをりおぼし出づるに、かれはされていふかひありしを、これは、いといはけなくのみ見えたまへば、よかめり、憎げにおしたちたることなどはあるまじかめりとおぼすものから、いとあまりものの栄《はえ》なき御さまかなと見たてまつりたまふ。」

(若菜上巻五四・五頁)。まさしく自分の仮想が幻想でしかなかったことを知る源氏の痛苦が述べられている。可能性としてあり得ると思ったことが、実は存在しないまぼろしだったのだ。光源氏の大失敗が語られているのだ。この文は作者の客観的叙述ではあるが、「姫宮は」以下の女三の宮の姿態はすべて源氏の目に映るものにほかならぬ。単に作者の叙述ではない。「かれはされていふかひありしを、これは、いといはけなくのみ見えたまへば」は源氏の回想・心事をたどる叙述で、作者の直接的叙述ではない。というより源氏の心内語と区分しがたいほどで、「よかめり、憎げにおしたちたることなどはあるまじかめり」が心内語ではあろうが、「かれはされていふかひありし」は源氏の体験回想であり、「これは、いといはけなくのみ見えたまへば」は源氏が目前に見る女三の宮の姿であるから、「よかめり」以下に続く因由として源氏の目と心に映るものの叙述である。「見えたまへば」の敬語も源氏からの女三の宮への敬意に密着して付けられたものであるから地の文といいながら源氏の心情のこもる叙述である。ここには源氏の仮想がもろくもついえさっていく痛恨のひびきがある。紫上の幼時と比較するところに彼の仮想のありかが証せられよう。このことは朱雀院の側からの源氏への期待にも二人の幼時が思い合わされていることと符合するのであって、それは二人が共に藤壺のゆかりであるという密接な類似性を持ち合わしているからだった。「六条の大殿《おとど》の、式部卿の親王《みこ》の女《むすめ》生《お》ほし立てけむやうに、この宮をあづかりてはぐくまむ人もがな。ただ人《びと》のなかにはありがたし。」(若菜上巻二〇頁)という朱雀院のことばは源氏への依頼を直接的に意味することは抑《おさ》えられているが、ほとんどその底意をのぞかせている。というのは、帝には中宮はじめ女御がいらっしゃるからと否定したあと、夕霧がまだ独身の頃にほのめかしておくのだった、と夕霧も結局は否定的な扱いであるし、夕霧は「ただ人」である。源氏も「ただ人」ではあるが皇子(天皇の御子《みこ》)であり、准太上天皇の身分が単なる「ただ人」ではない。一夫多妻の当時ゆえ夕霧が独身でないことは決定的障害にはならないが、朱雀院としては太政大臣の婿になる前に先手を打っておくべきだったと夕霧を高く評価していられるのである。「このもてわづらはせたまふ姫宮の御後見《うしろみ》にこれをやなど、人知れずおぼし寄りけり」（若菜上巻一八頁）。「これをやなど」という言い方は決定的に彼一人にしぼったものでなく、有力な候補の一人として扱うお気持である。夕霧は「いといたくまめだちて、思ふ人定まりにてぞあめれば、それに憚らせたまふにやあらむ」（若菜上巻三三頁）と源氏が推察した通りで、朱雀院は乳母《めのと》の「中納言は、もとよりいとまめ人にて、年ごろもかのわたりに心をかけて、ほかざまに思ひうつろふべくもはべらざりけるに、その思ひかなひては、いとどゆるぐかたはべらじ。」（若菜上巻二一頁）という夕霧否定の弁に肯いていられたとおぼしい。というより院自身が、夕霧をも候補にあげられたものの、「ただ人《びと》のなかにはありがたし」と断定的な口調であったし乳母の源氏推奨のことばに源氏の色好みに懸念はするものの、源氏絶賛を熱っぽく口にされるところに院の底意が見える。「なほやがて親ざまに定めたるにて」（若菜上巻二一頁）は「ただ人のなかにはありがたし」（同二〇頁）と共に朱雀院の思し召しの中核で、「六条の大殿の、式部卿の親王《みこ》の女《むすめ》生《お》ほし立てけむやうに、この宮をあづかりてはぐくまむ人もがな。」という願望には昔源氏が紫上を愛育したかたちをそのまま女三の宮にあてはめようとする思念が見え、「親ざまに」というのはそういうことだった。源氏が紫上を愛育したかたちは「親ざまに」と見られたのだった。知られるように源氏が紫上を二条院に引き取った当初のありようは親か兄かの有様であった。しかしやがては妻とする底意の立ちはたらくものであり、幼い紫上はそのことが不透明のまま、「今はただ、この後《のち》の親をいみじう睦《むつ》びまつはしきこえたまふ」（若紫巻二四〇頁）たが、源氏は実の娘ならありえない紫上の「心やすくうちふるまひ、隔てなきさまに臥し起きなど」（同二四一頁）するのを「いとさまかはりたるかしづきぐさなりとおぼいためり」（同右頁）と、風変わりな娘と思うので、実の親や兄のようでない気持であった。「君は、男君のおはせずなどしてさうざうしき夕暮などばかりぞ、……」（若紫巻二四〇頁）の『新潮古典集成』の頭注に「今まで若君と呼んで来たが、ここではじめて『君』と呼ぶ。『女君』（夫人）に准じた書きぶりで、下の『男君』（夫君）と照応する。」と説かれているように、紫上は「女君」とまでは成熟していないが、それに准ずる大人的になってい、源氏の「男君」にいささか対応する存在になっていることが分かる。「ものよりおはすれば、まづ出でむかひて、あはれにうち語らひ、御懐《ふところ》に入りゐて、いささか疎《うと》くはづかしとも思ひたらず」(同二四〇・一頁)は夫婦的な痴態のさまである。実際の夫婦ではないが、つまり擬似夫婦の様態を現出したのだった。これは紫上の天分で艶なる性情が少女の清純さにミックスされて「いみじくらうたきわざなりけり」(同二四一頁)との源氏の感懐を得る。これは地の文だがほとんど源氏の心内語に近い、主観直叙といってもよいだろう。「さかしら心あり、何くれとむつかしき筋になりぬれば、わがここちもすこし違《たが》ふふしも出で来《く》やと、心おかれ、……いとをかしきもてあそびなり。」と続く源氏の心事をたどる叙述は、源氏から見た幼い紫上像であり、すっかり気に入っている源氏の心の声、つぶやきが聞こえてくる。

朱雀院が「六条の大殿《おとど》の、式部卿の親王《みこ》の女生《むすめお》ほし立てけむやうに」と言われたことは外側からのとらえ方として正しい。しかしこのような睦《むつ》みの紫上の天分のありようは光源氏という当事者のみが感得しえたことで、朱雀院の知り得ることでなかった。この紫上の天分の本性は「いみじくらうたきわざ」(同二四一頁)ということであろう。これは源氏の女性に対する好尚であった。夕顔に溺れた源氏の心情は「はかなびたるこそは、らうたけれ。」(夕顔巻一七二頁)などのことばに表わされている。このことばのある源氏から右近(夕顔の侍女)への対話の中に「わが心のままにとり直して見むに、なつかしくおぼゆべき」とあるその実践が幼い紫上との睦みの生活といえよう。右近は「このかたの御好み」(夕顔巻一七三頁)と言っている。源氏はこうした好尚が強いのだった。これは母桐壺更衣の性情の系譜といえよう。桐壺帝は更衣の死後その「なつかしうらうたげなりしを」(桐壺巻二七頁)回想していた。その時対比されたのが楊貴妃の「うるはし」だった。源氏も葵上の「あまりうるはしき御ありさまの、とけがたくはづかしげに思ひしづまりたまへるを」(帚木巻八〇・一頁)不満に思っていた。父との好尚の相似もさることながら、母への慕情のなせることだったのではないか。母の面影によく似るという藤壺も「なつかしうらうたげに」（若紫巻二一二・三頁）を根基とする御方であった。桐壺更衣のまさしく系譜である。ただ「さりとてうちとけず、心深うはづかしげなる御もてなし」（同二一三頁）であったが、それは密通という特異な逢瀬のさなかでの様態であって、藤壺の根本的な性情は「なつかしうらうたげ」であり、それゆえ源氏は魅かれ、また密通のこともひき起こされてしまったといえよう。藤壺の造型は簡単には言えないが、「なつかしうらうたげ」であったことが藤壺側の密通の要因であったと思う。その性情そのものが光源氏を拒《こば》めなかったといえよう。魅力ある光源氏に引き込まれてしまう。それは光源氏側の要件でもあるが、引き込まれた藤壺は「宮も、あさましかりしをおぼしいづるだに、世とともの御もの思ひなるを、さてだにやみなむと深うおぼしたるに、いと心憂くて」（同二一二頁）という御様子であったと述べられていて決して単純に「なつかしうらうたげ」であったのではない。しかしそのような苦悩にもかかわらず「なつかしうらうたげ」であるところに宮の本性がうかがえるのではないか。藤壺は父帝も愛した女性である。それは桐壺更衣との単なる容貌の酷似によるのではなく女性として同質であったからだったのだ。藤壺の本性が「なつかしうらうたげ」であったことは重視しなくてはならない。紫上も同じく「ろうたき」本性であった。女三の宮も「いとらうたげに幼きさま」（若菜上巻六四頁）であった。しかし「（紫上は）されていふかひありしを、（女三の宮は）いといはけなくのみ見えたまへば」（同五四頁）とあり、同じ「ろうたし」でも、一方は才気ある可憐、一方はたよりない幼稚さ。これでは同質、同系統とはいえ天と地なのだ。藤壺の本性は同じく「ろうたし」でも「心深うはづかしげ」であった。

朱雀院は女三の宮の「いはけなさ」をよく分かっていられた。だからこそ「親ざまに」ということであったといえる。しかし「親ざまに」とはいっても夫婦として男君と女君の関係を欠落させるわけにはいかないことは見やすい道理であるにもかかわらずその点の見通しは甚だ不安であった。今井源衛博士が朱雀院の錯誤ということを著名な御論文「女三宮の降嫁」（「文学」昭和30年6月。のち『源氏物語の研究』所収）で詳論されたことを思い合わすが、私はかつて拙稿「女三の宮降嫁の事件」（『国文学攷』昭和35年5月。のち『源氏物語の方法』所収）で「朱雀院は、紫上をとりたてて考慮してはいられない。朱雀院は紫上の存在についての認識に欠けるところがあった」と述べた。夫婦間の男君と女君の極めて内的な関係は他者の知り得ぬところで「かれはされていふかひありしを」（若菜上巻五四頁）の回想にこめられた内実、紫上についての源氏の感触を余人が知り得るはずがない。幼かった紫上の「いみじくらうたきわざ」（若紫巻二四一頁）、源氏が外出しようとすると「姫君、例の、心細くて屈したまへり。絵も見さして、うつぶしておはすれば、いとらうたくて、」（紅葉賀巻三一一頁）、「やがて御膝《ひざ》に寄りかかりて、寝入りたまひぬれば、いと心苦しうて」（同右頁）、「姫君起こしたてまつりたまひて、『出でずなりぬ』と聞こえたまへば、なぐさみて起きたまへり。もろともにものなど参る。いとはかなげにすさびて、『さらば寝たまひねかし』と、あやふげに思ひたまへれば、かかるを見捨てては、いみじき道なりとも、おもむきがたくおぼえたまふ」（同三一二頁）等々の幼い日の紫上のまさに「されていふかひありし」天分を余人が知り得ようか。うかがい知る者あるとすれば源氏のほかには紫上側近の侍女たちであるが、彼女らとて源氏自身が感触し満足する心の中までは知り得ようか。源氏は自ら告白するようにこうした遊女性に魅かれる性情の持主で、「みづからはかばかしくすくよかならぬ心ならひに、女はただやはらかに」（夕顔巻一七二頁）と自らの性情に起因する女性好尚を夕顔の侍女右近に語っていた。孤児同然の紫上は「はかなび」て感じられたであろうし、そこにも「らうたさ」を感じていたであろう。女三の宮は葵上などとは違って性情的にはまことにはかなく「らうたげ」なのであるが、朱雀上皇最愛の内親王という身分が「人のほどかたじけなし」（若菜上巻六三頁）と源氏に思わせ、幼稚さに「いとほしくて」（同右頁）となり源氏の好尚とはかけ離れた。

二

石田穣二博士は「若菜の巻について」（「国語と国文学」昭和30年11月。のち『源氏物語論集』所収）で「女三の宮が六条の院の人となるについて、その最も大きな原因は、光源氏が色好みであるといふことでなくてはならない。」と述べられた。石田博士は光源氏の色好みが「理想的な、いはば美徳、人間の持つ積極的な美徳」であり、その「理想的な人格」が「他の誰よりも立派であり、また安心の出来る人物」であったと述べられ、女三の宮を得てからの、六条の院の生活が、古代的美徳たる色好みの人格としての、いよいよみがきがかった様態について光源氏の色好みを言説されている。朱雀院がこの光源氏の理想性をカリスマ的なものとして傾倒されたことが降嫁成立の大きな要因となる。

この皇女《みこ》の御母女御こそは、かの宮の御はらからにものしたまひけめ。容貌《かたち》も、さしつぎには、いとよしと言はれたまひし人なりしかば、いづかたにつけても、この姫宮、おしなべての際《きは》にはよもおはせじを、など、いぶかしくは思ひきこえたまふべし。　（若菜上巻三四頁）

右の文章は光源氏の色好みの心が女三の宮への関心を呼んでいることを知らせるものであろう。しかし、これは単に光源氏の色好みの心ではなく、「かの宮」すなわち永遠の思慕の人藤壺宮の姪であることに思いをはせた言辞である。左中弁への対話のため、藤壺の容貌に似て美貌であろうと、「みづからはおぼし離れたるさま」であったり「ただ内裏《うち》にこそたてまつりたまはめ。」と言ったことと裏腹の、気はあるぞ、とほのめかすところに色好みを感じさせるのであるが、私たちは藤壺の姪であることで女三の宮に関心を持っている光源氏の心の奥をこそのぞかねばならない。紫上を愛育したことの再現、紫上のゆかりとしての女三の宮への期待を読み取らねばならない。「いとかなしくしたてまつりたまふ皇女なめれば」――朱雀院鍾愛の女三の宮――ということがこの期待を増幅したであろう。しかしそこに落とし穴があったのだ。光源氏の錯誤であった。

女三の宮降嫁の事件は第一部とは打って変わった第二部の暗い世界を導く大きな失敗の事件で、この事件のために紫上の病気、宮の不祥事、宮の出家、柏木の死、紫上の死と不幸が相次いで起きることは知られる通りである。この大きな失敗の事件を究明すべく、今井源衛博士の、朱雀院の錯誤論も述べられたとおぼしい。それに対し石田穣二博士は、光源氏の、女三の宮の状況と照らし合わして考えられる限りの理想の人物であることを論じられた。私は朱雀院に錯誤ありとすれば、光源氏と紫上の琴瑟相和す夫婦の内的世界を知らなかったことだと考える。朱雀院は、紫上を含む多くの女性の存在は気にかかったが、それらの人たちの身分という点で軽く見られたとおぼしい。朱雀院の思想ということもあるが、外部的な観察というものであろう。光源氏の近臣として、長年お出入りしている左中弁は女三の宮の「重々しき御乳母《めのと》の兄《せうと》」であるが、妹との対話の中で、源氏は大勢の女君をお邸にお集めになっているが「やむごとなくおぼしたるは、限りありて、一方《ひとかた》なめれば、それにことよりて……」と源氏の愛情は紫上一人に傾いていることを言い、もし女三の宮が六条院に御降嫁されたら、身分の上からは紫上は宮に対抗できないが、「なほいかがと憚《はばか》らるることありてなむおぼゆる」と、紫上の寵愛が並々でないことからの宮の御身の上についての懸念を口にしている。降嫁後の経過に照らして左中弁の観測は確度が高かった。しかし彼は折角正しい的を射た観測と懸念を口にしながら、懸念の方は軽視したとおぼしい。懸念はあるけれども准太上天皇の夫人として女三の宮はふさわしいと身分的な一対、つり合いを言説して話をとじる。

さるは、この世の栄《さか》え末の世に過ぎて、身に心もとなきことはなきを、女の筋にてなむ、人のもどきをも負ひ、わが心にも飽かぬこともある、となむ、常にうちうちのすさびごとにもおぼしのたまはすなる。げにおのれらが見たてまつるにも、さなむおはします。かたがたにつけて御蔭《かげ》に隠したまへる人、皆その人ならず立ち下《くだ》れる際《きは》にはものしたまはねど、限りあるただ人どもにて、院の御ありさまに並ぶべきおぼえ具《ぐ》したるやはおはす

める。それに、同じくは、げにさもおはしまさば、いかにたぐひたる御あはひならむ、とかたらふを、（若菜上巻二四頁）

「女の筋にてなむ、人のもどきをも負ひ、わが心にも飽かぬこともある、となむ、常にうちうちのすさびごとにもおぼしのたまはすなる。」は左中弁の伝聞（「おぼしのたまはすなる」の「なる」は伝聞の助動詞）で、彼が直接源氏から聞いたことではない。直接聞けば比較的にだが真実に迫り得る直観を抱くことができたかもしれない。彼は源氏側近の女房から伝聞したのであろう。源氏が気持を漏らした相手は側近の女房であり内輪の閑談だった。「女の筋にてなむ、人のもどきをも負ひ」は『新潮古典集成』頭注の通り「六条の御息所や朧月夜の尚侍《ないしのかみ》のことが想起される」が、問題は「わが心にも飽かぬこともある」の解釈である。「人のもどきをも負ひ」に対する「わが心にも飽かぬこともある」だから、他者からの非難に対する、自分も不如意、不満、心に満たぬ嘆きがあったというのだ。「女の筋」――女性関係――とは「この世の栄え」――現世の栄華、栄達という公的なこと――に対するもので、左中弁が解釈したような准太上天皇の身分にふさわしい正夫人のいないことというようないわば「この世の栄え」における不足、不満とは違って、男と女の愛情関係における不満、嘆き、例えばこちらが恋慕しても相手からつれなくされたとか、はかなく急死され恋の充足を得なかった嘆きとか、源氏が相手の女君への不如意の嘆きを漏らしているとは見なくてはならないだろう。とすれば葵巻冒頭部分の「なほ我につれなき人の御心を、尽きせずのみおぼし嘆く」という藤壺への恋慕の不如意の嘆きが想起されるべきだと思うのである。勿論藤壺への恋慕は単に相手からつれなくされたというごとき次元の嘆きなどではない。禁忌の恋なればこそついに添い得ない二人の仲だという不如意であり、宿世の罪をはらむ恋であるからこそ光源氏という恋の英雄にして遂げ得ぬ恋であったのだ。しかし光源氏という古代的色好みの情熱はその自覚よりはむしろ飽かぬ思いに終始したのでなかったか。その自覚は藤壺においてこそいちじるしかったのだ。

『新潮古典集成』頭注に「源氏の心中としては、藤壺とのことをはじめとして、女性問題で不如意であったことを言うものと見られる」と言われているごとく、男君と女君の関係としての女性問題の不如意であり就中藤壺とのことが源氏の心の奥底に永遠の「飽かぬ思ひ」として横たわっていたとおぼしい（清水好子氏「源氏物語の主題と方法―若菜上・下巻について―」『源氏物語研究と資料―古代文学論叢第一輯』。のち『源氏物語の文体と方法』所収参照）。それを左中弁は准太上天皇の身分にふさわしい正夫人がいないことと解釈した。外在的な観測というほかない。色好みの男としての源氏の内実は他者には分かりがたいことであったが、就中藤壺のことは秘事であって余人の知るところでない。源氏が女三の宮降嫁を受諾しようとした心の動機は極めて内的で余人の関与することのできない秘事だった。この宮があの藤壺の姪であるという、心の奥に秘めた永遠の慕情に発する極めて内的な動機だった。左中弁は源氏の紫上への寵愛という現実の現象についてはは確かな把握をなし得たがその淵源にまでさかのぼることは不可能であった。紫上の寵愛が並々ならぬことを知っていても、身分的に准太上天皇の正夫人として不足だとして、それが源氏にとって「わが心にも飽かぬこと」だと外在的解釈をし、女三の宮が降嫁なさったら、「いかにたぐひたる御あはひならむ」と結論づけた。光源氏と藤壺の秘事を知らない彼が世間的常識で判断したのは無理からぬことではあるが、これも一つの錯誤といわねばならない。左中弁の妹、女三の宮の乳母が朱雀院に報告する時には「『かの院にはかならずうけひき申させたまひてむ。年ごろの御本意かなひておぼしぬべきことなるを、こなたの御許しまことにありぬべくは、伝へきこえむとなむ』申しはべりし」（若菜上巻二四・五頁）と増幅した。もともとこの乳母は、朱雀院が夕霧を候補にあげた時、言下に夕霧の「まめ人」なるをもって、長年の恋のみのった今他の女君に心を動かさないでしょうと否定し、源氏を推奨していた。「やむごとなき御願ひ深くて」（若菜上巻二一頁）高いご身分の方を正妻に迎えたいという御希望が深くて――と、朝顔の前斎院への文通を根拠にして観測している。これも朝顔との関係の内実を知る読者の私たちから見ればまことに外在的観測にほかならない。確かに昔、源氏は朝顔に執心し紫上を悩ませた。その意味で朝顔はプレ女三の宮といえよう。乳母が朝顔の前例（というより「今に忘れがたく」という現在の源氏の心として）をあげたのもゆえなしとしない。しかしこの朝顔も身分が高いからとて源氏は求めたのではない。藤壺との関連からいって高貴な身分は六条御息所同様必要な条件ではあった。その意味では身分の高さも執心の理由に入ろうが、藤壺を求めて求め得ない情動こそ執心のモチーフで、その意味で六条御息所と関連する。こうした藤壺という淵源を乳母は知るよしもなかった。したがって解釈、受け止めは源氏の内面とは異なる外部的観測にとどまらざるをえないのは無理からぬところ、左中弁の解釈と妹の乳母のそれは同軌である。二人とも源氏の心の軌跡について無知な外部の他者の観測であった。

左中弁や妹の乳母などが推測したような身分の高い女がいないことが「わが心にも飽かぬこと」で高貴な女君を求めているなどということは光源氏の内面を知らぬ者の言でしかない。光源氏がそれらに対してもし口をひらく機会があったならば「我を見くびるでないぞ」と叱ったであろう。身分が高い気位高き葵上に不満を抱いたことは誰でも知っている。身分が高いことを尊ぶのは貴族社会の価値観として源氏も同じく持っていて、これを否定しているわけではない。雨夜の品定めの最中に「いでや、上《かみ》の品《しな》と思ふにだにかたげなる世を、と君はおぼすべし。」（帚木巻五二頁）とあるのに徴しても明らかだろう。「この御ためには、上《かみ》が上《かみ》を選《え》りいでても、なほ飽くまじく見えたまふ」（同五三頁）という叙述などに見られる考え方が当時の世間の常識なのだ。源氏がそのことを否定したり無視したわけではない。「いといたく世を憚《はばか》り、まめだちたまひける」（帚木冒頭）彼は、世間的常識に無知な人間ではない。しかし十分世間を憚りつつ内的動機に生きたのである。私たちは、葵上亡きあと、正妻を迎えず紫上をわが心の正妻として大事に思う源氏の心の内的真実を知っている。高橋和夫氏は、葵上の死後三箇月の紫上との秘密の結婚式をあげたことについて「光源氏が自らの心に言いきかせ、自分の主観においては、この紫の君こそわが唯一の妻であると心秘かに宣言したその青春の情熱を思う。」（「光源氏の生涯」『源氏物語と和歌　研究と資料─古代文学論叢第4輯―』昭和49年4月。のち『「源氏物語」の創作過程』所収）と論じられた。紫上を公然たる正妻にしようとしなかった、できなかったのは彼が「いといたく世を憚り、まめだちたまひける」人物だったからである。光源氏は古代的色好みの英雄というべきだが、社会をおもんばかるところ、決して現実を無視した空想的ローマン主義者でなかった。だからこそ心の中の正妻としたのである。私たちは高橋氏の言われるごとくその青春の情熱の内的真実を思う。あの賀茂の斎院の御禊の日の車争いのあと賀茂の祭の当日「今日は、二条の院に離れおはして、祭見に出でたまふ」（葵巻七四頁）時、紫上とともに見物した愛情の真実の軌跡、青春の情熱の心の軌跡を私たちは見るであろう。

この情熱は、高橋氏が前掲の論文で「光源氏が葵上の死後も正妻を設けず、子息夕霧を左大臣家に預け（一種の人質）て、自分の存在の象徴とした」と説かれたごとき政治的配慮に裏打ちされていた。源氏は決して単に心の内的動機に生きる男ではなかったと思うけれども私が本稿で問題とするのは、この源氏の心の内部が読者にはうかがい知り得ても、作中人物の誰彼の知り得ない内的真実であったということである。左大臣は政治家としては、源氏が葵上亡きあと正妻を迎えないことについて高橋氏の分析されたような受け止めを恐らくしたであろう。葵上急逝を哀悼し傷心する源氏の姿を物語は描き、「まことにやむごとなく重き方《かた》はことに思ひきこえたまひけるなめり」（葵巻一〇二頁）と頭中将は「見知る」（同右頁）。左大臣も、亡き葵上への愛惜を詠んだ源氏の独詠歌を見て源氏への愛情を深めるなど、もっぱら情的にのみ描いて、あたかも源氏が正妻を迎えないのは葵上への愛情ゆえかと思わせるようである。それが物語というものなのであろう。私はそうした面を軽視するべきでないと思っている（拙稿「源氏物語の人物造型と人物呼称の連関」『源氏物語の探究第十六輯』平成3年11月。のち拙著『源氏物語の主題と表現世界』所収参照）が、正妻を迎えない源氏の心の真実は紫上への愛情だったのだ。すなわち紫上を正妻とはしえないとおもんばかった源氏は心に秘めた心の中の妻として大切にし、一方左大臣家との連携を続けるために公然たる正妻は迎えないことにしたのである。このように光源氏は身分を第一に考えるのではなく、愛情を心に秘めた第一義として藤壺のゆかり紫上を愛している。女三の宮降嫁受諾に向かう光源氏の動機は同じく藤壺のゆかりという内的真実に領導されているのであって、左中弁や乳母の解釈、観測は外部的であり、本質的次元で錯誤を犯しているわけである。

三

光源氏の色好みの内的真実とは裏腹の、外側からのとらえ方による錯誤はしかし源氏の心の秘奥に関わる事であったから、まことにやむをえないこととして納得させられる。この女三の宮降嫁決定の鍵をにぎる主役として光源氏と対置させられているのは朱雀院であるが、院の側にあって注目される人物として女三の宮付きの乳母がまず第一にあげられよう。奇異にすら思えるぐらい朱雀院の婿選びにおける評定での乳母の発言は長大で影響力を持っている。しかしこれは朱雀院の御意向に沿ってい、決して乳母の考えが朱雀院をリードしたというのではない。朱雀院と乳母の呼吸は合っているというか、根本的には朱雀院の思念が軸であって、乳母はそれに呼吸を合わせているというべきだろう。乳母は朱雀院が光源氏を思し召しであることを既に見ぬいていてそれに合わして言説しているのであるまいか。朱雀院を見舞った夕霧をのぞき見して多くの女房が夕霧を絶賛したのに対し、年取った古御達は源氏を絶賛する。それを受けて朱雀院は次のように長々と源氏を絶賛している。

まことに、かれはいとさま異《こと》なりし人ぞかし。今はまたその世にもねびまさりて、光るとはこれを言ふべきにやと見ゆるにほひなむ、いとど加はりにたる。うるはしだちて、はかばかしきかたに見れば、いつくしくあざやかに、目も及ばぬここちするを、また、うちとけて、たはぶれごとをも言ひ乱れ遊べば、そのかたにつけては似るものなく愛敬づき、なつかしくうつくしきことの並びなきこそ、世にありがたけれ。何ごとにも前《さき》の世おしはかられて、めづらかなる人のありさまなり。宮のうちに生《お》ひ出でて、帝王の限りなくかなしきものにしたまひ、さばかり撫でかしづき、身にかへておぼしたりしかど、心のままにもおごらず、卑下《ひげ》して、二十がうちには、納言にもならずなりにきかし。一つあまりてや、宰相にて大将かけたまへりけむ。

（若菜上巻一九・二〇頁）

そしてすぐ続く文章で次のようにある。

姫君のいとうつくしげにて、若く何心なき御ありさまなるを見たてまつりたまふにも、「見はやしたてまつり、かつはまだ片生《かたお》ひならむことをば、見隠し教へきこえつべからむ人の、うしろやすからむにあづけきこえばや」など聞こえたまふ。

（同二〇頁）

「光るとはこれを言ふべきにや……」の絶賛は、生涯にわたる傾倒のさまが随所に言われている。「目も及ばぬここち」、「世にありがたけれ」、「めづらかなる人のありさま」、等々、これはカリスマ的な光源氏への傾倒であり、論理や理屈を超えた情念である。この惚れ込みこそ女三の宮を光源氏に託す朱雀院のモチーフといえる。こういう情念が基底にあって「見はやしたてまつり……」の言説があるのだから院は源氏に女三の宮を託したいと言っていられることになる。「あづけきこえばや」の「きこえ」は源氏を念頭にした敬意表現なのであった。「六条の大殿の、……」（同頁）は源氏が紫上を愛育し妻とした例をあげ、そのように「この宮をあづかりてはぐくまむ人もがな」（同頁）とあるが敬語がないのは源氏以外の人を念頭にしたからである。しかし「ただ人のなかにはありがたし」とすぐさま否定的となり、帝への入内も否定し、夕霧を候補にあげるが、まだ独身でいた頃に、と反実仮想的な言い方であるからまともには候補としていられるのでもない。朱雀院は情念的に源氏に最も傾き「あづけきこえばや」にその心を表わされた。夕霧は高く評価していられるものの、反実仮想的で、故に乳母が、夕霧が雲居雁と新婚ほやほやで云々と否定するのも、院の意向に合致するものにほかならないのだった。

結局、朱雀院は当初から源氏が最大唯一の思し召しだったのだ。「なほやがて親ざまに定めたるにて、さもやゆづりおききこえまし」（若菜上巻二一頁）の「きこえ」表現は「うしろやすからむにあづけきこえばや」の「きこえ」表現と軌を一にし、「見はやしたてまつり、」以下の具体的な希望は源氏に託されたものであることが分明となる。ところで「見はやしたてまつり、かつはまだ片生《かたお》ひならむことをば、見隠し教へきこえつべからむ人の、うしろやすからむにあづけきこえばや」とは「片生ひ」、「見隠し教へきこえ」等、女三の宮の未成熟を熟知した朱雀院が、「見隠し教へきこえつべからむ人の、うしろやすからむ」として光源氏を指定したことであり、これは降嫁後の経緯に照らす時、最大限実現したことであるから院の期待はその限りにおいて報われたわけである。前にも触れたように、院の錯誤がもし言われるならば、源氏と紫上の琴瑟相和す内的真実を知らないことだった。もっと言えばその淵源に藤壺がいることを知らないことだった。そして女三の宮降嫁の承引の最大の理由が藤壺にあることを院は知らない。しかしこれらのことはいかんともしがたい性質のことであった。

女三の宮の異様な幼稚さを思えば、託された光源氏こそ被害者であり、錯誤を言うなら光源氏こそ錯誤を犯したといわねばならない。何故源氏はこのような錯誤を犯してしまったのか。それは言うまでもなく藤壺の姪である女三の宮にその年齢から少女時代の紫上の再来を夢見た源氏の仮想↓幻想に原因がある。この仮想は光源氏ほどの人物にしては奇妙ともいうべき短絡、無思慮といわねばならない。その基底をなしたのが情報の欠如である。源氏は女三の宮について朱雀院の鍾愛ということを知っている。しかし宮が「片生ひ」という情報は得ていない。「いとかなしくしたてまつりたまふ皇女《みこ》なめれば、あながちにかく来《き》し方《かた》行く先のたどりも深きなめりかしな。」（若菜上巻三三頁）と言い、帝への入内をすすめ、藤壺の例をあげている。女三の宮が入内して藤壺の例になぞらえられるような女性でないことは内実を知る者なら明々白々のことなのに、内実を知らない源氏はおよそ現実ばなれした幻想的な絵空事を口にしている。「いづかたにつけても、この姫宮、おしなべての際にはよもおはせじを」と、藤壺の姪という決定的イメージに呪縛された源氏は、あこがれる情念すら漏らしている。

左中弁は、女三の宮の「重々しき乳母の兄」であり、源氏の近臣として長年「つかうまつ」っていた。女三の宮にも「心寄せことにてさぶら」っていた。源氏にも近臣として仕え、女三の宮にも妹の乳母との関係で仕えているというのであるから、源氏のために忠義を尽くすからには真実の女三の宮の情報を源氏に届けねばならないはずなのに、それはしていない。左中弁は女三の宮の内実を知らないということなのであろうか。妹の乳母は「姫宮は、あさましくおぼつかなく、心もとなくのみ見えさせたまふ」と朱雀院にずけずけ申し上げているくらいだから、女三の宮の異様な頼りなさを痛い程熟知している。それを兄の左中弁に秘して言わなかったらしいが、しかし左中弁に話す乳母の言葉には女三の宮についての御身の上の不安がにじみ出ているようだ。乳母は源氏を女三の宮の御後見（夫君）としたいという朱雀院の思し召しを源氏にそれとなくお伝え申し上げてほしいというのだが、「皇女《みこ》たちは、ひとりおはしますこそは例のことなれど」と言っている。皇女は独身でお過ごしになるのが普通のことというのである。とすればその普通のことでなく降嫁を源氏にというのは何故なのかといえば、女三の宮には朱雀院以外に真心からお思い申し上げる人がいないからというのである。自分一人では宮を守りきれないと言い、「かしこき筋と聞こゆれど、女は、いと宿世定めがたくおはしますものなれば、よろづに嘆かしく、……」と後見のない御身の上だということのみを強調している。朱雀院に奏上した時の「限りなき人と聞こゆれど、今の世のやうとては、皆ほがらかに、あるべかしくて、世の中を御心と過ぐしたまひつべきもおはしますべかめるを、姫宮は、あさましくおぼつかなく、心もとなくのみ見えさせたまふ」というような思い切った内実の話は秘している。乳母は兄の左中弁をいわばたばかったといえよう。朱雀院の源氏へのあつき御意向を体し、かつ彼女自身も源氏を女三の宮の御後見《うしろみ》にと思う気持が強く、ぜひにも源氏の承引を実現すべく、兄の左中弁にも女三の宮の欠陥的人間像は秘して事に当たらせたとおぼしい。朱雀院側の事情に偏した一方的行為である。左中弁は源氏の近臣として長年お仕えしている者である。女三の宮方にも格別忠義を尽くしてお仕えしているから、双方のために尽くすのが筋であるはずが、妹に乗ぜられて女三の宮方のために働く仕儀となっているようだ。左中弁は女三の宮の欠陥的人間像を知らず、准太上天皇の御身分にふさわしい正夫人として「いかにたぐひたる御あはひならむ」と思い、源氏にとって慶事だと考えたから、源氏への忠義と存念しているわけで、彼の主観的認識では双方のために尽くしていることになろう。しかし前にも述べたようにこれは外部的認識、世間的常識にほかならず、源氏の藤壺への「飽かぬ」思いを知らず、かてて加えて女三の宮の欠陥的人間像を知らされていなかった左中弁は外部的認識にのっとりドン・キホーテの役割をになわされたのである。客観的に言って彼も幻想を見ていたことになる。結果として源氏に被害をもたらし不忠の仕儀となることを彼は全く予想もできなかった。

そもそも「皇女たちは、ひとりおはしますこそは例のことなれど」と乳母は言っている。左中弁はそれをどう聞いたのか。今井源衛博士の「女三宮の降嫁」に述べられたごとく内親王の降嫁は全体として少なく、令制に謳われた皇族の矜りとして皇女独身が保たれたのが当時の歴史的事実である。後藤祥子氏の「皇女の結婚―落葉宮の場合―」(『源氏物語の探究　第八輯』風間書房、昭和58年6月。のち『源氏物語の史的空間』所収)は、内親王降嫁例には、醍醐、村上朝を問わず、更衣腹が圧倒的に多いことを言っていられる。女三の宮のような女御腹で父朱雀院の鍾愛の深い内親王の降嫁はよほど余儀ない事情が蔵せられていると見るべきだったのだ。しかし左中弁はそこに思いを致してはいない。拙稿「皇女の結婚―源氏物語主題論の一節―」(「国語教育研究」昭和55年11月。のち『源氏物語考論』所収)に述べたごとく、皇女の結婚ということがやむをえない事情などにもとづく、原則外の事例として考えられており、女三の宮は、しっかりした母方の後見がないのに加えて未成熟な欠陥的人物であるという事情があったからである。乳母は兄の左中弁に依頼するに際し、後見のない事だけを言い宮の未成熟は伏せた。「かしこき筋と聞こゆれど、女は、いと宿世《すくせ》定めがたくおはしますものなれば、よろづに嘆かしく」という言葉の内側には宮の人柄に対する不安が蔵せられているとおぼしいが、左中弁は気づくはずもなかった。

乳母が朱雀院に兄左中弁の話を奏上した時に「限りなき人と聞こゆれど、今の世のやうとては、皆ほがらかに、あるべかしくて、世の中を御心と過ぐしたまひつべきもおはしますべかめるを、姫宮は、あさましくおぼつかなく、心もとなくのみ見えさせたまふ」とある不安が兄への言葉の奥にあったのだが、それは口にしなかった。朱雀院への奏上ではその不安ゆえに宮にはやはり夫が必要である旨を申し上げたわけであるが、兄にはその内実を伏せつつ、女の宿世の不安と一般化して婿君の必要を言い、源氏への降嫁について協力を求めたのである。藤本勝義氏の「朱雀院論―源氏物語第二部を視座として―」（「青山学院女子短期大学紀要」昭和60年11月。のち『源氏物語の想像力』所収）は、乳母の「皇女たちは、独りおはしますこそは例のことなれど、さまざまにつけて心寄せたてまつり、何ごとにつけても御後見したまふ人あるは頼もしげなり」について、「皇女が独身を通すことを『例のこと』としている。しかし、ここは、源氏への降嫁を望む女三の宮の御乳母自身の意向が入っているところであり、独身ということを即座に否定的に捉え、後見のあること（ここは一般論のようであるが、源氏をイメージしている）をよしとする。」と述べていられる。乳母は、朱雀院が夕霧を候補にあげる口ぶりを示された時、直ちにそれを否定し、源氏を推奨していた。乳母の思惑は源氏への降嫁にあることは明らかである。なお藤本氏は皇女独身が常の慣わしということを重視され、朱雀院の「皇女たちの世づきたるありさまは、うたてあはあはしきやうにもあり、また高き際といへども、女は男に見ゆるにつけてこそ、悔しげなる事も、めざましき思ひもおのづからうちまじるわざなめれと、かつは心苦しく思ひ乱るるを」という皇女独身主義的見方に注目され、「朱雀院の気持としては、できれば女三宮は独身でいてほしい。しかし、身を持ちくずす虞れがある」と朱雀院の思念を指摘された。後藤祥子氏が「女三の宮の降嫁決定に際して、父帝朱雀院の思考がきわめて時代意識に添った性質のものであったことは、今井源衛氏によって明らかにされて久しい」と述べられた通り、今井博士以下藤本氏に至る「皇女の結婚」についての諸論は大筋において一致している。

朱雀院や乳母の時代意識を、左中弁も持ったであろうに、女三の宮が皇女独身のたてまえを捨てざるをえない内的真実を感知できず、御後見がいないという外的真実を言う妹の言説に納得したていないのは、妹の乳母の弁舌がしたたかに巧みであったからだろうか。乳母は朱雀院の御意向を体し自身の思惑も合わせて何としても源氏への降嫁を実現すべく動いたのだが、左中弁は朱雀院鍾愛の内親王降嫁が准太上天皇となった源氏にとってまことにふさわしい慶事と認識し、己が忠義と思い動いたのであろう。拙稿「皇女の結婚」に述べたごとく、薫と女二の宮の結婚について夕霧は「めづらしかりける人の御おぼえ宿世《すくせ》なり。故院だに、朱雀院の御末にならせたまひて、今はとやつしたまひし際《きは》にこそ、かの母宮を得たてまつりたまひしか。われはまして、人もゆるさぬものを拾ひたりしや。」（宿木巻二四五・六頁）と帝ご在位中の内親王をいただく、全く類《たぐ》いも稀《まれ》な、薫の御おぼえ（帝の御寵愛）、運勢のめでたさを言った折に、光源氏が朱雀上皇出家のみぎりに女三の宮を迎えた栄光に言及している。源氏にまさる薫の栄光を言うのが主旨だが、源氏とても内親王を迎えたことが栄光であることが言われている。この夕霧の見方はすなわち左中弁の見方であったに違いなく、六条院に准太上天皇にふさわしい正夫人がいないというアキレス腱《けん》を衝いたのが女三の宮降嫁であったといえよう。拙稿「擬似王権・まぼろしの後宮・六条院　その生成と変容―「朝廷《おほやけ》の御後見《うしろみ》」から「准太上天皇」へ―」（「王朝文学研究誌」第2号、平成5年3月。のち『源氏物語の主題と表現世界』所収）に述べたごとく、女三の宮を迎えてしまった六条院は、擬似後宮の後宮的レベルは上昇したが、愛情のみによる理想の後宮的理念は後退した。光源氏自身の内的モチーフは藤壺への愛情の系譜として貫かれていたのだが、結果として身分と愛情の対立、葛藤を招いてしまい、昔、母桐壺更衣が〈身分〉の壁に苦しんだのと同じように、紫上を苦しめることになってしまった。六条院はそれまでの愛情中心、心情による擬似後宮に現実の身分秩序が混入することになり、違和が内部に生じた。

四

源氏は紫上への内的な愛の真実と、女三の宮への親代り的後見的な、多分に朱雀院への心づかいに支配される生活とに引きさかれるが、彼の円熟した色好みはこの双方への綱渡り的関係に耐えた。が、紫上の内的苦悩は進行し、一方女三の宮方の不満は仕える侍女たちの間に募っていった。それは朱雀院へ情報としてつたわるであろうし、女三の宮への執心を捨てきれず、聞き耳を立てる柏木には次のように受け止められている。それは「かたらひつきにける女房」から「聞き伝」えたことだが、「紫上のご寵愛に負けていらっしゃる」と世上の噂にもなっていたから、柏木は自分なら宮にそんな物思いはおさせ申さないだろうと気を高ぶらせている。六条院の蹴鞠《けまり》の遊びの折、女三の宮の立姿を偶然見た興奮からであろう、柏木はその帰り道で夕霧に向かって「院（源氏）には、なほこの対《たい》にのみものせさせたまふなめりな。かの御おぼえの異《こと》なるなめりかし。この宮いかにおぼすらむ。帝《みかど》（院の帝。朱雀院）の並びなくならはしたてまつりたまへるに、さしもあらで、屈したまひにたらむこそ心苦しけれ」と言っている。柏木の心情に引きつけた解釈といえるが、夕霧の「宮をば、かたがたにつけて、いとやむごとなく思ひきこえたまへるものを」と対比的に、柏木の主観的真実となった。夕霧のたしなめにもかかわらず柏木の思い込みは激しく、知られるようにこれが密通事件の導火線となる。

柏木と夕霧の双方の言説を合わせると六条院の内部構造、擬似後宮内の違和が浮かび上がる。柏木の行動はこの違和にひそむ六条院の隙を衝いたものといえよう。柏木の主観にはそのような意識はなくとも客観的にはそういうことになる。柏木は六条院の隙に乗じて密通しようとは思っていなかったが、しかし彼が小侍従に語る言説には「世はいと定めなきものを、女御《にょうご》、后《きさき》も、あるやうありてものしたまふたぐひなくやは。ましてその御ありさまよ、思へばいとたぐひなくめでたけれど、うちうちは心やましきことも多かるらむ。」（若菜下巻二〇二頁）とあり、潜在意識としては情を交わす心があったと見られよう。しかし彼自身宮に近づくことを不届きなことと思い、ただ自分の気持を申し上げ、一行《ひとくだり》の御返事をいただけたらと思った。それが密通という大事に至ってしまったのは、女三の宮の「やはやはとのみ見えたまふ御けはひの、あてにいみじくおぼ」（若菜下巻二〇七頁）えた人柄に我を忘れたからだと書かれている。柏木は「ただかばり思ひつめたる片端聞こえ知らせて、なかなかかけかけしきことはなくて止《や》みなむ、と思ひしかど、いとさばかり気高うはづかしげにはあらで、なつかしくらうたげに、やはやはとのみ見えたまふ御けはひの、あてにいみじくおぼゆることぞ、人に似させたまはざりける」。これは柏木の心事をたどる叙述で、「なつかしくらうたげ」な宮の人柄に魅かれ、宮を絶賛する柏木の心情が私たちにじかにつたわってくる。「さかしく思ひしづむる心も失《う》せて、いづちもいづちも率《ゐ》て隠したてまつりて、わが身も世に経《ふ》るさまならず、跡絶《あとた》えて止みなばや、とまで思ひ乱れぬ。」と惑乱したのは、柏木にとっては女三の宮は魔性に近い妖女の美質と映じたからである。源氏は女三の宮にはじめて接した時「姫宮は、げにまだいと小さく、片《かた》なりにおはするうちにも、いといはけなきけしきして、ひたみちに若びたまへり。」（若菜上巻五四頁）と「片なり」「いはけなきけしき」というふうに未成熟、幼稚さを感じとり、幻滅した。柏木はそのような欠陥を感じないで、「気高うはづかしげにはあらで」と親しみを感じている。「なつかしくらうたげに」は、源氏が藤壺に「なつかしうらうたげに」（若紫巻二一二・三頁）と感じていることから分かるように女性の美質としてこの物語で最も重んじている。女三の宮は、源氏も「女宮は、いとらうたげに幼きさまにて、」（若菜上巻六四頁）と「らうたげに」と見ているから、柏木の見方は必ずしも恋におぼれた幻想というわけではない。ただ「幼きさま」というふうに否定的に見る視点、心の目は欠落している。「気高うはづかし」は、藤壺が「心深うはづかしげ」（若紫巻二一二頁）であったことに徴すると、美質として高く評価されるべきものであるから、「気高うはづかしげにはあらで」は否定的に受けとられるべきものであろう。しかし柏木はそこに親しみを感じ、「なつかしくらうたげに、やはやはとのみ」見たのである。「はづかしげ」は気づまりを感じさせる側面があるから柏木の感じ方、つまり「気高うはづかしげにはあらで」を女三の宮の美質と感じとったことは不自然ではない。気高くはないが「あてに」思われたのであるから柏木にとって最高の美質の女性として、女三の宮に引き込まれていった。柏木の恋は女三の宮が朱雀院最愛の内親王ということで始発したが、この逢瀬、密通は、じかに宮に接した印象にもとづくものであるから、恋の山路に迷うものとはいいながら、柏木はこの時女三の宮その人の美質に引き込まれたのであって、客観的には迷妄であっても、恋の内実を獲得したといわねばならない。

柏木も源氏と同様、事前に女三の宮の欠陥的人間像、つまり異様な幼稚さについての情報は得ていない。源氏は女三の宮に接するや直ちにその幼稚さを知りがっかりした。ひきかえ柏木は宮の幼稚さに気づかず「らうたげに」という美質のみを見ている。柏木は事前の情報で女三の宮に対して高い評価を心の下地に持っていたのと、宮が源氏に降嫁したことへの無念からの執着心でやみくもに女三の宮を諦められない一種のパニック状態のような心の目であるから全然さめた目がなかったのだ。「衛門の督の君も、院に常に参り、親しくさぶらひ馴れたまひし人なれば、この宮を父帝のかしづきあがめたてまつりたまひし御心おきてなど、くはしく見たてまつりおきて」(若菜上巻一二二・三頁)とあり、宮の様態を「くはしく見たてまつりおきて」というが、「父帝のかしづきあがめ」る様態は高い評価を持つ理由たるものの、外部的とらえ方以外のものではない。朱雀院が女三の宮を鍾愛した理由の内実に宮が「片生ひ」なることへの心配、自分以外に宮を親身に心配する後見がいないことなどがあったのだが、後者は外部的だから察し得ても「片生ひ」なることは柏木に知り得なかったのだ。「くはしく見たてまつりおきて」といっても、朱雀院の鍾愛という、憧れる要素のみを見ていたことになる。女三の宮の乳母が兄の左中弁に話した時も、後見がいないことだけを言い、「片生ひ」のことは秘した。それは禁句というべきことだったのであろう。小侍従も柏木に話してはいない。「そのをりよりかたらひつきにける女房」(若菜上巻一二三頁)とは小侍従のことであるが「御ありさまなども聞き伝ふるをなぐさめに思ふ」（同右頁）とある「御ありさま」は多分に宮の美質のみであったろう。小侍従は結果としてであるが、のちの柏木の密通の下地を作っていたことになる。小侍従は女三の宮の乳母子《めのとご》で宮の側近の女房である。知られるようにこの小侍従が柏木と女三の宮の密通の手引きをした。親の乳母が宮の源氏への降嫁に有力な働きをし、娘の小侍従が柏木の宮への密通の手引きをしたわけであるから、女三の宮事件（降嫁と密通）という若菜上・下巻の最大の事件の進行を促したのが女三の宮の乳母とその娘であることは重視されてよいと考える。（乳母は一人ではないから、必ずしもこの二人を母娘と断ぜられないけれども、別の乳母の娘とすることも断ぜられない。）すなわちこの事件の導火線は女三の宮側、朱雀院側から引き起こされたものだということである。乳母はいささかは朱雀院に影響を与えてはいようが、私見では院の御意向に添っているのであって、女三の宮の源氏への降嫁を望んだのはほかならぬ朱雀院であったことは既に述べた。「片生ひ」の女三の宮を、自らの出家に際して朱雀院は、カリスマ的な源氏に託そうとされたのであるが、その御意向に添った乳母はその実現を期して、兄の左中弁にも宮の「片生ひ」を秘した。敵（源氏）をあざむくはまず味方（兄の左中弁）からのたとえの通りに彼女は行動したのである。したたかな人物といわねばならない。なお言えば宮の「片生ひ」を熟知しているこの乳母は、宮が独身のままでは自分にすべての負担がかかってくると思いそれを回避しようとしたふしがある。それなら誰でも後見者としての夫を宮に迎えればよいことにもなろうが、乳母自身の光源氏への傾倒があり、その点朱雀院の意向と合致したのである。院はいささかではあるが夕霧を候補にあげる口ぶりを示された。院は源氏をはじめとする源氏一家に惚れ込んでいられたとおぼしい。乳母は即時に夕霧をしりぞけ源氏を推奨した。いささかではあっても夕霧を念頭にされた院の思念は払拭され源氏にしぼられる。そういう点乳母の力が見られるといえるが私は乳母が院の真の思念を探りあてていると見る。一応の検討として夕霧をあげられただけということを見ぬいていたと考える。賢い乳母である。だから私は朱雀院が夕霧をと言われたのを乳母が源氏を推奨して事は決まったというような見解には与しない。

まさに院の御意向と乳母の思惑は合致したのである。夕霧をのぞき見た女房たちの夕霧絶賛に対する古女房の源氏絶賛は乳母のそれであろう。朱雀院の源氏絶賛を引き出すものであった。院は古女房の源氏絶賛を糸口として長大な源氏絶賛をくりひろげる。源氏を「親ざまに定めたるにて」という院の御意向を体して兄の左中弁に会った乳母の言葉の中には、宮の「片生ひ」は秘していても、自然にもれ出てくる「片生ひ」なるがゆえの心配を、私たちは感じとるであろう。「わが心ひとつにしもあらで、おのづから思ひのほかのこともおはしまし、軽々しき聞こえもあらむ時には、いかさまにかはわづらはしからむ。」は、「片生ひ」でなくても、いわば一般論的にも言えることだから口にしたのであるが、その心底には「片生ひ」の宮を私一人の責任にされては背負いきれないという嘆きがこもっていよう。互いに宮の「片生ひ」を熟知した院に向かっては「姫宮は、あさましくおぼつかなく、心もとなくのみ見えさせたまふに、さぶらふ人々は、つかうまつる限りこそはべらめ。おほかたの御心おきてに従ひきこえて、さかしき下人《しもびと》もなびきさぶらふこそ、たよりあることにはべらめ。取り立てたる御後見ものしたまはざらむは、なほ心細きわざになむはべるべき」と本心を申し上げている。それに呼応してお話しになる院の言説は、皇女独身たるべきながら婿を迎えねばならぬ宮のありようが、時代認識に裏付けられつつ吐露されている。さすがに乳母のように露骨にではなく、一般論的に話されてはいるが、はじめの「しか思ひたどるによりなむ」に宮の「片生ひ」を言う乳母の言葉に同感されている院の御心がこもっていて、それを前提にされての〝一般論〟であり、かつ最後には、「(女三の宮は）あやしくものはかなき心ざまにやと見ゆる御さまなるを……」とはっきりおっしゃっていて、乳母の言説と符合し、これが朱雀院側の内なる本心、真実である。乳母は内と外とを使い分け、縦横の活躍であり、その意味での存在感は大きい。

皇女独身が望ましいのに、結婚を考えざるをえない内実の理由に女三の宮の「片生ひ」があった。しかしその情報は外部に漏れず、源氏も柏木もその他の人々も宮が朱雀院最愛の内親王という条件に憧れた。一般論的には当時の結婚観として本人の中身よりもその人の身分を重んじたから、人々の憧れは異とするには足らない。当然である。が、女三の宮は並はずれて異様というべき「片生ひ」である。もしその内実が知れたら、源氏も柏木もその他の人々も憧れたであろうか。極端な内と外のはざまに女三の宮はまさしくあやしくものはかなく存在していたのである。内親王降嫁は准太上天皇光源氏といえども栄光そのものである。しかしそのいわば外部的な栄光に反比例してその内実は極端に空虚であったことは知られるごとくである。柏木は源氏とは違い、宮本人に接してもその美質のみを感じ、恋に惑溺した。しかし密通の事が露顕するやさすがに宮の幼稚さに気づき「いでや、しづやかに心にくきけはひ見えたまはぬわたりぞや、まづはかの御簾《みす》のはさまも、さるべきことかは、軽々しと、大将の思ひたまへるけしき見えきかし、など、今ぞ思ひあはする。」（若菜下巻二三八頁）と否定的となるが後の祭りであった。柏木の心情は源氏への畏怖の念がより強く、六条院にも参上しなくなったが、六条院の試楽に源氏に招かれて恐る恐る参上した。源氏の痛烈なかつ陰にこもった皮肉の言葉に刺されて柏木は重病の床に臥した。若菜下巻の終りである。柏木の恋は柏木巻に最後の燃焼を描き、女三の宮も「後《おく》るべうやは」（柏木巻二七四頁）と唱和し、恋の内実が悲愁に満ちて描かれる。

　ところで若菜下巻に描かれた柏木密通事件の特質は、この密通が源氏にあっけないほどに早く知られたということである。それは柏木自身も思いもかけないことで「かかることは、あり経《ふ》れば、おのづからけしきにても漏り出《い》づるやうもや、と思ひしだに、いとつつましく、空に目つきたるやうにおぼえしを、ましてさばかり違《たが》ふべくもあらざりしことどもを見たまひてけむ、はづかしく、かたじけなく、かたはらいたきに、朝夕涼みもなきころなれど、身にしむるここちして、いはむかたなくおぼゆ。」（若菜下巻二三七頁）と全く呆然たる思いで、ただただ畏怖した。柏木が予想もできなかった発覚のありようは女三の宮の常識はずれの幼稚な振舞にあった。気配だけでも感づかれることもあろうかとの不安をはるかに越えた、まぎれもない柏木の恋文という物的証拠を源氏の手に握られたのである。それについては二つの要件がある。一つは女三の宮の異様な幼稚さで、「見しほどに入りたまひしかば、ふともえ置きあへでさしはさみしを、忘れにけり」（若菜下巻二三一頁）という始末。もう一つは柏木の恋文が「言葉づかひきらきらと、まがふべくもあらぬことどもあり。」（若菜下巻二三二頁）という不用意。源氏が「いとかくさやかには書くべしや、あたら人の、文をこそ思ひやりなく書きけれ、落ち散ることもこそと思ひしかば、昔、かやうにこまかなるべきをりふしにも、ことそぎつつこそ書きまぎらはししか、人の深き用意は難きわざなりけりと、かの人の心をさへ見おとしたまひつ。」（若菜下巻二三三頁）と批判したように柏木にも心の用意なさ、手落ちがあった。かつて私は「源氏物語における人物造型の方法と主題との連関」（『國語國文』昭和40年4月。のち『源氏物語の方法』所収）でこの密通事件以前の立派な貴公子柏木の、密通事件での異様、不可解というべき変貌ぶりについて「柏木の異常な変貌は、一人の統一した人間としての変貌、変化を超えたものである。彼は密通事件とそれ以前において完全に分裂した人格であるといわなくてはならない。」と書いた。柏木は女三の宮との密通事件のために既出の人物の中から選び出された。そもそも女三の宮の異様に幼稚な人物造型が密通事件のための布石であるが、柏木の非常な宮への執心も同じくその布石であったから、柏木と女三の宮の密通事件は、若菜上下巻を貫く重大事件として若菜上巻起筆の時から構想されていたことは疑いないが、女三の宮の幼稚さは隠された秘事として親代り的夫としての光源氏への降嫁を決める内的動機となり、その幼稚さはむしろ光源氏の円熟した色好みぶりを形象化するのに参与し、親代りとして光源氏への降嫁を決定した朱雀院の判断と処置はその限りにおいて正しかった。被害を受け、失敗したのは光源氏の方であり、愛する紫上を苦悩させ、遂には死に追いやる悲劇をこうむる。女三の宮密通事件は宮の異様な幼稚さと柏木の異様な執心が契合して成ったもので二人は共に破滅するが、この密通事件でも源氏は被害者にほかならなかった。この密通事件における柏木の恋は柏木巻に多く筆を費やしており、若菜下巻では密通後、程を経ずして源氏の知るところとなり、事件に対する源氏の態度が問題として描かれているのである。したがって若菜下巻においてはこの密通事件は光源氏における意味が問われているといわねばならぬ。密通後あまりに早く光源氏の知るところとなる物語の進め方に作者の意図が表われているであろう。柏木の宮への執心はまだしも、密通発覚の原因の一つたる柏木の不用意な恋文の様態は、柏木の人物造型として不自然、無理があろう。作者はそのような無理を犯してでも源氏がこの密通事件を知る、それも事件後程を経ずして知るように物語を運んだのである。それは何故か。

五

清水好子氏は「源氏物語の主題と方法―若菜上・下巻について―」（『古代文学論叢第一輯』昭和44年6月。のち『源氏物語の文体と方法』所収）で「女三の宮柏木密通事件は光源氏が知るということがなければ意味をなさない。」と述べられた。氏は「光源氏をして今日あらしめた最大の原因、世間の人々のけっして知らぬ秘密、過去に犯した不義、それに思いいたらなければ若菜両巻執筆の意味はない。」と言われ、「いと心づきなけれど、また気色に出《い》だすべきことにもあらずなど、思し乱るるにつけて、故院の上も、かく御心には知ろしめしてや知らず顔をつくらせたまひけむ、思へばその世のことこそは、いと恐ろしくあるまじき過《あやま》ちなりけれ。」（若菜下巻二三五頁）を、「点睛の一画というべきである。」とされた。「過去に犯した不倫と現在の不義が三十年の歳月を隔てて光源氏に全貌をあらわす」ところに主題のありかを見ていられる。この論文は過去に深く浸透された今を書くという方法の検証が丹念に行われ、この方法の主眼は藤壺との密通、冷泉帝誕生について問い直すためであることを説かれた。

私は、光源氏が直ちに柏木女三の宮密通事件を知ったことのもう一つの意味として、彼の女三の宮降嫁による失敗が宮の「片生ひ」なる内的真実を知らなかったことにあることに徴して、情報管理を主宰しうることの方を問題としたい。知らなかったことによる失敗とは宮の「片生ひ」に失望したことにはじまるが、それは自らの円熟した色好みによって克服しえたはずで彼は宮に対して「うちうちの心ざし引くかた（紫上）よりも、いつくしくかたじけなきものに思ひはぐく」（若菜下巻二三四頁）んだのだった。柏木女三の宮密通事件について事前に何らかの情報も得ず、けはいすら感じなかったのは情報の欠如以外の何ものでもなかろう。しかもこの密通事件について、女三の宮が自分をさしおいてこうしたことを引き起こすとは、とか「わが身ながらも、さばかりの人（柏木）に心分けたまふべくはおぼえぬものを」（若菜下巻一三四・五頁）など、光源氏をさしおいて女三の宮が柏木に密通したというように誤解している。宮の幼稚さを熟知しながら、事の真相を見抜けぬただの人物になり下がっている。宮の異様な幼稚さからすれば、他の男に心を傾けていく〝主体性〟などありえようか。それにも思い及ばない源氏の内実はまさに地に落ちんとしている。その源氏を救うのが、柏木の不審というべき恋文の不手際という無理を犯して源氏にいちはやく密通事件を知らせる手段を取った作者である。この密通事件が世間に漏れるのを防ぐことによって、源氏は究極の恥をさらさずにすむ。恥は内に秘められ、ひそかなる報復により敵（柏木）を倒すこともできたのである。かろうじて王者源氏の体面は保たれる。

　しかし朱雀院の誤解は源氏もどうしようもなかった。ここにも内的真実と外的真実の齟齬が見られる。「いといとほしく心苦しく、かかるうちうちのあさましきをば、聞こしめすべきにはあらで、わがおこたりに、本意なくのみ聞きおぼすらむことを、とばかりおぼしつづけて、『この御返りをばいかが聞こえたまふ。心苦しき御消息《せうそこ》に、まろこそいと苦しけれ。』」（若菜下巻二四七頁）。これは、朱雀院が女三の宮の体調を案じ、宮に消息を送ってこられた時に、源氏が苦衷を宮に訴えるくだりである。「わがおこたり」、自分の薄情のせいと、朱雀院が不満にばかり思いになるであろうことを、源氏はあれこれと悩む。「まろこそいと苦しけれ。」は、自分こそ被害者だと宮に訴えているのである。事実、少なくとも源氏の主観としては柏木女三の宮密通事件に対する責任はない。彼は「かくばかりまたなきさまにもてなしきこえて、うちうちの心ざし引くかたよりも、いつくしくかたじけなきものに思ひはぐく」（若菜下巻二三四頁）んできたという思いがある。私たちが見ても、源氏は宮に幻滅しつつも、朱雀院が期待した通り「見はやしたてまつり、かつはまだ片生《かたお》ひならむことをば、見隠し教へきこえ」（若菜上巻二〇頁）ていたと思う。女三の宮のために朱雀院の五十の賀を計画し、御賀のために、女三の宮に琴を教授する。今までも何か機会のあるごとには琴を教えていたことが「年ごろさりぬべきついでごとには、教へきこゆることもあるを、」という源氏の言葉で分かる。この朱雀院五十の賀のために、女三の宮に秘曲を伝授し、宮はとても上手になる。「対《たい》（紫上）にも、そのころは御暇《いとま》聞こえたまひて、明け暮れ教へきこえたまふ。」（若菜下巻一六六頁）。「女御の君にも、対《たい》の上にも、琴《きん》は習はしたてまつりたまはざりければ」とあるように明石の女御にも紫上にも伝授しなかった琴《きん》を女三の宮に伝授したので女御は羨ましがったという。「げにかかる御後見なくては、ましていはけなくおはします御ありさま、隠れなからましと、人々も見たてまつる」（若菜下巻一六九頁）とあるように女三の宮づきの女房たちも認めた源氏の後見ぶりであった。

　六条院の女楽での女三の宮の風姿は「おほかたのけはひの、いかめしく気高きことさへ、いと並びなし。」（若菜下巻一七〇頁）。こうした場では内親王の気高さが際立っているのだ。柏木が接した時の印象とは違う。「いとさばかり気高うはづかしげにはあらで」（若菜下巻二〇七頁）というのが柏木の印象だった。女楽の演奏では宮は「琴《きん》は、なほ若きかたなれど、習ひたまふ盛りなれば、たどたどしからず、いとよくものに響きあひて、優《いう》になりにける御琴《こと》の音《ね》かなと、大将聞きたまふ。」（若菜下巻一七四頁）とあるように夕霧の認めるまでになっている。すべて源氏の教授によるものである。「ただいとあてやかにをかしく、二月の中《なか》の十日《とをか》ばかりの青柳《あをやぎ》の、わづかにしだりはじめたらむここちして、鶯の羽風《はかぜ》にも乱れぬべく、あえかに見えたまふ。桜の細長に、御髪《みぐし》は左右《ひだりみぎ》よりこぼれかかりて、柳の糸のさましたり」（若菜下巻一七五頁）は、白氏文集を下敷にして、女三の宮のかよわさ、「あえか」な美を表出している。裏は「片生ひ」の劣弱をひそめつつ表はまだ芽ぶいたばかりの少女の「小さくうつくしげ」な「あてやかにをかし」い、内親王の気品と可憐な美しさがここにある。六条院にあって女三の宮は内親王として格式高く君臨している。「これこそは、限りなき人の御ありさまなめれと見ゆる」（若菜下巻一七五頁）女三の宮の風姿である。宮は源氏の後見のほかに出家後も宮を心配される朱雀院の庇護的愛情に守られ、院から帝への奏請によって宮は二品《にほん》内親王になっている。「二品《にほん》になりたまひて、御封《みふ》などまさる。いよいよはなやかに御勢《いきほひ》添ふ。」（若菜下巻一六一頁）。それは紫上の心をゆるがせ、源氏も帝へのおもんばかりから「わたりたまふこと、やうやうひとしきやうになりゆく。」（若菜下巻一六二頁）とあった。

恐らく乳母《めのと》あたりからの情報によってであろう、朱雀院は源氏を「なほおほかたの御後見《うしろみ》に思ひきこえたまひて」（若菜下巻一六一頁）おいでである。こういう見方は夕霧も「おのづから御けはひ、ありさまも見聞きたまふに、いと若くおほどきたまへる一筋にて、上《うへ》の儀式はいかめしく、世の例《ためし》にしつばかりもてかしづきたてまつりたまへれど、をさをさけざやかにもの深くは見えず、」（若菜上巻一二〇・一頁）と、傍線部のように源氏の扱いを見ている通り朱雀院と同様であるから、多分に六条院の内部的真実、女三の宮の位相について的を射たものであるといわなくてはならない。夕霧はその理由として女三の宮の「いと若くおほどきたまへる一筋」つまり「片生ひ」を批判的にとらえよく真相、内的真実に迫り得ている。既に言われているように六条院の観察者としての役割がよく発揮されている。恐らく朱雀院も宮の「片生ひ」を熟知されているがゆえに、源氏の扱いを親の情として不満ながらも弟の苦労にも思い至り得たからこそ正確な観察が出来たのであろう。しかし源氏にしてみれば最愛の紫上と「ひとしきやう」に夜女三の宮のもとへ通ったのであるから、必ずしも「上の儀式はいかめしく」ばかりではなく「上の儀式」と共に、寵愛したという思いがあろう。それが、密通を知った後「かくばかりまたなきさまにもてなしきこえて、うちうちの心ざし引くかたよりも、いつくしくかたじけなきものに思ひはぐく」んだのに、このようなことを引き起こすとは、という女三の宮への批難となるのである。私たちからも見ても、この「片生ひ」の女三の宮を妻として、ここまで、最愛の紫上を擁しつつ、名実共にというにはやや実に欠けようが不完全ながら名実共に心くばりしていつくしんだのはさすが源氏だと思わずにいられない。異様なまでの宮の「片生ひ」を「見隠し教へ」たのである。紫上もよく耐えた。だから紫上の存在が源氏の女三の宮への寵愛をさまたげたわけではない。だから私が前に朱雀院に錯誤ありとすれば源氏の紫上への寵愛の内的真実を知らないことであると言ったのは、源氏が幼い紫上を引き取って今日の紫上にまでしたように、女三の宮をいつくしんでもらいたいという院の願望は紫上の打てばひびくような才気あふれる天分を知らないで、それが最も欠落している「片生ひ」の宮を、紫上と同様にというのはおよそ男女の内なる真実への目が欠落しているという意味で錯誤と申したのである。

院は源氏にカリスマ的に傾倒しているのだ。「かの六条の大殿《おとど》は、げにさりとももの心得て、うしろやすきかたはこよなかりなむを、」（若菜上巻二八頁）とあって、院は源氏に全幅の信頼を寄せる。そのようにして、究極的には大きな不幸へと向かっていく。そのことから朱雀院の責任・錯誤が論ぜられることとなったのだが、秋山虔氏の言われたごとく「錯誤は錯誤として、それがいかなる他の方途をもえらびとることができないように、院は作者にみちびかれてゆく。」（「源氏物語の方法に関する断章―『若菜』巻冒頭をめぐって―」慶応大学『国文学論叢』第3輯、昭和34年11月。のち『源氏物語の世界』所収）。

当時の結婚観、就中、内親王の結婚は身分が第一の要件であり、当の男女の直接的な恋愛は野合として忌む考えが時代意識であり、内親王は本来独身を通されるべきところを、院出家後、後見する人なく、しかも「片生ひ」の宮を、女房風情が当代の好色的現実を守り抜けようか。准太上天皇正夫人の地位は何にもまさり、かかる好色的現実から宮を守る砦と目されたのは当を得た選択であったのだ。問題は源氏側にあったのではなく、女三の宮の「片生ひ」にあると作者は語ろうとする。夕霧の観察者としての女三の宮批判はその意図に添う。しかし柏木の観察は相違していた。柏木は源氏批判をする。「かたじけなくとも、さるものは思はせたてまつらざらまし」（若菜上巻一二三頁）と。これが密通事件の導火線となる柏木の思いであるが、主観的な思い込みをまぬがれない。しかし夕霧ですら「この宮は、人の御ほどを思ふにも、限りなく心ことなる御ほどに、取り分きたる御けしきにしもあらず、人目の飾りばかりにこそ、と見たてまつり知るに、わざとおほけなき心にしもあらねど、見たてまつるをりありなむやと、ゆかしく思ひきこえたまひけり。」（若菜上巻一二二頁）というのだから、源氏の宮への愛情の浅さに、宮への接近の〝大義名分〟を求めている点は共通しており、源氏と宮の間隙という六条院内部構造が密通事件の一つの要因となっていることが知られよう。夕霧は女三の宮の至らなさに源氏の宮への態度の理由を考えているのに対し柏木は源氏の態度を批判することに急であったのは恋する執着の強さが観察の目を曇らせていたのである。それが典型的に表われるのが六条院の蹴鞠の遊びの折の、夕霧と極めて対照的な柏木の女三の宮への情念であることは既によく知られている。

柏木は、朱雀院に常に参り、「親しくさぶらひ馴れたまひし人」（若菜上巻一二二頁）であるのに、女三の宮の「片生ひ」の情報は得ていなかった。それはそのような人間としての内実よりも「皇女《みこ》たちならずは得じと思へるを」（若菜上巻二九・三〇頁）という内親王願望が強く、わけても女三の宮は朱雀院最愛の「かしづきあがめたてまつりたまひし」（若菜上巻一二三頁）皇女であることに執心する彼の志向が優先していたことにも由来しようが、朱雀院の乳母や小侍従が漏らさなかったことにより知り得なかったのである。その点源氏も柏木も同様である。ただ柏木は六条院の正夫人となった女三の宮を、夕霧と垣間見る機会を得ながらその目が曇っていたことは恋の山路に迷っているといいながら彼の錯誤といわねばなるまい。密通事件はこの柏木の錯誤、情念によって起こったのである。

六

女三の宮の降嫁は、宮の「片生ひ」を知らなかった源氏の失敗の事件であり、密通事件は、宮の「片生ひ」を知らなかった柏木の幻想的な恋愛の事件であった。共に、宮の「片生ひ」を知らなかったことに起因するということは、その間に介在した女三の宮の乳母や小侍従の役割が注目されねばならないであろう。乳母の、女三の宮の六条院降嫁に果たした活躍は目ざましいものがあった、この乳母によって女三の宮の「片生ひ」は秘せられ、宮の六条院降嫁は成ったとも言える。小侍従は柏木にせがまれてのことではあるが、密通の手引きをしており、「よきをりと思ひて、やをら御帳《みちやう》の東面の御座《おまし》の端《はし》にすゑつ。さまでもあるべきことなりやは。」（若菜下巻二〇五頁）とある通り、草子地に小侍従の軽率さを批判しているような行為がある。玉上琢彌博士の『源氏物語評釈第七巻』四〇九頁に「男を御帳の中に入れたほうが、見つかりにくい」と、この時の小侍従の取った処置の心理の解説がある。そういう理由があるにせよ、この処置は「まったくもって『さまでもあるべきことなりやは』だ。柏木の要求は『ものごし』であった。」と『評釈』に述べられている通り、柏木の要求以上のことをしてしまっているのだ。「見つかりにくい」という理由のあることではあっても、小侍従の密通事件に果たした役割は大きいといわねばならない。これらはすべて作者の操作であるが、乳母といい、小侍従といい、源氏や柏木の運命に重大な災禍をもたらしていることを私は重視したい。この二人は共に朱雀院側の人物である。特に乳母は朱雀院の意向を体して活躍し、源氏の近臣たる兄の左中弁をいわばたばかるというべく味方に引き入れ、女三の宮の降嫁を実現したことは前述した。源氏にも藤壺宮の姪という内的理由がはたらいているし、左中弁の観測のような准太上天皇にふさわしい正夫人がいないというような外的理由も存した。源氏は准太上天皇になったことでこれまでの六条院擬似後宮はその地位に比して貧相となり、准太上天皇にふさわしい擬似後宮が望まれる外的要請がたちはたらいた。左中弁の観測も妹の乳母によってうまく利用され朱雀院への奏上は女三の宮降嫁の見通しを固めることとなった。源氏の藤壺思慕という内的理由と外部的理由の契合によって源氏側の理由も存したのであるが、拙稿「擬似王権・まぼろしの後宮・六条院・その生成と変容—「朝廷《おほやけ》の御後見《うしろみ》」から「准太上天皇」へ—」（「王朝文学研究誌」第2号、平成5年3月。のち『源氏物語の主題と表現世界』所収）に述べたごとく源氏自身の理由は准太上天皇にふさわしい正夫人を求めて女三の宮を迎えたのではない。藤壺の姪という内的モチーフによる。朱雀院側は左中弁の見解を取り入れた乳母の奏上により准太上天皇にふさわしい正夫人を迎えることが源氏側の理由と受け止めたであろう。ここに内的真実と外的真実の齟齬があるのだが、源氏も朱雀院も共に相手側の内的真実を知らないことによって女三の宮の六条院降嫁が成り立ったことが分かる。その内的真実、事の淵源は絶対の秘事であった。藤壺への思慕、そして藤壺との密通事件こそが源氏の内的動機として存している。女三の宮の「片生ひ」はそれ自体確かに失望の種ではある。が、源氏の失望は藤壺の思慕を淵源とする紫上との対比によっているところにその具体的真実がある。単なる失望ではないのである。紫上との対比による失望とは源氏がこの結婚に期待したことの全否定を意味する。内的な真のモチーフがくつがえされたからである。単に「片生ひ」であるだけならその失望だけですむし、事実源氏の円熟した扱いにより事なく推移したように内親王三の宮は六条院の正夫人として、紫上の忍耐に支えられ、無事にその地位を保ち得たであろう。

源氏の失望がその内的モチーフの裏切られたことにあり、いよいよ紫上への愛情が増す結果となる内部的事情が、源氏の円熟をもってしても、また努力をもってしても、「人目の飾り」（若菜上巻一二二頁）と夕霧に見られる仕儀となった。朱雀院に錯誤ありとすれば、この源氏の内的モチーフ、藤壺思慕を知らないことであるが、もしたとえばあの近江君が願望した尚侍就任が実現していたとしたら（それはありえない「をこ」話なのだが）、あの近江君が冷泉王朝の秘密をかぎ取って「さがな者」よろしく口走りでもしていたら、源氏の生涯の秘事は漏れてしまい、内大臣、そして朱雀院へとつたわったであろう。内大臣は朱雀院によく奉仕しているし、朧月夜は彼の妻（四の君）の妹であるから、つたわるルートは備わっている。しかし近江君のあやうさはあやうさのままで終わった。栗山元子氏「『さがな者』近江君について—真木柱巻末の贈答歌に潜むもの—」（『平安朝文学研究』復刊第4号、平成7年12月）が説かれているように、「さがな者」近江君は、源氏家と対立的関係にある内大臣家の空気を反映する言動の人物であるから、もし万一にも尚侍入内が実現していたら大変なことになるわけだ。玉鬘の尚侍入内のことも近江君はいち早く知っている、いわゆる早耳であり、場所もかまわずしゃべる人物。勿論周囲の者がこけにして取りあわないのだが、なぜ近江君は尚侍を望んだのか。換言すれば作者はそうしたのか。後藤祥子氏「尚侍攷—朧月夜と玉鬘—」（『日本女子大学国語国文学論究』昭和42年6月。のち『源氏物語の史的空間』所収）によれば、「比較的高貴でない者」がなるので「『源氏物語』の『行幸』で、玉鬘の尚侍就任を仄聞した異母妹近江の君が口惜しがって父内大臣に自薦するのも、尚侍だからこそと思われる。」とある。近江の君が玉鬘を劣り腹だ（「聞けばかれも劣り腹なり」）と言っているところから見ても後藤氏の所説は肯ける。近江の君もそれなりには時代意識の中を生きているわけだ。もっとも、だからといって、彼女の尚侍願望は周囲から肯われるわけはない。それは劣り腹ということではなく、「さがな者」であるがゆえであるが、この「さがな者」近江君がもしまちがって尚侍になった場合を反実仮想してみたら、天皇（冷泉）のお側に近侍して、冷泉の秘密を、あの早耳・地獄耳でかぎとり、はしたなくしゃべったら、問題の源氏の藤壺思慕にもとづく女三の宮降嫁受諾の内的動機の淵源たる藤壺事件が漏れ出てしまうことになるというあやうさに思い至るのである。作者の意図というのではなく、——読者としての読みにほかならないが——、近江の君の尚侍志望はそのようなあやうさを思わせるのだ。言うまでもなく何らそのことはなかった。近江の君はこけにされただけのこと。私はこのことで源氏の内的動機は秘密のベールに隠されたことを確認したいのである。

紫上も女三の宮も藤壺の姪である。この符合の真の内的意味に、隠された源氏の内的動機、女三の宮降嫁受諾の真意に、気づく者はいなかったようだ。（紫上は女三の宮と自分の間柄ははっきり意識していたが、源氏の心の奥までは気づき得たかどうか。仮に気づき得たとしても彼女は沈黙したにちがいない）。このように物語を書き進める作者の意図は、そのような源氏の内的動機は秘密として他者には知られぬこととしたのである。朱雀院が女三の宮の「片生ひ」を隠しおおせて源氏に宮の「親ざまに」託したことと合わせて、女三の宮降嫁は互いにその重要な内的動機を秘したまま、外的真実によって事が運ばれている。この方法に私は注目するのである。

源氏の失敗も柏木の過失も、女三の宮の「片生ひ」を知らなかったことに発している。一方女三の宮が源氏の真の内的な愛情を受けず、それが柏木の宮への情熱の〝大義名分〟ともなり、密通という受難となり、出家へ追いやられる不幸となったのは、自らの「片生ひ」によると共に、藤壺の姪であることによる紫上との対比で一層増幅したわけだから、その淵源たる源氏の藤壺思慕つまり女三の宮降嫁の源氏承諾の内的動機を朱雀院側が知らなかったことによる。それを物語は宿世は知りがたいものとする。清水好子氏「源氏物語の主題と方法―若菜上・下巻について―」に「若菜両巻には宿世というものは前もって知りがたいものだという言葉が散見するようになる。一つは朱雀院が婿選びの場で『程々につけて宿世などいふなることは知りがたきわざなれば……』と嘆じ、いま一つは光源氏が『宿世などいふらむものは目に見えぬわざにて……』と言っている。どちらも女三の宮のことを念頭に置いて、云々」とある。第一部においては清水氏も言われるごとく「光源氏の身の上の大事はこれまですべて予言や夢想で告知されていた。（中略）ところが晩年、他人の子をわが子としなければならぬ皮肉の運命は何の予言もなかった」。そのような予言がないどころか、彼は朱雀院の女三の宮に関する情報は肝心の、後の密通事件という不祥事の要因たる女三の宮の「片生ひ」について、何も知っていない。この点いわば、ただの人である。光源氏という英雄が第一部では予言や夢想で自分の運命を予知しえたのに対しいちじるしく相貌を異にする。若菜上・下巻の主題に関わる重要な方法である。

ところが柏木女三の密通事件は源氏のいちはやく知るところとなる。それは清水氏の言われるように源氏にとって過去の藤壺事件の陰画を見ることにほかならない。そのことにより源氏は過去に犯した己の罪をかみしめ、己の栄華と宿世の罪を思い知る。第一部、藤裏葉巻に至る階梯は途中須磨退居の痛苦こそあったが、所詮源氏の栄華への道であった。弘徽殿・朱雀院に対する勝利であった。しかし若菜上・下巻は源氏の痛苦を描き、過去の栄華の底にひそむ罪障をまざまざと見せつけた。密通事件を源氏が直ちに知ったことのもう一つの意味を、事態を源氏が主宰することだと前述したが、その主宰の中身、内実は右のごとくであり、彼は源氏物語絵巻柏木（三）に見られるような、心の中の苦悶を隠しつつ柏木の子薫を我が子として抱き、はかない柏木のさだめを思う。一方朱雀院は最愛の女三の宮の出家に立ちあわねばならず、心の中に源氏への不満を抱き、誰よりもしあわせな生涯を送らせようと、源氏を婿に選んだのに、と後悔の念で悲しんでいられる。ここには勝者はいない。共に痛苦と悲しみの底に追いやられているのだ。宿世というものは知りがたいものだという思念にかたどられた主題がうかがえよう。私の説き来たったところによれば、内的真実を互いに知らなかった、知りがたいことであったとする物語の方法によってこの主題はかたどられた。第一部の裏返し、第一部の陰画として語られる、その方法として、内的真実は知られざるものとし、外的真実により事態が領導されることを見てきたのであるが、その意味で、六条御息所の死霊の役割は見のがせない。知られるように御息所の死霊は紫上にとりつき、「なほみづからつらしと思ひきこえし心の執《しふ》なむ、とまるものなりける。」（若菜下巻二一七頁）と源氏に向かって言った。紫上の発病は現象界においては女三の宮降嫁による苦悩のせいと見られるのだが、隠れた世界における六条御息所の死霊のせいだとするのである。柏木巻では女三の宮の出家を、「かうぞあるよ。」（柏木巻二八六頁）と「うち笑」って帰っていく。「してやったわ」（新潮『集成』傍訳）と快哉《かいさい》を叫ぶのだ。女三の宮の出家も六条御息所の死霊のしわざだったのだ。この御息所の死霊のはたらきを目前にみたのがほかならぬ源氏で、源氏が知るところに意味があるのだ。紫上の発病で六条院に源氏の目がとどかなくなり、ために柏木密通事件が起こったことを思うと、六条御息所の死霊の意味は大きい。事件の内的真実の一つである。早くに六条御息所の物の怪《け》について考察を深められた多屋頼俊博士は、直接には不幸ばかりをもたらすが、光源氏の陰影として、光源氏を完成させる働きをもっているのだと説かれた（「もののけの力―六条の御息所お中心に―」（『源氏物語の思想』所収による。昭和15年3月稿。同25年9月補。大谷大学研究年報第4輯。昭和26年9月再補。）。藤壺思慕に次いで、過去を引きずる六条御息所の物の怪《け》の、他者には見えない世界から、源氏のみが信号を送られ、過去の意味を知らされている。過去の意味が源氏に自覚されるのである。ここでも「光源氏の過去は逆に照らし出され、その一生の意味が問い直されているのである」（清水氏前掲論文）。「今は意味を知るということが光源氏の精神を充たしている」とは、柏木女三の宮密通事件を知った光源氏の内的真実を清水氏が説かれた言葉であるが、六条御息所死霊出現を目前に見たのがほかならぬ源氏であるのは、右の清水氏の言葉がそのまま適用されよう。多屋博士の言われた「光源氏を完成させる」とは、光源氏が過去の意味を問い直す、その自覚を指していよう。

女三の宮降嫁が紫上にもたらした意味については多くの紫上論があるが、永井和子氏は「紫上―『女主人公』の定位試論―」（『源氏物語作中人物論集』平成5年1月。のち『源氏物語と老い』所収）で「紫上は女三の宮の降嫁によって遂に死にまで至る程の衝撃を受けるが、それはその事態に傷ついたというよりも、そのことによって、今まで見えなかったものをみずから発見した衝撃を言うべきではないだろうか。」と述べていられる。卓見である。「光源氏の妻としてきわめて不安定な存在であったという事実」（永井氏論文）を彼女は今まさに自覚したのである。紫上の過去も今一切が自覚されたのであり、これは清水好子氏が「光源氏の過去は逆に照らし出され、その一生の意味が問い直されているのである」と述べられた主人公光源氏における意味と一対をなすものである。紫上は女三の宮降嫁の事件によって、光源氏は柏木と女三の宮の密通事件によってである。共に人生の内面劇でありそこに若菜上・下巻の主題のありかがある。

七

先に、女三の宮降嫁をめぐり、光源氏と朱雀院双方における内的真実と外的真実の齟齬、背反の物語構造を見てきたのであるが、紫上に襲いかかった命題は、まさに彼女自身の人生の自覚が深められることによって、彼女の人生の内的真実と外的真実の齟齬、背反が刻み上げられることになる。源氏が「君の御身には、かの一節《ひとふし》の別れより、あなたこなた、もの思ひとて、心乱りたまふばかりのことあらじとなむ思ふ。」（若菜下巻一八九頁）と言い、次いで后や女御、更衣たち《きさき》の気苦労に比して紫上の気楽さを語り、その点では、人にすぐれた運勢だったということを、お分かりか、と言ったあと「思ひのほかに、この宮のかくわたりものしたまへるこそは、なま苦しかるべけれど、それにつけては、いとど加ふる心ざしのほどを、御みづからの上《うへ》なれば、おぼし知らずやあらむ。ものの心も深く知りたまふめれば、さりともとなむ思ふ」と語る。それに対し紫上は「のたまふやうに、ものはかなき身には過ぎにたるよそのおぼえはあらめど、心に堪へぬもの嘆かしさのみうち添ふや、さはみづからの祈りなりける」と応じている。その「残り多げなるけはひ」は源氏が「はづかしげなり」と気おくれするほどの厳しさだった。多くを言い残した様子に紫上は万感を宿しているのだ。しかし多くを言い残しているとはいうものの、紫上の言葉には彼女の人生の外的真実と内的真実の相剋が痛切にこめられており、彼女の訴えたいことは「心に堪《た》へぬもの嘆かしさ」、内的真実であったことは分明である。宮家の庶子、孤児同然であった身には分に過ぎたしあわせは確かであるが、しかしそれは「よそのおぼえ」、外的真実だと言い放っている。そして女三の宮の降嫁によって受けた衝撃の内なる真実、彼女の光源氏の伴侶としての人生の痛苦、「光源氏の妻としてきわめて不安定な存在であった」ことの自覚によびさまされた彼女の人生史の内面、内的真実を源氏に向かってつきつけた、すごい言葉だ。藤壺や六条御息所などを内に秘めた源氏の人生回想と対《つい》をなすもので、彼女の過去の核心、内的真実を衝いている。そこに光源氏という主人公と並ぶ女主人公紫上の内面が造型されて主題が生成されるのであるが、源氏の言葉の内容との齟齬、背反によって分明となる物語の主題と方法に注目したいのである。

源氏は「みづからは、幼くより、人に異《こと》なるさまにて、ことことしく生《お》ひ出《い》でて、今の世のおぼえありさま、来《き》し方《かた》にたぐひ少なくなむありける。されどまた、世にすぐれて悲しきめを見るかたも、人にはまさりけりかし。」（若菜下巻一八八・九頁）と自らの人生の外的真実と内的真実を語り、特には後者を回想するのである。悩みの絶えない人生であったと語るのだが、母との死別にはじまる祖母、父との死別は聞く紫上にもよく分かることとして、「残りとまれる齢《よはひ》の末にも、飽かず悲しと思ふこと多く、あぢきなくさるまじきことにつけても、あやしくもの思はしく、心に飽かずおぼゆること添ひたる身にて過ぎぬれば」と「飽かず」を二度もくり返しているその「飽かず」とは何か。『新潮古典集成』の頭注に「具体的に明らかではないが、次の言葉から、藤壺や六条の御息所など、悔恨にみちた青春時代を回想しての感慨と思われる」と注する。「次の言葉」とは「あぢきなくさるまじきことにつけても」である。際どいことを口にしているのだが、紫上に分かる言葉であるか。「具体的に明らかではない」言葉なのだ。その意味でこの言葉はモノローグに近い。「それにかへてや、思ひしほどよりは、今までもながらふるならむとなむ、思ひ知らるる」というほどの代償の「飽かず悲しく思ふこと」が紫上にとっては分明ではなかったろう。対話として成り立たない一方交通の言葉だ。ここでも内的真実は源氏の心の中に秘められ、母の死などの客観的事実つまり外的真実のみがつたえられている。紫上の応じた言葉の「心に堪へぬもの嘆かしさのみうち添ふや、さはみづからの祈りなりける」は、源氏の言葉の「それにかへてや、思ひしほどよりは、今でもながらふるならむとなむ、思ひ知らるる」に対応するものであるが、これは女三の宮降嫁後の苦衷を言ったことは源氏につたわったであろう。しかし紫上への愛を語る（「それにつけては、いとど加ふる心ざしのほどを」）源氏の主観ではどれほどに紫上の内なる心の声を受け止め得たことであろうか。紫上の出家の願いにも、自らの生きがいの失われることを言い、紫上への愛を語るのみで、許可しない源氏を前に、紫上は涙ぐむしかなかった。ここには源氏と紫上の間の微妙なずれ、齟齬が生じていよう。阿部秋生博士「紫の上の出家」（慶応大学『国文学論叢』第3輯、昭和34年11月。のち『光源氏論　発心と出家』所収）が「源氏への愛情に変わりはなかったにしても、紫の上の心には、この愛情以外のもの——人間の真実の生き方を探しまわる心が新たに巣食ってしまっていた」と言われたように、源氏の愛情に対する、「愛情以外のもの」という、二人の間には、ずれ、齟齬が生じているのであり、若菜上・下巻の世界は、光源氏と朱雀院の、内的真実の齟齬（それゆえ女三の宮降嫁は成り立った）にはじまり、紫上の内的真実の自覚という、第一部には描かれていなかった、内面的な人生の真実を描いたのであった。

そもそも朱雀院が女三の宮の婿選びに際し「片生ひ」の宮を念頭に「女は心よりほかにあはあはしく人におとしめらるる宿世あるなむいと口惜しく悲しき」と仰せられていた、その女三の宮の宿世の問題こそ、女の宿世の命題として若菜上・下巻の切り拓いた主題であったが、宮は柏木密通事件によって出家を決意し、宮の成長かと見まがう姿が描かれる。しかし実はそれは六条御息所の死霊のしわざであったというように物語は語る。冥界という秘められた内的真実を深く感得させるのである。藤井貞和氏は「第一部においては潜流していたにすぎない、人間を超える存在、あるいはちからが、しだいに、前面に押し出されて来ている」（「光源氏物語主題論」「国語と国文学」昭和46年8月。のち『源氏物語の始源と現在』所収）と述べていられる。紫上の病気も六条御息所の死霊のしわざであったことと合わせ考えると、若菜上巻冒頭に切り出された宿世の命題も、それぞれの女君の懸命な人生の真実、現象界の内側に秘められたものの力がはたらくという、内的真実と外的真実の相関による物語の構造・方法によって主題化を遂げているのを知る。外的真実（現象）と内的真実（秘められた内実）の対位において私たちがより深く見なければならないのは内的真実なのだ。女三の宮の出家は彼女の成長とか自覚のように見まがうが、紫上がその内実の深みを見せたのとは全く対照的なのだ。女三の宮の出家という外的真実に潜む六条御息所の死霊という内的真実。客観的事実と対位的にその内奥的な真実を、第二部は描くのである。

以上、長々と書き綴ってきたが、内的真実と外的真実の齟齬、背反あるいは相関を通して両者を対位的に浮かび上がらせる作者の方法によって、人間の運命や人生の内面的真実を主題化したのが、若菜上・下巻にはじまる第二部の主題と方法であることを述べた次第である。

若菜上・下巻にはじまる第二部についての多くの諸説は、日向一雅氏によって見事に整理されまとめられている。私の観点からの拙稿では引用、紹介できなかった諸説については氏の解説を参照されたい（『諸説一覧源氏物語』阿部秋生博士編所収）。氏と同じく私も三部構成説に従いたく思う。女三の宮の密通事件は藤壺事件の応報と言えるから第一部当初から藤壺事件の応報を構想していたであろうとする論は蓋然的には認められるのかもしれないが、それはあくまで胸裡に属することでしかなく、若菜上巻起筆により作品として形をなしていくのであることは清水好子氏の「源氏物語の主題と方法―若菜上・下巻について―」が一つ一つ事例を検証して「物語第一部に書かれた過去との照応において、新しい物語を進めてゆこうとする基本的態度を確認」していられるのに徴しても明らかであろう。第一部、光源氏の勝利を描く、光源氏の英雄の物語の陰画としての第二部は、源氏にすら不透明な宿世の物語だった。不透明な互いの内的真実により領導される物語が、目に見える外的真実によって思考し行為していく現実の人々の内奥のそれとして、対位的に迫ってくる物語構造を私たちは見た。その内実の深みにこそ若菜上・下巻の主題があるのだった。内的真実の情報が得られない光源氏の世界はまさに人間的である。密通事件を直ちに知り事態を主宰し得たといっても、その内実は他人の子をわが子として抱かねばならぬ痛苦に満ちたものだった。また女三の宮が自分を裏切って若い柏木と密通したなどとおよそこの密通の内実とかけはなれた誤解に自ら傷つくなど、光源氏は相対的な人間となっているのが、事態の主宰の内実であり、柏木に向かって言う「さかさまに行かぬ年月《としつき》よ。老《おい》はえのがれぬわざなり」（若菜下巻二五八頁）は柏木を諷し、彼を死地に追いやる言葉であると同時に、源氏自らの敗北の意識のこもるものではなかったか。源氏の老いというまさにのがれ得ぬ人間の限界に彼もつきあたっている感じだ。若菜上・下巻の主題はこのような光源氏の意識下の内面的真実にこそあるのである。また紫上の「『心に堪《た》へぬもの嘆かしさのみうち添ふや、さはみづからの祈りなりける』とて、残り多げなるけはひ、はづかしげなり」という厳しい心の内実の深みに主題があり、源氏に向かって出家を願う心こそ若菜上・下巻の志向する女の宿世の命題の方途だった。女三の宮も遂には出家を志向するが、紫上を病に追いつめた六条御息所の死霊が、宮の出家を領導していたということは、若菜巻にはじまる第二部の世界がそのような冥界から発信する霊の力によってつき動かされていたということだ。現実の人間が光源氏をはじめ目に見えぬ宿世、不透明な闇に向かって歩んでいく。その隠れた世界――冥界からの送信に源氏は六条御息所の死霊を恐れねばならなかった。わが身の寄るべなさを嘆く紫上。寄るべない身を光源氏に密着することで生きてきたわが存在性の意味をきびしく問いつめていく紫上。六条御息所の死霊に祟《たた》られて出家に至る女三の宮。現象的には異様な幼稚さの帰結ながら、出家の決心は六条御息所の死霊の領導によるところに、光源氏の過去の栄光――第一部――に潜んでいたものの噴出をまざまざと見る。紫上も同じで、源氏に密着して生きてきた栄光の内側にひそんでいた彼女の内的真実が女三の宮降嫁により一気に噴出したていである。そのことは六条院の内的変容にほかならない。柏木事件によって藤壺事件を思い起こさせられ、六条院栄華の内なる真実が光源氏の胸の中に問われる。若菜上・下巻はこれらの内面的主題がかたどられるのである。どの人物も憂愁の孤独の中にたたずんでいる。六条院もたそがれてゆく。山の帝、朱雀院も愛する内親王の不幸に勤行もままならぬ闇に暮れまどう。ここに勝者はなく、憂愁の闇につつまれている。

第四編　源氏物語をどう読むか

一　桐壺巻の高麗相人予言の解釈

一

そのころ、こまうどのまゐれる、なかに、かしこき相人ありけるを、きこしめして、宮のうちに召さむことは、宇多のみかどの御いましめあれば、いみじうしのびて、この御子を鴻臚館につかはしたり。御うしろみだちてつかうまつる右大弁の子のやうに思はせて、ゐてたてまつるに、相人おどろきて、あまたたびかたぶきあやしぶ、国の親となりて、帝王の上なき位に昇るべき相おはします人の、そなたにて見れば、乱れ憂ふることやあらむ、おほやけの固めとなりて、天下を輔くるかたにて見れば、またその相たがふべし、と言ふ。

今日、この高麗相人予言の解釈については、大方の承認を得ているかと思われるのは、たとえば玉上琢彌博士の『源氏物語評釈』の「語釈」及び「鑑賞」に述べられた解であって、これをベースにしながらも、その後さまざまに論じられてきているわけである。この『評釈』の前には島津久基博士の『源氏物語講話』の詳しい講説があり、さかのぼっては本居宣長の『玉の小櫛』がある。玉上博士の『評釈』の「語釈」で「国の親」に注して「『帝王』を『民の父母』という言い方が中国にある。それによって『国の親』といったのであろう。」とあり、「乱れ憂ふること」には「(イ)天下動乱の恐れ、(ロ)光る源氏一身上のごたごた、の両説がある。『保元物語』や『平家物語』の冒頭、また『徒然草』にある語から考えて、『国乱れ民憂ふ』という中国の典拠があったのであろう、と考える。」とある。ちなみに島津久基博士の『講話』が天下動乱説である。玉上博士の『評釈』の「鑑賞」に「帝王の位に昇る相ではあるが、帝王として統治すれば、国乱れ民憂うることになろう、という。乱れ憂うることがあれば、国の親とはいえないのである。帝王でなければ朝臣である。執政の臣として、この子の人相を考えようとしても、臣たる相とは違うのである。やはり、帝王の位に昇るべき相なのだ。」とある。「相人に解けなかったこの謎は、作者によって藤《ふじ》の裏葉《うらば》の巻で解かれる。」すなわち准太上天皇就位がその答えだとされるのである。「さて、おそらく渤海には准太上天皇のごとき地位はなく、それで相人は若宮の人相を現わすべき言葉を知らなかったのであろう」と述べていられる。

桐壺帝はかねて「倭《やまと》相をおほせて」相人の言ったことと同様の知見を得ていられたという。すなわち帝王たるべき相ということと、しかし帝王になったら国乱れ民憂うることがあるかもしれないという点で一致していたらしい。本居宣長は『玉の小櫛』で「倭相をおほせて」とは、帝が政治的判断をなさったことを、高麗の相人の事をいった所だから「倭相」といったのだと説いている。「みかどの御心に、此御子を、もし親王にもなさば、人の疑ひなど出来て、かへりて御ためによろしからじと、考へ給へることを、やまとさうとはいへる也」とある。これによれば光君が帝王相であるがゆえに帝王への道を歩ましめることは危険であり、国が乱れ民憂うることになろうということになる。この間の事情は「賢木」巻の朱雀帝への桐壺院の遺言によく語られている。

弱き御心地《ここち》にも、東宮の御ことを、かへすがへす聞こえさせたまひて、次には大将の御こと、「はべりつる世に変らず、大小のことを隔てず、何ごとも御後見《うしろみ》とおぼせ。齢《よはひ》のほどよりは、世をまつりごたむにも、をさをさ憚《はばか》りあるまじうなむ見たまふる。かならず世の中たもつべき相ある人なり。さるによりて、わづらはしさに、親王《みこ》にもなさず、ただ人にて、おほやけの御後見をせさせむと思ひたまへしなり。その心違《たが》へさせたまふな。

傍線部が光君を臣下に降した理由である。「世の中たもつ」、「世をたもつ」は『うつほ物語』（「蔵開中」「国譲下」）では東宮について言われており、『源氏物語』の五例中二例は東宮についてであり、天皇として統治する将来について述べられており、二例は光源氏について言われている。あとの一例は天皇についてである。

（帝）「あたら人の、色の心ものし給ふこそあなれ、世の中はいとよく保《たも》ち給ふべしとこそ見れ」（「蔵びらき中」角川文庫本二八〇頁）

世《よ》たもち給ふべきこと近くなりぬるを、たひらかに、そしられ無《な》くて保ち給へ。（「蔵びらき中」二九三頁）

賢《さか》しくおはする人なれば、心にはあらず悲しく思《おぼ》すとも、世を保《たも》たむと思《おも》ほす御心あらば、許し給ふやうあらめ。（「国譲下」一五八頁）

『源氏物語』では、

御才《ざえ》もこよなくまさらせたまひて、世をたもたせたまはむに憚《はばか》りあるまじく、かしこく見えさせたまふ。（賢木巻『新潮集成』一三九頁。以下頁数は同書による。）

かならず世の中たもつべき相ある人なり。（明石巻三〇七頁）

后《きさき》は、なほ胸うち騒ぎて、いかにおぼし出づらむ。世をたもちたまふべき御宿世《すくせ》は消《け》たれぬものにこそと、いにしへを悔《く》いおぼす。（少女巻二七〇頁）

宮にも、よろづのこと、世をたもちたまはむ御心づかひなど、聞こえ知らせたまふ。（若菜上巻一三頁）

いにしへの例《ためし》を聞きはべるにも、世をたもつ盛りの皇女《みこ》にだに、人を選びて、さるさまのことをしたまへるたぐひ多かりけり。（若菜上巻四一頁）

天皇として天下を統治する意の「世の中たもつ」あるいは「世をたもつ」が光源氏に用いられている。桐壺巻の高麗の相人の「国の親となりて、帝王の上なき位にのぼるべき相おはします人」にシノニムに相当することばが賢木巻の「かならず世の中たもつべき相ある人」である。桐壺院はそれゆえに光君を臣下にしたという。「わづらはしさに、親王《みこ》にもなさず、ただ人に」の「わづらはしさに」は高麗の相人の「そなたにて見れば乱れ憂ふることやあらむ」と相応することばである。天子への道を歩ましめることは光君が天子たるべき相であるがゆえにさしつかえること面倒なことがあるとは、第一皇子〈皇太子〉との確執、というよりその背後の弘徽殿大后・右大臣一派との争いである。光君が柔順にしてむしろ凡庸な人物ならば、第一皇子の弟宮として、桐壺帝譲位のみぎり朱雀即位とともに立太子させることもありえたかもしれない。だが幼時から常に天性の資質において圧倒的にまさる光君は弘徽殿・右大臣からすれば畏怖に近い敵意を抱かねばならなかったろう。後見のない光君をそのような敵意の前に立たせることは危険きわまりない。そしてそのような朱雀帝と〝光皇太子〟の対立抗争は国乱れ民憂うることになる。桐壺帝の「かならず世の中たもつべき相ある人なり。さるによりて、わづらはしさに、親王《みこ》にもなさず、ただ人にて、おほやけの御後見をせさせむと思ひたまへしなり」とはまさにそのような政治的判断だった。そしてそれは桐壺帝の相人予言の理解でもあったと考えられている。一方右大臣は、光君が高麗の相人から帝王相の予言をされたことが、うわさとしてひろがって、プレッシャーを受けていたことが桐壺巻に書かれていた。「おのづからことひろごりて、漏らさせたまはねど、春宮《とうぐう》の祖父大臣《おほぢおとど》など、いかなることにかとおぼし疑ひてなむありける。」。「国の親となりて、帝王の上なき位にのぼるべき相おはします人」という予言が強烈なインパクトを与えたとおぼしい。しかし桐壺帝は前述のごとくむしろ光君が帝王相であるがゆえに「親王《みこ》にもなさ」ず、「ただ人にて朝廷《おほやけ》の御後見《うしろみ》をする」道をお選びになり、「そなたにて見れば、乱れ憂ふることやあらむ」を回避されたとおぼしい。以上が大体通説といえよう。

二

しかし、「そなたにて見れば、乱れ憂ふることやあらむ」とは、光君が天子への道を歩む過程に起こる危難、国乱れ民憂うることの恐れをいうのであろうか。そうではなくて、彼の帝王相そのものの中に危難が見られるということではないのか。すなわち彼が天子となっての治政に国乱れ民憂うる恐れがあると占ったのである。彼は天子にはならなかったからその具体的なことは現実に起こっていない。

本居宣長は『玉の小櫛』に次のように述べる。

> 源氏ノ君は、つひに天皇の御父にて、太上天皇の尊号を得給へれば、はじめより帝王の相おはせしなり、然れどもまさしく帝位にはのぼり給はざれば、帝王の相は有ながら、いさゝか闕《カケ》たるところの有しなるべし、これによりて今此相人、その闕たるところを、心得がたくて、あやしみかたぶきつゝ、思ひめぐらすに、もしくは帝王になり給ひては、みだれうれふる事などもやあらん、又帝王の相に少しかけたる所あるは、もしくは又摂政関白などとなり給ふべき相かとも思へども、帝王の相なれば、摂関にしては、其相かなはず、たがふべしといふ也、みだれうれふる事といへるは、帝王の相にて、闕たるところのあるを、疑ひて、もしさることやあらんといへる也、然るをもとよりみだれうれふべき相の有しやうに注したるは誤也、又其相たがふべしを、輔佐の人臣にておはしまさば、みだれうれふる相はたがひて、吉たるべしといへるも誤也、さては宗祇契沖などもいへるごとく、又といへる言にかなはず、これは花鳥の説ぞよろしかりける。

私はこの宣長の説くところにもとづいて拙著『源氏物語生成論』（昭和61年4月刊）に於て「闕《か》けたるところのある帝王相」と規定した。帝王相ではあるが闕《か》けたるところがある相、これが光君の人相によって占われたものである。このすっきりしない相に「あまたたび傾《かたぶ》きあやし」んだ相人は、天子になれば「乱れ憂ふること」があるのかなあ、と考えたというのだが、光源氏が天子になればその治政が乱れるというならば、それは彼が天子としての資格に欠けることを意味する。一体それはどういうことなのであろうか。相人もそれゆえ臣下として摂政、関白、大臣かと考えてみたが、それともちがう。天子としてもしっくりあてはまらないし摂関としてもあてはまらない。それがどういう地位か分からないから相人は不可解に思ったのだと通説ではいわれているのだが、私は、光君が天子としては闕けたるところがある人相そのものの不思議、それはどういうことなのかが分からなかったがゆえに「あまたたび傾きあやし」んだのであって、それこそ物語の内実のはらむサスペンスを意味するのであると考える。

その意味で、この予言の答えは、「藤裏葉」巻の准太上天皇就位以前に、澪標巻の光源氏の「宿世遠かりけり」で示されているという説に賛同したいのである。准太上天皇就位も社会的表明で、澪標巻の隠れたる秘密の真相とともに予言の答えではあるが。次は『日本文学研究大成　源氏物語Ⅰ』（森一郎編、国書刊行会、昭和63年4月刊）所収の藤井貞和氏「『宿世遠かりけり』考」（『源氏物語の表現と構造』笠間書院、昭和54年5月所収）の私の「解説」からの引用である。

澪標巻の源氏の「相人の言《こと》むなしからず」に「予言の実現」をみとめるこの論文は、ながく准太上天皇就位に予言の実現を見てきた眼をはっとさまさせる画期性を有している。

ほぼ同じ時期に論点は別様だが、清水好子氏「光源氏論」（『国語と国文学』昭和54年8月）が同様の発言をしていられる。（以下略）。――

わが即位の宿世は遠いのだった。「宿世遠かりけり」は藤井氏の言われるように源氏の深い感慨である。

おほかた上《かみ》なき位にのぼり、世をまつりごちたまふべきこと、さばかりかしこかりしあまたの相人どもの聞こえ集めたるを、年ごろは世のわづらはしさに皆おぼし消《け》ちつるを、当帝《たうだい》のかく位にかなひたまひぬることを、思ひのごとうれしとおぼす。みづからも、もて離れたまへる筋は、さらにあるまじきこととおぼす。あまたの皇子《みこ》たちのなかに、すぐれてらうたきものにおぼしたりしかど、ただ人におぼしおきてける御心を思ふに、宿世遠かりけり、内裏《うち》のかくておはしますを、あらはに人の知ることならねど、相人の言《こと》むなしからず、と、御心のうちにおぼしけり。

「御心を思ふに」と源氏に無敬語であることに注意しよう。語り手の客観的叙述なのではないのである。源氏の立場からの叙述、これは源氏の心内語である。「宿世遠かりけり」も源氏の心内語だ。「あまたの皇子《みこ》たちのなかに」

以下「相人の言《こと》むなしからず」まで「御心のうちにおぼしけり」の中身、つまり心内語である。自分は皇位とは縁のない運命だったのだ。秘密のわが御子冷泉帝が御位におつきなのを、秘密の真相は「あらはに人の知ることならねど、相人の言《こと》むなしからず」と源氏は心内に思ったという。彼は若紫巻での夢占いによって自らの運命が天子の父たることを、藤壺の懐妊の事実に照らし合わせて予知していた。その実現を見て源氏は桐壺巻の高麗の相人の予言の内実的意味を悟ったのである。相人は具体的内実を予言はしない。帝王相であるが、帝王として見ると「乱れ憂ふることやあらむ」と相人の見た光君の人相からうかがえることを述べるだけである。具体的内実は相人にも分からない。源氏は、父桐壺帝があれほど自分をいとしくお思いでありながら自分を臣下に降された御心を思い、それと照合し、さらに冷泉即位の事実にかんがみて、相人予言の意味を悟ったのである。現実の人間はこのようにして自らの体験的事実と照合して予言の意味を理解することがまざまざと語られている。

作者は相人予言の謎を物語的内実としてここに明かしたのである。源氏の深い感慨として答えを示したのである。澪標巻は過去のさまざまな予言を確認する構想的帰結を源氏という主人公の感慨によって表わしている。わが即位の宿世は遠いのだった。「宿世遠かりけり」――「けり」は「今まで意識しなかった『過去の事実・過去から現在まで続いている事実・目前の事実』を、はっきりと意識し感嘆をこめてのべるのが原義である」（松尾聰博士『古文解釈のための国文法入門』）。源氏は、清水好子氏「光源氏論」の言われているように「自分も天子になってよい、なれるはずの者だと考えていた形迹がある」。高麗の相人はじめ多くの相人どもが、天子の位にのぼり国を統治すべき人物だと言っていたことを、きびしい政治情勢にかんがみ、思わないようにしてきたという回想の中に、かえって彼の思念のありかがうかがえよう。が、彼は「もて離れたまへる筋は、さらにあるまじきこととおぼす」。天子の位につくことは「もて離れたまへる筋」とし「さらにあるまじきことと」思っている。その断念と表裏して冷泉の即位を「思ひのごとうれしとおぼす」のである。これは率直に言えば、冷泉即位の現実を見て、今まで潜在的に持っていたわが即位への願望を断念し、というより即位の宿世からは遠いのだったと悟り、若紫巻の夢占いの言った天子の父の実現こそわが宿世なのだと悟ったのである。これを「夢占いの言《こと》むなしからず」ではなく「相人の言《こと》むなしからず」と思ったのは、作者の所為で、若紫巻の夢占いの言ったことが相人予言の謎を明かすものであることを源氏に悟らせ読者に悟らせたのである。「国の親となりて、帝王の上《かみ》なき位にのぼるべき相おはします人」でありながら「そなたにて見れば乱れ憂ふることやあらむ」。帝王相ではあるが天子の位につくには闕《か》けたるところがある。しかし帝王相であるから臣下とは違う。それは天子の秘密の実の父という真相、内実を持つ帝王相だったのである。

三

たぐいまれな帝王相でありながら、源氏が天子となれば国乱れ民憂うる恐れがあるとはどういうことなのであろうか。彼は天子にならなかったからその具体相は物語に書かれていない。帝王たるべき人物というのだから、劣悪を意味するものでないことはまちがいない。たとえば朱雀院の外祖父右大臣のように「いと急にさがなくおはして、その御ままになりなむ世を、いかならむと、上達部《かむだちめ》、殿上人みな思ひ嘆く」（賢木巻一四一頁）とか弘徽殿大后のように「后の御心いちはやくて」（賢木巻一四四頁）、治世が乱れ「みな思ひ嘆く」、すなわち「乱れ憂ふること」とは決して考えられない。ではどのような「乱れ憂ふること」なのか。桐壺巻の冒頭部分に「唐土《もろこし》にも、かかる事の起こりにこそ、世も乱れ、あしかりけれと、やうやう天《あめ》の下にもあぢきなう、人のもてなやみぐさになりて」とある。桐壺帝は紅葉賀巻に「帝《みかど》の御年ねびさせたまひぬれど、かうやうのかた、え過ぐさせたまはず」（紅葉賀巻三三頁）とあるように色好みでいらした。「よしある宮仕へ人多かるころなり」とあるようにそれは帝王としての美徳であった。しかし桐壺巻で、相対的に身分の低い桐壺更衣のみを溺愛したことは後宮の秩序を破る行為で帝王としての資格にもとるといわねばならず、弘徽殿の女御を筆頭に多くの女御、更衣たちのうらみを受けることとなり、後宮が治まっていないことは帝王として非難されるべきことだった。唐土のようにそれで内乱が起こるというように騒ぐのは、鈴木日出男氏『源氏物語の文章表現』（至文堂、平成9年5月刊）の「語りの批評性」（同書二五頁）が説かれるように「史実をいかにも権門の権勢拡充を合理化するために用いる、策略的な言辞」であり、「中国のような征服国家とは異なり皇統の継承しつづける日本の王朝では、帝が一介の更衣を溺愛したからとて、内乱の起りようはずもない」のだが、策略的言辞のつけ入る隙《すき》とはなり、敵側の党派的策略による非難合唱の多数派工作で帝の資格が問いつめられる危険なしとしない。次元、位相は異なるが、藤原氏の謀略は、例えば花山天皇の寵妃を亡くされた悲しみにつけ入り譲位させ申したように女性問題を巧みに利用している。この桐壺帝の桐壺更衣溺愛に対する「上達部、上人など」の目を側める情況、「天の下」の人々の非難・苦の種となる事態は、光君がもし天子になった場合の「乱れ憂ふる」情況を推察するのに有力な示唆を与えるものであるまいか。桐壺帝は左大臣と右大臣の双方にバランスよく支えられていたし、特には妹宮の夫左大臣が、桐壺更衣を敵視する条件を持っていなかった（姫君を入内させていない）から、むしろ、桐壺更衣溺愛で帝に対して不快感を持つ右大臣一派を対岸視することによって、帝批判には同調しないばかりか、後に帝寵愛の桐壺更衣所生の光源氏を葵上の夫とすることで分かるように、右大臣に対抗上、弘徽殿の女御や右大臣の不快に同調するどころか、彼等の神経を逆撫でする行為から遡及させて考えてみると帝の心情に同情的だったと思われる。左大臣は右大臣その他の帝への非難を防ぐ抑止力として存在したことであろう。〃光天皇〃の場合を仮想すると、左大臣が〃葵上入内〃によって〃光天皇〃を支える力とはなろうが、思うに〃光天皇〃の色好みは一介の更衣を溺愛するようなことでとどまりうるであろうか。否である。というのは帚木巻冒頭に彼の好色人としての癖が述べられており、問題のある恋、さしつかえのある恋に情熱を燃やす困った癖があるのである。秋山虔氏「好色人と生活者―光源氏の「癖」―」（「国文学」昭和47年12月。『王朝の文学空間』東大出版会所収）は、「光源氏は、彼の『癖』によって日常の彼から離脱する」とされ、「しかしながら『本性』に反する、みずから制御できぬこの行為のため、彼は人知れぬ苦悩をかかえこむことにもなる」と説かれた。空蟬、夕顔、さらには末摘花との関係もこの「癖」に起因する。が、それらは「隠ろへごと」であったし、〝光天皇〟には想定できまい。しかし、斎宮女御、朧月夜尚侍、朝顔斎院らへの好色は〝光天皇〟の恋が想定できる。〝天皇〟でありながら「斎院」や「斎宮」への禁じられた恋はゆるされることでない。源氏の朝顔斎院への「忍びに御文通はしなど」の恋は右大臣・弘徽殿大后の非難の対象だった。まして〝天皇〟としてなら天下国家にとって「よかるまじき」ことは源氏としてより、まさろう。「尚侍」ならば〝天皇〟の実質的な妃とすることは問題ない。源氏の朧月夜尚侍との恋は、朱雀帝の実質的な寵妃と通じたということで「帝の御妻をあやまつ」と非難の対象になる。彼は天皇にはならなったからすべて仮想の話である。要は、彼の好色の「癖」が彼固有の危険な問題性をはらむものであることを、〝天皇〟としての好色にあてはめて仮想してみると、その問題性は到底天皇としての治政を安隠になしうるものではなかろうということを私は言いたいのである。彼の最大の危険な、そして禁忌の恋は藤壺への恋であるが、彼が〝天皇〟として父桐壺院在世中にその寵妃である藤壺と逢瀬を持つと仮想したら、そういう〝天皇〟を『源氏物語』は持ち得ないのである。そのような危険な好色の情動、デカダンスは、源氏が、冷泉帝の尚侍として実質的な寵妃となった場合の玉鬘と、その里下りに逢瀬を楽しむ構図を、父と子の関係（源氏と冷泉帝）を逆（桐壺院と〝光天皇〟）にして仮想するものであるが、実質はともかく「尚侍」と、父院の「中宮」「后」を犯す行為とは、同じに考えられない。『源氏物語』は源氏と玉鬘の関係に於ても冷泉帝と源氏の対立の構図を結局は避けている。源氏が父桐壺院の寵妃藤壺と密通に及んだことはまさに生涯の大事でありまさに「わが罪のほど恐ろしう、あぢきなきことに心をしめて、生ける限りこれを思ひなやむべきなめり、まして後《のち》の世のいみじかるべき」（若紫巻一九四頁）と出家を思う、罪障の恋であるが、源氏の運命実現の『源氏物語』の大事として、「闕《か》けたるところのある帝王相」の具現に必須不可欠の密事だった。避けることはできないばかりか、これなくしては『源氏物語』は成り立たない。「闕《か》けたるところのある帝王相」の具現とは、隠れたる、秘密の天子の父となることだったからである。全き帝王相として見るならば、〝光天皇〟として見るならば、彼固有の好色の「癖」の発動は、天子の治世の乱れを招来すべく、あるまじきことである。〝光天皇〟の可能性はあった。しかし『源氏物語』の論理はこれを未然に拒否する構造だったのである。「乱れ憂ふること」を恐れなければ〝光天皇〟は可能である。しかし作者は相人をしてそれを未然に抑止させるべく「そなたにて見れば、乱れ憂ふることやあらむ」と言わしめたのだ。相人の意図としてではない。作者の意図である。桐壺帝は、治世乱れる天子では天子の資格に欠けるとして、光君の帝王相に未練を抱きつつも、天子への道を歩ましめなかったのである。桐壺巻の局面だけで読むと弘徽殿・朱雀との対立争乱を予想されての政治的判断と考えやすいし、賢木巻の遺言でも、天子たるべき相とおっしゃっているが朱雀帝へは「乱れ憂ふることやあらむ」は伏せられたのだと思われる。勿論桐壺帝は〝光天皇〟の治政の乱れ、そしてその憂えが、光の好色の癖に起因するなどという具体的内実を予知されたわけではない。とにかく治政の乱れと憂えを避けなければという賢帝としての判断である。

通説は「乱れ憂ふることやあらむ」を桐壺帝の政治的判断（本居宣長「倭相《やまと》」についての説が源流）とシノニムに理解し、朱雀・弘徽殿母后らとの対立争乱を引きあてているが、前述したように、それは天子への過程での想定であり、私は、帝王の相として見ると、というのは、天子となっての治政を占うことで、それが「乱れ憂ふることやあらむ」と言うのであると考えて、その場合の治政上の「乱れ憂ふること」とはどういうことなのかを考究したのである。

須磨の暴風雨は源氏と藤壺の密事の罪を洗い流す禊《みそぎ》となり運命の明るさに向かう転回点となるのではあるが、その恐怖は源氏をして「命尽きなむ」絶望に追い込むほどのもので、洗い流さねばならない源氏の藤壺との密事の罪障の深さを物語る。〝光天皇〟にこの罪障を仮想するとき、これよりまさる天変地異が想定されよう。それは天皇としての治政の乱れに相応する天のさとしでなければならない。光君は天子になるには闕けたるところがあった。それは彼固有の破天荒というべき好色の「癖」に胚胎するものであったのだ。

二　源氏物語の短篇的読みと長篇的読み

——源氏物語の構造と方法——

一　桐壺巻の高麗相人予言をめぐって

1

書かれてある世界が作家の意図によって構築された小説的全宇宙である近代小説に対する鑑賞・読みをそのまま源氏物語の読みに持ちこんではならない。源氏物語は紫式部の創造ではあるが、たてまえとして全的事実の中から語りの方途に合わせた事実の撰録がなされ、その語りの方法は局面的事実の論理に集中する。それをそのままに読めば実際にも書かれた通りの事実だけであったかのように受け取る。しかし実際にあったことでもその場面の語りの方途・局面集中の論理から除外されて語られないこともあるのが語りの文学として当然なのである。事実すべてが語られるのではなくその場面・局面に必要なことに限定されるのである。

　語りというものの必然か、その場面に集中して、場面に引きこまれた叙述が見られ、必ずしも後々までを考えて書いていると思われない、その場かぎり的な叙述も見られる。といって行きあたりばったりときめつけてしまうわけにもいかない構造と方法であり、その長篇生成を私は「継起的展開」ととらえ、はじめから結末までを見通した創作メモに従って書かれたものではないと見ている。また現行巻序の通りに書きすすめられたともいえない成立の問題もからんで事は複雑である。ここでは、一巻一巻の自立的な短篇性と有機的な長篇生成を源氏物語の構造と方法ととらえていることをとくに申し述べておくこととしたい。

2

桐壺巻は源氏物語五十四帖の首巻として長篇の序章的性格を持つ巻であるが、同時に帚木巻との続きぐあいがわるく断層があって、この巻が一種短篇物語的な完結性を有していることも事実である。この巻を長篇源氏物語の序章として読むことはしかるべきことであって長い読みの伝統もある。成立についても首巻として最初に書かれたとして疑念はないとする説も根強くある。私は後記にしても葵巻以前成立と考え、それは長篇としての意図が確立してからのことであるから後記にしてもこの巻の長篇的意図、首巻的性格は確かであると思っている。にもかかわらずこの巻も局面集中の短篇的完結性を有していることは、源氏物語の語りの方法に深く根ざした構造と見なくてはならない。

桐壺巻は長篇的性格と短篇的性格の二面を併存しているというべきであろう。さてこの巻の高麗の相人の予言は光君の運命を占ったもので当然長篇的契機たるはずのものなのであるが、局面集中の方法によりこの巻の局面的論理に関わる短篇的契機がむしろ前面に出ているようである。桐壺巻の光君をめぐる局面の論理は、桐壺帝が光君の将来に関して親王宣下か臣籍降下かの二者択一に迫られていた。帝は、その折しも来朝した高麗の相人に右大弁の子として光君の人相を占わせた。

相人おどろきて、あまたたび傾《かたぶ》きあやしぶ。「国の親となりて、帝王の上《かみ》なき位にのぼるべき相おはします人の、そなたにて見れば、乱れ憂《うれ》ふることやあらむ。おほやけのかためとなりて、天下を輔《たす》くるかたにて見れば、またその相違《たが》ふべし」と言ふ。

この予言は、光君が天子たるべき相で、その相には「乱れ憂ふること」があろうとの疑念を付言する。天子たるべき相だが、天子たること、即位することはしっくりしないものがあるらしい。朝廷の柱石となる臣下として最高の地位となる相とも違う。「またその相違ふべし」の「また」の語により即位することもしっくりあてはまらないし臣下の最高とも違うということが分かり、天子でもなければ臣下の最高でもない未来だと言うのである。

これは不思議な謎というべき予言である。ところが帝は不審だという表情も浮かべていられない。相人が「おどろきて、あまたたび傾きあやしぶ」とある。まずは右大弁の子というのに帝王相なので、おどろいたであろう。が、「あまたたび傾きあやしぶ」のは、この帝王相そのものの不思議であろう。帝王相だが、すっきりしない。それで観相すると「乱れ憂ふること」の疑念がある。しかしもともと帝王相だから臣下というのもあてはまらない。不思議な帝王相というべきだろう。相人の「あまたたび傾きあやし」んだゆえんである。しかるに帝は「相人はまことにかしこかりけり」とお思いになる。

帝《みかど》、かしこき御心に、倭相《やまとさう》をおほせて、おぼしよりにける筋なれば、今までこの君を、親王《みこ》にもなさせたまはざりけるを、相人はまことにかしこかりけり、とおぼして、無品《むほん》の親王《しんわう》の外戚《げさく》の寄せなきにてはただよはさじ、わが御世もいと定めなきを、ただ人にて朝廷《おほやけ》の御後見《うしろみ》をするなむ、行く先も頼もしげなめることとおぼし定めて、いよいよ道々《みちみち》の才《ざえ》をならはさせたまふ。きはことにかしこくて、ただ人にはいとあたらしけれど、親王《みこ》となりたまひなば、世の疑ひ負ひたまひぬべくものしたまへば、宿曜《すくえう》のかしこき道の人に、勘《かんが》へさせたまふにも、同じさまに申せば、源氏になしたてまつるべくおぼしおきてたり。

帝はすでに「倭相をおほせて、おぼしよりにける筋なれば、今までこの君を、親王《みこ》にもなさせたまはざりけるを、相人はまことにかしこかりけり、とおぼして」とあるのだから、倭相と一致することは「乱れ憂ふることやあらむ」に眼目があろう。光君の帝王相を観相したことにも帝の感嘆はあろうが「今までこの君を親王《みこ》にもなさせたまはざりけるを」を関わらせて読むのが筋ゆえ、この相人予言に先立って帝はすでに光君を臣籍降下させるのがよいと考えていられたことが分かる。この「乱れ憂ふることやあらむ」は光君の帝王相に付言されたもので、帝王たるべき相だが、帝王として統治すれば、国乱れ民憂うることになろうというのである。それでは国の親とはいえないことになる。まことに矛盾撞着、つじつまのあわないことである。この予言前半だけでも不審、不思議な予言といわねばならないが、帝の受け止め方はすこぶる明快で、臣籍降下とすでに考えていられたことに合致する、帝王としては「乱れ憂ふることやあらむ」についてどのような中身、内容を想定していられるのか。ところでしかし帝はこの相人の「乱れ憂ふることやあらむ」にうなずかれたとおぼしい。とにかく国乱れ民憂うる恐れは避けなくてはならないとお考えになったということなのであろうか。「ただ人にはいとあたらしけれど、親王《みこ》となりたまひなば、世の疑ひ負ひたまひぬべくものしたまへば」は地の文ではあるが多分に桐壺帝の心情的視座に即していよう。「今までこの君を、親王《みこ》にもなさせたまはざりける」理由を語ってい、帝の思量の中に朱雀と光との対立争乱を危惧するものがうかがえよう。このことをくり返すごとく賢木巻で朱雀帝への遺言に「かならず世の中たもつべき相ある人なり。さるによりて、わづらはしさに、親王《みこ》にもなさず、ただ人にて、おほやけの御後見をせさせむと思ひたまへしなり。その心違《たが》へさせたまふな」とあるのもそのような帝の心意がつたえられている。「さるによりて、わづらはしさに」、光君が天子たるべき相の人だから「わづらはし」とは、光君がすぐれて英明で天子たるべき相なるがゆえに朱雀・弘徽殿側の敵視を生み、対立、争乱の面倒なことになると思うので臣下に降して皇統をめぐる争いの因を避けたのだと暗示する言明であり、相人の「乱れ憂ふることやあらむ」の帝の受け止め方をうかがわせる。つまり光君に親王宣下し、朱雀即位のみぎり立太子させるということになると朱雀帝と〝光皇太子〟との皇統をめぐる対立争乱が危ぶまれる。それ以前に「無品《むほん》の親王の外戚《げさく》の寄せなきにて」ただよう危険もあるといったことである。桐壺巻、さらに賢木巻の桐壺帝の思念、言動、決断から相人予言を理解する読み――これを短篇的読みと呼ばせていただく――が諸家によってなされている。桐壺巻の光君をめぐる桐壺帝の決断に関わらせて相人予言を理解すると――、光君は帝王相であるが、天子となると国が乱れ民憂うる恐れがある。この国乱れ民憂うることを避けるべく光君の臣籍降下、賜姓源氏が決断された。だから相人予言は光君の臣籍降下、賜姓源氏に参与するものであるという理解である。桐壺巻の内容に即していて説得力のある論であり明快である。ついで予言後半の「おほやけのかためとなりて、天下を輔《たす》くるかたにて見れば、またその相違《たが》ふべし」から、臣下に降しても、究極において臣下では終らない。もともと帝王相なのだから、天子になられると帝は期待されているはずといった論も、短篇的読みに入れるべきであろう。

史上、いったん臣下に降って源定省《さだみ》であられたのち、親王となり皇籍にもどり帝位につかれた宇多天皇の例もある。源氏物語薄雲巻で光源氏を実父とお知りになった冷泉帝が光源氏の聡明さを理由として譲位を考えられる思念に「一世の源氏、また納言《なふごん》、大臣《だいじん》になりてのちに、さらに親王《みこ》にもなり、位に即きたまへるも、あまたの例ありけり、人がらのかしこきにことよせて、さもや譲りきこえましなど、よろづにぞおぼしける」とあり、光源氏の即位の可能性が言われている。河海抄は「一世源氏任官以後即位例」として、光仁天皇（元大納言）、桓武天皇（元従五位上大学頭中務卿）、光孝天皇（元一品式部卿）、宇多天皇（貞観十二年賜源姓任侍従、仁和三年為親王即帝位）を挙げる。

しかしこの方は短篇的読みであっても、桐壺巻の帝の決断そのものとぴったり即してはいず、予言前半の光君の帝王相という根本と予言後半の臣下の相とは違うということに注目をして立言されており、はるか未来を思いやる立論である。史上の実例、光孝天皇や宇多天皇のことが思いうかべられてよいという読みである。多分に読者の作品享受的な感情移入的読みというべく、読者が源氏の即位の可能性を期待している論といってもよいかもしれない。「国の親となりて、帝王の上なき位にのぼるべき相おはします人」という光君の帝王相を不動視し、臣下で終らない、臣下とは違う相だと、この相人予言は要するに、天子たるべき相であって、臣下の相とは違うという大意と受け取って「乱れ憂ふることやあらむ」の危惧はともなうが、天子たるべき相は根本としてあるのだから、帝が当面れたであろうとか、帝は「乱れ憂ふること」を避けて臣下への道を決定されたが、読者は、史上の実例を思いうかべ、源定省が天子になったように光源氏の即位の可能性を期待したり、どうなるのだろう、即位はないのだろうかと思ったりすることになるといわれるのである。桐壺巻の時点の読みとしていかにも生動するものがある。

　作中人物の右大臣などは最も光君の天子たるべき相という相人予言に衝撃を受け不安動揺している。「おのづからことひろごりて、漏らさせたまはねど、春宮《とうぐう》の祖父大臣《おほぢおとど》など、いかなることにかとおぼし疑ひてなむありける。」。第一皇子すなわち春宮の祖父たる右大臣は性急な人物だけに光君が皇太子にとってかわるのかと恐れたかもしれない。桐壺帝はそのようなことは考えていられず、この時点では臣籍降下決定をほぼ固めていられたが、論者の言われるのは臣下となってのち臣下では終らない相ということから宇多天皇のような事例を帝は期待していられたのではないかという読みである。となると左大臣が臣籍降下した光君を葵上の婿とした思惑にもそのような期待があったのか、というように読みは広がっていく。桐壺巻の時点での読みとして言説されるわけだが、これらに共通しているのは相人予言の「乱れ憂ふることやあらむ」の軽視である。確かにそういう懸念はあっても光君の帝王相は根本的に存在するものであり無くならない。しかしこの帝王相というのは帝王たるべき資質、器ということであろう。「きはことにかしこくて、ただ人にはいとあたらしけれど」（桐壺巻三二頁）とあるように、とび抜けて聡明な資質が臣下には惜しいということだから、聡明な資質が帝王たるべき相ということでなければならない。また冷泉帝が光源氏の「人がらのかしこき」を理由として光源氏の即位を思念されたのも参考になろう。「国の親となりて、帝王の上《かみ》なき位にのぼるべき相おはします人」の「べき」は当然の意で、帝になるのが当然の、帝となるのがよろしい人物という意味で、現実に帝になる可能性をいったものではないだろう。帝王たるべき、帝王になって当然の人物が帝王たりえなかったことは史実にも見られる。この「乱れ憂ふることやあらむ」は、光君が帝になって当然の人物でありながら帝たりえないことを暗示しているからこそ桐壺帝はそれを重んじて光君を臣下に降す道を選ばれたと私は解釈しているのだが、桐壺巻には「親王《みこ》となりたまひなば、世の疑ひ負ひたまひぬべくものしたまへば」とあるので、光君が非常にすぐれているために世間から皇太子にお立てになるつもりではないかと疑惑を持たれそうだから親王宣下をお避けになったということのようなので、もっぱら第一皇子側との対立、争乱を案じての臣籍降下決定と読まれることになる。相人予言の「乱れ憂ふることやあらむ」の解釈も第一皇子側との対立争乱を内実とする国乱れ民憂うる意とされることになるようだ。桐壺巻の本文に即して読むとそういう解釈に軍配が上がりそうである。だが私はこれは短篇的読みであって、桐壺巻の時点での読みとして成り立つことは認めるが、私見では相人予言そのものの有する意味内容であったとは思われず、作中人物たちがそれぞれに受け取っているのにひとしい臨場的読み、就中、帝の決定と関わらせて桐壺巻の政治局面の中での臨場的読みとして有効だと評定したい。確かに源氏物語は各巻々が短篇的に自立しており桐壺巻も例外ではない。が、首巻としての長篇的契機がこの相人予言には存していると思う。しかもこの予言は光源氏の運命的生涯に引き当ててみてまさしく合っている。すなわち長篇的読みに位置づけて解釈できる内容なのである。

この予言は「国の親（「帝王」と同義）となって、帝王という無上の位につくべき相のある方《かた》であるが、その帝王の相という方面で観相しますと、国が乱れ民が憂うることがあるかもしれません。（それならば）朝廷の柱石の臣となって、天下の政治を輔佐するという方面で観相しますと、またその相が合わないようです」と現代語訳できるかと思う。帝王たるべき相がおありだが、帝王になると国が乱れ民が憂苦する恐れがあるということで、帝王そのものになることが合わない（「またその相違ふべし」の「また」によって帝王そのものになることが合わない意が前提されるのでこのように言える）でしょう。（帝王でなければ臣下かというと）臣下として天下の政治を輔佐する朝廷の柱石というのともまたその相が合わないでしょう、というのである。光君の相は、帝王たるべき、帝王になって当然の相だが、帝王そのものになることが合わない。が、臣下として朝廷の柱石かというと、もともと帝王相だからそれも合わない。帝王たるべき相だが帝王たりえない。しかし臣下とは違う。それはどういうことなのかという謎をはらんでいる。それは相人に分からない。相人は観相しえたことを言い表わすだけであり指示するわけでもない。相人予言を参考にして判断するのは当事者。桐壺巻では就中桐壺帝であった。相人は「あまたたび傾《かたぶ》きあやしぶ」。そしてこの不思議な謎をはらむ予言を口にしたのであった。

3

桐壺巻における光君を親王か臣下かの帝の決断に関わらせて読むと「乱れ憂ふることやあらむ」を朱雀と光との対立争乱を具体的にイメージされたと解されやすい。それを避けるべく光君を臣下にしたのであるとまことに明快でもある。しかし桐壺帝は、相人予言の光君の帝王相を観相すると国乱れ民憂うる恐れがあるということを、光君が天子となると国乱れ民憂うるのであれば天子として不適格と判断されたから臣下への道を決断されたのであると解してよいのであるまいか。それは相人予言が「またその相違ふべし」と臣下の相と違うと言うときに「また」の語によって、光君が帝王たるべき相だが、国乱れ民憂うる恐れがあることによって帝王そのものにしっくりしないことを言っていることに合致した決断と考えてよいのであるまいか。そして帝は光君の帝王たるべき、帝王になって当然の資質を生かすべくその識見を天皇輔佐役として治世に役立てるよう「朝廷《おほやけ》の御後見《うしろみ》」とされたのであることが須磨巻の次の叙述によって分かるのである。

七つになりたまひしこのかた、帝《みかど》の御前に夜昼さぶらひたまひて、奏したまふことのならぬはなかりしかば、この御いたはりにかからぬ人なく、御徳をよろこばぬやはありし。やむごとなき上達部、弁官などのなかにも多かり。それより下《しも》は数知らぬを、……

（『新潮日本古典集成』須磨巻二一三頁）

これが桐壺巻で「ただ人にて朝廷《おほやけ》の御後見《うしろみ》をするなむ、行く先も頼もしげなめることとおぼし定め」た桐壺帝の決定「朝廷《おほやけ》の御後見」の具体的内実だった。「七つになりたまひしこのかた」とある「七つ」の年齢は高麗相人観相の折の年齢である。「そのころ、高麗人の参れるなかに」の「そのころ」はその直前の「読書《ふみ》始め」が「七つになりたまへば」行われているのを受けているから、観相の折七歳の少年だったことが分かる。従って「七つになりたまひしこのかた」の光君の「奏したまふことのならぬはなかりし」政治活動は、高麗相人観相・予言を受けての帝の決定「ただ人にて朝廷の御後見」の政治活動の始まりであったことが分かる。

賢木巻で桐壺院病篤く、朱雀帝への遺言に「大将の御こと、『はべりつる世に変らず、大小のことを隔てず、何ごとも御後見《うしろみ》とおぼせ。齢《よはひ》のほどよりは、世をまつりごたむにも、をさをさ憚《はばか》りあるまじうなむ見たまふる。かならず世の中たもつべき相《さう》ある人なり。さるによりて、わづらはしさに、親王《みこ》にもなさず、ただ人にて、おほやけの御後見《うしろみ》をせさせむと思ひたまへしなり。その心違《たが》へさせたまふな』」とある。桐壺帝の治世と同様に朱雀帝の治世も「おほやけの御後見」としてその帝王たるべき資質を治世の中に生かしめようという桐壺院の遺志が明白に知られる。冷泉皇太子の御後見を念を入れて仰せつけになったのは、遥か冷泉帝の治世をも見通しての「おほやけの御後見」役の一貫した姿を源氏の生涯とする桐壺院の遺志がうかがえよう。「奏したまふことのならぬはなかりし」という実質的統治のありようを愛子光源氏の生涯路線として画定されたとおぼしい。帝王たるべき相（資質）を生かしつつ帝王そのものへの道は回避する賢帝の処置であり、桐壺帝の相人予言の理解は深いものだったのである。桐壺巻の政治的局面に関わらせて、朱雀との対立争乱を予言の「乱れ憂ふることやあらむ」にイメージするのは、帝の深い理解を読みそこねていはしないか。桐壺帝は光君の帝王たるべき資質、その英明の資質を、わが御代をはじめとして朱雀、冷泉の御代の治世に生かし、天子への道は歩ましめなかった。まさしく相人予言の前半に即した処置であった。私は、桐壺帝は相人予言を正しく理解され、必ずしも桐壺巻の政治的局面のみに引きつけて理解されたのではないと考えるのである。桐壺巻時点での政治状況への考慮、すなわち朱雀との対立争乱の回避も含まれようが（それは賢帝として当然の配慮でなければならない）、相人予言の「乱れ憂ふることやあらむ」は光君が天子になったときの治世のことを予言しているのであって、天子への道を歩ましめたときに起こることを予言しているのではあるまい。「そなたにて見れば、乱れ憂ふることやあらむ」は帝王たることに観相される危惧であろう。帝はそう理解されて光君の即位は考えられなかった。国乱れ民憂うるのでは国の親、帝王として不適格だからである。帝王たるべき相といいながら、帝王として不適格とは矛盾撞着である。帝は、光君の帝王となってよい資質を生かし帝王そのものになることは避ける方途として、光君を臣下に降してその英明の帝王相を実質的に朝政に具現させる「朝廷《おほやけ》の御後見《うしろみ》」、天皇の輔佐役と決められたのである。帝王となって当然の資質を身分は臣下ながら実質的に帝王相として生かす。予言はかくて矛盾撞着しないのである。桐壺帝の予言理解の深さと苦心の考案がみとめられる。光君の即位は期待されていない。帝が光君を臣下に降しながらも即位への期待を捨てていなかったろうという説には賛成しがたい。桐壺帝のこの決定のことは朱雀帝への遺言に明確に述べられており、でありながら内心では光源氏が将来即位することを期待していられたとは私には思えないのである。

予言後半の臣下の相にあてはまらない（もともと帝王相だから）ということばに、いったん臣下に降ってもいつかは帝位にと期待する解釈が生じ、予言前半の帝王相を不動視し「乱れ憂ふることやあらむ」は克服できる程度のことと軽視することと相俟って、いつかは帝位にという解釈は歴史的事実を背景に桐壺巻時点の読みとして作中人物及び読者のそれとして成り立つということになるのであろうが、桐壺帝の思惟と決定をそのように見ることはできないことは論じてきたごとくである。

ところでしかし、私が論じてきた桐壺帝の決定の意図は、帝としては桐壺巻時点で慎重に熟慮の上でのことであり、光君の生涯路線は確立されたといってよいが、読者としては須磨巻の「七つになりたまひしこのかた……」の記述によってその確信を得るのであって、桐壺巻時点で読者が帝の真の意図を必ずしも明察できるわけではない。桐壺巻時点での短篇的読みとして源氏賜姓と連関する予言解釈やいったん臣下に降ってのちいつか天子になることを期待する読みなどが生動するのも源氏物語の局面集中的叙法の構造的なありように基づくのである。が、一方、予言が運命を占うものである以上、長篇的契機として読むべきことも当然なのである。そこで私たちは桐壺帝が単に政治的局面にのみ引きつけて予言理解をされたと考えないで、予言そのものを正しく理解された上での決定という方向で考える必要があると思われる。

澪標巻で、光源氏は、わが即位の宿世は遠いのだったと感慨にふけっている。「みづからも、もて離れたまへる筋は、さらにあるまじきこととおぼす。あまたの皇子《みこ》たちのなかに、すぐれてらうたきものにおぼしたりしかど、ただ人におぼしおきてける御心を思ふに、宿世遠かりけり」とある。父帝が自分を非常に可愛がっていられたのに、臣下にお決めになった父帝の御心を、具体的には帝を輔佐する「朝廷《おほやけ》の御後見《うしろみ》」と決定され、七歳このかたのありよう、「奏したまふことのならぬはなかりし」、実質的には光源氏のすぐれて英明な帝王相の具現をはかられた父帝の御心を、真に悟って、わが即位の宿世は遠いのだったと知る。光君を天子とすることは断念されたが、天子たるべき相の資質、器を生かす道を志向され実践された父帝の御心を悟っている。このような光源氏の感慨は桐壺帝の決定の意図の契機となる相人予言への帝の理解受け止めを知る根拠とならないであろうか。この「宿世遠かりけり」に続けて、「内裏《うち》のかくておはしますを、あらはに人の知ることならねど、相人の言《こと》むなしからず、と御心のうちにおぼしけり」とあり、相人予言を、秘密の御子が天子であること、光源氏が天子の父たることをもって「むなしからず」と思っていることは光源氏の予言理解、受け止めとしてさらに重要である。すなわち彼を占った相人予言の帝王相の内実を現実に知って相人予言は当たっているというのだから、自らの即位はないことと合わせて彼の運命の核心部分が相人予言に言われているという理解である。天皇の御父となる運命ゆえ帝王の相おはしますと相人は言ったのだなと思っているのである。知られるように相人はそのような具体的なことは言っていない。天子の父となる運命は若紫巻で夢占いによって、藤壺の懐妊の事実に照らし合わせて源氏は知らされていた。「夢占いの言《こと》むなしからず」とせずに「相人の言《こと》むなしからず」とするのは、すでに夢占いの予言と藤壺懐妊の事実との照合で、天子の父たることを予知していた源氏が、その実現を見て相人予言の内実的意味を理解したことをあらわす。帝王相ではあるが即位はない。しかし帝王相ゆえ臣下とは違う運命とは何か。その具体的内実が分かったのである。「即位はない」のは、即位すれば国乱れ民憂うるとあることで暗示されていた。なぜ光君が即位すれば国乱れ民憂うることになるのか。それは相人にも分からず、帝も誰も分からないであろうが、私はそのことについての考究を『国文学解釈と鑑賞　別冊　源氏物語の鑑賞と基礎知識　№1桐壺』（平成10年10月10日刊）所載の拙稿「桐壺巻の高麗相人予言の解釈」で試みたのでご一読ねがえれば幸いである。帝は国乱れ民憂うる恐れがあるのでは天子とはいえないと考えられて光君の即位は断念されたのであろうが、国乱れ民憂うる恐れがあっても即位への道を歩ましめられれば乱憂の天子とはなりえたのであろう。予言の帝王相と「乱れ憂ふることやあらむ」はセットである。天子たることに付随する。帝が情におぼれて光君を即位させる道をえらばれたら危惧の将来をはらみつつ即位は可能だったのだ。しかし賢帝桐壺帝は情におぼれず正しい政治的判断をされ、光君の帝王たるべき相は資質として実質的統治に生かすべく臣下へ降された。「朝廷《おほやけ》の御後見」の決定である。源氏賜姓されることによって光源氏は律令官人として政治世界に活躍でき、天皇を輔弼する存在となるのであった。

4

相人予言に正しく対応された帝の決定により光君の運命の展開と帰結はまさしく予言と照応するものになっている。光源氏が「相人の言《こと》むなしからず」と思った通りである。すなわち帝王相だが彼は天皇にはならなかった。帝王たるべくして「乱れ憂ふることやあらむ」恐れの付言により帝王たりえないことを示唆する予言の通りである。臣下として見るとまたその相は合わないと言ったことも天子の父となることによって単なる臣下ではないことが分かったし、社会的に明らかとなるのが准太上天皇就位である。天子ではないが臣下でもない。帝王たるべくして帝王たりえない帝王相の具現であって、予言は前半も後半も同じことを角度を変えて言い当てているわけである。ただ具体的なことは相人は分からないし、予言は具体的な事情を示すものではない。准太上天皇就位は藤壺との秘密の実子冷泉帝がその真相を夜居の僧の密奏により知られたことにもとづく実父光源氏への処遇である。社会的表明の裏には世の人の知らぬ密事、真相が隠されていたのであり、それはすでに澪標巻において光源氏がわが帝王相の具現は天子の父であることだと悟ったことと連なっているのである。

「乱れ憂ふることやあらむ」と相人が観相したのは、本居宣長『玉の小櫛』が言うように、帝王たるべき相ではあるが闕《か》けたるところがあって、帝王そのものとはしっくり合わない相だったのである。この予言は光源氏の運命を言い当てていた。帝王たるべき相でありながら帝王たりえなかったことが最もよく当たっている。この帝王たりえない運命を暗示しているのが「乱れ憂ふることやあらむ」である。相人は天子としての治世は国乱れ民憂うるのではないかと観相した。相人はそれでは天子になることは具合がわるいとか天子になることはしっくりしないとか言ってはいないが、「朝廷《おほやけ》のかためとなりて天の下輔《たす》くる方《かた》にて見れば」と臣下としての柱石として観相するのは、帝王相だと言いながらそうするのは、「乱れ憂ふることやあらむ」と思うからで、帝王たることに疑念を持ったからのことにちがいないであろう。ところが「またその相違《たが》ふべし」。この「また」の語によって、天子になる相とも違い、また臣下の相とも違う、つまり天子でもなければ臣下でもない未来が占われたことになるのである。

帝王たるべき相ということは必ずしも即ち帝王となるということではなかった。普通には「至貴の相有り」と占われた時康親王が光孝天皇になられたごとくあるべきだが、時康親王は「此公子有至貴之相。其登天位必矣」（三代実録）とあるのに対し光君は帝王たるべき相だが「乱れ憂ふることやあらむ」とある。そこに大きな違いがあろう。

帝王たるべき相だが、帝王となると国乱れ民憂うる恐れがある。それでは帝王たりえないという矛盾撞着の予言前半からして不可思議な相を言っており、臣下かと見ると臣下の相とは違うというのはもともと帝王相だから当然なのだが、といって単純明快に帝王になることにはならないのは、予言前半の不可思議さと切り離して考えるわけにいかないからである。予言前半は帝王相だと言っておきながら国乱れ民憂うる恐れを言って帝王たることを否定するようなことを付言する。帝王相と言った上で、帝王たることを否定するようなことを言い、予言後半で臣下も否定するわけである。帝王相だが帝王でもなければ臣下でもない未来・運命ということになる。

このように相人予言の言っていることを要約して理解することは桐壺帝にも出来たはずなのに、そのことについては書かれていない。しかし「朝廷《おほやけ》の御後見《うしろみ》」の内実から考えて、帝は光君の帝王相を十分生かすべき臣下とされたわけで、そこに臣下ではあるが実質的に帝王としての統治を行う、冷泉治世における「絵合」の、光源氏の采配ぶりに至る道が敷かれることになる。そうした実質的帝王を桐壺帝は光君の将来に夢みていられたことは十分に想定できるのである。その後の物語に展開する光源氏の生涯に照らしての考究であって長篇的読みということになろう。相人予言は光君の運命を言い当てていたことが後々の物語の展開によって分かるので、桐壺巻の予言を作者が書いた時、その大筋の構想、骨子は出来上がっていたと見るべきだろう。若紫巻の夢占いの言ったと思われる〝天子の父〟と相人予言の〝帝王相で、天子でもなく臣下でもない〟は通底し合っているのであった。

5

桐壺帝は光君の生涯路線として実質的帝王を夢みられ画定された。それが「朝廷《おほやけ》の御後見《うしろみ》」決定の内実的意図だった。臣籍降下、源氏賜姓により律令官人として活躍させるべく「いよいよ道々《みちみち》の才《ざえ》をならはさせたまふ」（桐壺巻三二頁）。それは「親王《みこ》となりたまひなば、世の疑ひ負ひたまひぬべくものしたまへば」（桐壺巻同右頁）という桐壺巻の政治的局面を考慮されてのものと書かれているので、帝の深い意図は桐壺巻では読みとれない。そこで帝の光君の帝王相への期待を、史実にかんがみて光君の即位の可能性として、いったん臣下に降ってのちにありうるというかたちで忖度する説が桐壺巻時点の読みとしてつまり短篇的読みとしては首肯されやすく、「乱れ憂ふることやあらむ」も朱雀との対立、争乱と解されて、それを回避して臣籍降下させて将来の即位を期待されたのだというように解されるのだが、私は賢木巻の御遺言や澪標巻の光源氏の感慨等から推して、光君の即位は期待していられなかったと考える。ただ、天子でもなければ臣下でもない、そこに帝王相の根基がたちはたらく相を思いみられたとき、帝が現実には実質的帝王たるべき「朝廷《おほやけ》の御後見《うしろみ》」を画定され、その彼方に天子でもなく臣下でもない帝王相の輝く未来を期待されていたことを想定したいのである。それは作者により、作中人物冷泉帝の思惟決定として准太上天皇就位という、まさに天子でもなく臣下でもない帝王相の具現がはかられるのであって、桐壺帝がそのように〝准太上天皇〟を考えられたわけではないが、そのような天子と臣下の中間というべきものを考えられたことは想定できよう。

しかし、そういうことは一切書かれていない。源氏物語の局面集中の叙法により桐壺巻ではその政治的局面に集中する。書かれたことがすべてだと受け取る小説的読みでは書かれたことだけで読解する。その後の長篇的展開の記述からさかのぼって忖度し、書かれていなかった世界を想定することは源氏物語の語りの方法に即した読解と言える一面を有していることを、予言のような長篇的契機ではみとめてよいのではあるまいか。

桐壺巻の高麗相人予言の、〝天子でもなく臣下でもない帝王相〟の具現を、若紫巻の夢占いの「及びなう思しもかけぬ筋のこと」と藤壺懐妊の事実との照合によって、〝秘密の天子の父〟ということなのだと若紫巻で読者が諒解することはかなり難しいが、作者の構想としてはそのようにプロットの進行をはかっているのであって、非常に鋭敏な読者なら両予言のひびき合い、連関を感じ取るところである。しかし、桐壺巻の相人予言を光君の源氏賜姓に参与する役割とのみ読み取った読者には若紫巻の夢占いの予言は連関を感じ取ることはできまい。臣下に降ってもいつかは帝位にと期待する読解者は「及びなう思しもかけぬ筋のこと」を帝位につくことと読むであろうが、「心のうちには、いかなることならむとおぼしわたるに、この女宮の御こと聞きたまひて、もしさるやうもやとおぼしあはせたまふ」源氏の合点からして、やはり天子の父を意味していると解さなくてはならない。天子でもなければ臣下でもない帝王相の具現、それは天子の父ということだった。この相人予言の謎解きの端緒は、やがて澪標巻に至って源氏の冷泉の即位を現実に見て「内裏《うち》のかくておはしますを、あらはに人の知ることならねど、相人の言《こと》むなしからず、と、御心のうちにおぼしけり」とある感慨において明確にかたどられることとなる。秘密のわが御子が天子となる、つまり自分は天子の父となる真相を「相人の言《こと》むなしからず」と思っている。天子でもなく臣下でもない帝王相の具現は天子の父ということだった。相人予言の謎解きを作者は源氏の諒解というかたちで示している。

このようなプロットの展開から見ても、桐壺巻の高麗相人予言は、天子でもなければ臣下でもない帝王相というのが前半後半のトータルな意味であった。このことは桐壺巻時点でも読み取れるはずである。しかるに作中人物も読者も必ずしもそのように正確に読み取らず、あるいは臣籍降下の決定と結びつけるのみであったり（これは「乱れ憂ふることやあらむ」を重視）、臣下に降ってのちの即位を期待したり（これは「乱れ憂ふることやあらむ」を軽視）する読み方が見られる。これは何に由来するかというと、桐壺巻の短篇的自立性の叙述に基づくのであって、読者が作中人物同様この巻の局面的論理に引き込まれて思考するからである。その意味でまことに臨場的ではらはらどきどきして光君の運命を想定するのであって読者も作中人物の次元で呼吸している。

臣籍降下の決定と結びつけるのみの短篇的自立的読みだと若紫巻の夢占いが「及びなう思《おぼ》しもかけぬ筋のことを合はせ」ても、何の関連もなく別箇の話になってしまう。「桐壺」「若紫」それぞれ別々の短篇物語ということになると、読者の促えた現実が事件の真相と無関係という構図が成り立ち、これはこれで一つの読みであり、読者が作中人物同様限界的な人間であることを示していて面白いし、そのように操作する作者の方法を感じもする。いったん臣下に降ってもついには帝位にと期待するのは実は作中人物光源氏がそうだった。「おほかた上《かみ》なき位にのぼり、世をまつりごちたまふべきこと、さばかりかしこかりしあまたの相人どもの聞こえ集めたるを、年ごろは世のわづらはしさに皆おぼし消ちつるを」（澪標巻一七頁）という源氏のありようは、相人予言の「乱れ憂ふることやあらむ」が欠落しているし、彼自らの即位を期待していたことが知られ、現実の政治情勢をおもんばかって思わないようにしていたが、わが御子が即位したことをよろこび、わが即位は、「宿世遠かりけり」と悟る。光源氏という作中人物はこのように現実に直面してわが運命を悟り、相人予言の内実的意味を知る。桐壺巻時点で臣籍降下した源氏を見ても相人予言の帝王相を不動視する読者といえども、澪標巻の光源氏の感慨に接して彼と同様に光源氏の即位の宿世は遠いのだったと悟るであろう。この後、光源氏の即位の可能性は冷泉帝によって探求されるが、光源氏の固辞によって実現しないというプロットの進行は、光源氏の帝王相の輝きたる「人がらのかしこき」（薄雲巻一七六頁）が即位の可能性を胎みつづけたことを表わすと同時に、澪標巻での光源氏の大悟が不動であることによって彼の即位はなく隠れたる天子の父という真相が彼の生涯の核心であり、改めて「相人の言《こと》むなしからず」とこの度は読者が大悟しなくてはなるまい。されば相人予言の不思議な謎を「真相」が解いていくのであり、予言の解読はやはりプロットの進行を待たねばならなかったことがみとめられよう。澪標巻での光源氏の大悟が不動のものとなっていたことは、冷泉帝の譲位の仰せを固辞する源氏の返答が「常の御言《こと》の葉《は》」（薄雲巻一七七頁）であることによって分かる。

6

以上、私は相人予言の解読をめぐって短篇的読みと長篇的読みを対比的に並べながら論じてきた。どちらの解釈が正しいかという議論は前者が読者サイド的読解、後者が作者の構想読みということになり、私は予言に内在する内実的意味がプロットの展開により分明となる構造と方法から後者に傾いた立論をしてきたが、前者の読者サイド的読みが短篇的自立性の強い局面集中の叙法に引き込まれる読みであって決して読者の恣意的読解ではなく源氏物語の筆法に基づくのであるから、この読解の展叙によるビビッドな読者サイド的読みは重視していきたいと考えている。予言という性格からいって短篇的に孤立自閉させる読みはできないから、短篇的読みの展叙読解ということになる。

最後におことわりしておきたいのは、右拙論中いちいち論者のご論文名及びご氏名をあげなかった点についてである。それはそれらのご論に対する批判を目的にしたものでなく短篇的読みと長篇的読みを対比して考究することに拙論の目的があったので、あえてそれらのご論文名及びご氏名をあげず一般化して述べたためである。諒とせられたい。

二　夕顔巻のもののけをめぐって

夕顔を取り殺した物《もの》の怪《け》を、廃院の物の怪とするのは短篇的読み、六条御息所の生霊と解するのは長篇的読みということになろう。ところでしかしこれらは光源氏の認識に基づく立論であって作者（語り手）がそう語ったわけではない。それは先に述べた桐壺巻の高麗相人予言の解釈が桐壺帝の決断や処置に基づいてなされたり、光源氏の「相人の言《こと》むなしからず」の感慨に基づいてなされたごとく、作中人物の認識を根拠に立論されているのであった。ということは、読者（研究者）が作中人物と次元を同じくして臨場的に読んでいるわけで、そのように読ませる作者の語りの術法に随順する読みとしてみとめられようが、作中人物がそう思ったからそうであると断じてよいものか、果してそれは客観的真実と合致しているのだろうかと疑ってみる必要はないのであろうか。六条御息所生霊説は多分に葵巻の生霊からの逆照射的読みであって、夕顔巻そのものを読んでの解としては廃院の物の怪説が有力視されるであろうが、おせっかいな物の怪だという難点があるし、前述のごとく光源氏が廃院の物《もの》の怪《け》と思っていることに随っての読みである。六条御息所生霊説も夕顔巻における光源氏の「六条わたりの」貴婦人に対する「心の鬼」、心のとがめに基づいている。この両論の対立が続いていたが、新説を提出された高橋和夫氏の六条御息所侍女の物《もの》の怪《け》説は、長篇的読みとして、物の怪の口説の語法にも正しく適っていて、従うべき卓見である。「六条の貴婦人」の侍女と想定すれば夕顔巻の短篇的読みとして成り立つのである。

宵《よひ》過ぐるほど、すこし寝入りたまへるに、御枕上《まくらがみ》に、いとをかしげなる女ゐて、「己《おの》がいとめでたしと見たてまつるをば、尋ね思ほさで、かくことなることなき人を率《ゐ》ておはして時めかしたまふこそ、いとめざましくつらけれ」とて、御かたはらの人をかき起こさむとすと見たまふ。

（夕顔巻一四八頁）

「己《おの》がいとめでたしと見たてまつるをば」の「をば」には議論があるが、「己《おの》がいとめでたしと見たてまつる（六条御息所）をば」と解き、六条御息所（「六条わたりの御忍びの」貴婦人）に仕える女房が、お仕えする女主人・貴婦人・六条御息所に光源氏が「尋ね思ほさ」ないことを恨み、わが仕える女主人に深く同情するあまり物の怪となって現われたと解することは語法的（「をば」について）にも正しく論理的にも首肯できる。この物の怪は源氏が「すこし寝入りたまへる」宵過ぎの夢に見たものであって、直前に「かつはあやしの心や、六条わたりにも、いかに思ひ乱れたまふらむ、うらみられむに、苦しうことわりなりと、いとほしき筋は、まず思ひきこえたまふ。」とあるように常日頃の六条わたりの貴婦人へのわが仕打ちをすまないと思う心のとがめに関わる夢の出来事であるから源氏の主観と深く関わっていよう。

六条わたりにも、とけがたかりし御けしきをおもむけきこえたまひてのち、ひきかえしなのめならむはいとほしかし、されどよそなりし御心まどひのやうに、あながちなることはなきも、いかなることにかと見えたり。女は、いとものをあまりなるまでおぼししめたる御心ざまにて、齢《よはひ》のほども似げなく、人の漏り聞かむに、いとどかくつらき御夜《よ》がれの寝ざめ寝ざめ、おぼししをるること、いとさまざまなり。（夕顔巻一三一・二頁）

この記事は源氏と六条の貴婦人との関係を要を得て説明している。この記事に続いての場面叙述に登場する「中将のおもと」などは女主人六条の貴婦人（六条御息所）に深く同情する女房として、源氏の夢に現われた「いとをかしげなる女」、美女に擬することができよう。だがしかし源氏は物の怪について六条の貴婦人にもこの女房にも思い及んでいない。作中人物の受け止めに随順して読むと、源氏が「……。荒れたる所は、狐などやうのものの、人おびやかさむとて、け恐ろしう思はするならむ。まろあれば、さやうのものにはおどされじ」と右近（夕顔の侍女）をはげましている言葉通りに、「荒れたる所」、廃院の「狐などやうのもの」と解するか、夕顔の四十九日の法要のあと「君は、夢をだに見ばやと、おぼしわたるに、この法事したまひてまたの夜、ほのかに、かのありし院ながら、添ひたりし女のさまも同じやうにて見えければ、荒れたりし所に住みけむものの、われに見入れけむたよりに、かくなりぬることと、おぼしいづるにもゆゆしくなむ」（夕顔巻一七八頁）とある「荒れたりし所に住みけむもの」すなわち廃院の物の怪《もののけ》と解することとなる。これは妖物説とも言われているが妖物説の玉上琢彌博士は、葵巻で夕顔巻の物の怪《もののけ》は、まるっきり言及されていず、思い出されていないこと、若菜下巻の六条御息所の死霊出現で、葵巻の物の怪が思い出され、夕顔巻の物の怪は思い出されないこと、柏木巻の物の怪は、若菜下巻の六条御息所の死霊と同じであることは示されるが、夕顔巻の物の怪については、何事も言及されていないこと、を挙げられ、「この事実は、作者が読者に、『夕顔』の巻のもののけは、六条の御息所の生霊であると考えることを要求しなかったのだ、と見なくてはならない。」と述べていられる。夕顔巻の「六条わたり」の貴婦人が葵巻、賢木巻に至って六条御息所と同一人物であることを知るが、夕顔巻では巻の主題すなわち夕顔なるヒロインとの光源氏の隠ろえ事に集中する筆法から六条の貴婦人のことごとしい履歴は無用であり、性格的、身分的対比のみで十分と考えた作者が、読者にもそう読むことを要求すべく、六条御息所の履歴は一切書かなかったわけである。夕顔巻のまさに短篇的自立性に即した読み方である。六条の貴婦人はそのあまりに内攻的な息苦しい性格のゆえにそこからの解放という、夕顔との恋愛の心情的契機として描かれているのみである。玉上博士の説かれるところを私なりになぞったのであるが、私なりに付言すれば夕顔巻が光源氏の心情的視座に即して叙述されている筆法に随順する臨場的読みなのである。私たちは光源氏の目と心に即して彼の促える現実、彼の認識に基づいて読むのである。

それに対し、長篇的読みは六条の貴婦人すなわち六条御息所の存在を、短篇的読みのように光源氏の夕顔との恋愛の契機程度とすますのでなく、光源氏との関係において夕顔より重い存在であることそのままにその心情の怨念性を光源氏の心の鬼の心情表現から推定して、物の怪出現直前の、「六条わたりにも、いかに思ひ乱れたまふらむ、うらみられむに、苦しうことわりなりと、いとほしき筋は、まず思ひきこえたまふ」を重視する。しかし六条わたりの貴婦人は光源氏のお忍びの相手であり、身分の高さが察せられるわりには光源氏の扱いは重くない。「ひきかへしなのめならむはいとほしかし」（夕顔巻一三二頁）と語り手が同情するほどだ。論者が重視するほど光源氏の意識では六条の貴婦人に対する心の鬼、心のとがめは重くないのではないか。だから枕もとに「いとをかしげなる女」が坐りこんで例の口説でうったえても六条の貴婦人関連とは察しないのだ。私はこの物の怪は六条の貴婦人の生霊ではないと思う。もし六条の貴婦人の物の怪イコール「いとをかしげなる女」なら、いくら薄情な気持でいる源氏でもその人と分かるはずだ。「中将のおもと」でもないかもしれない。光源氏からすれば物の数でもない女房でも「中将のおもと」は彼のお相手をして洗練された見事な対応をしているのだから、その面影をやどす「いとをかしげなる女」なら源氏の反応があろう。他の女房を想定すべきか。私は、女主人六条の貴婦人の悲境にいたく同情し「日頃すばらしいお方と敬愛している女主人をお尋ねにならないで、こんな身分も低く取柄のない女を寵愛なさるなんて、心外で恨めしい」と言う物の怪として六条の貴婦人に仕える女房はいかにもふさわしいと考えるものである。六条の貴婦人の生霊が夕顔を取り殺すというよりその侍女の生霊が夕顔を取り殺すというのが身分的に言って相応しい。それは夕顔巻では書かれていない。しかし書かれていないのはこの巻が光源氏の心情的視座から語られていて源氏の意識に映ずる現実が語られ展叙されるからである。読者はそれに従って読むのだが、作中人物の意識、思念で促えられる現実の展叙をその構造と方法とするこの物語の方法に即した素直な読みと言えるが、書かれてはいない真相（客観的事実）を、その巻の作中人物の局面的受け止めにのみふりまわされないで、光源氏が「いとをかしげなる女」の物の怪のうったえを聞いても、身分の低い夕顔に恨みを持つほど六条御息所は落ちぶれていないし、これは慮外のことであり、その意味で女房の女主人への同情からの夕顔への恨みはふさわしいのだが、それにも思い及ばなかったほど、論者の言われるごとくには彼の心のとがめは重くなかったのだと知る必要があろう。彼は確かに自責・心のとがめを思念してはいるが、物の怪となって現われることを予想するほどではなかったのだ。彼の六条御息所に対する態度には一種の甘えが大きいのではあるまいか。彼を寵愛してやまない父桐壺帝から異例の叱責を受ける記事が葵巻冒頭部分にある。「心のすさびにまかせて、かくすきわざするは、いと世のもどき負ひぬべきことなり」とは、光源氏の六条御息所への態度がいかにも放縦不埒と父帝はお怒りのご様子である。彼が六条御息所に対して申し訳なく思いながら、お忍び所としてしか遇さない、ずるずるとした態度でいるのは、彼女ほどの身分の高い女性を表立った扱いにしては困る理由（紫上への心情、左大臣との関係、藤壺への心情等）があり、彼女は藤壺の代りを求めての失敗という彼の内心の秘事に関わる対象として終始するほかなかったのである。そうした彼の内面に思い及ばれない父帝の叱責は表面的な現象に対するものでしかなかったであろう。

ともあれ若い光源氏の意識からは、六条の貴婦人に対する自責はあるにはあるが、それほど重くはなく、その心情的視座に即して語られるとき夕顔を取り殺した物の怪は六条の貴婦人ではありえない。また六条の貴婦人ともある高貴な身分の女性がいかに源氏の夜がれをさびしく思おうとも夕顔ごとき身分の女を恨みの対象として取り殺すことは考えられない。彼女の敵は葵上や紫上や女三の宮でなければならない。光源氏は彼女にとって愛憎の人である。恨みの対象にしたくてもできなかった。


〔注記〕　拙稿中挙げた高橋和夫氏と玉上琢彌博士の御論文名はそれぞれ次のごとくである。

高橋和夫氏「源氏物語・六条御息所論の問題点」（「群馬女子短期大学国文研究」平成7年3月。）

玉上琢彌博士「平安文学の読者層」（慶応義塾大学国文学会『国文学論叢』第3輯「平安文学」昭和34年11月。のち『源氏物語研究』〈角川書店〉所収。）

三　源氏物語の短篇的読みと長篇的読み　続攷

桐壺巻の高麗相人予言でさえ桐壺巻だけで読む短篇的読みが意外に多いのである。それは何故かと言うと源氏物語の一巻一巻が巻別の局面性を強く有する書き方になっているからである。ところが夕顔巻のように明らかに短篇的自立性の強い巻を頭中将との関連で長篇的に読むことが「心あてに」の歌の解釈でなされたりもする。それは源氏物語全篇は長篇ゆえ夕顔巻をその中に位置づけるのである。少なくとも帚木、空蟬、夕顔三帖をまとめて読むところから生じるであろう。

同じ予言でも若紫巻の夢占いや澪標巻の星占いは局面性が強くその巻だけに収斂されやすいが、しかし予言の性格上、長篇的契機を有していて、光源氏の政治的生涯についての予告性を告げていて読者の関心を長篇的読みに誘うであろう。

宇治十帖の前にある三帖はそれぞれ各権門の光源氏亡き後を書いて自立性が強いにもかかわらず長篇的視座において捉えられているようである。竹河巻は作者別人説がかなり強く言われているほどに他の巻とは異端視されているのだから短篇的に読まれてもしかるべきと思われるのに、長篇的視座の中に位置づけられてしまうのである。それは薫を重視する読みに馴らされているからである。竹河巻そのものを凝視する、短篇的読みだと、薫は主役ではなく、主役は夕霧の子息蔵人少将である。この巻は夕霧の子息蔵人少将を戯画化して描いた巻である。山本利達氏「悪御達の問わず語り」（「滋賀大国文」平成5年6月。のち『源氏物語攷』塙書房所収）は、「蔵人少将は、源氏の孫である。他の巻では登場を明らかにしがたいが、竹河の巻では、大君に恋をもち続ける主人公ともいうべく、『源氏の御末々』に『ひがことども』がまじっているということについて、今までは、彼について考察されていないようなので、以下検討してみよう(1)」と、竹河巻冒頭の「源氏の御末々に、ひがことどものまじりて聞こゆるは、」の「ひがことども」の主要な一つにこの蔵人少将のことを引き当てられた。

この蔵人少将と対照的に扱われる薫はこの竹河巻に限定して言えば脇役であり、主役である蔵人少将の人物造型がこの巻の中心的役割をなすのだが、玉鬘はじめ女房達も薫に心を寄せるので薫の優秀性が一層この蔵人少将をカリカチャライズするのに関与し、ために劣敗に落ち込む少将はいわゆる主人公的イメージを欠いてしまう。やはり主役・主人公は薫だと思わしめられてくる。しかし平中物語の主役はいかに滑稽であっても平中であるのと同様に竹河巻を一つの独立した短篇物語として読むと主役は蔵人少将なのである。山本氏の論ぜられているように「源氏の御末々」の「ひがことども」の第一はこの蔵人少将についてでなければならない道理がここにあるのである。もっとも「源氏の御末々」、「ひがことども」とあるから蔵人少将一人についてではないが、竹河巻の主役なのだから源氏の孫の彼を第一に俎上に載せるのが道理であろう。しかるに従来「彼について考察されていない」(前掲山本氏論文)、つまり「源氏の御末々」の「ひがことども」の一つとして蔵人少将を考えることがなされていなかったのは、私たちが彼の脇役的人物像のイメージにまどわされたのと薫を中心に読む長篇的読みをしてきたからで、竹河巻そのものを凝視する読み、つまり短篇的読みをしなかったからである。山本氏の短篇的読み、竹河巻そのものを凝視する読みが斬新で注目され、いかに私たちが今までこの巻を長篇的に読み馴れてきたかを自省させる。

この長篇的読みを大きく領導した古注が『花鳥余情』であるが、私たちの中にそれを受け入れる素地として長篇的読みがあったからであろう。『花鳥余情』の文を引こう。

　このひが事といふは、たとへば、冷泉院はきりつぼの御門の御子と系図などにもつり侍れど、誠は源氏の君のうす雲の女院に通じ給てまうけ給へるといふ事あり。その事をにほふの巻のはじめに、光かくれ給にしのち、かの御かげにたちつぎ給ふべき人、そこらの御するゐ〳〵にありがたかりけり。おりゐの御門をかけたてまつらん事はかたじけなしとあり。このおりゐの御門は冷泉院の御事也。又玉かづらの君は致仕のおとゞの御むすめなれど、ゆふがほのうへの事によりて源氏の御子のつらにあつかひ給へり。又かほる大将は女三宮のうみ給ひ侍れど《ば》、おしなべて源氏の御子のぶんにけいづなどにものせ侍れど、まことはかしは木の衛門督のたねをまきける岩根松《いわねの》といへり。これらの事をひが事どものまじりてきこゆるとはかけるなり。さりながら、たしかに人のしらぬ事なれば人のひがおぼえにやなどおぼめきてかきなせり。この一だんのことば心詞あひかねて凡慮およびがたし。

（山本利達氏が『源氏物語古注集成』により、句読点と濁点を加えられたものを、そのまま用いさせていただいた）

この『花鳥余情』の説を、山本氏は「冷泉院や薫の出生の秘密が髭黒方の女房に伝わるはずがない」として、しりぞけられる。かくて山本氏は、竹河巻の夕霧の人物造型が「紫のゆかり」に似ていないことや薫が恋をしない人物として聞いているが玉鬘の姫大君に恋心を抱いているので似ていないことなどを「ひがことども」と捉えられるが、何といっても蔵人少将の人物造型について「源氏の御末々」の「ひがことども」として検討、考察されたことが氏の論文の圧巻である。

蔵人少将は玉鬘の姫大君に熱烈に恋をした。しかし玉鬘は、大君を蔵人少将に許す気はなく、対照的に薫は大君の婿にしたいと玉鬘は思っていた。が、冷泉院からの所望に応じる玉鬘であった。蔵人少将は嘆き、取次の女房中将のおもとにも冷たくあしらわれる。山本氏は「夕霧と雲居雁の最愛の息子が、頼みにする女房にこのような態度をとられることは『紫のゆかり』の物語には似たものを見出しがたい。」と述べていられる。まさしく「紫のゆかりにも似ざめれど」である。夕霧の愚痴も、「『紫のゆかり』の物語の中の夕霧らしくない」と山本氏は指摘されている。ちなみに、宇治十帖の早蕨巻で、夕霧が六の君を匂宮にと思っているのに、匂宮が中君を迎えたり、薫にと思っても、そっけなく拒まれるなど、夕霧を軽く扱っている。

夕霧や蔵人少将は栄達し夕霧家ははなやぐのに対し、大君は弘徽殿女御との仲が隔たるようになり、里に下がりがちである。また玉鬘邸の子息たちは昇進ままならず、みな物思いに沈む。悲境の故髭黒一家である。このように物語をたどってみると、髭黒邸に「落ちとまり残れる」悪御達の、権門夕霧家に対する悪意の所産が竹河巻の物語だということになる。しかも悪御達は自分たちの話の方を真実とし「紫のゆかり」の方に「ひがことども」がまじっているとし「われよりも年の数積り、ほけたりける人のひがことにや」とまで悪態をついたのである。その上で夕霧、雲居雁最愛の子息をコケにするような扱いをし、冷泉院の権威を笠に着て権力者夕霧をも屈従せしめたのが大君参院であったことを思うと、故髭黒邸に「落ちとまり残れる」悪御達の、主家の悲境ゆえのひがみ根性にもとづく、権力者夕霧家への挑戦的意図に貫かれた物語が、竹河巻の内容であることが分かる。

山本氏の御論をなぞりながらまとめてみたのが以上のあらましであるが、山本氏は「書かれていない『紫のゆかり』の語った話があったものと想定することによって、『ひがことども』の第一は、蔵人少将についていわれたものであったと解せられよう。そして、夕霧の『紫のゆかり』の物語とは異なる姿をも『ひがこと』に数えていたものと思われる。」と述べていられるように竹河巻のアンチテーゼとしての「紫のゆかり」は「書かれていない」話を想定されている。思うに、氏は言及されてはいないが、私の臆測では玉上先生の「源氏物語の構成―描かれたる部分が描かれざる部分によって支えられていること―」(「文学」昭和27年6月号。のち『源氏物語研究　評釈別巻一』角川書店所収)の御説が氏の御論の背景にあるように思う。これは私の勝手な臆測だから臆測は私の責任に属することである。「書かれている部分」竹河巻の内容が「書かれていない部分の」「紫のゆかり」をアンチテーゼとすることを通して支えられ、それを批判するかたちでの物語構造として捉えられているわけである。竹河巻に書かれた内容だけで読む、つまり短篇自立的読みとして、首肯すべき卓論である。

『細流抄』が竹河巻冒頭文を「此発端紫式部が作と見せずよその人のいへる事のやうにかけり」と評したように、作者別人と見せる技法をとったのは、前述したごとく源氏の子息夕霧やその最愛の子蔵人少将を見下したような書き方とする以上は、どうしても必要な措辞・技法であったろう。これは語りの視点によって語られる内容、人物造型が変わることを明快に言ってのけているわけで、「物語」の語りの本質をいみじくも示している。私たちのおしゃべり、他人の人物評において、語り手と語られる人物との関係性によって左右されること日常よく見聞するところである。源氏物語はこの人のうわさ話のおしゃべりの機微をついているが、竹河巻はそれをあらわにしてみせた巻で、語りの視点というものについて私たちを大きく啓発した。

ところで、『花鳥余情』の説が受け入れられ長篇的視座の中に竹河巻が位置づけられると、その後の登場（椎本巻、総角巻）ぶりが端役にすぎないこともあって、蔵人少将の竹河巻における主役ぶりが消し去られるかのごとく薫や匂宮の宇治十帖における大きな存在性と比較にならぬ矮小な存在となってしまう。もともと矮小な人物ではあるが、竹河巻だけでは主役としての存在性を有している。このような人物を主役として描いているので作者も矮小な人物と見なされ作者は紫式部でないとする作者別人説がかなり有力なのも知られる通りである。故髭黒家、その未亡人玉鬘を女主人として仕える悪御達の視点からの物語が何故書かれたのか。「悪御達」としているところに「源氏の御族」中心の「源氏物語」の視座がうかがえるので、作者紫式部の宰配、技法を感じる。光源氏礼賛の作者も第二部若菜巻以降等身大の源氏を書いた（2）。第三部光源氏没後の「源氏の御族」つまり二代目夕霧一家の凡庸ぶりを書くために、源氏礼賛「源氏の物語」にいささかひびを入れるために、従前の視点のままでは無理と感じた作者の荒療治的技法が竹河巻冒頭の「悪御達」設定を必要としたのではなかったか。

ところで本居宣長『源氏物語玉の小櫛』は竹河巻冒頭文について「注どもこと〴〵く誤也」と強烈に既往の古注を否定し、「注ども皆誤なる中に、ひがことどもといふを、花鳥に、冷泉院の帝、薫君などの物のまぎれ、又玉葛君の事などにあて給へるは、殊にいみじきひがこと也、かの物のまぎれどもの事を、ゆくりなくこゝにいはんは、何のよしぞや、」と特に『花鳥余情』の「ひがことども」についての説を強く否定している。しかし宣長は「ひがことども」について自己の説明はしていない。が、宣長は、紫上付きの女房の、源氏君の御末々の人々の事を語ったのは匂宮巻、後の大殿わたりの女房の語ったのはこの竹河巻也と明快に言っており、匂宮巻の内容の中に悪御達の言うところの「ひがことども」があると考えているわけである。山本利達氏は「髭黒方の女房は、匂宮の巻を読んではいないはずだから、匂宮の巻と比較することは控えねばなるまい」(傍点は森。『源氏物語攷』二三六頁)と言っていられる。しかしこの山本氏の言い方は氏自身の他の記述とも合わないように思われる。すなわち山本氏も「髭黒方の女房は、『紫のゆかり』の話として、薫が女性に恋をしない人物として聞いていて、それを『ひがこと』の一つと数えたことは考えられるであろう」(傍点は森。『源氏物語攷』同右頁)と述べていられるように話を聞いていてと言っていられ、宣長が竹河巻について言うくだりに「さて此物語は、すべてみな作り物がたりなるを、實に世に有し事を、人の語れるを聞て、書るごとく云々」と述べる源氏物語の特質を踏まえていられるにかかわらず一方で「匂宮巻を読んではいないはずだから」とあたかも後の読者と同じように扱われているのは腑に落ちない。「匂宮巻の話の内容は聞いていていないはずだから」となさるべきだったのではないか。が、山本氏は要するに「悪御達」は冷泉院や薫の出生の秘密を知らないとおっしゃっているわけでその点私も異議はないのである。山本氏は、悪御達は「冷泉院や薫の生存中」に竹河巻の内容を語ったとされており、それゆえ冷泉院や薫の出生の秘密を知らないから批判しようもないとおっしゃっているわけである(長篇的視座で読めば、知らないから、そのことを批判するのだと解する読みになるのだが)。それなら「匂宮巻」を読むとか読まないとかではなく、作中世界の玉鬘の側《そば》についている作中人物ということになる。私は、紫上付きの女房も紫上生存中に語っているのではなく、紫上に昔仕えていた女房が老いて「古御達」となっての語りであって「源氏物語」は老女の問わず語りなのだから、それと同様に悪御達も老いさらばえた老女であって、「冷泉院や薫の生存中に」竹河巻を語ったのではない、と考えている。他家の女房である「悪御達」が源氏一族の冷泉院や薫の出生の秘密を知らないということは山本氏と同意見であるが。「われよりも年の数積り」という言い方は「われ」も相当年をとっていることをうかがわせる。筆記編集者が「いづれかはまことならむ」と言うのも双方共に「ほけたりける」老人の語りだからで、「ことさらにおぼめきて」(『玉の小櫛』)いずれがまことかよく分からないとするのである。宣長は「後の大殿わたりの女房は、紫上の御方の女房の、源氏君の御末々の人々の事を、かたりおきたるは、ひがことども多きを、我らが申す、此大殿わたりの事共は、みなまこと也とて、語りたる、云々」(『玉の小櫛』)と述べていて、どうやら「ひがことども多き」というのを、『花鳥余情』のように生真面目につきつめては考えないで、真実性がとぼしい、いいかげんだといったふうな悪口、悪態をついているにすぎないと見ているように思われる。「我らが申す、此大殿わたりの事共は、みなまこと也」とあって、玉鬘とその周辺、玉鬘に関わる人々や故髭黒の子息達の話を語ったのが竹河巻、という認識で、別に「源氏の御族」、「源氏の御末々」についての「紫のゆかり」の内容を批判することを旨としたわけではなく、ただ私の話は事実で「紫のゆかり」の話はうそいつわりが多いと悪態をついているだけなのだという認識なのではあるまいか。口さがないがゆえに「源氏の御末々」、中でも夕霧の子息蔵人少将をこっぴどくやっつけているだけの話で、蔵人少将が槍玉に上がったのは玉鬘の姫大君に烈しく恋慕した、つまり玉鬘の周辺近くに関わった「源氏の御末々」だからなのである。薫も所詮そういう意味あいで扱われているにすぎないのである。「後の大殿わたりのことども」を語ったのであって、先に蔵人少将を竹河巻の主役と言ったのは小説的読みであったかもしれない。何も作者は蔵人少将を主役とする物語を意図したのではなかったのだ。竹河巻は故髭黒一家、玉鬘とその周辺を語った故髭黒家の物語なのである。匂宮巻は源氏没後の源氏の御末々の物語。紅梅巻は「柏木亡きあとの、故致仕《ちじ》の太政大臣家をつぐ、次男の按察使《あぜち》の大納言一家の物語である。」(『集成』解説)。竹河巻は亡き髭黒《ひげくろ》太政大臣一家の物語である。そういう枠組において見なくてはならない。「故殿《ことの》おはせましかば」という玉鬘の嘆きがこの一家の基調をなしている。「悪御達」は玉鬘の嘆きの心にもとづいて女房らしいあらわな感情から時の権門夕霧家への対抗的・敵対的な気持で蔵人少将をカリカチャライズしたと思われる。大君への尽きない恋慕の情も「涙おしのごふも、ことさらめいたり」（竹河巻二五〇頁）とからかっているのも悪意がはたらいていよう。彼の純情というふうに好意的にはとらないのである。竹河巻は故髭黒家のことを語る視座において夕霧家に対する敗者のひがみが基調をなすがゆえに蔵人少将はカリカチャライズされたのであった。作者は、権門夕霧家に対する非礼を「悪御達」の口さがなさのせいにすることによって読者を納得させようとした。「悪御達」設定の理由である。

蔵人少将が主役的なのは、玉鬘の姫君へのかかわり方が強烈だからで、故髭黒家を視座として語っているからである。薫は「そこはかとなくて、ただ世をうらめしげにかすめたり」（竹河巻二二二頁）といったふうに微温的で脇役的である。そもそもこの巻は玉鬘が、大君、中君の将来に頭を悩ます話で求婚譚であるから、宣長（『玉の小櫛』）の言うように冷泉院、薫の物のまぎれのことを、ゆくりなくここにいうのはおかしいということになる。宣長が『花鳥余情』の「ひがことども」についての説を強く否定するだけで、「ひがことども」についての考説は述べていないのは、竹河巻に沈潜する、短篇的読みゆえであるまいか。竹河巻は「ひがことども」をあげつらっていない。ただ「ひがことども」がまじっていると言っているだけで具体的にどういうことかを言っていない。だから徹底的に短篇的読みに沈潜すれば宣長の読みになる。

いったい、竹河巻を、匂宮巻、紅梅巻と並ぶ三帖として宇治十帖の序的構想として位置づけるのは無理がありはしないか。当初からの序的構想にしては、宇治十帖との間に矛盾的事項が目立つ。宇治十帖の前にある三帖ということで、宇治十帖の序として位置づけるのは、構想論的弊に落ち入っているのではなかろうか。この三帖は、それぞれ三権門の一つ一つが、自らを視座として、語っているのである、とまずは読まなければなるまい。「まずは」

というのは長篇的読みかたを別途に予定した言いかたであり、「まずは」とはいわず、そう読むことに徹すべきなのかもしれない。それが作品（竹河巻）成立当初のモチーフに忠実な読みなのかもしれない。『玉の小櫛』はそう示唆しているように思われるのである。

引きかえ、『花鳥余情』は長篇的読みである。私たちが従来竹河巻冒頭を『花鳥余情』の説にもとづいて読解してきたのは、宇治十帖との連関、つまり薫を重視する読み、長篇的読みになじむがゆえであったろう。読者として長篇的視座の中に組み込みたくなるのも自然であって、そもそも今の源氏物語五十四帖を成立させた所為自体が、長篇的位相の一環としているわけである。その所為が紫式部と考えるならば無論のこと、後人であっても、五十四帖としてまとまってきた歴史の重みは、長篇として読むことを定着させてきた。『河海抄』は「紅梅」巻を「匂兵部卿」巻の並一とし「竹河」巻を並二とする。「並び」の巻の称呼を構想論的所為とするなら、まとめて読もうとする営為なのであった。

源氏物語は長篇的意図を巨視的には構えつつも、短篇的に集中するというか局面的断面として一巻を構成する。ために長篇的かと思えば短篇的であり、短篇的かと思えば長篇的である。私は先に、桐壺巻という源氏物語の序と見られ、高麗相人の予言という長篇的契機とすべきが自明と思われるのでさえ、短篇的読解がなされている現況を紹介した[3]。そして本稿では、竹河巻冒頭文について『花鳥余情』の注に大きく負うてきた長篇的理解に対し、竹河巻に沈潜する短篇的読みを紹介した。山本利達氏「悪御達の問わず語り」は竹河巻に沈潜して本文を素直に読まれた成果である。竹河巻を素直に読めば、薫よりも蔵人少将が終始表面に立てられて書かれていることが分かる。だのに従来私たちがそのことにあまり深くは意にとめないで蔵人少将を軽く見すごしてきたのは、物語の主役に対する固定的イメージにもとづいてそれにしばられてきたのと、宇治十帖や匂宮、紅梅両巻に関連づけて長篇的視座の中に蔵人少将を位置づけて端役視してしまったからであった。

注

（1）山本利達氏「悪御達の問わず語り」（「滋賀大国文」平成5年6月。のち『源氏物語攷』塙書房所収）。
（2）拙稿「若菜上・下巻の主題と方法－内的真実と外的真実－」（『源氏物語研究集成』第2巻　風間書房、平成11年9月）参照。
（3）拙稿「源氏物語の短篇的読みと長篇的読み－源氏物語の構造と方法－」（「金蘭短期大学研究誌」第29号、平成10年12月）。

四　源氏物語作中人物論の主題論的定位
――人物像の変貌をめぐって――

一

「源氏物語においては主題の設定に随伴して人物造型がなされる。ある人物の必然を追及していく書き方ではない。（中略）人物の描かれ方――人物造型――が主題性に奉仕せしめられている。」（拙稿「源氏物語における人物造型の方法と主題との連関」「國語國文」昭和40年4月。『源氏物語の方法』桜楓社刊所収）という源氏物語の人物造型の方法に即した方法的意識なしに人物論に取り組んではならないであろうとわたくしは考えている。

ところでこのことは作中人物の〝変貌〟の論として受け止められているようである。それは拙稿「要旨」に「末摘花巻における末摘花と蓬生巻における末摘花とは描かれ方が相違している。」「源氏と再会した末摘花をやや唐突に普通の姫君らしくかつ機知ある女君として描いている。」などと書いているからのようである。わたくしは「物語の構想に随伴して人物に付着的造型がなされる」例として末摘花の〝変貌〟をあげたのである。〝変貌〟とは「末摘花巻における末摘花と蓬生巻における末摘花とは描かれ方が相違している」ことにほかならない。〝変身〟をとげたということではないのである。「同一人物かと疑われるくらいの描き方」であるが、「末摘花巻の構想、主題と、蓬生巻の構想、主題とが全然別個であるところに、同一人物の性格への照明の当て方がちがってきた」のである。末摘花が成長したのではない。〝成長した〟というのであればそれは〝変身〟というものである。人間が成長して変わったのであれば、以前の人物と同じ人物であっても別人のごとく変わってしまったのである。わたくしの論旨全体もそれを否定しており、「末摘花が成長したのだ、という考え方があるのかもしれない。しかし、それでは、のちに末摘花が、玉鬘巻や行幸巻で、古風で気のきかぬ、しみついた貧乏くささと出しゃばりを嘲笑されているのをどう考えるのであろう。人間的に後退したとでもいわなければならなくなり、変である。」と具体的にも〝成長〟説を否定している。すなわち末摘花は人間自体が変わったのではない。「照明の当て方がちがってきた」、照明の当て方が変わったのである。主題、構想に随伴して照明の当て方が変わったわけで、人物それ自体が変わってしまったわけではない。

主題と構想に随伴して人物像が変貌するとは右に述べた通りなのであるが、その変貌を「一人の統一した人間像の変貌変化を越えたものである」（柏木の変貌について）と揚言したせいもあるのであろうか、「性格の一貫性を前提とした諸論」に対峙するものとして拙稿を研究史に位置づける向きがある。

わたくしは「人物の本性に変化」が起こっているとは言っていない。文言のみならず論旨において言っていない。末摘花の〝成長〟を認める方があればその方こそ本性の変化を説いていられることになろう。

わたくしは、末摘花の朴念仁の本性（頭の堅い生真面目な、古風で誠実な人柄）が、末摘花巻と蓬生巻とでは描かれ方、とらえ方が違うと言っているのである。「末摘花巻の構想、主題と、蓬生巻の構想、主題とが全然別個であるところに、同一人物の性格への照明の当て方がちがってきた」と述べている通り、人間が変わったのではなく、描き方が変った、のであり、主題、構想の進展に随伴して描かれ方が変わるのである。

頭中将にしても本性は変わらない。「あざやぐ心」、源氏への「いどみ心」は一貫している。しかし須磨へ源氏を訪ねた折の頭中将を描く語り口は終始礼賛調であり敬語も重い。絵合巻ではカリカチャライズまでされている。その相違は誰しも認めるであろう。光源氏の味方か敵（対立）かによる語り口の違い、巻の主題、構想の違い、変化にもとづく描かれ方――人物造型――の違いなのである。そのようにして現象した違いを〝変貌〟というのであって、人物の本性が変化したというのではない。

二

このような源氏物語の人物造型の方法を注視して人物論はなされねばなるまい。人物像の変貌は、主題的な物語の展開との連関においてとらえねばなるまい。

澪標巻以後は、光源氏と頭中将の政治状況の変化に応じて光源氏と頭中将の変貌が現象する。頭中将が青春時代の「いどみ心」の延長を引きずっていてどこか甘さを残しているのに対して、むしろ光源氏の政治家としてのシビアーな変貌が印象される。「みやび」を本性とする彼の人物像が、新しい政治状況の中で、それをつきやぶるような政治家光源氏の非情さを発揮して頭中将を圧倒する変貌を現象するのである。頭中将は彼本来の性格は変わらないがあしざまに（軽々しい、といったふうに）描かれて、須磨巻などとは大いに違う。政治状況という構造的な変化に呼応する〝変貌〟なのである。

柏木が、第一部で、落ちつきがあって奥ゆかしいと評された人物像は、第一部の物語の主題的な世界に定位されてまことに〝正常〟であるが、若菜上巻の終り近くからの、柏木に対する異常な人物像のにわかな付着的造型は、柏木と女三の宮の異常な密通事件（新たな構想、新たな主題）に随伴する語り手の行為（語り口）である。密通事件に向けての新たな語り口である。

わたくしの言いたいのは、主題的な物語の展開との連関において人物論はなされねばならないということにつきる。

この〝主題的な物語の展開との連関において〟ということも、たとえば、准拠等の〝引用〟によって人物像が形成されるこの物語の方法に沈潜するとき、逆にそうした人物像が、主題性を分厚く顕示することに注意する必要があろう。すなわち人物造型と主題との連関は、主題、構想から見た人物造型という観点と、人物造型自体が必然化する主題、構想の進展という観点の双方にまたがってとらえられる必要があろうということである。

第三部の宇治の大君、それに対位する薫の人物像などは性格の必然性に主題が形成される趣があり、右の後者の色あいが強い。しかしそれが単直に終わらないのが薫論の難しさというか第一部とは違った第三部の人物論の課題なのであろう。薫の大君への思慕が大君の死によって主題の完結を迎えたと思った途端に、薫の人物像は転換的に変身しはじめる。それは大君思慕の必然的展開なのであるが、その人物の必然が中君や浮舟との間に新たな主題をつむぎ出していき、中君や浮舟と関わることによって薫自身が変身していく。薫の本性の必然ではあるがこの〝変貌〟は末摘花のそれとは異なり、薫自体が変わっていったといわねばならないのではないか。相手の女との関係によって異なる相貌を見せたにすぎず、薫の本性は一貫している、と見るのが穏やかなのではあろうが、大君思慕の原点からの彷徨として薫の内面像が〝下落〟に向かった側面を否定できないように思う。橋姫巻あたりの特異な薫像がかなりそぎ落とされて、普通の権勢貴族に接近した人物像に〝下落〟しているのである。

薫の必然が生み出した中君や浮舟の女性像が薫や匂宮との関係の中で刻苦してきざみあげた問題の深さが、薫像の特異性を去勢していったといえようか。

このように人物相互の関係の進展によって人物像の変貌があるということは、単に主題、構想の進展に連関して人物像の変貌があるというのではすまされない第三部の構造があるといわねばならない。人物の必然的な変身が他の人物を呼び込み、それによってさらなる人物の変身がなされていく。薫が大君思慕によって、かつての道心を求める人物像を後退させ、大君思慕の男性として、中君や浮舟と関わり、その相関の中で人物像を下落的に変身していった。その薫と、苦しみの果てに道心を求める浮舟とのはざまに、横川の僧都の造型がなされた。新しい構想の進展に関わって新しい人物が呼び込まれたのである。人物の必然的変貌が新しい構想を生み、それがまた新しい人物を呼び込み、新しい主題性をはらんでくる。このような構造的進展に第三部は至っているといえよう。作中人物はこのような構造的進展と密接に関わることによって主題論的定位を果たすことができるのであろう。

五　源氏物語初期構造の成立過程

——ひびきあい連関する長篇生成——

わたくしは、若紫、桐壺、紅葉賀、帚木三帖、末摘花、花宴という成立順序を想定しており、源氏物語の初期成立過程は一直線に並ぶ物語構造としてでなく、若紫巻を要《かなめ》としてひびきあい連関して光源氏の運命路線の根基を形成するものと考えている。一巻一巻発表されていったのだ。

若紫巻が伊勢物語の初段に対応して、類似しつつ異なる野心作、長篇への意欲を包蔵する短篇物語として発表され、好評を得て長篇への展望がひらかれ、桐壺巻執筆となったと思われる。若紫巻は藤壺事件を核として紫上の発見迎え取りを描き、光源氏が将来天子の父たること及びその途次での「たがひめ」を予言する夢占い等長篇的展望を包蔵するが、「わが罪の程おそろしう、あぢきなきことに心をしめて、生ける限りこれを思ひなやむべきなめり」という光源氏の道心と恋の根源的な心的状況が設定されている。桐壺巻の藤壺と光君の関係的叙述の簡略さは、若紫巻の豊穣、深刻な事件に関係、脈絡づける序章的叙述であろう。

帚木巻冒頭の「いといいたく世を憚り、まめだちたま」わねばならなかったという光源氏像についての「語り」は、若紫巻の藤壺思慕の心的状況とひびきあっている。若紫巻の「この世にののしりたまふ光源氏」（世間で大評判の光源氏）に対する帚木巻冒頭の「光源氏、名のみことごとしう」は批判的に対応し、後者は前者に対する否定的な裏面「言ひ消たれたまふ咎《とが》多かなる」を言うことによって対置的にひびきあっている。

若紫巻の「おはする所は六条京極わたりにて」は簡略な筆致であるが、藤壺との密通のあと懐妊、夢占いなど

「この月頃は、ありしにまさる物思ひ」をしていた源氏が秋の末つ方「忍びたる所に、からうじて思ひ立」ったことであった。夕顔巻の「六条わたりの御忍びありきの頃」はこれによく呼応する。若紫巻では故《こ》按察《あぜち》使の大納言の家を訪れるが、夕顔巻では大弐《だいに》の乳母《めのと》の家を訪れる。いずれも六条の女君を訪れる途次である。

若紫巻と末摘花巻は「朱雀院行幸」で一致連関させてある。紅葉賀巻も「朱雀院の行幸」の前の試楽と行幸の記事がある。このようにひびきあい共鳴するところに構成的特質、長篇生成の成立過程があった。現在の巻序で一直線のものとしては続きぐあいがわるいのは、当初の、一巻あるいは二、三巻ずつまとめて発表し、若紫巻に呼応連関させて光源氏の恋と栄華と道心の生涯の根基をつくりあげたなごりであろう。本稿は自説を述べる場ではなく、武田宗俊博士の源氏物語成立過程説についての見解を述べるものであるが、その前提として右の拙説を述べさせていただいた。なお右は主として拙稿「源氏物語主題論—源氏物語初期構造をめぐって—」（「日本文芸学」16号、昭和56年3月）から摘記したことをおことわりしておく。

右の拙説自体が示すごとく、成立論的視点は有しているが、武田説のそれとは異なる。一巻一巻の書きつぎで、以前の先行する巻々を受けつつ、その都度の発表の巻中心に積み重ねていく接穂《つぎほ》式で、構想の改変もありうるし、新たな構想の湧出等動的な主題構想の展開を見なくてはならない。さような意味での成立論的視点は大切だと考える。武田説への批判はすでに諸家によってなされておりそれにさらに追随するのは気がひける思いがするが、一、二具体的事例に即して申し述べることとする。

夕顔巻は葵巻より先行すると思う。夕顔巻では源氏は夕顔にとりついた「もののけ」を六条の女君とは全然思ってもいず「荒れたりし所に住みけむものの、われに見入れけむたよりに、かくなりぬることと、……」と思っている。源氏は葵巻で目の前にまざまざと六条御息所の生霊の姿を見たのである。もし葵巻が夕顔巻より先行していたとするなら、夕顔巻の「もののけ」出現の直前に源氏が、六条の女君に恨まれているのはつらいことだし無理もないと「いとほしき筋は、まづ思ひきこえたまふ」ている以上、夕顔にとりついた「もののけ」に「六条の女君」を連想するというように作者は整合させるのではあるまいか。葵巻が夕顔巻より先に読者に読まれていたとするなら、源氏が夕顔巻で全然「六条の女君」の生霊に思い及ばないことに読者は不審を抱くのでないか。葵巻の六条御息所の生霊は、読者が忘れてしまうにはあまりにすさまじく鮮烈であり、ために葵上は亡くなり、賢木巻の源氏と御息所の別離の大きな契機として波及していっていることである。

夕顔巻を後記挿入する時、その位置（巻序）をおもんばかって内容を考慮し、この時の源氏は六条の女君の「もののけ」とは思ってもみないように書いたとでももし言われるなら、もはや作品としては現行巻序通り読むべきこととなり、成立論は無意味となろう。成立論とは作品が出来上がった当初の過程について考えることであるから、仮に葵巻を含むいわゆる紫上系十七帖が先に発表され読まれていたあとの夕顔巻の発表及びその読まれ方を問題にするのでなければならない。

「六条の女君」（夕顔巻）から「六条御息所」（葵巻）へという人物の付着的造型が順序として自然である。武田博士は惟光が源氏の「ただ忠実な侍臣」（若紫巻以降いわゆる紫上系）から「乳母の子」（夕顔・末摘花巻）へという「付け加え」を主張していられるが、それ以上に「六条の女君」の性格的造型から「六条御息所・前坊未亡人」への「付け加え」を思わねばなるまい。人物の面貌を次第に明るくしていく筆法がこの物語のやり方である。巻の主題的要請に随順しての造型がなされる。

葵巻の「まことやかの六条の御息所の御腹の前坊の姫君……」の「かの」は若紫巻の「おはする所は六条京極わたりにて」だけを受けるとするには受ける内容がほとんど無いにひとしい。その点夕顔巻は女君の性格描写ないし叙述がなされていて、「かの」とある時、その重苦しい性格や女君を訪れた場面を思い浮かべることができる。飯尾恭子氏「帚木三帖・末摘花巻の成立について」（お茶の水女子大学「国文」第36号）に葵巻の「まことやかの六条の御息所の……」が夕顔巻の記事を受けることを詳しく述べていられるが、若紫巻のただお忍びで六条京極わたりへ通っているという記述だけを「かの」が受けるとは思われないから内容のある夕顔巻の描述が「かの」の中にこめられているいること印象直観的にも歴然としていよう。飯尾氏の帚木三帖、末摘花巻の葵巻より先行するとの詳密な論考は説得力があり従うべきである。なお「いみじう霧りわたれる空もただならぬに……」の「いと忍びて通ひたまふ所」（若紫巻）は、飯尾氏は六条京極わたりの女君とされるが、紫上の家からの帰途だから位置から考えて六条の女君とは別人であろう。立ち寄り方も軽い感じだし、中将の君（夕顔巻に出る人物だが）など六条の女君にふさわしいすぐれた女房のいる風情とは一寸趣きがちがうように思う。『新潮日本古典集成』の頭注「誰か不明である。前に出た『六条京極わたり』の女性（二一六頁）らしくもあるが、位置関係からいうと逆の位置のように読める。」が穏当である。

もし、「かの」は、夕顔巻後記挿入後の、後人の補入などと言い出すとしたら、表現による議論は成り立たなくなる。なお「かの」を欠く本は無い。私は本書所収拙稿「葵巻の『まことや』私見」で、この「かの」は、源氏が「かの六条御息所」と想起している、源氏の心事に即しての語り手の言葉だと説いている。

「かのいさよひのさやかならざりし秋のことなど」について石田穣二博士は、末摘花巻の十六夜の時節は「春」であったが、葵巻の季節と服喪の折に合わせて「秋」のこととした作者の意図的手法を説いていられる。（「十六夜の月、砧の音」「学苑」昭和48年1月号）。わたくしのいわゆる「回想の話型」（「源氏物語の方法―回想の話型―」「国語と国文学」昭和44年2月号。『源氏物語の方法』所収）と僭越な申しようを恐れるが基本的に通ずる思いで共感しつつ拝読した。もちろんあくまで通ずる思いで拝読したのであって博士の緻密周到な御論証と同様とか通ずるなどと決して申しているわけではない。「かのいさよひのさやかならざりし秋のことなど」は地の文であるが、「さまざまの好事《すきごと》どもを、かたみに隈《くま》なく言ひあらはしたまふ」作中人物光源氏と三位の中将（葵上の兄。もとの頭中将）の回想の心事に密着して語られていると見るべく、「かのいさよひのさやかならざりし秋」の過去の直接的体験の回想はほかならぬ当事者光源氏や中将のそれでなければならない。「作者」は末摘花巻の十六夜が「春」のことであったことを知っている。それを、設定された「語り手」をして作中人物のその場面、状況に染色された〝記憶〟〝回想〟に密着して「秋」のこととして語らしめているのである。晩秋の服喪の場面の心識から源氏は十六夜の最初の訪れと、末摘花に逢った秋とをいっしょくたにしてしまったというように考えられる。その源氏の心識による回想に即した「語り」の地の文である。島津久基博士『源氏物語講話』に説かれたごとく頭中将に見あらわされた十六夜の春と末摘花に逢った秋の二つの場合の相似点が右の混同を促しもしたであろうが、作者の混同ではなくて、その回想の場面での作中人物の心識を第一の因由としたい。そもそも回想は現在の心識にもとづくものである。

地の文なのに「語り手」＝「作者」の回想、記憶とせずに、まずは作中人物のそれとすることについては源氏物語の地の文が作者＝語り手の第三者的な客観的叙述であるよりは作中人物の心識に即していることが多いという特色が気づかれねばならない。

全体のつじつまを整合するよりも、その場面の心識、描写を重視、優先する作者の方法が根底にある。読者は、語り手が密着して作中人物の心の声をあげる地の文によって、現在の場面の心識から回想された過去をそのままにそれとして回想するのである。こういうことになりうるのは、この物語の発表と享受（第一次）のあり方にもとづく。整然とした長篇にまとめられて後の発表だったらありえない。構想の改変をも含む、あとからの書きつぎで、その都度、原則的には一巻一巻の発表で、先行の巻々も別冊仕立てで、読者が一々整合をせんさくしなかった事情が背景にある。

「輝く日の宮」の巻の問題については、拙稿「源氏物語の方法―回想の話型―」に書いたように、書かれていなかった過去の事実が、あとからその過去があったこととして語られる方法によって、過去の分厚いリアリティの世界の現前する方法によって理解すべきである。過去の全貌を遡行的に望見するという手法である。若紫巻に「宮（藤壺）もあさましかりしをおぼしいづるだに、世とともの御もの思ひなるを、さてだにやみなむと深うおぼしたるに、云々」とある「あさましかりし」事はそれ以前に書かれていないが、この表現によって、書かれざりし過去が照射され、過去に最初の源氏との逢瀬があったこととして語っているのである。「輝く日の宮」あるいはX巻を想定する論議は、この源氏物語の筆法に沈潜するとき、否定せざるをえないのである。

わたくしはかつて葵巻構想執筆前の帚木グループ後記説は残存し得、後記説的視点は有効性を失っていないと書いた（「源氏物語の構想の方法」「国語と国文学」昭和42年10月号。『源氏物語の方法』所収）。帚木グループを紫上系十七帖より後とする武田説には従いえないが、初期の成立過程には後記説的視点が必要だと考えるものである。

短篇それ自体として鑑賞できる完結性と長篇への意欲を共存する各巻の、継起的な動的展開にこの物語の長篇生成の方法がある。

以上、武田説に批判的見解を述べたが、武田説が巻々の内容の差異等に人々の目を向けさせた功績は多大で、あたかも整然とした長篇物語のように見なしてその差異等に注意しなかった従前の読み方に反省を促したことの意義は大きい。今後、それらの差異が、いかようにこの物語の生成と関わるかを、緻密に究める方途こそ武田説のまいた種の生かし方であろうと思う。武田説はそれ自体完結的であろうとしたが、それをいかようにも発展的に生かすのは後人の責務であろう。〝解体された武田説〟を放置せず、その〝ばらばらにされた〟部分々々から、後人としての発展的方途を目指したいと思う。生成論としてわたくしは生かしたいと思っている。

六　源氏物語の構想論について

〈概要〉　源氏物語は五十四帖全体を最初から見通す構想を立ててはいず、三部構成、さらには四部構成とも考えられる、新たな構想の継起的展開をとげている。作者・創作主体の意図の解明が構想論であるが、作品分析を通して行われるので、作品の意図の解明と境界が不分明なきらいがあったが、近時、作品の意図を読む探究の盛行により、区別が明瞭となった。

〈研究の現在〉　最近は作品の意図を論ずる研究志向が多く、作者にたぐりよせられる構想論は昭和四十年代以前に集中しているが、高橋和夫『源氏物語の創作過程』（右文書院、平成4年）は『源氏物語の主題と構想』（桜楓社、昭和41年）以来一貫する作者の創作過程の解明で、独創性の光る構想論である。大朝雄二『源氏物語正篇の研究』（桜楓社、昭和50年）に続く『源氏物語続篇の研究』（桜楓社、平成3年）も長篇性を論じる構想論として一貫する。進藤義治『源氏物語論考』（桜楓社、昭和60年）は昨今の「作者の意図は問題にしない」研究を批判し、作者の意図、精神構造に迫っている。上坂信男『源氏物語の思惟・序説』（笠間書院、昭和57年）は作者の「教養体験」「生活体験」との連関で作者の物語構想に迫っている。藤村潔『源氏物語の構造』（桜楓社、昭和41年）、『源氏物語の構造第二』（赤尾照文堂、昭和46年）は書名は「構造」だが構想論で、前者では「結婚の幸福に対する不信」を作者の構想の原点として見すえつづける。後者は「十年単位構想」と「用意された構想の詰め合せ」を説く。吉岡曠『源氏物語論』（笠間書院、昭和47年）は構想論が中心で、氏は武田宗俊の成立過程説を肯定し、「紫上系十七帖の構想」はその代表的な論文であった。

玉上琢彌「源語成立攷」(『國語國文』昭和15年4月。『源氏物語研究』角川書店、昭和41年）は青柳（阿部）秋生「源氏物語の執筆順序」(『国語と国文学』昭和14年8月）の若紫書き出し説をうけて飛躍し「若紫短篇始発説」を呈示した。玉上「源氏物語の構想について」(『国文学』昭和31年4月）はこのことを分かりやすく説く。しかし池田勉「源氏物語『若紫』の巻の解析」(『日本文芸の世界』昭和43年5月。『源氏物語試論』古川書房、昭和49年）は源氏と藤壺の出会いの構想的意義を論じ、伊藤博「若紫巻試論」(『九州大学教養部文学論輯』17、昭和45年3月。『源氏物語の原点』明治書院、昭和55年）は短篇始発説を批判している。原岡文子「若紫の巻をめぐって—藤壺の影」(『共立女子短期大学文科紀要』17、昭和60年2月。『源氏物語—両義の糸』有精堂、平成3年）も、この巻は藤壺こそが源氏にとってのすべての始発であることを書いていると論ずる。

予言の実現が第一部の構想の核で、桐壺巻の高麗の相人の予言が藤裏葉巻の光源氏准太上天皇就位を志向する長篇構想の原点というのが通説だが、藤井貞和「『宿世遠かりけり』考」(『源氏物語の表現と構造』笠間書院、昭和54年）は澪標巻の源氏の「相人の言《こと》むなしからず」に「予言の実現」をみとめる。ほぼ同じ時期に論点は別様だが、清水好子「光源氏論」(『国語と国文学』昭和54年8月）が同様の発言をしている。池田勉「桐壺の巻における高麗の相人の語をめぐって」(『成城国文学論集』3、昭和46年3月。『源氏物語試論』)、塚原鉄雄「高麗相人と桐壺父帝—源氏生涯の路線定位」(『中古文学』28、昭和56年11月)、高橋和夫「源氏物語—高麗人予言の事」(『群馬大学教育学部紀要人文・社会科学論集』31、『源氏物語の創作過程』)、加納重文『源氏物語の研究』(望稜舎、昭和61年）等も准太上天皇就位を切り離す。准太上天皇構想か天子の実父構想か構想の射程距離の問題だが、実体的には天子の実父構想を射程に置きつつも作者の構想・胸の中に地位としての准太上天皇就位はあったと森一郎「源氏物語の作者の方法」(『中古文学』6、昭和45年9月、『源氏物語の主題と方法』桜楓社、昭和54年）は見る。森一郎『源氏物語生成論』(世界思想社、昭和61年）は闕《か》けたるところのある帝王相を、森一郎『源氏物語考論』(笠間書院、昭和62年）は天子になることに問題のある帝王相を論じた。いわゆる王権論は源氏の非日常的な王権の成就の物語と説く。田中隆昭『源氏物語―歴史と虚構』（勉誠社、平成5年）は中国史書類伝奇類とのかかわりから論じて構想論に新しい地平を拓く。三田村雅子「『李夫人』と浮舟物語」（「文芸と批評」27、昭46年10月）、新間一美「源氏物語の結末について―長恨歌と李夫人」（「國語國文」昭和54年3月）、藤原克己「紫式部と漢文学―宇治の大君と〈婦人苦〉」（神戸大学文学部国語国文学会「国文論叢」17、平成2年3月）等、和漢比較文学的な研究が最近新しい研究動向として盛んになっており、作者紫式部の構想の過程を探究している。

わが国の史実に構想の准拠を探る研究も同じく構想論に入るだろう。藤本勝義『源氏物語の想像力』（笠間書院、平成6年）は作中人物の准拠について新見を呈示し物語の構想との連関を鋭く衝いている。「帝都召還の論理―『明石』巻と菅公説話」（原題「源氏物語『明石』巻の一解釈―准拠論における道真伝説の再検討」「国語と国文学」昭和52年4月）をはじめ史実との相関に分け入る珠玉の論文集である後藤祥子『源氏物語の史的空間』（東京大学出版会、昭和61）、清水好子『源氏物語論』（塙書房、昭和41年）の准拠論からの源氏物語作者の構想の精細な解明、一条朝の史実との相関を重視する山中裕『歴史物語成立序説―源氏物語・栄花物語を中心として』（東京大学出版会、昭和37年）及び小山利彦「源氏物語の史的基盤」（『源氏物語を軸とした王朝文学世界の研究』桜楓社、昭和57年）等、史実と虚構の相関を衝く貴重な論考である。秋山虔「桐壺帝と桐壺更衣―史実からの離陸」（有斐閣『講座』一）は「物語の世界への史実の導入は、（中略）史実から離陸する別箇の、虚構の現実を構築するための方法」と構想の方法として論ずる。氏の「この人は日本紀をこそ読みたるべけれ」（「東京女子大学日本文学」62、昭和59年9月）は光源氏と源高明の異なる側面を論じた。篠原昭二「桐壺の巻の基盤について―准拠・歴史・物語」（「東京大学教養学部人文科学科紀要」85、昭和62年3月、『源氏物語の論理』東京大学出版会、平成4年）は〝准拠〟を検討し史実による着想というような安易な構想論をいましめた。藤井貞和「光源氏物語の端緒の成立」（「文学」昭和47年1月、『源氏物語の始原と現在』三一書房、昭和47年、のち冬樹社より増補版）が史実からの着想というように考えるべきでないと説いていたが、篠原は「准拠」の意義を一から問い直してこの考えに近づいた。清水好子「準拠論」（有精堂『講座』八）は「不義の子が天子になるという筋書」、「恋の最大の可能性を拓くという主題」、その構想のための必然的な方法としての「準拠」を説いた。

概して昭和二十、三十、四十年代は構想論的把握が行われ人物論も構想論とシノニムで、森一郎「玉鬘物語の構想について―玉鬘の運命をめぐって」（「國語國文」昭和37年3月。『源氏物語の方法』桜楓社、昭和44年）、深沢三千男「光源氏の運命」（「国語と国文学」昭和43年9月。『源氏物語の形成』桜楓社、昭和47年）など人物の運命を考究する論にとりわけその感が深い。論者の意識も多分に構想論であった。高橋亨「可能態の物語の構想―六条院物語の反世界」（「日本文学」昭和48年10月。『源氏物語の対位法』東京大学出版会、昭和57年）は〈王統のひとり子〉、〈予言〉等をおさえ、王権物語的構想・構造を読む。日向一雅「光源氏論への一視点―『家』の遺志と王権と」（「東京女子大学論集」30ノ2、31ノ1、昭和55年3月、昭和55年10月。『源氏物語の主題』桜楓社、昭和58年）は予言、「家」の遺志を第一部の物語の基軸としてとらえる。氏の『源氏物語の王権と流離』（新典社、平成元年）は「光源氏の王権をめぐって」王権論を展開する。河添房江『源氏物語の喩と王権』（有精堂、平成4年）は「源氏物語の一対の光―王権譚の生成」（「文学」昭和62年5月）、「光る君の命名伝承をめぐって」（「中古文学」40、昭和62年11月）等、喩《ゆ》の表現を検討する表現論的視座から主題や構想に迫る。

六条院の構想は光源氏論の重要な対象で伊井春樹「六条院の形成―二条院栄花の物語と六条院の構想」（「愛媛国文と教育」5、昭和48年11月。『源氏物語論考』風間書房、昭和56年）は「住いを移ることは、次の構想を予定してのこと」と論ずる。鈴木日出男「六条院創設」（「中古文学」14、昭和49年10月）は、明石君の「身の程」の意識を克明に掘り下げていった叙述が、作者じしんの当初の構想をも改変させると説く。構想過程の動的な把握に共感する。

田坂憲二「六条院構想の成立に関する試論―四人の女君の人物像をめぐって」(『今井源衛教授退官記念　文学論叢』昭和57年6月。『源氏物語の人物と構想』和泉書院、平成5年)は女君たちと構想の連関を衝く。坂本舁『源氏物語構想論』(明治書院、昭和56年)は各章に人物の名を立てつつ構想論を展開する。

〈問題点〉　今後は和漢比較文学的な角度から、単なる引用や典拠論のレベルでなく、表現性のレベル、物語の内面的な世界に深くかかわるようなレベルの問題として、作者紫式部の構想過程の解明に迫ることが新しい方向と思われる。構想論から構造論への移行には作品と作者の関係の古代(中古)についての慎重な配慮があったわけだが、困難でも作者と作品の内的なつながりを実証的な角度でとらえ作品生成の過程を探ることが構想論として望まれるのである。

〔付記〕　学燈社「国文学」編集部の要請により各氏への敬称及び敬意表現を省いたことをおことわりしておく。

七　源氏物語の予言について

光源氏の須磨退居は、弘徽殿側が光源氏を謀反罪に陥れようとする政治的圧迫に遭遇した光源氏が、その政治情勢を、「若紫」巻の夢占いの予言を思い合わして「たがひめ」と認識し、「及びなう思しもかけぬ筋」の実現のため、「つつしませたまふべきこと」の実践としての行為であった（多屋頼俊『源氏物語の思想』法蔵館、昭和27年参照）。このように予言（夢占いのことばもその一つ）は物語の主人公の行為の内的動機として主人公の運命を内的に領導するモチーフとなるのである。

桐壺巻の高麗の相人の予言は天子でもなければ臣下でもない光源氏の運命を占ったが、秘められたる真相として天子の父（臣下でありながら）となり、公にあらわれたる地位として准太上天皇となる。光源氏が天子の父というわが運命に照らして相人予言を思い合わすのは澪標巻で「御子三人……」の宿曜の勘申を回想する時である。わが秘密の実の御子の即位を「相人の言《こと》むなしからず」と受けとめる感慨は、天子の父となった隠れたる真相を相人予言に引き当てていることになる（このことを最も精細に論じたのは、藤井貞和「『宿世遠かりけり』考」『源氏物語の表現と構造』笠間書院、昭和54年である）。

この光源氏の予言理解こそ相人予言の本質を衝《つ》いている。（わが即位の）宿世は遠いのだった。天子の父となっても自らは即位しえない彼の運命は、帝王相でありながら「乱れ憂ふることやあらむ」観相のゆえに天子となりえないことを含意する相人予言によく言いあらわされていたのであった。しかし単なる臣下たりえないのは帝王相を根基とするからで、天子の父という隠れたる真相において具現する。藤裏葉巻の准太上天皇就位はこの真相に対応する社会的地位・名称を与えたものといえよう。

光君の帝王相は、天子とならば「乱れ憂ふることやあらむ」兆が観相されるというのである。「乱れ憂ふること」の内容として島津久基『対訳源氏物語講話』（中興館・矢島書房、昭和5～25年）は「天下動乱」と解した。玉上琢彌『源氏物語評釈』（角川書店、昭和39～44年）は「国が乱れ国民が苦しむ」と解している。これは現在では通説と思われるが、島津説以前は光君一身上のごたごた、心配事と解く説であったらしい。吉沢義則『対校源氏物語新釈』（平凡社、昭和12～15年）では「源氏の一身上にごたごたが起り心配事があるかも知れぬ」と解しており、山岸徳平『源氏物語』（日本古典文学大系、岩波書店、昭和33～38年）では「心が悩み憂うる事があろうか」とする。吉沢説・山岸説あたりが島津説以前の旧説の考え方であったらしい。

しかしいずれにしても天子になる方面で観相すると「乱れ憂ふることやあらむ」と言っているのである。光君は天子にならなかったから「乱れ憂ふること」は起こらなかったとせねばならない。起こらなかったことの内容として私は光源氏固有の色好みに胚胎する治政の乱れ、国民の憂えを想定する。さような光源氏にとっての本質的な観相として「乱れ憂ふることやあらむ」という予言のことばがあった。したがって「乱れ憂ふることやあらむ」は天子になるべきではないことを含意し示教する。桐壺帝はそれに従われたのである。

またそれはすでに「やまと相（日本流の観相）をおほせて、おぼしよりにける筋」であったという。「乱れ憂ふることやあらむ」は「国の親となりて、帝王の上なき位にのぼるべき相おはします」（帝王相）に付随するものとして、帝王相と「乱れ憂ふることやあらむ」とはセットされた一体のものとして読まれねばなるまい。すなわち「闕《か》けたるところのある帝王相」こそ光君に課された予言の真意でなければならない。

「若紫」巻の藤壺宮との逢瀬、そして懐妊。その折の夢告げ・夢占いは、光源氏が〝天子の父〟たることを予言したようである。これは、「桐壺」巻の高麗の相人の予言の「闕けたるところのある帝王相」の具現を言いあらわす予言であったのであり符合するのである。天子の父。藤壺との秘事によってもたらされる思いもよらない将来。このあまりに生々しい具体的内実に照応し響きあうものとして相人予言の内容がある。

光源氏は帝王相でありながらついにわが即位はなかった。が、ただの臣下としての政治家のおもかげを超える。臣下でありながら天子の父たるわが宿世を、すなわち闕けたるところのある帝王相を光源氏は生きたのである。冷泉院即位の時に自らは摂政とならず、隠居していた前の左大臣に譲る。この摂政太政大臣が死んでも、源氏は太政大臣となることを固辞する。やっと太政大臣になると、すぐに内大臣（もとの頭中将）に政務を譲ってしまう。ただの臣下としての政治家のおもかげを超えたものがそこにはある（森一郎「桐壺巻の高麗の相人の予言について」「平安文学研究」36、昭和41年6月。『源氏物語の方法』桜楓社、昭和44年所収）。それは自らの即位の可能性をもかつては期待したふしもみられる光源氏の、自分はただの臣下ではないぞ――隠れたる〝天子の父〟なのだという自負のなせる風姿であり、深く予言に依拠する主人公の内面をのぞかせるものであるまいか。

このように予言に依拠して生き、わが一族の運命をひらいた人物には明石の入道があり、入道は「夢告をわが命とした」（日向一雅『源氏物語の主題―「家」の遺志と宿世の物語の構造』桜楓社、昭和58年、七二頁）のであった。

〔付記〕学燈社「別冊　国文学」編集部の要請により各氏への敬称及び敬意表現を省いたことをおことわりしておく。

八　国文学研究と国語教育・源氏物語の藤壺論を中心に

――一語一句を丁寧に・表現分析――（講演記録）

事務局の方から、ご注文がございまして、本年は大阪教育大学国語教育学会三十周年にあたるので、その国語教育学会が出来上がった経緯とか、その三十年に至る歩みをかいつまんで話していただきたいと、それから私の、この演題の国文学研究と国語教育、この二つを含めて一時間でお願いしたいということであります。

朝も少し申し上げましたように、弥吉菅一先生、昭和五十二年の三月に定年ご退官になりまして、今から約十八年近く前になりますね、この弥吉先生は本来は芭蕉の研究者であられるんですが、この教育大学、その前は学芸大学と言ったんですが、こういう教育学部の場合、国語科教育というものの設立が要請されたわけで、誰かがやらなきゃいかんというようなことになったときに、弥吉先生が、自分がやろうと積極的に名乗り出られた。当時の事情というのは、やはり自分の専門の勉強というもの、芭蕉なら芭蕉、源氏物語なら源氏物語というものを研究したいというのが、学者としては、一つのエゴといいますか、あるんですね。新しく出来た、新しい学問領域といいますかね、国語科教育というものを誰かがやらないといかん、誰も今までやった者がいないという時に、新しくやらないといかんというのは大変なプレッシャーであるし、いわゆるしんどい仕事なんですが、弥吉先生の、あの、ご存じの方はすでにご存じのようにですね、温かいお人柄、誰も引き受けなければ自分がやろうか、というようなお方でありましてですね、国語科教育の設立、新しく作るという中心になられた。その後、ですね、中西一弘先生、教授でありますが、その頃は若い専任講師としてご着任になり、以後、小田迪夫先生らが入ってこられましてですね、現在は松山雅子先生、田中俊弥先生と、四人という、非常に恵まれた、全国でも東京学芸大学に並んでですね、四人も国語科教育の専任がいるというような大学は他にないわけですが、そういう豊かな陣容を揃えるに到りましたけれども、その草創期には、偏見もあった。つまり、国語科教育を一段低く見るという風潮があった。教育大学、つまり学芸大学、教育学部でありながら、先生方の中にはそういう風潮があった。しかしながら昭和三十年代の後半ごろから、国語教育学会を作ろうという気運が、卒業生や在学生の中からわきあがってきた。当時学生であった早川教授が、学生の側からですね、学会を作ろうと、活発な意見を出しました。はじめは研究会ぐらいにしたらどうだ、といった風な空気もあったのを、早川さんの例の活発な、積極的な意見で「学会」を主張された。若い学生諸君から盛り上がってくるということは、これは教授陣にとってもですね、大きなプレッシャーになるんですね。同僚間ではたいしたことはなくても、学生の言うことは純粋であると同時に、熱烈なものがありますから、動かされざるをえない、というようなこともあったようであります。そこで国語教育学会ができるということになりました。昭和三十九年六月に大阪学芸大学国語教育学会が正式に発足しました。その間、設立運営については弥吉先生と土部先生が大変力を尽くされたようであります。これは今度大阪教育大学百二十年史の国語国文学教室記事を私が取りまとめるにあたって、いろんな先生方から情報を入手しまして、まとめたわけですが、この弥吉先生、土部先生ですね、そのためにいろんなご苦労があって二人ともご病気になられました。そういうご苦労があってですね、軌道にのりだしたわけです。その後、昭和四十二年五月に中西一弘先生が着任された。先生は文字通り国語科教育のスタッフとして、いろんな全国的な学会、国語教育関係の全国的な学会を大阪教育大学が引き受けるというようなことがあってですね、その運営について、中西先生が弥吉先生に非常な協力をされました。弥吉先生は非常にロマンティックなタイプの方でありましてですね、あまり現実的な、細かい事務的なことは、まあご自分のお言葉でありますから、真に受けるべきなのかどうかわかりませんけれど、あまり上手でないと。そこで事務局の運営をですね、大きな学会をやるっていうのは大変なことなんです。全国的な大会ですから。それを中西さんがうまく運営した。予算面でも赤字がだいぶん出たようであります。その赤字をですね、その後のいろんな苦労をして、なんとか乗り切ったというようなことであったようであります。そういうわけで、この設立時、創設間もない頃は、いろんな苦労があった。その後も苦労がないわけではないけれども、今さっき申し上げたような偏見はですね、なくなりました。教育大学でありますから、国語教育、教科教育を重んずるというのは当然のことであります。それを偏見でもって軽視していたというのは過去の遺物であって、今やそれはなくなりました。私は本学にまいりまして、今、池川先生のお話にありましたように昭和五十三年四月でございますが、非常にうまくいっていると思いました。教科教育があまりに強すぎるというのもまたアンバランスなんですね、やっぱりそれぞれが生き生きと円滑に有機的に動いているというのが理想なんで、本学はその理想が実現されている。それは十七名というですね、非常に多いスタッフのおかげでもあるわけですね。私はその前岡山大学におりましたけれども、スタッフが非常に少ない。しかし教育学部として教科教育もしっかりとやっていかないといかんと。教科教育の人が一人しかいないのに、それをやらないとならんとなると、他の専門の者もですね、教科教育、私も岡山大学では児童文学、宮沢賢治だとか、芥川龍之介とかですね、坪田譲治とか、行くまで知らなかった新美南吉とか、そのようなこともですね、授業でやらなければならなかったんです。で、源氏物語を中心とする平安文学に専念できないという面があったわけですが、本学は理想的な方向で、先生方も生き生きとやってるし、学生諸君も豊富なスタッフのおかげで恵まれた教育を受けている、と思います。

国語教育学会のお話はこの辺りで切り上げさせていただきたいと思います。「国文学研究と国語教育」の方に入りたいと思います。中西一弘先生から以前に伺ったことでありますけれども、国語科教育というもののあるべき姿というのは、源氏物語も芭蕉も万葉集も、あるいは夏目漱石も有島武郎も、それぞれのものを、まあ理想をいえばですよ、その専門家と同じレベルまで究めて、そしてかつ国語科教育の方法についての研究を究めることだとおっしゃったことがあります。これは不可能ですけどね、一人の力でそんなことはできません。しかし理想はそうであるべきで、つまり先程の宮本さんのご発表にもあったように、万葉集を専門家として豊富な学殖を持っておられる先生に和歌山の高等学校で習った感銘をおっしゃってましたですね。こういう授業は、高等学校の生徒もですね、非常な感激をするんですね、先生が専門としての知識を豊富に持っていらっしゃるのか、いらっしゃらないのかということを生徒はわかるんですよ。高等学校の生徒はわかるんです。深いことはわからなくても、ああこの先生は学力があるなあ、というのと、なんか指導書を見てきて教えているかどうか、ということはわかるんです。我々は理想に向かって努力しないといかん。しかし、私たち教科教育のパートでない者は、悲しいかな、専門の領域が非常に狭くなってきております。しかし狭いけれど深めていく。その狭いものを深めていくことを通して国語教育というものを考えるということも、私は悪いことではないと思うんですね。部分を究めることが全体に通ずるということがありますので。理想は広く深いのがいいんですけれども。

演題のサブタイトルの「一語一句を丁寧に・表現分析」というのは、私の国文学研究と国語教育の命題であります。態度であります。さっき池川先生の御紹介にありましたように私は玉上博士の門下生の一人でありまして、先生から一語一句の文学的な意味の重さについて教わりました。私は、玉上先生の足元にも及びませんけれども、幾らかは、御教えから学んだことを実践してきたと思います。

広島文理大では国語学の土井忠生先生が源氏物語の演習をされました。一語一句を丁寧に分析するという厳しい演習でありました。藤原与一先生は方言学の講義で表現ということを非常に強調されました。表現のまま読め、と。表現のまま読むんだと。内容にかえてはいけないと。このことは非常に私の耳にこびりついておりました。大学卒業するときに、「森君、源氏物語の文章という本を将来書きなさい」と藤原先生はおっしゃいました。そのお言葉は常に耳にあったんですが、なかなか書けない。いつも表現、表現と言いながら、内容になってしまう。やっと定年前に、『源氏物語の主題と表現世界』という勉誠社から七月に出しました本は、表現・ことばを丁寧に分析することを通して主題に迫っていくことを目指したものであります。いわゆる主題を主題として論ずるのが国文学研究者の一般であります。だけど私は、内容をあれこれ議論しているというようなのは国文学研究の正道ではないし、また国語教育のあり方でもないと思っております。私の今申しました本は、国語教育の著書でもあると思っております。

時枝誠記博士は、「作品とは表現である」と『国語学原論』に書いておられます。私も、「文学作品とは表現である」と思います。表現というものの世界を捉えることなくして作品は捉えられないと思うんです。

さて、お手もとのプリントの最初は、『新潮日本古典集成』の源氏物語・若紫巻の文、小学館の日本古典文学全集の文を並べております。加えて、朝日の古典全書、平凡社の吉沢義則博士の源氏物語新釈と、現代の注釈書を四つほど並べました。

藤壺というのは、ご存じのように光源氏の父帝の后でありまして、亡くなった母親、桐壺更衣に非常によく似た人として、源氏が道ならぬ思慕をする女性であります。この藤壺をめぐる問題としまして、源氏が藤壺を思慕して止まなかったということは、誰しも知っている、誰も異論はない。亡き母によく似た人ということを侍女から聞かされ、数え年三歳の時に母親を亡くした源氏が、自分より五つしか年上でない、彼の奥さんの葵上が四歳年上ですから、奥さんであってもよいような若い、義理の母にあたる藤壺を、亡き母への思慕の連続するものとして、思慕した。これはよく知られていることで、皆さんもご存じのことであります。しかし、藤壺は果たして光源氏を愛したのであろうか、恋したのであろうか、という問題については、大きく二つに分かれるんであります。つまり、藤壺もまた源氏を愛したんだ、簡単に言えば相思相愛であったという考え方と、そうではない、あくまで源氏の一方的な思慕であって、藤壺は源氏に愛情を示していない、相思相愛でないと、大きく分けて二つに。その間、多少微妙な違いはもちろんあります。阿部秋生博士（東京大学名誉教授）が岩波の「文学」（一九八九・八〜九）に一、二に分けてお書きになったものは、相思相愛とはいえない、あくまで源氏の一方的な思慕であるという御論であります。吉沢義則博士は、戦前、戦後にかけて、京都大学の教授でありまして、源氏物語をはじめとする平安朝文学研究の大家で、著名な学者であります。吉沢博士は、桐壺巻のおわりの、「琴《こと》笛の音《ね》に聞こえかよひ」について、「藤壺は、ことの音に思慕の情を載せ、源氏は笛の音に思想の情を載せ」（『源氏随攷』九四頁）と、相思相愛的な捉え方をされ、「恋したのは源氏ばかりでなく、藤壺もまた源氏を思つてゐた」と説かれた。『源氏随攷』は昭和十七年の著作です。ただし吉沢博士は湖月抄本の「聞きかよひ」によって、音の往来による、「藤壺にも源氏を思ふ情の動きつつあつたことを思はせたのである」（『新釈』頭注）と解されたのでありました。「聞こえかよひ」の「聞こえ」は源氏から藤壺への敬意を表わす謙譲語で源氏の行為と解されると思うのですが……。

ここで、プリントに即して申し上げますと、この「宮も、さすがなる事どもを多くおぼし続けけり」（若紫巻）というところですね。この新潮『集成』の上のところを見ていただきますと、頭注の二に「(源氏につれなくはなさっているものの) さすがにあれこれといろいろお思いになるのであった。」口語訳はそうなっております。簡潔に説明があります。「源氏に対するせつない複雑な思いを宮も否定しがたいということ。」この言い方は、やはり藤壺の宮も源氏に対して情愛を、愛情を感じているというお考えと見受けていいんじゃないかと思います。源氏に対する「せつない」という言い方がありますね、「せつない複雑な思いを」と。端的に愛情を持ってますというふうには説明してありませんけど、「せつない複雑な思いを宮も否定しがたいということ。」という説明がございます。それから、小学館の『全集』は、口語訳「宮もさすがにお忘れになれぬことを、あれこれ思いつづけていらっしゃるのであった」という言い方からはどうとっていいか、この口語訳だけではちょっと判断しにくいのですが、頭注の説明欄の「……しかしながら源氏・藤壺それぞれの深刻な不安と苦悩をかかえこんでいる」とあるのを見ると、藤壺の思いは苦悩と解していられるかと思われます。朝日古典全書、これは池田亀鑑博士であります。「藤壺もつれない態度ながら、さすがにいろいろのことを思いつづけられるのであった」。口語訳は、「いろいろのこと」ですから、あまり端的には言われていない。吉沢義則博士の『新釈』は、「宮もさすがなる事ども」、「藤壺も、つれない態度ではありながら、さすがに忘れられないそれやこれやを色々思い続けなされた。」と、これも、微妙ではあるけれども、私は『新釈』も、朝日の『古典全書』もいくらか愛情を持ってるというニュアンスのように受けとめております。ところが、阿部先生のそこに関するご説明を読むと、これは論文ですが、「『さすがなる事ども』とは、藤壺の宮は、源氏が何かにつけて見せるひそかな情熱にもひきこまれるとは思っていないが、宿世の業と思うよりほかにない自分たち二人のめぐり逢いから今日の懐妊までの経緯を思うと、しかも、人に知られまいとこらえている源氏が、ときどき堪えきれなくなった思いが琴笛の音にこもるのを聴くと、宮の冷静な心もつい揺らぐことがあるということであろう。宮は、平静な様子を崩さない人らしいが、さりとて氷雪のごとく感情を動かさない女性ではない。しかしそういう心の動揺があることは、宮がこの源氏を愛情の対象として見たことを意味するとまでは言いがたい、」というように、あくまで愛情は否定しておられるわけです。「さすがなる事どもを多くおぼし続けけり」とある、この一行の文言について、このように解釈が対立するということ、もしこの解釈を、愛情があるという方向に取るか、あるいはそうでないと取るかによっては、藤壺論が大きく分かれてまいります。私は昭和四十八、九年頃に、「藤壺の宮の実像」という論文を書いたとき、愛情があるという解釈で論文をまとめました。「さすがなる事ども」というのは、少なくともつれなくしているという態度との逆であることは事実なんです。その逆の態度が、愛情というようなものであるのか、阿部博士のおっしゃるように、心の揺らぐことであって愛情とは言えないと取るか、解釈が分かれてくる。この解釈の分かれ方は、源氏と藤壺の関係のですね、重要な分かれ目になってしまう。ひいては、『源氏物語』の主題論に響いていきます。ここだけ読んでどうこう言えません。全体の、いろんなところを読みながら、徹底的に考えることが大切である、と思います。

もう一つの例は、二枚目でございますが、二枚目のプリントをご覧いただきたいと思いますが、この所ではですね、小学館の『全集』ですと、一行目になりますのでわかりやすい。新潮の『集成』では四行目の下からです。「藤壺は、おほけなき心のなからましかば、ましてめでたく見えましとおぼすに」という「おほけなき心のなからましかば」というところです。「なからましかば」は反実仮想ですね。「ましかば〜まし」反実仮想。このところは光源氏が、舞を舞う、青海波の舞を舞うんですね。非常に見事な舞をやる。それを見た時の藤壺の心であります。その「おほけなき心のなからましかば」について、また説が分かれる。解釈が違う。岷江入楚という注釈書では「藤壺はおほけなき心」の所、「源氏の藤壺を心かけたまふことなくは、いよいよめでたく見えんとの藤壺の心なり」と、「藤つほの心に密通の事をまばゆく心かゝりにおほす也」。大きく説が分かれるわけです。前の方は、「おほけなき心」というのは、源氏の藤壺に対する大それた心、思慕の心。「おほけなき」というのは、身分の低いものが身分の高いものに対してですね、だいそれた恋を抱く。平安朝は身分の時代ですので、今のような民主主義と違いますので、なんでも身分身分と言うんですが、要するに、身分下の者が身分高い者に対してだいそれた感情を持つとき「おほけなき心」、「身のほどをわきまえない」、「恐れ多い心」というんです。後の方は、「藤つほの心に密通の事をまばゆく心かゝりにおほす也」です。玉上先生の『源氏物語評釈』では「この行幸は、光る源氏十八歳の秋。同じ年の晩春、例の物のまぎれがあった」、「もののまぎれ」というのは密通です。密通事件のことで、若紫巻九六頁、九六頁というのは『評釈』の九六頁です。「『おほけなき心』とは光る源氏に傾く藤壺の心とするより、光源氏と交わした、かの物のまぎれをうけての心ととったほうがよいと思う」とあります。「光る源氏と交わした、かの物のまぎれをうけての心ととったほうがよいと思う。あの時の感覚と気持は、今なお藤壺の心の中に生きている。その心と身体のまま藤壺は帝の傍にはべっている。帝の御寵愛と自らの位置を考えれば、分をこえた正に『おほけなき心』である。『ましてめでたく見えまし』の『まし』は、現在そうでない事柄を仮定する助動詞。本当にそれはできない願望である。光る源氏との間に格別の心の通いがなければ、今日の光る源氏の姿は、一通りのすぐれた美しさとしてしか、うつらなかったであろう。しかし、藤壺はそうは考えない。この『おほけなき』恋心がなからましかば、もっと美しくみえたろうと思うのである。短い言葉のうちに、恋する女の気持ははっきりと表現されていると思う。」ここに「恋する女の気持は」とあるように、藤壺も源氏を恋しているというお考えです。「恋にとらわれている彼女は、このとらわれさえなかったら、あの人の姿をもっとよくみることができたろうと思う。恋にとらわれていなければ、光る源氏をよく見たいという気持ちも働かないかも知れないことも忘れて。『おほけなき心』という慎しむ思いと『ましてめでたく見えまし』という願望の心は矛盾する。藤壺は矛盾した心にある。ひきさかれ、四分五裂した心である。」と、非常に立ち入って詳しく説明をしておられるわけです。新潮の『集成』を見ますと、「だいそれた気持ちがなかったならば。藤壺に対する源氏の思慕の情をさす。」と『集成』は藤壺に対する源氏の思慕の情をさすの説をとっております。小学館の『全集』は「『おほけなし』は身分不相応な、畏れ多い、の意。ここは、帝の寵愛を受ける身でありながらも、源氏と交わってしまった藤壺の苦悩をさす。『…ましかば…まし』は事実に反する事柄をかりに思ってみる表現。その仮想によってしか源氏の舞姿を称賛しえない苦悩が語られている。」。「おほけなし」は帝に対する藤壺の思いと解する点、角川の『評釈』と同じかとも思いますけれど、「藤壺の苦悩」で結んでいます。『評釈』は帝に対して「おほけなき」ことである源氏への恋心と解しているから、基本的に相違するわけです。

「おほけなき心」を、源氏の藤壺に対する思慕というのであれば、藤壺は源氏が自分に対して思慕するようなことをしてくれなかったならば、平静な心でこの舞姿を見られたら、どんなに奇麗であろう、美しく見えただろう、しつこく自分にせまってくるのでそういう風に素直に見られないというふうな感情でわかりやすい。このように表現について、岷江入楚、つまり古注の時代からとらえ方が違うわけですが、これは単に注釈の問題にとどまりません。一語一句を注意して分析し、掘り下げることが、すなわち作品論として大きくかかわってくるのであります。藤壺は基本的にはですね、拒否の態度をずっと続けています。源氏と二度の逢瀬の結果、妊娠までしてしまう。そのことをですね、藤壺は「心憂き身」と思い嘆いておりますね。源氏に対して藤壺が心を傾けたというような箇所はですね、基本的にはありません。しかしながら、基本的にはないけれども、だからといってあくまで一方的に源氏だけの思慕であって、藤壺は全くの受け身であるというように取るべきかどうか。この点については、私は疑問の余地があると思っております。藤壺は、非常に後悔をして、拒否の姿勢を鮮明にします。しかしながら、この若紫巻とか、紅葉賀巻とか、『源氏物語』のはじめの方のところと、賢木巻以後のところとですね、基本的には一緒ですけれども、微妙に違う点があります。例えば、若紫巻では、非常に嘆くけれども、非常につらいと思うけれどもですね、逢瀬のところで「なつかしうらうたげに」とあります。「なつかしい」というのは「温かな、人懐かしい、優しい態度」であります。「らうたげ」というのは、「かわいい、可憐な様子」ということです。懐かしいあたたかい、しかし、さりとて、くだける態度はとらない、と、こういう言い方をしているわけです。光源氏という主人公は、人間ばなれした理想の人物なんですね。古代の物語の主人公でありましてですね、現代の我々の中の理想の男というようなものとはわけが違う。特に女から見た場合に、引き込まれるような魅力を持った人物、それが理想の人物。光源氏に魅かれないような女はいないわけです。というふうに書かれてあるわけですね。

藤壺が光源氏に対して、五分五分に愛情を持ったかというと、私も、違うと思う。源氏と相思相愛になるというようなそんな単純な女性ではない。そういう意味で、藤壺もまた理想の女性でありまして、彼女のおかれた条件、帝の后である、義理にせよ源氏の母である、そういった状況下で光源氏と男女の愛情で結ばれるというようなことはあってはならない。そういう事情を思えばですね、藤壺は源氏に対して燃え上がるとか、愛情を持つとか、そういうことができない、抑制する。抑える。魅力ある光源氏に引き込まれるということはあったし、またあらねばならんと思います。あったからこそ二度の逢瀬もあったし、妊娠もしてしまった。ということになるわけですが、しかし、だからといって相思相愛として秘かに、帝を裏切ってお互いが愛情関係を持つという、朧月夜のような関係ではない。賢木巻以後は、はっきり拒否していく。帝の寵愛を受けておられて、密かに二人が通じ合うというような、そんなことはできないことをもっとも自覚した存在が藤壺であります。朧月夜はそういう自覚のない女でありまして、帝の妃ではないけれども妃同様の寵愛を受けながら、光源氏と密かに逢って、それが露見して、その結果、源氏が須磨に流れなければならないことになっていくというきっかけを作った女性でありますが、藤壺の方はですね、このことが絶対に露見してはならないという、『源氏物語』の登場人物の中で、最も深刻な苦悩を背負わされた女性である。源氏にひかれるっていうか、ひかれる心を持ち、やっぱり、したわしい、「なつかし」というのはそういう意味です。あたたかな優しさ、かわいいという態度を見せた。しかし、そうかといって、そのままくずれてしまうようではない、という。だからもっと普通のところがあってくだされば私の心も少しは冷めるのにと光源氏は思う。そういう理想の、それこそ崇高なですね、私の人物呼称論で言えば、そういう逢瀬の最中でも、彼女は「女」とか「女君」と呼ばれておりません。「宮」つまり内親王と呼ばれています。そういうことに象徴的であるように、彼女は女としてくずれてはいかなかった。いかなかったけれども、なつかしい、かわいい、そういうように源氏が思う、そういう風情だからこそ過ちは起こったわけであります。そういう女性として描かれています。須磨巻で、源氏が須磨に流れていって、藤壺と源氏との文通がありますが、その文通には恋しく以前のことを思い出すという箇所があります。これは、阿部博士は取り上げておられない。鷲山茂雄さんは、そこを取り上げて、阿部博士の説に批判的な論文を書かれました。藤村潔さんは、だからといって、愛しているとはいえないとおっしゃっています。昔のことを恋しく思われた、そりゃ状況が状況ですけどね、その藤壺の心は見のがすべきでないと私は思います。

私は昔「藤壺宮の実像」という論文を書いたときに、「運命共同体」というように二人の関係を言ったことがありますが、光源氏という魅力ある男性から、母への思慕につながる、女性としての藤壺への思慕、それを受け入れてしまった、一生に結局二回過ちをした。それ以後はもちろんないし、その後源氏がしつこくせまった時にそれを断ち切るべく出家をしました。二度の過ちなんだけど、妊娠をしてしまうという。これが運命なんでしょうね。そういう風な運命を、苛酷な運命を背負わなければならなかった。一生その秘密を源氏も守りましたけれども、藤壺はですね、守らせるように源氏をリードしましたし、源氏も守ろうとした。しかし、源氏はある時、藤壺が死んでからです。紫上にいろんな女の人の話をしました。夜の寝床の睦言です。その夜、紫の上に、藤壺をほめたんですけれども、藤壺のことを非常にほめた、あんな素晴らしいお方はいないと、ほめたんだけれど、その夜の夢に藤壺が現れまして、私のことをしゃべったではないかと言って恨みます。ほめる内容にちょっときわどい表現もある。もし、紫上が敏感であれば関係があったと気づいたかもしれない。物語を読む限りでは紫上は気づいたとは書いてありません。多分気づかなかっただろうと思われますけれども、あの世から藤壺は夢に現れて、源氏の夢に現れて、二人の関係をもらしたではないかと言って恨みます。絶対にもらしてはならない秘密の関係。そのことを一生をかけて死後も考えている。苦悩に耐えに耐えて、出家もし、女であることを断ち切った藤壺。運命的な結びつきにおける藤壺のあり方は、源氏に女としての理想像を焼き付かせるが、苛酷な運命を、自らだけでなく光源氏をも立派に生かしめた理想の女性像だと思います。源氏とのことは、自ら求めたわけではむろんなく、運命的としかいいようがないが、しかし源氏に心ひかれたぶん、帝への裏切りと彼女は考えたでしょうね。「おほけなき心のなからましかば」云々で諸説が違うということをお示ししたのは、この一語一句についてもこういう解釈の違いがある。この違いが源氏と藤壺の関係を考える上で重要な分かれ目になると、作品論としてまとめる時にですね。こういうことを申し上げたかったからであります。

古典を研究するためには、江戸時代は江戸時代の風俗・習慣、平安朝は平安朝の風俗・習慣、結婚のあり方、そういうものを、勉強しなけりゃいけないし、ただ表現、表現っていっても、いわゆる狭い意味の表現だけでは駄目ですけれども。真相に迫っていくためのいろんな努力がある。高群逸枝氏の『招婿婚の研究』『平安鎌倉室町家族の研究』『日本古代婚姻例集』『日本婚姻史』など高群学説の本など。高群学説には批判もあるけれども。女の家で男が住んだというのが高群学説だけれども。藤原道長の一例しかないというのが批判なんだけれども。しかし平安時代の家族の研究は高群学説ほど本格的にというか、精進こめてされたのはないのでね。貴重だと思いますよ。最近では工藤重矩さんの『平安朝の結婚制度と文学』というのがいいですね。一夫多妻説に対する批判で『一夫一妻制』だといわれています。実態的には一夫多妻だったのではないかと思うけれども、原則として、あるいはたてまえとしては「一夫一妻」だという工藤説に啓発されるのであります。古典の勉強というのは実に大変なんで、いろんな角度から勉強しなきゃなりません。そういうことを努力の限りやることによって、国語教育の方も、奥行きの深い教授者になるわけです。そういう姿勢がそのまま高校生や中学生にできるわけではないけれども、でも、教材はですね、高校生や中学生にふさわしい教材がある、それでやるわけですから、その姿勢というか、奥行きというか、単に知識の集積ではない、そういう探求のあり方・態度。努力していくっていうことの大切さ、そしてそのことによって解明されてくることの楽しさ。そういうものが教える側にあれば、生徒の方もそれがわかってくると思われます。私は自分自身がそんな口はばったいようなことはしておりませんし、できませんけれども、若いみなさんの中にはそういう方がかなりいらっしゃるように、私は感じます。だから、どうかそういう姿勢をですね、深めていっていただければありがたい、と思います。

大体一時間と申しましたけれども、ちょっとオーバーいたしました。お許しいただきたいと思います。どうも、ご静聴ありがとうございました。

九　『源氏物語』への手引き

〈本文〉　藤原定家（一一六二～一二四一）の校訂した青表紙本系統の本文を底本とするテキストが多く用いられている。定家自筆の青表紙原本すなわち前田家尊経閣《そんけいかく》蔵の「花散里」、「柏木」、関戸家《せきどけ》蔵の「行幸」、保坂《ほさか》潤治氏蔵の「早蕨」は最も尊重せられ、ついで青表紙原本の忠実な臨写本である明融本（東海大学付属図書館蔵）の「桐壺」、「帚木」、「花宴」、「花散里」、「若菜上」、「若菜下」、「柏木」、「橋姫」、「浮舟」が尊重される。青表紙本系統中の善本とされる、いわゆる大島本（古代学協会蔵。大島雅太郎氏旧蔵本）は「浮舟」を欠き、「桐壺」は聖護院道増《しょうごいんどうぞう》筆、「夢浮橋」は聖護院道澄《どうちょう》筆だが、他の五十一帖《じょう》は飛鳥井《あすかい》雅康《まさやす》筆で、定家自筆本、明融本についで現在尊重せられている本文である。

他に、源光行《みなもとのみつゆき》（一一六三～一二四四）・親行《ちかゆき》父子の校訂した河内本（父子ともに河内守《かみ》であったのでこの称がある）系統と、青表紙本、河内本のいずれの系統にも属さない諸本を一括して「別本」と称されている伝本とがある。河内本は解しやすい文章に改めた本文なので、源氏物語の原点の姿をそこなっていると見られる。別本は系統はなく、それぞれの本について考える必要がある。たとえば、別本中の善本とされる陽明文庫本源氏物語で読むということが試みられる必要がある。ちなみに『源氏物語別本集成』（伊井春樹・伊藤鉄也・小林茂美編、桜楓社）が刊行中である。

平安時代、貴族が書き写す際に、書き改める人もあり、本文は動いていた。鎌倉時代、藤原定家が平安時代の写本を校訂し、源光行・親行父子が鎌倉幕府に仕えて校訂作業を行った。文化程度の高い京都での、定家の見識による本文校訂を尊重するところから、今日、その青表紙本系統の本文を底本とするテキストが多いのであるが、河内本は鎌倉での享受のあり方を示す本文であり、室町時代、一条兼良《かねら》（一四〇二～一四八一）の『花鳥余情《かちょうよせい》』にもうけつがれている歴史的事実、享受の実態はそれとして認識しておく必要があろう。別本は玉石混淆で、中には平安時代の古態を伝える伝本があるかもしれないが、今はまだ究められてはいない。

〈注釈〉　現在最も新しく、すぐれている注釈書としては、玉上琢彌『源氏物語評釈』（角川書店）、阿部秋生・秋山虔・今井源衛『日本古典文学全集　源氏物語』（小学館）、この三氏に鈴木日出男氏を加えた『完訳日本の古典　源氏物語』（小学館）、石田穣二・清水好子『新潮日本古典集成　源氏物語』（新潮社）、柳井滋・室伏信助・大朝雄二・鈴木日出男・藤井貞和・今西祐一郎『新日本古典文学大系　源氏物語』（岩波書店）、阿部・秋山・今井・鈴木『新編日本古典文学全集　源氏物語』等がある。玉上琢彌『源氏物語評釈』は各段落ごとに詳しい鑑賞・解説があり有益。この他に、吉沢義則『対校源氏物語新釈』（平凡社）、池田亀鑑『日本古典全書　源氏物語』（朝日新聞社）、山岸徳平『日本古典文学大系　源氏物語』（岩波書店）がある。島津久基『対訳源氏物語講話』（矢島書房）、松尾聰『全釈源氏物語』（筑摩書房）は途中までであるが詳しい注釈が施されていて有益。

古注釈書として江戸時代の北村季吟《きぎん》『湖月抄《こげつしょう》』あたりは座右に置きたい。講談社学術文庫に収められている。

〈作者と成立〉　作者紫式部は、夫藤原宣孝《のぶたか》の死（長保《ちょうほう》三年四月二十五日）から宮仕え（寛弘《かんこう》二年または寛弘三年の十二月二十九日）までの間に、源氏物語の一部を短篇的にまとまったもの（現在の「若紫巻」に相当）として書いたらしい。その評判によって藤原道長に召し出され、中宮彰子に仕える中で、この物語を書き継ぎやがて長篇へと明確に意図して「桐壺」を書いたと考えられる。（おそくとも「澪標巻」より以前だが、「葵巻」より前と私は考える。拙著『源氏物語生成論』世界思想社のII主題の「成立論・構想論」を参照されたい）。紫式部日記の、物語に対してさめた心境をもらす記事に着目すると、寛弘五年（一〇〇八）頃には若菜巻以降の内面的憂愁の世界の執筆がなされたと推測される。更級日記の作者菅原孝標女《たかすえむすめ》が上総《かずさ》で源氏物語の話を継母などから聞いていることから、菅原孝標が上総守になった寛仁《かんにん》元年（一〇一七）以前に源氏物語はかなり広まっていたと思われるから、一〇一〇年頃までには全篇成立していたであろう。紫式部については今井源衛『紫式部』（吉川弘文館、人物叢書）、清水好子『紫式部』（岩波新書）、稲賀敬二『紫式部』（新典社）などが必読の文献。

〈その他〉　とりあえずは『鑑賞日本古典文学　源氏物語』（玉上琢彌編著、角川書店）、『鑑賞日本の古典　源氏物語』（阿部秋生他編著、尚学図書）、『源氏物語』（秋山虔著、岩波新書）などを読むことをすすめたいが、研究の手引きとしては、おびただしい研究論文の中から戦後のすぐれた論文二十五篇を編集した『日本文学研究大成　源氏物語Ⅰ』（国書刊行会）を読んで、研究の手がかりにしてほしい。

〔付記〕　編集の申し合わせにより各氏への敬称及び敬意表現を省いたことをおことわりしておく。

第五編

枕草子論及び

中世王朝物語『兵部卿物語』論

一　枕草子「清涼殿の丑寅のすみの……」段をめぐって

〔論文要旨〕

この段は中宮定子が演出のみならず自らよどみなく語る行為と合わせてすべてをひっくるめての主役ぶりが眼目となる。「今思い浮かぶ（古）歌を一つずつ書け」と中宮定子は女房たちに仰せられたが、一条天皇の渡御を待ち受けたようにして開始された御出題には一条天皇に向けられた中宮定子のあつき御心がうかがえる。この気脈を感じとり、自らも渡御された天皇にあつきまなざしをおくって拝したてまつっていた清少納言は、この場の情景から良房の歌を思い浮かべるとともに「花」を「君」に改変して一条天皇讃仰の「心」を詠んだ。上臈は「春の歌、花の心」、折りにふさわしい歌の「心」を詠んだ。中宮は「ただこの心どものゆかしかりつるぞ」とそれぞれの歌の「心ども」（「この心ども」は花の心、天皇讃仰の心など歌の心ども、それぞれの歌の主題と考える）に讃辞を与えたが、本命は良房の歌を思い浮かべてかつ「花」を「君」に改変して天皇讃仰の「心」を詠んだ清少納言の歌だと御胸の中に思われた。歌のひとことの改変も同じく、天皇讃仰、忠誠の心を詠んだ父道隆のエピソードを「ついでに」語ったのがその証となるが、中宮定子は清少納言の歌のひとことと改変による帝への讃仰の心を詠んだ歌を契機としきっかけとして生かし、一条天皇に父道隆の天皇への忠誠を語る情熱のバネとされた。そこに中宮定子の主体的行為を見なくてはならない。さらにつづけて村上聖代を希求するわが身の一条朝における定位を語る情念へと終始この段の主役は中宮定子であり主題もそこに形成されるのである。中関白家代表選手たる中宮定子の一条天皇に向けての、中関白家の天皇への讃仰、忠誠の心のアピール、一条朝におけるわが身の定位に村上聖代を希求する情念、それがこの段の主題である。清少納言はそれを見事に書いたのである。自らの脇役としての主題への参与も書いているがそれはあくまでワキとして定位されるべきである。

本稿で解釈上私見を加え得たのは「ただこの心どものゆかしかりつるぞ」の「この心ども」を「そなたたちのこうした歌の心」と訳したいということであった。

一

枕草子「清涼殿の丑寅《うしとら》のすみの……」段の情景が基本的な型において古今集巻一春上、「染殿の后の御前に、花がめに桜の花を挿させ給へるを見てよめる　前太政大臣　年ふればよはひは老いぬしかはあれど花をし見ればもの思ひもなし」の詞書と完全に一致することは今日では大方の承知するところであるが、わたくしは、そのことを詳密に説かれた清水好子氏の御論文「宮廷文化を創る人―定子皇后の役割―」(1)を忘れがたく思う。「高欄のもとに、青き瓶《かめ》の大きなるを据ゑて、桜のいみじうおもしろき枝の、五尺ばかりなるを、いと多くさしたれば、高欄の外《と》まで咲きこぼれたる」情景は中宮定子の作為、古今集を典拠にした、生活の場に古今集を蘇らそうとする中宮定子の行為によるものであることを清水氏は説かれている。「花を瓶に挿して楽しむことは当時においてそうありふれた誰でもがすることではなかった」ことを根拠とされて「大きな青磁の瓶に五尺の桜を『いと多く』挿させたのは定子であろう。そこで、私は『御硯の墨すれ』と命じたのは一条天皇ではなく、定子皇后だと考える。彼女は人々がこの背景とこの登場人物のいる場面の意味を、自分の演出を、いかに受けとめてくれているかを確かめたかったに違いない。それゆえ古歌を所望するのである。清少の歌に到って、ようやく知己を得たと思ったことであろう。」と述べられ、この段の大きな見取り図、枠組みを示教された。

さて、「円融院の御時に」の話を中宮定子がされたことから逆算的に考えて中宮定子の出題意図が父道隆の故事をも思いうかべ、歌のひとことを変えることまでを含んでいた、もっと強くいって、この情景と登場人物（中宮と伊周と。主上のいられることを含めて。）から古今集巻一春上の良房の歌を思いうかべ、さらに「花」を「君」に変えることまで期待していた、清少納言はその期待通りに動いた、というようにも全く考えられないとは思わないが、わたくしはそれはかなり結果論的にひきつけすぎた逆算的受け取りだと考える。中宮定子は清少納言が「花」を「君」に変えることまでは期待されていなかった、と思う。良房の歌を思い浮かべることを期待されていたのであり、ただ清少納言のことだから何か一工夫あるだろうという期待はひそませていられたであろうという程度にとどめるべきであろうと思う。

この情景と登場人物からして清少納言のさし出した歌が本命であるが、上臈が書いた「春の歌、花の心」の歌「二つ三つ」は具体的な歌は枕草子では省略されて分からないもの[2]のそれらもそれぞれに中宮定子の期待に沿うものではあったと察せられる。「ただこの心どものゆかしかりつるぞ」と「心ども」と複数であることがそれを証する。女房たちのそれぞれの歌の「心」に賞讃を与えつつ、「御覧じくらべて」本命は「円融院の御時に」の故事を語ることによって清少納言のさし出した歌であることを明らかにされるあたり含蓄の深い、長に長たる器でいられるのだ。[3]

清少納言が道隆の故事を知っていたのかどうかわたくしにはおぼつかない。[4]知っていたか知らなかったか事実としては可能性はいずれにもあるが、いずれもその考証的証明は今のところ出来ない。しかし、清少納言がもし知っていたと仮定すれば少なくとも或程度は有名な話であったはずで、清少納言のほかにも知る者のある話ということになり、言われてみてみなが思い出すというパターンとなるが、みなが思い出したという記事もないし、中宮定子の話しぶりはさような皆の既知の話を語るものではない。この座の誰も知らない、清少納言も知らない話を語る語りぶりである。よどみなく話される故事にこめる中宮定子の情熱はかなり深いものが感じられる。既知の話なら、もっと簡単に、ほのめかす程度でもよいであろう。

この段は例の「香爐峰の雪、いかならん」の問答のパターンとは異なる。「香爐峰の雪」の場合は「人人も、『さることは知り、歌などにさへ歌へど、思ひこそ寄らざりつれ。なほ、この宮の人にはさべきなめり』と言ふ」とあるように、人人も既に知ってはいたが思いつかなかったのであった。人人も既知のことについて清少納言ひとりが思いつき機転のきいたふるまいをした話である。中宮定子演出、清少納言演技という典型的なパターンである。「清涼殿の丑寅のすみの」段も「これに、ただ今おぼえん古き言《こと》、一つづつ書け」というのは中宮定子の演出（大きな青磁の瓶に五尺の桜を「いと多く」挿させた舞台設定も含めて）であるが、そして清少納言の、「年ふれば」の歌の「花」を「君」に変えた応答という演技があるのだが、円融院の御時の、父道隆の故事、さらに村上の御時の、宣耀殿の女御の話をよどみなく語る中宮定子はまさにこの段の主役である。演出者にとどまるものではなかったのである。「香爐峰の雪」の例とは異なるのである。清少納言は中宮定子が円融院の御時の、父道隆の故事を語り出す契機、きっかけを作った。その意味でこの段の主題に参与するが脇役であり、主役として主題を形成するのは中宮定子なのである。

二

中宮定子主役と関連して「君をし見れば」の「君」は誰を指すかが問題となる。わたくしの見た現行の新しい注釈書の多くは、「君」は中宮定子を指すとしており、萩谷朴氏『新潮日本古典集成枕草子』同『枕草子解環』（同朋舎）は主上・中宮双方を指すとしていられる。主上を指すとするのは金子元臣『枕草子評釈』の「こは主上の命にて書きて奉るなれば、主上を賞讃し奉れるなり」のごとく、春曙抄の「主上の仰せにてかく書なれば君をしと書かへたる云々」の流れに沿う古い注釈書には見られるが、中宮定子の仰せにより答えたとする現行注釈の考え方の中では主上のみを指すとする説は管見では見出せなかった。

知られるように現行諸注は関根正直博士『枕草子集註』の「君とは中宮をさしたる也。さるは染殿の后の故事に思ひ準へて、彼れは父君なれば、花をし見ればとよませ給へるを、清少は臣下なれば、君をしとかへて、其の才をあらはしたるなり。」に従っているのである。ただ前述したごとく萩谷朴氏校注『新潮日本古典集成枕草子』及び萩谷氏『枕草子解環』（同朋舎）では「『君』は、主上・中宮の双方を指している。」とされている。

それに関連すると思うのであるが、「ただおはしますをのみ見たてまつれば」の「おはします」の主語を萩谷氏は「お二方」すなわち主上と中宮とされ、集成頭注に「この前年の初冬に出仕したばかりの新参の作者が夢中で見つめたのは、主上のお姿だけではなく、主上と中宮とがおそろいの素晴らしさであったろう。」と述べていられる。萩谷氏が『枕草子解環』で「おはします」の主語を一条天皇と限定する解は中宮讃美を主目的としたこの作品の回想段の趣旨と背反する(5)、とか、清少納言は、こうして主上と中宮と二人お揃いでいらっしゃる円満幸福なお姿というものを、皇后崩御の後に、むしろ悲しい程に懐かしく思い出している云々と述べていられるところから拝察する(6)に、主上と限定する解をしりぞけていられることは明白であるばかりか「二人お揃いの円満幸福なお姿」といえば中宮定子の幸福に輝いていた姿の回想に力点をおいていられると見てよいであろう。集成頭注の「主上のお姿だけではなく」は主上を見たてまつっているのは勿論だが主上だけではなくお二方をの意というように、主上を主としていられるのではなく、「主上と中宮とがおそろいの素晴らしさであった」ことを強調されるための否定なのであろう。主上と限定する多くの解を批判的にしりぞけていられるのである。萩谷氏が「君をし見れば」の「君」は主上・中宮の双方を指しているとされるのも「おはします」の主語をお二方とされることと整合させていられるのであろう。わたくしも、整合させる内容は萩谷氏と異なるが、ここは整合させるべきだと考える。なぜなら「ただおはしますをのみ見たてまつれば」と「君をし見れば」とは関連すると思うからである。現行註釈書の多くが「おはします」の主語を主上としながら「君」は中宮を指すとしていて不整合を気にかけないでいるのはいかがなものかと思う。「おはします」の主語を主上とするならば「君」も主上を指すとしなければならないはずなのだが、しかるに「君」は中宮を指すとするのは関根正直博士『枕草子集註』に強く従っているからではあるまいか。『集註』は「おはしますを云々」に注解して「御膳すみて元の御局へ、返りおはしますを見奉る由なり。」と述べ「おはします」の主語を主上と限定している。「返りおはします」という言い方は別の注の「彼方より渡御ある主上の御姿の、うるはしさに、目は空にて」と照合すると、帰ってこられる途中の主上のお姿ととっていられるようだが、池田亀鑑博士『清少納言枕草子評釈』（『池田亀鑑選集　随筆文学』所収）が「いま中宮とならんで席におつきになっている主上のお姿と解すべきであろう。」と言われたのに従うべきであろう。池田博士も「おはします」の主語は主上と解していられるようである。「中宮とならんで云々」と言ってはいられるが、さような主上のお姿を清少納言が見たてまつっていると解していられるわけである。角川文庫『枕草子』（石田穣二博士）の現代語釈も「ただ帝のお姿ばかりお見上げ申しているので」とあり、田中重太郎博士『枕冊子全注釈』も「ただ主上のいらせられるほうばかりを見申し上げている」とある。しかし『角川文庫』も『全注釈』も「君をし見れば」の「君」は中宮定子をさすとしていられる。現行の新しい諸注釈書は管見ではおおむねそうである。

わたくしは諸注釈書のこの不整合はかねてから気になっていた。それで萩谷氏の整合になるほどと共感したが、わたくしは、帝が「渡らせ給ひぬ」とあるのを受けて「おはします」の主語は帝（お二方御同座であるが帝にウエイトをおくべきである）と思うので、中宮にウエイトをおかれる「お二方」説に従いかねていた。「お二方」を見たてまつっているにせよ、こちらへお渡りになった帝にウエイトをここではおいていると見るべきでないかと思うのである。「渡らせ給ひぬ」（る）帝に清少納言の感激の目は向けられたのではないか。「宮の御前の」から「げに、千年《ち》《とせ》もあらまほしき御ありさまなるや。」のところは中宮讃美だが、ここはお渡りになつた帝へ目が向けられている。中心、ウエイトが帝におかれている文脈ではあるまいか。中宮はもどってこられた帝が着座されるのを待ち受けたように「御硯の墨すれ」と清少納言にお命じになった。その中宮様を見たてまつってばかりいて手もとがおるすになるというのはややおかしくはあるまいか。「お二方」説は帝が加わっているゆえ決して中宮だけを見たてまつっているのではないが、中宮にウエイトをおかれるのに対し、わたくしはここは帝にウエイトをおくべき文脈だと思うのである。

この段はいわゆる回想の段であるが、枕草子は回想する作者の心情、過去に対する現在からの心の遠近法を欠いた文体であり、異様とさえいえるほどに、過去のことの現在に自在に身を置く、完璧《かんぺき》な往事の再現なのである。そこには現在の悲運から過去の盛時を偲ぶ感傷をうかがうことはできない。往事が往事として語られるのではなく、往事の現在形で語られ、過去と現在をつなぐことばの遠近法はない。彼女は心情においてもさような遠近法を持たなかったといえるであろう。(7)「清少納言はこうして主上と中宮と二人お揃いでいらっしゃる円満幸福なお姿というものを、皇后崩御の後に、むしろ悲しい程に懐かしく思い出し云々」（萩谷氏『枕草子解環』）という心情の遠近法を持ち込むことは作品論として当たらないとすべきではあるまいか。

さような感傷がこめられていればどのような盛時の記録もかえって現在の中関白家の悲運を思わしめ、道長方が読んでも哀れをおぼえたであろう。ところが枕草子はそうではないのである。往事の盛時がそのままに現在形で再現されている。没落悲運の現在の悲傷の影をやどさず盛時の情景が人の心もそのままに再現されているのである。中関白家の現実の悲運が見えぬもののごとくその偉容が誇り高く豪奢《ごうしゃ》に浮き彫りされているのである。主家礼讃に徹した女房の心性だが清少納言の特異性というべきか。道長方はこの枕草子に接してなお巨大な中関白家の光におびえたかもしれぬ。紫式部日記は中宮彰子の御出産の慶事をつぶさに記録する点枕草子の日記的章段に〝対抗〟するものだが、いわゆる消息文で「清少納言こそしたりがほに……」のあまりにあらわな清少納言への悪口はかえってふき出るような対抗心を表わしており、「行くすゑうたてのみ侍れば」にいたっては、すでに定子皇后崩御後なのであるから、清少納言の哀れを見すえている冷たさがある。これも紫式部の女房根性すなわち主家道長家、仕える彰子の側にあくまで属した心性からの対中関白家及び定子に仕えた清少納言への敵がい心にもとづくものであり、道長権力の側からたたいているのだが、たたいてもたたいてもなお中関白家の偉容が立ちはだかるような思いをさせたものがこの枕草子のいわゆる〝日記的章段〟の内容であったろう。（ただし清少納言は中宮定子はじめ中関白家の栄華を礼讃してはいるが道長方に敵がい心を燃やしてはいないようだ。）就中この「清涼殿の丑寅のすみの」段は正暦五年、中関白家の栄華の絶頂の春を華麗に描き切っているのだ。往事の盛時の現在形で読むべきだし作品論もすべきだと考える。

三

さて、中宮定子の仰せにより答えたとする考え方において「おはします」の主語は帝、「君をし見れば」の「君」は帝をさすとされる御見解に口頭であるが接したときその解釈に瞠目したのはわたくし一人ではなかった。それは大阪国文談話会中古部会昭和63年9月17日の席上における玉上琢彌博士の御発言であった。

大阪国文談話会（代表幹事小島吉雄博士。一七一名の会員）の中古部会（約四十名出席）は長い研究活動（平安時代の作品を読む）を続けているが、昭和62年6月からは枕草子を読んでいる。福嶋昭治氏が講師で、月一回、毎回熱心に調べてきて下さって興味深く講釈され、資料なども配布され、一同大いに恩恵を受けている。長年ずっと常に御出席であった原田芳起博士が昨年（昭和63年）来体調をくずされその貴重な御教えを承わることが最近はできなくなりさびしくも残念なのであるが、玉上琢彌博士は御健勝で貴重な御教導をいただいている。昭和63年9月17日は「清涼殿の丑寅《うしとら》のすみの」段で興深い一日であった。この段の前半を読みおえ、「さて」と切り出された玉上博士の御発言は忘れがたい。「清少納言の『年経《ふ》れば齢《よはひ》は老いぬしかはあれど君をし見ればもの思ひもなし』の「君」は帝を指す。中宮を指すのであれば「花」のままでよい。『女房もあのように申しております。父道隆も今ではあのようにいばっておりますが、すでに若い時から円融帝に忠誠を尽くしておりましたのですよ。主上《おかみ》（一条天皇）に対しましても同じでございますよ』と、若い一条天皇（中宮定子より四歳下）を教育しているのだ。」とおっしゃったのであった。これは昭和52年NHKの教育テレビですでにお話しなさったとの御由であった。

わたくしはこれをうかがって「おはしますをのみ見たてまつれば」から「君（帝）をし見れば」にいたる必然、整合のあとを見る思いがすると共に、「円融院の御時」の話すなわち中宮定子の父道隆が恋歌を君（円融帝）に対する忠誠の歌に改めたエピソードを中宮定子がお話になったのは、中宮定子が清少納言の「君をし見れば」の「君」を一条天皇と受け止めているからのことで、「君（一条天皇）をし見ればもの思ひもなし」から「君（円融天皇）をば深く頼むはやわが」への連想は内容的に天皇への忠誠、礼讃必然の糸があるのであって、単に歌のひとことを改変する技巧的次元、一工夫の機智の共通項での連想にとどまるのではないということを理解したのであった。

「君」は中宮定子をさすとする大方の説に従えば、中宮定子の「円融院の御時に」の話は単に歌のひとことの改変という一工夫の機転の共通項でつながるだけである。一工夫、機転に対する激賞の話としての連想で引き合いに出したのなら、中宮定子の意図は清少納言の歌のひとこと改変の機転を激賞することに尽きてしまう。女房の一工夫を激賞するためにわざわざ父道隆の類似のエピソードを出したのなら、この段もまた清少納言が面目を施した話が主題で清少納言がスターということになる。しかしそうではなくて、清少納言が「花」を「君」に変えることによって一条天皇への讃美、忠誠の歌にしたのを受けて中宮定子は、同じく「思ふ」を「頼む」に変えて円融天皇への忠誠の歌にした父道隆の故事を語ったのだ。さらに続けて「村上の御時」の宣耀殿女御のエピソードをよどみなく語ることとも合わせてこの段の主役、スターはまさしく中宮定子でなければならない。清少納言は中宮定子の話を引き出す契機の役割をになう脇役にすぎない。この段の主題は中宮定子によって形成されるのである。「円融院の御時に」の話は父道隆の機転を讃美するところに主題、目的があるのではなく、父道隆の天皇への忠誠を語るところに目的があるのだ。「君」を中宮定子と解して清少納言が中宮定子を讃美し中関白家を讃える主題を重く見るならば、中宮定子はそれに乗せられて父の機転の讃美をしたことになってしまう。中宮定子はそのような人ではない。清少納言を激賞するために父道隆の機転の話を引き合いに出したというのなら、[8]中宮定子の人柄に反しないとはいえよう。例によってわが面目を施したことを清少納言は記しとどめて、自分が年を取っているからこそ〈「年経ればよはひは老いぬ」〉「年経れば」の歌を自己の立場で詠みえたのだという自負も記しているのではあるが、[9]この段の主題は清少納言の面目を施した点にあるのではなく、彼女の一条天皇讃美の歌を契機として、中宮定子が円融院の御時の父道隆の帝（円融）への忠誠を一条天皇に聞いていただくところに「円融院の御時に」の話の目的があったのだ。大洋和俊氏は「わが娘藤原明子を讃える藤原良房の『年経れば齢は老いぬしかはあれど花をし見ればもの思ひもなし』は清少納言の改作『君をし見れば』によって王制奉和としての和歌のあり方へ大きく踏み出した。[10]」と清少納言の果たした役割を見事に指摘された。さらにつづけて「こうして、場の要請としての古今集和歌暗誦は王制奉和の機能を持つものとして村上天皇と宣耀殿の女御の話へと展開され、二十段の中核をなすに至るのである。しかも、その歌語りは単に語られるだけではない。その後に続いて一条天皇、内裏女房たちの憧憬と共感のことばに包含、追認されることで主題たりえているのである。（中略）定子が歌語りの内実によって王権への接近と同化を示唆し、そこにわが身のあるべき姿を見ている云々[11]」と述べていられる。

清少納言の「花」から「君」への古歌改変は、状況としての染殿后と良房と桜の花の構図の再現以上のものへ大きく踏み出す契機を中宮定子に与えた。大洋氏の言葉を借りるならば「王制奉和」への方向性をもたらしたのである。父道隆の円融帝への忠誠を語る故事はかくして語られ、ついで、村上聖代の古今集暗誦の宣耀殿女御芳子の話をよどみなく語る中宮定子は、村上聖代の再現を一条天皇にも女房たちにも示唆し、一条天皇に仕えるわが身の定位を語りの内実によって希求し、一条天皇と内裏女房たちの共感を得ることによって、中宮定子の語りの意図は果たされたのである。この二十段の主役は中宮定子であり、中宮定子の語った二つの故事に、一つは父道隆すなわち中関白家の帝への深いつながりを、一つは一条朝におけるわが身の定位を、村上聖代を希求的に語ることによって示唆する意図、一条天皇の教育、教化がもくろまれていた。そこにこの段の主題が存し、「円融院の御時に」の故事と「村上の御時に」の故事とはつながるのであった。清少納言が面目を施したことはこの主題化への契機にすぎず、この段の主題ではありえないのである。

四

とかく枕草子のいわゆる〝日記的章段〟（「宮廷記録章段」の方が適切であろう）は中宮定子の演出と清少納言の演技というパターンで受け止められやすい。主従の呼吸の一致は確かに見るべきであるが、この段はそのパターンにはめこんで一般化してしまうべきでなかろう。この段に限らず作品の概念的受け止めは厳につつしまねばなるまい。作品世界の作品論的（作家論ではなく）解明は一語一句の解釈とシノニムでなければならない。

高等学校の古典授業ではそのあたりどう教えているのだろうか。教科書の教授資料ではどのように解説しているのだろうか。兵庫県立尼崎北高等学校教諭山尾孝司氏（大阪教育大学大学院修了）の御世話により東京書籍から「清涼殿の丑寅のすみの」段の教授資料を届けていただいた。東京書籍編集部高校国語課江中正行氏の御厚情に対し感謝申し上げる。ちなみにこの「清涼殿の丑寅のすみの」段全文を載せている教科書は、山尾孝司氏や松本英太郎氏（大阪府立四條畷高等学校教諭。大阪教育大学卒業）の御協力により調査し得た結果によれば意外に少なく、東京書籍、阿部秋生博士編『徒然草・枕草子・源氏物語抄』、同、阿部秋生博士編『枕草子抄』、旺文社、松村明、鈴木一雄両氏編『枕草子』に見出すにとどまった。角川書店『古典文学選』及び『古典総合』、尚学図書『古典（総合）』などは「古今の草子を」以下、すなわちこの段の後半部のみである。国語Ⅰ、Ⅱの総合教科書には見られなかった。

東京書籍『徒然草・枕草子・源氏物語抄』には豊富な設問があり教授資料には解答が示されている。◇「君をし見れば」とした場合、「年経れば」の歌の意味はどのように変わるか。「ただこの心どものゆかしかりつるぞ」と関連させて説明せよ。答　どんな歌でもよいから「古きこと（古歌）」を書け、というのであるから、「年経れば」の歌をそのまま書いても、りっぱに復命したことになる。それでは曲がなさすぎる、と考えるところに作者の面目がある。同時に清少納言なら何か趣向をこらすだろうという期待が皇后にもある。その期待を作者がすばやく察して、それにこたえようという気持ちになる。だから、良房がおのれの女《むすめ》、といっても、現実には皇后であるが、その皇后を賛美することから、一門の春をたたえたのに対し、作者は「君をし見れば」とかえて、皇后定子ばかりでなく、主上をも合わせて道隆一家をたたえているのである。――教授資料の「通釈」では「君（皇后定子）をし見れば」とあり、「語釈」では、君をし見れば――「花をし見れば」のかえことば。「君」は、主君のことであるから、皇后定子と見てよいだろうが、「臣下」に対する「君」の考え方から、主上を指すとする説もある。――

「主上を指すとする説」は主上の仰せにより答えたとする古い注釈書には見られるが、中宮の仰せにより答えたとする現行の新しい注釈書では管見では見出せないのだが、「主上を指すとする説もある」ことには注目させられた。「答」では前述のように「皇后定子ばかりでなく、主上をも合わせて道隆一家をたたえているのである」と述べられており、萩谷氏の「『君』は主上・中宮の双方を指す」説に近いものとなっている。「通釈」や「語釈」の記述とも合わせ見ると、大筋において現行注釈書の大方の説に沿うものとなっているといってよいであろう。いったい高校の授業では通説に沿うのが穏当とせられるわけであるから、この教授資料は高校の教育現場をうかがうに足る好資料と思われる。

春曙抄にもとづく古い注釈書の考え方、解釈から大きく脱皮を促した関根正直博士『枕草子集註』、さらにそれを受けつぎつつ批判的に精細な注解を施された池田亀鑑博士『清少納言枕草子評釈』（『池田亀鑑選集　随筆文学』所収）このかた最新の萩谷朴氏の『枕草子解環』に至るまでわたくしたちが学恩を受ける諸注釈書を参考文献として座右に置きながら、自らの考えを深めていく。それが教師の〝教材研究〟の大筋であろうが、「君」が誰を指すのかという一語の解がこの段全体の主題の解明と大きくかかわることを考えるとき、参考文献に自らの思考を埋没させるのではなく、それらに学びつつ自らの解き放たれた思考が要請せられるのである。作品に直対、沈潜してあれこれ思考することが教師の〝教材研究〟の最肝要事でなければならない。教授資料はすぐれたものであるほどそれに頼ることですませてしまいがちであることをいましめなくてはならないと思う。高校の現場では受験のことが大きな課題になっているから、「君」が誰を指すのか等についても通説を考慮しなくてはならないが、暗記的におぼえさせるやり方ではなく、「君」を主上（帝）と解する考えと対比しつつ、いわば〝作品論的解釈〟を教室に展開するのである。解釈は解釈、作品論は作品論とバラバラになることはゆるされまい。叙述に正確に即し一語の位置づけがその段全体、さらには枕草子全体との関連において読み解かれる視点から定位されなくてはならないのである。

解釈することとシノニムに作品論があり、古典文学作品を読解することに国語の授業がある。読むことの鍛練である。ゆえにすべては作品論的に定位されなくてはならない。旧来とかく作品が作家論のよすがにされがちである。戦前は物語においてすらそうであった。まして随筆というジャンル名を与えられた枕草子では清少納言の機智、才能の書かれたものとして受け止める傾向が強い。女房としての属性にもとづく定子後宮を中心とする宮廷記録たる〝日記的章段〟においてさえも清少納言の個性的活躍ぶりを重視する。自慢話だということを肯定するにせよ否定するにせよ、清少納言の人柄の論という角度でなされてしまう。思うにこれは近代の私小説、随筆の観念が不用意に安易に投入されてきたのではあるまいか。作品という対象の中に定位されて清少納言の役割も読みとられなくてはならない。清少納言のはたらきだけを抽出するのは作品を作家論のためのよすがに、いわば解体した材料にしてしまっている。作品全体の中に定位されて読みとられてこそ書かれた世界の中に生きる人びとをとらえることになる。作中の中宮定子、清少納言その他の人びとが作品世界においてどのようにその役割を演じているのかを見定めなくてはならない。それが作品論的定位である。したがって、清涼殿の丑寅のすみの、北側との隔たりになっている障子の荒海の絵、奇怪な生き物、手長、足長などを、しょっちゅう見ている女房たちを情景の中に見すえた印象もこの段として無視はできぬ。清涼殿の弘徽殿の上の御局に中宮定子付きの女房たちがしょっちゅう伺候していた中宮定子全盛の春の情景は、この女房たちのくったくのない笑い声に印象的に形象化されこの段の発端を形成するのである。そして「高欄のもとに……」の情景が単なる写実とは思えない典型的図柄を呈示する。ただ単に時間の進行に従って写されたというのではない構成力を見るべきである。

「陪膳《ばいぜん》仕うまつる人の、男《をのこ》どもなど召すほどもなく渡らせたまひぬ。」と、帝がこちら（弘徽殿の上の御局）にお出ましになったのを待ち受けたように中宮定子の大車輪のといってよい演出、演技の大活躍が始まる。この段の中宮定子の主役ぶりが遺憾なく描き切ってあるその構図を見通す必要がある。東京書籍『徒然草・枕草子・源氏物語抄』には適切な設問があって、「渡らせ給ひぬ」「仰せらるる」の主語は、それぞれだれか。答は「渡らせ給ひぬ」の主語は、主上。「仰せらるる」の主語は皇后定子。旧説は主上とするが誤り。と明快である。なぜ誤りかを記していないのはやや不親切かとも思われる。関根正直博士『枕草子集註』に「◎御硯のすみすれ　補この詞を春抄の傍註には、主上の清少に仰せらるる也とあれど非也。此の條の御動作、御詞は、すべて中宮のなり。さるは、清少は中宮づきの女房なれば、むねと宮の御事をかけるに心をつくべし。云々」と春曙抄説をしりぞけているのであって、池田亀鑑博士『清少納言枕草子評釈』はこの『集註』説に従うべきとされ、その理由として「㈠清少納言は中宮付の女房であって、すべて中宮の御事を中心にのべている点。㈡「をのこは言加へ候ふべきにもあらず」という伊周の言。㈢「古今の草子をお前におかせ給ひて」につづくつづき具合。主上の「われは三巻四巻だにえはてじ」の御言葉等によって、そのように判断される。ちなみにこの時一条天皇は御年十五歳、中宮定子は十八歳、伊周は二十一歳であった。以下女房の才を試験されるのは主上ではなくて中宮である。これを主上と見る旧説は誤りである。」と述べられている。

春曙抄の傍註に「主上の清少に仰せらるる也」とある理由は述べていないが、恐らく「渡らせたまひぬ」とあるつぎだからであろう。しかし関根、池田両博士の述べられた理由によってそれは誤りとしなくてはならないであろう。それにもし主上が「御硯の墨すれ」と仰せられたとしたら、その主上を見たてまつってばかりいて云々というのはおかしかろう。

帝がこちらにお出ましになったのを待ち受けたように清少納言に「御硯の墨すれ」と仰せられたところから見ても、中宮定子は帝に対して以下の演出、演技（当面は女房たちへの演出）をお見せになりたい熱情を持っていられることがうかがえる。清少納言の手柄はその中宮の熱情を実りあるものとして具体化させる契機となったことである。「花」を「君」に改変する必然は帝をのみ見たてまつっていた清少納言の動作から生じたのでもあろうが、中宮の帝に対するその熱情への協賛的心情心理がなせるわざであったろう。帝が急いでおもどりになる、それを待ち受けたように中宮が「御硯の墨すれ」と命じられる、その気脈を清少納言は感じとっていたと考えてよいのではないか。帝への礼讃「君をし見れば」は、中宮の帝への熱情と気脈を合わせるものだった。まさに清少納言は中宮定子の意を汲みうる女房であったのだ。それは彼女の言に従えば、年を取っているからの、年の功であり、「年若からむ人はた、さもえ書くまじきことのさまにや、などぞ、おぼゆる」ことであった。

東京書籍『徒然草・枕草子・源氏物語抄』は、設問として、「だれがだれの『おはしますをのみ』と、見申しあげているのか。」があり、答「作者（清少納言）が、主上の『おはしますをのみ』と、見申しあげているのである。」とある。「君をし見れば」に至る必然の糸としてしっかり押さえておきたいところである。まさにこの段の要《かなめ》は「君をし見れば」なのである。帝への讃仰を清少納言が詠じたから、中宮は父道隆の帝への忠誠をお話になったのである。

「円融院の御時に」の話は一条天皇がされたという説がある。春曙抄以来の旧説であるが、その理由として「中宮定子が自分の父親をほめるだろうか。一条天皇が皇后の父親をほめるのがふさわしい」という意見が大阪国文談話会中古部会で出された[12]。これは、清少納言の「花」から「君」への改変を単に機転の才と解し、道隆の改変も単に機転の才能が賞められた話として、両者をつないで考えていられるのであろう。確かに機智、機転、一工夫という要素はある。中宮が清少納言の〝改変〟を賞め、円融帝が道隆の〝改変〟をお賞めになったことはその通りである。しかしそれは単に機転の才能といったことであったのだろうか。そうではなくて〝改変〟されたことによって生じた〝内容〟すなわち〝帝への讃仰、忠誠〟が両者をつなぐ中身なのである。枕草子をとかく清少納言の機智、機転の話として受けとる理解のあり方が底流にあって、両者は単に歌のひとことを改変する一工夫の機転が賞められた話としてつながれ、「中宮定子が自分の父親をほめるだろうか云々」となって、「円融院の御時に」の話は一条天皇がされたのだという説が出されたのだと思う。逆にいえば、「円融院の御時に」の話を中宮定子がされたとするためには、両者を単に機転の才能を賞められた話としてつないではならないということになる。帝への讃仰、忠誠という中身でつながねばならないわけである。

とすると、中宮定子の「ただこの心どものゆかしかりつるぞ」の「この心ども」とは、単に機転というよりはその機転によってさし出されたまさしく歌の「心」、精神なのではなかったかと思えてくるのだ。表面的には女房たちそれぞれの歌の心、しかし本命として清少納言のさし出した歌の心、「君をし見れば」の帝への讃仰の歌の「心」に自らの御心を重ね合わせて一条天皇に対していられる中宮定子の熱情が、「ただこの心どものゆかしかりつるぞ」という強い語気にあふれ出ているのだ。そして「円融院の御時に」の話「村上天皇」の話を熱情こめて話されたのだ。中宮定子がこんなにおしゃべりされるだろうかという疑問も出されるほどに(「円融院の御時に」の話は一条天皇がされたという説の理由の一つとしてそういう疑問も出された)[13]、中宮定子はまさによどみなく熱情をこめて語った。単に機転の話にこれほどの情熱がこめられるだろうか。中宮定子は父道隆の忠誠を一条天皇に語ることに強い使命感を燃やしたのだ。そして一条朝における自らの定位に村上聖代を希求したのである。枕草子は女房清少納言の役割を遺憾なく発揮し、お仕えする中宮定子のかかる姿を造型し、礼讃してやまなかった。この段の結びは「まことにつゆ思ふことなくめでたくぞおぼゆる」と感嘆、讃美の辞であった。この段の主役はまさにそのようなすばらしい中宮定子なのであった。

まとめその他

枕草子を読んでいて、春曙抄を受けつぐ旧注と関根正直博士『枕草子集註』以後の新注とに大きく分かれ、現行諸注釈書はこの新注でおおむね〝統一〟され、新旧は截然としているのに驚く思いである。それだけ『集註』の影響力が大きいことを痛感しその功績に敬服する。もちろんそれ以後の注釈書が『集註』そのままというわけではなく批判、是正もされてきているのであるが、大筋においてその影響下にあることは否めないであろう。

一例をあげて注釈は作品論的解明の所産にほかならないことを銘記しておきたいと思う。本稿で「ただこの心どものゆかしかりつるぞ」の「心ども」は〝歌の心ども〟いわば〝歌のそれぞれの主題〟だと書いたのであるが、現行諸注はすべてといってよいほど「心ども」を〝機転〟と訳している。「心のはたらき」（「心ばへども」とある能因本の解釈。松尾聰博士、永井和子氏校注・訳『日本古典文学全集』）、「即妙の才」（萩谷朴氏著『枕草子解環』）などの訳文もあるが意味として〝機転〟と通ずるものである。春曙抄の傍注の「清少の作意」の系譜にほかならないと思う。次にこの春曙抄の影響かどうかは知らぬが「この心ども」を「清少納言の機転」と訳しているのがむしろ多く「ども」を複数として意識していない。管見では塩田良平博士著『枕草子評釈』が「みなの機転の心」、石田穣二博士訳注『枕草子』（角川文庫及び鑑賞日本古典文学）が「お前たち女房の、こうした機転」、松尾聰博士・永井和子氏校注・訳『枕草子』（能因本）が「こうしたそなたたちの心のはたらき」といったぐあいに複数を意識している訳文である。池田亀鑑博士著『清少納言枕草子評釈』は「ただこの機転がみたかったのですよ」、稲賀敬二氏『鑑賞日本の古典枕草子』は「ただこういう機転が知りたかったのですよ」、田中重太郎博士著『枕冊子全注釈』（能因本）は「ただ、こうした（そなたの）機才が知りたかったのです」、萩谷朴氏著『新潮日本古典集成枕草子』、『枕草子解環』は「ともかく、こうした（お前の）即妙の才が知りたかったんだよ」とあり、特に後の両氏の著は清少納言の機転を知りたかったということを明確にする訳文となっている。前二著のうち稲賀氏の「こういう」は複数ともとれるが。

「ども」を複数として訳すべきだと思う。上臈の「春の歌、花の心など」の歌が枕草子では切り捨てられていて分からないので仔細を論ずることはできないが、「春の歌、花の心」とあるから、春を詠んだ歌、花の心を詠んだ歌である。折りに合った春や桜の花を主題とした歌である。三田村雅子氏のあげられた馬内侍の歌「散らじとやたのめそめけむはかなくもとまらぬ花にそふ心かな」（「国語と国文学」昭和62年11月号の「枕草子の〈問〉と〈答〉―日記的章段の論理をめぐって―」参照）が仮にこの場のものとするならば、それは「うつろいゆく花のはかなさを嘆き恨み、瓶にさすことで散ることをとどめるとする人為のむなしさをうたうものとなっている」（三田村氏前掲論文）のであり「花の心」を詠じている。「散ることをとどめるべく瓶にさされた花が、にもかかわらず散り急いでいく嘆きを詠んだ」（三田村氏前掲論文）歌である。清少納言が「君をし見れば」と改変して帝への讃美の「心」を詠んだのと並べて「この心ども」は「歌の心ども」であると考えられるのではないか。この場の情景、時宜に合った歌を書いた女房たちの即妙の才、機才という従来の解釈をあながち否定するものではないが、その機才によってさし出された「歌の心ども」と考えたい。

枕草子のいわゆる〝日記的章段〟には例の有名な「香爐峰の雪いかならむ」など清少納言の機転の才能を語るエピソードが印象的であり、この「清涼殿の丑寅のすみの」段も清少納言の即妙の才が発揮されているのであるが、中宮定子の感動、賞讃は、女房たちの歌の「心」特に清少納言の歌のひとことを改変することによって表わされた「歌の心」すなわち帝への讃美の心を詠じたことに向けられていたと思われる。即妙の才への感動、賞讃も含むけれども、この場合の中宮定子の心の中心は帝への讃美という清少納言の歌の「心」であった。それを証明するのが父道隆の円融帝への忠誠を語る歌のエピソードである「円融院の御時に」のお話である。同じく歌のひとことを改変することによって帝への忠誠を詠じた父道隆の故事をお話になったのであるから、歌のひとことを改変するという類似性のつながりからの連想も見落とせないが、帝への讃美、帝への忠誠という同じ「心」のつながりがより中宮定子にとって大切であったろう。一条天皇が同座していられ、父道隆の歌のひとことの改変という一工夫のことよりも、帝への忠誠の心を一条天皇に聞いていただくことこそ定子のよどみなく語る情熱のゆえんであろうというものだ。

枕草子は、とかく随筆という名によって、清少納言の個人的な才女振りを記しとどめたものととられ、この段にしても、清少納言の機転の才を語るものと固定的パターン的にとられるところから、〝清少納言の機転が知りたかったのです〃と限定的に解されるのではあるまいか。「心ども」の「ども」の語にも留意して清少納言と限定せず、本命として含まれた複数とし、女房たちの詠じたそれぞれの「歌の心」をお賞めになった上で、本命として良房の歌のひとことを改変した清少納言の歌の心（帝への讃美）を暗示的に評価され、「円融院の御時に」のお話となったと理解すべきである。清少納言は感激したであろうけれど、中宮定子の語りの意図は一条天皇に向けられていたのであった。「ただこの心どものゆかしかりつるぞ」の訳文一つにしてもこの段全体に対する作品論的解明にもとづくものであることが知られよう。注釈は幾百の論文に匹敵する仕事だということを銘記しようと思う。本文批判も作品論的解明にもとづいてなされることも銘記したい。能因本や前田家本が「心ばへども」と「心」を「心ばへ」とするのは恐らく清少納言の趣向、心のはたらき、機転、機才と規定する意図によると思われる。私見のように「歌の心」――「花の心」というばあいの「心」――と解すべきとする作品論的見解からして三巻本の「心ども」が本来のものと考えたい。女房たちの（就中清少納言の）、時宜に合った歌を書いた機才とする従来の考えを尊重しつつも、その機才によってさし出された歌の「心ども」（主題）とする、いささかの異見を提出した次第である。

いうまでもないことかもしらぬが、「ただ、この心どものゆかしかりつるぞ」の「心ども」を〃歌の心ども〃と解するからといって、この歌の心どもを書いてさし出した女房たち、就中清少納言の機才、機転、時宜に合った歌を書いた即妙の才を否定するものでは決してない。問題はこの段において中宮定子の感動、感銘の中身が、そうした女房たち、就中清少納言の才能なのか、才能によってさし出された歌の「心」なのかということでなければならない。「才能」であれば、「円融院の御時に」のお話も父道隆の「才能」の話になり、そういう連関でつながるしかない。そして帰結するところは清少納言の機転（歌のひとこと改変にウエイトを置く）を賞讃されたということになる。が、「君（帝）をし見れば」、「頼むやはわが」の歌の「心」の連関を重視すべき、一条天皇に向けられた中宮定子の情念を考えるとき、清少納言の歌の「心」（一条天皇への讃美）こそ中宮の〃知りたかった「心」〃であったと考えられるのである。上臈たちの「春の歌、花の心」もそれぞれ時宜に合って情趣深い歌でそれらも「ゆかしかりつる」〝歌の心〟ではあったはずだが、本命は、この場の人と情景からして清少納言が良房の歌を思い浮かべ、「花」を「君」に改変した歌の「心」といわねばならないのである。

　ここで気になるのは、中宮が今思い浮かぶ古歌を一つずつ書けと仰せられたのに対し、清少納言は即応して良房の歌を思い浮かべ、さらにこの場の自分の立場、具体的にはじっと天皇のお姿をひたすら拝したてまつっているのに即して書きかえてさし出したのだが、「春の歌、花の心」の方は古歌というよりは春を詠んだ歌、桜の花の気持を詠んだ歌、上臈の実作という感が強いことである。具体的な歌が書かれていないので確言はできないが。三田村雅子氏のあげられた馬内侍の歌が仮にこの場のものとすると、馬内侍の歌は「花の心」を詠んだものであり彼女の実作であろう。三田村氏は、「中宮定子の命令は『この花の心を詠め』とでもいった程度のものであったのを、」清少納言や馬内侍がそれぞれ自己の関心に引きつけて中宮定子の出題意図を「ただ今おぼえむ古き言《こと》一つづつ書け」、「これが散る心詠め」と〝翻訳〟したのだというように言っていられる。[14] わたくしは、「春の歌」というのもあることや「『とくとく、ただ思ひまはさで、難波津も何も、ふとおぼえむ言を』と責めさせたまふ」とあることから、「今すぐこの場で思い浮かぶ歌を何でも書きなさい」という御出題だったのを、上臈はこの場の情景から「春の歌」や「桜の花の心」を詠んだのに対し、清少納言は良房の歌を思いつくかを試問する中宮定子の真の出題意図を見抜いて、真の出題に〝翻訳〟して「ただ今おぼえむ古き言《こと》一つづつ書け」と仰せられたと書いたのであると考えたい。この〝翻訳〟自体が答のはじまりなのである。そう考えないと、もし「ただ今おぼえむ古き言《こと》一つづつ書け」が直接話法の言葉だったとしたら清少納言は即応しているが、上臈の「春の歌、花の心」の歌は即応しているように思えない。具体的な歌が枕草子に書かれていないからこれらが古歌あるいは古歌に手を加えたものでなかったとは言い切れないが、「春の歌、花の心」という言い方からは〝古歌〟とは思いがたい。良房の歌はまさにこの場の情景から思い浮かぶ〝古歌〟であったが、手を加えて現在の自分の立場からの歌に改変していることから考えても、もともとの出題は「今すぐ思い浮かぶ歌」であって必ずしも古歌とは限定されていなかったのではないか。「この場の情景からすぐ思い浮かぶ」即席が御所望なのである。清少納言はこの場の情景から中宮定子の出題意図を良房の歌を思い浮かべることにありと読んで問と答を書いた。上﨟はそれが読めず、ただ春や、桜の花の心を詠じた。枕草子の「問」は清少納言の読み解いた「問」であったのだ。中宮定子の問は問自体を読み解くべきものであり、かつまた読み解けなくてもすぐに詠じることの出来る範囲を含んでいたと考えられる。そう考えて上﨟の「春の歌、花の心」も「この心どものゆかしかりつるぞ」の対象になりうる。本命は清少納言のであっても上﨟の「春の歌、花の心」も答になりえていたといわねばならない。もし答にならないのだったら「この心どものゆかしかりつるぞ」と複数でおっしゃることが空疎になってしまう。答にはなっていたとすればもともとの問がそれら複数の答を許容するはずのものでなければならないわけである。（三田村氏の御論に啓発され、氏の説を敷衍すると共に、いささかは私見を加えた。）

中宮が父道隆の故事を語ることになったのは、清少納言の歌のひとことの改変による帝への讃美の「心」を見たからで、父道隆の歌のひとこと改変による帝（円融）への忠誠という、一工夫の機転も同じなら歌の「心」も同じ精神の故事は、清少納言の歌のひとこと改変という一工夫と帝への讃美の「心」がなかったら、中宮はお話にはならなかったであろう。清少納言の〝工夫〟は一般的に常にこの才女に対する潜在的な期待の対象たりうるが、良房の歌を帝への讃美の心の歌に改変した具体的工夫と精神は、中宮定子にとっては偶然的な感動であったはずで、それだけ感銘も大きく、父道隆の故事を一条天皇に向けてよどみなく語る情熱のバネとなった。さらには村上聖代を希求するわが身の一条朝における定位を語る情念へと、中関白家の代表選手たる中宮定子の自覚的な〝演出及び演技〟は高まっていった。清少納言の役割の意味はかようにこの場の主役を中宮定子たらしめるきっかけを作ったところにあるが、それを真にきっかけとして生かしたのは中宮定子であって、そこに中宮定子の主体的行為を見なければならない。決して清少納言が演出者というわけではない。中宮定子が主役であるというのは、よどみなく語った演技者のみをいうのではなくこの場を主導する人という意味である。よどみなく語ったという点では、常の演出主体に比して、演出兼演技者ということになるが、すべてをひっくるめてこの場の主役なのである。

注

（1）清水好子氏「宮廷文化を創る人―定子皇后の役割―」（「金蘭短期大学研究誌」創刊号、昭和41年5月）。

（2）三田村雅子氏「枕草子の〈問〉と〈答〉―日記的章段の論理をめぐって―」（「国語と国文学」昭和62年11月）は馬内侍の歌をあげていられるが。

（3）石田穣二博士編著『鑑賞日本古典文学第8巻枕草子』一三二頁参照。ただし石田穣二博士は「書きかえの機転」にポイントをおいていられる。拙稿に後述するように単に機転、一工夫の才能を賞めるといったことにとどまらず、その機転による中身の改変で表わされた歌の「心」（帝への讃美）に中宮定子の感銘、賞讃があったと考えられる。「ただこの心どものゆかしかりつるぞ」の「心ども」は歌の心ども、「帝への讃美の心」、「春の歌、花の心」など女房たちそれぞれの歌の「心」、「主題」であったと考えたい。ちなみに三田村雅子氏（注2の論文）のあげられた馬内侍の歌が仮にこの場のものであるとするならば、馬内侍の歌は「うつろいゆく花のはかなさを嘆き恨み、瓶にさすことで散ることをとどめようとする人為のむなしさをうたうものとなっている」（三田村氏注2の論文）。清少納言ともども「歌の心ども」である。

（4）上野理氏は「定子の父道隆の故事にしたがって歌詞を変えた配慮云々」（有斐閣新書、稲賀敬二氏、上野理氏、杉谷寿郎氏編者『枕草子入門』四九頁）と述べていられる。清少納言が道隆の「頼むやはわが」の歌のひとこと改変の故事を〝知っていた〟と考えていられるようである。ありうることではあるが、考証的証明はされていない。〝知らなかった〟という考証的証明も出来ないが。枕草子のこの段を読む限りでは〝知らなかった〟と見られる。

（5）・（6）萩谷朴氏著『枕草子解環』第一巻一九二頁参照。

(7)『鑑賞日本古典文学第8巻枕草子』一二八頁参照。

(8) 注1の御論文。

(9) 大阪国文談話会中古部会昭和63年9月17日の、玉上琢彌博士の御発言。

(10)・(11) 大洋和俊氏「枕草子の表現史—王権と古今和歌集受容をめぐって—」(「野洲国文学」第42号、昭和63年12月25日)。

(12) 大阪国文談話会中古部会昭和63年9月17日の、木曽幸子氏の御発言。

(13) 中古文学会平成元年春季大会（於　早稲田大学。平成元年6月3日）における目加田さくを博士の御発言。

(14) 注2の御論文。

〔付記〕本稿を成すにあたり「(中宮定子の仰せにより答えた)『君をし見れば』の『君』は帝を指す」との大阪国文談話会中古部会における玉上琢彌博士の御発言、御教示をはじめ、大洋和俊氏「枕草子の表現史—王権と古今和歌集受容をめぐって—」(「野洲国文学」第42号、昭和63年12月25日)、三田村雅子氏「枕草子の〈問〉と〈答〉—日記的章段の論理をめぐって—」(「国語と国文学」昭和62年11月)に負うところ多大である。清水好子氏「宮廷文化を創る人—定子皇后の役割—」(「金蘭短期大学研究誌」創刊号、昭和41年5月)はこの段の大きな見取り図、枠組みを教示され、関根正直博士『枕草子集註』このかたの諸先学の〝新注〟と共におかげをこうむるところ大きい。以上を記して謝意を表する。

二　清少納言はなぜ上臈の歌を切り捨てたのか

――枕草子「清涼殿の丑寅のすみの……」段小考――

枕草子「清涼殿の丑寅のすみの」段で、中宮定子の「ただ今おぼえむ古《ふる》き言《こと》、一つづつ書け」との仰せに対して上臈の書いた「春の歌、花の心など」の「二つ三つ」はなぜ記載されていないのであろうか。上臈の歌はいわば切り捨てられているのである。清少納言はなぜ上臈の歌を切り捨てたのか。

「ただこの心どものゆかしかりつるぞ」という中宮定子の御言葉を、「ただ、こうした（そなたの）機才が知りたかったのです」（田中重太郎博士著『枕冊子全注釈』〈能因本〉）、「ともかく、こうした（お前の）即妙の才が知りたかったんだよ」（萩谷朴氏著『新潮日本古典集成枕草子』、『枕草子解環』）のように清少納言の機才、即妙の才が知りたかったのだと理解される春曙抄傍注の「清少の作意」の系譜の諸注に立脚すると、清少納言は、要するに自分の歌が正解であるから、上臈の「春の歌、花の心など」の「二つ三つばかり」は問題にならないとして記載する必要を認めず切り捨てたのだと理解できる。しかし「心ども」の複数が意識されていない訳文、理解は承服できないのである。

「お前たち女房の、こうした機転」（石田穣二博士訳注『枕草子』角川文庫及び鑑賞日本古典文学）、「こうしたそなたたちの心のはたらき」（松尾聰博士・永井和子氏校注・訳『枕草子』〈能因本〉）といったふうに「心ども」の「ども」の複数たることを意識した訳文の注釈書の理解に立つときは、中宮定子が本命は清少納言のさし出した歌だとお思いでも、表面的には上臈の歌ともども「ゆかしかりつるぞ」とおっしゃっていることになるわけだから、その上臈の歌を切り捨てて記載しないのは中宮定子に対して無礼であろう。清少納言の歌が本命たることを「円融院の御時に」のお話で明らかにされたわけだからそれを受けて清少納言は上﨟の歌を記載するに値しないと判断したのであろうか。上﨟の歌を記載しなかった理由を考えるとき、記載する必要なしという清少納言の判断を見ないわけにいかない。しかしその判断は清少納言の勝手気まま恣意主観によるわけではなく、中宮定子の価値判断、評価にもとづくものであるといわなくてはならないであろう。表面的にしろ上﨟の歌も併せて「ゆかしかりつるぞ」とおっしゃったのであれば、「円融院の御時に」のお話で本命であることを明らかにされたからといっても、上﨟の歌を切り捨ててかえりみないのは当を得たことといえるであろうか。疑問としなくてはなるまい。

以上、従来の注解のいずれかによることもできない思いでいた折しも、一条の光をお与え下さったのが萩谷朴氏の御教示であった。拙稿「解釈と作品論と国語教育と―枕草子「清涼殿の丑寅のすみの……」段をめぐって―」(「学大国文」第33号、平成2年2月大阪教育大学国語国文学研究室発行)を謹呈申し上げたところ御懇篤な御芳信による御教示を賜わった。「この心ども」の複数を「即妙の才」とのみ解すべきでないとされた上で、「この心ども」の複数を他の上﨟女房の書いた「歌の心」と併せて複数と見ることは認めることができないとおっしゃって、「『君をし見れば』と書きなしたる(清少の和歌を他の上﨟の歌と)ご覧じ比べて」とある限り「この」という指示は清少の歌のみに限定され、その歌にこめられた「忠誠心」と「即妙の才」とを併せて「心ども」と複数にしたものだとお教え下さったのである。わたくしはこれを拝読して、前述した従来の注解のいずれによることもできないでいた思いから解き放たれることができた。この解にもとづいて考えると、清少納言が上﨟の「春の歌、花の心など」の「二つ三つ」を切り捨てた心意がすっきりと見えてくるのである。上﨟の書いた「春の歌、花の心など」「二つ三つばかり」は「春」や「桜の花の心」といった、折にふさわしい程度のものでしかなかったのである。「ただ今おぼえむ古き言《こと》、一つづつ書け」という中宮定子の出題は、古今集巻一春上の良房の歌を思い浮かべることを期待されてのことであり、従って正解は清少納言の歌ただ一つであったのである。より詳しくいえば「年経《ふ》ればよはひは老いぬしかはあれど花をし見ればもの思ひもなし」という良房の歌のままで十分だったのである。それを清少納言が「花」を「君」に変える機才を発揮したものだから、中宮定子は歌の一言《ひとこと》改変といい帝讃仰という中身まで類似の道隆の故事を語ったのであった。「円融院の御時に」のお話だけがこの段の中で古今集と関わらないことも、もともとの中宮定子のお話の予定になかったことを証するであろう。「潮《しほ》の満《み》ついつもの浦のいつもいつも君をば深く思ふはやわが」という恋歌は、作者、出典ともに不明の歌である。

「古今の草子をお前に置かせたまひて、歌どもの本《もと》をおほせられて、『これが末、いかに』と、問はせたまふ」古今集暗誦の試問と「村上の御時に」の宣耀殿の女御の古今集暗誦のエピソードはもともとからお話しなさろうと思っていられたのであろう。清水好子氏「宮廷文化を創る人─定子皇后の役割─」(「金蘭短期大学研究誌」創刊号、昭和41年5月)に述べられているように、この段の場面が古今集を典拠に着想した中宮定子の演出によって構成されており(「桜の花を瓶に挿して上の御局の匂欄のもとに置くというのは定子の着想ではないか」と清水氏は言われている)、「古今集の世界を、引歌本歌どりといった言葉の上だけでなく、日常の暮し方の上に、生活のスタイルの上で、蘇らそうとしている」(清水氏論文)ことからして「生活の様式に典拠を求め」るべく古今集暗誦試問、村上聖代の風雅を希求的に語る宣耀殿女御のエピソードをお話になるのは極めて必然的である。もともとからお話しなさろうとの心づもりであったろうと考えるゆえんである。

さて、もとにもどって、正解は清少納言の歌ただ一つであり、中宮定子は清少納言の歌にこめられた「忠誠心」と「即妙の才」とを併せて「この心ども」と複数にしてそれを「ゆかしかりつるぞ」とお賞めになった上に「円融院の御時に」のお話までなさった。清少納言は面目を施し、中宮定子の賞讃に支えられて上臈の「春の歌、花の心」など「二つ三つ」は記載するに及ばないという判断も出来たのであろう。「それもこれもすべて作者が、事件の中核だけを語り、解説や釈明を好まなかったことに原因がある。頭のよい人にありがちな一種の欠点でもあるが、(中略)この作者の基本的な態度なのである。随分おしゃべりな人のように見えて、実はよけいなことを言わず云々」と説かれた森本元子博士の御文章(『鑑賞日本古典文学枕草子』の「枕草子の窓」所収「日記的章段の世界」)を思い浮かべるのである。

「ただこの心どものゆかしかりつるぞ」の「この心ども」は「そなた(清少納言)のこうした心のはたらき、歌の心」と訳すべきなのであろう。前稿「解釈と作品論と国語教育と―枕草子「清涼殿丑寅のすみの……」段をめぐって―」で「そなたたちのこうした歌の心」と訳したいと書いたがここに訂正・修正しておきたい。良房の歌を思い浮かべ得たことが「心のはたらき」「即妙の才」であり、この場に即して「花」を「君」に変えた行為も「即妙の才」である。そしてその即妙の才によって表わした一条天皇への讃仰の心と併せてこれらが「この心ども」である。清少納言の即妙の才だけでなく一条天皇讃仰の心とを併せてこもごも中宮定子は清少納言をお賞めになったのである。

前稿で「ども」を複数として「そなたたちの」と訳すべきだとし、中宮定子が「さすがに上に立つ人だけあって、一応、女房たちのすべてに花を持たせたのである。」(石田穣二博士編著『鑑賞日本古典文学枕草子』一三三頁)という説に従って、「この心どものゆかしかりつるぞ」の対象に上﨟の歌も入っているから、古歌とは思いがたい「春の歌、花の心などの」「二つ三つばかり」も答になりうる前提として、中宮定子のもともとの御出題は「(この場の情景から)今すぐ思い浮かぶ歌を書け」というようなものであったのを、清少納言は中宮定子の真の主題意図を見抜いて問と答を書いたのではないかと述べた(三田村雅子氏「枕草子の〈問〉と〈答〉―日記的章段の論理をめぐって―」に啓発・触発され私見を呈した)のであるが、複数の意味の前提が変われば、中宮定子の出題は枕草子の記述通りに「古歌」の御所望としなくてはならないであろう。そして古歌なのかどうか不分明な上﨟の歌「二つ三つ」もやはり古歌と考えなくてはならないであろう。中宮が「今すぐ思い浮かぶ古歌を一つづつ書け」と仰せなのに、女房が即席の自分の歌を書いてさし出すなどということはありうべからざることだからである。

なお萩谷氏は「従って下文にも「年若からむ人は云々」と自分一人が褒められた面映さを弁解することともなるのでしょう」と述べていられる。わたくしは「年若からむ人はた、さもえ書くまじきことのさまにや」が「円融院の御時に」のお話のあとなので、これは「円融院の御時に」のお話によって清少納言の歌が本命であることを知らされてのことと受け止め、「この心どものゆかしかりつるぞ」の対象は、一応女房たちすべての書いてさし出した歌の心どもになると考えていたのであるが、前述来の萩谷氏の御教導にもとづけば、中宮定子は最初（のっけ）から清少納言を激賞されたことになる。となると「さすがに上に立つ人だけあって云々」（石田博士前掲書）の中宮定子像は消去されなくてはならず、代りに、ここまで新参の清少納言に目をかけ引き立てていられる中宮定子像が描かれたことになる。そこに清少納言の「個」としての心意がうかがわれるというべきなのであろうか。

前稿にも書いたことだが一語の解釈（たとえば「心ども」の内容）によって作品の世界（たとえば中宮定子の人物像、「君をし見れば」の「君」の解釈によるこの段全体の世界など）の受け止めが時には激変する。ここに作品を読むことの面白さがあり怖《こわ》さもある。国語教育とはこの両方（面白さと怖さ）の体験のことをいうのである。

三　『兵部卿物語』覚え書き

冒頭に主人公「兵部卿宮」の紹介記事がある。これを読むと、おのずから『源氏物語』の光源氏と匂兵部卿の宮が想起されてくる。二の宮とある点は第二皇子光源氏。兵部卿の宮とある点はまさしく匂兵部卿の宮で、母が后《きさい》の宮であるのも同じ。「同じくは御《み》位もこの君にと思《おぼ》しけれど世の聞こえ、人のそしりを思《おぼ》しつつ、一の宮東宮に立たせ給ひて」は、光君（第二皇子）を出来れば第一皇子をさしおいてでも立太子させたくお思いになりつつ、「世のうけひくまじきことなりければ」断念されたのを想起させる。その事情は光君とは異なり、母が后の宮である「兵部卿の宮」は同母の第一皇子をさしおくことが「世の聞こえ、人のそしりを」はばかる理由であったとおぼしい。第二皇子を第一皇子をさしおいても御位にという情念は光君に似ているが、「次の坊がね」という点は匂宮巻の第二皇子に同じく自然で波乱を感じさせない。が、「兵部卿の宮」とあることや「帝《みかど》、后《きさき》、いみじくかなしうしたてまつり、かしづききこえさせたまふ宮」とある匂宮（第三皇子）と似ている。「うちうちの御かしづきは、なかなかいふばかりなき御おぼえなり。」は、桐壺帝が「この君をば、私物《わたくしもの》に思ほしかしづきたまふこと限りなし」と光君を大切にされた寵愛を想起させる。また「御容貌《かたち》の清らにうつくしくおはしますこと、昨日より今日はまさり、今日より明日は匂ひ加はり給ふやうにて」は若菜上巻の紫上について「去年《こぞ》より今年《ことし》はまさり、昨日《きのふ》より今日《けふ》はめづらしく、常に目馴れぬさまのしたまへるを」とあるのを思わせ、「ただ一目見奉る人だに千代のよはひも延《の》ぶるやうになむありける」は若紫巻で光源氏を、北山の僧都が「世を捨てたる法師のここちにも、いみじう世のうれへ忘れ、齢《よはひ》のぶる人の御ありさまなり」と讃えたのを想起させる。「御才《ざえ》かしこくおはしますこと、また世になく、幼くより帝の御前にて教へさせ給ひければ、何ごとにつけてもかたはなることなくぞおはしける。」も光君が「きはことにかしこくて」（桐壺巻）、「源氏君は、（帝の）御あたり去りたまはぬを」（桐壺巻）、「みづからは九重《ここのへ》のうちに生《お》ひ出ではべりて、（中略）夜昼御前にさぶらひて、わづかになむはかなき書《ふみ》なども習ひはべりし。ただ、かしこき御手より伝へはべりし（以下略）」（少女巻）とあるのを想起させる。

このように兵部卿の宮は多分に光源氏のすぐれた資質を想起させ、かつ帝、后《きさい》の宮を父母とする、何一つ不足のない恵まれた生い立ちで、かの光源氏のように類《たぐい》なき人物でありながら母が更衣で後見《うしろみ》のない皇子という設定とは異なっている。ここには入り組んだ問題性はなく、「同じくは御位もこの君に」も帝、后の深い寵愛を物語るだけの恵まれた幸福な皇子ということで、光源氏の身の上のごときすぐれた天性資質なるがゆえの波乱を予告するものではないらしい。

「内裏《うち》にも梅壺を御曹司にて」は匂宮巻の二の宮が「梅壺を御曹司にしたまうて」とあるのと同じで「次の坊がね」であるのが同じなのと合わせて明石中宮腹の二の宮に類似する。目崎徳衛氏（「後宮の成員と殿舎」「解釈と鑑賞」昭和61年11月）によると、「藤壺、梅壺、梨壺は女御の休所なるとともに、しばしば東宮の御在所にも当てられた」。村井康彦氏（「後宮の生活　殿舎」「国文学」昭和55年10月臨時増刊号）によると、梅壺は「場所的な関係から皇太子の居所にされることが多かった（たとえば村上帝の東宮、三条帝の東宮）」。兵部卿の宮が梅壺を曹司にしていたのは、東宮と同等の扱いをうけていたことになる。(1)「これは次の坊がねにて、うちうちの御かしづきはなかなかいふばかりなき御おぼえなり」に相応する。

「后の宮の御方にも、容貌《かたち》清らに心ざまあてなる人々をば、みなこの御方へ渡させ給ひつつ、ひとへに女御などのやうにぞもてかしづき給ひける。」は、匂宮巻で、薫を冷泉院や秋好中宮が大切にお世話なさり「若き人も、童《わらは》、下仕へまで、すぐれたるを選《え》りととのへ、女の御儀式よりもまばゆくととのへさせたまへり。上にも宮にも、さぶらふ女房のなかにも、容貌《かたち》よく、あてやかにめやすきは、皆移しわたさせたまひつつ、院のうちを心につけて、住みよくありよく思ふべくとのみ」特別に大切にお世話なさったのと類似の表現、叙述である。

このように光源氏をはじめ匂宮巻の二の宮や薫への特別扱いを吸収して造型された兵部卿の宮は、「東宮をさしおきてもまづ『この宮に奉らむ』と宮の御内意をうかがいなさる方々も多くあるが、「昔よりあやにくに思ほししみにし御心のほか、さらになびくべうもあらぬは、いかなる昔の御契りにかありけむと、前の世さへぞ恨めしき」と語られるに及んで、この宮をめぐる主題性のありかがほの見えてくる。

宮が思いつめている姫君、「昔より、あやにくに、思ほししみにし心」とある姫君は、次のように語られる。

この姫君と聞こえさするは、帝の御弟、故式部卿の宮の御代の末に生まれさせ給ひて、ほどなく宮失せ給ひにしかば、御形見にもと思して、内裏に迎へさせ給ひつつ、宮たちと同じやうにて生ひいでさせ給へり。このころは、十四、五にもやならせ給ふらむ。御容貌《かたち》ありさま見奉らむ人人は、いかなる武士《もののふ》なりとも、やはらぐ心はかならずつきぬべきを、宮は幼くより見馴れ給ふに、幼き御ひとへ心にかかりて、苦しきまで思ほししみつつ、はかなき花紅葉につけても、心よせことに、あはれをつくし給ひしを、おとなびさせ給ふままに、いとけどほくもてなさせ給ひて、ありしやうに御簾《みす》のうちにも入り給はず、御遊《み》びなどの折折、琴笛の音《ね》に聞き通ひ、ほのかなる御声《おん》などを慰めにて過ぐし給ふを、

既に三谷栄一博士が『物語文学史論』（昭和27年5月初版発行）に於て、右の文が、「その趣向のみでなく文詞上にも狭衣巻一の、

源氏宮と聞ゆるは、故先帝の御末の世に、中納言の御息所の御腹に、類なく美しき女宮生れ給へりしを、……宮の三つばかりになり給ひし年、院も御息所もうちつゞき隠れ給ひにしかば、いと心苦しくて、この斎宮のやがて迎へ取り聞えさせ給ひて、中将の同じ御心に思ひかしづき聞えさせ給ふ。……十に四五あまり給へる御か

たち有様、見奉らん人、如何なるものゝふなりとも、やはらぐ心は必ずつきぬべきを中将の御心の中は理ぞかし。『我も幼くおはせし折は、互にかくのみ幼き人はめでたきものとのみ思しならひたるを、やう〳〵ものの心知りゆくまゝに、この様ならんを見ばや、さらざらんこそ生ける甲斐なかるべけれと、おぼししみにければ、かくいとすさまじき御心ながらも、自ら心にくきあたり〳〵を、いかにせん〳〵とのみ、もの難しうやう〳〵なり給て……』（深川本）

の文と似たところが多く、殆ど符合するのである。」と指摘されている。(2)

また、片岡利博氏は、もう一ケ所「かなりの長文にわたって『狭衣』と酷似する個所」として、次の文をあげていられる。(3)

二葉より同じはらからのやうにて生ひ出で給へば、かかる心付き初め思ひ余る色を仄めかしても甲斐なきものの、上にも類なき御志といひながら、この御事ばかりはさてあれともよも任せ給はじ、世の人の思はん事もめづらしげなきやうにぞあるべきなど、とざまかうざま世のそしりを思ほすには、あるまじき事と御心よせ強ひて深く思ほしつつむにぞ、あやにくに心は砕けまさりつつ、御心細く眺めがちのみにて、とてもかくてもこの御事は御心にかなふまじきをいかになずらへ給はん人だにあらばと思ほすにや、人知れぬ御忍びありきなども重なれど、御心とどむべき方なきに、いとど類無き人の御さまと、なほ、心は砕けまさりてつひにいかなるさまにか身をなし果てんと心細き折がちなり。

右の「兵部卿物語」の文辞・内容は「狭衣物語」のそれと酷似するとして片岡氏は次の文章を挙げていられる。

二葉より露ばかり隔つる事なく生ひ立ち給ひて、親達を始め奉り、よその人々、帝・東宮も一つ妹背と思し召し掟てたるに、「我は我とかかる心の付き初《そ》めて、思ひ侘び仄めかしても、甲斐なきものから、あはれに思ひ交はし給へるに、思はずなる心のありけると思し疎《うと》まれこそせめ」と、「大殿、宮なども、類無き御志といひながら、この御事は、さらばさてもあれとも、よに任せ給はじ、世の人の聞き思はむ事も、ゆかしげなくけしからずともあるべきかな」と、とざまかうざまに世のもどきなるべき事なれば、あるまじきに深く思し取るにしもぞ、あやにくに心は砕けまさりつつ、「つひにはいかなるさまにか身をもなし果てむ」と、心細き折がちなり。

狭衣物語に於ける順序はこの「二葉より」の方が先で、兵部卿物語では、「二葉より」の方が後である。それは兵部卿物語では、「思ほししみにしみ心のほか、さらになびくべうもあらぬは、……」を受けて「この姫君と聞こえさするは」と、その履歴を紹介する記事がすぐに必要だったのである。狭衣物語の方は、冒頭に「少年の春は」に始まって、源氏の宮が具象的に描かれており、必然的に「二葉より露ばかり隔つる事なく生ひ立ち給ひて」と、具体的な話に入っていったのである。兵部卿物語では冒頭からその履歴が語られているのに対し、狭衣物語では主人公狭衣の履歴が、「少年の春は」に始まる具象的な話のあと、「この頃、堀川の大臣と聞えて関白し給ふは」に始まる主人公の両親の紹介と共に語られるのに呼応して、女主人公源氏の宮の紹介記事がなされたのである。つまり狭衣物語の特異と言ってよい物語冒頭にひきくらべ、兵部卿物語の方は、普通の物語の語り出しで、主人公の両親との関係から語り出されているが、両親をまず詳しく語る物語冒頭の定型とはいささか異なり、主人公のそれ自身を詳しく述べるのに付随して両親のことが述べられているにすぎない。その点狭衣物語は冒頭こそ特異であるが、「この頃、堀川の大臣と聞えて関白し給ふは」に始まる両親の紹介記事は整っていて物語の定型に近い。この堀川の大臣は后腹の第二皇子という類なき出自ながら「何の罪にかただ人になり給ひにければ、故院の御遺言のままに、うち代わり、帝ただこの御心に世を任せ聞えさせ給ひて、いとあらまほしうめでたき御有様なり」とあって、光源氏が第二皇子で帝の寵愛深き身でありながら母方の後見がないという現実的理由で親王宣下もなく臣下に降らしめられたのと異なり、后腹で一条上皇や今上と母を同じくするという文句のつけようのない身の上なので「何の罪にか」と前世の罪を理由にしている。しかし光源氏も高麗の相人の予言によれば、帝王相でありながら帝王として見ると「乱れ憂ふることやあらむ」ということなので、臣下に降す決定を帝はあそばした。これも前世の宿縁、宿世というほかないのではないか。光源氏は前世に於て罪を作っていたのか。父の后、義母と密通するという罪を犯す宿縁を背負っていた。このことが帝王相でありながら帝王とならば国乱れ民憂うる仕儀となるゆえんであり、帝王となることを抑止せしめる作者の所為として「乱れ憂ふることやあらむ」の相人予言の〝警告〟となった[4]。狭衣物語の堀川の大臣の「何の罪にか」は光源氏の帝王相でありながら臣下に降ったゆえんを背負っているのではないか。「二条堀川のわたりを四《よ》町《まち》築き籠《こ》めて」は古典全書の補注（一九）に「(参考)『六条京極わたりに中宮の御ふるき宮のほとりを、四町を占めて造らせ給ふ』（源氏物語、少女巻）」とあるように光源氏の面影、影響があろう。「故院の御遺言」というのも賢木巻の桐壺院の朱雀帝への御遺言を模していよう。しかし狭衣物語は「故院の御遺言のままに、うち代わり、帝ただこの御心に世を任せ聞えさせ給ひて、いとあらまほしうめでたき御有様なり。」と、源氏のような屈折がない。狭衣は、光源氏の面影を受けつぐ父堀川の大臣の男君だが、父大臣が僅かに「何の罪にか、ただ人になり給」うた光源氏らしさの系譜として、その「すぐれてこの世のものとも見え給はぬ男君」という造型を得たのだった。

　しかし「兵部卿物語」の主人公は狭衣の系譜というには尋常のすばらしさの域を出ない。匂兵部卿宮に近似するというべきが穏当かと思われるのである。しかし主題論的に言って「昔より、あやにくに、思ほししみにしみ心のほか、さらになびくべうもあらぬ」というところに匂宮とは異なる造型があり、薫や狭衣の系譜を思わせるのである。ただ一人の女性への思慕を源泉とする心情は源氏の藤壺宮へのそれにさかのぼる。

　　宮は、幼くより見慣れ給ふに、幼き御ひとへ心にかかりて、苦しきまで思ほししみつつ、はかなき花紅葉につけても、心よせことに、あはれをつくし給ひしを、は、桐壺巻によること宮田和一郎氏の御指摘(5)、千本英史氏御指導大阪教育大学三回生の指摘もあるが誰しも気づくところであろう。大島本（青表紙本）では「幼きほどの心一つにかかりていとくるしきまでぞおはしける。」だが、青表紙本の肖柏本三条西家本は「御ひとへ心に」で、別本の御物本も「御ひとへ心に」である。恐らく兵部卿物語の作者はこれらに拠ったのであろう。しかし源氏の藤壺に対する恋慕の情の文詞は模していても、兵部卿宮の恋はいい、兄妹のように育ったいとこ同士ということではばかっているので、狭衣物語の構想に近いのである。知られるように、狭衣物語は、狭衣の源氏宮への恋の「色々に重ねては着《き》じ人知れず思ひそめてし夜半の狭衣」の独詠歌にうかがえる、ただ一人の女性への思慕を貫ぬこうとするモチーフが招く女性の不幸と彼自身の破綻の人生を描いて後味のよくない作品というべきか。

さて、「兵部卿物語」の主人公の恋はどのようであろうか。故式部卿宮の姫宮への恋の自制と気持のまぎらわしに北山の聖を訪れ、若紫巻を思わせるが、この物語は直ちに西の京の女への恋、形代物語に向かう。源氏物語との違いは、藤壺によく似た姪の紫上に向かう形代物語に対し、夕顔的な女君を形代としている点である。夕顔的なイメージの女君が時代の好尚として好まれ、物語のヒロインとせられている趣である。蔵人の将監に女の正体を探らせるのは惟光に夕顔の正体を探らせたのに模しているが、夕顔巻のように夕顔の素性を物語が終って（夕顔が死んで）から明かすのではなく、早々とこの女の素性を明かしていて、夕顔巻のようなミステリアスな雰囲気は欠落している。そういうことにはこの物語は関心を置いていない。夕顔的なイメージを持つ女君をヒロインとしてかなわぬ姫君の代りにと求める形代物語がこの物語の構想の基底で、それがどういう展開となるのかに物語の主題性のありかがうかがえるであろう。かいま見をして「琴を枕にて添ひ臥したる人ぞ、いとあてに愛敬づきたるさまして、ほそやかになよびたる容体《やうだい》など、あけくれ思ひこがれ給ふ人のおんさまに、ふと思ひいでられて、火影《ほかげ》の暗きに、さだかには見えねど、年のほどもそのころと見えて、いとあはれになつかしければ、……」とある。これがこの女

君への恋のモチーフであるが、

　さるは、あやにくに恋しき人の御ことにさし添へ、これさへ忘れがたく思せど、かかる下《しも》が下《しも》の品《しな》までたづねいで、主知らぬ恋路に迷はむも、いとあまりなる心のほどかなとかへすがへす思ほしかへせど、ありし火影の忘れがたく、さりとて、見ではえやむまじう思せば、こころみに御文書き給ふ。

とあって、「下が下の品」の女に恋することに兵部卿宮は自制の心を見せている。その点夕顔に恋した源氏が夕顔をやはり下の品と思いつつ、魅入られるようにのめりこんでいく非日常的世界とは異なっている。「主知らぬ恋路」は宮田和一郎氏の「兵部卿物語」（『武庫川学院女子大学紀要』第四集　昭和31年度）の頭注に指摘されるごとく古今集巻三そせいの「ほととぎすはつ声きけばあぢきなく主《ぬし》さだまらぬ恋せらるはた」をふまえており、対象がはっきりしない恋に迷っていることをわが不料簡と自省しながらも「ありし火影の忘れがたく、」女君に手紙を書く。形代物語を基底にしているだけに、夕顔物語のように遊戯性はない。薫が大君に似た浮舟を求めていくのに近い心情なのだが、「たそがれにそれかあらぬか琴のねのしらべかはらで聞くよしもがな」と歌をおくるとき「何の中将とかや」と、兵部卿宮であることを隠すのはなにゆえであろうか。宮田和一郎氏は「夕顔巻の模倣である」と指摘され、千本英史氏らは夕顔巻のほか「一条摂政御集」をあげ山口博氏『王朝歌壇の研究・村上冷泉円融篇』の「高貴な身分にあるものが自分の身分を低く偽り、同じように低い身分にある女性のもとへ通うことにより、闘争や謀略に満ちた世界からの精神的逸脱を果たし、人間らしい愛に生きることを求めようとした」という説述を引用しているが、「一条摂政御集」にはあてはまる説述だが、兵部卿宮の恋にあてはまるであろうか。「兵部卿宮に関しては、政治の世界でのわずらわしさなどは描かれていないが」と「一条摂政御集」の「大蔵史生倉橋豊蔭」とは異なる位相を指摘されつつも「姫宮との叶わぬ恋から離れて、全く別の場所で新しい恋を求めようとしているさまがうかがえる」とされる。形代を求める動機からならばもっと真剣に、たとえ身分が低い相手という限界があろうとも自らの素性や名前を隠すような行動に出る必要があろうか。夕顔巻のばあいは葵上や六条御息所からの精神的開放、逸脱が考えられるが、故式部卿の宮の姫君によく似た女君への恋は、姫宮から離れる新しい恋などでありえないはずである。宮の姫宮の代りに女君を恋しく思うのだから姫宮は新しい恋の源泉であって、「離れる」どころか、回帰すべき精神の脈絡を思わねばならない。

しかるに兵部卿宮は「何の中将とか」偽名を使う。夕顔への源氏の行動を模したというのならそもそものモチーフとはちぐはぐな遊戯的な態度といわねばならないが、この主人公の偽名の理由は「かかる下《しも》が下《しも》のしなまでたづねいで、ぬし知らぬ恋路にまよはむも、いとあまりなる心のほどかなと、かへすがへす思ほしかへ」す自省の心がこの女君への恋の態度を因循姑息にし偽名を使って我が恋を隠蔽しようとするのであって、源氏の夕顔への恋の遊戯性とは異なるといわねばならない。私はこの隠蔽は、狭衣の女二の宮に対するそれと軌を一にするものと思う。夕顔と似ているのは外的条件にほかならず、恋の精神構造は源氏のそれではなく狭衣のそれである。外的条件は女二の宮と全く異なるが、狭衣の恋の隠蔽性の系譜下にあると思う。下《しも》が下《しも》の品《しな》の女、しかも、はっきりとはわからぬ女を相手とする恋を不料簡とはっきり自制する心と背反する「見ではえやむまじう思《おぼ》」す心、このうじうじした心は狭衣の系譜にほかならない。

西の京の姫君（按察の姫君）の方こそ、兵部卿宮からの手紙を唐突に感じたであろう。「たそがれにそれかあらぬか」で垣間見られたことを感じたであろうが。お互い誰だかわからぬまま、兵部卿宮は恋文で攻めたてるが、女君は「泣き臥し給うて、枕ももたげ給はぬ」のは困り果てているさまなのであろうか。夕顔物語のようなやりとりがなく、女君はただ不気味でいるのか、困り果てて「あるかなきかのさまにて臥し給ふ」というのは、兵部卿宮の恋にとって不様であるばかりか、この女君も不様であるまいか。女君のこの有様はなぜなのかと詮索してみると、誰か分からぬ「何の中将とか」いう男君に突然言い寄られるような我が身の上が悲しいのであろうか。乳母のことばに徴すれば「父母おはせしほどは、いかなる女御、更衣にもと思しかしづきしかど、かかる御宿世の、力にもおよばぬことなれば」とあり、女君もこのような嘆きで臥してしまっているのかと察せられよう。が、乳母は、このような宿世だからと分別するのである。中将が女君を大事にしてさえ下さるならば、と中将にあわせ申そうと言う。現実を運命と観じる乳母と対位するかたちで、女君が現実を嘆くさまが浮彫りされる。

この女君はひたすらにあわれな造型であるようだ。はかないものあわれな哀切なイメージは恐らく夕顔像の中世的受容であろう。ちなみに夕顔は単にはかない女君ではなかった。「はかなびたるらうたさ」「やはらかさ」は源氏が讃えたように夕顔の美質にほかならない。その「やはらかさ」には艶になまめいた風情がこめられていた。円地文子氏の言われる「娼婦性」というレッテルはややどぎつくて国文学者たちには不人気のようだ。しかしそれは「娼婦」という江戸時代的もしくは近代的（明治大正昭和）な感覚的用語が災いしているのであって、円地氏の説明をよく読めば、「艶になまめく巧み」「底のない軟らかさ」等は十分に説得力がある。げんに源氏が「女はただやはらかに、とりはずして人にあざむかれぬべきが、さすがにものづつみし」とわが好尚を語るなかに夕顔像がこめられている。「はかなびたるこそは、らうたけれ」とミックスしてこの言葉はあるのであって矛盾するものではないのに、「はかなびたるこそは、らうたけれ」がインパクトが強いのか、急死したはかない女の運命と結びついてそれのみがひとり歩きしているように思われる。「兵部卿物語」の中世的受容はそれをより際立たせ哀切な女人像に傾斜しているが、もはや夕顔から離れて浮舟（夕顔の系譜）の運命に近接しているようだ。

夕顔については「心あてにそれかとぞ見る……」の歌は夕顔からの贈歌ではなくて源氏が「をちかた人にもの申す」と言ったのに対して「古今集の旋頭歌、一〇〇七、よみ人しらず　うちわたすをちかた人にもの申すわれそのそこに白く咲けるは何の花ぞも」を思いうかべ、「（本当にあの賤しい花なのかどうか、白露の光がまぶしくてはっきりとは見定められませんが、）おそらくはその花だろうと見当をつけています。『白露』（あなた様）がその光を添えて（下さったおかげで、）白く輝いて見える夕顔の花を。(6)」、「何の花かとお尋ねになった花は、当て推量ですが、この花のことだろうと存じます。白露に光っている夕顔の花のことだと……。車の窓からちらっとのぞかれたの、わかりましてよ。ほんとうに、この花のようにお美しい顔でございました。(7)」等のすぐれて魅力的な解が示されていて、決して夕顔が女の方から積極的に男（源氏）に歌を贈ったのでないことが説かれ説得力がある。夕顔の花を夕顔（女）を指すものと説かれた(8)黒須重彦氏（『夕顔という女』笠間書院、昭和52年）や岩下光雄氏（『源氏物語の本文と享受』和泉書院、昭和61年）の説得力のある〝賤しい花〟の卑下説を受けて私などは岩下氏の「それ」を源氏、夕顔の花を女（夕顔）のこととする解「こんな賤しい家に咲いている風情のない夕顔の花に、光彩を添えて美しく見せる白露の光、そのようにこんな家に住んでいる私のようなものにさえ、面立たしさと美しさを添えてくださるようなあの光、それは、光の君と推し量られることでございます。(9)」あたりに賛同してきたのであるが。

ちなみに「それ」を頭中将とすることは、私はすでに述べたように「実際の頭中将の一行の車が通った時にこの家の童女が『中将殿こそ、これよりわたりたまひぬれ』と言った根拠に『頭《とう》の中将の随身、その小舎人童を見て』とあるのを考えると、源氏の随身を見ているのだから頭中将の随身とは違うことに気づくはずだと思うのである。随身が頭中将の随身でないとすれば貴公子は必然的に頭中将であり得なくなるであろう。(10)」と批判している。随身は一人ではなく、中将のばあい四人だから、決定的には言えないにしても、源氏の随身は、童女らは頭の中将の随身の中には見ていないことは確かであろう。

清水婦久子氏は詳しく論証され、就中歌のリズム「心あてにそれかとぞ見る……夕顔の花を」と解すべきこと、「夕顔の花」を「夕顔」そのものであり（女を象徴）、源氏を指すものではないと力説された。が、森正人氏が『紹巴抄』の説を引用されて説かれたように、(11)単に「うちわたす遠方人《をちかたびと》にもの申す」の歌の応答ではなく、「白露の光添へたる」に「『露の光はもしやあなた様――光源氏の君では』と匂わせて相手の注意を喚起した、換言すれば、〈さしおどろかし〉が表の意味であると解しているわけである。そして表ならぬ裏の意は、『お尋ねの白い花の名は夕顔かと存じます』という、いわば花自身のないし花の咲く宿の〈名乗り〉であると解しているのであろう。」といわれた、いわば両義性の理解に傾聴したく思う。随身は源氏の側にいるから源氏が「ひとりごちたまふ」のを聞いて「かの白く咲けるをなむ、夕顔と申しはべる。花の名は人めきて、かうあやしき垣根になむ、咲きはべりける」と答えたわけであるが、夕顔の方の侍女などに源氏の「ひとりごちたまふ」声が聞こえはしないであろう。が、歌意は、「ずっと向うにおられるお方にお尋ね申す」で、離れた夕顔に尋ねたのにふさわしい。片桐洋一博士『古今和歌集全評釈』に「離れた所にいる人に声をかけ、そこに咲いている花は何の花かと問いかけているのである。」「『うちわたす遠方人に……』と彼方を見やるポーズをとり、『物申す我』というような自己紹介とも言える言葉を続けてから、『そのそこに』と指し示して、『白く咲けるは何の花ぞも』と問いかけている様子は、問者と答者との間にかなりの距離が置かれていて、日常会話の一コマとは思えないばかりか、後代の狂言のようなセリフとシグサが髣髴されて、この歌が芸能とのかかわりにおいて伝承されて来たのではないかという感じがする。[12]」とある。「自己紹介」等右の解説から学ぶと、源氏の問いかけは夕顔の方に向かってなされているべきもので、近くの随身が答えてしまっているので問答の本来の形、問者と答者の関係が遮断された観を呈するのだが、離れた所にいる夕顔が本来の役割をそれにかまわずやってのけているのであろう。森正人氏が説かれたように、「うちわたす遠方人にもの申すわれそのそこに白く咲けるは何の花ぞも」に対する「返し」の「春されば野辺にまづ咲く見れどあかぬ花幣（まひ）なしにただ名のるべき花の名なれや」に依拠する夕顔の応答は、随身のようにはっきり夕顔の花と答えるのでなく、「心あてにそれかとぞ見る」、当て推量の「言いはぐらかし」なのであった。光源氏の問いかけは「遠方人」すなわち夕顔の宿の女に向けられており、夕顔は古今和歌集に依拠して答えている。まさに風流を解した艶なる女である。はっきり答えた随身は劣るといわねばならない。この場面の委細がそう明瞭には描写されていないが、日常的会話・問答を超えた象徴的戯曲性として感得すべきなのであろう。

夕顔（女）から積極的に歌をよみかけたのではないとする点については私もかつて「必ずしも女の側からのはたらきかけを先とするのも当たらない。その前に源氏が庭の白く咲く夕顔の花を随身に手折らせている。その行為に対して歌は詠まれたのである。わが庭の『枝もなさけなげなめる花を』あの名高い光源氏が手折ってくれたことに対し、わが家の夕顔の花は光栄でございますの意を詠んだのである。（後略）[13]」と述べたことがある。夕顔（女）から積極的に歌を贈ったのではないが、夕顔が風流（艶）な女であることは否定できまい。「白き扇の、いたうこがしたる」に夕顔の花をのせるよう、女童が指示するこの夕顔の宿の風情の頂点に女主人夕顔がいるのである。白露の光そへたる」の「光」に「もしやあなた様は光源氏様では」と匂わせたあたりなかなかのものである。

さて兵部卿物語の西の京の女君は境遇において夕顔的ではあるがコケティッシュな性情は持ち合わせていず、当初からひたすら嘆く女君である。兵部卿宮は故式部卿宮の姫君の形代としてこの女君を愛していくにつれ、女君も「すこしうちとけゆく」。御本尊の宮の姫宮が斎院にお立ちになることになり、神に仕える斎院として遠く隔てられることになったことに兵部卿宮は絶望的な気持になった。その悲しさから女君を訪れなくなる。その理由・事情の分からない女君は物思いに沈む。宮の姫宮への思慕を深く秘密にしているところに悲劇の源泉があり、周囲の人々の誤解も生じ、父帝、母后がその慰めにと右大臣の姫君を宮にと事を運ばれるに至る。それがかえって兵部卿宮を悩ませ、不快、不満の情を持つこととなる。

「まことや[14]」と、作者は話を西の京の女君にもどす。物語の主題はこの西の京の女君にあるようだ。右大臣の姫君の婚儀の準備が女君の身の上に波及してきたのだ。右大臣の姫君に仕える上席の女房の話が持ち込まれたのである。折しも中将（実は兵部卿宮）が嘆きのさなかで通いがとだえていた。まれに通ってきてもずっと夜ふけに来て、帰りの道も人に知られないようにするしまつ。こういう扱いを受けていたゆえ、乳母が宮仕えをすすめるのも無理ではない運び。「つねにうちしめりたる本性《ほんじやう》」の女君は宮仕えをためらうのだが、それが中将への未練と誤解されるのも見苦しいので、女君はどうしてよいか分からず「ただうち泣き給ふさま、いとあはれなれば、」乳母はいろいろと思案に困って、宮仕えを決断できない。袋小路に入ったような絶望的状況に落とし入れたのは宮の姫君が斎院に立たれたための兵部卿宮の絶望に起因する。御本尊の女性への思慕のために形代の女性を不幸にしている。ここにこの物語の論理があるのである。頼りにしていた乳母が病気で苦しんだあげくに死んでしまい「姫君の御心《み》のうち、たとへむかたなし。」絶望が極まった。それが運命の転回の契機となり宮仕えへと向かう。

一方兵部卿宮は右大臣の姫君との婚儀が近づくにつれて「ことごとしく人人の取りな」す姫君が「心にあはぬとき」の不安に悩んでいた。不十分でも宮の姫君に似た女性と結婚したいのだが（宮の姫君への気持をまぎらすためである）と悩んでいる。ところが西の京の女君を形代として恥ずかしくはあるまいと思いながら右大臣の姫君との婚儀のことで悩んでいたため通いもとだえていた。現実に押し流され「せめてなずらへならむ人をこそ」という自分の気持にも忠実たり得ていない。何という主人公のていいたらくであろう。

現実の悩みにかまけていたことに気づき西の京の女君を恋しくなり久しぶりにおとずれると、「君は奥のかなたにより臥しつつ、いと物思はしげに、火うちながめてゐたる顔かたち、髪かかりなど、ただそれかと思ふばかりいとよく覚えて、ありしよりはおもやせて、らうたげなるさま、いとあはれなり。」長い間の無沙汰と右大臣の姫君との結婚への不安にうっ屈した兵部卿宮の心情的視座が、久しぶりに見る西の京の女君を一層「らうたげ」に見たのでもあろう。「ただそれかと思ふばかりいとよく覚えて」とは、現実と対位的に女君を美化する心情のせいでもあろうか。兵部卿宮は訪れると女君に向かってやさしく語りかけた。隠家を用意して引き取ることを約束する。が、女君は一両日中に右大臣へ宮仕えに出かけることに決めてあるので、中将殿に引き取られることをとても待つことができないと大層悲しみ、かつまた中将がこのように約束してくれるのに姿を隠すのも気の毒だと思うが、そうかといって最近に至る中将のとだえを考えると約束をあてにしてよいかと悩む。あれもだめこれもだめと自らを袋小路に追いこんでまことに明快でない嘆きの女君であって、このあたりになるとあながち主人公のせいばかりでない、もともと「うちしめりたる本性」のせいと思えてくる。換言すればそうとでも考えねばそれほどに悩むべき理由の説得力がないのである。この女君はすべてがひたすら悲しいのである。宮仕えを嘆くのは分からないではないが、中将への愛情を持ったのなら少しは対応に積極的な面を見せればよいのにただ嘆いているのみである。信ずる心を持たないで、ただ成り行きに流されている。宮仕えに出立するときに中将から「明日はかならず」と折にふさわしからぬ間の抜けた手紙が来るが、それも悲しみの種である。このあたり作者はいささか通俗小説的なすれちがいの手法を用いて読者の紅涙を意図していると見える。文学的内質の低落は否みようがない。ただ言えるのはこの女君の没落意識の根深さである。その哀れを作者は書きたいのであろう。それは、当時の読者の胸を打ったであろう。王朝貴族の没落感に合致したであろうから。

女君の「心にもあらずいで給ふ」。宮仕えは状況に押し流された不本意なことだったのだ。が、それは「今はとて誰かはとはむあれはててわれだにかこつ草のいほりを」の絶望感に裏打ちされて余儀ないことにも思えたのではないか。男君に対する女君の応答のパターンをいささか越えた真実感がこの歌にはあると思われる。

ところが一転して女君の宮仕え、兵部卿宮の右大臣の姫君との結婚は明るいものとなった。女君の宮仕えも結構幸福で、宮の結婚生活も幸福であった。ところがである。宮と女君の双方が相手の正体を気づくことになる事態となり、先の通俗小説的すれちがいもこのためになされたことが分かる。

かの中将ばかりの御名にて、宮にてぞおはしましけむやといとど恥づかしく悲しくて、さもあらば、見つけられ奉りたらむ時いかがはせむ。あとはかなく聞かれむとこそ思ひしを、かかるさまにて見え奉らむ。いと恥づかしきことにも。

「あとはかなく聞かれむとこそ思ひし」とは女君の別れの美学である。「かかるさまにて見え奉らむ」ことはその美学がうちこわされることになる。だから「いと恥づかしきこと」となる。相手が兵部卿宮と分かったときさような高貴の御方であったのかと、その御方のお約束を無にして姿をくらましたことへの恐懼が「恥づかしく」で折角の幸運をのがしたことが「悲しくて」であろうか。「見つけられ」たときのわが不様は女房として出仕している身の上の自覚、その悲しさによって極めて恥ずかしい思いとなる。この「いと恥づかしきことにも」は平安朝の用法ではなく鎌倉時代の近代語のそれで、女房出仕という自分の状態についての劣等意識、女房という身分に定まってしまっていることへの悲しさである。相手が立派なので気おくれする平安朝の用法、気持もないとはいえないが前者の方が強いと思われる。あらためて「今はとて誰かはとはむあれはててわれだにかこつ草のいほりを」の没落の女君の悲哀がこみあげたことであろう。

　泣く泣くつくづくと思ふにも、さりとては、いとつらうなさけなき身にもありけるかな、父母にも、をさなくよりはなれて、いと悲しく、あらぬさまながら、乳母のとかう取り立てつつ、すこし心つき、いかなる宮仕へにも思ひ立ちなむと、思ひけるを、かう覚えなきことにかけとめられつつ、心引くとはなかりしかど、さるは、心深うのちの世をかけて頼み宣はせしにかかづらひつつ、ほどなくうちすてざまなりしにこそ乳母もかかる思ひにてこそ早ううせにし悲しさの、世にたぐひやはありし、そのきざみ、われもはかなくなるわざもがなと思ひ嘆きしに、心よわくとまりて、またかかる憂き目にもあひぬることよ、さらぬ御名がくしにたばかられける心浅く、さるは見えぬ国にもあと絶えなば、いかになりにけむと思ほすにてもやみなむを、またかかるところにてめぐりあひ奉りて、かかる御言《おんこと》の葉《は》を聞くことよ、など思ふに、身のおきどころさへなき心地して、悲しとも恥づかしとも、なかなかいはむかたなし。

先に女房出仕の没落の劣等意識を嘆くと言ったが、単にそういうことではないらしい。乳母の世話、おそらくは助言により「いかなる宮仕へにも思ひ立ちなむと思ひけるを」とある。そのことが嘆きの対象でないわけではないが、分別はしていたという。しかし「かう覚えなきことにかけとめられつつ」、思いがけなく中将なる人に「かけとめられ」、「心深う後の世をかけて頼み宣はせしにかかづらひつつ」というように中将（実は兵部卿宮）に「かけとめられ」、「かかづらひ」したことが乳母が死んだのも、このせいだし、「またかかる憂き目にもあひぬる」原因だという。従って「かかる憂き目」は宮田和一郎氏の傍注にあるような「宮仕にでるやうな」憂き目というよりは、宮仕に出ている自分を兵部卿宮に発見されてしまった恥ずかしさをいうものなのである。それも無益な、何の意味もない（としか女君には理解できない）変名をして人をだますような心浅さゆえと恨む気持になる。そういう心浅さに対しては誰にも見つからない国にでも跡をくらましてしまうべきだったと思う。それは女君の美学というか意地なのであろう。ところが現実は女房出仕を見あらわされてしまった恥ずかしさ悲しさで「身の置き所さへなき心地」である。単なる宮仕えの恥ずかしさではなくて、宮の約束を無にして姿をくらまし女房出仕の姿を見あらわされてしまったことを恥じ悲しむのである。それも変名などという心浅い仕打ちのせい、「ほどなくうちすてざまなりし」せいと女君は思う。真心こめての来世をかけての中将の約束をあてにしていた女君だったが「ほどなくうちすてざまなりし」ことが宮仕えに出る原因だったと恨む気持なのである。これは私たち読者も納得できることで、真相を知る読者は宮の姫宮が斎院に立たれたことからの絶望感でとだえていた事情をもとに理解するが、女君にはさっぱりわけがわからないから悲観的に心浅さ冷たさ等々推測するばかりである。没落の身の上のひがみが根底にはたらいているのがこの女君の特徴で、それがこの物語の主題性のありかとも思われるぐらいである。「今はとて誰かはとはむあれはてて われだにかこつ草のいほりを」の没落意識が宮のとだえの原因をそこに引きつけてしまう。今、中将が偽名と分かってからはわけのわからぬ戯れ、心浅さとして、没落のわが身をあなどる行為として反芻《はんすう》し、あらためて没落の身の上をかみしめたであろう。今は女房の身の上として没落はかたどられている。

一方、兵部卿宮は、女君がこのようになったことを、自分の変名のせいであることに気づいている。自分の身分をかたく秘密にした用心の深さを反省する。女君にわびたいと思う。夜、女君の寝所に忍び込み語らうが、女君は「人違いでしょう」と応じない。自分があまりに世間をはばかったためだと宮は自省の言葉を口にする。こういう点、兵部卿宮は内省的で、狭衣が女二の宮に対したような陰湿《いんしつ》、狡猾《こうかつ》さは見られないのでさわやかではある。世間をはばかり隠蔽しようとした、「下《しも》が下《しも》の品《しな》」の女君への恋という精神構造は、上流中の上流の宮様として普通のことといえよう。が、しかし、匂宮が浮舟に対したような一途さはないし、光源氏が夕顔に対したような遊び心の雅びも欠けている。ここにこの主人公の、主人公としての人物の低さがある。普通に過ぎるのである。好意的に評すればリアリティのある造型ともいえようが、それにしても隠蔽に終始してしまった心の低位が女君に不幸をもたらした物語の主人公としての矮小性《わいしょうせい》は否定すべくもない。光源氏や匂宮や薫やの部分的模倣をふんだんに盛って登場した意味は欠落し、ほとんど無意味に近い。やはり狭衣の精神構造の系譜たるをまぬがれないが、作者は源氏物語を模そうとする心組みも持ち、形代物語を基底にすえたが、そもそもの宮の姫君への悲恋の理由が、源氏の藤壺への悲恋のようでなく単に悲恋として形代物語を導き出すよわい因由にしかすぎない設定にはじまって、ただ容姿がよく似ているという理由で、むしろ夕顔や浮舟に近い女君の哀れに中心がある物語となっている。前述したように平安時代の没落の女君の人生に作者は最も深い関心を寄せているようである。この物語のモチーフをそこに見いだすことができる。

進退きわまる女君が身を隠して仏道修行にはげむのは浮舟の系譜であるが、この物語の女君は「身を捨てて山より山に入りにけりあと降り隠せ峰の白雲」の歌にこめられているごとく、浮舟よりはるかにきっぱりと仏道の道に奥深く入っているのは中世的というべきなのであろう。

本稿中夕顔巻に関して、本書所収の拙稿「源氏物語の地の文の表現構造」と論旨が相違するが、両論考それぞれにご批正をたまわらば幸甚である。

注

（1）『校注　兵部卿宮物語』（千本英史氏指導・大阪教育大学国語科演習平成元年度受講生一同。平成2年3月刊、非売品）参照。
（2）三谷栄一博士『物語文学史論』（有精堂、昭和27年5月）。
（3）片岡利博氏「兵部卿物語の構造―『狭衣物語』『小夜衣』との比較を通して―」（「語文」第35輯、昭和54年4月。『物語文学の本文と構造』和泉書院所収）。
（4）拙稿「桐壺巻の高麗相人予言の解釈」（「国文学解釈と鑑賞」平成10年10月）。
（5）宮田和一郎氏「兵部卿物語」（「武庫川学院女子大学紀要」第四集　昭和31年度）。
（6）清水婦久子氏「光源氏と夕顔―贈答歌の解釈より―」（「青須我波良」46号、平成5年12月。のち補筆訂正のうえ、『源氏物語の風景と和歌』和泉書院、平成9年9月所収）。
（7）河村幸枝氏「新源氏玉手箱・夕顔の巻」及び同氏の論文「夕顔巻始発部の宮廷生活的性格―『心あてに』の歌を中心に―」（「紫光」第31号、平成8年3月）。
（8）黒須重彦氏『夕顔という女』（笠間書院、昭和50年1月）。
（9）岩下光雄氏『源氏物語の本文と享受』（和泉書院、昭和61年10月）。
（10）拙著『源氏物語生成論』二七頁～二八頁。「夕顔物語不審条々の解明」。
（11）森正人氏「紹巴抄に導かれて―夕顔巻の〈首尾〉〈表裏〉―」（『徳江元正編　室町芸文論攷』三弥井書店、平成3年12月所収）。
（12）片桐洋一博士『古今和歌集全評釈』（講談社、平成10年2月）。
（13）拙著『源氏物語生成論』二五頁～二六頁。及び三八頁も参照。
（14）「まことや」の表現機構については拙稿「源氏物語の『まことや』―源氏物語の語りの表現機構―」（「金蘭国文」平成10年3月10日）参照。

付編

書評　秋山虔氏著『源氏物語の女性たち』

源氏物語の女性のそれぞれの人生の全容を短い文章でかたどることは容易ではない。著者はこの至難のわざを見事に達成していられる。

本書はそれぞれの女性の運命がまことに要領を得た具体性でかたどられ、その人生の全容の具象的なかたちが簡明に理解できるようになっている。それは著者のこの物語についてのすぐれた理解がゆきわたっているからである。分かり易い筆致の奥に深い学問的見識が貫かれているのである。人脈、人間関係に位置づけての解説はこの物語の構想と歴史的社会的背景に裏づけられて組み上げられている。著者の問題意識と見解が随所に透き通ってうかがえ、その要点が分かり易く説かれているので読者は多くの知見を学びとることができる。多くの一般学生や一般の読者にとって魅力あふれる本であるのみならず、研究的立場に立つ読者（国文学科の卒業論文・レポート執筆などの学生、また研究者）にとって指針となる有難い本である。

桐壺更衣の入内（九頁）、藤壺の知恵（一六・一七頁）、空蟬の自覚（二一・二二頁）、夕顔との愛の世界（二八・二九頁）、葵の上の結婚（三一頁）、紫の上における愛情の問題（四三頁）、末摘花との結婚（五二頁）、朧月夜の晩年（五八・五九頁）、六条御息所（六四・六五頁）、花散里の存在意識（六七〜七三頁）、明石の君の「身の程」の意識（七七〜八一頁）、秋好中宮の役割（八六〜八八頁）、聡明な玉鬘（九四・九五頁）、雲居雁の結婚（一〇四頁）、近江の君の笑い（一一六・一一七頁）、女三の宮の降嫁（一一八・一一九頁）、落葉の宮の心情（一二九頁）、宇治の大君の考えかた（一三六・一三七頁）、浮舟は救われるか（一四七・一四八頁）等々いずれも要点をついた珠玉の条々を十九人の女性の生き方の中にわたくしたちはかみしめるのである。

どの人物にも著者の優しさがゆきわたり、その優しさゆえにどの人物もいとしい風貌を見せてくれる。たとえば、近江の君への読者の涙をいわれる一条（一一六頁）は、女房の言葉を見事にとりおさえられた上でのすぐれた解説であるが、そこには著者のあたたかい人間理解、文学精神が光っているのである。

「源氏物語の四季」はつねに新鮮に問題意識を拓いていかれる著者が、自然の形象の中に「人々の心のかたち」を美しい筆致でかたどられたものである。たとえば「池の蓮《はちす》」は「さわやかに流れるせせらぎのそそぐ池の面に、今を盛りと蓮の花が咲きそろい、青やかな葉の上におく露の玉がきらきらと美しかった」庭の景色に一時《いっとき》の安らぎをおぼえる源氏と「蓮の露に、その露と同じわが命を見」る紫の上の諦念とが対比的に哀切にかたどられている。

桐壺更衣、紫の上の死は、暑熱の夏にとりつつまれ、「『源氏物語』の夏は、人の命の滅びを促す苛酷な季節でもあった」という一文は強く胸を打つ。それは著者の心に強く刻印された〝源氏物語の風景〟がわたくしたちにつたわってくるからである。小野の山荘を見舞う夕霧が一夜の宿りを求めるに至る心を、濃い霧によって俗世のくびきの遮断される別世界ゆえと説かれるなど、自然の形象と融合する人の心のかたちをとらえる二十篇が、著者の透徹する学問的見識と優美な文体から流露する豊かな美意識によってかたどられている。本書は多くの読者を魅了してやまないであろう。主要人物系図、年立も載せられていて、人物関係や全体の筋を把握するのに便宜がはかられている。


（四六判・二三四頁・小学館・昭和62年4月刊）

書評　今井源衛氏著『源氏物語の思念』

第一章の最初の論文「平安朝女流文学私見」は平安朝女流文学の根基に知的要素を重視される論考で本書の序章的性格を帯びるといってよく、本書全体に貫流する著者のとらえ方が鮮明に述べられている。夕顔や浮舟の知的性格という、従来の通説を破る新知見は、詳しくは本書第二章の「夕顔の性格」や「浮舟の造型」に論述されている。

「夕顔の性格」の論旨を要約すると、源氏の目にはただ「いとらうたく」「おいらか」「あえか」で、男のなすがままに身を委ねるような可愛い女であるが、実はその内心を外に現わさず、源氏の気持をただ行きずりの出来心だろうと思って、その愛情を信じていなかった。空蟬と夕顔は、男に対して、心の隔てを持っていた女である、と論じていられるのである。

この論考のあみだされた視点として重要なことは、源氏物語の表現構造における語り手の視点という「方法」の問題に光を当てられていることである。「こうした人物造型の方法の究明は、一方では必然的に語り手の視座の問題ともなり、（中略）そういう極度に知的な方法」、「構成技術」（「平安朝女流文学私見」）と述べていられる通りだと思うのである。

さて、著者の学風は、つとによく知られていることだが、作品世界の究明のために当時の政治や倫理などあらゆる作品の背景の社会の諸様態を文献に徴して実証的に科学的に分析を進めていかれることである。かくしてこそ作品世界の意味が真に具体的に理解されること論をまたない。「色好みの変容」「平安朝文学における僧侶の恋」「王朝文学と『そらごと』」「宇治の山里」「源氏物語における年中行事の役割」などや文学史的考究の「一条朝における女流文学の位置」「源氏物語の文学史的位置」など、著者の学風の神髄の見られるところといえよう。

著者にはつとに吉川弘文館の人物叢書『紫式部』（昭和41年3月刊）があることはよく知られている。第三章の「紫式部の晩年再考」はその一部修正（新装版『紫式部』は修正されている）を含むが、道長・実資・紫式部の三者の人間関係にかかわる〝政治的視点〟というべき基本的なとらえ方は著者の創見として自在な独自性を有している。

著者の学風の神髄が歴史的、社会的背景の実証的科学的分析にあることは前述したが、「源氏物語における年中行事の役割」に見られるように、良房の故例にならっての源氏の二条邸の白馬節会を冷泉帝の心事と関係あるものととらえられたり、「豊明《とよのあかり》は今日ぞかし」の一語にこめる薫の思いを分析されるなど、源氏物語の年中行事が作中人物の切実な心情を浮彫りする契機としてたちはたらく事情を鮮明にされた作品論的解明は何にもましてわたくしの敬服するところである。

「異文三題」は源氏物語の本文の、梗概本、注釈書、古系図における異同についての享受史的考究で、卓越した知見が示されている。

「光源氏の自己愛」「親と子」などは、作中人物のありように対する直截なというべき鋭い批評性をはらんだ人物評論で、作品に向き合った著者の姿勢はやがては作者そのものの思念に立ち向かっていかれる。

著者の問題意識の顕現する本書からわたくしたちは多くのすぐれた知見を学ぶのである。

（A5判・三〇二頁・笠間書院・昭和62年9月刊）

書評　鈴木一雄氏著『物語文学を歩く』

鈴木一雄氏の御論考をはじめて拝読したのは昭和二十四年二月刊行の『新註国文学叢書　佐伯梅友博士校註堤中納言物語』に掲載された「『逢坂こえぬ権中納言』について―作者と成立」である。この時に学んだ記憶が鈴木一雄氏の人と学問についてのイメージの根基をなしている。当時わたくしは玉上琢彌博士の「昔物語の構成」を読んで、近代の短篇小説――求心的な――とは異なる平安時代の短篇物語の自然そのままの構成と長篇生成の構造的特質を学んでいた。短篇物語は主人公の生活の一断面が描かれ、描かれない部分にも、主人公の生活は広く深くひろがっている。その描かれない部分、あるいはそこでは主題に直接関係しないと思われる部分に後に照明をあてればまた一つの短篇が成り立つ。そのようにして長篇物語としての源氏物語は生成されたという御説に感激していたので、鈴木氏が「『逢坂こえぬ』も、作者の努力次第で二巻、三巻とつづき得る。云々」と述べていられるように、玉上博士の「昔物語の構成」の御説に賛同されて、六条斎院家物語合に提出された物語、『玉藻』『浦風にまがふ』などの完成体としての大作、『岩垣沼』『あらばあふよ』などの完成体としての中篇を風葉集の採歌数によって推定され、それらも当夜は右のような本性を有する短篇物語ばかりであったと説かれているのをよく理解することができたこと、まるで昨日のごとく鮮明に脳裡に残っている。鈴木氏の堤中納言物語研究をはじめ物語文学研究の出発点を飾るすぐれた論文であった。後にこの論文は大著『堤中納言物語序説』（桜楓社、昭和55年9月刊）に収められている。この度の『物語文学を歩く』には同論文は当然収められていないが、「物語文学の展開」の「短篇物語の場合」などに脈々と息づいているのである。

鈴木氏は『堤中納言物語』の短篇物語の性格は源氏物語五十四帖の一巻一帖の作風からの取り込みとして、源氏物語以前の、長篇物語との等質を特色としたとおぼしい前期短篇物語とは、たいへん性格を異にすると推測されている（本書四一頁）。その詳しい論考は『堤中納言物語序説』所収の「『堤中納言物語』の作風とその成因をめぐって」「『交野の少将』をめぐって」など及びそれら諸論文を承けて書きおろされた「『堤中納言物語』序説」に明快に述べられている。そこに玉上博士の「昔物語の構成」からの離陸、展開がある。玉上博士は堤中納言物語の短篇物語の構成と源氏物語初期の一巻一帖の構成の等質性から昔物語の構成を推測され、堤中納言物語の短篇物語の構成と昔物語の短篇の構成との等質性を説かれたのに対し、鈴木氏は源氏物語以前の昔物語の短篇と『宇津保物語』や『落窪物語』は長短による相異であり、等質性が特徴であるのに対し、源氏物語以後の『堤中納言物語』の短篇物語は『源氏物語』の影響を深く受け、「場面描写の優位、冒頭描写、印象的描出などに共通の作風を持ち」、『源氏物語』以前の前期短篇物語とは「たいへん性格を異にすると推測」されているのである。堤中納言物語と源氏物語を対比しているだけでは論は相対的になってしまうのであるが、鈴木氏は前期短篇物語（源氏物語以前の昔物語）の構成を、竹取物語、宇津保物語、落窪物語などの構成から推測されることによって玉上博士の「昔物語の構成」からの離陸を果たされ説得力あるものに構築されたといえよう。

「物語文学の展開」で、

『源氏物語』以前の物語にあっては、伝承「話型」そのものが物語の中核であり枠組みであった。伝承性は物語にとってほとんど決定的といってよい。異なる「話型」がいくつも連結されれば物語は長編となり、「話型」の一要素が極端に膨脹しても大作となる。（中略）いわば、伝承「話型」の「現代的」再粧、――極論すれば、これが『源氏物語』以前の状況といえるであろう。

（本書三二一頁）

と述べられたことは要を尽くしているであろう。

「伝承性と現実性と――これが物語文学の基本的な性質の二軸である。伝承性は古伝承以来の「語り」の伝統を維持しようとする古いもの、現実性は平安時代の貴族社会の現実に立脚する新しいもの。」（本書三〇頁）といわれているように鈴木氏は伝承性と現実性を物語文学の基本的な性質の二軸としてとらえ、伝承性を基層として、そのうえに重ねて「現代」の社会、世態を描き「現代」の人の心を写そうとするところに物語ジャンルの成立と方法があるとされるのである。しかして源氏物語においては、その伝承性は独自の虚構世界に取り込まれ生かされるのであり、源氏物語以後の物語は源氏物語を基層として取り込んでいくのであると述べられ、まことに要を尽くして間然するところがなく、理論的である。物語文学の成立と方法及びその展開の説明として簡要な大綱的論述となっている。

源氏物語においては、伝承の「話型」は独自の虚構世界に取り込まれ生かされていると説かれている点はよく玩味すべきである。

『源氏物語』における伝承的理想性の内面への転換をみるには、たとえば、主人公光源氏の理想的資性がある。理想的資性そのものはたしかに古伝承以来の主人公の伝統ではあるが、桐壺巻の用意周到な布置、設定は、「劣り血」の出生に浮かぶ瀬のない、この第二皇子の環境の現実的困難に対処する、必要やむをえざる資性として納得させようとする。これなくしては生きられない資性にまで追い詰めているところに、桐壺巻に重く沈んでいる宮廷社会の現実というものと結びあった、つまり、現実の中に転換された理想性をみることができるのである。（本書三六頁）

『源氏物語』の伝承性は、どう吸収され、生かされているか。たとえば、明石の君の物語である。光源氏と明石の君とが結ばれ、生まれた女児には将来皇后になる予言がついてまわる、――ここまでは貴種流離譚の一環と見てよいであろう。その意味では、明石の君は予言達成のための女性であり、予言にあやつられる女といってよい。予言をになう女児を光源氏に手渡せば、その役目は終わるのである。しかし、『源氏物語』は彼女を型通りに動かすことをしていない。むしろ、彼女を貴族社会の険《けわ》しい現実のなかに投げ入れ、女として、母として、子として生きねばならぬ、そのきびしく悲しい真実の道を息長く追求してゆくのである。　（本書三五頁）

伝承的理想性は現実と切り結び、現実の中に転換された理想性として、主人公の運命にとって内在的となる。予言が外枠的なものとしてでなく、作中人物の中に内在的にはたらき、運命的な生き方として現実と切り結ぶのである。源氏物語研究者は、伝承的話型、予言等を言うときは、この鈴木氏の〝大綱〟を肝に銘じて正道に悖ることなきようにしなくてはならないと思う。

わたくしは近時特に『源氏物語』の表現構造、文章に関心を持ちつづけているので、「『源氏物語』の会話文」や「『源氏物語』の心内語」にはとりわけ学恩をこうむった。もっともこの論文は有精堂刊『源氏物語講座7』や至文堂刊『講座日本文学源氏物語（下）』所収であり、既に学恩をこうむっているわけであるが、今回改めて読ませていただいて学ぶところ多大であった。両論文ともに共同調査にもとづく数量的な研究であるところに特色がある。ためにまことに客観的、科学的である。鈴木氏には氏を慕うお弟子さんたちがいられ、氏の教育者としての温かいお人柄にもとづく指導性がこれらの論文によく表われている。

数量的研究ではあるが、源氏物語は一つ一つの会話文認定が容易でない場合があり、それが特徴であるので、調査、研究の過程で問題のある所の分析をしていくことによって源氏物語の会話文の特徴、関連して地の文の特徴などが明らかになってくる。

け近き草木などは、殊に見所なく、みな秋の野らにて、池も、水草に埋もれたれば、い、と、け、う、とげになりにける所かな。別納のかたにぞ、曹司などして人住むべかめれど、こなたは、はなれたり。「けうとくもなりにける所かな、さりとも、鬼なども、我をば見許してん」と、のたまふ。　（夕顔）

この問題箇所「いと、けうとげになりにける所かな」は地の文であるが、作中人物の眼と心を通して語られた感慨の文である。源氏の視点でとらえた様子や感想がそのまま地の文となり、読者は直接源氏のとらえた様子を見、感想に接する。源氏の視点や感慨に追随してきた読者は、「けうとくもなりにける所かな。さりとも、鬼なども、我をば見許してん」と「のたまふ」源氏のことばを間近に聞くことになるのである。

鈴木氏は「会話文にふさわしい感動表現が地の文に混入している不整感が本文誤写の指摘につながる、これは、会話文と地の文との間に、本来区別のあることを示すであろう。」といわれるのであるが、「会話文と地の文との間に、本来区別のあること」はちがいないものの、この問題箇所はこの〝感動表現〟が作中人物の〝感動〟の心に即して語る地の文であって、源氏物語の地の文の特徴として明快に処理していただきたいとわたくしは思うのである。

『源氏物語』における会話文は、鈴木氏のいわれるように「かならずしも人の言ったことをそのまま写したものではない。」（本書一〇二頁）。また「果たしてどこからが会話なのか。どこまでが地の文なのか認定しきれない場合」（本書一〇三頁）が多い。

上達部・上人なども、あいなく、目をそばめつゝ、いと、まばゆき、人の御おぼえなり。唐土にも、かゝる、事の起こりにこそ、世も乱れ悪しかりけれと、やう〳〵、天の下にも、あぢきなう、人のもて悩みぐさになりて、楊貴妃の例も、ひき出でつべうなりゆくに……　（桐壺）

「いと、まばゆき」から「悪しかりけれ」までを会話文とする説、「唐土にも、……悪しかりけれ」だけを会話文とする説、「いと、まばゆき……悪しかりけれ」のすべてを会話文とせず、間接話法的なものとして地の文に融けこませている説と三説を鈴木氏は紹介され、一つ一つの問題点を述べられ、「いずれの説も十全でないのである」といわれ、『源氏物語』の文章は、かならずしも、現代の句読点法では律し切れぬところがあるわけで、たしかに地の文と会話文、あるいは地の文と心中表現などを厳密に区別することを拒否する一面が存在し、そこに特色を見ることができるのである。」(本書一〇四頁)と、「語り」の文章の特色を見出していられる。

会話文も地の文も心の文もすべて「語り手」が語っていくのであるから「語り手」によってデフォルメされている。直接話法的に見えるものでも、写実小説のように作中人物が語ったそのままを写すのではなく、物語の「語り手」の立場からデフォルメされている。「語り手」(作者)と「聞き手」(読者)の関係からの表現が注意されているのはその明証といえよう。会話文中の「かう〳〵のことなん侍るを」とか「なにがし寺」などは「みな、物語の作者が読者のために、重複冗漫を避けた言い方」(佐伯梅友博士「直接話法と間接話法」『上代国語法研究』昭和41年刊所収)であることなど佐伯博士のすぐれた御説を参照されつつ直接話法、間接話法認定の統計的処理を行われたことが例をあげつつ述べられていて、直接話法と間接話法の微妙なかかわりがうかがわれ、源氏物語の会話文の特色を学ぶことができるのである。

数量的研究で大変参考になり学恩をいただいたのは、竹取物語、落窪物語、源氏物語、狭衣物語、夜の寝覚の会話量、心中表現量、消息文量の比較(宇津保物語については他日を期されている)である。後期物語に圧倒的に心中表現が増えていること、『夜の寝覚』の心中表現が約二〇%を占めていることは、いかに作中人物の「心」に重きを置いているかが「量」的に明瞭にされている。「『蜻蛉日記』以下の日記文学における意識の流れを写す文章といかに交渉しあっているかが、如実にうかがわれるのである」と鈴木氏はさりげなく簡潔に述べられているが(本書一一三頁)、「『夜の寝覚』について」では、

女主人公や男主人公の「心」に密着し、その「心」に沿って、地の文が地の文のまま心中思惟に近いかたちで綴られることがきわめて多い。作中人物の「心」になりきろうとする作者の姿勢の現われであり、そこでは女主人公や男主人公に対する敬語もしばしば消えるのである。物語的叙述が、いわば日記文学の文章寄りに変化したもので

あり、客観的な語り手の立場が、作中人物の「心」に入り込み、離れのない文章をかたちづくっているのである。（本書一八五頁）

と、蜻蛉日記以下の日記文学と同質の文体が極まっていることを述べていられる。『源氏物語』が、そのような女流の手になる物語の文体を創始したわけであるが、ここに述べられた鈴木氏の論述を、わたくしたち本書の読者は『夜の寝覚』の表現構造研究のこよなき指針とさせていただくことができるのである。

鈴木氏の書かれたものはどれ一つをとってみても、何か一つだけに偏った視角からというのでなく全円的である。「解説」はその性格上そうあるべきであるが、「『源氏物語』における〝ゆかり〟について」などの「論文」のように「ゆかり」を論じたものでも、ある女主人公だけをとりあげる局面論的なものでなく、藤壺と紫上との相乗効果を論じられ、さらに夕顔と玉鬘、宇治の大君と中君、そして浮舟のそれぞれを論じられて、その違いを明らかにされると共に、「〝ゆかり〟の構成は〝発見のプロット〟を伴う」等の全体的な把握がなされる。また、第二部に〝ゆかり〟の構造が生かされていない点について、紫上が〝ゆかり〟を超え、〝永遠の女性〟に昇華したからであるといわれたことは深い御教示である。

鈴木氏の『夜の寝覚』（日本古典文学全集）や『狭衣物語』（日本古典集成）等の訳注が非常にすぐれていることは定評がある。本書の「『夜の寝覚』について」、「『狭衣物語』について」、「『狭衣物語』の基本構造」などの作品論はその見事な注釈に支えられているのである。クローズ・アップされる人物関係に深くかかわって文体を変えている（本書二〇二頁）という御教示など学恩をこうむること多大である。

（B6判・二九〇頁・有精堂・平成元年3月刊）

推薦文　高橋和夫氏著『「源氏物語」の創作過程』

独創性光る抜群の高橋源氏学成る

名著『源氏物語の主題と構想』、『平安京文学』など尊敬すべき研究を世に問うてこられた高橋和夫氏が、この度『「源氏物語」の創作過程』を上梓される。学界の慶事としておよろこび申し上げたい。氏の独創的な研究に深い敬意を抱く者として、本書の抜群の独創性に心から讃辞を呈し、広く江湖におすすめしたい。

桐壺巻の高麗の相人の予言について、島津久基『源氏物語講話』以降のいわゆる通説に対峙する考説は、観相に見られる冥々の力と准太上天皇就位とを「直結」させることを批判し、冥々の力は間接に大いにはたらいているが、准太上天皇就位は、「公卿僉議による院号宣下」があってのことで、「物語内社会状況から当然だといえる公然の形式」なのだと説く。「作中人物の政治意識」を考量する氏の論考は余人の追随を許さない。氏の考量の確かさは、その秀抜な史料の読み解きに支えられる。「東三条院、院号宣下」によって平安時代の公卿僉議のあり方を感取され、そこから光源氏の准太上天皇就位の自然さ、当然の処遇を説く。かくて紫式部の創作力の真相に迫る歴史的把握が、氏の真骨頂である。「作品本文には書かれていないことを読みとる」読解なのである。

「須磨巻について」（本書第四章）の、光源氏一行がここでどんな生活をしていたかというテーマも、余人にはない研究視点で、歴史的把握がなされている。「源氏物語—それが貧女吟とならないために—」（本書第六章）は、この歴史的把握が最もよく表われている論考で、本書の精髄と申せよう。「平安時代という歴史と生活の実体と、作品とを一体化して」（本書「はしがき」）考究する研究視点は、本書の全十二章にわたって貫かれており、桐壺巻から夢浮橋巻に至る記述内容に高橋源氏学が結実している。

氏の自由で自在な研究姿勢は、通説にしばられない。「国文学」（学燈社、平成3年5月号）の「源氏物語作中人物事典」「明石家の人びと」の〈研究史の展望〉で紹介したように、「明石一族の物語」（本書第五章）の「母の身分自体が后がねとして不穏当だとは言えない」という言説は、従来の論調を180度ひっくりかえすほどの主張であり、「明石物語」を「身分」という観点で読み解いてきた先行諸論文から自由に解き放たれている。異論を唱えるのを目的とするものではなく、姫君の紫上への譲渡という養女構想の意図は、外戚権力確立の手段というよりも紫上物語と明石物語の結合にある、と説く構想論的視点にもとづくのであって、紫式部の手のうちを解明しようとする氏の「創作過程論」が躍如としているのである。

『源氏物語の主題と構想』このかた終始変わらぬ氏の研究課題がここに大きく回答を出された意義はまことに大きい。

（A5判・六〇八頁・右文書院・平成4年10月刊）

推薦文　山本利達氏著『紫式部日記攷』

本書は、山本さんの名著『新潮日本古典集成　紫式部日記・紫式部集』と対《つい》をなすもので、特に考証及び解釈の章篇は、校注のお仕事とシノニムな研究成果として始発し、最近に及ぶものである。昭和四十年代後半、大阪国文談話会（小島吉雄博士代表）の中古部会において、山本さんは「紫式部日記」の講義を担当され、有職故実に詳しいという定評があり、聴講者はその考証的研究を学ぶべく集っていたことを私は今も記憶している。

『新潮日本古典集成　紫式部日記・紫式部集』が刊行された後も、山本さんの考証的研究と作品論的語句解釈の考究はたゆむことなく続けられ、それが本書の重要な核となっている。博引旁証、奇をてらうことを好まない穏健妥当な解釈、考証は深い信頼感を生ぜしめる。周到に用例をあげて論を進める実証的研究の精粋は、説き進められるにしたがってその考説の正しさをうなずかせるのである。まさに紫式部日記研究の金字塔であるといえよう。

文学は具体性の上に成り立つものであるから、中宮彰子の御産が道長の土御門殿においてなされている以上、「紫式部日記」の中宮彰子御産をめぐる記事を理解するには、土御門殿の構造をできる限り知りたくなる。そこで山本さんは、先行研究をつぶさに批判的に検討し、建築学の論文や、絵巻物の絵の例をあげつつ、考説を確定していかれるのである。「土御門殿の寝殿」という論文の詳密さには敬服のほかない。「紫式部日記」の一条院に関係ある場面の理解を具体化させる上で「権記」「小右記」「御堂関白記」をはじめ、「簾中抄」「二中歴」「拾芥抄」その他資料を博《ひろ》く引きつつ、周到綿密な考証をされたのが「一条院の結構」という論文である。細かい具体性の追究があますところなく果されている。

「居処」、「慣例」、「調度」にわたる具体性の追究は、注釈という研究的営為であって、山本さんの注釈家としてのすぐれた資質と学識が発揮され、ゆるぎない確かさを獲得しているのである。「ようなさにとどめつ」以下の作品論的語句解釈も、注釈とはどういうものかを正しくつたえてくれる。これはすぐれた作品論なのである。「ようなさにとどめつ」の解釈が「倫子が自分の居所へ帰ってしまっては、中宮はじめ御前の女房達に作者の気持ちが披露できない。」という核心に至りつくまでの論証の緻密さはすぐれて文学的研究なのである。すなわち具体性の解明である。

「紫式部日記の性格」「紫式部日記の表現と文体」は、枕草子の方法を意識していることを指摘し、作者の暗い心情の描写は、中宮方讃美の主題に奥行きを加えるものと論じたすぐれて開明的な論考である。

長年親しく導いていただいている山本さんの『紫式部日記攷』の刊行は、私後輩としてまことに喜ばしく、かつまた私の個人的な喜び感謝をはるかに越えて学界の慶事である。心から讃辞を呈し、広く江湖におすすめしたい。

（Ａ５判・二四八頁・清文堂・平成４年11月刊）

紹介　秋山虔氏・小町谷照彦氏編、須貝稔氏作図『源氏物語図典』

本書の圧巻は華麗なカラー図版で他に類を見ない。まず視覚的に美しい源氏物語の世界に入ってゆくことができる。六〇〇点にものぼるカラー・モノクロ図版には一つひとつ詳細な解説が施されている。図版と解説が見事にとけ合って、絵を見る楽しさと具体的知識のしみこんでくる知的よろこびでぐんぐん頁を追っていくことになる。

源氏物語に出てくる有職故実に関する事項を網羅的に抽出、一〇〇〇項目の解説で源氏物語の世界を明らかにする有職故実事典である。解説の一つひとつが辞書的正確さで概説されていることは古典学習の座右の書として貴重である。それとともに源氏物語に出てくる具体的箇所（巻名・本文）を挙げて解説してあって、単なる有職故実の辞書的解説にとどまっていない。たとえば女性衣服の裳《も》の項（九五項）で「明石の君は、女楽の折、小袿に『うすものの裳のはかなげなるひきかけ』（若菜下）、女房格の装いをすることでさりげない控えめな心遣いを見せる。匂宮が浮舟を対岸に伴った二日目、浮舟に裳を着けさせ御手水《ちょうず》の世話をさせる（浮舟）のは、その人を女房格と見なすことの表れである。（後略）」など作品論に導く有益な解説である。およそ文学作品を読むことは具体性の追求を楽しむことであり研究もまたしかりである。本書「はしがき」に書かれているように「源氏物語は難解な現代小説よりも現代人に親しまれているといえるかもしれない。しかし右のような知見に誘導されることなくしては、単に現代に生きる己れの関心にひきつけるのみで終わってしまう貧しい読み方となり、「源氏物語との真の出会いの経験の重い意義を実感」（「はしがき」より）できないのである。私たちは本書のすぐれた誘導によって真に源氏物語の世界に入りこもうではないか。

（A5判・二五六頁・小学館・平成9年7月刊）

本書を座右に置いて、源氏物語のそこここで有職故実の学が必要なとき直ちにその該当箇所をひもとけば適切な理解を得ることができる。巻末の索引の活用をおすすめしたいが、より以上に私は本書を美しいカラーの挿絵《さしえ》を鑑賞しながら一つの読み物として通読されることをおすすめしたいのである。本書の内容は1京と宮殿、2建築物、3調度、4乗物、5衣服、6色・文様、7音楽・舞楽、8遊戯・娯楽、9信仰・宗教・俗信、10年中行事・儀式、11通過儀礼、12貴族生活の諸相、13植物・動物と広範で平安時代の生活全般にわたるが、うれしいのは、たとえば六条院の前栽として春夏秋冬の各町に分けて植物のカラー図版を示しその解説をするなど源氏物語の世界に即していることである。また引用された古詩歌などに見られる植物の解説が物語中の具体的世界に即してなされているのも本書ならではである。

源氏物語理解のための必携の書として広く学生及び読書人の皆さまにおすすめしたい。

本書所収論文初出一覧

第一編 表現論

一 源氏物語の語りの表現構造
　―敬語法を視座として―……「国語と国文学」平成10年3月
二 源氏物語の敬語法と叙述の視点……「学大国文」第38号、大阪教育大学国語国文学研究室、平成7年2月
三 源氏物語の表現現象
　―「語り」の文章―……「王朝文学研究誌」第6号、大阪教育大学大学院古典文学研究室、平成7年2月
四 源氏物語の叙述の方法……「金蘭短期大学研究誌」第26号、平成7年12月
五 大島本源氏物語の叙述の方法
　―敬語法を視座として―……「解釈」平成8年9月
六 源氏物語の敬語法
　―源氏物語の叙述の方法―……「金蘭短期大学研究誌」第27号、平成8年12月
七 葵巻の「まことや」私見
　―源氏物語の叙述の方法―……「解釈」平成9年2月
八 源氏物語の文章構造
　―敬語法・叙述の視点者―……「金蘭国文」創刊号、平成9年3月

九　源氏物語の地の文の表現構造
　　―夕顔巻ところどころ・夕顔論―……「金蘭短期大学研究誌」第28号、平成9年12月

十　源氏物語の「まことや」
　　―源氏物語の語りの表現機構―……「金蘭国文」第2号、平成10年3月

十一　源氏物語の表現と人物造型
　　―地の文の表現機構―……「金蘭国文」第3号、平成11年3月

十二　源氏物語の人物造型と地の文の表現機構……「王朝文学研究誌」第10号、大阪教育大学大学院王朝文学研究会、平成11年3月

十三　源氏物語作中人物の心情的視座にもとづく文章表現……「解釈」平成11年3・4月

十四　光源氏の心情的視座……「礫」平成10年6月

第二編　人物造型論

一　光源氏の政治的生涯
　　―光源氏とその周囲―……「国語と教育」第18号、大阪教育大学国語教育学会、平成5年3月。原題「源氏物語の政治的世界―光源氏とその周囲―」

二　藤壺宮の造型（上）
　　―敬語法を視座として―……「王朝文学研究誌」第7号、大阪教育大学大学院王朝文学研究会、平成8年3月

三　藤壺の宮の造型（下）
　　―敬語法を視座として―……「王朝文学研究誌」第8号、平成9年3月

四　紫上の造型（上）
—源氏物語の表現と人物造型の連関—……「金蘭短期大学研究誌」第30号、平成11年12月
五　紫上の造型（下）
—源氏物語の表現と人物造型の連関—……「金蘭国文」第4号、平成12年3月
六　兵部卿の宮（紫上の父・藤壺の兄）
—人物造型の准拠—……「王朝文学研究誌」第5号、平成6年9月
七　明石家の人びと……「国文学」学燈社、平成3年5月
八　紫上、末摘花、六条御息所、朱雀院、朧月夜、花散里……「国文学」学燈社、平成元年7月

第三編　源氏物語の世界—主題と方法—
一　光源氏の運命と女の宿世・その愛と生と死と……片桐洋一・増田繁夫・森一郎編『王朝物語を学ぶ人のために』世界思想社、平成4年11月
二　若菜上・下巻の主題と方法
—内的真実と外的真実—……『源氏物語研究集成』第二巻、風間書房、平成11年9月

第四編　源氏物語をどう読むか
一　桐壺巻の高麗相人予言の解釈……「国文学　解釈と鑑賞」至文堂、平成10年10月
二　源氏物語の短篇的読みと長篇的読み
—源氏物語の構造と方法—……「金蘭短期大学研究誌」第29号、平成10年12月

三　源氏物語の短篇的読みと長篇的読み　続攷……………「王朝文学研究誌」第11号、平成12年3月
四　源氏物語作中人物論の主題論的定位
　　―人物像の変貌をめぐって―……………「王朝文学研究誌」創刊号、平成4年9月
五　源氏物語初期構造の成立過程
　　―ひびきあい連関する長篇生成―……………「国文学　解釈と鑑賞別冊源氏物語をどう読むか」至文堂、昭和61年4月
六　源氏物語の構想論について……………「国文学」学燈社、平成7年2月
七　源氏物語の予言について……………「別冊国文学　源氏物語事典」学燈社、平成元年5月
八　国文学研究と国語教育・源氏物語の藤壺論を中心に
　　―一語一句を丁寧に・表現分析―（講演記録）……………「国語と教育」第20号、大阪教育大学国語教育学会、平成7年3月
九　『源氏物語』への手引き……………『王朝物語を学ぶ人のために』世界思想社　平成4年11月。若干加筆した。

第五編　枕草子論及び中世王朝物語『兵部卿物語』論
一　枕草子「清涼殿の丑寅のすみの……」段をめぐって……………「学大国文」第33号、平成2年2月。原題「解釈と作品論と国語教育と―枕草子「清涼殿の丑寅のすみの…」段をめぐって―」
二　清少納言はなぜ上﨟の歌を切り捨てたのか
　　―枕草子「清涼殿の丑寅のすみの……」段小考―……………「解釈」平成2年7月

三　『兵部卿物語』覚え書き……………………………………………「王朝文学研究誌」第9号、平成10年3月

付　編

書評　秋山虔氏著『源氏物語の女性たち』……………「国文学」学燈社、昭和62年7月
書評　今井源衛氏著『源氏物語の思念』…………………「国文学」学燈社、昭和63年1月
書評　鈴木一雄氏著『物語文学を歩く』…………………「文芸研究」(明治大学)第62号、平成2年1月
推薦文　高橋和夫氏著『「源氏物語」の創作過程』…………(「右文書院」の推薦文)
推薦文　山本利達氏著『紫式部日記攷』………………………(「清文堂」の推薦文)
紹介　秋山虔氏・小町谷照彦氏編、須貝稔氏作図　…………「国文学　解釈と鑑賞」至文堂、平成9年12月
『源氏物語図典』

あとがき

物語を物語として読む、本来そうであったものとして読むということは、どういうことか。例えば本書の中の「源氏物語の短篇的読みと長篇的読み　続攷」で竹河巻の語り手「悪御達」が「紫のゆかり」（紫上に仕えた女房の語った話）を伝え聞いて「源氏の御族」について「ひがことども」がまじっていると批判し、玉鬘の姫大君に熱烈に求婚する蔵人少将をカリカチャライズするが、この蔵人少将を竹河巻の主人公だというのは小説的理解であって、竹河巻は故髭黒太政大臣家・玉鬘、大君、中君を中心に、それに関わる人々を描《か》いたというのが物語的理解であり、蔵人少将は大君に熱烈に言い寄ったから多く描《か》かれたのであり、薫も所詮大君に近づく貴公子として描かれていると見るべきなのである。故髭黒家を視座として「悪御達」は語っている。つまり竹河巻は故髭黒家の物語なのである。故髭黒家、玉鬘、大君、中君とその周辺を語る事実譚というたてまえを物語的読みとして尊重しなくてはならない。「紫のゆかり」（紫上に仕えた女房の語った話）もたてまえとして事実なのである。ここに事実というのは、創作、小説ではないという意味である。事実を語った話なのである。本居宣長『源氏物語玉の小櫛八の巻』（筑摩書房『本居宣長全集第四巻』四七一頁）に「此物語（源氏物語のこと。森注）は、すべてみな作り物がたりなるを、実に世に有し事を、人の語れるを聞て、書るごとく、」と述べているように、実際は作りごと、作って物がたっているのだが、世に事実あったことを人が語ったのを聞いて、書いたような体裁をとっている。それが「語りの表現」として文章に定着しており、私たちはその体裁にのっとった文章をそれとして読まなくてはならない。近時私が書き続けてきた論文は源氏物語の文章をそういう語りの表現構造として捉えてきた。その成果をここにまとめて世に問うものである。人物造型論も地の文の表現機構すなわち語りの表現との連関を通して行っていることにいささかの自負がある。

最近の数年間の論考を中心として、幾らかそれ以前の論考もまじえて本書を編んだ。長年親交のある和泉書院社長廣橋研三氏に本書の刊行を託した。折しも和泉書院は一千冊の国文学研究書刊行の偉業を成しとげ祝賀の行事を秋にひかえている。その実りの秋に本書の刊行が期せられていることはまことに欣快であり感謝に堪えない。

平成十二年春

森　一郎

著者紹介

森　一郎（もり　いちろう）

昭和4年7月25日　大阪市に生まれる。

広島高等師範学校国語科を経て、昭和27年3月広島文理科大学国語国文学科卒業。同年4月京都大学大学院（旧制）入学。昭和37年3月旧制大学院制度終了とともに退学。大阪府立春日丘高校教諭、甲南女子大学文学部講師・助教授、岡山大学教育学部助教授・教授、大阪教育大学教育学部教授、金蘭短期大学教授を経て、現職。

現　職　常磐会学園大学教授・大阪教育大学名誉教授。

著　書　『源氏物語の方法』（桜楓社、昭和44年）『源氏物語の主題と方法』（桜楓社、昭和54年）『源氏物語作中人物論』（笠間書院、昭和54年）『源氏物語生成論』（世界思想社、昭和61年）『源氏物語考論』（笠間書院、昭和62年）『源氏物語の主題と表現世界』（勉誠社、平成6年）

編　著　『新選　源氏物語五十四帖』（和泉書院、昭和60年）『日本文学研究大成　源氏物語Ⅰ』（国書刊行会、昭和63年）『源氏物語作中人物論集』（勉誠社、平成5年）

共　著　『源氏物語手鏡』（新潮社、昭和48年）等

研究叢書 252

源氏物語の表現と人物造型

二〇〇〇年九月一〇日初版第一刷発行

（検印省略）

著　者　森　一郎

発行者　廣橋研三

印刷所　太洋社

製本所　免手製本

発行所　有限会社 和泉書院

大阪市天王寺区上汐五-三-八　〒543-0002

電話　〇六-六七七一-一四六七

振替　〇〇九七〇-八-一五〇四三

ISBN4-7576-0060-7　C3395